AF178211

Hanna, eine junge, angesehene Buchrestauratorin, wird 1996 von Sydney in das vom Bürgerkrieg zerrissene Sarajevo gerufen. Sie soll dort die kostbare Sarajevo-Haggadah, eine jüdische Handschrift aus dem 15. Jahrhundert, untersuchen. In der Bibliothek angekommen, trifft sie auf den zurückhaltenden moslemischen Museumsleiter Ozren, der das Buch vor der Zerstörung gerettet hat. Er irritiert und fasziniert sie gleichermaßen. Und je mehr sich Hanna auf einer Spurensuche, die sie durch ganz Europa führt, mit der Schrift und ihrer geheimnisvollen Geschichte beschäftigt, desto mehr wird sie auch mit ihrer eigenen Vergangenheit und Herkunft konfrontiert. Die Entdeckung ihrer eigenen Wurzeln lässt sie schließlich einen mutigen Schritt wagen.

GERALDINE BROOKS wurde 1955 in Sydney geboren und bereiste elf Jahre lang als Auslandskorrespondentin des Wall Street Journal die Welt. 2006 erhielt sie für ihren Debütroman »Auf freiem Feld« den Pulitzerpreis. »Das Pesttuch« avancierte zum internationalen Bestseller und wurde in 25 Sprachen übersetzt. Ihre Bücher sind allesamt *New-York-Times*-Bestseller. Geraldine Brooks lebt auf Martha's Vineyard, Massachusetts.

GERALDINE BROOKS BEI BTB
Das Pesttuch. Roman
Die Hochzeitsgabe. Roman
Insel zweier Welten. Roman
Das Gemälde. Roman

Geraldine Brooks

Die Hochzeitsgabe

Roman

Aus dem Englischen
von Almuth Carstens

btb

Die Originalausgabe erschien 2008 unter dem Titel
»People of the Book« bei Viking, New York.

Der Verlag behält sich die Verwertung der urheberrechtlich
geschützten Inhalte dieses Werkes für Zwecke des Text- und
Data-Minings nach § 44 b UrhG ausdrücklich vor.
Jegliche unbefugte Nutzung ist hiermit ausgeschlossen.

Penguin Random House Verlagsgruppe FSC® N001967

1. Auflage
Genehmigte Taschenbuchausgabe Mai 2024,
btb Verlag in der Penguin Random House Verlagsgruppe GmbH,
Neumarkter Straße 28, 81673 München
Copyright © 2008 by Geraldine Brooks
Copyright © der deutschsprachigen Ausgabe 2008
by btb Verlag in der Penguin Random House Verlagsgruppe GmbH,
Neumarkter Straße 28, 81673 München
Umschlaggestaltung: semper smile, München
Umschlagmotiv: © Bridgeman Images / Fitzwilliam Museum;
© Shutterstock / aga7ta Shutterstock / aga7ta
Druck und Einband: GGP Media GmbH, Pößneck
SL · Herstellung: sc
Printed in Germany
ISBN 978-3-442-77397-8

www.btb-verlag.de
www.facebook.com/penguinbuecher

Für die Bibliothekare

Dort, wo man Bücher verbrennt,
verbrennt man am Ende auch Menschen.

Heinrich Heine

Hanna

Sarajevo, Frühling 1996

I

Ich kann es ebenso gut gleich zugeben: Es war keiner meiner üblichen Jobs.

Ich arbeite gern allein, in meinem eigenen sauberen, stillen, gut beleuchteten Labor, wo das Klima kontrolliert und alles, was ich brauche, in Reichweite ist. Zwar habe ich mir den Ruf erworben, auch außerhalb des Labors effektiv arbeiten zu können – wenn es sein muss –, weil ein Museum zum Beispiel die Transportversicherung für ein Stück nicht bezahlen will oder ein Privatsammler nicht möchte, dass irgendjemand sonst weiß, was genau sich in seinem Besitz befindet. Auch bin ich früher schon wegen eines interessanten Jobs um die halbe Welt geflogen, aber noch nie zu einem Ort wie diesem: dem Sitzungssaal einer Bank inmitten einer Stadt, deren Bewohner erst vor fünf Minuten aufgehört haben, aufeinander zu schießen.

Zunächst einmal bin ich in meinem heimischen Labor nicht von Wachen umstellt. Klar, im Museum gibt es ein paar Sicherheitsbeamte, die in aller Ruhe ihre Runden drehen, aber keinem von ihnen würde es im Traum einfallen, an meinen Arbeitsplatz vorzudringen. Ganz im Gegensatz zu hier, wo es gleich sechs waren: zwei Wachleute der Bank, zwei bosnische Polizisten, und die anderen beiden, Angehörige der UN-Friedenstruppe, die wiederum ein Auge auf die bosnischen Polizisten haben sollten. Sie alle unterhielten sich laut auf Bosnisch oder Dänisch über ihre knisternden Funkgeräte. Und als reichte das noch nicht aus, war auch der offizielle UN-Beobachter Hamish Sajjan zugegen. Der erste schottische Sikh, dem ich begegnete, sehr elegant in Harris-Tweed und mit indigoblauem Turban. Der einzige in der UNO. Ich hatte ihn bitten müssen, die Bosnier darauf hinzuweisen, dass Rauchen nicht anging in einem Raum, in dem in Kürze ein Manuskript aus dem 15. Jahrhundert eintreffen würde. Seit sie ihre Zigaretten weggesteckt hatten, waren sie noch nervöser.

Auch ich wurde allmählich nervös. Wir warteten schon fast zwei Stunden. Ich hatte die Zeit so gut wie möglich ausgefüllt. Die Wachen hatten mir geholfen, den großen Konferenztisch näher ans Fenster zu rücken, um das Licht auszunützen. Ich hatte das Stereomikroskop aufgebaut und meine Werkzeuge auf dem Tisch ausgebreitet: Kameras zur Dokumentation, Sonden und Skalpelle. Die Gelatine wurde in einem Becher auf dem Heizkissen weich, und auch Weizenkleister, Leinwandfäden und Blattgold lagen bereit, daneben einige Pergamintüten für den Fall, dass ich das Glück hatte, in der Bindung irgendwelche Rückstände zu finden – es ist erstaunlich, was man über ein Buch in Erfahrung bringen kann, wenn man zum Beispiel die chemische Zusammensetzung einer Brotkrume untersucht. Ich hatte mir Kalbslederfetzen in mehreren Varianten zurechtgelegt, Rollen handgeschöpften Papiers in verschiedenen Farbtönen und Texturen sowie Styroporformen als Stützen, in die das Buch gebettet werden würde. Wenn ich es denn je in die Hände bekam.

»Haben Sie eine Ahnung, wie lange wir noch warten müssen?«, fragte ich Sajjan. Er zuckte die Achseln. »Ich glaube, der Vertreter des Nationalmuseums hat sich verspätet. Da das Buch Eigentum des Museums ist, darf die Bank es nur in seiner Gegenwart aus dem Tresor holen.«

Unruhig trat ich ans Fenster. Wir befanden uns im obersten Stockwerk der Bank, eines Bauwerks, das einer österreichisch-ungarischen Hochzeitstorte glich, und dessen stuckverzierte Fassade wie die jedes anderen Gebäudes der Stadt mit den Pockennarben von Granaten übersät war. Als ich meine Hand auf die Scheibe legte, spürte ich die Kälte. Angeblich war es Frühling; in dem kleinen Garten neben der Eingangstür zur Bank blühten die Krokusse. Allerdings hatte es kürzlich geschneit, und aus den Kelchen der Blüten quollen Schneeflocken wie Milchschaum aus winzigen Cappuccinotassen. Zumindest war das Licht im Raum durch den Schnee gleichmäßig und hell. Perfekt zum Arbeiten, falls es überhaupt dazu kam.

Nur um mich zu beschäftigen, entrollte ich einige meiner Papiere – gewalztes französisches Leinen. Ich strich mit einem Metalllineal über jedes einzelne Blatt, um es zu glätten. Das Geräusch, mit dem die Linealkante über den großen Bogen schabte, erinnerte mich an die Brandung, die ich von meiner Wohnung zu Hause in Sydney hören kann. Ich bemerkte, dass meine Hände zitterten. Das ist nicht gut in meinem Beruf.

Meine Hände sind nicht eben das Schönste an mir. Mit ihrer rissigen, zerfurchten Haut sehen sie nicht so aus, als ob sie an meine Gelenke gehörten, die, wie ich glücklicherweise behaupten kann, schlank und geschmeidig sind wie der Rest meines Körpers. Putzfrauenhände nannte meine Mutter sie bei unserem letzten Streit. Als wir uns danach noch einmal im Cosmopolitan zum Kaffee trafen – eine kurze, nüchterne Begegnung –, trug ich als spöttische Anspielung darauf Handschuhe von der Heilsarmee. Das Cosmopolitan ist wohl der einzige Ort in Sydney, wo jemandem das Ironische an so einer Geste womöglich entgeht. Meiner Mutter entging es jedenfalls. Sie sagte, sie würde mir einen passenden Hut besorgen.

In dem hellen Licht hier sahen meine Hände noch schlimmer aus als sonst, gerötet und rau vom Abschrubben des Fetts von Rindereingeweiden mit Bimsstein. Wenn man in Sydney lebt, zählt es nicht gerade zum Einfachsten von der Welt, einen Meter Kalbsdarm zu ergattern. Seit sie den Schlachthof aus Homebush ausquartiert und angefangen haben, das Gelände für die Olympischen Spiele 2000 aufzumotzen, muss man mit diesem Anliegen praktisch in die Walachei fahren. Und wenn man endlich angelangt ist, wimmelt es dort derartig von Tierschützern, dass man kaum durchs Tor kommt. Ich werfe es niemandem vor, wenn er mich für ein bisschen seltsam hält. Schließlich ist es nicht leicht zu begreifen, wofür jemand einon Meter Kalbsdarm benötigt. Wenn man jedoch mit sechshundert Jahre alten Materialien arbeiten will, muss man wissen, wie sie vor sechshundert Jahren hergestellt wurden. Dieser Meinung ist jedenfalls Werner Heinrich, mein Lehrer. Er sagte, man könne noch so viel über das Zermahlen von Farbpigmenten und das Anmischen von Gips lesen, der einzige Weg zum richtigen Verständnis sei immer noch, es selbst zu tun. Wenn ich wissen wolle, was Wörter wie *Packen* und *Quetsche* wirklich bedeuteten, müsse ich selbst Blattgold herstellen, es schlagen und falten und wieder schlagen, und zwar auf einem weichen Untergrund, an dem es nicht kleben bleibt, zum Beispiel sauber geschrubbter Kalbsdarm. Irgendwann hat man dann einen kleinen Stapel Blattgold, in dem jedes Blatt weniger als ein Tausendstel Millimeter dick ist. Und man hat scheußlich aussehende Hände.

Ich ballte die Hände zur Faust, um die Alte-Tanten-Runzelhaut zu glätten. Außerdem wollte ich versuchen, dem Zittern Einhalt zu gebieten. Ich war bereits nervös, seit ich tags zuvor am Flughafen Wien umgestiegen war. Ich reise viel; das muss man, wenn man in Australien lebt und an den interessantesten Projekten in meiner Branche, nämlich der Konservierung mittelalterlicher Manuskripte, teilhaben will. Im Allgemeinen suche ich aber keine Orte auf, die Kriegsreportern ihre Schlagzeilen liefern. Ich weiß, dass es Menschen gibt, die so etwas tun und großartige Bücher darüber schreiben, und ich vermute, sie haben so eine Art »Mir-kann-nichts-passieren«-Optimismus, der ihnen das ermöglicht. Ich dagegen bin eine totale Pessimistin. Falls sich in dem Land, das ich besuche, auch nur ein Heckenschütze aufhält, rechne ich durchaus damit, dass ich in sein Fadenkreuz gerate.

Schon ehe das Flugzeug landete, sah ich, dass Krieg herrschte. Als wir die grauen Wolkenschwaden durchbrachen, die offensichtlich zur permanenten Verzierung des europäischen Himmels beitragen, wirkten die kleinen, rostbraun gedeckten Häuser an der Adriaküste zunächst so vertraut, als schaute ich über die Dächer von Sydney auf die tiefblaue

Bucht von Bondi Beach. Hier aber waren die Hälfte der Häuser zerstört. Sie bestanden nur noch aus schartigen Stümpfen von Mauerwerk, das wie faulige Zähne in zerklüfteten Reihen aufragte.

Es gab Turbulenzen, als wir die Berge überflogen. Ich konnte mich nicht überwinden, aus dem Fenster zu sehen, als wir in den bosnischen Luftraum kamen, und zog deshalb das Rollo herunter. Der junge Mann neben mir – wohl Mitarbeiter einer Hilfsorganisation, wie ich aus seinem kambodschanischen Schal und dem von Malaria ausgezehrten Gesicht schloss – wollte offenbar hinausschauen, doch ich ignorierte seine Körpersprache und versuchte, ihn mit einer Frage abzulenken.

»Und was führt Sie hierher?«

»Minenräumung.«

Ich war in Versuchung, etwas echt Grenzwertiges zu sagen wie: »Läuft gut, das Geschäft, was?«, schaffte es aber untypischerweise, mich zurückzuhalten. Und dann landeten wir, und er stand zusammen mit allen anderen Passagieren auf, drängte sich in den Gang und kramte in den Gepäckfächern. Dann schulterte er einen riesigen Rucksack und brach dem Mann hinter ihm fast die Nase. Der tödliche 90-Grad-Schwenk des Globetrotters – im Bus nach Bondi sieht man ihn ständig.

Endlich ging die Kabinentür auf, und alle schoben sich vorwärts, als wären sie zusammengewachsen. Ich war die einzige, die noch saß. Ich fühlte mich, als hätte ich einen Stein verschluckt, der mich auf den Sitz drückte.

»Dr. Heath?« Die Flugbegleiterin stand vor mir in dem leeren Gang.

Ich hätte beinahe gesagt: »Nein, das ist meine Mutter«, als mir klar wurde, dass sie mich meinte. In Australien schmücken sich nur Angeber mit ihrem Doktortitel. Ich war mir sicher, lediglich als Ms. eingecheckt zu haben.

»Ihre Eskorte von den Vereinten Nationen erwartet Sie auf der Rollbahn.« Das war die Erklärung. Mir war bei den

Vorbereitungen zu diesem Auftrag bereits aufgefallen, dass die UNO Wert auf solch protzige Anreden legt.

»Eskorte?«, wiederholte ich einfältig. »Rollbahn?« Man hatte mir gesagt, ich würde abgeholt, doch hatte ich eher an einen gelangweilten Taxifahrer gedacht, der ein Schild mit meinem falsch geschriebenen Namen hochhielt. Die Flugbegleiterin schenkte mir ein breites, perfektes deutsches Lächeln. Sie beugte sich über mich und ließ das Rollo hochschwirren. Ich sah hinaus. Drei große gepanzerte Wagen mit getönten Scheiben, Fahrzeuge von der Art, in denen der amerikanische Präsident herumkutschiert wird, standen hinter der Tragfläche. Dieser Anblick, der eigentlich beruhigend hätte wirken müssen, machte den Stein in meinen Eingeweiden nur noch eine Tonne schwerer. Dahinter, in langem Gras, das mit Minenwarnschildern in mehreren Sprachen gespickt war, lag der rostige Rumpf einer riesigen Frachtmaschine, die bei irgendeinem misslichen Zwischenfall von der Landebahn abgekommen sein musste. Ich schaute Fräulein Lächelgesicht an.

»Ich dachte, der Waffenstillstand wird eingehalten«, sagte ich.

»Wird er auch«, entgegnete sie munter. »Meistens. Brauchen Sie Hilfe bei Ihrem Handgepäck?«

Ich schüttelte den Kopf und beugte mich vor, um den fest unter meinem Vordersitz verkeilten, schweren Koffer hervorzuzerren. Im Allgemeinen gestatten Fluggesellschaften keine Sammlungen spitzer Metallgegenstände an Bord, doch die Deutschen haben großen Respekt vor dem Handwerk, und die Dame am Check-in-Schalter verstand, dass ich mein Werkzeug ungern aufgebe, weil es dann womöglich ohne mich auf Europa-Rundreise geht, während ich untätig dasitze.

Ich liebe meine Arbeit. Das ist auch der Grund dafür, dass ich, der größte Feigling auf Erden, eingewilligt habe, diesen Auftrag anzunehmen. Um ehrlich zu sein, kam es mir gar nicht mal in den Sinn abzulehnen. Man schlägt nicht die Chance aus, an einem der seltensten und rätselhaftesten Bücher der Welt zu arbeiten.

Der Anruf hatte mich um 2 Uhr morgens erreicht, wie so viele Anrufe, da ich in Sydney lebe. Manchmal macht es mich rasend, dass die intelligentesten Leute – Museumsdirektoren, die international bekannte Einrichtungen leiten, oder Aufsichtsräte, die einem auf die Kommastelle genau sagen können, wie hoch der Hang-Seng-Index an einem bestimmten Tag war – die simple Tatsache übersehen, dass es in Sydney generell neun Stunden später ist als in London und vierzehn Stunden später als in New York. Amitai Yomtov ist ein brillanter Mann. Wahrscheinlich der beste auf seinem Gebiet. Aber kennt er den Zeitunterschied zwischen Jerusalem und Sydney?

»Schalom, Channa«, sagte er mit seinem ausgeprägten hebräischen Akzent, der meinen Namen mit einem gutturalen »Ch« versah. »Ich habe dich doch nicht geweckt?«

»Nein, Amitai«, erwiderte ich. »Um zwei Uhr morgens bin ich immer auf; ist die beste Tageszeit.«

»Ach so, tut mir leid, aber ich dachte, es interessiert dich vielleicht, dass die Haggadah von Sarajevo aufgetaucht ist.«

»Nein!«, rief ich, plötzlich hell wach. »Das ist ja eine großartige Nachricht.« Das stimmte wirklich, doch diese großartige Nachricht hätte ich ebenso gut zu einer zivilisierten Stunde als E-Mail lesen können. Mir war nicht klar, warum Amitai mich unbedingt hatte anrufen müssen.

Amitai war wie die meisten Sabres ein recht zurückhaltender Typ, aber diese Neuigkeit hatte ihn überschwänglich gemacht. »Ich habe immer gewusst, dass dieses Buch ein Überlebenskünstler ist. Ich wusste, dass es die Bomben überstehen würde.«

Die Haggadah von Sarajevo, entstanden im mittelalterlichen Spanien, war eine berühmte Rarität, eine üppig bebilderte hebräische Handschrift, geschaffen zu einer Zeit, in der der jüdische Glaube Illustrationen jeder Art streng verbot. Man hatte vermutet, das Gebot im 2. Buch Mose, »Du sollst dir kein Gottesbild machen«, habe die figurative Kunst bei den Juden des Mittelalters unterdrückt. Als das Manuskript jedoch 1894 in Sarajevo auftauchte, widerlegten die darin enthaltenen

Miniaturen diese Annahme, was sogar dazu führte, dass Teile der Kunstgeschichte neu geschrieben werden mussten.

1992, zu Beginn der Belagerung von Sarajevo, als auch Museen und Bibliotheken unter Beschuss gerieten, war der Kodex verschwunden. Die bosnisch-muslimische Regierung habe ihn verkauft, um Waffen zu finanzieren, lautete ein Gerücht. Nein, Agenten des Mossad hätten ihn durch einen Tunnel unter dem Flughafen aus der Stadt herausgeschmuggelt. Ich schenkte beiden Versionen keinen Glauben. Meiner Meinung nach war das wunderschöne Buch wohl Teil des Ascheregens aus brennenden Seiten geworden – bestehend aus osmanischen Grundbesitzurkunden, antiken Koranen und slawischen Schriftrollen –, der nach dem Abwurf der Phosphorbomben auf Sarajevo herabgeregnet war.

»Aber Amitai, wo ist es die letzten vier Jahre gewesen? Wie ist es aufgetaucht?«

»Du weißt doch, dass Pessach ist, oder?«

Das wusste ich in der Tat; mich plagten noch die Überreste eines Rotweinkaters von dem ausgelassenen, höchst unorthodoxen Pessach-Picknick, das einer meiner Freunde am Strand veranstaltet hatte. Die dazugehörige rituelle Mahlzeit heißt *seder*, was auf Hebräisch »Ordnung« bedeutet, aber diese Nacht war eine der *un*geordnetsten meiner jüngeren Vergangenheit gewesen.

»Also, gestern Abend feierte die jüdische Gemeinde von Sarajevo ihren Seder, und mittendrin wurde – sehr dramatisch – die Haggadah präsentiert. Der Leiter der Gemeinde sagte in seiner Ansprache, das Überleben des Buches sei ein Symbol für das Überleben von Sarajevos multiethnischen Idealen. Und weißt du, wer es gerettet hat? Ozren Karaman heißt er, und er ist Leiter der Museumsbibliothek. Trotz des heftigen Artilleriebeschusses hat er sich reingetraut.« Amitais Stimme zitterte vor Rührung. »Kannst du dir das vorstellen, Channa? Einen Muslim, der für ein jüdisches Buch seinen Kopf riskiert?«

Es sah Amitai nicht ähnlich, sich von Geschichten über tollkühne Taten beeindrucken zu lassen. Ein indiskreter Kollege hatte einmal angedeutet, dass Amitai seinen Wehrdienst in einem Kommandotrupp geleistet hatte, der so supergeheim ist, dass Israelis ihn nur als »die Einheit« bezeichnen. Obwohl das lange vorbei war, als wir uns kennen lernten, fielen mir damals schon sein außergewöhnlicher Körperbau und sein Auftreten auf. Er besaß die kompakte Muskulatur eines Gewichthebers und eine Art Hyper-Wachsamkeit. Wenn er mit mir sprach, schaute er mich direkt an, aber dazwischen schienen seine Blicke die Umgebung abzusuchen und alles und jeden zu speichern. Er hatte richtig verärgert gewirkt, als ich ihn auf die »Einheit« angesprochen hatte. »Von mir weißt du nichts«, fauchte er. Ich fand es trotzdem erstaunlich. Schließlich spricht man nicht oft mit Angehörigen von Sonderkommandos über Bücher.

»Und was hat der Typ dann mit dem Buch gemacht?«, fragte ich.

»Er hat es in ein Schließfach im Tresor der Zentralbank gesteckt. Du kannst dir ja vorstellen, wie das Pergament dabei gelitten hat ... in Sarajevo konnte die letzten beiden Winter nicht geheizt werden ... und dann so eine Metallkassette ... ausgerechnet Metall ... es liegt immer noch da drin ... ich darf gar nicht darüber nachdenken. Jedenfalls will die UNO, dass jemand seinen Zustand überprüft. Sie zahlen für etwaige restaurative Maßnahmen – sie wollen das Buch so bald wie möglich ausstellen, um die Stimmung in der Stadt zu verbessern, weißt du. Und als ich in dem Programm der Konferenz, die im nächsten Monat in der Tate stattfindet, deinen Namen sah, dachte ich, wenn du sowieso auf diese Hälfte der Erdkugel kommst, könntest du vielleicht auch diesen Job erledigen.«

»Ich?«, quietschte ich. Falsche Bescheidenheit liegt mir nicht; ich leiste sehr gute Arbeit. Aber für solch einen Auftrag, einen Karriereschub, der einem vielleicht einmal im Leben widerfährt, gab es mindestens ein Dutzend Personen mit mehr Berufserfahrung und besseren Verbindungen in Europa. »Warum nicht du?«, fragte ich.

Amitai wusste mehr über die Haggadah von Sarajevo als

sonst jemand; er hatte Monografien darüber verfasst. Mir war klar, dass er nur zu gern die Gelegenheit gehabt hätte, mit dem Original zu arbeiten. Er seufzte tief. »Die Serben haben die letzten drei Jahre ständig behauptet, die Bosnier seien fanatische Muslime, und irgendwann haben die Bosnier angefangen, ihnen zu glauben. Sieht so aus, als wären die Saudis dort jetzt die großen Mäzene, deshalb war man dagegen, den Job einem Israeli zu geben.«

»O Amitai, das tut mir leid…«

»Ist schon in Ordnung, Channa. Ich bin in guter Gesellschaft. Einen Deutschen wollten sie auch nicht. Natürlich habe ich als ersten – sei mir nicht böse – Werner vorgeschlagen…« Herr Dr. Dr. Werner Maria Heinrich war nicht nur mein Lehrer, sondern nach Amitai der führende Spezialist auf dem Gebiet hebräischer Handschriften, deshalb konnte ich kaum gekränkt sein. Amitai erklärte mir, dass die Bosnier nach wie vor einen Groll gegen Deutschland hegten, das den Krieg durch die Anerkennung von Slowenien und Kroatien ausgelöst habe. »Und die UNO will keinen Amerikaner, weil der US-Kongress die UNESCO immer schlecht macht. Also dachte ich, du wärst genau die Richtige, denn wer hat schon was gegen Australier? Außerdem habe ich ihnen gesagt, dass du handwerklich gar nicht schlecht bist.«

»Danke für das tolle Kompliment«, sagte ich. Und dann, weniger scherzhaft: »Amitai, das vergesse ich dir nie. Vielen Dank.«

»Du kannst es mir vergelten, indem du eine erstklassige Dokumentation des Buches vorlegst, damit wir wenigstens ein schönes Faksimile drucken können. Schick mir doch so bald wie möglich die Aufnahmen, die du machst, und einen Entwurf deines Berichts, ja?«

Seine Stimme klang so wehmütig, dass ich mich meiner eigenen Freude wegen schuldig fühlte. Aber ich musste ihm noch eine Frage stellen.

»Amitai, gibt es Zweifel an der Echtheit? Du kennst ja die Gerüchte, dass während des Krieges…«

»Nein, da haben wir keine Sorge. Der Bibliothekar Karaman und sein Chef, der Direktor des Museums, haben die Echtheit zweifelsfrei bestätigt. Deine Aufgabe ist so gesehen rein technisch.«

Technisch. Das werden wir noch sehen, dachte ich. Vieles von dem, was ich tue, *ist* Technik: Wissenschaft und Handwerk, die jeder einigermaßen intelligente und mit guter Feinmotorik ausgestattete Mensch erlernen kann. Aber es kommt noch etwas anderes hinzu, eine Art Gespür für die Vergangenheit. Indem ich Forschung mit Vorstellungskraft verbinde, gelingt es mir manchmal, mich in die Leute hineinversetzen, die das Buch geschrieben haben. Ich finde heraus, wer sie waren, wie sie arbeiteten. So füge ich dem Sandkasten menschlichen Wissens meine paar Körnchen hinzu. Das liebe ich am meisten an dem, was ich tue. Die Haggadah von Sarajevo warf so viele Fragen auf. Wenn ich nur eine davon beantworten könnte...

Ich konnte nicht wieder einschlafen, deshalb zog ich meinen Jogginganzug über und ging durch die nächtlichen Straßen, die immer noch schwach nach erbrochenem Bier und Friteusenfett stanken, hinunter zum Strand, wo die Luft klar und salzig über einem Ozean weht, der sich über den halben Planeten erstreckt. Weil es Herbst war und mitten in der Woche, war kaum jemand draußen, nur ein paar Betrunkene, die an der Mauer des Surfclubs lehnten, und ein Liebespaar, das ineinander verschlungen auf einem Badelaken lag. Keiner bemerkte mich. Ich ging an dem Gischtrand entlang, der sich leuchtend von der lackschwarzen Dunkelheit des Sandes abhob. Ehe ich es mich versah, rannte und hüpfte ich, wich wie ein Kind den riesigen Wellen aus.

Das war vor einer Woche gewesen. In den Tagen darauf war meine Hochstimmung allmählich unter Visaanträgen, Bestellungen für Flugtickets, Bergen von rotem UNO-Klebeband und jeder Menge Nervenkrieg begraben worden. Als ich unter der Last meines Koffers die Treppe vom Flugzeug auf die Landebahn hinabtaumelte, musste ich mir erst wieder ins Gedächtnis rufen, dass dies genau die Art von Auftrag war, für die ich lebte.

Mir blieb kaum eine Sekunde, um die Berge auf mich wirken zu lassen, die rings um uns aufragten wie der Rand einer riesigen Schüssel, da sprang schon ein blau behelmter Soldat – hoch gewachsen und skandinavisch aussehend – aus dem mittleren der bereit stehenden Fahrzeuge, ergriff meinen Koffer und warf ihn hinten in den Wagen.

»Vorsicht!«, sagte ich. »Da sind zerbrechliche Instrumente drin!« Die einzige Reaktion des Soldaten bestand darin, mich am Arm zu packen und auf die Rückbank zu schleudern, die Tür zuzuknallen und auf den Beifahrersitz zu springen. Die automatische Türverriegelung rastete mit deutlich vernehmbarem Klicken ein, und der Chauffeur gab Gas.

»Das ist mein erstes Mal«, sagte ich mit gespielter Leichtfertigkeit. »Buchkonservatoren fahren nicht oft in gepanzerten Wagen.« Keine Reaktion, weder von Seiten des Soldaten noch des dünnen Zivilisten, der sich über das Lenkrad des gewaltigen Fahrzeugs beugte, den Kopf eingezogen wie eine Schildkröte. Hinter den getönten Scheiben sausten verschwommen die mit Granateinschüssen übersäten Gebäude der verwüsteten Stadt vorbei. Die Wagen manövrierten rasant um tiefe, von Mörsern erzeugte Schlaglöcher und holperten über den von Panzerketten zerfetzten Asphalt. Es war nicht viel Verkehr. Die meisten Leute waren zu Fuß unterwegs, ausgezehrte, erschöpft wirkende Gestalten, die Mäntel fest um sich geschlungen gegen die Kälte eines Frühlings, der noch nicht angebrochen war. Wir kamen an einem Wohnblock vorbei, der aussah wie das Puppenhaus, das ich als Mädchen gehabt hatte; die gesamte Fassade fehlte, sodass man in die Räume blicken konnte. Sie war von einer Explosion weggerissen worden, aber wie in meinem Puppenhaus waren die frei einsehbaren Zimmer möbliert. Als wir vorüberrasten, erkannte ich, dass dort noch immer Menschen lebten, deren einziger Schutz ein paar Plastikplanen waren, die sich im Wind blähten. Trotzdem hatten sie ihre Wäsche gewaschen. Sie flatterte an Leinen, gespannt zwischen dem verbogenen Stahl, der aus den Betontrümmern ragte.

Ich dachte, sie würden mich gleich zu dem Buch bringen. Stattdessen verging der Tag mit endlosen, ermüdenden Treffen, zuerst mit jedem einzelnen UN-Mitarbeiter, der sich jemals mit Kultur beschäftigt hatte, dann mit dem Direktor des bosnischen Museums und dann mit einer Gruppe von Regierungsbeamten. Ich bezweifle, dass ich aufgrund meiner Vorfreude auf die Arbeit ohnehin hätte schlafen können, doch die zehn Tassen starken türkischen Kaffees, die mir im Laufe des Tages serviert wurden, waren jedenfalls nicht hilfreich. Vielleicht zitterten meine Hände deswegen immer noch.

Aus den Polizeifunkgeräten ertönte lautes Knistern. Plötzlich waren alle auf den Beinen, die Polizisten, die Wachen, Sajjan. Der Bankangestellte entriegelte die Tür, und viele weitere Wachleute kamen in einer Art Zugvogelformation hereingeschwärmt. In der Mitte stand ein magerer junger Mann in verblichenen Bluejeans, wahrscheinlich der Bummelant aus dem Museum, der uns alle hatte warten lassen. Doch ich hatte keine Zeit, mich über ihn zu ärgern, denn er hielt einen Metallkasten in den Händen. Als er ihn auf den Tisch stellte, sah ich, dass er an mehreren Stellen mit Wachsstempeln und Klebeband versiegelt war. Ich gab ihm mein Skalpell. Er erbrach die Siegel, öffnete den Deckel, holte das Buch heraus und schälte es aus etlichen Lagen Seidenpapier. Und dann reichte er es mir.

II

So oft ich auch schon mit seltenen, schönen Dingen zu tun hatte – das Gefühl der ersten Berührung ist immer noch eine besonders eindringliche Erfahrung, eine Kombination aus Stromschlag und dem Streicheln des Hinterkopfs eines Neugeborenen.

Seit einem Jahrhundert hatte kein Konservator dieses Manuskript angefasst. Die Styroporformen standen bereit. Ich zögerte eine Sekunde – ein hebräisches Buch, also gehörte der Rücken nach rechts – und legte es darauf.

Solange man es nicht aufschlug, forderte das Manuskript ein ungeschultes Auge zu keinem zweiten Blick heraus. Zunächst war es klein, passend für den Gebrauch am Pessach-Festmahlstisch. Der unauffällige Einband stammte aus dem 19. Jahrhundert und war fleckig und abgestoßen. Ein so prächtig illustrierter Kodex wie dieser hatte ursprünglich bestimmt eine kunstvoll gearbeitete Bindung gehabt. Man bereitet keinen Hummer Thermidor zu und serviert ihn dann auf einem Pappteller. Der Buchbinder hatte womöglich Blattgold und Silberprägung verwendet, vielleicht Intarsien aus Elfenbein oder Perlmutt. Diese Handschrift war in ihrem langen Leben aber wahrscheinlich oft neu gebunden worden, das letzte Mal, von dem wir mit Sicherheit wussten, in den 1890ern in Wien. Leider hatte der österreichische Buchbinder sie in diesem Fall fürchterlich misshandelt, das Pergament stark beschnitten und den alten Einband ganz entfernt – etwas, was heutzutage niemand, vor allem kein Profi, der für ein großes Museum arbeitet, mehr tun würde. Unmöglich zu sagen, welche Informationen dadurch verloren gegangen waren. Er hatte das Manuskript in simple Pappdeckel gebunden, bedruckt mit einem unpassenden türkischen Blumenmuster, das mittlerweile ausgeblichen und verfärbt war. Nur die Ecken und der Rücken bestanden aus Kalbsleder, und das war dunkelbraun und abgeschabt, sodass der Rand der grauen Pappe darunter sichtbar wurde.

Ich strich mit dem Mittelfinger leicht über die rissigen Ecken. Die würde ich in den nächsten Tagen verstärken. Als mein Finger der Pappkante folgte, bemerkte ich etwas Ungewöhnliches. Der Buchbinder hatte zwei Rillen und einige kleine Löcher in den Rand gestanzt, in die sich ein Paar Schließen hätten fügen lassen. Es waren aber keine Schließen vorhanden. Ich machte mir im Geiste eine Notiz, der Sache nachzugehen.

Nachdem ich die Formen so verschoben hatte, dass sie den

Buchrücken stützten, klappte ich den Einband auf und beugte mich weit vor, um die eingerissenen Vorsatzblätter zu untersuchen. Ich würde sie mit Weizenkleister und Stücken passenden Leinenpapiers reparieren. Ich entdeckte sofort, dass die Leinenfäden, die der Wiener Buchbinder verwendet hatte, ausgefranst waren und kaum noch hielten. Das bedeutete, dass ich die Bögen würde auseinander nehmen und neu heften müssen. Ich atmete tief ein und blätterte die Seite zu der eigentlichen Handschrift um. Auf sie kam es an; sie würde zeigen, was vier harte Jahre ihr, die fünf Jahrhunderte überlebt hatte, angetan hatten.

Im Licht des Schnees flammten Farben auf. Blau: intensiv wie das eines Hochsommerhimmels, gewonnen durch das Zermahlen des kostbaren Lapislazuli, der von den Bergen Afghanistans mit einer Kamelkarawane nach Europa getragen worden war. Weiß: pur, sahnig, opak. Weniger strahlend und komplexer als das Blau. Damals wurde es sicher noch nach der Methode hergestellt, die die alten Ägypter erfunden hatten. Man bedeckt Bleistangen mit dem Bodensatz abgestandenen Weins und schließt sie in einen Schuppen voller Tierkot. Ich hatte das im Gewächshaus meiner Mutter in Bellevue Hill schon selbst ausprobiert. Sie hatte eine große Lieferung Dünger erhalten, und ich konnte nicht widerstehen. Die Säure in dem zu Essig vergorenen Wein wandelt das Blei in Bleiacetat um, das sich seinerseits mit dem von dem Dung freigesetzten Kohlendioxid zu weißem Bleikarbonat verbindet, $PbCO_3$. Meine Mutter kriegte natürlich einen Anfall und konnte sich ihren preisgekrönten Orchideen wochenlang nicht mehr nähern.

Ich blätterte um. Wieder blendender Glanz. Die Illuminationen waren wunderschön, doch ich erlaubte mir nicht, sie als Kunstwerke zu sehen. Noch nicht. Zunächst musste ich ihre Chemie verstehen. Da war Gelb, hergestellt aus Safran. Diese prächtige Herbstblume, *crocus sativus linnaeus*, bei der jede Blüte nur drei winzige Stempelfäden enthält, galt damals und für sehr lange Zeit als kostbares Luxusgut, und obwohl wir heute wissen, dass die satte Farbe von einem Karo-tin stammt, dem Crocin, dessen Moleküle aus 44 Kohlenstoff-, 64 Wasserstoff- und 24 Sauerstoffatomen bestehen, können wir nach wie vor keinen gleichwertigen synthetischen Ersatz herstellen. Da waren Malachitgrün und Rot, jenes intensive so genannte »Wurmrot« – *tola'at schani* auf Hebräisch –, gewon-nen aus auf Bäumen lebenden Schildläusen, die zerquetscht und in Lauge ausgekocht wurden. Später, als Alchimisten lern-ten, ein ähnliches Rot aus Schwefel und Quecksilber zu erzeu-gen, nannten sie die Farbe immer noch »kleiner Wurm« – ver-miculum. Manche Dinge ändern sich nicht: auf Englisch heißt sie noch heute »vermilion«.

Veränderung. Sie ist der große Feind. Büchern ergeht es am besten, wenn Temperatur, Luftfeuchtigkeit, die ganze Umge-bung beständig bleiben. Drastischere Veränderungen als diese kann ein Manuskript kaum erleben: umgelagert unter extremen Bedingungen und ohne Vorbereitung oder Vorsichtsmaßnah-men, enormen Temperaturschwankungen ausgesetzt. Ich hatte Angst gehabt, die Seiten könnten geschrumpft, die Pigmente abgeplatzt sein. Aber die Farben waren erhalten, so rein und lebhaft wie an dem Tag, an dem sie aufgetragen worden wa-ren. Im Unterschied zu dem Blattgold auf dem Buchrücken, das abgeflockt war, wirkte das Gold der Abbildungen frisch und leuchtend. Der Mann, der sie vor fünfhundert Jahren ge-malt hatte, hatte sein Handwerk definitiv besser beherrscht als der neuzeitliche Wiener Buchbinder. Auch Blattsilber ent-deckte ich, allerdings grau und oxydiert, wie zu erwarten ge-wesen war.

»Werden Sie das ausbessern?« Es war der dünne junge Mann aus dem Museum, der auf eine deutlich verfärbte Stelle zeigte. Er stand zu nahe daran. Da Pergament Fleisch ist, kön-nen menschliche Bakterien es beschädigen. Ich verlagerte meine Schulter so, dass er seine Hand zurückziehen und einen Schritt nach hinten treten musste.

»Nein«, sagte ich. »Auf keinen Fall.« Ich schaute nicht auf.

»Aber Sie sind doch Restauratorin; ich dachte ...«

»Konservatorin«, berichtigte ich ihn. Das Letzte, was ich mir in diesem Moment wünschte, war eine lange Diskussion über die Philosophie der Buchkonservierung. »Sehen Sie«, sagte ich, »Sie sind hier anwesend; mir wurde erklärt, dass das notwendig ist, aber es wäre mir lieb, wenn Sie mich bei der Arbeit nicht unterbrechen.«

»Ich verstehe«, begegnete er meiner Schroffheit mit sanfter Stimme. »Aber Sie müssen mich auch verstehen: Ich bin der Kustos, verantwortlich für dieses Buch.«

Kustos. Es dauerte eine Minute, ehe ich begriff. Dann drehte ich mich um und starrte ihn an. »*Sie* können doch nicht Ozren Karaman sein, der das Buch gerettet hat?«

Sajjan, der UNO-Vertreter, sprang auf. »Entschuldigung, ich hätte Sie einander vorstellen müssen. Aber Sie waren so erpicht darauf, mit der Arbeit anzufangen, dass ich – Dr. Hanna Heath, darf ich Ihnen Dr. Ozren Karaman vorstellen, Chefbibliothekar des Nationalmuseums und Professor für Bibliothekswissenschaft an der Nationaluniversität von Bosnien.«

»Ich – tut mir leid, das war unhöflich von mir«, sagte ich. »Ich hatte gedacht, als Kurator einer so bedeutenden Sammlung wären Sie viel älter.« Ich hatte auch nicht damit gerechnet, dass ein Mensch in seiner Position ganz so leger gekleidet war. Er trug eine abgewetzte Lederjacke über einem zerknitterten weißen T-Shirt. Seine Jeans waren ausgefranst. Sein Haar – wilde Locken, weder gekämmt noch zurechtgestutzt – fiel ihm über eine Brille, die über der Nase mit Klebeband repariert war.

Er zog eine Augenbraue hoch. »In Ihrem fortgeschrittenen Alter haben Sie natürlich allen Grund, das anzunehmen.« Seine Miene blieb dabei völlig ernst. Er war wohl genau wie ich erst Anfang dreißig. »Ich würde mich aber sehr freuen, Dr. Heath, wenn Sie sich einen Moment Zeit nehmen, mir zu erklären, was Sie vorhaben.« Er warf Sajjan einen Blick zu, als er das sagte, und der sprach Bände. Die UNO war der Meinung, sie täte Bosnien einen Gefallen damit, diese Arbeit zu finanzieren, damit die Haggadah angemessen präsentiert werden konnte.

Wenn es jedoch um nationale Schätze geht, will keiner, dass Außenstehende das Sagen haben. Ozren Karaman fühlte sich eindeutig übergangen. In diese Sache wollte ich mich keinesfalls hineinziehen lassen. Ich war hier, um mich um ein Buch zu kümmern, nicht um das verletzte Ego eines Bibliothekars. Trotzdem hatte er ein Recht darauf zu erfahren, warum die UNO jemanden wie mich ausgesucht hatte.

»Den Umfang meiner Arbeit kann ich erst abschätzen, wenn ich das Manuskript gründlich durchgesehen habe, aber die Sache ist folgende: Ich werde weder chemikalische Ausbesserungen noch eine umfassende Restauration vornehmen. Ich habe zu viele Artikel geschrieben, die diesen Ansatz kritisieren. Ein Buch in den Zustand zurückzuversetzen, in dem es bei seiner Entstehung war, bedeutet mangelnden Respekt vor seiner Geschichte. Ich finde, man muss es so akzeptieren, wie es einem von früheren Generationen überliefert wurde, weil Beschädigungen und Gebrauchsspuren diese Geschichte gewissermaßen widerspiegeln. Ich sehe meine Aufgabe darin, es so zu stabilisieren, dass man es gefahrlos anfassen und studieren kann, und nur zu reparieren, wenn es unbedingt notwendig ist. Das hier zum Beispiel«, sagte ich und zeigte auf eine Seite, wo ein rostbrauner Fleck sich wie eine Blüte über die glutrote hebräische Kalligrafie breitete. »Von diesen Fasern kann ich eine Probe fürs Mikroskop entnehmen, und wir können sie analysieren und vielleicht erfahren, was den Fleck verursacht hat, und dann vielleicht besser darauf schließen, wo sich das Buch zu der Zeit befand. Und wenn uns das jetzt nicht gelingt, dann womöglich einem künftigen Kollegen in fünfzig oder hundert Jahren, wenn die Labortechniken weiter fortgeschritten sind. Wenn ich diesen Fleck – diese so genannte ›Beschädigung‹ – dagegen chemisch beseitige, ist diese Chance auf ewig vertan.« Ich holte tief Luft.

Ozren Karaman schaute mich belustigt an. Ich war plötzlich verlegen. »Entschuldigung, das alles wissen Sie natürlich. Aber für mich ist es eine Art Obsession, und wenn ich erst mal loslege …« Ich machte es nur noch schlimmer, also hielt ich inne.

Dann sagte ich: »Die Sache ist bloß, dass ich das Manuskript nur für eine Woche zur Verfügung habe, daher brauche ich wirklich jede Minute. Ich würde gern anfangen... Bis heute Abend um sechs kann ich es haben, oder?«

»Nein, nicht ganz. Ich muss es Ihnen ungefähr zehn Minuten vorher wegnehmen, damit ich es noch vor dem Wachwechsel in der Bank wieder sicher verwahren kann.«

»In Ordnung«, sagte ich, zog meinen Stuhl nach vorn und wandte mich an das andere Ende des langen Tisches, wo die Sicherheitsbeamten saßen. »Können wir uns die nicht vom Hals schaffen?«

Karaman schüttelte seinen unfrisierten Kopf. »Ich fürchte, sie werden alle hierbleiben.«

Ich konnte nicht verhindern, dass mir ein Seufzer entfuhr. Meine Arbeit hat mit Gegenständen zu tun, nicht mit Menschen. Ich mag Stoffliches, Gewebe, das Wesen der unterschiedlichen Materialien, aus denen ein Buch besteht. Ich kenne die Beschaffenheit und die Bestandteile seiner Seiten, das Leuchten und die tödlichen Gifte uralter Pigmente. Weizenkleister – mit Weizenkleister kann ich jeden zu Tode langweilen. Ich habe sechs Monate in Japan verbracht und dort gelernt, wie man ihn anmischt, um die richtige Spannung zu erzielen.

Pergament liebe ich besonders. Es ist so haltbar, dass es Jahrhunderte überstehen kann, so empfindlich, dass ein Moment der Achtlosigkeit reicht, um es zu zerstören. Einer der Gründe dafür, mich mit diesem Auftrag zu betrauen, war sicherlich der, dass ich so viele Artikel über Pergament veröffentlicht habe. Ich erkannte allein an der Größe und Verteilung der Poren, die auf den Seiten sichtbar wurden, dass sie aus der Haut einer inzwischen ausgestorbenen, dicht behaarten spanischen Schafsrasse hergestellt waren. Handschriften, die aus den Königreichen Aragonien und Kastilien stammen, kann man bis auf etwa hundert Jahre genau datieren, wenn man weiß, wann diese spezielle Rasse bei den dortigen Pergamentmachern in Mode war.

Pergament ist eigentlich Leder, das jedoch anders aussieht und sich anders anfühlt, weil sich die Fasern der Haut durch das Strecken neu anordnen. Wird es nass, verwandeln sie sich jedoch in ihr ursprüngliches, dreidimensionales Geflecht zurück. Ich hatte mir Sorgen gemacht wegen eventueller Kondensation in der Metallkassette oder Einwirkungen der Elemente beim Transport, aber für beides gab es so gut wie keine Anzeichen. Einige Seiten zeigten allerdings Spuren von älteren Wasserschäden; unter dem Mikroskop sah ich eine Kruste aus würfelförmigen Kristallen, die ich erkannte: NaCl, auch bekannt als gutes altes Tafelsalz. Wahrscheinlich handelte es sich hier um das am Sedertisch benutzte Salzwasser, das die Tränen der Sklaven in Ägypten repräsentieren soll.

Natürlich ist ein Buch mehr als die Summe seiner materiellen Bestandteile, nämlich eine Schöpfung des menschlichen Geistes und der menschlichen Hand. Die Goldschläger, die Steinschleifer, die Schreiber, die Buchbinder, sie sind mir die Liebsten. Manchmal sprechen sie in der Stille zu mir. Sie lassen mich wissen, was sie antrieb, und das hilft mir bei meiner Arbeit. Ich hatte Angst, dass der Kustos mit seinen wohlmeinend forschenden Blicken oder die Polizisten mit dem leisen Gebrabbel aus ihren Funkgeräten meine freundlichen Geister fernhalten würden. Denn ich brauchte ihre Unterstützung. Es gab so viele Fragen.

Auf den ersten Blick sehen die meisten dieser Bücher, reich ausgestattet mit kostbaren Farben, aus, als wären sie für Paläste oder Tempel gemacht worden. Eine Haggadah aber dient nur dem häuslichen Gebrauch. Das Wort entstand der hebräischen Wortwurzel *hgd*, nämlich »erzählen«, und ist dem biblischen Gebot entnommen, das Eltern anweist, ihren Kindern die Geschichte des Auszugs aus Ägypten zu vermitteln. Die »Erzählung« existiert in sehr unterschiedlichen Versionen, und im Laufe der Jahrhunderte hat jede jüdische Gemeinde auch eigene Varianten dieses im häuslichen Kreise begangenen Festes entwickelt.

Niemand wusste jedoch, warum die Haggadah von Sarajevo

so üppig mit Miniaturen bebildert worden war, und das zu einer Zeit, in der figurative Kunst den meisten Juden als Verletzung der heiligen Gebote galt. Es war unwahrscheinlich, dass ein Jude damals die ausgefeilten Maltechniken hätte lernen können, wie sie in der Haggadah zu bewundern sind. Der Stil ist dem christlicher Illustratoren nicht unähnlich. Und doch zeigen die Miniaturen überwiegend biblische Szenen, wie sie vom Midrasch, der jüdischen Bibelexegese, ausgelegt werden.

Ich blätterte um und erblickte diejenige Abbildung, die bei den Gelehrten mehr Spekulationen hervorgerufen hatte als alle anderen. Es war eine häusliche Szene. Eine jüdische Familie – Spanier, ihrer Kleidung nach zu urteilen – sitzt am Sedertisch. Wir sehen die rituellen Speisen, die Matze, die an das ungesäuerte Brot erinnert, das die Hebräer in der Nacht vor ihrer Flucht aus Ägypten in aller Eile backten, den Lammknochen, der die Opferung eines Pessachlamms im Jerusalemer Tempel symbolisiert. Der Vater, in fast liegender Haltung, um zu verdeutlichen, dass er ein freier Mann und kein Sklave ist, trinkt Wein aus einem goldenen Kelch, während sein kleiner Sohn neben ihm einen Becher hebt. Die Mutter sitzt gelassen im Festtagskleid und mit juwelengeschmücktem Kopfputz da. Doch es befindet sich noch eine weitere Frau am Tisch, mit ebenholzschwarzer Haut und im gelben Gewand, die ein Stück Matze in der Hand hält. Die Identität dieser an dem jüdischen Ritus teilnehmenden Afrikanerin in Safran, zu schön gekleidet, um eine Dienerin zu sein, gibt den Wissenschaftlern seit hundert Jahren Rätsel auf.

Langsam und sorgfältig untersuchte ich den Zustand jeder einzelnen Seite und machte mir Notizen dazu. Jedes Mal, wenn ich umblätterte, prüfte und justierte ich die Position der Haltevorrichtungen. Nie ein Buch strapazieren – das oberste Gebot des Konservators. Die Menschen dagegen, die im Besitz dieses Manuskripts gewesen waren, hatten unerträgliche Strapazen durchlitten: Pogrom, Inquisition, Exil, Genozid, Krieg.

Als ich am Ende des hebräischen Textes angelangt war, stieß ich auf eine Zeile in einer anderen Sprache, einer anderen Handschrift: *Revisto per mi. Gio. Domenico Vistorini, 1609.* Die italienischen Wörter, geschrieben in venezianischer Mundart, hießen übersetzt: »Begutachtet von mir.« Wären diese drei Wörter nicht gewesen, unterzeichnet von einem offiziellen Zensor der päpstlichen Inquisition, wäre das Buch damals vielleicht in Venedig zerstört worden und hätte nie seinen Weg über die Adria in den Balkan gefunden.

»Warum hast du es gerettet, Giovanni?«

Stirnrunzelnd schaute ich auf. Dr. Karaman, der Bibliothekar, stand vor mir. Er zuckte kaum merklich entschuldigend die Achseln. Vermutlich dachte er, ich ärgerte mich über die Störung, aber in Wahrheit war ich erstaunt darüber, dass er genau die Frage formulierte, die ich mir im Geiste gestellt hatte. Niemand kannte die Antwort, ebenso wenig wie man wusste, wie oder warum – oder auch nur wann – das Buch nach Sarajevo gelangt war. Ein Schriftstück von 1894 besagte, dass ein Mann namens Kohen es der Bibliothek verkauft hatte, doch es war niemandem eingefallen, ihn nach seinen Gründen zu befragen. Und nach dem Zweiten Weltkrieg, in dem zwei Drittel der Juden in Sarajevo abgeschlachtet und die jüdischen Viertel der Stadt geplündert worden waren, gab es hier keine Kohens mehr, an die man sich hätte wenden können. Auch damals hatte ein muslimischer Bibliothekar das Buch gerettet, aber die Einzelheiten seiner Tat waren spärlich und widersprüchlich überliefert.

Als ich die Notizen zu meiner ersten Untersuchung vervollständigt hatte, baute ich eine 8x10-Kamera auf und begann wieder von vorn, indem ich jede einzelne Seite fotografierte, um den Zustand des Buches genau zu dokumentieren, ehe ich mich an die Konservierung machte. Wenn ich diese abgeschlossen hatte, würde ich die Seiten noch einmal fotografieren und den Film nach Jerusalem an Amitai schicken. Er würde dann die Anfertigung hochwertiger Abzüge für die Museen der Welt und den Druck eines Faksimile-Bandes veranlassen, an dem sich auch jeder Normalbürger erfreuen konnte. Normalerweise überlässt man das Fotografieren einem Spezialisten, aber die UNO wollte nicht noch einmal nach einem Experten suchen, der die Zustimmung aller städtischen Behörden fand, deshalb hatte ich eingewilligt, es zu übernehmen.

Ich ließ meine Schultern kreisen und griff nach meinem Skalpell. So saß ich da, das Kinn auf die eine Hand gestützt, die andere über dem Einband verharrend, ein Moment des Selbstzweifels, wie immer, bevor ich anfange. Der blanke Stahl glitzerte in dem hellen Licht und erinnerte mich an meine Mutter. Wenn sie zögerte, würde ihr Patient auf dem Tisch verbluten, doch meiner Mutter – die erste Frau in der Geschichte Australiens, die eine neurochirurgische Abteilung leitet – sind Selbstzweifel fremd. Sie hat nie an ihrem Recht gezweifelt, mit jeder Konvention ihrer Zeit zu brechen, ein Kind auf die Welt zu bringen, ohne zu heiraten oder auch nur den Namen des Vaters preiszugeben. Bis zum heutigen Tage habe ich keine Ahnung, wer er war. Jemand, den sie geliebt oder den sie nur benutzt hat? Letzteres ist wahrscheinlicher. Sie hatte geglaubt, sie könne mich zu ihrem Ebenbild erziehen. Was für ein Witz. Sie ist blond und dauergebräunt vom Tennisspielen, ich bin dunkelhaarig und blass wie ein Gespenst. Sie schwärmt für Champagner. Ich ziehe Bier vor, direkt aus der Dose.

Ich habe schon vor langer Zeit erkannt, dass sie meine Entscheidung, Bücher statt Menschen zu reparieren, nie respektieren würde. Für sie hätten meine Einser-Collegeabschlüsse in Chemie und alten Sprachen des Nahen Ostens ebenso gut gebrauchte Papiertaschentücher sein können. Auch ein Diplom in Chemie und ein Doktor in Konservierung und Restauration von Kunstwerken halfen nicht. »Kinderkram« nennt sie meine Papiere, die Pigmente und den Kleister. »Jetzt hättest du dein praktisches Jahr hinter dir«, sagte sie, als ich aus Japan zurückkam. »In deinem Alter war ich schon Oberärztin«, war alles, was ich zu hören kriegte, als ich aus Harvard heimkehrte.

Manchmal fühle ich mich wie eine Figur in einer der persischen Miniaturen, die ich konserviere, eine winzige Person, ständig beobachtet von reglosen Gesichtern, die von hohen Galerien herabschauen oder hinter durchbrochenen Stellwänden hervorspähen. In meinem Fall jedoch tragen die Gesichter stets dieselben Züge, die meiner Mutter mit ihren geschürzten Lippen und dem missbilligenden Blick.

Hier war ich also, dreißig Jahre alt, und immer noch hatte sie die Macht, sich zwischen mich und meine Arbeit zu drängen. Dieses Gefühl, dass sie mich ungeduldig und tadelnd beobachtete, weckte mich schließlich aus meiner Starre. Ich schob das Skalpell unter den Heftfaden, und die kostbaren Folioblätter des Kodex lösten sich voneinander. Ich hob das erste an. Ein Stäubchen flatterte aus der Bindung. Vorsichtig übertrug ich es mit einem Zobelpinsel auf einen Objektträger und legte es unter das Mikroskop. Heureka! Es war das winzige Fragment eines Insektenflügels, durchscheinend, geädert. Unsere Welt ist voll von Gliederfüßern, und vielleicht stammte der Flügel von einem ganz gewöhnlichen Insekt und würde uns gar nichts verraten. Vielleicht war es aber auch eine ganz seltene Art, die nur in einem begrenzten geografischen Gebiet existierte. Oder der Flügel gehörte einer inzwischen ausgestorbenen Spezies an. All das würde uns mehr Erkenntnisse über die Geschichte des Buches liefern. Ich steckte das Flügelstück in eine Pergamintüte und etikettierte sie mit einem Hinweis auf seinen Fundort.

Vor ein paar Jahren hatte ein von mir ebenfalls in einem Einband gefundener winziger Schnipsel eines Federkiels großen Aufruhr verursacht. Es handelte sich um eine sehr schöne kleine Sammlung kurzer Bittgebete an verschiedene Heilige, angeblich Teil eines verschollenen Stundenbuchs. Es gehörte einem einflussreichen Franzosen, der mit dem Getty-Museum über die Zahlung einer beträchtlichen Summe verhandelte. Er besaß weit zurückreichende Herkunftsnachweise, die es dem so genannten Bedford-Meister zuschrieben, der um 1425 in Paris gemalt hatte. Irgendetwas daran gefiel mir jedoch nicht.

Normalerweise verrät einem ein Federkielschnipsel nicht viel. Man braucht keine exotische Feder, um einen Federkiel anzufertigen. Jede gute, kräftige Flügelfeder eines robusten Vogels reicht dafür aus. Ich muss immer lachen, wenn ich Schauspieler in historischen Filmen mit pompösen Straußenfedern vor sich hinkritzeln sehe. Erstens marschierten im mittelalterlichen Europa nicht allzu viele Strauße herum. Und zweitens entfernten die Hersteller von Schreibfedern die Befiederung, damit sie nicht bei der Arbeit störte. Jedenfalls bestand ich darauf, den Schnipsel von einem Ornithologen untersuchen zu lassen, und was kam dabei heraus? Die Feder stammte von einer Moschusente. Diese Enten sind heutzutage überall verbreitet, aber im 15. Jahrhundert beschränkte sich ihr Vorkommen auf Brasilien und Mexiko. In Europa wurden sie erst im frühen 17. Jahrhundert eingeführt. Es stellte sich heraus, dass der französische »Sammler« jahrelang selbst alte Handschriften gefälscht hatte.

Sanft hob ich das zweite Folioblatt der Haggadah an, zog den zerfransten Faden heraus, der es hielt, und bemerkte, dass sich ein feines weißes Haar, ungefähr einen Zentimeter lang, in ihm verfangen hatte. In der Vergrößerung sah ich, dass das Haar auf der Seite, wo die spanische Familie beim Seder abgebildet war, nahe der Bindung eine ganz leichte Kerbe hinterlassen hatte. Vorsichtig löste ich es mit einer Chirurgenpinzette heraus und steckte es in eine eigene Tüte.

Ich hätte keine Angst haben müssen, dass die anderen im Raum Anwesenden mich ablenken würden. Sie fielen mir gar nicht mehr auf. Leute kamen und gingen, und ich hob nicht einmal den Kopf. Erst als das Licht allmählich schwand, wurde mir klar, dass ich den ganzen Tag über ohne Pause gearbeitet hatte. Plötzlich fühlte ich mich steif vor Anspannung und hatte einen Mordshunger. Ich stand auf, und sofort war Karaman mit der unsäglichen Metallkassette an meiner Seite. Ich legte das Buch und die herausgetrennten Folioblätter behutsam hinein.

»Da müssen wir uns was anderes einfallen lassen«, sagte ich. »Metall ist ein viel zu starker Leiter für Hitze und Kälte.« Ich legte eine Glasscheibe auf das Manuskript und beschwerte sie mit kleinen Sandsäckchen aus Samt, um die Seiten zu glätten. Karaman fummelte mit Wachs, Stempeln und Schnüren herum, während ich meine Werkzeuge säuberte und ordnete.

»Wie gefällt Ihnen unser Schatz?«, fragte er, mit dem Kopf auf das Buch deutend.

»Bemerkenswert für sein Alter«, sagte ich. »Er hat keine offensichtlichen Beschädigungen aus jüngerer Zeit, die auf unsachgemäße Handhabung zurückzuführen wären. Ich werde ein paar Proben unter dem Mikroskop untersuchen und sehen, was sie uns verraten. Ansonsten geht es nur um Stabilisierung und die Reparatur des Einbands. Wie Sie wissen, stammt er aus dem späten 19. Jahrhundert und ist deshalb physisch und mechanisch entsprechend abgenutzt.«

Karaman lehnte sich auf die Kassette und presste den Bibliotheksstempel in das Wachs. Dann trat er beiseite, damit ein Bankangestellter dasselbe mit dem Stempel der Bank tun konnte. Das komplizierte Geflecht aus Schnüren und Wachssiegeln stellte sicher, dass jeder nicht autorisierte Zugriff auf den Inhalt der Kassette sofort auffallen würde.

»Ich habe gehört, Sie sind Australierin«, sagte Karaman. Ich unterdrückte ein Seufzen. Ich war immer noch erfüllt von meinem Arbeitstag und für Smalltalk nicht in Stimmung. »Scheint mir eine seltsame Tätigkeit für jemanden aus einem so jungen Land, sich um die uralten Schätze anderer Völker zu kümmern.« Ich sagte nichts. Dann fügte er hinzu: »Sie hatten wohl Lust auf etwas Kultur, nachdem Sie dort aufgewachsen sind?«

Da ich vorhin unhöflich gewesen war, gab ich mir jetzt Mühe. Ein bisschen jedenfalls. Die Sache mit dem jungen Land und der kulturellen Wüste hängt mir zum Halse raus. Zufällig hat Australien die älteste kontinuierliche künstlerische Tradition auf der Welt – die Aborigines schufen auf den Wänden ihrer Behausungen raffinierte Kunstwerke, und das dreißigtausend Jahre, ehe die Menschen von Lascaux auch nur auf den Stielen ihrer ersten Malerpinsel herumkauten. Doch ich beschloss, ihm die vollständige Lektion zu ersparen. »Na ja«, sagte ich, »Sie sollten bedenken, dass die Einwanderer uns zum ethnisch vielfältigsten Land der Erde gemacht haben. Die

Wurzeln von Australiern reichen sehr tief und sehr weit. Wir haben einen hohen Anteil am kulturellen Erbe der Menschheit. Einen höheren sogar, als Sie ihn haben.« Ich fügte nicht hinzu, dass die Jugoslawen in meiner Jugend den Ruf hatten, als einzige Immigrantengruppe ihre Streitigkeiten aus der Alten Welt mitgebracht zu haben. Alle anderen ergaben sich bald einer Art sonnentrunkener Apathie, Serben und Kroaten dagegen bekriegten sich noch ewig, indem sie sich gegenseitig Bomben in ihre Fußballvereinslokale warfen und sogar in entlegensten Käffern wie Coober Pedy aufeinander losgingen.

Er nahm die Spitze mit Anstand entgegen und lächelte mich über die Kassette hinweg an. Er hatte ein sehr schönes Lächeln, muss ich zugeben. Irgendwie zog er die Mundwinkel gleichzeitig nach unten und nach oben, wie eine Figur aus einem Charles-Schultz-Comic.

Die Wachen standen bereit, Karaman und das Buch zu begleiten. Ich folgte ihnen die langen, stuckverzierten Flure entlang, bis sie die Marmortreppe zu den Tresorräumen hinunterstiegen. Ich wartete darauf, dass mir jemand die Eingangstür aufschloss, als Karaman sich umdrehte und mich ansprach.

»Darf ich Sie vielleicht zum Abendessen einladen? Ich kenne ein Lokal in der Altstadt, das im letzten Monat wieder geöffnet hat. Um ganz ehrlich zu sein, für das Essen kann ich nicht garantieren, aber zumindest wird es bosnisch sein.«

Ich wollte schon ablehnen, mein üblicher Reflex in solchen Situationen. Doch dann dachte ich: Warum nicht? Besser als irgendein fades Steak mysteriöser Herkunft in meinem öden kleinen Hotelzimmer. Ich sagte mir, das gehöre schließlich zur Recherche. Ozren Karamans Rettungsaktion hatte ihn zum Teil der Geschichte dieser Haggadah gemacht, und ich wollte mehr darüber erfahren.

Während ich am Kopfende der Treppe auf ihn wartete, hörte ich das pneumatische Zischen der Tresortür und dann das Klirren der Metallriegel, die sie verschlossen. Es klang endgültig und beruhigend. Wenigstens das Buch war für heute Nacht in Sicherheit.

III

Wir traten hinaus auf die dunklen Straßen der Stadt, und ich erschauerte. Der meiste Schnee war tagsüber geschmolzen, doch jetzt sank die Temperatur wieder, und dicke Wolken verbargen den Mond. Keine der Straßenlaternen war an. Als mir klar wurde, dass Karaman zu Fuß in die Altstadt gehen wollte, kehrte das Gefühl, einen Stein im Bauch zu haben, zurück.

»Sind Sie sicher, dass das, äh, okay ist? Warum lassen wir uns nicht von meiner UNO-Eskorte chauffieren?«

Er zog eine Grimasse, als röche er etwas Unappetitliches. »Die riesigen Panzer, die die fahren, passen nicht in die engen Gassen der Bascarsija«, meinte er. »Und es hat jetzt seit über einer Woche keine Angriffe aus dem Hinterhalt mehr gegeben.«

Na großartig. Ich überließ ihm die Auseinandersetzung mit den UNO-Wikingern in der Hoffnung, er würde sie nicht überreden können, mich ohne Eskorte gehen zu lassen. Leider war er ein sehr überzeugender Mensch – hartnäckig jedenfalls –, und so machten wir uns schließlich zu Fuß auf. Er eilte mit langen Schritten voran, und ich musste mich bemühen mitzuhalten. Im Gehen hielt er einen anti-touristischen Vortrag – eine Art Reiseführer durch die Hölle –, in dem er mir die Ruinen der Stadt beschrieb. »Das da ist der Präsidentensitz, Neorenaissance und das Lieblingsziel der Serben.« Ein paar Straßen weiter: »Das war mal das Olympische Museum. Und das da das Postamt. Das ist die Kathedrale. Neugotisch. Letztes Jahr zu Weihnachten fand dort eine Mitternachtsmesse statt, aber die wurde mittags abgehalten, weil nachts natürlich niemand auf die Straße ging, der kein Selbstmörder war. Links davon sind die Synagoge und die Moschee. Rechts die serbisch-orthodoxe Kirche. All diese Orte, die keiner von uns zum Beten aufsucht, nur hundert Meter voneinander entfernt.«

Ich versuchte mir vorzustellen, wie ich empfinden würde, wenn Sydney plötzlich so verunstaltet, die Stätten meiner Kindheit beschädigt oder zerstört wären, wenn ich eines Tages aufwachen und sehen würde, dass die Einwohner von North Sydney auf der Harbour Bridge Barrikaden errichtet hätten und anfingen, die Oper zu beschießen.

»Vermutlich ist es immer noch so was wie ein Luxus, in der Stadt rumzuspazieren«, sagte ich, »wenn man vier Jahre lang vor Heckenschützen Angst haben musste.« Er lief vor mir her und blieb jetzt plötzlich stehen.

»Ja«, sagte er. »Allerdings.« Seine Stimme triefte vor Sarkasmus.

Die breiten Boulevards des östereichisch-ungarischen Sarajevo gingen allmählich in die schmalen Kopfsteinpflasterstraßen der ursprünglichen osmanischen Stadt über, wo man mit ausgebreiteten Armen beinahe die Gebäude links und rechts berühren konnte. Die Häuser waren klein, wie für Halblinge gebaut und so eng aneinandergedrängt, dass sie mich an beschwipste Freunde erinnerten, die sich auf dem Heimweg aus der Kneipe gegenseitig stützen. Große Teile dieses Viertels hatten sich außerhalb der Reichweite der serbischen Geschütze befunden, daher waren die Schäden hier viel weniger offenkundig als in den neueren Bezirken. Von einem Minarett rief der Muezzin die Gläubigen zum Abendgebet. Es war ein Ruf, den ich mit heißen Orten assoziierte – Kairo, Damaskus – und nicht mit einer Stadt, wo Frost unter den Füßen knirscht und sich zwischen der Kuppel der Moschee und ihrer steinernen Palisade Reste von ungeschmolzenem Schnee sammeln. Ich musste mir wieder ins Gedächtnis rufen, dass der Islam einst bis an die Tore Wiens vorgedrungen war, dass zur Zeit der Entstehung der Haggadah das riesige Reich der Muslime das helle Licht im Dunkel des Mittelalters gewesen war, der einzige Ort, wo noch Wissenschaft und Dichtkunst blühten und gediehen, wo Juden, von Christen gefoltert und ermordet, ein gewisses Maß an Frieden fanden.

Der Muezzin dieser kleinen Moschee war ein Greis, doch seine wunderschöne Stimme hallte kraftvoll durch die kalte Abendluft. Nur wenige andere alte Männer antworteten; sie schlurften durch den gepflasterten Innenhof und wuschen sich pflichtbewusst Hände und Gesicht in dem eisigen Wasser des Springbrunnens. Ich blieb einen Moment stehen, um ihnen zuzuschauen. Karaman stand vor mir, wandte sich jetzt aber um und folgte meinem Blick. »Da sind sie«, sagte er. »Die wilden muslimischen Terroristen, die die Serben so fürchten.«

Das Restaurant, das er gewählt hatte, war warm und laut und erfüllt vom köstlichen Duft gegrillten Fleisches. Ein Foto neben der Tür zeigte den Besitzer, der in Militärkluft eine gewaltige Bazooka schwang. Ich bestellte Cevapcici, Karaman einen Weißkohlsalat und eine Joghurtspeise.

»Ganz schön spartanisch«, sagte ich.

Er lächelte. »Ich bin seit meiner Kindheit Vegetarier. Während der Belagerung war das nützlich, denn es gab kein Fleisch. Natürlich war das Gemüse, das man kriegte, meistens auch nur Gras. Grassuppe, das wurde meine Spezialität.« Er bestellte zwei Bier. »Bier war immer zu haben, sogar während der Belagerung. Die Brauerei war die einzige Einrichtung in der ganzen Stadt, die nicht dicht machte.«

»Aussies würde das gefallen«, sagte ich.

»Ich musste daran denken, was Sie vorhin sagten über die Menschen aus diesem Land, die nach Australien ausgewandert sind. Kurz vor dem Krieg gab es tatsächlich etliche Australier, die unsere Museumsbibliothek besuchten.«

»Ach ja?«, fragte ich geistesabwesend und nuckelte an meinem Bier, das leider etwas seifig schmeckte.

»Gut gekleidet, sprachen furchtbares Bosnisch. Dieselben Leute kamen auch aus den Vereinigten Staaten. Durchschnittlich fünf pro Tag, die sich für ihre Familiengeschichte interessierten. In der Bibliothek haben wir ihnen einen Spitznamen gegeben, nach diesem Schwarzen in der amerikanischen Fernsehserie – Kinta Kunte.«

»Kunta Kinte«, korrigierte ich.

»Genau; wir haben sie Kunta Kintes genannt, weil sie nach ihren Wurzeln suchten. Sie wollten immer die amtlichen Unterlagen von 1941 bis 45 einsehen. Aber nach Partisanen in ihrem Stammbaum suchten sie nie. Keiner wollte ein Nachkomme von Linken sein, nur von nationalistischen Fanatikern – Tschetniks, Ustaschi, den Mördern des Zweiten Weltkriegs. Man stelle sich vor, dass jemand mit solchen Menschen verwandt sein möchte. Ich wünschte, ich hätte damals schon gewusst, dass sie die Vorhut der Katastrophe waren. Aber wir wollten nicht glauben, dass sich so ein Wahnsinn jemals hier abspielen würde.«

»Irgendwie habe ich mich immer gewundert, dass man in Sarajevo so überrascht war über den Krieg«, sagte ich. Mir war er wie eine normale Reaktion erschienen. Wer würde sich nicht wehren, wenn der Nachbar plötzlich anfängt, auf einen zu schießen, beiläufig und ohne Skrupel, als wäre man eine Art unerwünscht eingeführte Spezies, so wie die Farmer bei uns zu Hause Kaninchen abknallen?

»Stimmt«, erwiderte er. »Vor Jahren haben wir erlebt, wie der Libanon auseinanderbrach, und gesagt, das ist der Nahe Osten, die sind eben primitiv. Dann haben wir Dubrovnik in Flammen gesehen und gesagt, wir in Sarajevo sind anders. Das dachten alle. Wie konnte es hier, wo jeder Zweite aus einer Mischehe stammt, einen Krieg zwischen den Ethnien geben? Ein Religionskrieg in einer Stadt, in der kein Mensch je in die Kirche geht? Für mich ist die Moschee ein Museum, etwas Altmodisches, was für Omas und Opas. Pittoresk, verstehen Sie? Einmal im Jahr vielleicht sind wir zum *zikr* gegangen, wenn die Derwische tanzen, und das war wie Theater, wie – wie nennt man das? Eine Pantomime. Mein bester Freund Danilo, der ist Jude und nicht mal beschnitten. Nach dem Krieg gab es hier keinen *mohel;* wir mussten alle zum selben Frisör gehen, und das störte niemanden. Unsere Eltern waren sowieso Linke, die das alles für rückständig hielten...« Er trank die letzten Schlucke von seinem Bier und bestellte zwei weitere.

»Ich wollte Sie danach fragen, wie Sie die Haggadah gerettet haben.«

Er zog eine Grimasse und schaute auf seine Hände, die auf dem gesprenkelten Resopal der Tischplatte lagen. Seine Finger waren lang und grazil. Komisch, dass ich das nicht bemerkt hatte, als ich aus Sorge darüber, er könnte unbefugterweise mein wertvolles Pergament begrabschen, so grob zu ihm gewesen war.

»Sie müssen das verstehen. Wie ich schon sagte: Wir glaubten nicht an den Krieg. Unsere politische Führung hatte erklärt: ›Zu einem Krieg gehören zwei, und wir werden nicht kämpfen.‹ Nicht hier, nicht in unserem kostbaren Sarajevo, unserer idealistischen Olympia-Stadt. Wir sind zu intelligent, zu zynisch dafür. Natürlich muss man nicht dumm und primitiv sein, um einen dummen, primitiven Tod zu sterben. Das wissen wir mittlerweile. Aber damals, in jenen ersten Tagen, haben wir alle Dinge getan, die ein bisschen verrückt waren. Jugendliche, Teenager demonstrierten mit bunten Plakaten und Musik gegen den Krieg, als gingen sie auf eine Party. Selbst als die Heckenschützen ein Dutzend von ihnen abgeknallt hatten, begriffen wir noch nicht, was los war. Wir erwarteten, dass die internationale Gemeinschaft ihnen Einhalt gebieten würde. Auch ich glaubte das. Ich dachte, wir würden höchstens ein paar schlimme Tage durchstehen müssen, während die Welt – wie sagen Sie dazu? – sich einkriegt.«

Er sprach so leise, dass ich ihn bei dem Stimmengewirr um uns herum kaum hörte. »Ich war Kustos, das Museum wurde beschossen. Wir waren nicht darauf vorbereitet. Die Exponate waren ungeschützt. Im Museum lagerten Hunderte Bücher, und es war nur zwanzig Meter von den Waffen der Tschetniks entfernt. Ich dachte, eine einzige Phosphorbombe könnte das Ganze in Schutt und Asche legen, oder diese... diese... das bosnische Wort für sie ist *papci*, ich kann es nicht übersetzen.« Er ballte seine Hand zur Faust und schob sie über den Tisch.

»Wie nennt man den Fußteil bei einem Tier? Bei einer Kuh oder einem Pferd?«

»Einen Huf?«, fragte ich.

»Ja, genau. Wir nannten die Feinde ›Hufe‹ – Leute vom Bauernhof. Ich dachte, wenn sie ins Museum kommen, trampeln sie auf der Suche nach Gold alles nieder und zerstören Sachen, deren Wert sie aus Unwissenheit gar nicht einschätzen können. Irgendwie habe ich mich zur Polizeiwache durchgeschlagen. Die meisten Polizisten verteidigten die Stadt, so gut sie konnten. Aber der diensthabende Beamte sagte: ›Wer will schon seinen Kopf für diesen alten Kram hinhalten?‹ Als ihm jedoch klar wurde, dass ich das auf jeden Fall tun würde, trommelte er zu meiner Unterstützung zwei ›Freiwillige‹ zusammen. Er meinte, die Leute sollten nicht behaupten können, ein verknöcherter Bibliothekar habe mehr Mumm als die Polizei.«

Einige größere Exponate hatten sie in weiter innen gelegene Räume geschafft, kleine, wertvolle Gegenstände dort versteckt, wo Plünderer vielleicht nicht nachsehen würden, im Vorratsraum des Hausmeisters zum Beispiel. Ozrens langgliedrige Hände strichen durch die Luft, während er die Artefakte beschrieb, die er gerettet hatte, die Gebeine ehemaliger bosnischer Könige und Königinnen, seltene naturgeschichtliche Präparate. »Und dann habe ich versucht, die Haggadah zu finden.« In den 1950ern war ein Museumsangestellter in ein Kom- plott zum Diebstahl der Haggadah verwickelt gewesen, deshalb durfte seither der Museumsdirektor als einziger die Kombination des Safes kennen, in dem sie aufbewahrt wurde. Der Direktor wohnte jedoch auf der anderen Seite des Flusses, wo die Kämpfe besonders heftig waren. Ozren wusste, dass er nie zum Museum gelangen würde.

Er sprach weiterhin leise und in kurzen, undramatischen Sätzen. Kein Licht. Ein Rohrbruch. Steigendes Wasser. Geschosse, die in die Mauern einschlugen. Den Rest konnte ich mir denken. Und ich war in genügend Museumskellern gewesen, um mir vorstellen zu können, wie es dort gewesen sein musste. Wie bei jedem Einschlag, der das Gebäude erschütterte, Putz auf die kostbaren Gegenstände und auf ihn selbst herunterregnete, ihm in die Augen fiel, während er mit zitternden Händen durch das Dunkel kroch und ein Streichholz nach dem anderen anzündete, um sehen zu können, was er überhaupt tat, wie er darauf wartete, dass sich das Bombardement abschwächte, damit er das Einrasten des Tresorschlosses hören konnte, wenn er wieder eine neue Kombination ausprobierte, und dann sowieso nichts mehr hörte, weil das Blut in seinem Kopf so laut rauschte.

»Wie um alles in der Welt haben Sie es geschafft, ihn zu knacken?«

Er drehte die Handflächen nach oben. »Es war ein alter Safe, vorsintflutlich …«

»Aber trotzdem, die Chancen …«

»Wie ich Ihnen schon sagte, ich bin kein religiöser Mensch, doch wenn ich an Wunder glauben würde … dass ich das Buch da rausgekriegt habe, unter den Umständen …«

»Das Wunder«, sagte ich, »war, dass Sie …«

Er ließ mich nicht ausreden. »Bitte«, unterbrach er mich und verzog widerwillig das Gesicht, »machen Sie keinen Helden aus mir. Ich fühle mich nicht wie einer. Ehrlich gesagt, ich fühle mich beschissen wegen all der Bücher, die ich nicht retten konnte …« Er schaute zur Seite.

Ich glaube, das war es, was mich für ihn einnahm, dieser Blick. Diese Zurückhaltung. Vielleicht weil ich selbst das Gegenteil von tapfer bin, sind mir Helden immer ein wenig suspekt. Ich neige zu der Meinung, dass es ihnen an Vorstellungskraft fehlt, sonst könnten sie unmöglich solch waghalsige Taten vollbringen. Nun aber saß mir jemand gegenüber, der um verlorene Bücher trauerte und den man zu einem Bericht über sein Eingreifen regelrecht zwingen musste. Allmählich merkte ich, dass er mir recht gut gefiel.

Das Essen kam, saftige kleine Hackfleischklöße, pfeffrig und nach Thymian duftend. Ich war so ausgehungert, dass ich mich auf den Teller stürzte und das Fleisch zusammen mit Stücken warmen, weichen türkischen Brots in mich hineinschaufelte. Ich war so darein vertieft, dass es eine Weile dauerte, ehe mir auffiel, dass Ozren nicht aß, sondern mich anstarrte. Er hatte grüne Augen, ein tiefes Moosgrün, gesprenkelt mit Kupfer und Bronze.

»Entschuldigen Sie«, sagte ich. »Ich hätte Sie das alles nicht fragen sollen. Ich habe Sie von Ihrem Essen abgelenkt.«

Er grinste – sein attraktives, schiefes Grinsen. »Das ist es nicht.«

»Was ist es dann?«

»Na ja, als ich Sie heute bei der Arbeit beobachtet habe, sahen Sie so still und gelassen aus, dass Sie mich an eine Madonna auf den Ikonen der Orthodoxen erinnert haben. Ich finde es einfach lustig, so ein himmlisches Gesicht und ein so irdischer Appetit.«

Ich hasse es, dass ich immer noch erröte wie ein Schulmädchen. Ich spürte, wie das Blut in mir aufstieg, daher versuchte ich, so zu tun, als wäre das kein Kompliment gewesen. »So wollen Sie mir also nahebringen, dass ich esse wie ein Schwein«, sagte ich mit einem Lachen.

Er langte zu mir herüber und wischte mir einen Fettfleck von der Wange. Ich hörte auf zu lachen. Ich griff nach seiner Hand, ehe er sie zurückziehen konnte, und drehte sie um. Es war die Hand eines Gelehrten, eindeutig, mit sauberen, gepflegten Fingernägeln. Aber sie hatte auch Schwielen. Ich vermute, sogar Gelehrte mussten während der Belagerung Holz hacken, falls sie welches auftreiben konnten. Auf seinen Fingerspitzen glänzte das Lammfett von meiner Wange. Ich führte sie an meine Lippen und leckte sie langsam eine nach der anderen ab. In seinen grünen Augen stand eine Frage, die jeder verstanden hätte.

Seine Wohnung lag ganz in der Nähe im Dachboden einer Bäckerei an einer Kreuzung namens Süße Ecke. Die Glastür zum Geschäftsraum war beschlagen, und ein Schwall warmer Luft schlug uns entgegen, als wir eintraten. Der Besitzer hob seine mehlige Hand zum Gruß. Ozren erwiderte ihn mit einem Winken und dirigierte mich dann durch das vollbesetzte Café zur Treppe. Der Duft von knusprigem Gebäck und Karamell folgte uns.

Unter dem schrägen Dach konnte Ozren gerade noch aufrecht stehen. Die Enden seiner zerzausten Locken streiften die untersten Balken. Er drehte sich um, um mir meine Jacke abzunehmen, und berührte dabei leicht meinen Hals. Mit dem Mittelfinger fuhr er über den kleinen Wirbelknochen in meinem Nacken, wo ich meine Haare zu einem Knoten geschlungen und hochgesteckt hatte. Er folgte den Linien meiner Schultern und strich über meinen Pullover weiter nach unten. Als er meine Hüften erreicht hatte, schob er seine Hände unter den Kaschmir und zog ihn mir behutsam über den Kopf. Die Wolle verfing sich in meiner Haarspange, sodass sie klappernd zu Boden fiel und die gelösten Haare sich über meine nackten Schultern ausbreiteten. Ich erzitterte, und er schlang seine Arme um mich.

Später lagen wir in einem Gewirr aus Bettzeug und Kleidern. Er lebte wie ein Student, mit einer dünnen, an die Wand geschobenen Matratze als Bett, Bücher und Zeitschriften nachlässig in den Ecken gestapelt. Er war drahtig wie ein Rennpferd, langgliedrig und muskulös. Kein Gramm Fett. Er befühlte eine Strähne meiner Haare. »So glatt. Wie die einer Japanerin«, sagte er.

»Aha, ein Experte«, neckte ich ihn. Er grinste, stand auf und schenkte uns zwei kleine Gläser mit feurigem *rakija* ein. Er hatte kein Licht angemacht, als wir hereingekommen waren, doch jetzt zündete er zwei Kerzen an. Als sie aufhörten zu flackern, sah ich das große Gemälde an der gegenüberliegenden Wand des Raums. Das Porträt einer Frau mit Säugling, gemalt in besonders dickem Impasto. Das Baby war teilweise hinter den Kurven des weiblichen Körpers verborgen, die ihn schützend abzuschirmen schienen. Die Frau war dem Betrachter ab- und dem Kind zugewandt, schaute aber mit festem, prüfendem Blick aus schönen, ernsten Augen über die Schulter auf den Künstler, auf uns.

»Ein wunderbares Bild«, sagte ich.

»Ja, mein Freund Danilo – der, von dem ich dir erzählt habe – hat es gemalt.«

»Wer ist sie?«

Er legte die Stirn in Falten und seufzte. Dann hob er sein Glas wie zu einem Trinkspruch.

»Meine Frau.«

IV

Wenn man gut gearbeitet hat, sollten hinterher keine Spuren von Arbeit mehr zu erkennen sein.

Das hat mir Werner Heinrich, mein Lehrer, beigebracht. »Machen Sie nie den Fehler, sich für eine Künstlerin zu halten, Miss Heath. Sie müssen immer hinter Ihr Objekt zurücktreten.«

Am Ende der Woche gab es wohl keine zehn Leute auf der Welt, die mit Sicherheit hätten sagen können, dass ich dieses Buch auseinandergenommen und wieder zusammengesetzt hatte. Als nächstes musste ich jetzt ein paar alte Freunde aufsuchen, die mir hoffentlich würden erklären können, was die winzigen Materialproben bedeuteten, die ich dem Kodex entnommen hatte. Die UNO hatte mich gebeten, für den Katalog zur Ausstellung des Manuskripts einen Aufsatz beizusteuern. Ich bin nicht ehrgeizig im herkömmlichen Sinne. Ich wünsche mir kein großes Haus oder ein dickes Bankkonto; diese Sachen sind mir völlig egal. Ich will nicht Chef sein oder irgendjemanden beherrschen außer mir selbst. Allerdings bereitet es mir Vergnügen, meine verknöcherten alten Kollegen mit neuen Ergebnissen zu überraschen. Ich liebe es einfach, bei der großen menschlichen Suche nach der Wahrheit ein Stück voranzukommen, und sei es nur einen Millimeter.

Ich trat vom Tisch zurück und streckte mich. »So, mein Kustos, ich glaube, ich kann die Haggadah wieder deiner Obhut übergeben.«

Ozren lächelte nicht, schaute mich nicht einmal an, sondern stand bloß auf, um die neue Kassette zu holen, die er nach meinen Anweisungen hatte anfertigen lassen. Ein spezielles Behältnis, in dem das Buch sicher aufbewahrt sein würde, während die UNO sich darum kümmerte, einen klimatisierten Ausstellungsraum im Museum einzurichten. Er sollte ein Schrein für das multiethnische Erbe Sarajevos werden. Die Haggadah würde im Zentrum stehen, aber islamische Handschriften und serbisch-orthodoxe Ikonen ringsum an den Wänden sollten die gemeinsamen Wurzeln der Menschen und ihrer Kunstwerke verdeutlichen, würden zeigen, wie sie sich gegenseitig beeinflusst und inspiriert hatten. Als Ozren nach dem Buch griff, legte ich meine Hand auf seine. »Sie haben mich zur Eröffnung eingeladen. In der Woche davor soll ich an der Tate einen Vortrag halten. Wenn ich aus London herkäme, würde ich dich dann sehen?«

Er bewegte sich so, dass meine Hand von seiner glitt. »Ja, bei der Feier.«

»Und danach?«

Er zuckte die Achseln.

Wir hatten an der Süßen Ecke drei Nächte miteinander verbracht, ohne dass er ein einziges Wort über die Frau geäußert hätte, die uns aus dem Gemälde anblickte.

In der vierten Nacht war ich kurz vor Tagesanbruch aufgewacht, weil der Bäcker seine Öfen lautstark befeuerte. Als ich mich umdrehte, fand ich Ozren hellwach vor. Er starrte sorgenvoll und betrübt auf das Bild. Ich strich ihm leicht über die Wange.

»Erzähl mir davon«, sagte ich.

Er wandte sich zu mir und nahm mein Gesicht in seine Hände. Dann erhob er sich von der Matratze, zog seine Jeans an und reichte mir meine Sachen vom Abend zuvor. Als wir angekleidet waren, folgte ich ihm nach unten. Er redete ein paar Minuten lang mit dem Bäcker, und der Mann warf ihm einen Schlüsselbund zu.

Der zerbeulte alte Citroën stand am Ende der schmalen Gasse. Wir fuhren schweigend aus der Stadt hinaus in die Berge. Es war wunderschön dort oben; die ersten Sonnenstrahlen färbten den Schnee golden und rosa und orange. Ein starker Wind peitschte die Fichten, und ihr Geruch weckte Erinnerungen von weit her: der harzige Duft von Weihnachtsbäumen, der die heißen Dezembertage von Sydneys Hochsommern erfüllte.

»Das ist der Berg Igman«, sagte Ozren schließlich. »Hier befand sich die Bobbahn der olympischen Winterspiele, ehe die Serben mit ihren Hochleistungsgewehren und Zielfernrohren anrückten und sie in einen Heckenschützengraben verwandelten.« Er streckte eine Hand nach mir aus, als ich darauf zugehen wollte. »Hier oben gibt es immer noch Landminen. Bleib auf der Straße.«

Unser Standpunkt bot einen perfekten Blick auf die Stadt. Hier hatten sie sie aufs Korn genommen, als sie mit ihrem kleinen Sohn beim Wasserholen Schlange stand. Die erste Kugel hatte ihre Oberschenkelarterie durchtrennt. Sie hatte sich auf Händen und Knien mit dem Baby zur nächsten Mauer geschleppt und über ihr Kind geworfen. Keiner wagte ihr zu helfen, weder die UNO-Soldaten, die ganz in der Nähe standen, als sie verblutete, noch die übrigen entsetzten Zivilisten, die in Richtung der armseligen Verstecke, die sie zu finden hofften, schreiend flüchteten.

»Die heldenhaften Einwohner von Sarajevo.« Ozrens Stimme klang erschöpft und verbittert; seine Worte, die er dem Wind entgegenspuckte, waren kaum zu hören. »So nannten sie uns auf CNN immer. Aber glaub mir, so heroisch waren die meisten von uns gar nicht. Wenn die Schießerei losging, sind wir ebenso schnell gerannt wie jeder andere.«

Verwundet, blutend, war Aida für den Mörder vom Igman ein ideales Ziel gewesen. Der zweite Schuss durchschlug ihre Schulter. Die Kugel traf auf einen Knochen, sodass sie splitterte und ein kleines Metallfragment durch ihren Körper in den Schädel des Babys eindrang. Der Name des Kleinen war Alija. Ozren sprach ihn mit einem gehauchten Seufzer aus.

»Initialschaden« – das ist der neurochirurgische Fachausdruck. Als Teenager hörte ich manchmal, wie meine Mutter die Anrufe entgegennahm, oft eine willkommene Unterbrechung unserer abendlichen Streitereien. Meistens war es ein nervöser junger Assistenzarzt aus der Notaufnahme. Ich war immer der Meinung, dass »Schaden« ein ungemein passender Begriff war für eine Schädelverletzung durch Kopfschuss oder den Schlag mit einem Eisenrohr. Schädlicher kann es wohl kaum werden. In Alias Fall war der Initialschaden dadurch verschlimmert worden, dass es in Sarajevo keinen Neurochirurgen, geschweige denn einen Spezialisten für Kinder gab. Der Operateur tat sein Bestes, aber es kam zur Gehirnschwellung und zu einer Infektion – einem »Sekundärschaden« –, und der Kleine fiel ins Koma. Als Monate später ein Neurochirurg in die Stadt gekommen war, hatte er erklärt, es ließe sich nichts mehr für ihn tun.

Während wir den Berg wieder hinunterfuhren, fragte Ozren, ob ich Lust hätte, mit ihm im Krankenhaus seinen Sohn zu besuchen. Hatte ich nicht. Ich hasse Krankenhäuser, seit jeher. Gelegentlich, an den Wochenenden, wenn unsere Haushälterin ihren freien Tag gehabt hatte, hatte meine Mutter mich mit zur Visite geschleppt. Das helle Licht, die schlammgrünen Wände, das Geräusch von Metall auf Metall, das ganze verflixte Elend, das über den Fluren hängt wie ein Leichentuch – all das war mir zutiefst zuwider. Der Feigling in mir beherrscht in Krankenhäusern meine Fantasie. In jedem Bett sehe ich mich selbst, im Streckverband oder bewusstlos auf der Trage, während mein Blut in Abflussbeutel tropft oder ein Blasenkatheter in mir steckt. Jedes Gesicht ist mein eigenes. Es ist wie bei den Figuren in diesen Kinderbüchern, wo beim Umblättern der Kopf derselbe bleibt und nur der Körper wechselt. Jämmerlich, ich weiß, doch ich kann es nicht ändern. Und meine Mum hat sich gewundert, dass ich keine Ärztin werden wollte.

Aber Ozren schaute mich mit schiefgelegtem Kopf an wie

ein sehr sanfter Hund, der Zuspruch erwartet. Ich konnte nicht ablehnen. Er erzählte mir, er gehe jeden Morgen vor der Arbeit hin. Ich hatte nichts davon bemerkt. In den letzten Tagen hatte er mich früh zu meinem Hotel zurückgebracht, damit ich – falls es fließendes Wasser gab – duschen und mich umziehen konnte. Ich hatte nicht gewusst, dass er danach jeweils für eine Stunde seinen Sohn besucht hatte.

Ich versuchte, nicht nach rechts und links in die Krankenzimmer zu sehen, als wir den Korridor entlanggingen. Und dann standen wir vor Alija, und ich musste ihn anschauen. Ein süßes, regloses Gesicht, ein wenig geschwollen von der Flüssigkeit, mit der sie ihn vollpumpten, um ihn am Leben zu erhalten. Ein winziger Körper, gespickt mit Plastikschläuchen. Das Geräusch der Überwachungsgeräte, die die Minuten seines kurzen kleinen Lebens zählten. Ozren zufolge war seine Frau vor drei Jahren gestorben, also konnte Alija nicht älter sein als vier. Es war schwer zu schätzen. Sein unterentwickelter Körper hätte auch zu einem jüngeren Kind gehören können, doch der Ausdruck, der über sein Gesicht huschte, schien die Gefühle eines sehr alten Menschen zu spiegeln. Ozren strich ihm die braunen Haare aus der kleinen Stirn, beugte sich vor und flüsterte etwas auf Bosnisch, während er die steifen Händchen behutsam massierte.

»Ozren«, sagte ich leise, »hast du mal überlegt, eine zweite Meinung einzuholen? Ich könnte die Aufnahmen von ihm mitnehmen und ...«

»Nein«, unterbrach er mich mitten im Satz.

»Warum denn nicht? Ärzte sind auch nur Menschen, sie machen Fehler.« Ich weiß nicht, wie oft ich meine Mutter die Ansichten angeblich hervorragender Kollegen habe abtun hören: »Der! Dem würde ich keinen eingewachsenen Zehennagel anvertrauen!« Aber Ozren zuckte bloß die Achseln und antwortete mir nicht.

»Hast du MRTs von ihm oder nur CTs? MRTs zeigen viel mehr, sie ...«

»Hanna, bitte, halt den Mund, ich habe nein gesagt.«

»Komisch«, sagte ich. »Ich hätte nie gedacht, dass du an dieses schwachsinnige fatalistische *insch'allah* glaubst.«

Er erhob sich vom Bett, trat einen Schritt auf mich zu, packte mein Gesicht mit beiden Händen und führte sein eigenes so nah heran, dass mir seine wütende Miene vor den Augen verschwamm.

»Du«, sagte er mit leiser, angespannter Stimme. »Du bist diejenige, die Schwachsinn im Kopf hat.«

Seine plötzliche Aggressivität erschreckte mich. Mein Kopf fühlte sich an wie in einem Schraubstock. Ich zog ihn zurück.

»Du«, sagte er und ergriff mein Handgelenk. »Ihr alle aus eurer behüteten Welt, mit euren Airbags und euren manipulationssicheren Verpackungen und euren fettarmen Diäten. Ihr seid die Abergläubischen. Ihr redet euch ein, dass ihr dem Tod ein Schnippchen schlagen könnt, und seid total beleidigt, wenn ihr merkt, dass das nicht geht. Du hast doch den ganzen Krieg über in deiner hübschen kleinen Wohnung gesessen und uns in den Fernsehnachrichten beim Verbluten zugeschaut und gedacht: ›Wie furchtbar!‹, und dann bist du aufgestanden und hast dir noch eine Tasse Gourmet-Kaffee aufgebrüht.« Ich zuckte zusammen, als er das sagte, denn es war eine recht zutreffende Beschreibung. Aber er war noch nicht fertig. Er war so wütend, dass er regelrecht spuckte.

»Es geschehen schlimme Dinge. Mir sind einige sehr schlimme Dinge passiert. Und ich unterscheide mich nicht von tausend anderen Vätern in dieser Stadt, die leidende Kinder haben. Ich lebe damit. Nicht jede Geschichte hat ein Happyend. Werd *erwachsen*, Hanna, und akzeptiere das.«

Er schleuderte meine Hand beiseite. Ich zitterte. Ich wollte weg hier, raus. Er drehte sich wieder zu Alija um und setzte sich aufs Bett, von mir abgewandt. Auf dem Weg zur Tür zwängte ich mich an ihm vorbei und sah, dass er ein Buch in der Hand hielt. An den vertrauten Illustrationen erkannte ich, dass es die bosnische Fassung von »Pu der Bär« war. Er legte es hin und rieb sich das Gesicht. Dann schaute er erschöpft zu mir auf.

»Ich lese ihm vor. Jeden Tag. Eine Kindheit ohne Geschichten, das geht nicht.« Er blätterte zu einer Seite, die er mit Lesezeichen markiert hatte. Ich hatte schon die Hand auf der Türklinke, doch der Klang seiner Stimme ließ mich innehalten. Von Zeit zu Zeit sah er Alija an und sprach mit ihm. Vielleicht erklärte er ihm die Bedeutung eines schwierigen Wortes oder eine Feinheit von Milnes britischem Humor. Ich hatte noch nie solche Zärtlichkeit zwischen einem Vater und seinem Kind erlebt.

Und ich wusste, ich ertrug es nicht, sie noch einmal zu sehen. Am selben Abend nach der Arbeit versuchte Ozren, sich für seinen Ausbruch zu entschuldigen. Ich war nicht sicher, ob er damit eine weitere Einladung, die Nacht mit ihm zu verbringen, einleiten wollte, ließ ihn aber gar nicht erst so weit kommen. Ich fand einen fadenscheinigen Vorwand, in mein Hotel zurückkehren zu müssen. Genauso am nächsten Abend. Am dritten Abend fragte er nicht mehr. Und dann war für mich sowieso der Tag meiner Abreise gekommen.

Ein sehr gut aussehender und sehr verletzter Botaniker sagte mir einmal, meine Einstellung zum Sex erinnere ihn an etwas, das er in Soziologiebüchern über die 60er Jahre gelesen hätte. Er meinte, ich verhielte mich wie ein darin beschriebener präfeministischer Mann, der sich Frauen für zwanglosen Sex sucht und sie fallen lässt, sobald emotionale Verbindlichkeit von ihm verlangt wird. Seine These war, dass mir ohne Vater und mit einer emotional unzugänglichen Mutter niemals eine gesunde, liebevolle und auf Gegenseitigkeit beruhende Beziehung vorgelebt worden war.

Ich erwiderte ihm, wenn ich Psychogeschwätz hören wollte, würde ich mich an einen Hirnklempner wenden. Es ist mir nicht gleichgültig, mit wem ich schlafe, alles andere als das; ich bin sogar sehr wählerisch. Ich ziehe wenige Erstklassige den mittelmäßigen Vielen vor, habe aber keine große Lust, anderer Leute Tränen zu trocknen. Wenn ich mir einen Partner wünschte, träte ich einer Anwaltskanzlei bei. Wenn ich mich entschließe, mit jemandem zusammen zu sein, möchte ich, dass es unbeschwert und heiter bleibt. Es macht mir ganz und gar keine Freude, die Gefühle anderer zu verletzen, schon gar nicht in tragischen Fällen wie dem von Ozren, der eindeutig ein Prachtexemplar von Mensch ist, mutig und intelligent und so weiter. Sogar attraktiv, wenn man den zerzausten Look mag. Der Botaniker hatte mir ja auch leidgetan. Aber er hatte angefangen, über Buschwanderungen mit Kindern auf dem Rücken zu reden, da musste ich mich von ihm trennen. Ich war damals noch keine fünfundzwanzig. Kinder sind meiner Meinung nach ein Luxus für deutlich Ältere.

Was meine dysfunktionale so genannte Familie betrifft, ist es wahr, dass ich von ihr einen tiefen Glauben übernommen habe, nämlich: Verlass dich nicht darauf, dass dich ein anderer emotional stabilisiert. Such dir eine interessante Tätigkeit – so interessant, dass du keine Zeit hast, dich allzu sehr mit dir selbst zu beschäftigen. Meine Mutter liebt ihre Arbeit, ich liebe meine. Die Tatsache also, dass wir einander nicht lieben… na ja, darüber denke ich kaum jemals nach.

Als Ozren mit seinen Siegeln und Schnüren fertig war, ging ich zum letzten Mal mit ihm die Treppe des Bankgebäudes hinunter. Wenn ich zur Ausstellungseröffnung nach Sarajevo zurückkäme, würde das Buch dort sein, wo es hingehört, in einer hübschen, neuen, supermodernen, gut gesicherten Vitrine im Museum. Ich wartete, bis Ozren das Manuskript in den Tresorraum gelegt hatte, doch als er wieder heraufkam, war er auf Bosnisch in ein Gespräch mit den Wärtern vertieft und drehte sich nicht zu mir um.

Der Wachbeamte schloss die Vordertür für ihn auf.

»Gute Nacht«, sagte ich. »Auf Wiedersehen. Vielen Dank.«

Seine Hand lag schon auf dem reich verzierten silbernen Türknauf. Jetzt schaute er sich nach mir um und nickte kurz. Dann stieß er die Tür auf und trat hinaus in die Dunkelheit. Ich ging allein nach oben, um meine Werkzeuge einzupacken.

Ich hatte meine Pergamintüten mit dem Stück des Insektenflügels und dem einzelnen weißen Haar aus der Bindung sowie winzige Proben, keine größer als der Punkt am Ende eines Satzes, die ich mit der Spitze meines Skalpells von den Seiten entnommen hatte, die befleckt waren, und verstaute alles sorgfältig in meiner Aktentasche. Dann blätterte ich mein Notizbuch durch, um mich zu vergewissern, dass ich nichts vergessen hatte. Ich überflog die Notizen, die ich mir am ersten Tag beim Auseinandernehmen des Einbands gemacht hatte, und stieß auf den Eintrag über die Rillen in den Rändern der Pappe und meine Frage hinsichtlich der fehlenden Schließen.

Um von Sarajevo nach London zu gelangen, musste man in Wien umsteigen. Den Aufenthalt in der Stadt wollte ich für zwei Dinge nutzen. Ich hatte eine alte Bekannte – eine Entomologin –, die am dortigen Naturhistorischen Museum forschte und als Kuratorin tätig war. Sie konnte mir bestimmt bei der Identifizierung des Insektenfragments helfen. Außerdem plante ich, Werner Heinrich, meinen ehemaligen Lehrer, zu besuchen. Er war ein lieber Mensch, gütig und zuvorkommend wie der Großvater, den ich nie gehabt hatte. Ich wusste, dass er sehr gern etwas über meine Arbeit an der Haggadah erfahren würde, überdies brauchte ich seinen Rat. Vielleicht würde sein Einfluss es mir erlauben, in dem Wiener Museum, wo die Handschrift 1894 neu gebunden worden war, langwierige Formalitäten zu unterlaufen. Wenn er mir Zugang zu den Archiven verschaffte, konnte ich eventuell alte Aufzeichnungen über den damaligen, ursprünglichen Zustand des Buches finden. Ich packte das Notizbuch in meinen Koffer. Als letztes legte ich den großen braunen Umschlag vom Krankenhaus hinein.

Ich hatte die Anfrage mit der Unterschrift meiner Mutter gefälscht und vage formuliert: »... um Konsil gebeten von einer Kollegin Dr. Karamans, den Fall seines Sohnes betreffend ...« Ihr Name war bekannt, sogar hier. Sie hatte einen Text über postoperative Komplikationen mitverfasst, der auf diesem Gebiet zur Standardlektüre zählte. Nicht, dass ich sie oft um einen Gefallen bitte, aber sie hatte erzählt, sie reise nach Boston, um auf der alljährlichen Konferenz der amerikanischen Neurochirurgen einen Vortrag zu halten, und ich hatte einen Auftraggeber in Boston – Trillionär und großer Sammler von Manuskripten –, der sich schon lange wünschte, dass ich mir für ihn ein paar wichtige Sachen ansah, die er eventuell bei einem Deakquisitionsverkauf der Houghton Library zu erstehen gedachte.

Australier nehmen das Reisen im Allgemeinen recht unbekümmert. Wer dort aufgewachsen ist, übt sich in Langstreckenflügen – fünfzehn Stunden, vierundzwanzig –, daran sind wir gewöhnt. Acht Stunden über den Atlantik erscheinen uns wie ein Katzensprung. Mein Klient hatte angeboten, mir ein Erster-Klasse-Ticket zu bezahlen, und ich sitze sonst nie im vorderen Teil der Maschine. Ich hoffte, dieses Gutachten nahm nicht viel Zeit in Anspruch, sodass ich zu meinem Vortrag an der Tate rechtzeitig in London eintreffen würde. Für gewöhnlich hätte ich es so eingerichtet, dass meine Mum und ich uns knapp verpassten. Es hätte einen kurzen Anruf gegeben (»Ach, wie schade!« »Ja, ist es zu fassen?«), bei dem wir uns gegenseitig an Unaufrichtigkeit überboten hätten. Doch gestern Abend, als ich tatsächlich den Vorschlag gemacht hatte, uns in Boston zu treffen, war die Leitung zwischen Sarajevo und Sydney einen Moment bis auf Knistern und Rauschen tot gewesen. Dann sagte meine Mutter mit ausdrucksloser Stimme: »Wie nett. Ich versuche, einen Termin zu finden.«

Ich fragte mich nicht, warum ich mir das eigentlich antat. Wieso mischte ich mich gegen den Willen eines Mannes, den er nicht deutlicher hätte äußern können, in sein Privatleben ein? Die Antwort hätte wohl gelautet, dass ich es nicht ertrage, etwas nicht zu wissen, wenn es doch in Erfahrung zu bringen ist. In dieser Hinsicht gab es keinen Unterschied zwischen den Aufnahmen von Alias Gehirn und den Partikeln in meinen Pergamintütchen, nämlich Botschaften in einem Code, den der geschulte Blick eines Experten vielleicht für mich entschlüsseln konnte.

Wien schien der Zusammenbruch des Kommunismus gutgetan zu haben. Die ganze Stadt wirkte, als ließe sie sich verschönern wie eine reiche Matrone, die sich unters Messer legt. Während mein Taxi sich in den Verkehr auf der Ringstraße einordnete, sah ich überall Baukräne, die sich über die Hochzeitstortenskyline der Stadt beugten. Licht ließ die frisch vergoldeten Friese der Hofburg erstrahlen, und Sandstrahlgebläse hatten den Ruß von Dutzenden Neorenaissancefassaden gespült und den warmen Sahneton des Steins enthüllt, der unter jahrhundertealtem Schmutz verborgen gewesen war. Offensichtlich putzten die westlichen Kapitalisten ihre Hauptquartiere heraus für all die neu geplanten Joint Ventures mit Nachbarländern wie Ungarn und Tschechien. Und jetzt konnten sie auf billige Arbeitskräfte aus dem Osten zurückgreifen.

Als ich Anfang der 80er Jahre ein Auslandssemester in Wien verbrachte, waren alle Gebäude in der grauen, schmutzigen Stadt verrußt gewesen, was ich damals nicht wusste. Ich dachte, sie seien schwarz gestrichen. Ich fand es deprimierend hier und ein bisschen unheimlich. Wiens Lage am östlichen Rand Westeuropas hatte es zu einem Lauschposten des Kalten Kriegs gemacht. Die stämmigen älteren Damen und in Loden gekleideten Herren präsentierten ihre gutbürgerliche Solidität in einer Atmosphäre, die immer ein wenig aufgeladen, ein wenig elektrisiert zu sein schien, wie die Luft nach einem Gewitter.

Gefallen hatten mir dagegen die Kaffeehäuser mit ihren Golddekors und die Musik, die allgegenwärtig war – Puls und Herzschlag der Stadt. Es kursierte der Witz, dass jeder in Wien, der kein Musikinstrument mit sich herumtrug, entweder ein Pianist, ein Harfenist oder ein ausländischer Spion war.

Die Stadt galt nicht unbedingt als Nabel der wissenschaftlichen Welt, hatte aber doch eine Reihe von High-Tech-Betrieben und innovativen Labors zu bieten. Meine alte Freundin, die Entomologin Amalie Sutter, leitete eins davon. Ich hatte sie vor Jahren kennen gelernt, als sie in der Zeit nach ihrer Dissertation so weit entfernt wie möglich von Rokokocafés mit Golddekor an einem Berghang im nördlichen Queensland in einem auf den Kopf gestellten Wassertank aus Wellblech lebte. Ich war damals mit dem Rucksack unterwegs gewesen. Ich hatte meiner teuren, elitären Mädchenschule den Rücken gekehrt, als ich sechzehn war, der frühestmögliche Zeitpunkt, mich von ihr zu befreien. Schon vorher hatte ich versucht, die Lehrer dazu zu bringen, mich rauszuwerfen, aber sie hatten zu viel Angst vor Mum, um das zu wagen. Ich verließ den heimatlichen Palast und schloss mich der Karawane an – den durchtrainierten skandinavischen Jugendlichen, die hier arbeiten und Ferien machen wollten, den Aussteigern, den Surfern und den ausgezehrten Junkies –, die nordwärts nach Byron Bay und dann die Küste hinauf vorbei an Cairns und Cooktown zog, bis die Straße zu Ende war.

Ich war fast zweitausend Kilometer gereist, um von meiner Mutter wegzukommen, und landete schließlich bei einer Frau, die in mancher Hinsicht genauso war wie sie. Oder wie sie in einem Paralleluniversum hätte sein können. Amalie war meine Mutter ohne deren gesellschaftliche und materielle Ambitionen, aber ebenso getrieben von ihrer Tätigkeit, nämlich dem Studium einer bestimmten Schmetterlingsspezies, die auf Ameisen angewiesen ist, um ihre Raupen vor Räubern zu schützen. Sie ließ mich in ihrem Wassertank wohnen und brachte mir alles über Komposttoiletten und Solarduschen bei. Damals war es mir noch nicht klar, doch jetzt glaube ich, dass jene Wochen in den Bergen, in denen ich miterlebte, mit welch ungeheurer leidenschaftlicher Aufmerksamkeit sie ihre Umgebung wahrnahm, wie sie sich abmühte für die kleine Chance, etwas Neues über das Funktionieren der Welt zu entdecken, mir letztendlich den Anstoß gaben, nach Sydney zurückzukehren und mein Leben richtig in Angriff zu nehmen.

Jahre später, als ich in Wien bei Werner Heinrich in der Lehre war, traf ich sie wieder. Werner hatte mich gebeten, die

DNS einer Bücherlaus zu ermitteln, die er einem Bucheinband entnommen hatte, und jemand gab mir den Tipp, dass das Labor im Naturhistorischen Museum für DNS-Analysen das beste der Stadt sei. Damals kam mir das seltsam vor. Das Museum war ein fantastischer Ort der Altertümer, voll mottenzerfressener ausgestopfter Tiere und Steinsammlungen. Ich wanderte nur zu gern darin herum, weil man nie wusste, worauf man stoßen würde. Es glich einem Kuriositätenkabinett, und es kursierte das unbestätigte Gerücht, dass dort sogar der abgeschlagene Kopf des türkischen Wesirs aufbewahrt wurde, der 1683 bei der Belagerung von Wien besiegt worden war. Angeblich verwahrte man ihn im Keller.

Amalie Sutters Labor dagegen war eine hochmoderne Einrichtung der evolutionsbiologischen Forschung. Auch jetzt erinnerte ich mich noch an die recht bizarre Beschreibung des Wegs zu ihrem Büro: Fahren Sie mit dem Aufzug in den dritten Stock, folgen Sie dem Skelett des *diplodicus,* und wenn Sie den Kieferknochen erreicht haben, ist es die Tür links davon. Ein Assistent sagte mir, sie befinde sich gerade in dem Raum mit den Schaukästen, und begleitete mich den Korridor entlang. Ich öffnete die Tür, und der stechende Geruch von Mottenkugeln schlug mir in einem Schwall entgegen. Da stand Amalie, mehr oder weniger unverändert, über eine Lade mit silbrig blau Schimmerndem gebeugt.

Sie freute sich, mich zu sehen, mehr noch aber über das Stück des Insektenflügels. »Ich dachte schon, du bringst mir wieder eine Bücherlaus.« Die Laus hatte sie damals zermahlen, um die DNS zu extrahieren und diese dann vergrößern und tagelang warten müssen, um schließlich die Analyse durchführen zu können. »Aber das hier«, sagte sie, das Tütchen vorsichtig hochhaltend, »das hier wird, wenn ich mich nicht sehr irre, wesentlich einfacher. Ich glaube, was du hier hast, ist ein alter Freund von mir.«

»Eine Motte?«

»Nein, keine Motte.«

»Es kann doch kein Teil eines *Schmetterlings* sein?« Überreste von Schmetterlingen landen gewöhnlich nicht in Büchern, Motten schon, weil sie ins Haus gelangen, wo es Bücher gibt. Schmetterlinge dagegen sind Geschöpfe der freien Natur.

»Vielleicht doch.« Sie stand auf, und wir verließen das Kabinett und gingen in ihr Büro, wo sie ihre Blicke über die deckenhohen Regale wandern ließ und dann einen riesigen Bildband über Äderungen von Insektenflügeln hervorzog. Sie stieß eine Tür auf, an der ein lebensgroßes Foto hing, das sie als Doktorandin im malayischen Regenwald zeigte, ein Schmetterlingsnetz mit vier Metern Durchmesser schwenkend. Es war beachtlich, wie wenig sie seither gealtert war. Ich glaube, die völlige Hingabe an ihre Arbeit wirkte wie eine Art Konservierungsmittel. Auf der anderen Seite der Tür befand sich ein blitzblanker Laborraum, in dem Assistenten Pipetten schwangen und auf Monitoren DNS-Diagramme studierten. Amalie legte mein kleines Flügelfragment vorsichtig auf einen Objektträger und schob ihn unter ein starkes Mikroskop.

»Hallo, Schätzchen«, sagte sie. »Da *bist* du ja.« Sie sah auf und strahlte mich an. Auf ihre Äderungsschemata hatte sie nicht einmal einen Blick geworfen. »*Parnassius mnemosyne leonhardiana.* In ganz Europa verbreitet.«

Verdammt. Mein Herz sank, und mein Blick musste es verraten haben. Also keine neuen Informationen. Amalies Lächeln wurde breiter. »Keine große Hilfe?« Sie bedeutete mir, ihr wieder den Flur entlang und zurück in das Insektenkabinett zu folgen. Dort öffnete sie eine der hohen Metalltüren und zog einen hölzernen Schaukasten heraus. Reihen von Faltern der Art *parnassius* schwebten, erstarrt in alle Ewigkeit, über ihren sorgfältig buchstabierten Namen.

Die Schmetterlinge waren auf eine subtile Weise sehr schön. Sie hatten cremeweiße, mit schwarzen Punkten gesprenkelte Vorderflügel; die Hinterflügel waren fast durchscheinend und ähnlich Bleiglasfenstern durch ein deutliches Geflecht schwarzer Adern in Felder zerteilt. »Nicht unbedingt der prachtvollste Falter der Welt«, sagte Amalie. »Aber Sammler lieben ihn. Vielleicht, weil man auf einen Berg steigen muss, um ihn zu ergattern.« Sie schloss die Schublade und wandte sich zu mir. »In ganz Europa verbreitet, ja. Aber beschränkt auf Hochgebirge um die 2000 Meter. Die Raupen dieses *parnassius* ernähren sich nur von einer alpinen Art des Lerchensporns, der in steiler, felsiger Umgebung wächst. Dein Manuskript, liebe Hanna, ist das durch die Alpen gereist?«

Ein Insektenflügel

Sarajevo 1940

Hier liegt das Grab. Bleibt eine Weile,
während der Wald lauscht.
Nehmt eure Hüte ab! Hier ruht die Blüte
eines Volkes, das zu sterben weiß.

Inschrift einer Gedenktafel für
den Zweiten Weltkrieg, Bosnien

Der Wind peitschte über die Miljacka. Lolas dünner Mantel bot keinen Schutz. Sie rannte über die schmale Brücke, ihre Hände tief in den Taschen vergraben. Auf der anderen Flussseite ragte unvermittelt eine grob behauene steinerne Treppe auf, die zu einem Gewirr enger Gassen führte, gesäumt von schäbigen Mietshäusern. Lola nahm zwei Stufen auf einmal und trat in die zweite Gasse, wo sie endlich vor den heftigen Böen geschützt war.

Es war vor Mitternacht, sodass man die Tür zu dem Gebäude, in dem sie wohnte, noch nicht abgeschlossen hatte. Drinnen war es nicht viel wärmer als auf der Straße. Sie lehnte sich an die Wand und nahm sich einen Moment Zeit, um wieder zu Atem zu kommen. Ein Geruch nach gekochtem Kohl und frischer Katzenpisse hing schwer über dem Hausflur. Lola schlich die Treppe hinauf und drehte leise am Knauf der Wohnungstür ihrer Familie. Ihre rechte Hand griff instinktiv nach der *mesusa* am Türpfosten, obwohl Lola nicht hätte sagen können, warum. Sie zog ihren Mantel und ihre Stiefel aus und trug sie an ihren schlafenden Eltern vorbei. Die Wohnung bestand nur aus einem Raum, in dem lediglich ein Vorhang ein bisschen Privatsphäre ermöglichte.

Ihre jüngere Schwester war nur eine Wölbung unter der Bettdecke. Lola hob die Decke an und schlüpfte neben sie. Dora lag zusammengerollt wie ein kleines Tier da und strahlte willkommene Hitze aus. Lola berührte den warmen Rücken ihrer Schwester. Das Kind protestierte im Schlaf, indem es kurz aufschrie und wegrückte. Lola spähte durch das Dunkel des Zimmers. Ihr Vater hatte einen leichten Schlaf, und sie durfte es nicht riskieren, ihn zu wecken. Sie klemmte sich ihre eisigen Hände in die Achselhöhlen. Trotz der Kälte war ihr Gesicht noch rot, ihre Stirn noch schweißfeucht vom Tanzen, und wenn ihr Vater aufwachte, würde er das womöglich bemerken.

Lola liebte das Tanzen. Deshalb nahm sie an den Treffen der Jungen Wächter teil. Auch das Wandern mochte sie, die langen, beschwerlichen Aufstiege in die Berge zu einem See oder den Ruinen einer antiken Festung. Der Rest interessierte sie nicht besonders. Die endlosen Diskussionen über Politik langweilten sie. Und das Hebräisch – sie hatte ja nicht einmal Spaß daran, in ihrer Muttersprache zu lesen, geschweige denn, mühsam das fremdartige Gekrakel zu entschlüsseln, das ihr Mordechai ständig nahe zu bringen versuchte.

Jetzt dachte sie an seinen Arm auf ihrer Schulter im Kreis der Tanzenden. Sie spürte noch immer das angenehme Gewicht seiner von Landarbeit gestählten Muskeln. Als er seine Ärmel aufgekrempelt hatte, waren seine Unterarme braun und hart gewesen wie eine Haselnuss. Obwohl sie die Schritte nicht kannte, war es leicht, mit ihm neben sich, der ihr ermutigend zulächelte, dem Tanz zu folgen. Eine Sarajevoerin – sogar ein armes Mädchen wie Lola – hätte einen bosnischen Bauern normalerweise nie eines zweiten Blickes gewürdigt. Selbst wenn er ein wohlhabender Bauer war, ein Stadtmensch fühlte sich ihm überlegen. Doch mit Mordechai verhielt es sich anders. Er war in Travnik aufgewachsen, zwar nicht Sarajevo, aber trotzdem ein schöner Ort, und er war gebildet, hatte das Gymnasium besucht. Dennoch war er vor zwei Jahren, mit siebzehn, mit dem Schiff nach Palästina gereist, um dort auf einer Farm zu arbeiten, die nach seiner Beschreibung nicht sehr ertragreich gewesen war. Ein ausgedörrtes, unfruchtbares Stück Erde, wo man sich abschuften musste, um überhaupt ernten zu können. Und das nicht für Geld, sondern nur für das, was man aß und bei der Arbeit auf dem Leibe trug. Eigentlich eine Schinderei. Trotzdem, wenn er darüber redete, klang es, als gäbe es keine faszinierendere oder noblere Tätigkeit auf der Welt als das Graben von Bewässerungskanälen und die Dattelernte.

Lola liebte es, Mordechai zuzuhören, wenn er über all die praktischen Dinge sprach, die ein Pionier wissen musste, etwa, wie man den Stich eines Skorpions behandelte oder eine Schnittwunde versorgte, wie man eine Latrine baute oder eine provisorische Hütte. Lola wusste, dass sie nie ihre Heimat verlassen und als Pionierin nach Palästina gehen würde, doch sie malte sich gern das abenteuerliche Leben aus, das derartige Fähigkeiten erforderte. Und sie dachte gern an Mordechai. Die Art und Weise, wie er erzählte, erinnerte sie an die alten Ladino-Lieder, die ihr Großvater ihr vorgesungen hatte, als sie ein kleines Mädchen gewesen war. Er hatte auf dem Markt einen Stand mit Saatgut gehabt, und Lolas Mutter ließ sie manchmal bei ihm, wenn sie arbeiten ging. Großvater war voller Geschichten über Ritter und Hidalgos und Erzählungen aus einem magischen Ort namens Sepharad gewesen, wo, wie er sagte, vor langer Zeit ihre Vorfahren gelebt hatten. Mordechai sprach über sein neues Land, als wäre es Sepharad. Er schwärmte der Gruppe vor, dass er es gar nicht abwarten könne, dorthin zurückzukehren, nach Eretz Israel. »Ich bin eifersüchtig auf jeden Sonnenaufgang, der die weißen Steine des Jordan-Tals golden färbt.«

Lola beteiligte sich nicht an den Diskussionen der Gruppe. Sie kam sich dumm vor im Vergleich zu den anderen. Viele von ihnen waren Svabo Jijos, jiddisch sprechende Juden, die Ende des 19. Jahrhunderts mit der österreichischen Besatzungsmacht in die Stadt gekommen waren. Ladino sprechende Familien wie die Lolas lebten bereits seit 1565 hier, als Sarajevo noch Teil des Osmanischen Reiches gewesen war und der Sultan ihnen Schutz vor der Verfolgung durch die Christen geboten hatte. Die meisten von ihnen waren seit der Vertreibung aus Spanien im Jahre 1492 auf der Suche nach einem dauerhaften Zuhause umhergewandert. In Sarajevo hatten sie Frieden und Akzeptanz gefunden, es aber nur in wenigen Fällen zu Wohlstand gebracht. Die meisten blieben kleine Kaufleute wie ihr

Großvater oder einfache Handwerker. Die Svabo Jijos dagegen waren gebildeter, europäischer in ihrem Auftreten. Sehr bald schon hatten sie die besser bezahlten Berufe und nahmen hohe Positionen in der Gesellschaft von Sarajevo ein. Ihre Kinder gingen aufs Gymnasium und manchmal sogar zur Universität. Bei den Jungen Wächtern waren sie die natürlichen Anführer.

Eine war die Tochter eines Stadtrats, ein anderer der Sohn des verwitweten Apothekers, für den Lolas Mutter die Wäsche machte. Der Vater eines weiteren Mädchens war Buchhalter im Finanzministerium, wo Lolas Vater als Hausmeister arbeitete. Mordechai behandelte jedoch alle gleich, sodass sie allmählich genug Mut gefasst hatte, ihm eine Frage zu stellen.

»Aber Mordechai«, hatte sie schüchtern gesagt, »freust du dich denn nicht, wieder in deinem Heimatland zu sein, deine eigene Sprache zu sprechen und nicht so hart arbeiten zu müssen?«

Mordechai hatte sich ihr lächelnd zugewandt. »Das hier ist nicht meine Heimat«, erwiderte er sanft. »Und deine auch nicht. Die einzige wahre Heimat für Juden ist Eretz Israel. Und deshalb bin ich hier, um euch von dem Leben zu erzählen, das ihr haben könntet, um euch darauf vorzubereiten und euch mitzunehmen, damit wir gemeinsam unsere jüdische Heimat aufbauen.«

Er hob die Arme, als wollte er sie alle umschlingen. »»Wenn ihr wollt, ist es kein Märchen.‹« Er ließ die Worte in der Luft hängen, ehe er weitersprach. »Das hat ein großer Mann gesagt, und ich glaube daran. Was ist mit dir, Lola, willst du dieses Märchen Wirklichkeit werden lassen?« Lola errötete, weil sie die Aufmerksamkeit nicht gewöhnt war, und Mordechai lächelte freundlich. Dann breitete er die Arme aus, um die ganze Gruppe in seine Frage einzuschließen. »Was wünscht ihr euch? Wollt ihr dahintrippeln, den Tauben gleich, die nach den Krumen anderer scharren, oder Wüstenfalken sein und euch zu eurem eigenen Schicksal emporschwingen?«

Isak, der Sohn des Apothekers, war ein kleiner, fleißiger Junge, dessen Mangel an körperlicher Größe dazu führte, dass er oft übersehen wurde. Lolas Mutter meinte oft, der Apotheker habe bei all seiner Gelehrtheit keine Ahnung, wie ein Heranwachsender richtig zu ernähren sei. Aber von allen jungen Leuten im Saal hatte Isak während Mordechais rhetorischen Höhenflugs ungeduldig herumgezappelt. Mordechai war das aufgefallen, und so wandte er sich ihm jetzt mit seiner ganzen Wärme zu.

»Was ist los, Isak? Möchtest du uns etwas mitteilen?«

Isak schob die drahtgefasste Brille seinen Nasenrücken hoch. »Vielleicht gilt das, was du sagst, für die Juden in Deutschland. Von dort sind ja sehr beunruhigende Nachrichten zu hören. Aber hier gibt es das doch nicht. In Sarajevo hat der Antisemitismus nie eine Rolle gespielt. Schau nur, wo die Synagoge steht: zwischen der Moschee und der serbisch-orthodoxen Kirche. Tut mir leid, aber Palästina ist die Heimat der Araber, nicht deine. Und mit Sicherheit nicht meine. Wir sind Europäer. Warum sollen wir einem Land den Rücken kehren, das uns Wohlstand und Bildung bietet, um ein Bauer unter Menschen zu werden, die uns nicht bei sich haben wollen?«

»Du bist also zufrieden damit, eine Taube zu sein?« Mordechai sagte das mit einem Lächeln, aber seine Absicht, Isak zu demütigen, war allen klar, selbst Lola. Isak kniff sich in seinen Nasenrücken und kratzte sich den Kopf.

»Vielleicht. Eine Taube richtet jedenfalls keinen Schaden an. Der Falke lebt auf Kosten anderer Geschöpfe, die in der Wüste wohnen.«

Lola hatte die beiden streiten gehört, bis ihr der Kopf wehtat, und nicht gewusst, wer von beiden Recht hatte. Jetzt drehte sie sich auf der dünnen Matratze um und versuchte, zur Ruhe zu kommen. Sie musste schnell einschlafen, sonst würde sie am nächsten Tag über ihrer Arbeit einnicken, und ihr Vater würde Fragen stellen. Lola arbeitete mit ihrer Mutter Rasela in der Waschküche. Wenn sie müde war, war es eine Tortur, mit ihren schweren Körben, in denen sie frisch gestärktes Leinenzeug ablieferte und schmutzige Kleidungsstücke abholte, durch die Straßen der Stadt zu laufen. Der warme, feuchte Dampf machte sie schläfrig, wenn sie sich um den Waschkessel kümmern sollte, und dann fand ihre Mutter sie zusammengesackt in einer Ecke, während das Wasser abkühlte und sich bereits fettiger Schaum auf der Oberfläche absetzte.

Lujo, ihr Vater, war kein harter Mann, aber streng und pragmatisch. Zuerst hatte er ihr erlaubt, nach der Arbeit zu den Treffen der Jungen Wächter, auf Hebräisch Haschomer Hazair, zu gehen. Sein Freund Mosa, Aufseher im jüdischen Gemeindezentrum, hatte sich für die Gruppe ausgesprochen und gesagt, sie sei eine harmlose und nützliche Jugendorganisation wie die Pfadfinder der Christen. Doch dann war Lola eines Tages eingeschlafen und hatte das Feuer zum Beheizen des Kessels ausgehen lassen. Ihre Mutter hatte gescholten und ihr Vater nach dem Grund für ihre Müdigkeit gefragt. Als er erfuhr, dass sie bei einem Tanz mitgemacht hatte, der Hora, die Jungen und Mädchen gemeinsam tanzten, hatte er ihr verboten, an weiteren Treffen teilzunehmen. »Du bist erst fünfzehn, Tochter. Wenn du ein wenig älter bist, finden wir einen netten Verlobten als Partner für dich, dann darfst du tanzen.«

Sie hatte gebettelt und versprochen, während der Tänze sitzen zu bleiben. »Es gibt so vieles, was ich da lernen kann.«

»Vieles?«, wiederholte Lujo verächtlich. »Etwas, das dir hilft, das Brot für deine Familie zu verdienen? Nein? Das habe ich mir gedacht. Nur wilde Ideen. Kommunistische Ideen nach allem, was ich gehört habe. Ideen, die in unserem Land verboten sind und dir nur unnötigen Ärger einbringen. Und eine tote Sprache, die keiner spricht bis auf eine Handvoll alter Männer in der Synagoge. Wirklich, ich weiß nicht, was Mosa sich gedacht hat. Ich werde deine Ehre schützen, auch wenn andere den Wert dieser Dinge vergessen haben. Gegen das Wandern am Sonntag habe ich nichts, wenn deine Mutter keine anderen Aufgaben für dich hat. Aber ab jetzt verbringst du deine Abende zu Hause.«

Von da an begann für Lola ein anstrengendes Doppelleben. Die Gruppe traf sich zweimal pro Woche. An diesen Abenden ging Lola mit ihrer kleinen Schwester früh zu Bett. Manchmal, wenn sie sehr schwer gearbeitet hatte, kostete es sie ungeheure Mühe, wach zu bleiben, während sie Doras leichtem, gleichmäßigem Atmen lauschte. Meistens aber machte es ihr die Vorfreude leicht, Schlaf vorzutäuschen, bis das Schnarchen ihrer Eltern ihr verriet, dass sie gehen konnte. Dann schlich sie aus der Wohnung, zwängte sich auf der Treppe in ihre Kleider und hoffte nur, dass keine Nachbarn herauskamen und sie sahen.

An dem Abend, an dem Mordechai den anderen erzählte, er wolle fort, verstand Lola ihn zunächst nicht. »Ich fahre nach Hause«, sagte er. Lola dachte, er meinte Travnik. Dann wurde ihr klar, dass er einen Frachter nach Palästina besteigen und sie ihn nie wiedersehen würde. Er lud alle ein, am Tag seiner Abreise zum Bahnhof zu kommen, um ihn zu verabschieden. Dann verkündete er, dass Avram, ein Druckerlehrling, beschlossen habe mitzukommen.

»Er ist der Erste. Ich hoffe, dass viele von euch folgen werden.« Er schaute Lola an, und ihr schien, dass sein Blick auf ihr verweilte. »Wann immer ihr nach Hause kommen wollt, wir sind da, um euch zu begrüßen.«

Am Tag von Mordechais und Avrams Abreise wäre Lola nur zu gern zum Bahnhof gegangen, aber ihre Mutter hatte einen riesigen Berg Wäsche zu besorgen. Rasela mühte sich mit dem schweren Eisen, während Lola ihren gewohnten Platz am Waschkessel und an der Mangel einnahm. Zu der Zeit, als Mordechais Zug in Richtung Küste abfahren sollte, starrte Lola die grauen Wände der Waschküche an und beobachtete, wie der Dampf als Kondenswasser den kalten Stein hinunterrann. Der Geruch nach Moder füllte ihre Nasenlöcher. Sie versuchte, sich das grellweiße, die Blätter der Olivenbäume versilbernde Sonnenlicht vorzustellen, das Mordechai beschrieben hatte, den Duft der Orangen, die in den steinummauerten Gärten Jerusalems blühten.

Der Gruppenleiter, der Mordechais Platz einnahm, ein junger Mann namens Samuel aus Novi Sad, war ein kompetenter Lehrer beim Unterricht im Freien, aber ihm fehlte das Charisma, das Lola an den Abenden der Zusammenkünfte wach gehalten hatte. Jetzt nickte sie oft selbst ein, während sie darauf wartete, dass ihre erschöpften Eltern einschliefen. Dann wachte sie erst vom frühmorgendlichen Ruf des *Muezzin* auf, der ihre muslimischen Nachbarn zum Gebet aufforderte. Dennoch verspürte sie nur geringes Bedauern, wenn sie bemerkte, dass sie wieder ein Treffen versäumt hatte.

Weitere Jungen und Mädchen folgten Avram und Mordechai nach Palästina, jedes Mal mit einem großen Abschied am Bahnhof. Gelegentlich schrieben sie der Gruppe, und immer klangen ihre Berichte gleich: Die Arbeit war hart, das Land aber jede Mühe wert, und als Jude einen jüdischen Staat aufzubauen war das Größte auf der Welt. Manchmal wunderte sich Lola über diese Briefe. Es hatte doch sicher jemand Heimweh? Bestimmt gefiel ein derartiges Leben nicht jedem? Aber es schien, als wären alle, die Sarajevo verlassen hatten, zu einer einzigen Person verschmolzen, die mit einer einzigen Stimme sprach.

Je schlimmer die Nachrichten aus Deutschland wurden, desto schneller stieg die Zahl der Abreisenden. Durch die Annektierung Österreichs rückte das Reich eng an ihre Landesgrenzen. Das Leben im Gemeindezentrum nahm jedoch seinen üblichen Lauf; die alten Leute trafen sich zu Kaffee und Tratsch, die Religiösen zum Oneg Sabbat am Freitagabend. Keiner fühlte sich bedroht, selbst nicht, als die Regierung sich blind stellte für die faschistischen Banden, die anfingen, durch die Straßen zu streifen, jedem zuzusetzen, der ihnen als Jude bekannt war, und Faustkämpfe mit den Zigeunern anzuzetteln. »Das sind Rüpel«, meinte Lujo achselzuckend. »In jeder Stadt gibt es Rüpel, sogar hier. Das hat nichts zu bedeuten.«

Bisweilen, wenn Lola aus einer Wohnung im wohlhabenden Viertel der Stadt schmutzige Wäsche abholte, erblickte sie Isak, immer mit einer schweren Büchertasche über der Schulter. Er ging jetzt zur Universität, wo er Chemie studierte wie sein Vater. Lola hätte ihn gern gefragt, was er von den Rüpeln hielt und ob es ihm Sorgen machte, dass Frankreich besetzt worden war. Aber der Korb mit den übel riechenden Kleidungsstücken, den sie trug, war ihr peinlich. Und sie war sich nicht sicher, ob sie genug wusste, um ihre Fragen so zu formulieren, dass sie nicht als Dummkopf dastehen würde.

Als Stela Kamal ein leises Klopfen an ihrer Wohnungstür vernahm, griff sie sich auf den Kopf und zog den Spitzenschleier herunter, ehe sie aufmachte. Sie war jetzt seit über einem Jahr in Sarajevo, aber nach wie vor den konservativeren Sitten Pristinas verhaftet, wo keine traditionelle muslimische Familie es ihren Frauen erlaubte, einem fremden Mann ihr Gesicht zu zeigen.

Heute Nachmittag aber war ihr Besucher kein Mann, nur die Wäscherin, die ihr Mann bestellt hatte. Stela tat das junge Mädchen leid. Auf dem Rücken trug sie einen Korb mit gebügelter Wäsche, und um dessen Schultergurte hatte sie Kattunbeutel voll schmutziger Kleidungsstücke geschlungen. Sie wirkte müde und sah aus, als fröre sie. Stela bot ihr etwas Warmes zu trinken an.

Zuerst verstand Lola die Frau wegen ihres albanischen Akzents nicht. Stela schlug das feine Stück Spitze zurück, das ihr Gesicht bedeckte, und wiederholte ihr Angebot, während sie eine Einschenkbewegung machte. Lola nahm erfreut an; es war sehr kalt draußen, und sie war meilenweit gelaufen. Stela bat sie einzutreten und ging zur *mangala,* wo die Asche noch glühte. Sie schüttete gemahlenen Kaffee in die *dzezva* und ließ ihn einmal, zweimal aufkochen.

Von dem starken Duft wurde Lola der Mund wässrig. Sie schaute sich um. Noch nie hatte sie so viele Bücher gesehen. Sämtliche Wände waren mit ihnen voll gestellt. Die Wohnung war nicht groß, doch alles darin wirkte stimmig, als wäre es immer da gewesen. Niedrige Holztische, im türkischen Stil mit Perlmutt eingelegt, auf denen ebenfalls aufgeschlagene Bücher lagen. Kelims in gedämpften Farben wärmten die blitzblank gebohnerten Böden. Die *mangala* war sehr alt, der Kessel poliert, der Deckel in Form einer Halbkugel mit Mondsicheln und Sternen verziert.

Stela drehte sich um und reichte Lola einen zierlichen *fildzan* aus Porzellan, dessen Boden ebenfalls Mondsichel und Stern schmückten. Stela hob die *dzezva* hoch und goss den heißen Kaffee in einem langen, dunklen Strahl ein. Lola schlang ihre eisigen Finger um die henkellose Tasse und spürte, wie der aromatische Dampf ihr Gesicht umspielte. Während sie den starken Kaffee trank, schaute sie über den Tassenrand hinweg auf die junge Muslimin. Sogar hier, in ihrem Zuhause, waren Stelas Haare unter makellos weißer Seide zusammengebunden, auf der ihr hübscher Spitzenschleier lag, bereit, heruntergezogen zu werden, falls die Sittsamkeit es erforderte. Die junge Frau war sehr schön mit ihren dunklen Augen und der sahnig weißen Haut. Lola registrierte mit Überraschung, dass sie beide wahrscheinlich ungefähr im selben Alter waren. Sie verspürte einen Anflug von Neid. Stelas Hände, in denen sie die *dzezva* hielt, waren glatt und blass, nicht rot und schuppig wie die Lolas. Wie angenehm es sein musste, ein so leichtes Leben in einer so schönen Wohnung zu führen und die schweren Arbeiten von anderen erledigen zu lassen.

Dann fiel Lola ein silbergerahmtes Foto der jungen Frau ins Auge, vermutlich an ihrem Hochzeitstag aufgenommen, doch ihr Gesichtsausdruck zeigte keine Freude. Der Mann neben ihr, mit Fez und dunkler Kitteljacke, war hoch gewachsen und vornehm. Allerdings wirkte er doppelt so alt wie sie. Eine arrangierte Ehe wahrscheinlich. Lola hatte gehört, die albanische Tradition verlange von Bräuten, an ihrem Hochzeitstag von morgens bis abends stocksteif und reglos dazustehen, und verbiete ihnen, selbst an der Feier teilzunehmen. Sogar ein Lächeln gelte als ungehörig und schamlos. Lola, die an ausgelassene Festlichkeiten bei Hochzeiten selbst der konservativsten Juden gewöhnt war, konnte sich das gar nicht vorstellen. Sie fragte sich, ob das alles wohl stimmte oder bloß eins der Gerüchte war, die die verschiedenen religiösen Gemeinden übereinander in die Welt setzten. Beim Betrachten des Fotos verflog ihr Neid. Sie würde jedenfalls einen jungen und starken Mann heiraten. Wie Mordechai.

Stela sah, wie Lola das Bild musterte. »Das ist mein Mann, Serif effendi Kamal«, sagte sie. Jetzt lächelte sie und errötete leicht. »Kennen Sie ihn? Die meisten Leute in Sarajevo scheinen ihn zu kennen.« Lola schüttelte den Kopf. Es gab keine Verbindung zwischen ihrer armen, ungebildeten Familie und den Kamals, einem großen, einflussreichen Clan muslimischer *alims*, also Intellektueller. Die Kamals stellten in Bosnien viele Muftis, Inhaber des höchsten religiösen Amtes in einer Provinz.

Serif Kamal hatte an der Universität von Istanbul Theologie und an der Pariser Sorbonne orientalische Sprachen studiert. Er war Professor und der oberste Beamte im Ministerium für religiöse Angelegenheiten gewesen, ehe er Bibliotheksleiter im Nationalmuseum wurde. Er beherrschte zehn Sprachen und hatte gelehrte Bücher über Geschichte und Architektur geschrieben, obwohl seine Spezialität das Studium antiker Manuskripte war. Seine Passion galt der Literatur, die sich an den Schmelzpunkten der Kulturen von Sarajevo entwickelt hatte: Lyrik, verfasst von muslimischen Slawen in klassischem Arabisch, formal jedoch den Sonetten Petrarcas folgend, die von der dalmatinischen Küste, wo sich einst der Hof Diokletians befunden hatte, ins Landesinnere gelangten.

Serif hatte das Heiraten aufgeschoben, so lange er seinen Studien nachging, und auch dann eigentlich nur eine Frau genommen, um all diejenigen in seinem Freundeskreis zum Schweigen zu bringen, die ihn dazu drängten. Er hatte Stelas Vater besucht, bei dem er Albanisch gelernt hatte, und sein ehemaliger Professor hatte ihn wegen seines ewigen Junggesellendaseins gehänselt. Im Scherz hatte Serif gesagt, er würde ja heiraten, aber nur, wenn sein Freund ihm eine seiner Töchter gäbe. Ehe Serif es sich versah, hatte er eine Braut. Über ein Jahr später staunte er immer noch darüber, wie glücklich er mit diesem süßen jungen Geschöpf war, besonders, nachdem seine Frau ihm anvertraut hatte, dass sie schwanger war.

Stela hatte die schmutzigen Laken und Kleidungsstücke sorgfältig zusammengelegt und reichte sie Lola jetzt fast widerwillig. Sie hatte immer ganz selbstverständlich allein ihre Wäsche besorgt. Doch nun, da sie ein Kind erwartete, bestand Serif darauf, ihr die Hausarbeit zu erleichtern.

Lola nahm ihren Korb, dankte Stela für den Kaffee und machte sich auf den Weg.

An einem Aprilmorgen, als von den abgetauten Hängen der Berge der erste Duft nach Gras ins Tal wehte, ließ die deutsche Luftwaffe ihre Stuka-Bomber einen Angriff nach dem anderen auf Belgrad fliegen. Aus vier feindlichen Ländern ergossen sich Armeen über die Grenzen. Es dauerte keine zwei Wochen, bis sich die Jugoslawen ergeben mussten. Schon davor hatte Deutschland Sarajevo zum Teil eines neuen Staates erklärt. »Das hier ist jetzt der Unabhängige Staat Kroatien unter Führung der Ustascha«, hatte der von den Nazis eingesetzte neue Machthaber verkündet. »Er muss von Serben und Juden gereinigt werden. Für sie ist hier kein Platz. Von dem, was ihnen einst gehört hat, wird kein Stein auf dem anderen bleiben.«

Am 16. April marschierten die Deutschen in die Stadt ein und plünderten in den nächsten beiden Tagen das jüdische Viertel. Alles Wertvolle wurde mitgenommen. Die alten Synagogen wurden niedergebrannt. Die antijüdischen Gesetze zum »Schutz des arischen Blutes und zur Ehre des kroatischen Volkes« bedeuteten, dass Lolas Vater Lujo seine Stelle im Finanzministerium verlor. Er musste wie die anderen jüdischen Männer, darunter sogar Akademiker wie Isaks Vater, der Apotheker, einer Arbeitsbrigade beitreten. Alle Juden waren gezwungen, einen gelben Stern zu tragen. Lolas kleine Schwester Dora wurde von der Schule verwiesen. Der Familie, die immer schon arm gewesen war, blieben jetzt nur noch die wenigen Münzen, die Lola und Rasela verdienten.

Stela Kamal war beunruhigt. Ihr Mann, sonst so zuvorkommend, so besorgt um ihren Zustand, hatte in den letzten zwei Tagen keine zehn Worte mit ihr gewechselt. Er war spät aus dem Museum nach Hause gekommen, hatte sein Abendessen kaum angerührt und sich dann in seinem Arbeitszimmer eingeschlossen. Am nächsten Morgen hatte er beim Frühstück wenig gesagt und war zeitig aufgebrochen. Als Stela sein Arbeitszimmer aufräumen wollte, fand sie es übersät mit Papieren vor, manche ungestüm korrigiert mit vielen durchgestrichenen Sätzen, andere zusammengeknüllt und auf den Boden geworfen.

Gewöhnlich arbeitete Serif sehr methodisch. Sein Schreibtisch war immer makellos aufgeräumt. Fast schuldbewusst glättete Stela eins der Papierknäuel. »Nazi-Deutschland ist eine Kleptokratie«, las sie. Das Wort kannte sie nicht. »Museen haben die Pflicht, sich dem Raub des kulturellen Erbes zu widersetzen. Die Verluste in Frankreich und Polen hätten verhindert werden können, wenn Museumsdirektoren ihr Wissen und Können nicht in den Dienst der deutschen Plünderer gestellt hätten. Stattdessen sind wir zu unserer Schande einer der nazifiziertesten Berufsstände Europas geworden…« Sonst stand nichts auf dem Blatt. Sie hob eine weitere zerknüllte Seite auf. Sie trug die dick unterstrichene Überschrift ANTISEMITISMUS IST DEN MUSLIMEN VON BOSNIEN UND HERZEGOWINA FREMD. Es schien sich um einen Artikel oder eine Art offenen Brief zu handeln, der die Einführung der antijüdischen Gesetze verurteilte. Vieles war geschwärzt, doch einige Satzteile konnte Stela lesen: »…nur ein Manöver, um die Menschen von ihren wahren Problemen abzulenken«, »…den Armen unter den Juden helfen, deren Zahl viel höher ist, als gemeinhin angenommen wird…«

Stela zerknüllte das Blatt und warf es in den Papierkorb. Sie presste sich die Knöchel ihrer Finger ins Kreuz, das ein wenig schmerzte. Sie hatte nie bezweifelt, dass sie mit dem klügsten aller Männer verheiratet war. Das bezweifelte sie auch jetzt nicht. Aber seine Schweigsamkeit, die verkrumpelten Seiten, die beunruhigenden Sätze… Sie würde mit ihm darüber reden müssen. Den ganzen Tag über probte sie, wie sie das Gespräch einleiten sollte. Doch als er dann nach Hause kam, schenkte sie ihm aus der *dzezva* seinen Kaffee ein und sagte nichts.

Ein paar Wochen später begannen die Verhaftungen. Im Frühsommer erhielt Lujo den Befehl, sich zum Transport in ein Arbeitslager zu melden. Rasela weinte und flehte ihn an, der Aufforderung nicht zu folgen, aus der Stadt zu fliehen, aber Lujo meinte, er sei kräftig und ein guter Arbeiter und werde es schon schaffen. Er nahm das Kinn seiner Frau in die Hand. »So ist es besser. Der Krieg kann nicht ewig dauern. Wenn ich weglaufe, werden sie dich holen.« Obwohl er seine Gefühle sonst nie offen zeigte, küsste er sie lange und zärtlich, ehe er in den Lastwagen kletterte.

Lujo wusste nicht, dass ihn gar kein Arbeitslager erwartete, nur Qual und Folter. Noch vor Ende des Jahres sollte er in die Hügel der Herzegowina getrieben werden, wo der Kalkstein zerfressen ist von einem Labyrinth aus Löchern. Ganze Flüsse verschwinden dort, strömen durch unterirdische Höhlen und tauchen viele Kilometer weiter plötzlich sprudelnd wieder auf. Mit anderen gepeinigten und ausgezehrten Männern – Juden, Zigeunern, Serben – würde Lujo dort am Rande einer tiefen Schlucht stehen, deren Boden er nicht sehen konnte. Ein Ustascha-Milizionär würde ihm die Kniesehnen durchtrennen und ihn in den Abgrund stoßen.

Rasela holten sie, als Lola gerade mit frisch gebügelter Wäsche unterwegs war. Die Soldaten besaßen Listen aller jüdischen Frauen, deren Ehemänner und Söhne bereits deportiert worden waren. Sie verfrachteten sie auf Lastwagen und brachten sie in eine verwüstete Synagoge.

Als Lola nach Hause zurückkehrte, sah sie, dass die Tür weit offen stand, ihre Mutter und Schwester verschwunden und ihre wenigen Besitztümer bei der vergeblichen Suche nach etwas Wertvollem durcheinandergeworfen worden waren. Sie lief zur Wohnung ihrer Tante, nur ein paar Straßen entfernt, und klopfte, bis ihr die Hände wehtaten. Eine freundliche muslimische Nachbarin, die noch den traditionellen Schador trug, öffnete die Tür und bat Lola ins Haus. Die Frau gab ihr Wasser und erzählte ihr, was geschehen war.

Lola kämpfte gegen die Panik an, die sich ihrer bemächtigte.

Sie musste *nachdenken*. Was sollte sie tun? Was *konnte* sie tun? Der einzige Gedanke, den sie in ihrer Verwirrung fassen konnte, war der, dass sie Mutter und Schwester finden musste. Sie wandte sich zum Gehen. Die Nachbarin legte ihr eine Hand auf den Arm. »Man wird dich erkennen. Nimm das hier.« Sie reichte Lola einen Schador. Lola warf sich das Tuch um und machte sich zur Synagoge auf. Die Eingangstür, von Axthieben zersplittert, hing locker an zerbrochenen Scharnieren. Wachen standen davor, deshalb schlich Lola zur Seite des Gebäudes, bis vor den kleinen Raum, wo die *siddurim* aufbewahrt wurden. Das Fenster war eingeschlagen. Lola nahm den Schador und wickelte ihn sich um eine Hand. Sie brach eine gezackte Scherbe aus ihrer Bleifassung, griff hinein und entriegelte das Fenster. Der Rahmen, jetzt ohne Glas, kippte nach außen. Lola zog sich bis zum Fensterbrett hoch. In dem kleinen Raum waren die Regale umgestürzt und die Gebetbücher, die darin gelegen hatten, zerfetzt worden. Es roch ekelhaft. Jemand hatte seinen Darminhalt auf die zerrissenen Seiten entleert.

Mit ihren starken Armen, muskulös vom Heben nasser Wäsche, stemmte Lola sich hoch, bis ihr Brustkorb auf der Fensterbank lag. Zappelnd wand sie sich durch die Öffnung, deren Bleirand durch ihre Kleider schnitt, und ließ sich, so leise sie konnte, auf den Boden nieder. Dann öffnete sie die schwere, polierte Holztür einen Spalt breit. Der durchdringende Gestank nach Angst und Schweiß, verbranntem Papier und saurem Urin erfüllte das entweihte Heiligtum. Der Schrein, in dem die uralte Tora der Gemeinde aufbewahrt wurde, die vor vielen Jahrhunderten aus Spanien hergebracht worden war, stand weit offen und war geschwärzt von Flammen. Auf den beschädigten Bänken und in den mit Asche übersäten Gängen drängten sich verzweifelte Frauen, alte und junge. Manche waren damit beschäftigt, Säuglinge zu beschwichtigen, deren Schreie in der hohen Steinkuppel des Raums noch lauter hallten. Andere hockten gebückt da, den Kopf in den Händen. Lola schob sich langsam durch die Menge, bemüht, keine Aufmerksamkeit zu erregen. Ihre Mutter, ihre kleine Schwester und ihre Tante schmiegten sich in einer Ecke aneinander. Sie stellte sich hinter ihre Mutter und legte ihr sanft eine Hand auf die Schulter. Rasela, die dachte, Lola sei auch gefasst worden, stieß einen Schrei aus.

Lola beruhigte sie und sagte drängend: »Es gibt einen Weg ins Freie, durch ein Fenster. So bin ich reingekommen; wir können alle fliehen.«

Lolas Tante Rena hob ihre dicken Arme und machte eine Geste der Ergebung, die ihren ganzen stämmigen Körper einschloss. »Ich nicht, mein Liebling. Mein Herz ist nicht gesund. Ich kriege keine Luft. Ich kann nirgendwo hin.«

Lola wurde hektisch, weil sie wusste, dass ihre Mutter die geliebte ältere Schwester nie zurücklassen würde. »Ich helfe dir«, bettelte sie. »Bitte, lass es uns versuchen.«

Das Gesicht ihrer Mutter, schon lange faltig und verhärmt, schien nun plötzlich so runzelig wie das einer alten Frau. Sie schüttelte den Kopf. »Lola, sie haben Listen. Sie würden merken, dass wir fehlen, wenn sie die Lastwagen beladen. Und wo sollten wir überhaupt hin?«

»Wir können in die Berge«, sagte Lola. »Ich kenne mich aus, da gibt es Höhlen, wo wir Unterschlupf finden. Irgendwann gelangen wir zu den muslimischen Dörfern. Dort werden sie uns helfen, du wirst schon sehen ...«

»Lola, die Muslime waren auch hier in der Synagoge. Sie haben ebenso gewütet, geplündert und gegrölt wie die Ustaschi.«

»Nur ein paar von ihnen, nur die Rüpel ...«

»Lola, Liebling, ich weiß, du meinst es gut, aber Rena ist krank, und Dora ist zu klein.«

»Aber wir schaffen es. Glaub mir, ich kenne die Berge, ich ...«

Ihre Mutter legte ihre Hand schwer auf Lolas Arm.

»Das weiß ich. An all den Abenden beim Haschomer haben sie dir ja hoffentlich was beigebracht.«

Lola starrte ihre Mutter an.

»Hast du wirklich geglaubt, ich schlafe? Nein. Ich wollte,

dass du hingehst. Ich bin nicht besorgt um deine Ehre wie dein Vater. Ich weiß, dass du ein anständiges Mädchen bist. Und jetzt will ich, dass du von hier fortgehst. Doch«, sagte sie bestimmt, als Lola den Kopf schüttelte. »Ich bin deine Mutter, und du musst mir gehorchen. Geh. Mein Platz ist hier bei Dora und meiner Schwester.«

»Bitte, Mama, bitte lass mich wenigstens Dora mitnehmen.«

Ihre Mutter schüttelte den Kopf. Sie bemühte sich, ihre Tränen zurückzuhalten. Ihre Haut war vor Aufregung ganz fleckig geworden. »Allein hast du die besten Chancen. Sie ist erst sechs. Sie könnte nie mit dir Schritt halten.«

»Ich trage sie …«

An ihre Mutter geklammert blickte Dora abwechselnd die Menschen an, die sie am meisten liebte, und begann zu wimmern, als ihr klar wurde, dass das Ergebnis dieses Streits den Verlust eines von ihnen bedeuten würde.

Rasela tätschelte sie und sah sich um in der Hoffnung, dass Doras Weinen nicht die Aufmerksamkeit der Wachen erregt hatte. »Nach dem Krieg finden wir uns alle wieder.« Sie griff mit beiden Händen nach Lolas Gesicht und streichelte ihre Wangen. »Geh jetzt. Bleib am Leben.«

Lola raufte sich die Haare, bis es wehtat. Sie warf die Arme um Mutter und Schwester und umschlang sie fest. Sie küsste ihre Tante. Dann wandte sie sich ab und stolperte durch das Gedränge der zusammengesackten Körper, während sie sich mit dem Handballen die Augen rieb. Als sie die Tür zum Lagerraum erreicht hatte, wartete sie, bis die Wachen wegsahen, ehe sie sie öffnete und hineinschlüpfte. Sie lehnte sich an die Tür und wischte sich mit dem Ärmel die Nase. Als sie den Arm wieder sinken ließ, griff eine kleine weiße Hand danach und packte ihn. Eine Gestalt mit Elfengesichtchen und riesigen Augen hinter dicken Brillengläsern zog sie, einen Finger fest auf die Lippen gepresst, mit einem Ruck nach unten und zeigte auf das Fenster. Lola sah die Umrisse eines deutschen Helms und eines Gewehrlaufs an der Öffnung vorbeiziehen.

»Ich weiß, wer du bist«, flüsterte das Mädchen, das neun oder zehn Jahre alt sein mochte. »Du warst mit meinem Bruder Isak beim Haschomer. Ich wollte dieses Jahr auch...«

»Wo ist Isak?« Lola wusste, dass er von der Universität verwiesen worden war. »Musste er ins Arbeitslager?«

Die Kleine schüttelte den Kopf. »Vater haben sie gekriegt, aber Isak ist bei den Partisanen wie andere aus eurer Gruppe auch. Maks, Zlota, Oskar... inzwischen vielleicht noch mehr. Isak wollte mich nicht mitnehmen, weil ich zu jung bin. Ich habe ihm gesagt, ich könnte Botschaften überbringen, Sachen ausspionieren. Aber er wollte nicht hören. Er meinte, es wäre sicherer, wenn ich bei den Nachbarn bliebe. Er hat sich geirrt. Er *muss* mich mitnehmen, denn hier gibt es jetzt nichts mehr als den Tod.«

Lola zuckte zusammen. Kein Kind in diesem Alter durfte so reden. Aber das Mädchen hatte Recht. Sie selbst hatte in den Gesichtern derer, die sie liebte, den Tod gesehen.

Lola betrachtete Isaks kleine Schwester. Ein verlassenes Kind, nicht viel größer als Dora, doch sie hatte denselben angstvollen Gesichtsausdruck wie ihr Bruder. »Ich weiß nicht«, sagte sie. »Das wird schwierig und gefährlich, aus der Stadt rauszukommen... Ich glaube, dein Bruder...«

»Wenn du wissen willst, wo er ist, musst du mich mitnehmen. Sonst verrate ich es dir nicht. Und außerdem hab ich das hier.«

Die Kleine langte unter ihren Kittel und zog eine deutsche Luger hervor. Lola war erstaunt.

»Woher hast du die?«

»Geklaut.«

»Wie?«

»Als sie uns aus dem Haus schleppten, habe ich absichtlich auf den Soldaten gekotzt, der mich zum Lastwagen trug. Ich hatte Fischsuppe gegessen, also war es richtig ekelhaft. Er ließ mich fallen und fluchte. Während er versuchte, sich zu säubern, habe ich mir das hier aus seinem Halfter geschnappt und bin weggerannt. Ich habe mich in dem Gebäude versteckt, wo deine Tante wohnt. Von da aus bin ich dir hierher gefolgt. Ich weiß, wo mein Bruder ist, aber ich weiß nicht, wie ich da hinkomme. Nimmst du mich nun mit oder nicht?«

Lola wusste, dass dieses starrköpfige, schlaue Kind sich nicht dazu überlisten oder überreden lassen würde, ihr zu verraten, wo Isak und die anderen waren. Ob es ihr gefiel oder nicht, sie brauchten einander. Sobald es dunkel wurde, krochen sie aus dem Fenster und schlichen sich durch enge Gassen aus der Stadt.

Zwei Tage lang schliefen Lola und Ina in Höhlen, versteckten sich in Scheunen, stahlen Eier und schlürften sie roh aus der Schale, ehe sie Partisanenterritorium erreichten. Isak hatte Ina den Namen eines Bauern genannt, eines älteren Mannes mit wettergegerbtem Gesicht und riesigen rauen Händen.

Er stellte keine Fragen. Er öffnete die Tür zu seiner Hütte und zog sie hinein. Seine Frau, entsetzt über ihre verfilzten Haare und schmutzigen Gesichter, kochte Wasser in einem großen schwarzen Kessel und goss ihnen beiden eine Schüssel davon ein, damit sie sich waschen konnten. Dann setzte sie ihnen einen sättigenden Eintopf aus Lamm, Kartoffeln und Möhren vor, ihre erste richtige Mahlzeit, seit sie die Stadt verlassen hatten. Sie behandelte die Blasen an ihren Füßen mit Salbe und steckte sie beide für zwei Tage ins Bett, bevor sie ihrem Mann erlaubte, sie zum Gebirgslager der Partisanen zu führen.

Lola war froh über das Essen und die Erholungspause, denn sie hatten einen beschwerlichen Aufstieg über nahezu senkrecht aufragende Felshänge vor sich. Erst beim Klettern dämmerte ihr allmählich, in welcher Situation sie sich befand. Bisher hatte sie nur daran gedacht, aus der Stadt fortzukommen. Sie fühlte sich nicht tapfer genug, um Widerstandskämpferin zu sein. Was konnte eine Wäscherin schon Nützliches ausrichten? Es hatte Gerüchte gegeben über Angriffe von Partisanen auf Eisenbahnlinien und Brücken und schreckliche Berichte über verwundete, von den Nazis gefangene Partisanen. Da hieß es zum Beispiel, die Verwundeten seien auf eine Straße

gelegt worden, und die Deutschen hätten sie mit einem Lastwagen überrollt. Den Kopf voll grässlicher Geschichten wie
dieser, klammerte Lola sich fester an den Felsen, an dem sie
sich hinaufzog.

Erst als sie einen breiten Berggrat erreichten, der eben war
und bedeckt von Polstern aus Gras und Moos, warf sie sich erschöpft zu Boden. Plötzlich tauchte aus dem Gestrüpp vor ihnen eine Gestalt in Grau auf. Sie trug eine deutsche Uniform.
Der Bauer ließ sich fallen und legte sein Gewehr an. Dann
lachte er, stand auf und umarmte den jungen Mann.

»Maks!«, schrie Ina. Sie stürzte auf den Jugendlichen zu,
und er fing sie auf. Maks war einer von Isaks besten Freunden.
Ina befingerte den Stoff an der Stelle, wo die Nazi-Abzeichen
abgerissen worden waren. Ihren Platz nahm jetzt ein unbeholfen aufgenähter fünfzackiger Stern ein, das Symbol des Widerstands.

»Hallo, kleine Schwester von Isak. Hallo, Lola. Ihr seid also
unsere neuen *partisankas*?« Maks wartete, während die Mädchen sich bei dem Bauern bedankten und sich von ihm verabschiedeten. Dann führte er sie den Berggrat entlang zu einem
eingeschossigen Bauwerk, errichtet aus schweren Balken, Latten und Putz. Lola erkannte Oskar, der mit dem Rücken an
der Wand im warmen Gras saß. Die beiden Jungen neben ihm
kannte sie nicht. Alle drei waren damit beschäftigt, Läuse von
ihren Jacken zu pflücken: zwei deutsche Uniformjacken und
eine anscheinend aus einer grauen Wolldecke selbst genäht.

Maks geleitete Lola und Ina an den Jugendlichen vorbei
durch den Schweinestall, der den Eingangsbereich zur einzigen Tür des Gebäudes bildete. Von dort aus gelangten sie
in die Küche. Unter einem langen Strohdach befand sich im
Giebel des Hauses ein Raum, der mit einer Leiter zu erreichen war. »Guter Platz zum Schlafen«, sagte Maks. »Warm.
Ein bisschen rauchig.« Der Küchenfußboden bestand aus ge-
stampfter Erde, teilweise mit Ziegelsteinen bedeckt, auf denen
ein Feuer brannte. Der Rauch stieg direkt zu den Dachbalken
hinauf und durch das Stroh ins Freie. Einen Schornstein gab

es nicht. An einer schweren Kette hingen Kochtöpfe über der Herdstelle. Lola bemerkte mehrere Wannen mit Wasser vor der Tür. Dahinter lagen zwei Räume mit Dielenfußboden. Einer enthielt einen *pec* oder Zementofen. Lola sah das Gestell zum Aufhängen von Wäsche, das darüber befestigt war, und nickte beifällig. Hier konnten die Sachen auch an nassen und kalten Tagen trocknen.

»Willkommen im Hauptquartier unserer *odred*«, sagte Maks. »Wir sind nur sechzehn... achtzehn, euch mitgezählt, falls der Kommandant euch akzeptiert. Neun von uns kennt ihr schon vom Haschomer. Die anderen stammen von Bauernhöfen hier in der Gegend. Gute Leute, aber jung. Wenn auch nicht so jung wie du«, sagte er und kitzelte Ina, die anfing zu kichern. Es war das erste Mal, dass Lola die Kleine lächeln sah. »Dein Bruder wird Augen machen. Er hat das zweite Kommando in unserer *odred*. Unser Kommandant Branko ist aus Belgrad. Er war da Studentenführer in der geheimen Kommunistischen Partei.«

»Wo sind die beiden?«, fragte Lola. Trotz Maks' freundlichen Auftretens hatten die Worte »falls der Kommandant euch akzeptiert« ihr Furcht eingeflößt. So große Angst sie auch hatte, eine *partisanka* zu werden, noch mehr Angst hatte sie davor, keine zu sein und zurückgeschickt zu werden in die Stadt und damit in den Tod.

»Sie organisieren ein Maultier. Wir werden schon bald weiterziehen müssen. Und wir brauchen ein Maultier, das unsere Vorräte trägt, wenn wir unsere Missionen durchführen. Beim letzten Mal haben Sprengstoff und Zünder so viel Platz in unserem Gepäck eingenommen, dass uns auf halbem Weg zu der Bahnstrecke, die wir sprengen sollten, das Essen ausgegangen ist. Wir hatten zwei Tage lang nichts zu beißen.«

Lolas Besorgnis wuchs, während Maks redete. Sie hatte keine Ahnung von Sprengstoff oder Waffen. Sie schaute sich in der Küche um und wusste plötzlich, was sie tun konnte.

»Dieses Wasser, darf ich das benutzen?«, fragte sie.

»Natürlich«, sagte Maks. »Keine zehn Meter von hier ist eine Quelle. Nimm dir, so viel du willst.«

Lola füllte den größten der geschwärzten Kessel und hängte ihn über das Feuer. Sie fachte die Flammen an und fügte ein wenig Holz hinzu. Dann ging sie nach draußen.

Sie stellte sich vor Oskar und die beiden fremden Jungen. Nervös scharrte sie mit dem Zeh im Gras.

»Was ist, Lola?«, fragte Oskar.

Lola spürte, wie ihr die Röte in den Kopf stieg.

»Ich wollte nur... würdet ihr... gebt ihr mir eure Jacken und Hosen, bitte?«

Die Jugendlichen sahen sich an und lachten.

»Wir haben schon gehört, dass die Mädchen in Sarajevo schnell zur Sache kommen«, sagte der eine.

»Ihr werdet die Läuse nicht los, indem ihr sie abpflückt.« Lola sprach hastig. »Sie verstecken sich in den Nähten, wo ihr sie nicht findet. Wenn ich eure Sachen auskoche, sterben sie. Ihr werdet schon sehen.«

Die Jungen, bereit, alles dafür zu tun, dass das höllische Jucken aufhörte, reichten ihr die Kleidungsstücke, wobei sie sich neckten und anrempelten wie junge Hunde.

»Gib ihr deine Unterhose!«

»Nie im Leben!«

»Ich mach es. Hat doch keinen Sinn, die Läuse aus deiner Jacke zu verscheuchen, wenn sie dir immer noch um die Eier krabbeln!«

Lola war gerade dabei, die dampfenden Sachen – Jacken, Hosen, Socken und Unterhosen – über einige Büsche zu hängen, als Branko und Isak samt Maultier mit vollgepackten Satteltaschen aus dem Gestrüpp auftauchten.

Branko war ein hoch gewachsener, ernster junger Mann mit dunklen Haaren und Augen, die in ständiger Skepsis zusammengekniffen zu sein schienen. Isak reichte ihm kaum bis zur Schulter. Doch als er seine kleine Schwester hochhob, bemerkte Lola, dass sein Brustkorb und seine Arme kräftiger wirkten als in seinen Studententagen. Sein Gesicht hatte die Stubenhockerblässe verloren und war ein bisschen sonnenverbrannt. Er schien erfreut, Ina zu sehen; Lola glaubte, in seinen

Augen einen feuchten Schimmer wahrzunehmen. Aber gleich darauf befragte er sie eingehend, um sich zu vergewissern, dass sie keine Fehler gemacht hatte, die ihren Aufenthaltsort verraten würden.

Beruhigt wandte er sich dann Lola zu. »Danke, dass du sie hergebracht hast. Danke, dass du gekommen bist.«

Lola zuckte die Achseln, weil sie nicht recht wusste, was sie sagen sollte. Es war ja nicht so, als hätte sie die Wahl gehabt, doch das wollte sie vor Branko, der darüber entscheiden würde, ob sie bleiben durfte, nicht äußern. Für Klein-Ina jedenfalls hatten sie Verwendung. Ein Kind konnte, ohne weiter aufzufallen, im Ort herumwandern und eventuelle feindliche Aktivitäten ausspionieren. Lolas Nützlichkeit war Branko allerdings weniger klar, da half es auch nicht, dass Isak sie vorstellte.

»Lola ist eine Kameradin vom Haschomer Hazair«, erklärte er Branko. »Sie ist immer zu den Treffen gekommen. Na ja, fast immer. Sie ist gut zu Fuß ...« Da er Lola nie die geringste Aufmerksamkeit geschenkt hatte, fielen ihm weiter keine Eigenschaften ein, die sie seinem Kommandanten empfehlen würden.

Branko starrte sie aus seinen schmalen Augen an, bis Lola spürte, wie ihr Gesicht brannte. Er hob eine der Jacken an, die sie zum Trocknen ausgebreitet hatte. »Und eine gute Wäscherin. Leider haben wir für solchen Luxus keine Zeit.«

»Läuse.« Sie brachte das Wort kaum heraus. »Sie übertragen Typhus.« Rasch sprach sie weiter, ehe ihr die Nerven versagten. »Bei einem Befall muss ... muss man mindestens einmal wöchentlich alle Kleidungsstücke und alles Bettzeug auskochen, um die ... um die Eier abzutöten ... sonst könnte sich die ganze *odred* anstecken.« Das hatte Mordechai sie gelehrt. Es war die Art praktische Information, die Lola verstanden und im Kopf behalten hatte.

»Aha«, sagte Branko. »Du kennst dich aus.«

»Ich ... ich ... kann einen Bruch schienen und eine Blutung stillen und Bisse behandeln ... ich kann lernen zu ...«

»Einen Sanitäter könnten wir gebrauchen.« Branko starrte sie weiterhin an, als könnte er allein dadurch ihre Fähigkeiten einschätzen. »Bisher hat Isak das gemacht, aber er hat jetzt andere wichtige Verpflichtungen. Vielleicht kann er dir beibringen, was er weiß. Und später könnten wir dich, wenn du dich gut schlägst, in eins der geheimen Lazarette schicken, um da was über die Versorgung von Wunden zu lernen. Ich denke darüber nach.«

Er drehte sich um, und Lola stieß einen Seufzer aus. Doch als hätte er es sich plötzlich anders überlegt, wandte er ihr wieder seinen starren blauen Blick zu. »Bis dahin brauchen wir einen Maultiertreiber. Wie kommst du mit Maultieren zurecht?«

Lola konnte ihm schlecht sagen, dass sie bei einem Maultier kaum vorn und hinten voneinander zu unterscheiden wusste. Aber sie hatte Angst, dass Branko sie für eine Sanitäterin vielleicht zu dumm fand. Sie schaute auf das Gras fressende Tier, ging zu ihm hinüber und hob die Gurte an, die ihm ins Fell schnitten. Das Fleisch darunter war wund und eitrig.

»Jedenfalls weiß ich, dass ihr bei einer so schweren Last eine Schabracke unterlegen müsst«, sagte sie, »wenn das Tier für euch arbeiten soll.« Sie öffnete die Satteltaschen und begann, einige der schwersten Pakete herauszuholen und ins Haus zu tragen. Als Oskar kam, um sie ihr abzunehmen, schüttelte sie den Kopf. »Das schaffe ich schon«, meinte sie. »In meiner Familie war ich das Maultier.«

Alle lachten, auch Branko. Es wurde nichts mehr gesagt, doch da wusste sie, dass sie als Mitglied in die *odred* aufgenommen war.

Abends am *pec*, als Branko von seinen Plänen erzählte, kehrten Lolas Zweifel zurück. Branko war ein Fanatiker. In Belgrad war er als politischer Aktivist verhört und verprügelt worden. Er sprach über Tito und Stalin und die Pflicht, diesen beiden ruhmreichen Führern ohne Wenn und Aber zu folgen. »Euer Leben gehört nicht euch«, sagte er. »Widmet jeden Tag, der euch geschenkt wird, euren verstorbenen Angehörigen. Wir werden unser Land befreien oder auch umkommen. Eine andere Zukunft gibt es nicht für uns.«

Nachts lag Lola auf ihrer harten Pritsche und fühlte sich verloren und einsam. Sie sehnte sich nach der sanften Wärme von Doras rundem kleinen Rücken und wollte das, was Branko gesagt hatte, dass nämlich ihre Familie tot sei, nicht wahrhaben. Und doch ließ ihr die Leere in ihrem Herzen wenig Raum für Hoffnung. Bisher hatte die Flucht aus der Stadt durch die Berge ihre Gedanken bestimmt, aber jetzt verspürte sie, während sie dem Schnarchen der Fremden lauschte, nur noch einen dumpfen Schmerz. Von nun an würde sie sich wie in einem ständigen Nebel bewegen.

* * *

In den nächsten Tagen kümmerte sich Lola um das Maultier. Allerdings konnte sie es kaum zu etwas bewegen, das es nicht selbst schon zu tun beschlossen hatte. Als sie es das erste Mal zum Abholen von Vorräten zu einer der Abwurfstellen geführt hatte, scheute das Maultier vor einer Steigung und warf seine Last in ein Gestrüpp. Lola musste Dornen trotzen, um die Kisten mit Munition wieder einzusammeln.

Jeden Tag näherte Lola sich vorsichtig dem Tier und schmierte Salbe auf sein durchgescheuertes Fell, doch es wieherte und bockte, als ob sie es verprügeln wollte. Allmählich heilten seine Wunden. Lola nähte Polster unter das Satteltuch. Sie bastelte ein Gestell aus leichten Weidenzweigen, mit dem das Gewicht besser verteilt wurde, und bat auf langen Strecken darum, dem Tier Gelegenheit zum Weiden zu geben, wenn sie auf wilden Anis oder Klee stießen.

Schlechte Behandlung hatte das Maultier mit schlechtem Benehmen vergolten. Aber mit der Zeit reagierte es auf Lolas Fürsorglichkeit, und es dauerte nicht lange, bis es sein feuchtes Maul zärtlich an ihr rieb. Und sie begann es zu lieben, seine samtigen Ohren zu streicheln. Sie nannte das Tier Rid wegen seines orange getönten Fells und weil Rot die Kennfarbe der Partisanenbewegung war.

Lola wurde schnell klar, dass ihre *odred* trotz Brankos Gerede alles andere als eine Kampftruppe war. Außer Branko selbst waren nur Isak und Maks im Besitz leichter Maschinengewehre. Die Bauernjungen und -mädchen hatten jeweils eine Flinte mitgebracht. Der Brigadekommandant hatte ihnen mehr Waffen versprochen, doch bei jeder neuen Lieferung schien es, als wären die Bedürfnisse einer anderen *odred* dringender.

Am meisten beschwerte sich Oskar darüber, bis Branko ihm sagte, wenn er so erpicht auf eine Waffe sei, solle er sich doch irgendwo eine schnappen. »Das hat Ina auch getan, und sie ist erst zehn«, verhöhnte er ihn.

Noch in derselben Nacht verließ Oskar das Lager und kehrte am nächsten Tag nicht zurück. Lola hörte, wie Isak Branko tadelte. »Du hast ihn dazu verleitet, eine Dummheit zu begehen. Wie kann er sich ohne Waffe eine Waffe organisieren?«

Branko zuckte die Achseln. »Deine Schwester hat es auch geschafft.« Er hatte Ina die Luger abgenommen und trug sie jetzt großspurig an der Hüfte. Am Abend half Lola Zlota beim Holzsammeln für die Herdstelle, als Oskar zwischen den Bäumen hindurchgestürmt kam, breit grinsend wie ein Clown. Über seiner Schulter hing ein deutsches Gewehr. Er trug eine graue Uniform, die ihm mehrere Nummern zu groß war, die Hosenbeine aufgekrempelt, die Taille mit einer Schnur gerafft, und einen Nazi-Tornister, der von Proviant überquoll.

Er weigerte sich, die Geschichte seines Triumphs zu erzählen, ehe Branko, Isak und der Rest der *odred* sich versammelt hatten. Während er Scheiben deutscher Wurst herumreichte, berichtete er, wie er sich in das nahe besetzte Dorf geschlichen und in den Büschen am Straßenrand versteckt hatte. »Ich musste fast den ganzen Tag auf der Lauer liegen«, sagte er. »Die Deutschen kamen und gingen, immer zu zweit oder zu dritt. Endlich kommt einer allein. Ich warte, bis er direkt vor mir ist. Dann springe ich aus den Büschen, drücke ihm einen Stock zwischen die Schulterblätter und rufe: ›*Stoi!*‹ Der Esel hat tatsächlich geglaubt, dass ich bewaffnet bin. Er hat die Hände hochgehoben, ich habe mir sein Gewehr geschnappt

und ihm dann befohlen, sich bis auf die Unterhose auszuziehen.«

Alle krümmten sich vor Lachen, bis auf Branko.

»Und dann? Hast du ihn erschossen.« Seine Stimme war ausdruckslos und kalt.

»Nein, ich ... ich fand es nicht notwendig ... er war unbewaffnet ... ich dachte ...«

»Und morgen ist er wieder bewaffnet, und übermorgen er-
schießt er deine Kameraden. Sentimentaler Trottel. Du gibst
Zlota das Gewehr. Sie weiß es wenigstens zu benutzen.« Lola
konnte Oskars Gesicht im Dunkeln nicht sehen, doch sie
spürte seine stumme Wut.

Am nächsten Tag hatte die *odred* den Auftrag, eine Abwurfstelle zu sichern und zu räumen. Lolas Aufgabe war es,
sich um das Maultier zu kümmern und es darauf vorzubereiten, die Waffen, Funkgeräte oder Medikamente zu tragen, die
per Fallschirm herunterkamen. Während ihre Gruppe sich zwischen den Bäumen verbarg, sammelten Partisanen einer anderen *odred* unter der Führung eines Ausländers – ein britischer
Spion, hieß es – Gestrüpp und Holz für Signalfeuer, die in einer bestimmten Anordnung, die dem alliierten Piloten als Zeichen dienten, auf der Lichtung abgebrannt werden sollten.
Lola zitterte vor Angst und Kälte. Wärme suchend drückte
sie sich an Rids dickes Fell. Sie hatte keine Waffe außer der
Granate, die alle Partisanen am Gürtel tragen mussten. »Wenn
man dich gefangen nehmen will, tötest du dich selbst damit
und so viele Feinde, wie du erwischen kannst. Lass dich auf
keinen Fall lebendig fassen. Benutz die Granate, dann kannst
du nicht durch Folter zum Verrat gezwungen werden.«

Der Mond war noch nicht aufgegangen. Lola hielt Ausschau
nach dem Licht der Sterne. Aber das dichte Laub der Bäume
verwehrte ihr auch das. Sie stellte sich vor, dass es im Dunkel um sie herum nur so wimmelte von Deutschen, die darauf
warteten, sie zu überfallen. Die Nacht kroch dahin. Kurz vor
Tagesanbruch kam Wind auf und peitschte auf die Fichten ein.
Branko ging davon aus, dass der Abwurf verschoben worden

war, und gab Lola das Zeichen zum Aufbruch. Erschöpft und steif vor Kälte rappelte sie sich auf und rückte Rids Halfter zurecht.

In diesem Moment ertönte in der Ferne das schwache Surren eines Flugzeugs. Lautstark gab Branko den Befehl, die Feuer zu entzünden. Isaks Feuer wollte nicht brennen. Er fluchte, während er sich abmühte. Lola betrachtete sich selbst nicht als tapfer. Sie hätte das Gefühl, das sie in diesem Augenblick übermannte, nie als Mut bezeichnet. Sie wusste nur, dass sie Isak nicht allein und ungeschützt da draußen lassen konnte. Sie stürzte zwischen den Bäumen hindurch auf die Lichtung, warf sich zu Boden und pustete wild auf die störrischen Zündspäne ein. Als über ihr eben der dunkle Rumpf einer Dakota in Sicht kam, sprang eine Flamme in die Höhe. Der Pilot flog einmal über sie hinweg, drehte dann um und ließ einen Hagel von Paketen auf sie nieder, jedes an einem eigenen kleinen Fallschirm. Aus dem umliegenden Wald kamen Partisanen gerannt, um die wertvolle Fracht einzusammeln. Lola zerschnitt die Schnüre und wickelte die Seide zusammen, aus der sie Verbände nähen würde.

Die *odreds* arbeiteten schnell, während der Himmel im Osten heller wurde. Bei Sonnenaufgang mühte Lola sich bereits einen schmalen Berggrat entlang, den voll beladenen, gehorsamen Rid neben sich, denn sie wollten so viele Kilometer wie möglich zwischen sich und die Abwurfstelle bringen, ehe die Deutschen sie erreichten. Wenn sie an einen Bach kamen, befahl Branko Maks, die moosbedeckten Steine im Wasser umzudrehen, und nachdem die Gruppe ihn durchquert hatte, wurden die Steine wieder in ihre vorherige Lage gebracht, sodass kein Abdruck von einem Stiefel oder Maultierhuf auf dem Moos zu sehen war.

*   *   *

Sieben Monate lang war Lolas *odred* ständig in Bewegung, um Eisenbahngleise oder kleine Brücken zu sprengen. Dabei benutzten sie nur selten mehr als ein-, zweimal denselben Lagerplatz. In vielen Nächten fanden sie Unterschlupf im Stall eines Bauern und wärmten sich dort, auf Stroh gebettet, zwischen den Tieren. Oft aber kampierten sie auch im Wald, wo sie nur eine provisorische Matte aus Fichtennadeln vor der schrecklichen Kälte schützte. Obwohl sie sich nie weiter als acht Kilometer vom nächsten feindlichen Posten aufhielten, gelang es ihrer *odred*, nicht überfallen zu werden wie andere Einheiten. Branko prahlte damit, als läge es an seiner Führung. Er erwartete, bedient und hofiert zu werden wie ein General. Einmal, am Ende eines anstrengenden Marsches, legte er sich unter einen Baum, um sich auszuruhen, während alle anderen sich abmühten, trockenes Feuerholz zu sammeln, ehe die Dunkelheit sie überraschte. Oskar warf ein schweres Bündel Zweige auf die Erde neben Branko und murmelte etwas über Kommunisten, die elitäre Privilegien angeblich abschafften.

Branko war in einer Sekunde auf den Beinen. Er packte Oskar vorn an seiner Uniform und knallte ihn gegen den Baumstamm.

»Ihr Rotzgören habt Glück, dass man mich zu eurem Anführer bestimmt hat. Ihr solltet mir jeden Tag dafür danken, dass ihr noch am Leben seid.«

Isak trat zwischen die beiden und schob Branko sacht beiseite.

»Was uns am Leben erhält«, sagte er leise, »ist weder Glück noch deine *hervorragende* Führung. Es ist die Loyalität der Zivilbevölkerung. Ohne deren Unterstützung würden wir hier draußen keine fünf Minuten überstehen.«

Einen Moment sah es aus, als würde Branko zum Schlag ausholen. Aber dann riss er sich zusammen, trat einen Schritt zurück und spuckte verächtlich auf den Boden.

Lola spürte Isaks wachsenden Ärger über Branko schon seit längerem. Sie wusste, dass er Brankos endloses Redenschwingen bis spät in die Nacht missbilligte, besonders nach langen Märschen, wenn die erschöpften Jugendlichen lieber geschlafen hätten, als ihn über Mehrwert und falsches Bewusstsein schwadronieren zu hören. Isak versuchte dann immer, seine politischen Tiraden zu unterbrechen, doch meistens beachtete ihn Branko gar nicht und sprach einfach weiter. Noch gravierender war die Kluft zwischen Brankos Selbstüberschätzung und der ziemlich geringen Meinung des für ihre Region zuständigen Brigadekommandanten. Branko versprach bessere Waffen, aber es wurden keine geliefert. Er versprach Lola, sie würde zur Ausbildung in ein Feldlazarett geschickt, doch dazu kam es nie.

Dennoch, sie fühlte sich nützlich in ihrer Rolle als Maultiertreiberin, und sogar Branko, der ansonsten mit Anerkennung geizte, lobte sie ab und zu. Als der Winter nahte, wurden viele aus der Gruppe krank. Ihr rasselnder Husten weckte morgens alle auf. Lola erbettelte sich Zwiebeln von den Bauern, um Umschläge damit zu machen. Isak zeigte ihr, wie man schleimlösende Mittel herstellte, die sie eifrig verabreichte. Zur besseren Versorgung der Rekonvaleszenten schlug sie eine Umverteilung der Rationen vor. Branko versprach, sie würden in ein Winterquartier umziehen, aber Wochen vergingen, und die *odred* kampierte immer noch in den unwirtlichen Bergen. Ihre Gruppe schrumpfte. Zlata wurde, nachdem sie schon lange an einer schweren Lungenentzündung gelitten hatte, von einer Bauernfamilie aufgenommen und starb dort, wenigstens in einem warmen Bett. Oskar, der das harte Leben und Brankos ständige Übellaunigkeit satt hatte, desertierte eines Nachts und nahm Slava, eins der Bauernmädchen, mit.

Lola machte sich Sorgen um Ina. Die Kleine hatte denselben hartnäckigen Husten wie die meisten in der *odred*. Als Lola jedoch Isak gegenüber erwähnte, man müsse eine Zuflucht vor der Kälte für sie finden, wehrte er ab. »Erstens würde sie nicht weg wollen. Zweitens würde ich sie nicht darum bitten. Ich habe ihr versprochen, sie nie wieder allein zu lassen. So einfach ist das.«

Während eines Schneesturms Anfang März berief Milovan, der Brigadekommandant der Region, für den Rest der *odred* ein Treffen ein. Als das Häuflein dünner, kränklicher Halbwüchsiger sich um ihn geschart hatte, begann er mit seiner Ansprache. Tito, sagte Milovan, habe eine neue Vision für seine Armee. Sie solle zu widerstandsfähigen, professionellen Einheiten konsolidiert werden, die sich den Deutschen direkt entgegenstellten. Die feindlichen Truppen sollten in die Städte zurückgedrängt und ihre Linien aufgeweicht werden, bis die Partisanen völlige Kontrolle über die ländlichen Gebiete hatten.

Lola, den Kopf mit einem Schal umwickelt und die Mütze tief über die Ohren gezogen, dachte zunächst, sie hätte etwas falsch verstanden. Doch das Entsetzen auf den Gesichtern der anderen verriet ihr, dass sie sich nicht verhört hatte. Ihre *odred* sollte mit sofortiger Wirkung aufgelöst werden. »Marschall Tito dankt euch für eure Dienste und wird ihrer am Tag unseres ruhmreichen Sieges gedenken. Diejenigen von euch, die Waffen haben, stapeln sie bitte, damit sie eingesammelt werden können. Du da, Maultiertreiberin, kümmerst dich um das Aufladen. Wir verlassen euch jetzt. Ihr wartet bis zum Einbruch der Nacht, ehe ihr abzieht.«

Alle schauten erwartungsvoll auf Branko. Aber Branko, den Kopf tief gebeugt gegen den peitschenden Schnee, sagte nichts. So blieb es Isak überlassen zu protestieren.

»Herr Oberst? Darf ich fragen, wohin wir abziehen sollen?«

»Ihr dürft nach Hause.«

»Nach Hause? Wo soll das sein?« Isak schrie jetzt gegen den Wind an. »Von uns hat keiner mehr ein Zuhause. Die meisten aus unseren Familien wurden ermordet. Wir sind vogelfrei. Sie erwarten doch nicht im Ernst, dass wir den Ustaschi unbewaffnet in die Arme laufen?« Er wandte sich an Branko. »Sag was, verdammt noch mal.«

Branko hob den Kopf und starrte Isak eisig an. »Du hast den Oberst gehört. Marschall Tito hat gesagt, es gibt keinen Platz mehr für Banden von Lumpenkindern, die Stöcke und Knallfrösche schwingen. Wir sind jetzt eine professionelle Armee.«

»Aha, ich verstehe!« Isaks Stimme triefte vor Verachtung. »*Du* darfst *deine* Pistole selbstverständlich behalten – die Pistole, die meine kleine Schwester, ein ›Lumpenkind‹, dir verschafft hat. Und wir werden zum Tode verurteilt.«

»Ruhe!« Milovan hob seine behandschuhte Hand. »Gehorch den Befehlen, und du wirst irgendwann belohnt. Weigere dich, und du wirst erschossen.«

Lola, verwirrt und wie betäubt, belud Rid, wie es ihr befohlen worden war. Als sie die wenigen Gewehre und den Beutel mit den Granaten sicher festgeschnallt hatte, nahm sie das weiche Maul des Tiers zwischen ihre Hände und sah ihm in die Augen. »Mach's gut, mein Freund«, flüsterte sie. »Für dich haben sie wenigstens Verwendung. Mögen sie dir mehr Loyalität und Fürsorge gewähren als uns.« Sie reichte Milovans Adjutanten das Halfter und gab ihm einen Sack, der eine kostbare Ration Hafer enthielt. Der Gesichtsausdruck des Adjutanten, als er einen Blick hineinwarf, verriet Lola, dass Rid den Hafer nur mit viel Glück wiedersehen würde, ehe der Adjutant sich selbst damit den Bauch vollschlug. Deshalb griff sie in den Sack und holte zwei großzügige Portionen für das Tier heraus. Rids feuchter Atem wärmte ihr einen Moment die Hände. Bevor er im wirbelnden Schnee verschwand, war sein Speichel schon auf ihren gestopften Wollhandschuhen festgefroren. Branko drehte sich nicht einmal mehr nach ihnen um.

Der Rest der ehemaligen Einheit sammelte sich um Isak in der Erwartung, er hätte einen Plan. »Ich glaube, wir sollten uns in Paare oder kleine Gruppen aufteilen«, sagte er. Er selbst beabsichtige, in befreites Territorium aufzubrechen. Lola saß schweigend da, während die anderen am Feuer diskutierten. Manche wollten nach Süden, in die von Italienern besetzten Gebiete. Einige meinten, sie würden versuchen, versprengte Angehörige aufzuspüren. Lola hatte niemanden, und der Gedanke an eine ungewisse Reise zu einem fremden südlichen Ort ängstigte sie. Sie wartete darauf, dass jemand sie nach ihren Plänen fragte, ihr einen Platz an seiner Seite anbot. Aber keiner beachtete sie. Es war, als hätte sie bereits aufgehört zu existieren. Als sie aufstand und die Runde verließ, sagte niemand gute Nacht.

Lola suchte sich ihre Schlafstelle am Rande der Lichtung und wälzte sich ruhelos herum. Sie hatte ihre spärliche Habe in einen Rucksack gepackt und ihre Füße mit mehreren Lagen Stoff umwickelt, den sie zum Verbinden aufbewahrt hatte. Sie lag da, wach, aber mit geschlossenen Augen, als sie Inas durchdringenden Blick auf sich spürte. Die Kleine war in eine Wolldecke gehüllt wie in einen Kokon. Sie hatte sich eine Wollmütze tief in die Stirn gezogen, sodass nur ihre braunen Augen sichtbar waren.

Lola merkte gar nicht, dass sie eingedöst war, bis sie Inas winzige Hand fühlte, die sie schüttelte. Es war noch dunkel, doch Ina und Isak waren schon auf, ihre Tornister gepackt. Ina legte sich einen Finger auf die Lippen, damit Lola leise war, und streckte dann die Hand aus, um ihr auf die Füße zu helfen. Lola rappelte sich auf, rollte ihre Decke zusammen, verstaute sie in ihrem Gepäck und folgte Ina und ihrem Bruder.

Die Einzelheiten der nächsten Tage und Nächte sollten Lola noch lange in ihren Träumen erscheinen, doch in ihrer bewussten Erinnerung waren sie lediglich ein Nebel aus Schmerz und Angst. Die drei marschierten ausschließlich im Dunkeln und versteckten sich während der wenigen hellen Stunden. Ein bisschen unruhiger Schlaf war ihnen vergönnt, wenn sie in einer Scheune oder einem Heuschober Zuflucht fanden. Oft schreckte sie das Bellen eines Hundes auf, das womöglich eine deutsche Patrouille ankündigte. In der vierten Nacht stieg Inas Fieber. Isak musste seine zitternde, schwitzende und im Delirium vor sich hin murmelnde Schwester auf dem Rücken tragen. In der fünften Nacht sank die Temperatur ins Bodenlose. Isak hatte Ina seine Socken gegeben und sie in seine Jacke gewickelt, ein vergeblicher Versuch, ihrem schrecklichen Bibbern ein Ende zu machen. Mitten in der Nacht, als sie gerade einen eisbedeckten Fluss überquert hatten, blieb er stehen und ließ sich auf die gefrorenen Fichtennadeln sinken.

»Was ist los?«, flüsterte Lola.

»Mein Fuß. Ich spüre ihn nicht mehr«, sagte Isak. »Das Eis –

da war eine dünne Stelle, wo ich eingebrochen bin. Er ist nass geworden, und jetzt ist er erfroren. Ich kann nicht mehr laufen.«

»Wir können nicht hierbleiben«, sagte Lola. »Wir müssen irgendwo Unterschlupf finden.«

»Geh du. Ich kann nicht.«

»Lass mal sehen.« Lola richtete ihre Taschenlampe auf das zerrissene, klaffende Leder von Isaks Stiefel. Das entblößte Fleisch war schwarz von der Erfrierung. Der Fuß hatte schon lange vor diesem Unfall Schaden genommen. Sie legte ihre Hände darauf, um ihn zu wärmen. Aber es nützte nichts. Die Zehen waren vollkommen steif und spröde wie trockenes Holz. Beim leichtesten Druck würden sie einfach abbrechen. Lola zog ihre Jacke aus und breitete sie auf der Erde aus, nahm Ina und legte sie darauf. Der Atem der Kleinen ging flach und unregelmäßig. Lola tastete nach ihrem Puls und konnte ihn nicht finden.

»Lola«, sagte Isak. »Ich kann nicht mehr laufen, und Ina stirbt. Du musst allein weitergehen.«

»Ich lasse euch nicht im Stich«, sagte sie.

»Warum nicht?«, sagte Isak. »Ich würde dich auch im Stich lassen.«

»Vielleicht.« Sie stand auf und begann, erfrorene Zweige aus dem Boden zu zerren.

»Feuer zu machen ist zu gefährlich«, sagte Isak. »Und außerdem kriegst du dieses eisige Holz nicht zum Brennen.«

Lola spürte Ärger, ja Wut in sich aufsteigen.

»Du kannst nicht einfach aufgeben«, sagte sie.

Isak gab keine Antwort. Mit Mühe kam er auf Hände und Knie, dann stand er auf einmal.

»Dein Fuß«, sagte Lola.

»Er braucht mich nicht weit zu tragen.«

Verwirrt griff Lola nach Ina. Isak schob sie sanft beiseite.

»Nein«, sagte er. »Sie kommt mit mir.«

Er nahm das Kind, mittlerweile so dünn, dass es fast nichts mehr wog. Doch statt weiterzugehen, wandte er sich um und humpelte zurück zum Fluss.

»Isak!«

Er drehte sich nicht um. Seine kleine Schwester im Arm, trat er aufs Eis. Er ging bis in die Mitte, wo das Eis dünn war. Inas Kopf ruhte auf seiner Schulter. Einen Moment standen sie dort, während das Eis ächzte und knackte. Dann gab es nach.

Lola erreichte Sarajevo, als sich eben das erste Licht über die Bergkämme ergoss und die vom Regen glänzenden Gassen versilberte. Sie hatte gewusst, dass sie es nicht allein bis zum befreiten Territorium schaffen würde, und sich deswegen auf den Rückweg in die Stadt gemacht. Jetzt bahnte sie sich ihren Weg durch die vertrauten Straßen, dicht an den Mauern der Gebäude entlang, wo sie ein wenig Schutz vor dem schlechten Wetter und vor feindlichen Blicken suchte, und atmete die bekannten Gerüche der Stadt von nassem Pflaster, verfaulendem Müll und brennender Kohle ein. Ausgehungert, durchnässt und verzweifelt wanderte sie ziellos umher, bis sie sich vor den Stufen zum Finanzministerium wiederfand, wo ihr Vater gearbeitet hatte. Lola stieg die breite Treppe hinauf. Sie fuhr mit der Hand über das dunkle Flachrelief, das die Tür rahmte, und hockte sich in den Eingang. Sie beobachtete, wie der Regen auf die Stufen prasselte und jeder Tropfen konzentrische Kreise erzeugte, die sich miteinander verbanden, um sich kurz danach wieder aufzulösen. In den Bergen hatte sie die Gedanken an ihre Familie in ihren Hinterkopf verbannt aus Angst davor, dass sie, wenn sie dem Kummer einmal die Tür öffnete, ihn nie mehr würde aussperren können. Doch jetzt bedrängten sie die Erinnerungen an ihren Vater. Sie wünschte sich, wieder ein Kind zu sein, behütet, beschützt.

Sie musste ein paar Minuten gedöst haben. Schritte hinter der schweren Tür weckten sie. Sie kauerte sich in den Schatten, nicht sicher, ob sie weglaufen oder bleiben sollte. Die Riegel glitten mit dem winselnden Geräusch ungeölten Metalls zur Seite, und ein Mann im Arbeitskittel kam heraus, seinen Schal bis zum Kinn hochgezogen.

Er hatte sie noch nicht erblickt.

Sie äußerte die traditionellen Begrüßungsworte. »Möge Gott uns beschützen.«

Der Mann drehte sich verblüfft um. Seine wässrigen blauen Augen weiteten sich, als er das tropfnasse, gespenstisch blasse Mädchen da im Schatten kauern sah. Er erkannte sie nicht, verändert wie sie war durch das monatelange harte Leben im Gebirge, aber sie erkannte ihn. Es war Sava, ein freundlicher alter Mann und ehemaliger Kollege ihres Vaters. Sie nannte seinen Namen und dann den ihren.

Als ihm klar wurde, wer sie war, reichte er ihr die Hand, zog sie hoch und umarmte sie. Erleichterung über seine Güte überwältigte sie, und sie fing an zu weinen. Sava ließ seinen Blick die Straße entlang schweifen, um sich zu vergewissern, dass niemand sie beobachtete. Seinen Arm immer noch um ihre zitternden Schultern geschlungen, führte er sie in das Gebäude, schloss die Tür und verriegelte sie wieder.

Dann brachte er sie in den Hausmeisterumkleideraum, wickelte sie in seinen Mantel und goss ihr frischen Kaffee aus der *dzezva* ein. Als sie ihre Stimme wiedergefunden hatte, erzählte sie ihm von ihrer Entlassung aus der Partisaneneinheit. Bei der Schilderung von Inas Tod konnte sie nicht weitersprechen. Sava legte ihr seinen Arm um die Schulter und wiegte sie sanft.

»Kannst du mir helfen?«, fragte sie schließlich. »Wenn nicht, dann liefere mich bitte jetzt gleich an die Ustascha aus, weil ich nämlich nicht mehr laufen kann.«

Sava betrachtete sie lange, ohne etwas zu sagen. Dann erhob er sich und nahm ihre Hand. Er geleitete sie aus dem Ministerium und schloss die Tür hinter sich. Schweigend gingen sie einen Häuserblock entlang, zwei. Als sie das Nationalmuseum erreichten, führte Sava sie zur Portiersloge und bedeutete ihr, auf einer Bank in einem Alkoven neben der Tür zu warten.

Er blieb lange fort. Lola konnte die Schritte der Menschen in dem Gebäude hören. Allmählich fragte sie sich, ob Sava sie hier vergessen hatte. Aber vor lauter Erschöpfung und Kummer war sie völlig apathisch. Sie konnte sich zu nichts mehr aufraffen. Also saß sie da und wartete.

Als Sava wieder auftauchte, war er in Begleitung eines hoch gewachsenen Mannes mittleren Alters, sehr gut gekleidet, auf dessen dunklen, silber gesträhnten Haaren ein karmesinroter Fez saß. Irgendetwas an ihm kam Lola bekannt vor, doch ihr fiel nicht ein, wo sie sich womöglich schon begegnet waren. Sava griff nach ihrer Hand und drückte sie beruhigend. Dann war er verschwunden. Der große Mann bedeutete Lola, ihm zu folgen.

Sie verließen das Gebäude. Er schob sie auf den Rücksitz eines kleinen Wagens und signalisierte ihr, sich auf den Boden zu legen. Erst als er den Motor angelassen hatte und losgefahren war, sprach er. Sein Akzent war vornehm, seine Stimme sanft, als er sie fragte, wo sie gewesen und was ihr zugestoßen sei.

Sie waren nicht weit gefahren, als er anhielt, ausstieg und Lola bat, im Auto zu bleiben. Nach ein paar Minuten kehrte er zurück und reichte Lola einen Schador. Dann drängte er sie, sich wieder hinzukauern.

»Möge Gott uns beschützen, Effendi!«

Er tauschte Höflichkeiten mit einem vorbeikommenden Nachbarn aus, während er so tat, als suchte er etwas im Kofferraum. Als der Mann um die Ecke gebogen war, öffnete er die hintere Wagentür und bedeutete Lola, ihm zu folgen. Sie zog sich den Schador übers Gesicht und hielt den Blick gesenkt, wie sie es bei den sittsamen Musliminnen gesehen hatte. Sie betraten ein Gebäude, wo er laut an eine Tür klopfte, die sich darauf sofort öffnete.

Seine Frau stand wartend im Eingang. Lola schaute auf und erkannte sie. Es war die junge Frau, die ihr Kaffee angeboten hatte, als sie gekommen war, um die Wäsche abzuholen. Stela war dagegen nicht anzumerken, ob sie Lola wiedererkannte, was bei der großen Veränderung ihres Äußeren nicht verwunderlich war. Das letzte Jahr hatte sie stark altern lassen. Sie war hager und drahtig, ihr Haar kurz geschoren wie das eines Mannes.

Stela blickte ängstlich erst in Lolas ausgezehrtes Gesicht

und dann in das besorgte ihres Mannes. Er sprach auf Albanisch mit ihr. Lola hatte keine Ahnung, was sie sagten, sah aber, wie sich Stelas Augen vor Furcht weiteten. Er fuhr fort zu reden, sanft, aber bestimmt. Stela stiegen Tränen in die Augen, doch sie wischte sie mit ihrem Taschentuch ab und wandte sich an Lola.

»Du bist willkommen in unserem Heim«, sagte sie. »Mein Mann hat mir erzählt, wie viel du durchlitten hast. Komm jetzt, wasch dich, iss, und ruh dich aus. Später, wenn du geschlafen hast, sprechen wir darüber, wie wir dich am besten beschützen können.« Serif schaute seine Frau mit einer Mischung aus Zärtlichkeit und Stolz an. Lola sah seinen Blick und auch Stelas Erröten, als sie ihn erwiderte. So geliebt zu werden, dachte sie, muss wirklich schön sein.

»Ich muss ins Museum zurück«, sagte Serif. »Bis heute Abend. Stela wird sich um dich kümmern.«

Warmes Wasser zu spüren und den Duft wohlriechender Seife einzuatmen war für Lola ein Luxus wie aus einem anderen Leben. Stela servierte ihr dampfende Suppe, und Lola versuchte, langsam zu essen, obwohl sie so hungrig war, dass sie die Schüssel in beide Hände nehmen und in einem Zug hätte leeren können. Als sie fertig war, führte Stela sie in einen kleinen Raum mit einem Alkoven. Dort stand eine Wiege, in der ein Säugling schlief. »Das ist mein Sohn Habib, im letzten Herbst geboren«, sagte sie. Sie zeigte auf ein niedriges Sofa an der Wand. »Hier kann jetzt auch dein Zimmer sein.« Lola legte sich hin, und noch ehe Stela mit einer Decke zurückkehrte, war sie vor Erschöpfung eingeschlafen.

Als sie aufwachte, war ihr, als schwömme sie durch tiefes Wasser. Die Wiege neben ihr war leer. Sie konnte leise Stimmen hören, eine ängstlich, die andere beruhigend, dann das Wimmern eines Babys, das rasch verstummte. Lola sah, dass man ihr Kleidungsstücke hingelegt hatte. Es waren ungewohnte Sachen, ein weiter Rock, wie ihn eine muslimische Bäuerin in Albanien tragen mochte, und ein großer, fleckenlos weißer Schal, mit dem sie ihr kurzes Haar verhüllen und den sie sich über die Nase ziehen konnte, um damit den unteren Teil ihres Gesichts zu verdecken. Sie wusste, dass ihre eigene Partisanenkluft, die sie vor Monaten aus einer grauen Wolldecke genäht hatte, würde verbrannt werden müssen.

Sie zog sich an, wobei sie ein wenig Mühe mit dem Kopftuch hatte. Als sie das von Büchern gesäumte Wohnzimmer betrat, saßen Serif und Stela, in ein Gespräch vertieft, dort eng beieinander. Serif hatte seinen Sohn auf den Knien, einen hübschen kleinen Kerl mit einem Schopf dunkler Haare. Seine andere Hand war in die seiner Frau verflochten. Sie schauten auf, als Lola hereinkam, und zogen schnell ihre Hände zurück. Lola wusste, dass es bei konservativen Muslimen als unpassend galt, wenn Paare, selbst verheiratete, ihre Zuneigung vor anderen körperlich ausdrückten.

Serif lächelte Lola freundlich an. »Meine Güte, was für ein schönes Mädchen vom Land!«, sagte er. »Wenn es dir nichts ausmacht, werden wir deine Anwesenheit hier damit erklären, dass du eine Dienstbotin bist, die Stelas Familie hergeschickt hat, um ihr mit dem Baby zu helfen. Du tust so, als könntest du überhaupt kein Bosnisch, dann musst du mit niemandem reden. In Gegenwart anderer werden Stela und ich dich auf Albanisch ansprechen. Als Antwort brauchst du nur zu nicken. Es wird am besten sein, wenn du die Wohnung nicht verlässt, damit nur sehr wenige Leute wissen, dass du hier bist. Wir werden dir einen muslimischen Namen geben müssen... gefällt dir Leila?«

»So viel Güte verdiene ich nicht«, flüsterte Lola. »Dass Sie als Muslime einer Jüdin helfen...«

»Nun komm aber!«, sagte Serif, der merkte, dass sie gleich in Tränen ausbrechen würde. »Juden und Muslime sind Vettern, beide Abkömmlinge Abrahams. Weißt du, dass dein neuer Name sowohl auf Arabisch, der Sprache unseres heiligen Korans, als auch auf Hebräisch, der Sprache eurer Tora, ›Abend‹ bedeutet?«

»Ich... ich... wir haben nie Hebräisch gelernt«, stammelte

Lola. »Meine Familie war nicht religiös.« Ihre Eltern waren in den Jüdischen Verein gegangen, aber nie in die Synagoge. Sie hatten versucht, ihre Kinder jedes Jahr zu Hanukka neu einzukleiden, wenn sie es sich leisten konnten, doch davon abgesehen, wusste Lola sehr wenig über ihren Glauben.

»Nun, es ist eine sehr schöne und faszinierende Sprache«, sagte Serif. »Der Rabbi und ich haben gemeinsam an der Übersetzung einiger Texte gearbeitet, bevor – na ja, vor diesem Albtraum.« Er rieb sich mit der Hand über die Stirn und seufzte. »Er war ein guter Mensch, ein großer Gelehrter, und ich trauere um ihn.«

* * *

In den nächsten Wochen musste Lola sich dem Rhythmus eines für sie ganz neuen Lebens anpassen. Die Angst vor Entdeckung nahm im Laufe der Zeit ab, und es dauerte nicht lange, da erschien Lola ihr ruhiges, beschauliches Dasein als Kindermädchen der Kamals realer als ihre frühere Existenz als *partisanka*. Sie gewöhnte sich an Stelas leise, zögernde Stimme, wenn sie sie Leila nannte. Das Baby liebte sie, seit sie es das erste Mal im Arm gehalten hatte. Und sie gewann Stela immer lieber, die in ihrer konservativen muslimischen Umgebung nach außen hin zwar immer häuslich und zurückgezogen gelebt hatte, als Tochter und Ehefrau gebildeter Leute aber einen weiten intellektuellen Horizont besaß. Zuerst hatte Lola ein bisschen Angst vor Serif, der beinahe so alt war wie ihr Vater, aber dank seiner sanften, höflichen Art verlor sie schnell ihre Befangenheit. Eine Zeitlang wusste sie nicht genau, was es war, das ihn von anderen Leuten unterschied, die sie kannte. Aber eines Tages, während er sie geduldig zu einem Thema befragte, ihren Antworten lauschte, als wären sie seiner Beachtung wert, um sie dann behutsam zu einer umfassenderen Sicht der Dinge zu führen, erkannte sie es. Serif, der gelehrteste Mensch, dem sie je begegnet war, war zugleich der Einzige, bei dem sie sich nie auch nur im Mindesten dumm vorkam.

Der Tagesablauf bei den Kamals war auf zwei Tätigkeiten

ausgerichtet: beten und lernen. Fünfmal täglich unterbrach Stela das, was sie gerade tat, wusch sich sorgfältig und trug Parfüm auf. Dann breitete sie einen kleinen Seidenteppich aus, den sie speziell zum Beten benutzte, und führte ihre Rezitationen durch, mit denen rituelle Gesten einhergingen. Lola verstand die Worte nicht, empfand die klangvollen Reime des Arabischen jedoch als beruhigend.

Abends arbeitete Stela meistens an einer Stickerei, während Serif ihr vorlas. Zuerst hatte sich Lola dann mit Habib immer zurückgezogen, aber dann luden sie sie ein, zu bleiben und zuzuhören, wenn sie wollte. Also setzte sie sich mit Habib, den sie sanft wiegte, ein wenig außerhalb des gelben Lichtkreises, den die Lampe erzeugte. Serif wählte zum Vorlesen stets spannende Geschichten oder schöne Gedichte aus, und Lola stellte fest, dass sie sich zunehmend auf diese Abendstunden freute. Wenn Habib unruhig war und sie das Zimmer verlassen musste, wartete Serif entweder auf ihre Rückkehr oder fasste für sie zusammen, was sie verpasst hatte.

Manchmal wachte sie nachts schwitzend aus einem Traum auf, in dem die Hunde der Deutschen sie verfolgten oder ihre kleine Schwester um Hilfe schrie, während sie durch dichten Wald stolperten. In anderen Träumen verschwanden Isak und Ina wieder und wieder im splitternden Eis. Wenn sie dann aufwachte, hob sie Habib aus seiner Wiege, nahm ihn in den Arm und tröstete sich mit dem Gefühl seines schweren kleinen Körpers, der sich schläfrig an den ihren schmiegte.

Eines Tages kam Serif früh aus der Bibliothek nach Hause. Er begrüßte weder seine Frau, noch fragte er nach seinem Sohn und legte auch nicht an der Tür seinen Mantel ab wie üblich, sondern ging schnurstracks in sein Arbeitszimmer.

Ein paar Minuten später rief er nach ihnen. Lola betrat diesen Raum sonst nie. Stela putzte ihn selbst. Jetzt betrachtete sie die Bücherregale an den Wänden. Die Werke darin waren noch älter und schöner als die übrigen in der Wohnung, Bücher in verschiedenen antiken und modernen Sprachen mit exquisiten, handverzierten Einbänden aus blankem Leder. Doch Serif hatte ein kleines, ganz schlicht gebundenes Buch in der Hand. Er legte es auf den Schreibtisch vor ihm und sah es mit demselben Gesichtsausdruck an, mit dem er sonst seinen Sohn anschaute.

»General Faber war heute im Museum«, sagte er. Stela schnappte nach Luft und schlug sich eine Hand vor den Mund. Faber war gefürchtet und seinem Ruf zufolge verantwortlich für Massaker an Tausenden.

»Nein, nein, es ist nichts Schlimmes passiert. Ich glaube sogar, was geschehen ist, war gut. Es ist uns heute mit Hilfe des Direktors gelungen, einen der größten Schätze des Museums zu retten.«

Serif wollte ihnen nicht ausführlich berichten, was sich tagsüber zugetragen hatte. Er hatte nicht einmal beabsichtigt, ihnen die Haggadah zu zeigen. Aber die Präsenz des Buches – in seiner Wohnung, in seinen Händen – ließ ihn irgendwie seine Vorsicht vergessen. Er blätterte die Seiten um, damit sie ihre künstlerische Gestaltung bewundern konnten, und erzählte ihnen nur, dass der Museumsdirektor es ihm anvertraut hatte.

* * *

Serifs Vorgesetzter war Dr. Josip Boscovic, ein Kroate, der es schaffte, beim Ustascha-Regime in Zagreb den Anschein von Loyalität zu erwecken, obwohl er im Herzen ein Sarajevoer geblieben war. Bevor er die Leitung des Museums übernommen hatte, war er Kurator für alte Münzen gewesen und eine populäre Persönlichkeit in der Stadt, eine feste Größe auf jeder kulturellen Veranstaltung. Sein dunkles Haar war mit stark parfümierter Pomade zurückgekämmt und seine allwöchentliche Maniküre ein unverrückbares Ritual.

Als Faber ankündigte, er wolle das Museum besuchen, wusste Boscovic, dass sein Tanz auf dem Drahtseil jetzt definitiv beginnen würde. Sein eigenes Deutsch war dürftig, deshalb rief er Serif in sein Büro und erklärte ihm, er würde als Übersetzer benötigt. Obwohl ihre Herkunft und ihre intellektuellen Interessen unterschiedlich waren, empfanden die beiden Männer dieselbe Leidenschaft für bosnische Geschichte und liebten die Vielfalt, die sie geprägt hatte. Ebenso gemeinsam war ihnen die unausgesprochene Erkenntnis, dass Faber für die Vernichtung dieser Vielfalt stand.

»Wissen Sie, was er will?«, fragte Serif.

»Das hat er nicht gesagt. Aber ich glaube, das ist leicht zu erraten. Mein Kollege in Zagreb hat mir erzählt, dass sie die dortige Judaika-Sammlung geplündert haben. Sie wissen genauso gut wie ich, dass das, was wir hier besitzen, ungleich bedeutender ist. Ich fürchte, er ist erpicht auf die Haggadah.«

»Josip, die dürfen wir ihm nicht geben. Er wird sie zerstören, so wie seine Männer alles Jüdische hier in der Stadt zerstört haben.«

»Serif, mein Freund, was bleibt uns übrig? Vielleicht zerstört er sie nicht. Ich habe das Gerücht gehört, dass Hitler ein Museum der ausgestorbenen Rassen plant, in dem die schönsten jüdischen Gegenstände ausgestellt werden sollen, nachdem die Menschen selbst ausgerottet sind ...«

Serif schlug auf die Stuhllehne vor sich. »Sind diese Menschen denn durch und durch verdorben?«

»Schsch.« Boscovic hob beide Hände, um den Kollegen zum Schweigen zu bringen. Er selbst senkte seine Stimme auf ein Flüstern. »Letzten Monat haben sie in Zagreb Witze darüber gemacht. ›Judenforschung ohne Juden‹ haben sie es genannt.« Boscovic trat hinter seinem Schreibtisch hervor und legte Serif eine Hand auf die Schulter. »Wenn Sie versuchen, dieses Buch zu verstecken, setzen Sie Ihr Leben aufs Spiel.«

Serif sah ihn ernst an. »Was soll ich sonst tun? Ich bin Kustos. Hat es fünfhundert Jahre überlebt, um nun unter meiner Verwaltung vernichtet zu werden? Wenn Sie glauben, dass ich so etwas zulasse, mein Freund, dann kennen Sie mich schlecht.«

»Tun Sie, was nötig ist. Aber beeilen Sie sich, ich bitte Sie.«

Serif kehrte in die Bibliothek zurück. Mit zitternden Händen holte er einen Karton hervor, den er mit ARCHIV DER FAMILIE KAPETANOVIC – TÜRKISCHE DOKUMENTE beschriftet hatte. Er nahm ein paar alte türkische Grundbesitzurkunden heraus, die obenauf lagen. Darunter befanden sich mehrere hebräische Handschriften, von denen er sich die kleinste in seinen Hosenbund steckte und seine Jacke so weit darüberzog, dass sie den Wulst verdeckte. Dann legte er die türkischen Dokumente in den Karton zurück und versiegelte ihn.

Faber war ein zierlicher Mann, schmal gebaut und nicht besonders groß. Er hatte eine sanfte Stimme, die selten lauter war als ein Flüstern, sodass die Leute genau zuhören mussten, wenn er sprach. Seine Augen hatten das kühle, undurchsichtige Grün eines Achats, seine Haut war blass und schimmernd wie die eines Fisches.

Josip war wegen eines charmanten Auftretens, das manchmal richtiggehend anbiedernd wirkte, zum Direktor aufgestiegen. Als er den General unterwürfig begrüßte, hätte niemand vermutet, dass in seinem Nacken nervöser Schweiß perlte. Für sein schlechtes Deutsch entschuldigte er sich überschwänglicher, als notwendig gewesen wäre. Dann tauchte Serif in der Tür auf, und Josip stellte ihn vor. »Mein Kollege ist ein großer Sprachwissenschaftler.«

Serif näherte sich dem General und bot ihm die Hand. Dessen Händedruck war unerwartet schlaff. Serif fühlte die weiche Hand locker in seiner liegen und konnte deutlich das Manuskript spüren, das an seine Taille drückte.

Faber nannte den Grund seines Besuchs nicht. Nach einer peinlichen Schweigeminute schlug Josip eine Besichtigung der Sammlungen vor. Während sie durch die Gewölbesäle schritten, hielt Serif einen gelehrten Vortrag über die verschiedenen Exponate. Faber ging hinter ihm, ließ seine schwarzen Lederhandschuhe ab und zu auf seine weiße Hand klatschen und sagte nichts.

Als sie die Bibliothek erreichten, nickte er kurz und sprach zum ersten Mal. »Zeigen Sie mir Ihre jüdischen Handschriften und Inkunabeln.« Leicht zitternd zog Serif einige Bände aus den Regalen und legte sie auf den langen Tisch: einen mathematischen Text von Elia Mizrahi, die seltene Ausgabe eines 1488 in Neapel erschienenen Hebräisch-Arabisch-Latein-Wörterbuchs, einen in Venedig gedruckten Talmud.

Fabers blasse Hände befühlten jeden Band. Mit äußerster Behutsamkeit blätterte er die Seiten um. Während er die Raritäten befingerte, sich die ausgeblichene Tinte und die geäderten Pergamente genau ansah, wurde sein Gesichtsausdruck lüstern. Serif bemerkte, dass sich Fabers Pupillen weiteten wie bei einem Liebenden. Er schaute beiseite, denn er verspürte Ekel bei dieser Entweihung, als wäre er Zeuge eines pornografischen Akts. Schließlich klappte Faber den venezianischen Talmud zu und schaute auf, die Augenbrauen fragend hochgezogen.

»Und jetzt bitte die Haggadah.«

Serif fühlte, wie ihm ein Rinnsal aus glühend heißem Schweiß den Rücken hinunterlief. Er drehte die Handflächen nach oben und zuckte die Achseln. »Das ist unmöglich, Herr General«, sagte er.

Josips Gesicht, das ganz rot gewesen war, wurde sehr blass.

»Was meinen Sie mit ›unmöglich‹?« Fabers leise Stimme klang kalt.

»Mein Kollege meint«, sagte Josip, »dass gestern einer Ihrer Offiziere kam und die Haggadah haben wollte. Er meinte, sie werde für ein bestimmtes Museumsprojekt des Führers gewünscht. Natürlich war es uns eine Ehre, ihm unseren Schatz für einen solchen Zweck zu überlassen ...«

Serif begann, Josips Worte zu übersetzen, doch der General unterbrach ihn.

»Welcher Offizier? Wie hieß er?« Er trat auf Josip zu. Trotz seiner geringen Körpergröße strahlte er plötzlich etwas Bedrohliches aus. Josip trat einen Schritt zurück, sodass er gegen ein Bücherregal stieß.

»Er hat mir seinen Namen nicht genannt, mein Herr. Ich ... ich ... fand, es stand mir nicht zu, ihn danach zu fragen ...

Aber wenn Sie mitkommen in mein Büro, kann ich Ihnen vielleicht das Papier geben, das er mir als Quittung unterschrieben hat.«

Als Serif die Worte des Direktors übersetzt hatte, holte Faber tief Luft. »Sehr gut.« Er drehte sich auf dem Absatz um und ging zielstrebig zur Tür. Josip blieb nur ein kurzer Moment, um einen Blick mit Serif zu wechseln, den beredtesten Blick seines Lebens. Dann rief Serif mit einer Stimme, die ruhig war wie ein See an einem windstillen Tag: »Bitte, mein Herr, folgen Sie dem Direktor. Er wird Sie zur Haupttreppe geleiten.«

Serif wusste, dass er wenig Zeit hatte. Er hoffte, Josips Absicht richtig gedeutet zu haben, füllte eine Quittung mit den Katalognummern der Haggadah aus und setzte mit einem anderen Stift ein unleserliches Gekritzel darunter. Dann rief er nach einem Dienstmann und bat ihn, den Zettel in das Büro des Direktors zu bringen. »Nehmen Sie die hintere Treppe und beeilen Sie sich. Legen Sie ihn so auf seinen Schreibtisch, dass er ihn beim Hereinkommen gleich sieht.«

Mit erzwungen langsamen Bewegungen trat er zum Garderobenständer und griff nach Mantel und Kopfbedeckung. Gemächlich schlenderte er aus der Bibliothek durch den Flur zum Haupteingang des Museums. Dort nahm er Fabers wartende Entourage mit einem Nicken zur Kenntnis. Auf der Vortreppe blieb er stehen, um mit einem Kollegen zu plaudern, der gerade heraufkam, ehe er an dem großen schwarzen Dienstwagen vorbeiging, der am Bordstein stand. Lächelnd betrat er sein Lieblingscafé, begrüßte seine Bekannten und trank in aller Ruhe, wie es sich für einen echten Bosnier gehört, seinen Kaffee, von dem er jeden Tropfen auskostete. Und erst dann machte er sich nach Hause auf.

Als Serif die Seiten der Haggadah umblätterte, verschlug die Pracht der Illustrationen Lola den Atem.

»Du solltest sehr stolz darauf sein«, sagte er zu ihr. »Es ist ein großes Kunstwerk, das dein Volk der Welt geschenkt hat.«

Stela rang die Hände und sagte etwas auf Albanisch. Serif schaute sie an; sein Gesichtsausdruck war entschlossen und doch freundlich. Dann antwortete er ihr auf Bosnisch. »Ich weiß, dass du dir Sorgen machst, meine Liebe. Und das zu Recht. Wir haben schon eine Jüdin in der Wohnung und jetzt auch noch ein jüdisches Buch. Hinter beiden sind die Nazis her. Hinter einem jungen Leben und einem uralten Gegenstand. Beides sehr kostbar. Und du sagst, du scheust die Gefahr nicht, und dafür lobe ich dich. Aber du fürchtest um unseren Sohn. Auch ich habe Angst um ihn. Ich habe mit einem Freund Pläne für Leila gemacht. Morgen treffen wir ihn. Er wird sie zu einer Familie in der italienischen Zone bringen, wo sie in Sicherheit ist.«

»Und was ist mit dem Buch?«, fragte Stela. »Der General wird dein Täuschungsmanöver bestimmt durchschauen, wenn sie das Museum durchsucht haben. Kommen sie dann nicht hierher?«

»Keine Angst«, sagte Serif ruhig. »Es ist keineswegs gesagt, dass er uns auf die Schliche kommt. Dr. Boscovic besaß die Geistesgegenwart, ihm zu erzählen, einer seiner Männer habe das Buch geholt. Die Nazis sind Plünderer. Faber weiß, dass seine Offiziere in so etwas Übung haben. Wahrscheinlich befehligt er ein halbes Dutzend Männer, die er für fähig hält, die Haggadah gestohlen zu haben, um sich selbst zu bereichern. Und außerdem«, fügte er hinzu und wickelte das Büchlein in ein Tuch, »wird es ab morgen nicht mehr hier sein.«

»Wohin bringst du es?«, fragte Stela.

»Ich weiß noch nicht genau. Das beste Versteck für ein Buch wäre vielleicht eine Bibliothek.« Er hatte daran gedacht, die Haggadah einfach wieder ins Museum zurückzustellen, sie zwischen den vielen Tausenden Bänden irgendwo falsch einzuordnen. Doch dann kam ihm eine andere Bibliothek in den Sinn, wesentlich kleiner, wo er an der Seite eines lieben Freundes viele Stunden mit Lernen verbracht hatte. Er wandte sich Stela zu und lächelte. »Ich bringe das Buch an einen Ort«, sagte er, »wo es niemand vermutet.«

Der nächste Tag war ein Freitag, der muslimische Sabbat. Serif ging zur Arbeit wie üblich, entschuldigte sich aber mittags unter dem Vorwand, er wolle an den öffentlichen Gebeten teilnehmen. Statt die Moschee aufzusuchen, kehrte er jedoch nach Hause zurück, ließ Stela, Habib und Lola in den Wagen steigen und fuhr aus der Stadt hinaus in die Berge. Lola hatte Habib auf dem Schoß, spielte seine Lieblingsspiele Hoppe-hoppe-Reiter und Guckguck mit ihm und drückte ihn so oft wie möglich eng an sich, weil sie sich den Geruch seiner Haare einprägen wollte, der sie an den süßen Duft gemähten Grases erinnerte. Die Straße war schmal und kurvenreich. Jetzt, im Hochsommer, lag das Licht goldgelb wie Butter auf den kleinen Feldern mit Weizen und Sonnenblumen, die jede ebene Fläche zwischen den steil aufragenden Hängen der Berge ausfüllten. Im Winter machte der Schnee diese Strecke bis zur Frühjahrsschmelze unpassierbar. Lola konzentrierte sich auf Habib, um sich von ihrer Übelkeit, hervorgerufen durch das Schlingern des Wagens, und von ihrer Angst abzulenken. Sie wusste, dass es klug war, die Stadt zu verlassen, wo das ständige Risiko bestand, dass sie entdeckt wurde. Aber von den Kamals wollte sie nicht fort. Trotz ihrer Trauer und der Furcht, die sie plagte, hatten die vier Monate in ihrem Haushalt ihr eine Gemütsruhe beschert, die sie noch nie erlebt hatte.

Bei Sonnenuntergang erreichten sie den letzten engen Pass und sahen von weitem das Dorf wie eine Blüte in dem kleinen Tal hängen. Ein Bauer trieb seine Kühe von der Weide nach Hause, und der Aufruf zum Abendgebet mischte sich in das Muhen und Schnaufen des Viehs. Hier oben in der Einsamkeit der Berge schienen der Krieg und seine Entbehrungen sehr weit entfernt.

Vor einem niedrigen Haus hielt Serif an. Die Mauern waren weiß, ihre Steine mit der Präzision eines komplizierten Puzzles aneinander gefügt. Die tief darin liegenden Fenster waren hoch und schmal und mit dicken, himmelblau gestrichenen Läden versehen, die gegen winterliche Stürme schützten. Lerchensporn in einem dunkleren Blau umwucherte das Gebäude. Ein alter Maulbeerbaum breitete seine Zweige über den Hof. Sobald der Wagen anhielt, lugten etliche kleine Gesichter hinter den glänzenden Blättern hervor. Der Baum war voller Kinder, die auf seinen Ästen hockten wie bunte Vögel.

Eins nach dem anderen sprangen sie herunter und umschwärmten Serif, der jedem etwas Süßes mitgebracht hatte. Aus der Hütte tauchte ein Mädchen auf, bereits ein wenig älter, das Gesicht verschleiert wie Stela, und schalt die Kleinen wegen des Lärms. »Aber Onkel Serif ist hier!«, schrien die Kinder aufgeregt, und über dem Schleier waren die lächelnden Augen des Mädchens zu sehen.

»Seid gegrüßt, seid gegrüßt!«, sagte sie. »Vater ist noch nicht aus der Moschee zurück, doch mein Bruder Munib ist drinnen. Bitte kommt herein und macht es euch bequem.« Munib, ein gelehrt wirkender Junge von etwa neunzehn, saß an einem Schreibtisch, ein Vergrößerungsglas in der einen, eine Pinzette in der anderen Hand, und präparierte vorsichtig das Exemplar eines Schmetterlings. Auf der Tischplatte schimmerten Stücke von Flügeln.

Als seine Schwester ihn ansprach, drehte Munib sich um, offensichtlich verärgert über die Störung. Aber sein Gesichtsausdruck veränderte sich, als er Serif erblickte. »Oh! Was für eine unerwartete Ehre.« Serif, der die große Leidenschaft des Jungen für Insekten kannte, hatte Munib in den Schulferien eine Stellung als Assistent in der naturkundlichen Abteilung des Museums besorgt.

»Es freut mich, dass du dein Studium trotz der schwierigen Zeiten nicht aufgibst«, sagte Serif. »Ich weiß, dass dein Vater immer noch hofft, dich eines Tages auf die Universität schicken zu können.«

»*Insch'allah*«, entgegnete Munib.

Während Serif unter dem überwölbten Fenster auf einer niedrigen Couch Platz nahm, führte Munibs Schwester Stela und Lola in den Raum für die Frauen, und die jüngeren Kinder trugen in einer schier endlosen Parade Tabletts herein: Traubensaft, gepresst aus den Reben der Familie, Tee – in der Stadt mittlerweile kaum noch zu bekommen –, Gurken aus dem eigenen Garten und Selbstgebackenes.

Lola war also nicht dabei, als Serif Kamal Munibs Vater, seinen guten Freund und *hodscha* des Dorfes, bat, die Haggadah zu verstecken. Sie sah nicht die Erwartung in den Augen des *hodscha*, als er die Sachen seines Sohnes ungeduldig beiseite schob, um Platz für das Manuskript zu machen, oder seine Begeisterung beim Umblättern der Seiten. Die Sonne war untergegangen und tauchte das Zimmer in ein warm leuchtendes Rot. Winzige Staubkörnchen schimmerten und tanzten in dem schwindenden Licht. Als ein Kind mit Tee eintrat, wurde ein kleines Stück von einem Schmetterlingsflügel durch die leichte Brise von der offenen Tür aufgewirbelt und ließ sich unbemerkt auf der aufgeschlagenen Seite der Haggadah nieder.

Serif und der *hodscha* brachten das Buch in die Moschee. Sie stellten es in einem hohen Regal in eine enge Lücke zwischen zwei islamischen Gesetzesbänden. Kein Mensch würde hier nach ihm suchen.

Spätabends fuhren die Kamals wieder die Berge hinab. Kurz vor der Stadt hielten sie vor einem schönen Haus mit einer hohen Steinmauer. Serif wandte sich Stela zu. »Verabschiede dich jetzt. Wir haben nicht lange Zeit.« Lola und Stela umarmten sich. »Leb wohl, meine Schwester«, sagte Stela. »Möge Gott dich behüten, bis wir uns wiedersehen.« Lola wurde die Kehle eng, sodass sie nicht antworten konnte. Sie küsste das Baby auf den Kopf und reichte es seiner Mutter, dann folgte sie Serif in die Dunkelheit.

Hanna

Wien 1996

Parnassius.

Schon der Name hatte etwas Erhabenes, und ich war in Hochstimmung, als ich durch die gepflegten Gartenanlagen des Museums auf die belebte Ringstraße zuging. Ich hatte noch nie Schmetterlingsüberreste in einem Buch gefunden und konnte es gar nicht abwarten, Werner davon zu erzählen.

Das Auslandssemester, das mich nach dem College nach Wien geführt hatte, hätte ich überall antreten können. Jerusalem oder Kairo wären naheliegend gewesen. Aber ich war fest entschlossen, bei Werner Maria Heinrich zu studieren, beziehungsweise Herrn Universitätsprofessor Dr. Dr. Heinrich, wie sein offizieller Titel lautete. Die Österreicher sind insofern das Gegenteil von uns Australiern, als sie darauf bestehen, jeden erworbenen akademischen Grad mit einem separaten Titel zu versehen. Sein Ruf war phänomenal – er galt weltweit als Koriphäe, genial darin, Fälschungen zu erkennen, weil er mehr als jeder andere über traditionelles Handwerk und alte Materialien wusste. Außerdem war er spezialisiert auf hebräische Manuskripte, was ich bei einem deutschen Katholiken seiner Generation faszinierend fand, und so bot ich mich ihm als Praktikantin an.

Seine Antwort auf meinen ersten Brief war höflich, aber abweisend – »geehrt von Ihrem Interesse, doch leider nicht in der Lage«, usw. Mein zweiter Brief hatte eine kürzere und ein wenig unwirschere Ablehnung zur Folge und der dritte einen deutlichen und ziemlich verärgerten Einzeiler, der im Klartext »verdammt noch mal, nein« besagte. Ich kam trotzdem. Mit einer gehörigen Portion Dreistigkeit suchte ich ihn unangekündigt in seiner Wohnung in der Maria-Theresien-Straße auf und bat ihn, mich anzunehmen. Es war Winter, und wie die meisten Australier, die zum ersten Mal an einen wirklich kalten Ort reisen, war ich nicht auf das extreme Wetter vorbereitet gewesen. Ich hatte naiverweise meine schicke Lederjacke für einen Wintermantel gehalten, da sie in Sydney diesen Zweck erfüllte, und muss eine recht jämmerliche Figur abgegeben haben, wie ich da so auf seiner Schwelle stand, bibbernd, mit kleinen Eiszapfen im Haar, die klirrten, wenn ich den Kopf bewegte. Die ihm angeborene Höflichkeit erlaubte es ihm nicht, mich abzuweisen.

Die Monate, in denen ich in seiner geräumigen Wohnung, die ihm auch als Werkstatt diente, Pigmente zerrieb und Pergament schliff oder in der Handschriftenabteilung der nahen Universitätsbibliothek neben ihm saß, lehrten mich mehr als mein ganzes bisheriges Studium. Zunächst ging es noch sehr steif zwischen uns zu, »Miss Heath« hier und »Herr Dr. Dr.« da, korrekt und eher unterkühlt, doch schon bald hieß es stattdessen »Hanna, Liebchen«. Ich glaube, wir füllten gegenseitig eine Lücke in unserem Leben. Was Familie betraf, waren wir beide zu kurz gekommen. Ich hatte meine Großeltern nie kennen gelernt. Seine Angehörigen waren im Feuersturm von Dresden gestorben. Er war damals natürlich bei der Wehrmacht gewesen, aber darüber sprach er nie, ebenso wenig wie über seine durch den Krieg verkürzte Kindheit in Sachsen. Schon damals besaß ich genug Takt, um nicht in ihn zu dringen. Doch mir fiel auf, dass er sich jedes Mal, wenn wir in der Nähe der Hofburg unterwegs waren, bemühte, den Heldenplatz zu meiden. Erst viel später stieß ich auf das berühmte Foto dieses Platzes, aufgenommen im März 1938, mit seinen Massen von Menschen, von denen sich einige an das riesige Reiterstandbild klammern, um besser sehen zu können, und alle jubeln, als Hitler den »Anschluss« seines Heimatlandes ans Dritte Reich verkündet.

Als ich später in Harvard meinen Doktor machte (wo ich

ohne seine überschwängliche Empfehlung wahrscheinlich nie aufgenommen worden wäre), hielt er mich bisweilen schriftlich über seine neuen Projekte auf dem Laufenden und gab mir berufliche Ratschläge. Und wenn er ab und zu in New York zu tun hatte, fuhr ich von Boston mit dem Zug hin, um ihn zu treffen. Doch das war schon einige Jahre her, deshalb war ich nicht auf die gebrechliche Gestalt vorbereitet, die am Ende der Marmortreppe vor seiner Wiener Wohnung auf mich wartete.

Werner stützte sich auf einen Ebenholzstock mit silbernem Knauf. Auch sein Haar war silbern, ziemlich lang und aus der Stirn nach hinten gekämmt. Er trug eine dunkle Samtjacke mit zitronengelb gepaspelten Revers. Um den Hals hatte er eine Krawatte im Stil des 19. Jahrhunderts geschlungen, einen langen Streifen gemusterter Seide, der unter dem Kragen locker gebunden war. In seinem Knopfloch steckte eine kleine weiße Rosenknospe. Ich wusste, wie viel Wert er auf äußere Erscheinung legte, deshalb hatte ich mich eher elegant als praktisch frisiert und trug ein fuchsienrotes Kostüm, das gut zu meinen dunklen Haaren passte.

»Hanna, Liebchen! Wie schön Sie heute sind! Wie schön! Jedes Mal, wenn ich Sie sehe, entzückender denn je!« Er griff nach meiner Hand und küsste sie, dann bemerkte er die rissige Haut und schnalzte leise. »Der Preis unseres Berufs, wie?«, sagte er. Auch seine Hände waren rau und schwielig, die Nägel aber, wie mir auffiel, frisch maniküert, ganz im Gegensatz zu meinen.

Mit Mitte siebzig hatte Werner zwar seinen Ruhestand angetreten, schrieb aber immer noch gelegentlich Gutachten und fungierte als Berater bei wichtigen Handschriften. Sowie ich in seine Wohnung trat, sah – und roch – ich, dass er nach wie vor mit den Materialien alter Bücher arbeitete.

Der lange Tisch vor den gotischen Fenstern, an dem ich neben ihm gesessen und so viel gelernt hatte, war wie früher übersät mit Achaten und stinkenden Gallnüssen, antiken Goldschlägerwerkzeugen und Pergamenten in allen Stadien der Herstellung.

Er hatte inzwischen eine Haushälterin, und nachdem er

mich in die Bibliothek geführt hatte – einer meiner Lieblings-
räume auf der ganzen Welt, da jedes darin aufbewahrte Buch
eine ganz eigene Geschichte zu haben scheint –, servierte sie
den Kaffee.

Sein ausgeprägter Duft nach Kardamom weckte das Gefühl
in mir, wieder die einundzwanzigjährige Studentin zu sein. Seit
einer Gastprofessur an der Hebräischen Universität in Jerusalem, wo er inmitten von Palästinensern im christlichen Viertel
der Altstadt gelebt hatte, hatte Werner sich angewöhnt, seinen
Kaffee auf arabische Art zu trinken. Der Geruch von Kardamom erinnerte mich deshalb immer an ihn und an diese Wohnung, durchflutet von dem fahlen europäischen Licht, das so
wohltuend für die Augen ist, wenn man stundenlang an feinen
Details arbeitet.

»So. Es ist schön, Sie zu sehen, Hanna. Danke, dass Sie sich
die Zeit nehmen, einem alten Mann eine Freude zu machen.«

»Werner, Sie wissen, wie gern ich Sie besuche. Aber ich
hatte auch gehofft, dass Sie mir bei etwas helfen können.«

Sein Gesicht leuchtete auf. Er beugte sich in seinem
Ohrensessel vor. »Worum geht es?«

Ich hatte meine Notizen mitgebracht und konsultierte sie,
während ich ihm berichtete, was ich in Sarajevo getan hatte.
Er nickte beifällig. »Genau so wäre ich selbst auch verfahren.
Sie sind eine gute Schülerin.« Dann erzählte ich ihm von dem
Flügelfragment des *parnassius*, das ihn sehr interessierte, und
von den anderen Funden – dem weißen Haar, dem Fleck und
den Salzrückständen – und kam zu guter Letzt zu den seltsam
gefurchten Buchdeckeln.

»Finde ich auch merkwürdig«, sagte er. »Es sieht definitiv so
aus, als wären Schließen vorgesehen gewesen.« Mit wässrigen
Augen schaute er hinter seiner goldgefassten Brille zu mir auf.
»Warum sind dann keine da? Höchst interessant. Sehr myste-
riös.«

»Glauben Sie, das Nationalmuseum besitzt Dokumente über
die Haggadah und die Arbeiten, die 1894 daran vorgenommen
wurden? Es ist lange her...«

»Für Wien nicht so sehr lange, meine Liebe. Ich bin sicher, da gibt es etwas. Ob es Ihnen nützt, ist eine andere Frage. Aber es wurde damals viel Aufhebens darum gemacht, als die Handschrift auftauchte. Die erste illustrierte Haggadah, die wiederentdeckt wurde. Zwei der bedeutendsten Wissenschaftler ihrer Zeit kamen angereist, um sie zu untersuchen. Bestimmt lagern im Museum zumindest noch ihre Gutachten. Ich glaube, einer von ihnen war Rothschild aus Oxford; ja, stimmt, genau. Der andere war Martell von der Sorbonne – Sie können doch Französisch, oder? Die Anmerkungen des Buchbinders, falls man sie aufbewahrt hat, waren sicher auf Deutsch. Vielleicht hat er aber auch gar keine hinterlassen. Wie Sie selbst gesehen haben, war die neue Bindung eine schändliche Stümperei.«

»Wie konnte das Ihrer Meinung nach passieren, wenn das Buch doch so im Mittelpunkt der Aufmerksamkeit stand?«

»Ich glaube, es war strittig, wer es bekommen sollte. Wien wollte es natürlich behalten. Wieso auch nicht? Als Hauptstadt des österreichisch-ungarischen Reiches, als Zentrum der Kunstwelt Europas… Aber vergessen Sie nicht, die Habsburger hatten Bosnien damals nur *besetzt* – zur Annexion kam es erst 1908. Und die slawischen Nationalisten hassten die Besatzungsmacht.« Er hob den gekrümmten Zeigefinger – einer seiner Manierismen, wenn er meinte, etwas besonders Interessantes zu sagen zu haben.

»Wussten Sie übrigens, dass der Mann, der den Ersten Weltkrieg auslöste, genau in dem Jahr geboren wurde, in dem die Haggadah hierherkam?«

»Sie meinen den Studenten, der diesen Habsburger in Sarajevo erschossen hat?« Werner zog das Kinn ein und grinste selbstgefällig. Er erzählte einem zu gern etwas, das man noch nicht wusste. In dieser Hinsicht waren wir uns ähnlich.

»Jedenfalls halte ich es für möglich, dass das Buch aus Angst vor den radikalen Nationalisten an das Bosnische Landesmuseum zurückgegeben wurde. Ich vermute, der hier gefertigte plumpe Einband war Wiens Rache, eine Art kleinlicher Snobismus: wenn man es schon in die Provinz gibt, ist eine billige Bindung gut genug. Vielleicht war es aber auch pure Böswilligkeit.« Er senkte die Stimme ein wenig und trommelte mit den Fingern auf die brokatbezogene Armlehne seines Sessels. »Ich weiß nicht, ob Ihnen das klar ist, aber um die Jahrhundertwende stand der Antisemitismus hier in voller Blüte. Alles, was Hitler in Bezug auf die Juden gesagt hat, und ein großer Teil dessen, was er später tat, wurde hier bereits eingeübt. Es lag schon in der Luft, die Hitler in seiner Jugend in Österreich atmete. Er muss, mal sehen, fünf Jahre alt gewesen sein, als die Haggadah hier im Museum lagerte. Seltsam, über solche Dinge nachzudenken...« Er stockte. Wir hatten uns ziemlich nahe an verbotenes Terrain herangewagt. Als er wieder aufblickte und sprach, dachte ich zunächst, er versuche, das Thema zu wechseln.

»Sagen Sie, Hanna, haben Sie Schnitzler gelesen? Nein? Das müssen Sie! Sie verstehen die Wiener nicht, auch nicht die heutigen, ohne Arthur Schnitzler zu kennen.«

Er tastete nach seinem Stock, erhob sich mühsam und trat langsam und vorsichtig auf seine Bücherregale zu. Mit dem Finger strich er über die Rücken der Bände, fast ausschließlich Erstausgaben. »Ich habe nur die deutsche Fassung, und Sie können ja immer noch nicht Deutsch, oder? Nein? Sehr schade. Ein sehr interessanter Autor, dieser Schnitzler, sehr – verzeihen Sie mir – erotisch. Sehr freimütig, was seine zahlreichen Liebschaften betrifft. Aber er schreibt auch viel über den Aufstieg der ›Judenfresser‹ – der Ausdruck *Antisemitismus* existierte noch nicht, als er jung war. Schnitzler selbst war natürlich auch Jude.«

Er zog ein Buch aus dem Regal. »Das hier heißt ›Jugend in Wien‹. Es ist ein sehr schönes Exemplar – mit persönlicher Widmung Schnitzlers für seinen Lateinlehrer, einen gewissen Johann Auer: ›mit Dank für die Auerismen‹. Wissen Sie, dass ich es auf einem Kirchenbasar in Salzburg gefunden habe? Bemerkenswert, dass es vor mir niemand entdeckt hat...« Er blätterte, bis er auf die Passage stieß, die er gesucht hatte. »Hier entschuldigt er sich dafür, dass er so viel über ›die so ge-

122

nannte Judenfrage‹ schreibt. Aber er meint, kein Jude habe, so assimiliert er auch sein mochte, die Tatsache seiner Herkunft vergessen können.« Er rückte seine Brille zurecht und übersetzte mir, was er las. »›Und auch wenn man seine innere und äußere Haltung so weit bewahrte, dass man weder das eine noch das andere zeigte, ganz unberührt zu bleiben war so unmöglich, als etwa ein Mensch gleichgültig bleiben könnte, der sich zwar die Haut anaesthesieren ließ, aber mit wachen und offenen Augen zusehen muß, wie unreine Messer sie ritzen, ja schneiden, bis das Blut kommt.‹« Werner klappte das Buch zu. »Das hat er schon Anfang des 20. Jahrhunderts geschrieben. Angesichts dessen, was später folgte, ist die Bildersprache erschreckend, nicht wahr?«

Er stellte den Band zurück ins Regal, zog ein frisch gebügeltes Taschentuch hervor, wischte sich die Stirn und ließ sich schwer in seinen Sessel fallen. »Es kann also sein, dass die Bindung so nachlässig ist, weil der Buchbinder einer von Schnitzlers Judenfressern war.«

Er trank seinen Kaffee aus. »Vielleicht hatte es aber auch einen ganz anderen Grund. Damals wusste man nicht zu schätzen, was selbst der verschlissenste Einband womöglich verraten kann. So gingen viele Informationen verloren, wenn alte Einbände entfernt und weggeworfen wurden. Jedes Mal, wenn ich an einem solchen Buch arbeiten muss, schmerzt es mich, auch nur daran zu denken. Wenn Schließen vorhanden waren, als die Haggadah in Wien eingetroffen ist, waren es höchstwahrscheinlich die Originale... doch genau weiß man das nicht...«

Ich knabberte an einem kleinen Stück enorm sättigenden Kuchens, der Donauwelle heißt und Werners Lieblingsgebäck ist. Er stand auf, wischte sich die Krümel von der Jacke und schlurfte zum Telefon, um seine Kontaktperson im Museum anzurufen. Nach einem angeregten Gespräch auf Deutsch legte er den Hörer auf. »Die Verwaltungsdirektorin kann Sie morgen empfangen. Sie sagt, die Unterlagen aus der Zeit sind in einem Depot außerhalb des Museums archiviert. Sie wird sie sich bis morgen Mittag schicken lassen. Wann müssen Sie in Boston sein?«

»Ich kann noch ein, zwei Tage bleiben«, sagte ich.

»Gut! Dann rufen Sie mich an und geben mir Bescheid, ob Sie was gefunden haben?«

»Ja, natürlich«, sagte ich. Ich erhob mich, um zu gehen. An der Tür bückte ich mich – er ging mittlerweile etwas gebeugt und war daher ein bisschen kleiner als ich – und gab ihm einen Kuss auf seine papierzarte Wange.

»Werner, verzeihen Sie, dass ich frage, aber geht es Ihnen gut?«

»Liebchen, ich bin sechsundsiebzig. Nur wenigen von uns geht es in diesem Alter wirklich gut. Aber ich komme zurecht.«

Er stand im Eingang, als ich die Treppe hinabstieg. An der reich mit Ornamenten verzierten Haustür drehte ich mich um, schaute auf, warf ihm eine Kusshand zu und fragte mich, ob ich ihn je wiedersehen würde.

Später, am Nachmittag, saß ich auf der Kante meines schmalen Bettes in einer Pension nahe der Peterskirche, das Telefon auf dem Schoß. Ich wollte Ozren unbedingt von dem *parnassius* erzählen, aber als ich mein Notizheft aus meinem Dokumentenkoffer holte, fiel der Umschlag mit Alias Röntgenaufnahmen heraus, und mich übermannten plötzlich Schuldgefühle, weil ich Ozrens Wünsche missachtete und mich in sein privates Leid einmischte. Wahrscheinlich würde er toben, wenn er herausfand, was ich getan hatte. Und er hatte Recht; es ging mich verdammt noch mal nichts an. So gern ich mit ihm über den Schmetterlingsflügel geredet hätte, mein Betrug verursachte mir ein schlechtes Gewissen. Endlich, als seine eigentliche Arbeitszeit im Museum längst vorbei war, brachte ich den Mut auf anzurufen. Er war da – Überstunden. Ich platzte mit der Neuigkeit über die Haggadah heraus und konnte die Freude in seiner Stimme hören.

»Die große Frage war immer, wo sich das Buch während des

Zweiten Weltkriegs befand. Wir wissen, dass der Kustos es irgendwie vor den Nazis in Sicherheit gebracht hat, aber wie, darüber kursierten verschiedene Gerüchte: dass er es in der Bibliothek zwischen türkischen Dokumenten verbarg oder dass er es in ein Bergdorf brachte und dort in einer Moschee versteckte. Dein Flügel scheint für das Gebirge zu sprechen. Ich kann mir mal die Landkarte anschauen und versuchen, das Gebiet auf einige Dörfer einzugrenzen, und mich dann umhören, ob er zu einem von ihnen besondere Verbindungen hatte. Es wäre sehr schön zu wissen, wem wir es zu verdanken haben, dass die Handschrift den Krieg überstanden hat. Schade, dass niemand den Kustos danach gefragt hat, als er noch lebte. Er hat nach dem Krieg sehr gelitten, weißt du. Die Kommunisten beschuldigten ihn, Nazi-Kollaborateur gewesen zu sein.«

»Aber er hat die Haggadah gerettet. Wie kann er da mit den Nazis kollaboriert haben?«

»Nicht nur die Haggadah. Er hat auch Juden gerettet. Aber eine Anklage wegen Kollaboration diente den Kommunisten dazu, jeden loszuwerden, der ihnen zu intellektuell war, zu religiös oder sich zu freimütig äußerte. Auf ihn traf alles zu. Er hat sich gegen sie aufgelehnt, besonders, als sie die Altstadt abreißen wollten. Eine Zeitlang hatten sie nämlich haarsträubende Pläne zur Stadterneuerung. Ihm ist es mit zu verdanken, dass dieser Wahnsinn verhindert werden konnte, aber das kam ihn teuer zu stehen. Sechs Jahre Einzelhaft – unter schrecklichsten Bedingungen. Dann begnadigten sie ihn von heute auf morgen. So lief das damals. Er bekam sogar seine frühere Stelle im Museum zurück. Aber die Zeit im Gefängnis hatte vermutlich seine Gesundheit zerrüttet. Er starb in den 60er Jahren, nach langer Krankheit.«

Ich fuhr mir mit der Hand durch die Haare, sodass sich einige Klemmen lösten, mit denen sie hochgesteckt waren.

»Sechs Jahre Einzelhaft. Ich kann mir nicht vorstellen, wie man das aushält.«

Ozren schwieg einen Moment. »Ich auch nicht.«

»Ich meine, er war schließlich kein Soldat, geschweige denn

politischer Aktivist... solche Leute wissen ja, was für sie auf dem Spiel steht. Aber ein einfacher Bibliothekar...«

Sobald ich das gesagt hatte, kam ich mir vor wie ein Idiot. Immerhin war Ozren ebenfalls ein »einfacher Bibliothekar«, und das hatte ihn nicht davon abgehalten, Mut zu beweisen, als es nötig war.

»Ich meine...«

»Ich weiß, was du meinst, Hanna. Also, was hast du vor?«

»Ich werde morgen in den Archiven des Nationalmuseums nachsehen, ob ich da irgendwas über die Schließen finde. Dann bin ich ein paar Tage in Boston und kann da im Labor eines Freundes die Flecken analysieren lassen.«

»Gut. Sag mir Bescheid, was du rauskriegst.«

»Mache ich... Ozren...«

»Hmmm?«

»Wie geht's Alija?«

»›Pu der Bär‹ haben wir fast durch. Ich dachte, ich lese ihm als Nächstes vielleicht ein paar bosnische Märchen vor.«

Ich hoffte, das Rauschen in der Leitung übertönte den seltsamen Klang meiner Stimme, als ich eine Antwort murmelte.

Frau Zweig, die Chefarchivarin am Historischen Museum der Stadt Wien, war ganz und gar nicht das, was ich erwartet hatte, sondern Ende zwanzig, in hohe schwarze Stiefel, einen winzigen karierten Rock und einen engen stahlblauen Pullover gekleidet, der ihre beneidenswerte Figur betonte. Ihre dunklen Haare waren zu einem fransigen Bubikopf geschnitten, den einzelne Strähnchen in verschiedenen Schattierungen von Rot und Gelb zierten. In ihrer Stupsnase trug sie einen silbernen Stecker.

»Sie sind eine Freundin von Werner?«, fragte sie und schockierte mich damit noch mehr, weil sie die einzige Wienerin war, die ich ihn jemals beim Vornamen hatte nennen hören. »Er ist Wahnsinn, oder, mit seinen Samtanzügen und dem ganzen Zeug aus dem 19. Jahrhundert? Ich *liebe* ihn.«

Sie führte mich die Hintertreppe des Museums hinunter

in das Labyrinth der Kellerräume. Das Klicken ihrer hohen Absätze hallte auf dem Steinfußboden wider. »Tut mir leid, dass Sie in so einem Loch arbeiten müssen«, sagte sie und öffnete die Tür zu einem Lagerraum, dessen funktionale Metallregale vollgepackt waren mit dem vertrauten Ausstellungszubehör – Stücken von alten Rahmen und Aufspannbrettern, auseinandergenommenen Schaukästen, Gläsern mit Konservierungsmitteln. »Ich hätte Sie ja in mein Büro gebeten, aber da findet praktisch den ganzen Tag über eine Sitzung nach der anderen statt – es geht um Personalfragen, wissen Sie. *Seeehr* langweilig.« Sie verdrehte die Augen wie eine Pubertierende, die sich einer elterlichen Anweisung widersetzt. »Die österreichische Bürokratie ist wirklich das Letzte. Ich habe meine Ausbildung in New York City gemacht. Da war es schwer, zu diesen ganzen Förmlichkeiten hier zurückzukehren.« Sie rümpfte ihre kleine Nase. »Ich wünschte, ich könnte nach Australien ziehen. In New York dachten alle, da käme ich her, wissen Sie? Wenn ich ›Austria‹ sagte, reagierten sie mit: ›Oh! Die niedlichen Känguruhs!‹ Ich hab sie in dem Glauben gelassen. Ihr Australier habt einen so viel besseren Ruf als wir, da denkt jeder: entspannt, locker. Und bei Österreichern: Alte Welt, spießig. Meinen Sie, ich sollte auswandern?« Ich wollte sie nicht desillusionieren, deshalb erwähnte ich nicht, dass ich in Australien noch nie eine so unspießige Person wie sie in der Position einer Chefarchivarin gesehen hatte.

Auf dem Arbeitstisch in der Mitte des Raums stand ein Archivkasten. Frau Zweig nahm ein Teppichmesser und erbrach die Siegel. »Viel Glück«, sagte sie. »Melden Sie sich, wenn Sie was brauchen. Und geben Sie Werner einen dicken Kuss von mir.« Sie schloss die Tür, aber ich hörte noch das verhallende Klappern ihrer Stiefelabsätze im Korridor.

In dem Kasten lagen drei Mappen. Ich bezweifelte, dass in den letzten hundert Jahren jemand hineingeschaut hatte. In alle waren das Siegel des Museums und die Abkürzung K.u.K. geprägt, die für Kaiserlich und Königlich stand. Die Habsburger waren in Österreich Kaiser und in Ungarn Könige gewesen. Ich blies den Staub von der ersten Mappe. Sie enthielt nur zwei Dokumente, beide auf Bosnisch. Das erste war, wie ich erkannte, die Kopie einer Verkaufsquittung der Familie Kohen für das Museum. Das zweite war ein Brief in sehr schöner Handschrift. Zum Glück waren Übersetzungen beigefügt, wahrscheinlich für Forscher aus dem Ausland. Ich überflog die englische Version.

Der Verfasser des Briefes stellte sich als Lehrer vor – daher wohl die so gut leserliche Schrift. Er unterrichte, so schrieb er, die hebräische Sprache an Sarajevos *maldar*. Der Übersetzer erklärte in einer Notiz, dies sei der Name für die von sephardischen Juden geleiteten Grundschulen. »Einer meiner Schüler, Sohn der Familie Kohen, brachte mir die Haggadah. Die Familie, vor kurzem ihres Ernährers beraubt, wünscht ihre finanziellen Belastungen durch den Verkauf dieses Manuskripts zu mindern... ersuchte um meine Meinung zu seinem Wert. ... Ich habe zwar schon Dutzende Haggadot gesehen, manche davon sehr alt, aber nie eine mit derartigen Illustrationen. ...Ein Besuch bei den Kohens ergab keine neuen Erkenntnisse die Haggadah betreffend bis auf die, dass sie seit ›vielen Jahren‹ im Besitz der Familie sei. Die Witwe meinte, ihr Mann habe ihr erzählt, schon sein Großvater hätte das Buch beim Seder benutzt, was bedeuten würde, dass es sich bereits Mitte des 18. Jahrhunderts in Sarajevo befand. ... Sie sagte, und das habe ich mir bestätigen lassen, jener Großvater habe seine Ausbildung zum Kantor in Italien genossen...«

Ich lehnte mich zurück. Italien. Durch den Eintrag von Vistorini – *Revisto per mi* – wusste ich, dass die Haggadah 1609 in Venedig gewesen war. Hatte der Großvater in Venedig studiert? Die dortige jüdische Gemeinde war mit Sicherheit viel größer und wohlhabender gewesen als die Sarajevos, und das musikalische Erbe der Stadt war reich. Hatte er das Buch vielleicht dort erworben?

Ich stellte mir die um den Sedertisch versammelte Familie mit ihrem gebildeten, kosmopolitischen Patriarchen vor und dem Sohn, der vom Kind zum Mann heranwuchs, seinen Vater, als es Zeit war, vorschriftsmäßig begrub und anschließend beim Seder seinen Platz einnahm. Dann starb er selbst, wahrscheinlich unerwartet, da er seine Familie in so prekären Verhältnissen zurückließ. Ich wurde traurig, als ich an die Witwe dachte, die ihre Kinder nur mit Mühe ernähren konnte. Und noch trauriger, als mir klar wurde, dass die Kinder dieser Kinder umgekommen sein mussten, denn nach dem Zweiten Weltkrieg gab es in Sarajevo keinen einzigen Juden mehr, der Kohen hieß.

Ich beschloss, mir den Briefwechsel der jüdischen Gemeinden an der Adria des 18. Jahrhunderts vorzunehmen. Vielleicht gab es eine bestimmte italienische Jeshiva, an der Bosnier zum Kantor ausgebildet worden waren. Es wäre großartig, in Erfahrung zu bringen, wie die Haggadah nach Sarajevo gelangt war.

Aber nichts von alledem hatte mit Buchschließen zu tun, deshalb legte ich die Mappe beiseite und griff nach der nächsten. Herman Rothschild, Spezialist für nahöstliche Manuskripte an der Bodleian Library in Oxford, hatte eine Handschrift, die leider weitaus unleserlicher war als die des Hebräischlehrers. Sein Gutachten, zehn dicht bekritzelte Seiten lang, hätte auch auf Bosnisch geschrieben sein können, so schwer war es zu entziffern. Doch ich stellte schnell fest, dass er sich überhaupt nicht mit dem Einband befasst hatte. Er war so geblendet von den Illustrationen, dass sein ganzer Bericht eher eine kunsthistorische Abhandlung war, eine ästhetische Beurteilung der Miniaturen im Kontext christlicher mittelalterlicher Kunst. Ich las den Text durch, der sehr gelehrt und stilistisch wunderschön war, und notierte mir ein paar Zeilen daraus, die ich in meinem eigenen Aufsatz zitieren wollte. Aber nichts darin war relevant für meine Suche nach dem Verbleib der Schließen. Ich legte die Seiten weg und rieb mir die Augen. Jetzt konnte ich nur noch hoffen, dass sein französischer Kollege eine umfassendere Sichtweise gehabt hatte.

M. Martells Gutachten war das komplette Gegenteil von

dem des Briten, nämlich kurz, knapp und vollkommen nüchtern. Ich gähnte, während ich die übliche langweilige Aufzählung der Bögen und Folioblätter durchsah, bis ich zur letzten Seite kam. Dort hörte ich auf zu gähnen. Martell beschrieb in Fachchinesisch einen verschlissenen, fleckigen und beschädigten Einband aus Ziegenleder. Er merkte an, dass die Leinenfäden fehlten oder ausgefranst waren, sodass die meisten Bögen gar nicht mehr mit dem Einband zusammenhingen, und drückte sein Erstaunen darüber aus, dass sie trotzdem nicht verloren gegangen waren.

Und dann folgten mehrere kurze Sätze, die geschwärzt waren. Ich zog die Schreibtischlampe tief herunter, um zu sehen, ob ich lesen konnte, was Martell im Nachhinein als zu bedenklich empfunden hatte, um es stehen zu lassen. Es klappte nicht. Ich drehte die Seite um. Und siehe da, der Druck seiner Hand hatte unter der Durchstreichung zum Teil lesbare Schriftzüge hinterlassen. Minutenlang versuchte ich sie zu entziffern. Unvollständige französische Wörter spiegelverkehrt zu entschlüsseln war schwierig. Aber dann hatte ich mir das meiste zusammengereimt und wusste auch, warum es durchgestrichen worden war.

»Ein Paar nicht funktionstüchtige Silberschließen. Doppelhaken und Öse überstrapaziert. Nach Reinigung mit verdünntem $NaHCO_3$ Blütenmotiv, umschlossen von Flügel, zu erkennen. Rahmen = bossiert + getrieben. Kein Stempel.« Hier, in diesem Museum, hatte Martell die angelaufenen Metallstücke also mit einem weichen Tuch und kleinen Pinseln bearbeitet, bis das Silber wieder glänzte, und einen Moment bei aller Sachlichkeit den Kopf verloren.

»Die Schließen«, hatte er geschrieben, »sind außergewöhnlich schön.«

Federn und eine Rose

Wien 1894

Wien...
österreichische Versuchsstation
des Weltuntergangs.

Karl Kraus

Ist da das Fräulein vom Amt in Gloggnitz? Darf ich mir erlauben, Ihnen einen wunderschönen guten Tag zu wünschen? Ich hoffe, er ist bisher erfreulich für Sie verlaufen. Der Teilnehmer an diesem Ende der Leitung, Herr Dr. Franz Hirschfeldt, empfiehlt sich Ihnen und bedankt sich mit einem Handkuss dafür, dass Sie diese Verbindung herstellen.«

»Ihnen ebenfalls einen recht schönen guten Tag, mein liebes Fräulein vom Amt in Wien. Vielen Dank für Ihre freundlichen Wünsche; bitte nehmen auch Sie meine aufrichtigsten Grüße entgegen. Ich freue mich, Ihnen antworten zu dürfen, dass der Tag bisher sehr angenehm für mich gewesen ist, und ich hoffe, dass Sie und Ihr Teilnehmer gleichfalls das herrliche Sommerwetter genießen. Im Auftrag meines Teilnehmers möchte ich noch hinzufügen, dass Seine Exzellenz, der Herr Baron, glücklich ist über die Gelegenheit, Sie herzlichst zu grüßen...«

Franz Hischfeldt hielt sich den Hörer vom Ohr weg und trommelte mit einem Bleistift auf seinen Schreibtisch. Er hatte keine Geduld für diesen zeitraubenden Austausch von Nettigkeiten. Die Worte, die *ihm* durch den Kopf gingen, waren alles andere als nett. Zu gern hätte er die Frauen unterbrochen, ihnen gesagt, sie sollten den Mund halten und endlich die verdammte Verbindung herstellen. Er schlug so fest mit dem Stift auf die vernickelte Kante des Schreibtischs, dass die Spitze abbrach, quer durch das Sprechzimmer flog und auf dem weißen Laken des Untersuchungstisches landete. Wussten diese Schwätzerinnen denn nicht, dass die Dauer von Ferngesprächen auf zehn Minuten begrenzt war? Manchmal schien es Hirschfeldt, als würde die ganze Zeit verschwendet, noch ehe seine Verbindung zustande gekommen war. Aber als er das letzte Mal barsch mit einer Telefonistin gewesen war, hatte sie ihn gar nicht erst verbunden, deshalb schwieg er.

Es war einfach nur ein kleines Ärgernis, ähnlich wie das Scheuern des Hemdkragens, den die Wäscherin trotz seiner ausdrücklichen Anweisungen *immer* zu steif stärkte, eins von vielen in dieser Stadt: die kriecherische Unterwürfigkeit, die strangulierende Herrenmode. Es regte ihn auf, dass er sich ständig aufregen musste. Er war sechsunddreißig, Vater zweier reizender Kinder, verheiratet mit einer Frau, die er nach wie vor bewunderte, diskret beschäftigt mit einer Reihe von Mätressen, die ihn amüsierten. Im Beruf war er erfolgreich, hatte es sogar zu Wohlstand gebracht. Und überdies lebte er in Wien, zweifellos einer der großartigsten Städte auf der Welt.

Hirschfeldt hob den Blick von seinem Schreibtisch und ließ ihn durch das Fenster schweifen, während die Fräulein fortfuhren, Girlanden der Höflichkeit zwischen sich zu winden. Die Stadt war selbstbewusst genug gewesen, ihre mittelalterlichen Festungsmauern einzureißen und durch die einladende Pracht der Ringstraße zu ersetzen, pragmatisch genug, um die Industrialisierung willkommen zu heißen, die den Horizont mit dem Dunst des Reichtums vernebelte.

Das hier war seine Stadt in all ihrer Herrlichkeit, Hauptstadt eines Reichs, das sich von den Tiroler Alpen über das böhmische Massiv und die große ungarische Ebene bis zur dalmatinischen Küste und zu den weiten goldenen Feldern der Ukraine erstreckte, ein Zentrum der Kultur, das die klügsten Köpfe und die kreativsten Künstler anlockte – erst gestern hatte seine Frau Anna ihn mitgeschleppt, um sich die neueste, sehr seltsame Komposition dieses Herrn namens Mahler anzuhören, und stammte der nicht aus Böhmen oder irgendwie aus der Gegend? Und die Ausstellung mit Gemälden von Klimt, die sie sich angeschaut hatten – die war wirklich etwas Besonderes. Künstlerische Freiheit nannte man das wohl, aber der

Mann hatte eine sehr eigenartige Vorstellung von der weiblichen Anatomie...

Es war also nicht so, dass sich in Wien nichts bewegte. Im Gegenteil, die Metropole pulsierte im Takt ihrer eigenen großen Erfindung, des Walzers. Und dennoch...

Und dennoch hatten sieben Jahrhunderte Habsburger Monarchie die kaiserliche Hauptstadt mit den Auswüchsen ihrer eigenen Grandezza überzuckert, sie unter Stuckschnörkeln begraben, in fette Sahne getaucht, mit goldenen Litzen und Schleifen behängt (sogar die *Müllmänner* trugen Epauletten!) und schließlich mit diesem Strom – nein, diesem Sturzbach – salbungsvoller Höflichkeiten überspült...

»...falls es Herrn Dr. Hischfeldt jetzt genehm ist, dass ich die Verbindung herstelle, wäre Seine Exzellenz, der Herr Baron, nur zu erfreut...«

Nun, das wäre er *sicher*, dachte Hirschfeldt. Da hatte das Fräulein Recht. Der Baron wäre bestimmt erfreut. Erfreut zu hören, dass er nur ein lästiges Furunkel und keine Syphilis hatte. Dass also keine Notwendigkeit bestand, die nahezu tödliche Dosis Quecksilber zu verabreichen oder die Malariastation aufzusuchen, um sich dort ein Fieber zuzuziehen, das genug Hitze mit sich brachte, die ungleich schwerere Infektion auszumerzen. Mit einigem Glück hatte der Baron der Baronin noch kein törichtes Geständnis gemacht. Der Doktor hatte ihm geraten, sich mit seinem nässenden Glied in seiner Berghütte zu verbergen, bis er, Hirschfeldt, Gelegenheit gehabt hatte, seine Mätresse zu untersuchen.

Die Geliebte des Barons erwies sich als naive junge Frau, deren Leib gesund war und deren Geschichte Hischfeldts taktvollen, aber scharfsinnigen Fragen standhielt. Soeben hatte sie das Sprechzimmer verlassen, die kornblumenblauen Augen rot von ein paar Tränen. Ein paar Tränen gab es immer; bei den Infizierten aus Verzweiflung, bei den Gesunden aus Erleichterung. Dieses Mädchen jedoch hatte geweint, weil es sich gedemütigt gefühlt hatte. Das Laken auf dem Untersuchungstisch zeigte noch den Abdruck ihres schlanken Körpers. Sie war weiß gewesen wie das Tuch und hatte gezittert, als Hirschfeldt sie aufforderte, die Beine zu spreizen. Dies war keine hartgesottene Kurtisane. Hirschfeldt hatte ihre Scham gespürt und sie mit Behutsamkeit behandelt. Manchmal musste man, wenn man in die Intimsphäre einer Patientin eindrang, den Tyrannen spielen, um zur Wahrheit zu gelangen. Aber nicht bei dieser zarten Kreatur, die nur allzu bereitwillig die kurze Geschichte ihrer Liebschaften wiedergegeben hatte. Der erste war ein Literat gewesen, zufällig auch Hirschfeldts Patient und ihm als Mann bekannt, der peinlich über seine physische Gesundheit wachte. Nach einer nicht sehr langen Affäre hatte dieser sie an den Baron weitergereicht.

Hirschfeldt hatte nicht vergessen, sich ihre Anschrift in seinem privaten Adressbuch zu notieren. Vielleicht würde er nach einer Anstandswartezeit, wenn ihm niemand mehr vorwerfen konnte, die Beziehung zwischen Arzt und Patientin zu missbrauchen, ein Treffen arrangieren können. In dieser Stadt war weitaus Schlimmeres möglich.

Endlich trat der rumpelnde, schroffe Bariton des Barons an die Stelle des Zwitscherns der Fräulein und ließ die Leitung vibrieren. Trotzdem wählte Hirschfeldt seine Worte mit Bedacht. Telefonistinnen waren notorische Lauscherinnen.

»Guten Tag, Baron. Ich wollte Ihnen nur bei der ersten sich bietenden Gelegenheit mitteilen, dass die Pflanze, die wir zu identifizieren suchten, höchstwahrscheinlich, fast mit Sicherheit, nicht das gefährliche Unkraut ist, das wir befürchteten.«

Er hörte den Baron am anderen Ende tief ausatmen.

»Vielen Dank, Hirschfeldt. Danke, dass Sie mich so rasch benachrichtigt haben. Ich bin sehr erleichtert.«

»Nicht der Rede wert, Exzellenz. Allerdings bedarf diese Pflanze der Kultivierung« – das Geschwür musste geöffnet werden –, »und darum müssen wir uns kümmern.«

»Ich suche Sie auf, sobald ich wieder in der Stadt bin. Und vielen Dank, wie immer, für Ihre Diskretion.«

Hirschfeldt legte den Hörer auf. Diskretion. Dafür bezahlten sie ihn. All die Aristokraten, deren Glacéhandschuhe den

Ausschlag auf ihren Handflächen verdeckten. All die anständigen Bürger, die so schreckliche Angst vor den in ihren Pantalons pochenden Schankergeschwüren hatten. Er wusste sehr wohl, dass viele von ihnen sich ihren Salon nicht von einem Juden besudeln lassen, ihm noch nicht einmal Gesellschaft bei einem Kaffee leisten würden. Aber sie vertrauten ihm nur zu gern ihre Geschlechtsteile an und weihten ihn in die Geheimnisse ihres Liebeslebens ein. Hirschfeldt hatte als erster in der Stadt mit einem »Sonderwartezimmers« für Patienten mit »intimen Krankheiten« geworben. Doch das war zu der Zeit gewesen, als er sich als Arzt erst noch hatte etablieren müssen. Für sich zu werben brauchte er schon lange nicht mehr.

Diskretion: ein wertvolles Gut in dieser Stadt, Kapitale der Fleischeslust, wo Skandal und Klatsch den Motor der Gesellschaft antrieben. Und es gab so viel zu klatschen. Sechs Jahre war es her, dass der Kronprinz und seine Geliebte sich in dem Jagdschloss von Mayerling umgebracht hatten, und immer noch kursierten neue Gerüchte über die Tragödie, beziehungsweise Farce, je nachdem, wie romantisch oder zynisch der Betracher war. Natürlich hatte die Entschlossenheit der kaiserlichen Familie, die Affäre zu vertuschen, den Klatsch nur noch angeheizt, wie es bei solchen Versuchen immer ist. Die Habsburger hatten vielleicht die Macht, Mary Vetseras Leichnam bei Nacht und Nebel wegschaffen zu lassen, stabilisiert mit einem am Rücken befestigten Besenstiel, um die Tatsache zu verschleiern, dass sie bereits vierzig Stunden tot war. Aber obwohl es ihnen gelang, ihren Namen aus den österreichischen Blättern herauszuhalten, konnten sie nicht verhindern, dass ausländische Zeitungen ihren Weg über die Grenze und bis unter die Sitze von Wiener Fiakern fanden und die Droschkenkutscher sie gegen ein anständiges Salär den gierigen Blicken ihrer Passagiere präsentierten.

Hirschfeldt hatte während seiner Ausbildung beim Hofarzt Kronprinz Rudolf kennen und schätzen gelernt. Sie hatten beide dasselbe Alter und eine ähnlich liberale Gesinnung.

Bei ihren seltenen Begegnungen hatte er gespürt, wie niedergeschlagen der Prinz war, wie frustriert von seiner Rolle, die auf repräsentative Aufgaben beschränkt war. Das war kein Leben für einen erwachsenen Mann, ausgeschlossen zu sein von der Politik des Staates, bei Banketten und Bällen nur als Kleiderpuppe zu dienen und dabei auf eine scheinbar glanzvolle Zukunft zu warten, die sich ihm aber jedes Mal entzog, wenn er sich ihr zu nähern versuchte. Und trotzdem konnte Hischfeldt ihm den lächerlichen Selbstmordpakt nicht verzeihen. Was hatte Dante über den Papst geschrieben, der auf sein Amt verzichtete, um ein kontemplativer Mensch zu werden, und doch zu einer Existenz in einem der untersten Kreise der Hölle verdammt war? Dass er dafür bestraft wurde, einer großartigen Gelegenheit, Gutes auf der Welt zu bewirken, den Rücken gekehrt zu haben... Und seit dem schockierenden Tod des Prinzen hatte in Wien ein kaum wahrnehmbarer Niedergang stattgefunden – ein Niedergang eher moralischer als materieller Art. Da in der Hofburg jetzt der strenge Blick fehlte, der sie zum Schweigen brachte, wurden die Judenfresser von Jahr zu Jahr lauter.

Wer hätte gedacht, dass ein einziger Selbstmord – beziehungsweise ein Doppelselbstmord – eine ganze Stadt dermaßen verdrießen konnte? Wien schätzte seine Selbstmörder, besonders wenn sie dramatisch auftraten, mit Verve – wie die junge Frau, die sich im vollen Brautstaat vom fahrenden Zug gestürzt hatte, oder den Zirkusartisten, der mitten in seiner Vorführung seinen Stab weggeworfen hatte und vom Hochseil in den Tod gesprungen war. Die Zuschauer hatten applaudiert, weil sein Sprung so schwungvoll gewesen war, dass sie glaubten, er gehöre zu seinem Auftritt. Erst als sich das Blut unter seinem zerschmetterten Körper zu sammeln begann, wurden aus den Jubelrufen Schreie des Entsetzens, und die Frauen wandten sich ab, als ihnen klar wurde, dass dieser Mann die Selbstmordrate, die bereits die höchste in Europa war, soeben um die Zahl eins erhöht hatte.

Suizid und Geschlechtskrankheiten. Zwei sehr häufige Todesursachen bei den Wienern, von der höheren Gesellschaft bis zu den unteren Klassen.

Hirschfeldt beendete seine Notizen zum Fall des Barons, rief seine Sekretärin und wies sie an, den nächsten Patienten hereinzuschicken. Er warf einen Blick auf seinen Terminkalender. Ach ja. Herr Mittl, der Buchbinder. Armer Kerl.

»Herr Doktor, Hauptmann Hirschfeldt möchte Sie gern sprechen. Soll ich ihn als Ersten hereinbitten?«

Hirschfeldt stieß einen fast unhörbaren Seufzer der Verärgerung aus. Warum belästigte David ihn in der Praxis? Er hoffte nur, dass sein egozentrischer Bruder genug Takt besaß, um sich vom Sonderwartezimmer fernzuhalten. Herr Mittl war ein nervöser, höchst korrekter kleiner Mann, der für einen Moment der Unbedachtheit in seiner weit zurückliegenden Jugend einen hohen Preis zahlte. Er war tief beschämt über seinen Zustand und hatte daher gezögert, in den frühen Stadien seiner Krankheit, als vielleicht noch Hoffnung bestanden hätte, um Behandlung nachzusuchen. Die Begegnung mit einem Offizier der Hoch- und Deutschmeister würde ihn besonders demütigen.

»Nein, richten Sie dem Hauptmann meine Grüße aus, aber bitten Sie ihn zu warten. Herr Mittl hat sich so um diesen Termin bemüht. Er muss Vorrang haben.«

»Gut, Herr Doktor, aber ...«

»Aber was?« Hirschfeldt fuhr mit dem Finger unter seinem Kragen entlang, der noch steifer gestärkt war als sonst.

»Er blutet.«

»Ach du meine Güte. Bringen Sie ihn herein.«

Wie typisch, dachte er, als sein Halbbruder, einige Zentimeter größer und ganze dreizehn Jahre jünger als er, ins Sprechzimmer stolziert kam, ein Stück rot gefleckte Seide an sein wohlgeformtes Kinn gedrückt. Zwischen den blonden Haaren seines breiten Schnurrbarts glitzerten kleine rubinrote Blutperlen.

»David, was in Gottes Namen hast du jetzt angestellt? Schon wieder ein Duell? Du bist doch kein Jüngling mehr. Wieso um alles in der Welt kannst du nicht lernen, dein Temperament zu zügeln? Wer war es diesmal?«

Hirschfeldt war hinter seinem Schreibtisch hervorgetreten, um seinen Bruder zum Untersuchungstisch zu geleiten. Dann fiel ihm ein, dass die Krankenschwester das Laken noch nicht gewechselt hatte. Um auf Nummer sicher zu gehen, führte er ihn zu einem Sessel am Fenster und hob dann vorsichtig die durchtränkte Seide – eine schöne Krawatte, ruiniert – von der Wunde.

»David«, sagte er tadelnd und strich mit dem Finger über einen schmalen weißen Wulst über der rechten Augenbraue seines Bruders. »Eine Duellnarbe ist wohl verzeihlich, in *deinen* Kreisen vielleicht sogar wünschenswert. Aber zwei! Zwei sind eindeutig zu viel.« Er tupfte Alkohol auf die frische Wunde, und sein Bruder zuckte zusammen. Zweifellos würde auch hier eine Narbe bleiben. Der Schnitt des Rapiers war kurz, aber recht tief. Hirschfeldt schätzte, er würde ohne Naht verheilen können, wenn die Wunde geklammert und fest verbunden wurde. Doch würde sein eitler Bruder den Verband nicht abnehmen? Wahrscheinlich. Er drehte sich nach Nähmaterial um.

»Erzählst du mir, wer es war?«

»Niemand, den du kennst.«

»Ach ja? Du wärst überrascht, wen ich alles kenne. Die Syphilis macht auch vor hohen Rängen nicht Halt.«

»Es war kein Offizier.«

Hirschfeldt hielt inne, die glänzende Spitze der Nadel über dem Fleisch seines Bruders, dann drehte er Davids Kopf zu sich um. Zwei schläfrige Augen vom selben Dunkelblau wie die gut sitzende Jacke des jungen Hauptmanns erwiderten unbekümmert seinen Blick.

»Ein Zivilist, David? Du gehst zu weit. Das könnte verhängnisvoll sein.«

»Das glaube ich nicht. Ich konnte mich auf keinen Fall damit abfinden, wie er meinen Namen aussprach.«

»Deinen Namen?«

»Ach komm schon, Franz. Du weißt genau, wie manche Leute jüdische Namen aussprechen. Wie sie aus jeder Silbe einen ganzen Einakter voller Hohn machen.«

»David, du bist überempfindlich. Überall siehst du Geringschätzung.«

»Du warst nicht dabei, Franz. Du kannst dir in dieser Angelegenheit kein Urteil über mich anmaßen.«

»Nein, diesmal war ich nicht dabei. Aber ich habe das alles schon miterlebt.«

»Nun gut, selbst wenn ich überempfindlich war, selbst wenn ich mich bei dem Namen getäuscht habe, was dann folgte, bewies, dass ich Recht hatte. Als ich ihn forderte, erklärte er, ich sei als Jude nicht in der Position, Genugtuung zu verlangen.«

»Was meinte er denn damit?«

»Er bezog sich natürlich auf das Manifest von Waidhofen.«

»Das was?«

»Mein Gott, Franz. Manchmal frage ich mich, in welcher Stadt du lebst. Das Waidhofener Manifest ist seit Wochen Gesprächsthema in jedem Wiener Kaffeehaus. Es ist die schändliche Reaktion der Deutschnationalen auf die Tatsache, dass sehr viele Juden sowohl an der Universität als auch im Offizierskorps tüchtige und gefährliche Fechter geworden sind. Es blieb ihnen ja auch nichts anderes übrig, allein schon, um sich gegen die zunehmenden Provokationen zu wehren. Jedenfalls proklamiert das Manifest, ein Jude sei von seiner Geburt an ohne Ehre, weil er nicht zwischen Schmutzigem und Sauberem unterscheiden könne. Er sei ethisch minderwertig und unehrenhaft. Daher sei es unmöglich, einen Juden zu beleidigen, und daraus folgt, dass ein Jude keine Satisfaktion für eine Beleidigung fordern kann.«

Franz stieß einen langen Seufzer aus. »Gott im Himmel.«

»Verstehst du jetzt?« David lachte und zog dann eine Grimasse, als der Muskel in seiner aufgeschlitzten Wange protestierte. »Sogar du, mein vernünftiger älterer Bruder, wärst vielleicht mit dem Skalpell auf den Burschen losgegangen.«

Ironischerweise war David Hirschfeldt im Gegensatz zu

141

Franz gar kein Jude. Ein, zwei Jahre, nachdem Franz' Mutter an Schwindsucht gestorben war, hatte sein Vater sich in eine bayrische Katholikin verliebt. Um sie zu gewinnen, war er zu ihrem Glauben übergetreten. Ihr Sohn David war mit dem Duft von sonntäglichem Weihrauch und frisch geschlagenen Weihnachtsbäumen aufgewachsen. Das einzig Jüdische an dem blonden, blauäugigen Halbbayern und aufsteigenden Stern des Wiener Hausregiments war sein Name.

»Da gibt es noch was.«

»Was denn?«

»Es geht das Gerücht, dass ich aus der Silesia rausfliege.«

»David! Das können sie doch nicht machen. Du bist ihr Meister seit dem Gymnasium. Liegt es an diesem neuesten ... Abenteuer?«

»Nein, natürlich nicht. Jeder in der Silesia hat schon an einem illegalen Duell teilgenommen. Aber es scheint, dass das reine Blut meiner bayrischen Mutti nicht mehr genügt, um den verderblichen Einfluss unseres Vaters aufzuwiegen.«

Franz fiel darauf keine Antwort ein. Sein Bruder wäre am Boden zerstört, wenn sein Fechtverein ihn ausschließen würde. Und dem Verein würde es schaden, seinen besten Mitstreiter zu verlieren. Wenn David Recht hatte und nicht bloß überempfindlich war, stand es schlimmer, als er angenommen hatte.

Hirschfeldt war zerstreut, als der letzte Patient des Tages hereingeführt wurde. »Es tut mir sehr leid, dass ich Sie habe warten lassen, Herr Mittl, aber es gab einen Notfall ...« Erst jetzt schaute er auf und bemerkte Mittls Gang. Sofort weckte die schlechte Verfassung des Mannes seine volle Aufmerksamkeit. Mittl schleppte sich auf steifen, weit gespreizten Beinen bis zum Untersuchungstisch, wo er stehen blieb und nervös seinen Hut in den Händen drehte. Sein Gesicht, ein schmales Gesicht, war immer eingefallen und grau. Sein Hemd wies einen Fleck auf, was ungewöhnlich war; Hirschfeldt entsann sich, dass Mittl stets auf ein gepflegtes Äußeres achtete, und sagte sanft: »Bitte setzen Sie sich doch, Herr Mittl, und erzählen Sie mir, wie es Ihnen geht.«

»Danke, Herr Doktor.« Vorsichtig ließ sich Mittl auf dem Tisch nieder. »Mir geht es gar nicht gut.«

Hirschfeldt führte seine Untersuchung durch, obwohl er schon wusste, was er finden würde: die an den Gelenken tastbaren gummösen Tumore, das schwindende Augenlicht, die Muskelschwäche.

»Können Sie denn noch arbeiten, Herr Mittl? Das muss Ihnen doch schwerfallen.«

In den Augen des Mannes blitzte Furcht auf. »O ja. Ich muss arbeiten. Muss arbeiten. Keine andere Wahl. Wenn sie auch gegen mich konspirieren. Sie teilen die lukrativen Aufträge unter ihresgleichen auf, und ich kriege den Abfall...« Plötzlich hielt Mittl inne und schlug sich eine Hand vor den Mund. »Ich habe ganz vergessen, dass Sie...«

Hirschfeldt unterbrach ihn, um ihnen beiden Peinlichkeiten zu ersparen. »Wie schaffen Sie denn bei Ihrem schlechten Sehvermögen die Feinarbeit?«

»Meine Tochter hilft mir beim Nähen. Die einzige, der ich trauen kann. Die anderen Lehrlinge haben sich alle gegen mich verbündet und stehlen mir noch den letzten Leinenfaden.«

Hirschfeldt seufzte. Verfolgungswahn gehörte ebenso zu den Symptomen des dritten Stadiums wie die körperlichen Beeinträchtigungen. Er wunderte sich, dass Mittl mit seiner Behinderung überhaupt noch Aufträge bekam. Der Mann musste eine sehr loyale Klientel haben.

Plötzlich fixierte Mittl ihn mit klarem Blick. Seine Stimme hatte wieder ihre normale Tonhöhe. »Ich glaube, ich verliere den Verstand. Können Sie denn nichts für mich tun?«

Hirschfeldt wandte sich ab und trat ans Fenster. Wie viel durfte er ihm sagen? Was konnte er Mittl zumuten? Es widerstrebte ihm, Patienten, die das volle Risiko und die sehr unsicheren Genesungschancen womöglich nicht richtig einschätzen konnten, über experimentelle Verfahren zu informieren. Andererseits waren diese Therapien so drastisch, dass sie ohnehin nur an jemandem anzuwenden waren, der sich im Spätstadium befand. Nichts zu unternehmen hieße, den armen Mittl zu einem jämmerlichen Siechtum zu verurteilen, an dessen Ende der Tod stand.

»Es *gibt* etwas«, sagte Hirschfeldt schließlich. »Ein Berliner Kollege von mir forscht daran. Die Resultate sind viel versprechend, aber die Behandlung ist aufwendig, schmerzhaft und, wie ich fürchte, sehr kostspielig. Sie erfordert vierzig Injektionen im Laufe eines Jahres. Das Mittel, das mein Kollege entwickelt hat, basiert auf Arsen und ist hochgiftig. Er geht davon aus, dass das Präparat die erkrankten Teile des Körpers mehr schädigt als die gesunden, die sich dann mit der Zeit wieder erholen. Die Nebenwirkungen können allerdings gravierend sein. Schmerzen im Bereich der Einstichstelle sind sehr häufig, überdies Verdauungsstörungen. Aber mein Kollege hat einige Erfolge verzeichnet. Er meint sogar, Heilung sei möglich, doch ich glaube, es ist noch zu früh für solche Behauptungen.«

Mittls umwölkter Blick war aufmerksam geworden. »Sie sagten ›kostspielig‹, Herr Doktor. Wie kostspielig?«

Hirschfeldt seufzte und nannte den Betrag. Mittl vergrub den Kopf in seinen Händen. »So viel habe ich nicht.« Und dann fing der Mann zu Hirschfeldts größter Verlegenheit an zu schluchzen wie ein Kind.

Hirschfeldt mochte es nicht, wenn der letzte Patient des Tages ein hoffnungsloser Fall war. In dieser Stimmung war er nicht gern, wenn er seine Praxis verließ. Er hatte vorgehabt, seine Geliebte zu besuchen, doch als er eben in ihre Straße einbiegen wollte, zögerte er und ging weiter geradeaus. Es lag nicht nur an Mittl. Zehn Monate waren es jetzt; Rosalinds breithüftige üppige Schönheit begann ihn zu langweilen. Vielleicht war es Zeit, sich woanders umzuschauen... ungebeten stieg das Bild des schlanken, zitternden Mädchen mit den kornblumenblauen Augen vor ihm auf. Er fragte sich beiläufig, wie lange es dauern mochte, bis der Baron genug von ihr hatte. Nicht allzu lange, hoffte er.

Es war ein herrlicher Spätsommerabend, an dem die Strahlen der tief stehenden Sonne die kalten, nackten Gipsfiguren wärmten, die sich auf den Simsen einiger pompöser neuer Wohngebäude tummelten. Wer wohl solche Häuser kaufte? Die neue Klasse der Industriellen vielleicht, die sich physische Nähe zur Hofburg erträumte. Die einzige Nähe, auf die sie hoffen konnte. All ihr Reichtum würde sie nie auf das gesellschaftliche Niveau der Aristokratie heben.

Die Wärme hatte alle möglichen Menschen ins Freie gelockt. Hirschfeldt erfreute sich an ihrer Vielfalt. Da war eine Familie, die Frau verschleiert, der Mann mit Fez, die wahrscheinlich bis aus Bosnien angereist war, um das Zentrum des Reichs zu sehen, unter dessen Schutz ihre Gebiete standen. Da war eine böhmische Zigeunerin, deren mit Glitzersteinchen besetzter Rocksaum im Rhythmus ihres wiegenden Gangs klimperte. Und ein ukrainischer Bauer mit einem rotwangigen Jungen, der auf seinen Schultern ritt. Wenn die Deutschnationalen diesen Staat von fremden Einflüssen säubern wollten, mussten sie eine Menge weitaus offensichtlichere Exoten beseitigen, ehe sie sich den Juden zuwandten, ganz zu schweigen von einem total angepassten Bürger wie seinem Bruder David. Trotzdem setzte ihm eine leise innere Stimme zu. Die Bosnier und die Ukrainer spielten keine herausragende Rolle in Kunst, Industrie und Finanzwesen. Ein paar schillernde Figuren, Touristen – vielleicht fanden die Deutschnationalen sogar Gefallen an ihnen, pittoreske Elemente in der Landschaft der Städte. Was ihnen ganz sicher *nicht* gefiel, war die Präsenz der Juden in allen gesellschaftlichen Bereichen, die den Österreichern wichtig waren, heutzutage sogar in den Offiziersrängen der Armee.

Hirschfeldt hatte zugeschaut, wie die Linden- und Platanenschösslinge auf den Promenaden der Ringstraße Wurzeln schlugen. Jetzt waren sie schon so gewachsen, dass sie schmale Schattenstreifen auf den Weg warfen. Eines Tages würden sie ihn ganz beschatten. Seine Kinder würden das vielleicht erleben…

Ja, zu seinen Kindern wollte er, nach Hause, das war das Richtige. Er würde seiner Frau vorschlagen, mit der Familie einen Spaziergang in den Prater zu machen. Er würde mit ihr über David sprechen; sie würde seine Sorgen verstehen. Doch seine Frau war nicht daheim, ebenso wenig die Kinder. Frau Hirschfeldt sei zu Besuch bei den Hertzls, sagte das Dienstmädchen. Und die Kinderschwester hatte die Kleinen zu einem Ausflug in den Park mitgenommen. Franz fühlte sich ausgeschlossen, obwohl er wusste, wie unangemessen das war, denn er selbst behauptete sehr oft, um diese Zeit noch in der Praxis aufgehalten zu werden. Trotzdem, er wünschte sich die Gesellschaft seiner Frau und war gewohnt zu bekommen, was er sich wünschte. Was fand sie überhaupt an dieser faden Frau Hertzl? Und was fand Hertzl eigentlich an ihr? Doch schon als sich diese Frage in seinem Kopf formte, kannte Franz die Antwort.

Frau Hertzls blonde Schönheit und ihre frivol lackierten Fingernägel waren der perfekte Kontrast zu Theodors dunkler, rabbinerhafter Würde. Mit seiner Julie am Arm wirkte er weniger jüdisch, und Franz war klar, dass dies für seinen gelehrten Freund immer wichtiger wurde. Aber die Frau hatte so wenig zu sagen. Ihr ganzes Dasein schien sich um Mode zu drehen. Seine eigene nachdenkliche, gebildete Frau konnte sie doch kaum gewinnend finden. Dass Anna ihre Zeit mit einer so überflüssigen Freundschaft vergeudete, war ihm ein Ärgernis. Er ging in sein Schlafzimmer, warf das Hemd mit dem lästigen Kragen ab und zog eine Hausjacke über. Besser. Er wiegte den Kopf von links nach rechts, um die Spannung in seinem Hals zu lösen. Dann trat er in den Salon, ließ sich ein Glas Kognak kommen und versteckte sich hinter den großen Seiten seiner Tageszeitung.

Anna bemerkte ihn nicht, als sie zur Wohnungstür hereinkam. Ihr Kopf war gesenkt, während sie sich die Hutnadeln aus dem Haar zog. Als sie ihren breitkrempigen Strohhut abnahm, wandte sie sich dem Spiegel im Flur zu. Franz sah ihr Gesicht darin reflektiert. Sie lächelte über einen Scherz, den nur sie kannte, und griff nach den dicken Strähnen, die sich aus ihrer Frisur gelöst hatten. Franz stellte lautlos sein Glas ab, trat hinter sie, nahm eine der Locken in die Hand und strich ihr über den Nacken. Seine Frau erschauerte überrascht.

»Franz! Du hast mich erschreckt«, protestierte sie. Als sie sich zu ihm umdrehte, war ihr Gesicht gerötet. Doch das allein hätte noch nicht gereicht, um Hirschfeldt mit einem plötzlichen, unwillkommenen Stich der Erkenntnis zu durchbohren. Ehe sie sich umwandte, hatte er bemerkt, dass einer der winzigen, mit Musselin überzogenen Knöpfe auf der Rückseite ihres Kleides im falschen Knopfloch steckte. Ihr Mädchen, das sehr genau war in diesen Dingen, hätte so etwas nie zugelassen. Das hier war ein winziger verräterischer Beweis für einen sehr großen Verrat.

Hirschfeldt nahm das Gesicht seiner Frau zwischen seine Hände und starrte sie an. Bildete er es sich ein, oder waren ihre Lippen wirklich weicher als sonst, ein wenig geschwollen? Plötzlich mochte er sie nicht mehr berühren. Er ließ sie los und rieb sich die Hände an seinen Hosennähten, als wollte er sie sauber wischen.

»Ist es Hertzl?«, zischte er.

»Hertzl?« Forschend wanderte ihr Blick über sein Gesicht. »Ja, Franz, ich wollte zu Frau Hertzl, aber sie war nicht zu Hause, deshalb …«

»Lass es. Gib dir keine Mühe, mich zu belügen. Ich verbringe mein ganzes Leben mit den sexuell Leichtsinnigen, den Schürzenjägern und ihren Dirnen.« Er strich ihr mit dem Daumen so fest über die Lippen, dass sie an ihre Zähne gequetscht wurden. »Du bist geküsst worden.« Er griff hinter sie und zerrte heftig an dem Musselin, sodass die Knöpfe in den feinen Stoffschlaufen abrissen. »Du bist entkleidet worden.« Er beugte sich dicht zu ihr. »Jemand hat dich genommen.«

Zitternd trat sie einen Schritt zurück.

»Ich frage dich noch einmal: War es Hertzl?«

Tränen stiegen ihr in die Augen. »Nein«, wisperte sie. »Nicht Hertzl. Niemand, den du kennst.«

Er stellte fest, dass er wiederholte, was er vor wenigen Stunden zu seinem Bruder gesagt hatte: »Du wärst überrascht, wen ich alles kenne.« Sein Kopf war voller Bilder: der von Geschwüren vernarbte Penis des Barons, der gelbe Schleim, der aus den zerfressenen Schamlippen eines Mädchen sickerte, die gummösen Tumore, die an dem armen dementen Mittl fraßen. Er konnte nicht mehr atmen. Er brauchte Luft. Er wandte sich von seiner Frau ab, ging zur Tür hinaus und knallte sie hinter sich zu.

Rosalind, die heute Abend nicht mehr mit einem Besuch Hirschfeldts rechnete, kleidete sich eben für ein Konzert an. Im Behrensdorf-Quartett spielte ein stattlicher zweiter Geiger, der sie gestern während eines privaten Solovortrags die ganze Zeit über seinen Bogen hinweg angestarrt hatte. Nach seinem Auftritt war er zu ihr getreten und hatte sie darauf hingewiesen, dass er heute im Musikverein spielen werde. Sie hatte sich eben Parfüm hinter die Ohren getupft und überlegte, ob sie der zarten zitronengelben Seide ihres Mieders eine kleine Saphirbrosche anvertrauen sollte, als ihr Hirschfeldt angekündigt wurde. Sie verspürte einen winzigen Stich der Verärgerung. Warum hatte er nicht zur üblichen Zeit vorbeigeschaut? Er platzte in ihr Boudoir, merkwürdigerweise in seiner Hausjacke und mit einem seltsamen Gesichtsausdruck.

»Franz! Wie sonderbar! Sag nicht, dass du die auf der Straße getragen hast!«

Er antwortete nicht, sondern öffnete nur mit ungeduldigen Fingern den Schnürverschluss seiner Jacke und warf sie aufs Bett. Dann trat er zu ihr, ließ den Träger ihres Oberteils von ihrer Schulter rutschen und begann sie mit einem Ungestüm zu küssen, das er seit Monaten nicht gezeigt hatte.

Rosalind unterwarf sich eher der wenig zärtlichen Paarung, die nun folgte, als dass sie sie genoss. Hinterher stützte sie sich auf einen Ellbogen und schaute ihn an. »Möchtest du mir sagen, was los ist?«

»Eigentlich nicht.«

Sie wartete einen Moment, doch als er nichts weiter verlauten ließ, stand sie auf, hob ihr Kleid vom Boden auf und fing wieder an, sich für den Musikverein zurechtzumachen. Wenn sie sich beeilte, konnte sie vor der ersten Pause dort sein.

»Du gehst aus?« Er klang gekränkt.

»Ja, wenn du mit einem Gesicht wie ein Stein da liegen bleibst, gehe ich ganz bestimmt aus.« Sie wandte sich zu ihm, jetzt selbst verärgert. »Franz, ist dir klar, dass es einen Monat her ist, seit du mich das letzte Mal ausgeführt, mir ein Präsent gemacht, mich zum Lachen gebracht hast? Vielleicht wäre es Zeit für Ferien, eine Kur in Baden würde mir womöglich gut tun.«

»Rosalind, bitte. Nicht jetzt.« Er ärgerte sich, denn er hätte derjenige sein müssen, der die Affäre beendete, nicht sie.

Sie griff nach der Brosche. Die Saphire sahen gut aus auf dem Zitronengelb und lenkten die Aufmerksamkeit auf ihre lebhaften Augen. Sie stach die Nadel in den zarten Stoff. »Dann, mein Freund, solltest du mir besser einen Grund geben zu bleiben.«

Damit stand sie auf, warf sich eine leichte Stola über die sahneweißen Schultern und verließ den Raum.

Im zunehmenden Dunkel des frühen Abends klammerte sich Florian Mittl Halt suchend an den schlanken Stamm einer Linde, während sich aus der Synagoge ein Strom von pelzbemützten Chassiden ergoss und die Straße mit jiddischem Kauderwelsch erfüllte. Sein Gang war zu unsicher, als dass er es hätte riskieren können, gegen die Flut anzukommen. Er musste warten, bis sie vorüber war. In seiner oberösterreichischen Heimatstadt waren es die Juden, die einem Christen Platz machten, dort hätten sie ihn vorangehen lassen. Wien war zu liberal, kein Zweifel. Hier war es diesen Juden erlaubt worden zu vergessen, welche Stellung sie einnahmen. Und warum waren es so entsetzlich viele? Heute war nicht Sonnabend, also musste es wohl irgendein jüdischer Feiertag sein, der sie so zahlreich und so merkwürdig herausgeputzt zusammenführte.

Vielleicht war es ja genau der Tag, dessen in dem Buch gedacht wurde, das man ihm zur Neubindung geschickt hatte. Er wusste es nicht. Es war ihm auch egal. Er war froh, Arbeit zu haben, auch wenn es sich um ein jüdisches Buch handelte. Typisch, dass sie ihm ein *jüdisches* Buch überlassen hatten, bestimmt für ein obskures Provinzmuseum. Er, dem man früher die Juwelen der kaiserlichen Sammlung, die herrlichsten Psalter, die schönsten Stundenbücher anvertraut hatte… Nun, es war Monate her, seit das Museum ihm überhaupt etwas hatte zukommen lassen, also hatte es keinen Sinn, der Vergangenheit nachzutrauern. Er würde sein Bestes tun. Er hatte bereits mit den Deckeln für den neuen Einband begonnen, sie samt Rillen für die Schließen zugeschnitten. Die Handschrift musste diesen Schließen nach zu urteilen einst einen prachtvollen Einband gehabt haben. Sie waren so fein gearbeitet, als stammten sie aus der kaiserlichen Sammlung. Schon vor vierhundert Jahren war irgendein Jude also sehr reich gewesen. Die hatten immer gewusst, wie sie zu Geld kamen. Warum nicht er? Den Einband so schön gestalten wie den ursprünglichen, danach musste er streben. Den Museumsdirektor beeindrucken. Beweisen, dass er noch nicht zum alten Eisen gehörte, um sich weitere Aufträge zu sichern. Er musste mehr Aufträge bekommen. Geld für das Heilmittel des jüdischen Arztes zusammenkratzen. Natürlich hatte der Arzt bestimmt gelogen, was die Kosten betraf. Einem anderen Juden würde er keinen solchen Wucherbetrag abverlangen. Darauf hätte Mittl gewettet. Blutsauger, sie alle, die sich am Leiden der Christen mästeten.

Verbittert, voller Angst und Schmerzen bahnte sich Mittl seinen Weg die Straße entlang, den Moment fürchtend, in dem er auf den Platz einbiegen musste. Die freie Fläche hätte ebenso gut die Wüste Sahara sein können, so schwer fiel es ihm, sie zu überqueren. Er hielt sich eng an ihre Peripherie, drückte sich an die Mauern der Gebäude, dankbar für Zäune und Gitter, an die er sich klammern konnte, damit ihn keine plötzliche Bö umwarf. Endlich erreichte er das Haus, in dem er wohnte. Er mühte sich mit der schweren Tür und lehnte sich dann erschöpft an die Pfosten des Geländers am Fuße der Treppe, wo er sich eine ganze Weile ausruhte, bis er genug Atem und Willenskraft für den Aufstieg gesammelt hatte. Die steilen Stufen ängstigten ihn. Er sah sich schon tot unten liegen, den Kopf zerschmettert, ein gebrochenes Bein, grotesk unter sich verdreht. Er packte das Geländer und zog sich Hand über Hand hinauf wie ein Alpinist.

Die Wohnung war dunkel und stank. In die üblichen Gerüche nach Leder und Leim mischte sich das ranzige Aroma von ungewaschenen Kleidern und verdorbenem Fleisch. Er zündete eine Gaslampe an – die einzige, die er sich leisten konnte – und wickelte die Scheibe Hammelfleisch aus, die ihm seine Tochter vor, nun ja, bereits mehreren Tagen dagelassen hatte. Warum vernachlässigte ihn das Mädchen so? Sie war alles, was er hatte, seit ihre Mutter … seit Lise …

Beim Gedanken an seine Frau überkamen ihn Schuldgefühle. Was für ein Hochzeitsgeschenk er ihr gemacht hatte! Ob seine Tochter davon wusste? Er ertrüge es nicht, wenn sie die Wahrheit kennen würde. Aber vielleicht war sie ja deswegen so abweisend geworden und half ihm nur, so weit es die schiere Pflicht erforderte. Wahrscheinlich widerte er sie an. Jedenfalls widerte er sich selbst an. Er war wie das Fleisch. Verfault. Von innen her faulend. Das Hammelfleisch war grünlich angelaufen und fühlte sich glitschig an. Er aß es trotzdem. Es gab sonst nichts.

Er hatte vorgehabt, sich wieder an die Arbeit zu machen, deshalb wischte er sich jetzt die Hände mit einem Lappen ab und wandte sich seinem Arbeitstisch zu, wo das Buch in seinem beschädigten Einband auf ihn wartete. Jahre, Jahrhunderte war es her, dass jemand ihn repariert hatte. Eine Chance für ihn, seine Geschicklichkeit zu zeigen. Es schnell zu erledigen, sie zu beeindrucken, sodass sie ihm weitere Aufträge zukommen ließen. Sie zu verblüffen. Das musste er schaffen. Aber das Licht war so schlecht, und die Schmerzen wanderten ohne Unterlass seine Arme auf und ab. Er setzte sich, zog die Lampe nahe zu sich heran, griff nach dem Messer und legte es dann wieder hin. Wie sollte er eigentlich anfangen, was als erstes tun? Die Deckel entfernen? Die Bogen voneinander lösen? Den Leim zubereiten? Er hatte Hunderte von Büchern neu gebunden – kostbare, seltene Exemplare. Doch auf einmal konnte er sich nicht mehr an die Abfolge der Schritte erinnern, die für ihn bisher so selbstverständlich wie das Atmen gewesen war.

Er vergrub sein Gesicht in den Händen. Gestern war ihm nicht mehr eingefallen, wie man Tee zubereitet. So etwas Einfaches, das er, ohne nachzudenken, an den meisten Tagen seines Lebens mehrmals gemacht hatte. Aber gestern war es zur Bedrohung geworden wie die beängstigende Treppe, zu viele Stufen. Er hatte die Teeblätter in die Tasse gegeben und den Zucker in die Kanne und sich mit dem Wasser verbrüht.

Wenn er den Judendoktor nur überreden könnte, ihm das Heilmittel zu verabreichen! Er musste retten, was von seinem Verstand, was von ihm selbst übrig war. Es musste doch noch etwas anderes geben als Geld, das er, Mittl, ihm anbieten konnte. Nein. Nichts. Juden waren nur an Geld interessiert. Vielleicht gab es etwas, das er verkaufen konnte. Den Ehering seiner Frau. Aber den hatte seine Tochter; er konnte ihn wohl kaum zurückverlangen. Er wäre sowieso nur ein Tropfen auf den heißen Stein. Kein besonders wertvoller Ring. Sie hätte etwas Besseres verdient gehabt, die arme Lise. Arme, tote Lise.

Wie konnte er nachdenken, wie arbeiten, wenn diese Sorge ständig an ihm nagte? Vielleicht sollte er sich ein wenig hinlegen, dann würde es ihm besser gehen. Dann würde ihm etwas einfallen, und er konnte weitermachen.

Voll angekleidet erwachte Florian Mittl erst wieder, als das Licht des späten Morgens sich seinen Weg durch die verrußten Fenster bahnte. Blinzelnd lag er da und versuchte, seine Gedanken zu ordnen. Er erinnerte sich an das Buch. Dann fiel ihm das Grauen des gestrigen Abends ein. Wie kam es, dass er sich daran erinnerte, sich *nicht* erinnern zu können, alles andere aber auf einmal so schwer fassbar war? Wie konnten einem Mann die Fähigkeiten eines ganzen Lebens abhanden kommen? Wo blieb dieses Wissen? Seine Gedanken waren wie eine Armee auf dem Rückzug, die dem Feind, seiner Krankheit, immer mehr Territorium abtrat. Nein, kein Rückzug. Jetzt bereits eher eine Flucht. Steif wandte er den Kopf. Ein Sonnenstrahl lag wie ein gelbes Band über dem Arbeitstisch. Er beleuchtete den jämmerlichen, zerschlissenen, unberührten Einband des Buches. Und dann flammte er auf dem frisch polierten Silber der Buchschließen.

Hirschfeldt fastete nicht am Versöhnungstag. Solidarität mit seiner Rasse war *eine* Sache; er war pflichtgemäß in der Synagoge erschienen, hatte denen zugenickt, die es erwarteten, und war im ersten passenden Moment wieder hinausgeschlüpft. Doch ungesunde Ernährung war etwas anderes. Er hielt derartige Bräuche für einen Aberglauben aus einem vergangenen, primitiven Zeitalter. Im Allgemeinen stimmte Anna mit ihm überein. Aber dieses Jahr hatte sie gefastet und schlich jetzt schon den ganzen Tag mit einer an die Schläfe gedrückten Hand durch die Wohnung. Kopfschmerzen aufgrund von Dehydrierung, war Hirschfeldts unausgesprochene Diagnose.

Als es dunkler wurde, kuschelten sich die Kinder auf dem Balkon aneinander und warteten, bis das Leuchten des Abendsterns das Ende des Fastens signalisierte. Sie hatten beide nur die kurze Zeit seit dem Nachmittagstee ohne Nahrung verbracht, liebten aber das Ritual. Mehrmals quiekten sie schon, gaben falschen Alarm, ehe der Verzehr der guten Dinge – Mohnkuchen und süße Hörnchen – auf den üppig beladenen Silbertabletts offiziell erlaubt war.

Hirschfeldt legte ein kleines Stück Torte, Annas Lieblingssorte, auf einen Teller, goss aus dem silbernen Krug kühles Wasser in ein Kristallglas und brachte seiner Frau die Leckereien. Seine Wut war ganz plötzlich verpufft. So plötzlich, dass er selbst überrascht war und sich bewunderte für seine Großmut, seine Reife, seine Kultiviertheit. Er hatte sich gar nicht für solch einen Mann von Welt gehalten. Dass er sie bei seiner Heimkehr am Morgen nach seiner Entdeckung weinend, reuig und bußfertig vorgefunden hatte, hatte sicherlich dazu beigetragen. Aber das Seltsame war, dass die Vorstellung, sie würde von einem anderen begehrt, seine eigene Leidenschaft angefacht hatte. Der erotische Appetit war schon etwas Faszinierendes, dachte er bei sich, als er ihr einen süßen Krümel aus dem Winkel ihres hungrigen Mundes küsste. Diesen Freud, dessen Praxis sich ganz in der Nähe seiner eigenen befand, musste er unbedingt besser kennen lernen. Manche seiner Schriften waren sehr aufschlussreich. Er hatte kaum mehr an die in Baden weilende Rosalind oder das Mädchen mit den kornblumenblauen Augen gedacht.

»Ich weiß nicht, Herr Mittl. Auf diese Art habe ich mich noch nie bezahlen lassen …«

»Bitte, Herr Doktor. Ich habe sie unserer Familienbibel entnommen; Sie sehen doch, wie schön sie sind …«

»Sehr schön, wirklich, Herr Mittl. Ganz entzückend. Nicht, dass ich etwas von Silberschmiedearbeiten verstünde, aber die Details hieran weiß ich wohl zu würdigen … das Werk eines echten Könners … eines Künstlers, in der Tat.«

»Sie sind aus reinem Silber, Herr Doktor, nicht bloß versilbert.«

»Oh, das bezweifle ich nicht, Herr Mittl. Darum geht es nicht. Es ist nur so, dass ich … wir … Juden allgemein, wir haben keine Familienbibeln. Unsere Tora wird in der Synagoge aufbewahrt und ist außerdem eine Schriftrolle …«

Mittl runzelte die Stirn. Am liebsten wäre er damit herausgeplatzt, dass die Schließen von einem jüdischen Buch stammten, doch diese Tatsache konnte er kaum offenbaren, ohne sich als Dieb zu verraten. War es ein Zeichen für seinen Wahnsinn oder für seine Verzweiflung, dass er sich eingeredet hatte, im Museum würde niemand die Schließen vermissen? Falls doch, hatte er beschlossen zu behaupten, er habe sie nie gesehen, um damit den Verdacht auf die ausländischen Gelehrten zu lenken.

Die Verhandlung lief jedoch nicht gut. Mittl wand sich auf

seinem Stuhl. Er war überzeugt davon gewesen, dass sich der Arzt in seiner Habsucht so gierig auf das glänzende Metall stürzen würde wie eine Elster.

»Aber Sie ... die Juden müssen doch auch eine Art ... Gebetbuch haben.«

»Ja, natürlich. Ich zum Beispiel besitze einen Siddur zum Beten, und dann haben wir die Haggadah für Pessach, aber ich glaube wirklich nicht, dass Silberschließen für die beiden das Richtige wären. Die Bücher sind zu gewöhnlich, fürchte ich. Moderne Ausgaben. Man sollte sich wohl mal bessere zulegen. Ich habe oft ...«

Hirschfeldt hielt mitten im Satz inne. Verdammt. Der kleine Mann würde wieder anfangen zu weinen. Die Tränen einer Frau waren eine Sache. An sie war er gewöhnt; sie machten ihm nichts aus. Sie konnten irgendwie sogar reizvoll sein, denn eine Frau tröstete man gerne. Aber Männertränen, vor denen schreckte Hirschfeldt zurück. Der erste Mann, den er richtig hatte weinen sehen, war sein Vater gewesen, in der Nacht, als seine Mutter starb, ein qualvolles Erlebnis. Bis dahin hatte er seinen Vater immer für unerschütterlich gehalten. Deshalb war es für ihn eine Nacht des doppelten Verlusts gewesen. Der unbeherrschte Kummer seines Vaters hatte seine eigenen kindlichen Tränen in einen hysterischen Heulanfall verwandelt. Danach waren sein Vater und er sich nie wieder ganz so begegnet wie früher.

Und das hier war ebenfalls qualvoll. Hirschfeldt hatte sich unbewusst die Hände auf die Ohren gelegt, um das Geräusch auszusperren. Schrecklich. Wie verzweifelt Mittl sein musste, um so zu weinen. So verzweifelt, dass er seine eigene Familienbibel zerstört hatte.

Und dann, ganz unvermittelt, trat Hirschfeldt hinter der Mauer hervor, die Jahre der Ausbildung und Erfahrung errichtet hatten. Er setzte sich der gebrochenen, schluchzenden Gestalt vor ihm ungeschützt aus und ließ sich berühren, nicht als Arzt, der einem Patienten unverfängliche, zweckdienliche Sympathie entgegenbringt, sondern als Mensch, der sich volles Mitgefühl mit dem Leiden eines anderen erlaubt.

»Bitte, Herr Mittl. Das ist doch nicht nötig. Ich werde an Dr. Ehrlich in Berlin schreiben und das Serum für Sie anfordern. Dann können wir Anfang nächster Woche mit der Behandlung beginnen. Ergebnisse kann ich Ihnen nicht versprechen, aber wir können hoffen...«

Florian Mittl schaute auf und nahm das Taschentuch, das der Arzt ihm entgegenstreckte. Hoffen. Das war genug. Das war alles.

»Das werden Sie tun? Wirklich?«

»Ja, Herr Mittl.« Als Hirschfeldt sah, wie sich der Ausdruck auf Mittls schmalem Nagetiergesicht änderte, verspürte er ein noch größeres Aufwallen von Großmut. Er nahm die Schließen in die Hand, stand auf und ging um seinen Schreibtisch herum zu Mittl, der schwer atmend dasaß und sich die Augen rieb. Er wollte ihm die Schließen zurückgeben, ihm sagen, er solle sie wieder dort anbringen, wo sie hingehörten.

Aber dann glänzte das Silber im Licht. Solch entzückende Rosen. Rosalind. Er brauchte ein Abschiedsgeschenk für sie, wenn sie aus Baden zurückkehrte. Man musste eine Affäre mit Stil beginnen und beenden, auch wenn man sich in der Zwischenzeit nicht tadellos betragen hatte. Er musterte die Schließen genauer. Ja, ein geschickter Juwelier – er hatte schon einen im Auge – konnte aus den Rosen ein Paar Ohrringe anfertigen, ein perfektes Paar hübscher Ohrstecker. Rosalind, deren Schönheit von der üppigen, überdeutlichen Art war, zog solch subtile, kleinere Stücke als Schmuck vor.

Was schuldete er der Familienbibel der Mittls schon? Immerhin gab es sie noch, im Gegensatz zu den Bergen von Talmuds und sonstigen jüdischen Büchern, die von Herrn Mittls Kirche jahrhundertelang den Flammen überantwortet worden waren. Was machte es aus, wenn die Schließen fehlten? Ehrlich verlangte einen exorbitanten Betrag für sein Serum. Ohrringe für Rosalind waren nur eine Teilentschädigung für das, was er würde ausgeben müssen. Wieder betrachtete er die Schließen. Er bemerkte, dass die Federn, die die Rosen umschlossen, geschwungen waren wie Flügel. Es wäre schade, wenn man nicht auch für sie Verwendung fände. Womöglich konnte der Juwelier ein zweites Paar Ohrringe daraus machen. Einen Moment sah er vogelzarte Gliedmaßen und kornblumenblaue Augen vor sich...

Nein. Nicht für sie. Noch nicht. Vielleicht nie. Zum ersten Mal seit Jahren verspürte Hirschfeldt kein Verlangen nach einer Mätresse. Er hatte Anna. Schon beim Gedanken an sie und eine starke Hand, die sie berührte, überwältigte ihn Begehren. Er lächelte. Wie passend. Ein Flügelpaar, das in den dunklen Haaren seines gefallenen Engels glänzte.

Hanna

Wien 1996

Meine Hände zitterten, als ich das Gutachten beiseite legte. Wo waren sie, diese Silberschließen, so schön, dass sie einen trockenen alten Klotz wie Martell so bewegt hatten? Und wer hatte diesen Teil seiner Notizen durchgestrichen?

Im Geiste ging ich verschiedene Szenarien durch. Die Schließen hatten sich schon aus dem Einband gelöst, als das Buch eintraf. Sie waren schwarz angelaufen, ihr Wert somit nicht unmittelbar offensichtlich gewesen. Warum hatte die Familie Kohen sie nicht regelmäßig poliert? Vielleicht hatten die Leute nicht gewusst, dass das dunkle Metall Silber war. »Nicht funktionstüchtig«, hatte Martell geschrieben und: »überstrapaziert«, was vermutlich bedeutete, dass sie nicht mehr ineinandergriffen und damit ihrem ursprünglichen Zweck, die Seiten flach zusammenzudrücken, nicht mehr dienten. Auf jeden Fall hatte Martell sie zum Reinigen herausgenommen und dem Buchbinder übergeben, damit dieser sie an dem neuen Einband befestigen konnte. *Falls* er sie ihm übergeben hatte. Vielleicht hatte Martell, dem sie so gut gefielen, sie gestohlen. Doch das konnte nicht sein. Die Deckel hatten Rillen, das hieß, dass der Buchbinder sie zur Befestigung von Schließen vorbereitet hatte. Martell war also nicht der Schurke.

Die Schließen waren an den Buchbinder geliefert worden. Aber vielleicht auch nicht; vielleicht war der Silberschmied mit ihrer Reparatur beauftragt worden. Waren sie danach jemals wieder im Museum aufgetaucht? Das war die nächste Frage. Ich zog die letzte Mappe aus dem Kasten.

161

Es lagen zehn Dokumente darin, alle auf Deutsch. Eins schien eine Rechnung oder Quittung zu sein. Das Gekritzel war fürchterlich, aber es gab eine Unterschrift. Ein Name, darum betet man. Er ist wie der Anfang eines Garnknäuels, der einen durch das Labyrinth führt. Am Rand wies der Zettel Notizen in einer unterschiedlichen, viel besser lesbaren Schrift auf. Die anderen Dokumente waren Korrespondenz zwischen dem Staatsmuseum Wien und dem Landesmuseum von Bosnien. An den Daten sah ich, dass sie sich über mehrere Jahre hingezogen hatte. Es schien um Vereinbarungen für die Rückgabe der Haggadah zu gehen, aber darüber hinaus tappte ich im Dunkeln.

Ich musste Frau Zweig finden. Eigentlich spaziert man nicht mit einem Kasten aus dem Archiv in einem fremden Museum herum, doch ich konnte die Dokumente nicht einfach offen liegen lassen, und ich konnte nicht warten. Als ich mich bis zu ihrem Büro durchgeschlagen hatte, war sie in ein Gespräch mit einem kleinen grauen Mann vertieft – graue Haare, grauer Anzug, sogar sein Schlips war grau. Im Korridor wartete, ganz in Schwarz gekleidet, ein pickliger Jüngling schon darauf, als Nächster vorgelassen zu werden. Frau Zweig wirkte wie ein bunter Papagei, der versehentlich in einen Taubenschlag gesperrt worden war. Als sie mich durch die Glastür erblickte, gab sie mir mit einer Geste zu verstehen, dass sie in wenigen Minuten Zeit für mich haben würde.

Und wirklich fertigte sie den grauen Mann in ziemlicher Eile ab und bat den jungen Herrn in Schwarz, freundlichst zu warten. Wir gingen in ihr Büro.

Ich schloss die Tür. »Oh«, sagte sie. »Ich hoffe, das bedeutet, Sie sind einem *Skandal* auf der Spur! Glauben Sie mir, den haben wir hier nötig!«

»Na ja, ich weiß nicht«, sagte ich, »ich habe festgestellt, dass das Buch silberne Schließen hatte, als es hier eintraf, die allen Quellen nach aber fehlten, als es das Museum wieder verließ.«

Schnell fasste ich zusammen, was ich gelesen hatte, und

reiche ihr dann die deutschen Dokumente. Sie holte eine Lesebrille mit limonengrünem Gestell hervor und setzte sie auf ihre Skischanzennase, gleich oberhalb des Steckers. Die Rechnung stammte, wie ich gehofft hatte, von dem Buchbinder und war mit einem Namen, jedenfalls einem Teil davon, unterzeichnet. »Ein gewisser Mittl. Grässliche Schrift, den Vornamen kann ich nicht entziffern. Aber Mittl… Mittl… den kenne ich irgendwoher. Ich glaube, das Museum hat ihn eine Zeitlang öfter mit Buchbindearbeiten beauftragt. … Mir ist so, als hätte er mit der kaiserlichen Sammlung zu tun gehabt. Das kann ich leicht nachprüfen. Wir haben die ganzen Archivdaten letztes Jahr per Computer erfasst.« Sie wandte sich der Tastatur auf ihrem Schreibtisch zu und tippte drauflos. »Interessant. Florian Mittl – sein Vorname ist Florian – hat hiernach über vierzig Aufträge für das Museum erledigt. Aber wissen Sie, was?« Sie machte eine dramatische Pause, stieß sich von ihrem Computer ab und wirbelte auf ihrem Bürosessel zu mir herum. »Die Haggadah war sein letzter.« Sie schaute wieder auf die Rechnung. »Die Notiz hier am Rand ist interessant. … Dem Ton nach stammt sie von einem Vorgesetzten. Er ordnet an, die Rechnung nicht zu bezahlen, ›bis offene Fragen beantwortet sind‹.«

Sie überflog die anderen Briefe. »Komisch. Das hier ist eine lange Liste von Entschuldigungen dafür, dass die Haggadah nicht zum vereinbarten Termin nach Bosnien zurückgeschickt wurde. Ziemlich fadenscheinige Gründe zumeist… Es scheint, als hätte das Staatsmuseum Zeit schinden wollen für die Rückgabe des Buches und als wären die Bosnier… wie heißt das noch mal? Gepisst?«

»Wir Australier sagen ›angepisst‹.«

»Also, die Bosnier. Sie waren richtig *angepisst.* Zwischen den Zeilen kann man meiner Meinung nach Folgendes rauslesen: Mittl hat die Schließen geklaut oder verloren, und das hat ihn seine Aufträge vom Museum gekostet. Das Museum hat es vertuscht, um die Bosnier nicht zu verärgern. Aber sie mussten sie mit der Rückgabe des Buches so lange wie möglich hinhalten, weil sie hofften, nach einiger Zeit würde es niemandem mehr auffallen, dass an dem neuen Einband die alten, kaputten schwarzen Schließen fehlen.«

»In dem Fall hatten sie Glück«, überlegte ich. »Da ist ihnen der Lauf der Geschichte zu Hilfe gekommen, würde ich sagen. Als das Buch endlich zurückkam, waren alle, die etwas darüber wussten, entweder tot oder anderweitig beschäftigt ...«

»Apropos anderweitig beschäftigt, ich muss mich um diese dämlichen Bewerbungen kümmern ... Wann fahren Sie in die Staaten? Ich finde für Sie was über Mittl, okay?«

»Ja, bitte, das wäre prima.«

»Und heute Abend würde ich Ihnen gern einen Teil von Wien zeigen, wo Sie keine Sachertorte kriegen und garantiert keinen Walzer hören.«

* * *

Dank der nächtlichen Tour mit Frau Zweig, die uns in Sado-Maso-Clubs, Jazzkeller und die Ateliers von Konzeptkünstlern führte (ein Künstler hing nackt und verschnürt wie ein Brathähnchen an der Decke und pinkelte als Höhepunkt des Abends auf jemanden aus dem Publikum), verschlief ich den Flug nach Boston komplett. Verschwendung eines Erste-Klasse-Tickets. Ich hätte ebenso gut wie sonst auch hinten inmitten der großen Viehherde Platz nehmen können.

Ich nahm die Bostoner U-Bahn, schlicht »T« genannt, vom Flughafen Logan zum Harvard Square, denn ich fahre hier sehr ungern mit dem Auto. Der Verkehr bringt mich in Rage, ebenso das absolut unmögliche Verhalten der Autofahrer. Andere Neuengländer bezeichnen die Fahrer in Massachusetts als »Massholes«. Doch es gibt noch einen weiteren Grund für meinen Widerwillen: die Tunnel. Es ist schwierig, sie zu meiden; ständig wird man durch Einbahnstraßen oder Linksabbiegeverbot in ihren gähnenden Schlund gezwungen. Eigentlich habe ich nichts gegen sie. So weit geht meine Feigheit dann doch nicht. Mit dem Sydney-Harbour-Tunnel zum

Beispiel habe ich keinerlei Probleme. Es ist hell da unten, sauber und ordentlich, Vertrauen erweckend. Die Tunnel in Boston dagegen sind richtig unheimlich, sehr schwach beleuchtet und die gekachelten Wände voller Wasserflecken, als sickerte der Boston Harbor langsam durch schadhafte Stellen in dem minderwertigen Beton, zu dessen Kauf irgendwelche irischen Mafiosi die Stadt bewegt haben mögen. Sie erwecken den Eindruck, als würden sie jeden Moment zusammenbrechen, wie in einem Spielberg-Film, und das Letzte, was man hörte, wäre das Rauschen von eiskaltem Wasser. Das ist zu viel für meine Fantasie.

Die »T« ist das älteste U-Bahnsystem der Vereinigten Staaten, und ich vermute, wenn es so lange überdauert hat, muss es wohl von vornherein stabil gebaut worden sein. Der Zug am Flughafen füllte sich nach und nach mit Studenten. Sie alle trugen T-Shirts mit seltsamen Botschaften darauf, anscheinend, um einander Signale zu übermitteln. ICH BIN STOLZ DARAUF, EIN SPINNER ZU SEIN stand auf einem und auf der Rückseite: KURVEN JA, FETT NEIN, auf einem anderen: ES GIBT NUR 10 ARTEN VON MENSCHEN, DIEJENIGEN, DIE DAS BINÄRSYSTEM KAPIEREN, UND DIE, DIE ES NICHT TUN. Beide stiegen am MIT aus.

Manchmal glaube ich, wenn man alle Universitäten und Krankenhäuser aus dem Großraum Boston entfernte, würden nur noch etwa sechs Häuserblocks übrig bleiben. Harvard erstreckt sich zu beiden Seiten des Flusses und geht auf der einen Seite in das Massachusetts Institute of Technology (MIT) und auf der anderen in die Boston University über. Alle drei Unis haben einen riesigen Campus. Dann gibt es noch Brandeis, Tufts und Wellesley sowie ein paar kleinere wie Lesley und Emerson und Dutzende weitere, von denen man kaum je gehört hat. Man kann nicht spucken, ohne einen Promovierten zu treffen. Und wegen eines von ihnen war ich jetzt hier: Der Trillionär und Sammler, der mein Ticket von London bezahlt hatte, war ein Mathegenie vom MIT, Erfinder eines Algorithmus, der eine Art Kippschalter ermöglichte, der mittlerweile in jedem Silikonchip Verwendung fand. Oder etwas Ähnliches. Die Erklärung hatte ich nie so ganz verstanden und mit dem Mann selbst auch nie persönlich gesprochen. Er hatte die Houghton-Bibliothekare angewiesen, mir die Handschrift zu zeigen, die ihn interessierte, und ich war da, als die Bibliothek öffnete, hatte genug Zeit für mein Gutachten und schaffte es pünktlich zu meinem zweiten Termin dieses Vormittags, dem mit meiner Mutter.

Sie hatte zu Hause in Sydney eine knappe Nachricht auf meinem Anrufbeantworter hinterlassen, die mich wissen ließ, ihr einziger freier Moment sei eine kurze Teepause am Morgen meiner Ankunft. Ich konnte regelrecht ihr Gehirn ticken hören: »Vielleicht hört sie ja ihren AB nicht ab, dann komme ich um ein Treffen herum.« Aber ich checkte meine Nachrichten, ehe ich Wien verließ und grinste vor mich hin, als ich ihrer zögernden, zerstreut klingenden Stimme lauschte. »Diesmal gibt's kein Wegbeamen, Scotty«, murmelte ich. »Wir *sehen* uns in Boston.«

Dennoch war es nicht einfach, sie aufzuspüren. Wie die Universitäten waren auch die großen Krankenhäuser in Boston miteinander verbunden – das Mass General, das Brigham and Women's, das Dana Faber – wie eine gigantische Industrieanlage, die der Krankheit geweiht ist. Das Konferenzzentrum befand sich in einem eigenen, speziell für medizinische Massenveranstaltungen errichteten Trakt. Ich musste viermal nach dem Weg fragen, bis ich endlich den Vortragssaal fand, wo sie sein sollte. Ich hatte am Anmeldeschalter ein Programm mitgenommen und gesehen, dass sie einen prominenten Redeplatz hatte, zu einer Zeit, zu der kein anderer sprach. Unbedeutendere Geister mussten mit den Vorträgen anderer Ärzte in anderen Räumen konkurrieren, die Schlusslichter sogar mit einem in einer großen Halle aufgehängten Plakat vorlieb nehmen, auf dem zusammen mit Dutzenden weiterer ihre Forschungsarbeit dargestellt war.

Mums Vortrag trug den bescheidenen Titel: »Riesenaneurysmen – So behandle ich sie«. Ich schlüpfte in die hinterste

Reihe. Sie war auf dem Podium, stilvoll in ein cremeweißes Kaschmirkleid gewandet, das ihre sportliche Figur betonte. Um ihre langen Beine zur Schau zu stellen, ging sie beim Reden hin und her. Fast alle Zuhörer waren nahezu glatzköpfige Männer in dunklen, zerknitterten Anzügen, die sie entweder gebannt und völlig verzückt anstarrten oder wie die Wahnsinnigen in ihre Notizbücher kritzelten, während sie ihnen die Früchte ihrer jüngsten Forschungen darbot, die mit einer neuen, von ihr eingeführten Technik zu tun hatten. Statt den Schädel zu öffnen, schob sie einen Katheter ins Gehirn und schoss kleine Metallspiralen in die Aneurysmen, die sie blockierten und verhinderten, dass sie platzten.

Sie gehörte zu der seltenen Sorte von Ärzten, die immer noch sowohl im Labor als auch im OP tätig waren. Ich persönlich glaube, dass ihr die nüchterne Wissenschaft viel mehr lag als der Umgang mit echten Patienten, die sie nicht so sehr als menschliche Wesen mit Ambitionen und Gefühlen sah, sondern eher als komplexe Ansammlung von Daten und zu lösenden Problemen. Aber sie liebte auch die Großspurigkeit, mit der sie als Spitzenchirurg, als *weiblicher* Spitzenchirurg, auftreten konnte.

»Du glaubst, das gilt mir?«, hatte sie einmal erwidert, als ich sie mehr oder weniger aus einer Laune heraus beschuldigte, es zu genießen, dass im Krankenhaus alle vor ihr krochen. »Das gilt nicht mir. Es gilt jeder Schwester oder Praktikantin, die es sich gefallen lassen muss, herabgewürdigt und gedemütigt zu werden, die in den Hintern gekniffen oder deren Intelligenz angezweifelt wird. Es gilt dir, Hanna. Und allen Frauen deiner Generation, die sich am Arbeitsplatz nicht mehr belästigen und lüstern angrinsen lassen müssen, weil Frauen wie ich gekämpft und überlebt haben. *Ich* leite hier die Show, und das zeige ich auch.«

Ich weiß nicht, wie altruistisch ihre Motive tatsächlich waren, aber ich weiß, dass sie daran glaubte. Auf jeden Fall genoss ich es, sie in einer Umgebung wie dieser Fragen beantworten zu sehen, obwohl ich den Blick von den ekligen schleimigen

Dingern auf dem großen Bildschirm über ihr abwenden musste. Sie hatte sämtliche Daten im Kopf und reagierte auf alle Einwände, die sie für sinnvoll hielt, mit wohlwollender Eloquenz. Aber wehe denjenigen, die etwas Halbgares äußerten oder ihre Schlüsse anzweifelten – die fixierte sie mit ihrem charmanten Lächeln, doch man konnte die Kettensäge schon anspringen hören. Ohne eine Spur von Wut oder Arroganz in der Stimme machte sie Kleinholz aus ihnen. Ich ertrug es nicht, wenn sie sich Studenten gegenüber so verhielt, aber bei diesen Typen war das etwas anderes. Sie sahen sich als ihr ebenbürtig und waren deshalb Freiwild. Meine Mutter wusste eindeutig, wie man die Masse begeistert. Der Applaus am Ende ihres Vortrags klang eher wie der in einer Rock-Arena als wie der Beifall bei einer Medizinertagung.

Ich schlüpfte aus dem Saal, während sie noch klatschten, und wartete auf einer Bank im Flur. Als sie auftauchte, war sie von Bewunderern umringt. Ich stand auf und trat in ihr Blickfeld. Ich hatte vorgehabt, in den Chor der Komplimente über ihre großartige Präsentation einzustimmen, doch als sie mich entdeckte, fiel ihr Gesicht regelrecht in sich zusammen, und mir wurde klar, dass sie tatsächlich gehofft hatte, ich würde es nicht schaffen zu kommen. Es war fast komisch, wie ihre Miene sich veränderte und dann wieder veränderte, als sie ihre Gesichtszüge mit Mühe unter Kontrolle brachte.

»Hanna. Es hat geklappt. Wie schön.« Und dann, während ihre Anhängerschaft sich auflöste: »Aber wie blass du bist, Liebling. Du solltest wirklich versuchen, öfter an die frische Luft zu kommen.«

»Na ja, weißt du, ich, ähm, arbeite …«

»Natürlich, Liebling.« Ihre blauen Augen, raffiniert geschminkt mit dunkelbraunem Lidschatten, wanderten von meinen Stiefeln bis zu meinem Scheitel und wieder zurück. »Das tun wir doch alle, oder? Aber deshalb kann man ja trotzdem ein bisschen Sport treiben. Wenn *ich* die Zeit dafür finde, müsstest *du* das doch auch schaffen. Wie geht es denn deinem neuesten kleinen Fledderlappen? Hast du alle Eselsohren ausgebügelt?«

Ich holte tief Luft und ließ ihr die Frage durchgehen, denn ich mochte sie nicht verärgern, ehe ich hatte, was ich haben wollte. Sie sah auf ihre Armbanduhr. »Tut mir leid, dass ich nicht mehr Zeit habe. Unseren Tee müssen wir in der Cafeteria trinken, fürchte ich. Ich habe einfach *ein* Meeting nach dem anderen, und ich *muss* mich heute Abend beim Empfang blicken lassen. Sie haben einen *nigerianischen* Schriftsteller als Hauptredner eingeladen, Wally Soundso. Nur weil der amtierende Präsident der Neurochirurgischen Gesellschaft aus Nigeria stammt, müssen wir uns hier in Boston, wo es wahrscheinlich ein Dutzend gute Schriftsteller gibt, die zumindest anständiges Englisch sprechen, so einen obskuren Afrikaner anhören.«

»Wole Soyinka hat immerhin den Nobelpreis für Literatur bekommen, Mum. Und in Nigeria wird tatsächlich Englisch gesprochen.«

»Ist ja klar, dass *du* so was weißt.« Sie hatte eine Hand auf meinem Rücken und schob mich bereits den Flur entlang.

»Ich, ähm, wollte dich was fragen. Ich habe ein paar Aufnahmen mitgebracht. Dieser Mann, mit dem ich in Sarajevo zusammengearbeitet habe, der Bibliothekar, dessen Sohn wurde im Krieg angeschossen, es kam zu einer Schwellung … und da dachte ich, du …«

Sie blieb abrupt stehen. Eine Minute schwiegen wir beide.

»Aha. Ich wusste doch, es gibt einen Grund dafür, dass du mich mit deiner Aufmerksamkeit beehrst.«

»Ach, lass den Quatsch, Mum. Siehst du sie dir an oder nicht?«

Sie schnappte sich den Umschlag, den ich in der Hand hielt, und machte kehrt. Wir mussten ungefähr zwei Kilometer Flur entlanggehen bis zu einer Überführung in die medizinische Abteilung. Dort betraten wir den Aufzug. Die Tür schloss sich gerade, als ein älterer Herr im Bademantel auf uns zugewankt kam. Ein Freund von mir hat einen Ausdruck für die halbherzige Geste erfunden, mit der wir die Tür angeblich aufhalten wollen, obwohl wir gar nicht die Absicht haben, nämlich

»fahrhindern«. Die Fahrhinderung meiner Mum war besonders lahm; die Tür ging dem Alten direkt vor der Nase zu. Wir ließen die Etagen schweigend vorbeisausen, und dann wartete ich, während sie einen Praktikanten fragte, wo sie einen Lichtkasten finden könne.

Sie drückte auf einen Schalter, und eine Wand leuchtete blendend weiß auf. *Schnapp, schnapp, schnapp.* Sie knallte die Röntgenbilder vor das Licht und schaute sich dann jedes ungefähr zwei Sekunden lang an.

»Matsch.«

»Was?«

»Der Kleine ist Matsch. Sag deinem Freund, er kann ebenso gut gleich den Stecker rausziehen, dann spart er einiges an Krankenhauskosten.«

Heiß und stechend wallte Zorn in mir auf. Zu meiner großen Betrübnis traten mir auch noch Tränen in die Augen. Ich riss die Aufnahmen vom Lichtkasten. Meine Hände waren ganz schwach vor Wut. Ich schaffte es kaum, die Bilder wieder in den Umschlag zu stecken. »Was ist los mit dir, Mum? Hast du im Unterricht gefehlt, als Benehmen am Krankenbett dran war?«

»O Hanna, um Himmels willen. Im Krankenhaus sterben jeden Tag Menschen. Soll ich jedes Mal losheulen, wenn ich ein Röntgenbild wie dieses sehe?« Sie stieß einen übertriebenen Seufzer aus. »Wärst du Ärztin, würdest du das verstehen.«

Ich war zu erregt, um zu antworten. Ich wandte mich ab, um mir die Augen zu wischen. Sie griff nach mir, drehte mich wieder zu sich um und sah mich forschend an.

»Das darf doch nicht wahr sein«, sagte sie, die Stimme triefend vor Verachtung. »Erzähl mir bloß nicht, dass du dich mit dem Vater dieses Kindes *eingelassen* hast. Mit einem schäbigen Bücherwurm aus einem osteuropäischen *Krisengebiet*. Und sind die in Sarajevo nicht alle Islamisten? Ging es bei den Gefechten nicht darum? Sag *bloß* nicht, du hast dich mit einem Muslim eingelassen! Wirklich, Hanna, ich dachte, ich hätte dich wenigstens so weit zur Feministin erzogen, dass du vor so etwas zurückschreckst.«

»Mich erzogen? Du?« Ich knallte den Umschlag auf den Schreibtisch. »Wann hast *du* mich erzogen, wenn man das Unterschreiben der Schecks für die Haushälterin nicht mitzählt?«

Wenn ich morgens aufgewacht war, war sie schon weg gewesen, und selten zurück, ehe ich schlafen ging. Meine lebhafteste frühe Erinnerung an sie ist das Leuchten des Rücklichts in der Einfahrt mitten in der Nacht. Wir hatten ein automatisches Tor, das quietschte und mich oft weckte. Dann setzte ich mich im Bett auf, schaute aus dem Fenster und winkte dem wegfahrenden Auto hinterher. Manchmal konnte ich nicht wieder einschlafen und weinte, und Greta, die Haushälterin, kam herein und sagte: »Weißt du denn nicht, dass deine Mutter jetzt jemandem das Leben rettet?« Und ich hatte Schuldgefühle, weil ich mir wünschte, sie möge zu Hause sein, im Zimmer nebenan, damit ich zu ihr ins Bett kriechen könnte. Ihre Patienten brauchten sie dringender als ich. Das sagte Greta immer.

Jetzt legte meine Mutter eine Hand auf ihr glänzendes Haar, als wollte sie ihre ohnehin makellose Frisur ordnen. Diesmal war ich tatsächlich zu ihr durchgedrungen. Befriedigung wallte in mir auf. Aber sie fing sich schnell. So rasch gab sie nicht auf. »Also, diesen Hang zum übertriebenen Selbstmitleid hast du ganz bestimmt nicht von mir. Woher sollte ich wissen, dass du emotional in diesen Fall verstrickt bist? Du behauptest doch immer, du seist Wissenschaftlerin. Entschuldige, wenn ich dich wie eine behandle. Nun setz dich schon, Herrgott noch mal, und hör auf, mich anzufunkeln. Man könnte denken, *ich* hätte auf das verflixte Kind geschossen.«

Sie zog einen Stuhl hinter dem Schreibtisch hervor und klopfte darauf. Argwöhnisch nahm ich Platz. Sie hockte sich auf die Schreibtischkante und schlug ihre wohlgeformten Beine übereinander.

»Hier die ungeschminkte Wahrheit in sachlichen, für den Laien verständlichen Worten: Das Gehirn des Kindes ist überwiegend totes Gewebe, eine schwammige Masse. Wenn man den Körper des Kindes künstlich am Leben erhält, werden sich die Kontrakturen der Glieder verschlimmern, und man wird ständig gegen Druckgeschwüre, gegen Infektionen der Atemwege und des Harntrakts kämpfen müssen. Dieses Kind wird nie aufwachen.« Sie hob beschwichtigend die Hände. »Du hast mich nach meiner Meinung gefragt. Das ist sie. Die Ärzte da drüben haben dem Vater doch sicher dasselbe gesagt?«

»Ja, stimmt. Aber ich habe geglaubt ...«

»Wenn du Ärztin wärst, müsstest du nicht glauben, Hanna. Dann *wüsstest* du.«

Wir gingen und tranken gemeinsam Tee – keine Ahnung, warum. Ich machte mechanisch Konversation, stellte ihr eine Frage zu ihrem Vortrag und erkundigte mich, wann er veröffentlicht würde. Ich habe keinen Schimmer mehr, was sie antwortete. Ich dachte immer noch an Ozren und Pu, den verdammten Bären.

Ich hatte immer noch an ihrer Auskunft zu knabbern als ich mit dem Harvard-Shuttle über den Fluss zurückfuhr, um Razmus Kanaha, Chefkonservator am Fogg-Museum, zu besuchen. Raz, ein alter Freund aus Studententagen, hatte eine ziemlich steile Karriere hingelegt und war für den Leiter des ältesten kunsthistorischen Forschungszentrums der Vereinigten Staaten sehr jung. Genau wie ich war er über die Chemie zur Konservierung gekommen, hatte sich jedoch im Gegensatz zu mir mehr an die chemikalische Seite gehalten. Er war bekannt für seine Analysen von Kohlehydraten und Lipiden in Unterwassermilieus, die zu ganz neuen Paradigmen bei der Untersuchung von aus Schiffswracks geborgenen Kunstwerken geführt hatten. Dass er in Hawaii aufgewachsen war, erklärte vielleicht seine Leidenschaft fürs Meer.

Die Sicherheitsvorkehrungen am Fogg waren aus nahe liegenden Gründen recht streng; das Museum beherbergte eine von Amerikas schönsten Sammlungen impressionistischer und postimpressionistischer Meisterwerke sowie eine Handvoll fantastischer Picassos. Der Besucherausweis enthielt eine Art Computerchip, mit dem meine Schritte innerhalb des Gebäudes nachvollzogen werden konnten. Raz musste herunterkommen und mich persönlich anmelden.

Raz gehörte jenem zukunftsträchtigen Menschenschlag mit unbestimmbarer ethnischer Herkunft an, den wunderschönen Mix-Menschen, die wir nach einem weiteren Jahrtausend Mischehen hoffentlich alle sein werden. Seine Haut wies das satte Nussbraun seines Vaters auf, der halb Afroamerikaner und halb Hawaiianer war. Sein glattes und glänzendes schwarzes Haar und die Mandelform seiner Augen hatte er von seiner japanischen Großmutter geerbt. Ihre Farbe hingegen, ein kühles Blau, stammte von seiner Mum, einer schwedischen Windsurf-Weltmeisterin. Ich hatte ihn sehr gemocht, als wir beide Doktoranden gewesen waren. Wir hatten genau die Art von Beziehung geführt, die mir zusagte. Er war oft unterwegs gewesen zu langen Bergungseinsätzen, bei denen er Material für seine Dissertation sammelte, und wenn er zurückkam, nahmen wir unser Verhältnis wieder auf oder auch nicht, je nachdem, wie uns zumute war. Keiner von uns war beleidigt, wenn der andere anderweitig engagiert war.

Nach den Harvard-Jahren hatten wir uns nicht häufig gesehen, waren aber in lockerem Kontakt geblieben. Als er eine Schriftstellerin heiratete, schickte ich ihnen einen wunderhübschen kleinen Band aus dem 19. Jahrhundert mit Holzschnitten von berühmten Schiffswracks. Das Hochzeitsfoto, das ich von ihnen bekam, war ein Knaller. Raz' Frau war die Tochter einer iranisch-kurdischen Mutter und eines pakistanisch-amerikanischen Vaters. Ich konnte es gar nicht abwarten, ihre Kinder zu sehen; sie würden eine wandelnde Benetton-Reklame sein.

Wir umarmten uns unbeholfen, wie man es tut, wenn man nicht genau weiß, ob ein oder zwei Luftküsse angebracht sind, sich schließlich vertut, mit den Köpfen aneinanderknallt und sich wünscht, man hätte es beim Händeschütteln belassen. Wir durchquerten das lichtdurchflutete Atrium und stiegen die Treppe hinauf, vorbei an den Ausstellungssälen. Ein metallenes Gitter sicherte das oberste Geschoss, wo Raz und die anderen Konservatoren arbeiteten.

Das Straus Center for Conservation war eine seltsame Mischung aus hochmoderner wissenschaftlicher Einrichtung und Archiv für Fundstücke, die unter anderen Edward Forbes, sein Gründer, zusammengetragen hatte. Forbes war Anfang des letzten Jahrhunderts durch die Welt gereist und hatte versucht, sich von jedem jemals in der Kunst verwendeten Farbpigment eine Probe zu verschaffen. Die Wände des Treppenhauses waren gesäumt damit: Vitrinen, die das ganze Spektrum des Regenbogens zu beinhalten schienen: zermahlenen Lapislazuli und Malachit oder echte Raritäten, etwa Indisch-Gelb, das aus dem Urin von Kühen hergestellt wurde, die nur Mangoblätter zu fressen bekamen. Dieses wundervolle zitronengelbe Pigment mit einem Stich ins Grüne existiert heute sonst nirgends mehr. Die Briten hatten während ihrer Herrschaft in Indien seine Produktion verboten, weil die einseitige Ernährung angeblich zu grausam für das Vieh war.

Im hinteren Teil eines langen Raums arbeitete eine Frau an einem Bronzetorso. »Sie vergleicht ein Gussstück, das zu Lebzeiten des Bildhauers gefertigt wurde, mit einem später entstandenen, um eventuelle Unterschiede in der Oberflächenbeschaffenheit zu ermitteln«, erklärte Raz. Am anderen Ende stand der Tisch mit dem Spektrometer. »Also, was hast du für mich?«, fragte er.

»Das hier sind Proben eines Flecks auf einem Pergament. Höchstwahrscheinlich Wein.« Ich holte das Foto hervor, das ich von der fleckigen Seite gemacht hatte. Die Stellen, von denen die zwei winzigen Proben stammten, hatte ich markiert. Ich hoffte, das Material reiche aus. Ich überreichte Raz die Pergamintüte. Er nahm ein geschwungenes Skalpell und legte das erste Tüpfelchen auf eine Art runden Objektträger mit einem Diamantsplitter in der Mitte. Dann fuhr er mit einer Rolle darüber, um die Probe flach auf den Diamanten zu pressen, damit sie Infrarotlicht durchließ, und schob den Objektträger unter die Linse.

Mit einem Blick durch das Mikroskop vergewisserte er sich, dass die Probe zentriert war, und richtete die beweglichen Lampen auf beiden Seiten genau auf sie aus. In jedem anderen Labor, so auch meinem eigenen zu Hause, dauerte es Stunden, ein Dutzend Spektren darzustellen. Jedes Molekül sondert Licht in verschiedenen Farben ab. Manche Substanzen tendieren eher zum Blauen, andere zum Roten und so weiter. Das heißt, das Spektrum eines Moleküls kann wie ein Fingerabdruck zu seiner Identifikation verwendet werden. Raz' Spielzeug war das neueste auf dem Markt: es konnte in weniger als einer Minute zweihundert Spektren darstellen. Ich verspürte einen Anflug von Neid, als der Computerbildschirm neben uns zum Leben erwachte und grüne Linien über ein Raster tanzten und so die Messung der Lichtabsorption anzeigten. Raz studierte das Diagramm.

»Das ist merkwürdig«, sagte er.

»Was?«

»Ich bin nicht sicher. Lass mich mal die andere Probe sehen.«

Er legte das zweite Pünktchen aus der Pergamintüte unter das Mikroskop. Diesmal schienen die Krakel auf dem Monitor einen ganz anderen Gebirgszug abzubilden. »Ha«, sagte er.

»Was meinst du mir ›Ha‹?« Ich schwitzte regelrecht.

»Einen Moment.« Raz wechselte erneut die Objektträger, und wieder zeigte sich eine Kurve auf dem Bildschirm. Er tippte auf ein paar Tasten. Weitere Diagramme in Gelb, Rot, Orange und Blau hüpften über die grüne Linie.

»Ha«, sagte er noch einmal.

»Raz, wenn du mir nicht sofort erklärst, was du da siehst, ersteche ich dich mit deinem eigenen Skalpell.«

»Na ja, was ich sehe, ergibt nicht sehr viel Sinn. Es handelt sich doch um ein hebräisches Manuskript, stimmt's? Sagtest du nicht, um eine Haggadah?«

»Ja.« Ich bellte fast.

»Wenn also Wein darauf verschüttet wurde, können wir ziemlich sicher davon ausgehen, dass es koscherer Wein war?«

»Ja, natürlich. Koscher für Pessach, ganz besonders streng.«

Er lehnte sich in seinem Stuhl zurück und stieß sich vom Schreibtisch ab, sodass er mir ins Gesicht sehen konnte.

»Weißt du was über koscheren Wein?«

»Nicht viel. Nur, dass er meistens ungenießbar süß ist.«

»Heutzutage nicht mehr. Es gibt inzwischen einige gut trinkbare koschere Weine, besonders von den Golanhöhen, aber auch aus anderen Kellereien.«

»Wie kommt es, dass du so ein Experte bist? Du bist doch kein Jude. Oder?« Bei Raz' bunt gemischtem Stammbaum war alles möglich.

»Nein, bin ich nicht. Aber man könnte sagen, dass ich ein religiöses Verhältnis zu Wein habe. Erinnerst du dich, dass ich mal ein halbes Jahr am Technion in Israel war, als ich mit Artefakten arbeitete, die dort aus einem Wrack im Mittelmeer geborgen worden waren? In der Zeit war ich mit einer Frau befreundet, deren Familie ein Weinberg auf den Golanhöhen gehörte. Ein herrliches Fleckchen. Habe viel Zeit dort verbracht, vor allem während der Lese. Was dir jetzt zugute kommt.« Er hatte die Hände hinter den Kopf gelegt und grinste selbstgefällig.

»Raz, das ist ja super, hurra, wirklich. Aber was hat das um Himmels willen mit dem Fleck zu tun?«

»Reg dich ab, dann erzähl ich es dir.« Er wandte sich wieder dem Diagramm zu und deutete auf eine hohe Zacke. »Siehst du das da? Diese hübsche Spitze auf der Absorptionskurve? Das ist Protein.«

»Und?«

»Und koscherer Wein dürfte kein Protein enthalten. Bei der herkömmlichen Weinherstellung werden fast immer Enzyme als Zusatz verwendet, sodass Spuren von Protein darin enthalten sind. In koscherem Wein dagegen ist jedes tierische Produkt verboten. Traditionell wird zur Läuterung daher eine Art feiner Lehm verwendet.« Er ließ ein paar Tasten klappern, sodass auf dem Bildschirm wieder das Diagramm der zweiten

Probe erschien. »Das hier sieht so aus, wie man es erwarten würde.«

»Und was willst du mir damit sagen? Dass auf dieselbe Seite zwei verschiedene Weine verschüttet wurden? Ziemlich weit hergeholt.«

»Nein, damit will ich sagen, dass der Wein stellenweise mit etwas anderem vermischt ist.« Er tippte auf eine weitere Taste, und erneut wurde auf dem Monitor eine Vielfalt an Kurven in mehreren Farben sichtbar. »Ich habe die Datenbank mit allen spektrometrischen Messungen aufgerufen, die wir hier durchgeführt haben, weil ich eine Entsprechung suche. Und da ist sie. Siehst du die blaue Linie? Sie fällt beinahe exakt mit der grünen Kurve zusammen, der Darstellung der ersten Probe. Ich würde sagen, das hast du hier auf dem Pergament, vermischt mit dem Weinfleck.«

»Und?« Inzwischen schrie ich fast. »Was ist es denn nun?«

»Diese blaue Linie?«, sagte er ruhig. »Das ist Blut.«

Weinflecken

Venedig 1609

Introibo ad altare Dei.
Lateinische Messe

Die Glocken – silbern, vibrierend – läuteten in seinem Kopf, als schlügen ihre Klöppel direkt gegen das wundrote Innere seines Schädels. Der Wein schwappte aus dem Becher, als er ihn auf den Altar zurückstellte. Als sein Knie den Boden berührte, legte er seine Stirn auf das frische Leinen. So verweilte er einen Moment und ließ die Kälte des Marmors durch das Altartuch dringen. Als er sich erhob, war darauf ein kleiner feuchter Fleck von seinem Schweiß zu sehen.

Die alten Mütterchen in dieser Frühmesse waren zu andächtig, um zu bemerken, dass er beim Aufstehen leicht taumelte. Ihre Köpfe, in fadenscheinige Schals gehüllt, waren fromm gesenkt. Nur der Ministrant mit Augen hell wie die eines Lurchs zog die Brauen hoch. Verdammt seien die Jungen und die Härte ihres Urteils. Er versuchte – allein Gott wusste, wie sehr –, sich auf das heilige Mysterium zu konzentrieren. Doch der latente Gestank seines im Morgengrauen Erbrochenen wollte nicht aus seinen Nasenlöchern weichen.

Er war ausgetrocknet. Die Wörter hafteten auf seiner Zunge wie Asche von verbranntem Pergament. Wie die Asche, die nach der letzten Bücherverbrennung warm herabgeregnet war. Ein Fetzen war auf seiner Soutane gelandet, und als er eine Hand gehoben hatte, um ihn wegzuwischen, war ihm aufgefallen, dass die Wörter noch lesbar waren, gespenstisch blasse Buchstaben auf dem verkohlten Untergrund. Und dann waren sie zu Staub geworden und davongeweht.

»Per ipsum« – er hielt den Leib über das Blut und schlug ein Kreuz – »et cum ipso« – verfluchtes Zittern – »et in ipso« – das

Brot des Himmels tanzte über dem Kelch wie eine Hummel – »*est tibi Deo Patri omnipotenti, in unitate Spiritus Sancti, omnis honor et gloria.*« Er raste durch das Pater Noster, das Libera Nos, das Agnus Dei und die Gebete um Frieden und Vergebung und Gnade, bis er, *Deo gratias,* endlich den Becher an die Lippen führen und spüren konnte, wie das kostbare Blut – kühl, streng, köstlich – die Galle und die Bitterkeit und das schreckliche Zittern aus seinem Körper spülte. Er drehte sich um, um dem Ministranten das Abendmahl zu erteilen. Zum Glück waren die Augen des Jungen geschlossen, seine kritischen Gedanken hinter den dichten Wimpern verborgen. Dann trat er an die Altarschranke und legte leuchtend weiße Hostien auf ein halbes Dutzend pelzige alte Zungen.

Nach der Messe, in der Sakristei, spürte Domenico Vistorini wieder den taxierenden Blick des Knaben auf seinen zitternden Händen, als er seine Stola abnahm und sich mit dem Zingulum abmühte.

»Was trödelst du hier noch herum, Paolo? Zieh deine Soutane aus und spute dich. Ich habe deine Großmutter bei der Messe gesehen. Geh jetzt. Sie wird deinen Arm benötigen.«

»Wie Ihr wünscht, Pater.« Der Junge sprach wie immer mit übertriebener Höflichkeit. Er deutete sogar eine Verbeugung an. Vistorini dachte manchmal, dass ihm offene Unverschämtheit lieber wäre. Aber Paolo war anmutig und gewissenhaft, am Altar und auch sonst, und gab ihm keinen Grund zur Beschwerde. Nur seine langen abschätzigen Blicke, von denen er dem Priester auch jetzt wieder einen besonders durchdringenden zuwarf, zeugten von seiner Verachtung. Jetzt wandte er sich ab, um seine Tracht abzulegen, und seine effizienten, sparsamen Bewegungen erschienen wie ein Hohnlied auf Vistorinis Gefummel. Ohne ein weiteres Wort war er zur Tür hinaus.

Allein in der Sakristei, öffnete Vistorini das Schränkchen, in dem der ungeweihte Kommunionswein aufbewahrt wurde. Der Korken löste sich mit einem schmatzenden Geräusch aus der Karaffe. Er leckte sich die Lippen. Das kühle Gefäß war beschlagen, deshalb hob Vistorini es vorsichtig an, denn seine

Hände zitterten immer noch, und trank einen großen Schluck. Dann noch einen. Besser.

Er wollte die Karaffe eben wieder verstöpseln, doch dann dachte er an den langen Vormittag, der vor ihm lag. Die Vertreter der päpstlichen Inquisition waren nicht gerade für ihre Großzügigkeit berühmt. Noch dazu waren die Räumlichkeiten, die der Doge ihnen zugewiesen hatte, düster, karg möbliert und schlecht ausgestattet. Vistorini war sich sicher, damit wollte er demonstrieren, dass die Lakaien Roms in der Republik, in der allein er und der Rat der Zehn bedeutsame Entscheidungen fällten, eine untergeordnete Position einnahmen. Jedenfalls konnte es gut sein, dass es lange dauern würde, bis er wieder etwas zu trinken bekäme. Er hob die Karaffe erneut und ließ sich die samtene Flüssigkeit die Kehle hinunterrinnen.

Vistorinis Schritt war fast beschwingt, als er die Seitentür seiner Kirche schloss und in das milchige Licht des frühen Morgens trat. Die Sonne stand gerade so hoch, dass sie in die enge *calle* reichte und ihr Widerschein vom Wasser des Kanals den Stein mit hellen, tanzenden Flecken versilberte. Das Geläut der Marangona-Glocke ertönte, tiefer und hallender als das jeder anderen Glocke der Stadt. Es war das Signal für den Beginn des Arbeitstages der *arsenalotti* und für die Öffnung der Tore des nahe gelegenen Ghettos. Fensterläden klapperten, als die Händler auf dem *campiello* vor der Kirche mit dem Verkauf anfingen.

Vistorini atmete tief ein. Noch nach dreißig Jahren in dieser Stadt liebte er das Licht und die Luft von Venedig, seinen Geruch nach Meer und Moos, nach Moder und feuchtem Gips. Er war erst sechs Jahre alt gewesen, als er hergekommen war, und die Brüder im Waisenhaus hatten ihn ermutigt, nicht nur seinen Akzent und sein fremdartiges Betragen, sondern auch alle Erinnerungen an die Vergangenheit abzuschütteln. Sie hatten ihm beigebracht, dass Nostalgie etwas Düsteres und Schändliches sei, das auf einen Mangel an Dankbarkeit für die Segnungen der Gegenwart hindeute. Er war darin geschult worden, Gedanken an seine toten Eltern und das kurze Leben, das er mit ihnen geteilt hatte, beiseitezuschieben. Aber manchmal bahnten sich Erinnerungsfetzen ihren Weg, in Träumen oder im Rausch, wenn sein Wille geschwächt war. Und darin war die Vergangenheit stets erhellt durch ein zuckendes grelles Licht und schmeckte nach von sengenden Winden dahergetragenem Staub.

Während er über die Brücke ging, vorbei an dem Kahnführer, der dem Schlachter Fleisch lieferte, vorbei an den Frauen, die im Kanal Wäsche wuschen, erkannte er mehrere seiner Gemeindemitglieder. Er grüßte sie mit einem freundlichen Wort oder erkundigte sich nach dem Befinden ihrer Familie. Ein beinloser Bettler katapultierte sich auf den Stümpfen seiner Arme voran. Großer Gott. Vistorini formulierte im Geiste ein Gebet für den Mann, dessen Entstellung so grotesk war, dass selbst ein Chirurg kaum einen Blick auf ihn würde werfen können, ohne zurückzuprallen. Er legte dem Bettler eine Münze auf eine seiner eiternden Extremitäten, legte ihm dann, nachdem er seinen Ekel bezwungen hatte, eine Hand auf den grindigen Kopf und segnete ihn. Der Bettler reagierte mit einem animalischen Grunzen, das wohl Dankbarkeit ausdrücken sollte.

Als Gemeindepriester tat Vistorini sein Bestes, Anteilnahme am Leben seiner Herde zu heucheln. Dabei interessierte ihn die Arbeit als Geistlicher in Wahrheit nicht besonders. Er diente seiner Kirche hauptsächlich auf andere Weise. Die Brüder, die Vistorini als Waise aufgenommen hatten, hatten seine Fähigkeiten früh erkannt. Sie waren beeindruckt gewesen von seiner Begabung für Sprachen, aber auch von seinem hervorragenden Verständnis für komplexe, abstrakte Theologie. Sie hatten ihn in Griechisch und Aramäisch, Hebräisch und Arabisch unterwiesen, und er hatte alles in sich aufgesogen. In jenen Tagen war sein Wissensdurst groß gewesen; heute war es der andere Durst, der seine Existenz bestimmte.

1589, als Papst Sixtus V. ein Verbot für alle Bücher von Juden oder Sarazenen aussprach, die irgendetwas gegen den katholischen Glauben enthielten, war es nur logisch gewesen, dass der junge Priester Vistorini als Zensor der Inquisition arbeitete. Siebzehn Jahre, fast sein ganzes Leben im Heiligen Orden, hatte Domenico damit verbracht, die Werke fremder Religionen zu lesen und zu beurteilen.

Als Gelehrter hatte er eine natürliche Ehrfurcht vor Büchern, doch wenn es sein Auftrag war, sie zu zerstören, musste er diese Ehrfurcht unterdrücken. Manchmal bewegte ihn die fließende Schönheit der sarazenischen Kalligraphie, oder das elegante Argument eines gebildeten Juden stimmte ihn nachdenklich. Dann nahm er sich Zeit für die Begutachtung der Schriften. Wenn er schließlich befand, dass sie im Feuer landen mussten, wandte er den Blick ab, sobald sich die Pergamente schwärzten. Einfacher war es für ihn, wenn die Häresie offenkundig war. In diesen Fällen konnte er das Feuer als etwas gutheißen, das den menschlichen Geist von Irrtümern säuberte.

Ein solches Buch hatte er jetzt bei sich, einen hebräischen Text. Noch heute Vormittag würde er den Befehl aufsetzen, sämtliche Exemplare, die es davon in der Stadt gab, bei den Inquisitoren im Sanctum Officium abzuliefern, von wo aus sie den Flammen überantwortet werden würden. Die Worte, die blasphemischen Worte, tanzten in seinem Kopf herum, denn die hebräischen Schriftzeichen waren ihm so vertraut wie das Lateinische:

Dass die Christen Jesus anbeten, ist ein viel schlimmerer Götzendienst als die Anbetung des goldenen Kalbs durch die Israeliten, denn die Christen irren, wenn sie sagen, bei einer Frau sei etwas Heiliges an jener stinkenden Stelle eingedrungen… denn diese ist voller Kot und Urin, sondert Ausscheidungen und Menstruationsblut ab und dient als Gefäß zur Aufnahme des männlichen Samens.

Bisweilen wunderte Vistorini sich darüber, dass solche Worte nach hundert Jahren Inquisition immer noch zu Papier gebracht wurden. Juden und Araber waren für geringere Blasphemien als diese mit Geldbußen belegt, eingekerkert und sogar getötet worden. Er vermutete, dass die zahlreichen Druckereien, die es in Venedig gab, daran schuld waren. Offiziell war Juden die Ausübung dieses Gewerbes verboten, trotzdem blühten und gediehen ihre Betriebe, weil viele Christen bereit waren, ihnen gegen ein paar Goldstücke ihren Namen zu leihen.

Nicht jeder, der als Drucker arbeiten wollte, durfte die Erlaubnis dazu erhalten, denn manche waren ganz offensichtlich unwissend oder sogar bösartig. Er würde das mit Judah Arjeh erörtern müssen. Die Juden mussten gründlicher kontrollieren, sonst würde der Inquisitor das für sie übernehmen, obwohl es besser wäre, die Inquisition vom Ghetto fernzuhalten. Das würde sicher auch einem weniger intelligenten Mann als Judah einleuchten.

Als hätten seine Gedanken an den Rabbi ihn heraufbeschworen, erblickte Vistorini den scharlachroten Hut von Judah Arjeh, der sich verstohlen seinen Weg durch die Menge vor ihm auf der *frezzeria* bahnte, wo die Pfeilmacher ihre Waren herstellten. Er ging, den Kopf gesenkt, in der gebückten Haltung, die er außerhalb des Ghettos stets einnahm. Vistorini hob die Hand, um den Mann zu begrüßen, zögerte dann aber. Nachdenklich beobachtete er den Rabbi einen Moment. Wie viele kleine Erniedrigungen – die ausfallenden Streiche rüpelhafter Jungen, das Hohngelächter und Spucken der Ungebildeten – waren nötig gewesen, um ihn zu diesem geduckten Schlurfen zu bewegen? Wenn der halsstarrige Kerl sich doch nur die Wahrheit Christi zu eigen machen würde, wäre es mit all diesen Schmähungen vorbei.

»Judah Arjeh!«

Der Kopf des Rabbis schoss hoch wie der eines Rehs, das erwartet, von den Waffen der Pfeilmacher getroffen zu werden. Als er aber Vistorini erkannte, wandelte sich sein argwöhnischer Gesichtsausdruck zu einem Lächeln echter Freude.

»Domenico Vistorini! Es ist lange her, Pater, seit ich Euch in meiner Synagoge gesehen habe.«

»Ach, Rabbi, man mag nicht ständig an seine eigenen Unzulänglichkeiten erinnert werden. Vielleicht würde man gern von Euch lernen, fühlt sich zugleich aber gedemütigt durch Eure Eloquenz.«

»Pater, Ihr macht Euch lustig über mich.«

»Mir gegenüber ist keine falsche Bescheidenheit nötig, Judah.« Der Rabbi war so berühmt für seine wortgewandten Bibelexegesen, dass er am jüdischen Sabbat in vier verschiedenen Synagogen predigte und viele Christen, darunter auch Mönche, Priester und Adlige, das Ghetto besuchten, nur um ihn zu hören. »Der Bischof von Padua, den ich neulich mitbrachte, meinte auch, dass ihm das Buch Hiob noch nie so gut expliziert worden sei«, sagte Vistorini. Er fügte nicht hinzu, dass er den Bischof einige Wochen später im Dom von Padua über denselben Text sprechen gehört und gefunden hatte, dass seine Predigt nicht mehr war als Mehl, das die Mahlsteine von Judah Aryehs Intellekt bereits gemahlen hatten. Vistorini war sicher, dass nicht wenige Priester, die kamen, um dem Rabbi zu lauschen, dies in der Absicht taten, ihm seine Worte zu stehlen. Ihm selbst ging es nicht so sehr um den Inhalt, sondern eher um den eleganten und doch leidenschaftlichen Stil des Vortrags, dem er nachzueifern suchte. »Ich wünschte, meine Gemeinde hinge mir so an den Lippen wie Euch die Eure. Ich versuche immer, Euch Eure Geheimnisse abzuschauen, um das Wort der Mutter Kirche besser überliefern zu können, doch leider bleiben sie mir verschlossen.«

»Die Gedanken eines Mannes und die Fähigkeit, sie auszudrücken, stammen von Gott, und wenn meine Worte Gefallen finden, möge es zu seiner Ehre sein.« Vistorini unterdrückte ein höhnisches Grinsen. Glaubte der Rabbi derartig salbungsvolle Platitüden tatsächlich? Arjeh bemerkte Vistorinis missbilligende Miene und änderte seinen Ton. »Was Geheimnisse betrifft, Pater, so habe ich nur eines: Wenn die Gemeinde eine Predigt von vierzig Minuten Länge erwartet, dann haltet eine, die dreißig Minuten lang ist. Wenn sie mit dreißig rechnen, gebt ihnen zwanzig. In all meinen Jahren als Rabbi hat sich noch keine Seele darüber beklagt, dass eine Predigt zu kurz war.«

Der Priester lächelte. »Jetzt macht *Ihr* Euch über *mich* lustig! Aber geht doch ein Stück mit mir, wenn Ihr mögt, denn ich habe etwas mit Euch zu besprechen.«

Judah Arjeh hatte sich aufgerichtet, während er mit Vistorini redete, und schritt jetzt, im Schutz seines berühmten Begleiters, mit kerzengeradem Rücken und erhobenem Kopf dahin. Unter dem scharlachroten Stoff seines Hutes lugten in schwungvollen Locken seine dunklen Haare hervor, die ebenso wie sein Bart von kastanienbraunen Glanzlichtern aufgehellt wurden. Vistorini beneidete Judah um seine hoch gewachsene und gut gebaute, wenn auch etwas magere Gestalt und um die oliv-goldene Haut, ganz anders als die Blässe, die so viele Gelehrte kennzeichnete. Der Eindruck wurde jedoch von der schauderhaften Kopfbedeckung beeinträchtigt.

»Judah, warum dieser Hut? Ihr wisst, es ist nicht unmöglich, dass Ihr die Erlaubnis erhaltet, einen schwarzen zu tragen.« Das Scharlachrot sollte an das Blut Christi erinnern, das die Juden vergossen hatten, aber Vistorini kannte etliche, die eine Befreiung davon erwirkt hatten.

»Pater Dom, ich weiß sehr wohl, dass man in Venedig mit Geld und Freunden fast alles ausrichten kann. Geld besitze ich nicht, wie Ihr wisst. Aber Freunde, ja, da habe ich einige, die mir diese Last ersparen würden. Mit einem Wort hier und da könnte ich, wie Ihr sagt, einen schwarzen Hut tragen und herumlaufen, ohne verspottet zu werden. Doch wenn ich das täte, würde ich das Leben nicht kennen, das die Mitglieder meiner Gemeinde führen. Und ich möchte mich nicht von ihnen absondern. Ich bin eitel genug, mir meine Hüte von meiner Tochter aus Samt nähen und mit Seide füttern zu lassen, aber ich tue, was das Gesetz verlangt, denn der Wert eines Menschen misst sich nicht an dem, was er auf dem Kopf trägt. Ein roter Hut, ein schwarzer Hut: Was macht das schon aus? Keiner von beiden kann meinen Verstand verbergen.«

»Trefflich formuliert. Ich hätte wissen müssen, dass es um Eure Gründe so wohl bestellt ist wie um den Garten eines Benediktiners.«

»Trotzdem glaube ich nicht, dass Ihr mich zu einem Spaziergang eingeladen habt, um Putzwaren zu erörtern.«

Vistorini lächelte. Er gestand es sich nicht gern ein, dass er sich diesem witzigen, intelligenten Juden manchmal näher fühlte als jedem Priester seines eigenen Ordens.

»Nein, das stimmt. Setzt Euch doch einen Moment.« Vistorini deutete auf eine niedrige Mauer am Kanal. »Lest das hier«, sagte er und reichte dem Rabbi das Buch, aufgeschlagen bei der anstößigen Stelle.

Arjeh las und wiegte sich dabei leicht hin und her, als wäre er in der Synagoge. Als er fertig war, schaute er, den Blick seines Freunds meidend, hinaus aufs Wasser. »Eindeutig ein Fall für den Index«, sagte er. Sein Ton war absichtlich neutral und ließ keine starke Gefühlsregung erkennen. Vistorini hatte oft etwas neidisch bemerkt, dass der Jude, obwohl er ebenso wie er selbst woanders herstammte, wie ein gebürtiger Venezianer sprach, in dem weichen, melodiösen Dialekt der Stadt, unterlegt mit den ausgeprägten Kadenzen seines *sestiere* Cannaregio. Der Priester hatte immer versucht, ebenfalls wie ein Einheimischer zu klingen, doch den Akzent seiner Kindheit wurde er nie ganz los.

»Die Sache ist ein bisschen ernster«, sagte er jetzt. »Ein derartig provokanter Text wird die Aufmerksamkeit und den Zorn der Inquisition auf sich ziehen und dem gesamten Ghetto schaden. Ihr tätet gut daran, mein Freund, Euch selbst um die Angelegenheit zu kümmern, ehe wir dazu gezwungen sind und Druckereien wie diese schließen zu lassen.«

Judah Arjeh wandte sich dem Priester zu. »Der Verfasser dieses Textes wollte nicht provozieren, sondern lediglich eine Wahrheit äußern, wie er sie sieht. Eure eigenen Theologen haben die Logik auf den Kopf gestellt, um eine Doktrin zu behaupten, bei der es um genau diesen Punkt geht. Was ist denn die Unbefleckte Empfängnis anderes als ein Konzept, mit dem kluge Geister sich mühen, die wenig delikaten Realitäten des Körpers zu behandeln? Wir Juden sind bloß etwas freimütiger in solchen Dingen.«

Vistorini holte tief Luft und wollte eben protestieren, als Arjeh eine Hand hob, um ihm zuvorzukommen. »Ich möchte einen so schönen Morgen nicht mit einem theologischen Streit vergeuden. Ich glaube, wir beide, Ihr und ich, haben längst gelernt, wie wenig sich das lohnt. Von den Vorzügen und Mängeln dieses speziellen Werks abgesehen, glaube ich, dass Ihr das Verhältnis zwischen Eurer Inquisition und der Republik Venedig realistisch einschätzen solltet. Die Anzahl der Fälle, die der Inquisitor hier vor Gericht bringt, sinkt von Jahr zu Jahr. Und von diesen werden die meisten wegen Mangels an Beweisen niedergeschlagen. Ich behaupte nicht, dass wir euch nicht fürchten, aber wir fürchten euch nicht mehr so wie früher. Wisst Ihr, was mein Volk über Eure Leute sagt? Dass ihr Gift geronnen ist und Ihr das Rezept, mehr davon zu brauen, verloren habt.«

Vistorini zupfte an der Flechte, die auf dem Stein neben ihm wuchs. An dem, was sein Freund geltend machte, war wie immer etwas Wahres. Schon Papst Gregor XIII. hatte genau die Schwäche erkannt, von der der Rabbi sprach. »Ich bin überall Papst, nur nicht in Venedig«, hatte er gesagt. Doch Vistorini spürte, dass von dem neuen Papst in Rom eine Gefahr ausging. Vielleicht würde er sich dem Dogen und dem Rat der Zehn nicht offen entgegenstellen, aber es konnte gut sein, dass die Juden der Stadt seinen Zorn zu spüren bekamen. Selbst ein verwundetes Raubtier kann genug Kraft für einen letzten Tatzenhieb sammeln.

»Rabbi, ich hoffe – und das meine ich aufrichtig –, dass Ihr nicht noch einmal erfahren müsst, was Angst und Grauen bedeuten. Diejenigen unter Euch, die Abkömmlinge der spanischen Exilanten sind, erinnern sich doch bestimmt der bitteren Umstände, unter denen ihre Großeltern hierhergelangten.«

»Die haben wir nicht vergessen. Aber *dort* ist nicht *hier*. *Damals* ist nicht *heute*. Die Spanische Inquisition war ein Albtraum, aus dem viele von uns immer noch nicht erwacht sind. Und doch sind wir Ponentini, deren Ahnen die große Vertreibung erleben mussten, nur *eine* Gruppe mit ganz eigenen Erinnerungen. Es gibt auch noch Holländer, Tedeschi, Levantiner. Wie sollten wir uns hier nicht sicher fühlen, wo jede adlige Familie ihren jüdischen Vertrauten hat und der Doge nicht einmal zulässt, dass uns Eure Inquisition mit Predigten zu bekehren sucht?«

Vistorini seufzte. »Von derartigen Predigten habe ich dem Inquisitor persönlich abgeraten«, sagte er. »Ich habe ihm erklärt, sie würden Euer Volk nur verärgern, nicht erbauen.« Der wahre Grund: Er hatte Gemeinden, die Judah Arjeh gehört hatten, nicht die Minderwertigkeit seiner eigenen Predigten offenbaren wollen.

Der Rabbi erhob sich. »Ich muss weiter, Pater.« Er zupfte an seinem Hut und fragte sich, ob er offen sprechen könne. Dann befand er, dass der Priester ein Recht darauf hatte, seine Argumente zu kennen. »Ihr wisst, dass Eure Kirche von dem Tage an, an dem die Druckerpresse erfunden wurde, in dieser Angelegenheit immer eine ganz andere Meinung dazu hatte als wir. Eure Kirche wollte die heiligen Schriften nicht in den Händen einfacher Leute sehen. Bei uns war das anders. Für uns war das Drucken eine *avodath hakodesch,* ein Gottesdienst. Manche Rabbis haben die Presse sogar mit einem Altar verglichen. Wir nannten das Drucken ›Schreiben mit vielen Federn‹ und sahen es als förderlich für die Verbreitung des Wortes, die mit Moses auf dem Berg Sinai begann. Also, mein lieber Pater, geht und setzt den Befehl auf, dieses Buch zu verbrennen, wie Eure Kirche es von Euch verlangt. Und ich werde der Druckerei nichts verbieten, wie mein Gewissen es von mir verlangt. *Censura praevia* oder *censura repressiva,* der Effekt ist derselbe. In jedem Fall wird ein Buch zerstört. Besser, Ihr tut es, als dass wir uns geistig so sehr unterjochen lassen, dass wir es selbst tun.«

Vistorini hatte keine Antwort für den Rabbi parat, und das ärgerte ihn. Er wurde sich eines dumpfen Pochens in der Schläfe bewusst. Die beiden Männer verabschiedeten sich kühl voneinander, und als Judah Arjeh ging, saß der Priester immer noch am Kanal. Das Herz des Rabbis klopfte heftig. War er zu freimütig gewesen? Jeder, der ihr Gespräch mitgehört hätte, hätte nach Luft gerungen ob seiner Unverschämtheit und sich gewundert, dass Vistorini ihn nicht gleich in die Bleiminen schicken ließ. Aber er hätte auch nicht ihre gemeinsame Geschichte gekannt. Sie waren zehn Jahre lang Freunde gewesen, insofern dieses Wort unter den besonderen Umständen Bedeutung hatte. Warum also, fragte sich der Rabbi, hämmerte sein Herz so?

Sobald er von der *fondamenta* abgebogen und außer Sichtweite von Vistorini war, lehnte Arjeh sich gegen eine Mauer und atmete schwer. Das Luftholen tat ihm weh. Diese Schmerzen hatte er schon seit vielen Jahren. Er entsann sich gut, wie sie ihn geplagt hatten, als er den Priester in den Räumen der Inquisition kennen gelernt hatte. Judah Arjeh war ein großes Risiko eingegangen. Nur wenige suchten das Sanctum Officium freiwillig auf, er aber hatte darum gebeten, dort angehört zu werden. Er hatte über zwei Stunden in eloquentem Latein gesprochen, weil er versuchen wollte, eine teilweise Aufhebung des Talmud-Verbots zu erreichen. Das Werk war das Destillat jüdischen Gedankenguts seit den Tagen des Exils und sein Entzug eine Härte, eine geistige Fastenkur, die allmählich dem Verhungern gleichkam. Er wusste, dass für die Mischna, das Kernstück des Talmuds, keine Hoffnung auf Gnade bestand. Für die Wiedereinsetzung der Gemara hingegen, der zweiten Schicht des Talmuds, die den Stoff der Mischna kritisch erläutert, konnte er seiner Ansicht nach triftige Gründe vorbringen. Die Gemara war ein Meinungsaustausch zwischen Rabbinern, eine Sammlung von Anekdoten und Diskussionen. Man könne darin, so argumentierte er, etwas sehen, das der Kirche mehr helfe als schade, denn sie demonstriere, dass sogar Rabbis sich über bestimmte Aspekte des jüdischen Gesetzes uneinig waren. Solche Streitigkeiten innerhalb des Judentums konnten doch dazu dienen, die Position der Kirche gegenüber seinem Glauben zu stärken, oder nicht?

Vistorini hatte mit zusammengekniffenen Augen hinter dem Stuhl des Inquisitors gestanden. Er kannte die hebräischen

Schriften in- und auswendig, nachdem er so viele Exemplare des Talmuds konfisziert und vernichtet hatte. Er wusste, dass jeder halbwegs gelehrte Rabbi für seine Schüler aus der Gemara den Text der verwünschten Mischna rekonstruieren konnte. Aber der Inquisitor ließ sich in das Netz von Judah Aryehs klugen Worten einwickeln. Er erteilte den Juden die Erlaubnis, die Talmuds, die sie noch besaßen, zu behalten, wenn sie von den anstößigen Stellen gereinigt waren.

Obwohl Vistorini den geistigen Wettkampf verloren hatte, war er von Arjeh beeindruckt, von seiner Bildung, von seinem Mut, aber auch von seiner Schläue. Es war gewesen, so hatte er bei sich gedacht, als beobachtete man einen Alchemisten, wie er vortäuschte Gold herzustellen. Man wusste, dass irgendein Trick dabei war, aber man konnte so genau hinschauen, wie man wollte, und doch entging einem der Moment, in dem unedle Stoffe angeblich in Gold verwandelt wurden.

Als der Rabbi, erleichtert darüber, seine Schriften gerettet zu haben, die Gemächer des Inquisitors verlassen wollte, beugte sich Vistorini zu ihm und flüsterte: »Judah, der Löwe. Man hätte Sie Judah Schu'al nennen sollen.« Der Rabbi sah dem Priester in die Augen und las darin keine Wut, sondern die gemischten Gefühle, die ein Verlierer für einen würdigen Gegner empfindet. Als Arjeh das Sanctum Officium erneut aufsuchte, ließ er es darauf ankommen und meldete sich bei Vistorini als »Rabbi Judah Vulpes« an.

Vistorini genoss die Auseinandersetzungen mit Arjeh, der Wortspiele in drei Sprachen zu schätzen wusste zusehends. Bisher hatte der Priester ein einsames Leben geführt. Im Waisenhaus war er aufgrund seines starken Akzents und der Schmach, die seine Vergangenheit zu überschatten schien, im Umgang mit den anderen Jungen schüchtern gewesen. Im Seminar hatten seine Interessen und Fähigkeiten ihn von seinen Altersgenossen abgehoben. In Arjeh dagegen fand er einen intellektuell Ebenbürtigen. Es gefiel ihm, dass der Rabbi nie seine Zeit damit zu vergeuden suchte, offenkundige Häresie oder eindeutige Verletzungen des Index zu verteidigen. Manchmal ließ sich Vistorini von ihm überzeugen. Dann redigierte er, statt zu zerstören, und griff ein-, zweimal sogar zur Feder, um ein bedrohtes Werk zu retten, indem er die dafür notwendigen Worte auf eine der ersten Seiten schrieb.

Seine Wertschätzung für Arjeh bewegte ihn irgendwann sogar dazu, eine seit langem gehegte Abneigung zu überwinden und die kleine Brücke ins Ghetto zu überqueren. In seiner Zeit am Seminar waren viele seiner Mitstudenten regelmäßig dorthin gegangen. Juden zu quälen war für einige der Jünglinge ein beliebter Sport gewesen; andere waren aufrichtig vom Geist des Evangeliums beseelt und wollten sie bekehren. Ein paar hatten auch das Risiko gesucht, indem sie an unerlaubten Vergnügungen teilnahmen. Für Vistorini dagegen war schon die Vorstellung eines Ghettos abstoßend gewesen. Er würde nie willentlich ein abgesperrtes Stadtviertel betreten, in dem es ausschließlich von Juden wimmelte. Allein bei dem Gedanken daran fühlte er sich gefangen, erstickt, unrein.

Die ersten Juden, die sich 1516 in Venedig niederließen, waren deutsche Geldverleiher gewesen. Weitere folgten, aber es waren ihnen nur drei Tätigkeiten erlaubt: Als Pfandleiher gewährten sie armen Venezianern günstige Kredite, als *strazzaria*-Händler kauften und verkauften sie Gebrauchtwaren, und im Handel der Stadt mit dem Ausland erleichterten ihre Beziehungen zur Levante die umfangreichen Import- und Exportgeschäfte Venedigs. Sie durften nur in dem kleinen Bezirk wohnen, der früher Venedigs Eisengießerei oder *geto* gewesen war, auf einer ummauerten Insel aus Asche, die mit dem Rest der Stadt lediglich durch zwei schmale Brücken verbunden war, mit Toren, die nachts verschlossen waren.

Im Laufe der Jahre gewöhnten sich die Venezianer jedoch an die Anwesenheit der Juden, heuerten sie zu Aufführungen ihrer betörenden Musik an, suchten sie als Ärzte oder Finanzberater auf. Für die Juden machte die Tatsache, dass ihre Eigentumsrechte respektiert wurden und sie unter dem Schutz des Gesetzes standen, Venedig im Vergleich zu den Bedingungen, die sie an anderen Orten vorfanden, zu einem gelobten Land.

Also kamen sie weiterhin: die Ponentini, von den katholischen Monarchen aus Spanien und später aus Portugal vertrieben, dann die Tedeschi, die vor den Pogromen in deutschen Städten flohen, und die stets rastlosen Levantiner aus Ländern wie Ägypten und Syrien. Die Gemeinde war auf nahezu zweitausend Seelen angewachsen und die Wohnungen türmten sich aufeinander; sechs oder sieben große Familien lebten unter einem Dach. Das *geto* hatte die größte Bevölkerungsdichte und die höchsten Bauwerke Venedigs. Als Vistorini nach dem Weg zu Judahs Synagoge gefragt hatte, wurde er zu einem hohen, schmalen Wohngebäude dirigiert. Am oberen Ende einer steilen, düsteren Treppe teilte sich das Gotteshaus des Rabbis seinen Platz mit einem Taubenschlag und einem Hühnerstall.

Zunächst war es Geistesverwandtschaft gewesen, die den Priester zu Judah hingezogen hatte, dann aber Schwäche und nicht Stärke, die ihren Bund besiegelte. Der Rabbi war eines Nachmittags zufällig in der Gegend zwischen Ghetto und Vistorinis Kirche unterwegs und wählte dabei die engsten *callette* und *rughette*, um nicht auf den stärker bevölkerten Durchgangsstraßen belästigt zu werden, als er Zeuge wurde, wie sich ein Taschendieb gerade über sein Opfer beugte. Der Mann rannte fort, und Judah erkannte Domenico, der betrunken und, vom Räuber niedergeschlagen, mit blutendem Kopf auf dem Boden lag, die Soutane durchtränkt mit Urin. Der Rabbi war ein großes persönliches Risiko eingegangen, hatte die Sperrstunde missachtet, saubere Leinentücher besorgt und dem Priester geholfen, wieder nüchtern zu werden, damit seine Kirche nicht erfuhr, welch beschämendes Bild ihr Vertreter abgegeben hatte.

Als Domenico Judah danken wollte, murmelte der Rabbi, er habe selbst eine Schwäche, die Satan von Zeit zu Zeit ausnutze. Mehr wollte er nicht sagen. Und doch nagte der Gedanke an diese Schwäche an ihm, lenkte ihn tagsüber von seinen Gebeten und nachts von den Zärtlichkeiten mit seiner Frau ab. Als er jetzt an der Mauer in sich zusammensackte, wusste er, dass die Schmerzen in seiner Brust nicht von der Kühnheit seines Wortwechsels mit Vistorini herrührten. Ebenso wenig war es die Furcht vor dem, was er heute Morgen zu erledigen hatte – verboten und gefährlich –, die sein Herz hüpfen und hämmern ließ. Beides vereinte sich mit der hartnäckigen Stimme in seinem Kopf, der Stimme des Verführers, die er nicht zum Verstummen bringen konnte. Er hatte wirklich versucht, Gott war sein Zeuge, es so einzurichten, dass er Venedig verlassen konnte, ehe in ein paar Tagen der Karneval begann, damit er sich dem drohenden Zugriff der Sünde entziehen konnte. Die Möglichkeit, sich zu maskieren, ein Anderer zu werden, zu tun, was ein Jude nicht tun durfte – sie war so verlockend, dass sie ihn überwältigte. Im vorigen Jahr war es ihm gelungen, eine Position als Privatlehrer außerhalb der Stadt zu ergattern. Aber die Karnevalssaison war jedes Jahr verlängert worden und hatte es ihm immer schwerer gemacht, passende Anstellungen zu finden. Er hatte sich darum beworben, einen Jüngling in Padua zu unterrichten und einen kranken Rabbi in Ferrara zu vertreten, doch beides ohne Erfolg.

Als der Karneval näher gerückt war, hatte seine Frau, der die Gefahr bewusst war, in seiner Kleidertruhe nach der Maske und dem Umhang gesucht, durch die er nicht mehr von einem venezianischen Christen zu unterscheiden gewesen wäre, und sie zwischen den Kurzwaren und Stoffballen ihrer Tochter, der Näherin, gefunden. Beides hatte sie sofort in die *strazzaria* gebracht und verkauft. Judah hatte ihr dafür gedankt und sie zärtlich auf die Stirn geküsst. Ungefähr einen Tag lang verspürte er große Erleichterung, dass die Requisiten seiner Schande nicht mehr in Reichweite waren. Aber bald konnte er nur noch an den Karneval denken und an die Gelegenheit, die er ihm bot.

Sogar jetzt, da er seine ganze Intelligenz benötigte, wand sich die Schlange um jeden seiner Gedanken und presste Vernunft und Gewissen aus ihm heraus. Er bahnte sich seinen Weg zu den Stufen am Rialto, wo er warten sollte. Es gefiel ihm gar nicht, so ungeschützt im Herzen der Stadt dazustehen. Er spürte, wie die Leute ihn anstarrten. Bürger drängten sich an ihm vorbei, verächtliche Bemerkungen murmelnd. Mit großer Erleichterung sah er den Gondoliere, der sein Boot geschickt auf die Stufen zusteuerte. Die Gondel war in strengem Schwarz lackiert, das vom Gesetz vorgeschrieben war, um die Venezianer von einer zu demonstrativen Zurschaustellung ihres Reichtums abzuhalten. Diese Einheitsfarbe sowie die legendäre Diskretion der Gondolieri halfen heimlichen Liebespaaren, ihre Anonymität zu bewahren.

Arjeh ging vorsichtig die rutschigen steinernen Stufen hinab, wohl wissend, dass der Anblick eines Juden, der eine Gondel bestieg, nicht gerade alltäglich war. Er war nervös, und vom Flattern seines Herzens wurde ihm schwindelig. Ein Venezianer hätte nach dem Ellbogen des Gondoliere gegriffen, um sich beim Einstieg abzustützen, doch Arjeh war sich nicht sicher, was der Mann davon hielte, von einem Juden angefasst zu werden. Der Aberglaube, dass eine solche Berührung jüdische Hexerei sei, mit der böse Geister auf Christen übergehen könnten, war unter Venezianern weit verbreitet. Als er eben seinen Fuß in das Boot setzte, schwappte das Kielwasser eines vorbeiziehenden Fahrzeugs an Deck. Arjeh schwankte, fuchtelte mit den Ar-men wie mit Windmühlenflügeln und fiel aufs Hinterteil. Vom Rialto ertönte derbes Lachen. Ein Klumpen Spucke flog über die Kanalmauer und landete auf seinem Hut.

»Dio!«, schrie der Gondoliere und packte den Rabbi mit Unterarmen, muskulös vom Rudern. Als Arjeh wieder stand, wischte der Gondoliere ihm beflissen den Staub von den Kleidern und stieß eine Reihe saftiger Schimpfwörter aus, die das Gelächter der Jungen am Ufer verstummen ließen.

Arjeh schalt sich selbst wegen seiner Zweifel an dem Gondoliere. Natürlich hatte Donna Reyna de Serena wohl kaum einen Judenhasser als Angestellten. Sie saß, auf ihn wartend, in der gepolsterten Abgeschiedenheit der *felze*.

»Was für ein Auftritt, Rabbi«, sagte sie und zog eine Augenbraue hoch. »Nicht der diskreteste Weg, um an Bord zu kommen. Aber nun setzt Euch.« Sie deutete auf die bestickten Kissen ihr gegenüber. Von außen bestand die *felze* aus unauffälligem schwarzen Segeltuch. Innen war sie jedoch mit Goldbrokat gefüttert, ein Hohn auf die Anti-Luxus-Gesetze.

Reyna de Serenas Eintreffen in der Stadt vor einem Jahrzehnt hatte einiges Aufsehen erregt. Als Jüdin hatte sie aus Portugal fliehen müssen, sich aber bei ihrer Ankunft in Venedig sofort zur inbrünstigen Anhängerin des Christentums erklärt. Sie hatte sogar einen neuen Namen angenommen, der ihre Dankbarkeit für ihren Zufluchtsort ausdrückte. Als Christin konnte sie sich außerhalb des übervölkerten Ghettos ansiedeln, in einem prachtvollen Palazzo gleich neben dem venezianischen Münzamt. Manche Venezianer scherzten, im Haus der Serena sei mehr Gold zu finden als in dem ihres Nachbarn, denn die Serena war Erbin des größten jüdischen Vermögens in Europa. Da ihre Familie ihre Bankgeschäfte weit über die iberische Halbinsel hinaus betrieben hatte, ging nur ein Teil ihres Reichtums an die beutegierigen Herrscher von Spanien und Portugal verloren. Und obwohl sie den jüdischen Nachnamen ihrer Familie nicht mehr trug, zweifelten die wenigsten daran, dass sie nach wie vor Zugang zu deren Vermögen hatte.

Aber die Serena gab ihr Geld nicht bloß für Brokatvorhänge und für Gesellschaften aus, die von den Spitzen der Aristokratie besucht wurden. Insgeheim war sie Aryehs Hauptquelle für Almosen für bedürftige Mitglieder der Ghetto-Gemeinde. Überdies wusste er, dass sie mit Hilfe des Bankennetzes, das ihre Familie aufgebaut hatte, auch in vielen anderen Städten Juden unterstützte. Er wusste außerdem, dass ihr öffentliches Auftreten als fromme Katholikin eine Maske war, die sie so zwanglos trug wie ein Karnevalskostüm.

»Also, Rabbi. Sagt mir, was Ihr benötigt. Wie kann ich Euch helfen, Euren Leuten zu helfen?«

Arjeh verachtete sich für das, was zu tun er im Begriff war. »Gnädigste, mit Eurer Großzügigkeit habt Ihr bereits so viele von unseren Söhnen und Töchtern unter Eure Fittiche genommen und sie vor den Grausamkeiten des Exils beschützt. Ihr seid ein Quell klaren Wassers, aus der die Verdurstenden trinken dürfen, Ihr seid ...«

Reyna de Serena hob eine juwelengeschmückte Hand und wedelte damit vor ihrem Gesicht hin und her, als wollte sie einen üblen Geruch verscheuchen. »Genug. Sagt mir einfach, wie viel Ihr braucht.«

Arjeh nannte eine Summe. Sein Mund war trocken, als hätte die Lüge ihn ausgedörrt. Er betrachtete ihr ernstes, schönes Antlitz, während sie einen Augenblick über den Betrag nachdachte und schließlich in den neben ihr aufgetürmten Kissenberg griff und zwei dicke Geldbeutel hervorholte.

Arjeh leckte sich die Lippen und schluckte. »Die Empfänger werden Euren Namen segnen, meine Gnädigste. Wenn Ihr die Einzelheiten ihrer Nöte kennen würdet ...«

»Ich muss nichts weiter wissen, als dass sie Juden und bedürftig sind und dass Ihr sie meiner Hilfe für wert erachtet. Ich habe Euch mein Geheimnis anvertraut, Rabbi; warum sollte ich Euch dann nicht ein paar Zechinen anvertrauen?«

Als der Rabbi das Gewicht des Goldes in seiner Tasche fühlte, wunderte er sich über ihre Definition von *ein paar*. Aber bei dem Wort *vertrauen* zog sich sein Herz zusammen, als ob eine Faust es zerquetschen wollte.

»Nun, Rabbi, möchte ich Euch um einen Gefallen bitten.«

»Bittet nur, meine Gnädigste.« Die Faust lockerte ihren Griff ein wenig bei der Aussicht, seine Unehrlichkeit vielleicht zu einem kleinen Teil abbüßen zu können.

»Ich habe gehört, Ihr seid ein Freund des Zensors im Sanctum Officium.«

»Einen Freund würde ich ihn nicht unbedingt nennen, Gnädigste.« Er dachte an den barschen Wortwechsel am Kanal. »Aber wir kennen uns, wir sprechen miteinander, und das in aller Höflichkeit. Zufällig haben wir uns soeben getroffen. Er will die Druckerei von Abraham Pinel schließen lassen – das ist die, der die Bernadottis ihren Namen leihen.«

»Ach, wirklich? Vielleicht rede ich mal mit Lucio de Bernadotti. Ich bin sicher, es wäre ihm lieb, eine solche Peinlichkeit zu vermeiden. Womöglich kann er dafür sorgen, dass die Druckerei ein Werk zum Lobe des Papstes veröffentlicht, sodass eine plötzliche Schließung durch die Inquisition politisch weniger förderlich wäre?«

Arjeh lächelte. Kein Wunder, dass Reyna de Serena in einem Exil, das so viele vernichtet hatte, überleben und sogar erfolgreich sein konnte. »Aber wie kann ich meiner Gnädigsten dienlich sein?«

»Ich habe das hier«, sagte sie, griff wieder unter die Kissen neben ihr und zog ein kleines, in Ziegenleder gebundenes Buch mit kunstvoll geschmiedeten Silberschließen hervor. Sie reichte es dem Rabbi. Arjeh nahm es in die Hand.

»Es ist sehr alt«, sagte er.

»In der Tat. Über hundert Jahre. Wie ich hat es eine Welt überlebt, die nicht mehr existiert. Schlagt es auf.«

Arjeh öffnete die Schließen und bewunderte dabei das Können des Silberschmieds. In geschlossenem Zustand hatten die Schließen die Form eines Flügelpaars. Als sich die zarten Haken lösten – nach über einem Jahrhundert immer noch reibungslos –, entfalteten sich die Flügel und enthüllten eine von ihnen umschlossene Rosette. Arjeh sah sofort, dass das Buch eine Haggadah war, die sich aber sehr von allen anderen ihm bekannten unterschied. Das Blattgold, die satten Farben... neugierig blätterte er die Seiten um und starrte auf die Illustrationen. Er war entzückt, wenn auch ein wenig verstört, jüdische Geschichten in einem Stil dargestellt zu sehen, der so sehr dem christlicher Gebetbücher glich.

»Wer hat dieses Buch geschrieben? Diese Bilder gemalt?«

Reyna de Serena zuckte die Achseln. »Das würde ich selbst gern wissen. Ich habe es von einem alten Diener meiner Mutter. Er war ein freundlicher Mann, ein Greis schon, als ich ihn kannte. Als ich klein war, hat er mir oft Geschichten erzählt. Schreckliche Geschichten, die alle von bösen Soldaten und Piraten handelten, von Stürmen auf See und Seuchen an Land. Ich habe sie geliebt, wie das bei einem Kind so ist, das noch nicht genug von der Welt weiß, um zu unterscheiden, was Wirklichkeit und was Märchen ist. Heute schäme ich mich bei der Erinnerung daran, wie ich ihn zu diesen Geschichten drängte, denn ich glaube, es waren wahre Begebenheiten aus seinem eigenen Leben. Er sagte, er sei im Monat der Vertreibung aus Spanien geboren und seine Mutter nicht lange darauf bei einem Schiffsunglück gestorben, als sie versucht hatte, eine sichere Zuflucht für sich und ihn zu finden. Irgendwie geriet er in die Obhut meiner Familie – das traf im Laufe der Jahre auf viele Waisen zu. Als Jüngling arbeitete er für meinen Großvater, nicht in der Bank, sondern bei der geheimen Aufgabe, Juden bei der Flucht aus Portugal zu helfen. Jedenfalls gehörte das Buch ihm und war sein ältester und liebster Besitz. Als er starb, hinterließ er es meiner Mutter, und nach ihrem Tod ging es auf mich über. Und ich habe es stets gewürdigt, weil es wunderschön ist, aber auch, weil es mich an ihn erinnert und an das Leiden vieler anderer.

Rabbi, ich möchte, dass der Zensor dieses Büchlein überprüft und als harmlos einstuft. Aber ich darf nichts riskieren. Ich muss wissen, dass er es nicht verbieten lässt, ehe ich es ihm zukommen lasse. Und natürlich darf keiner erfahren, dass es meins ist. Katholische Damen haben keinen Bedarf an Haggadot.«

»Donna de Serena, ich werde es studieren. Ich weiß sehr wohl, welche Wendungen die katholische Kirche als anstößig empfindet, und werde mich als Erstes vergewissern, dass es wirklich nichts enthält, was sie beleidigt, und es dann Pater Vistorini so präsentieren, dass ein möglichst befriedigendes Ergebnis zustande kommt.«

»Seid Ihr sicher? Ich glaube, ich könnte es nicht ertragen, wenn dieses Buch, das so weit gereist ist und so viel durchgemacht hat, den Flammen übereignet wird.«

»Deshalb muss ich Euch noch etwas fragen, Gnädigste, wenn ich darf: Zwar bin ich zuversichtlich, den Zensor zu dem von Euch Gewünschten zu bewegen, aber warum müsst Ihr die Haggadah, wenn Ihr sie heimlich behalten wollt, überhaupt die Zensur passieren lassen? Ihr habt doch bestimmt keinen Grund zu befürchten, dass Eure persönliche Habe jemals durchsucht oder überprüft wird. Kein Mensch in Venedig würde es wagen...«

»Rabbi, ich beabsichtige, Venedig zu verlassen...«

»Meine Gnädigste!«

»...und wer weiß, welch gründlicher Inspektion mein Besitz dann unterzogen wird. Ich muss peinlich genau sein.«

»Das sind aber wirklich schlimme Nachrichten! Ich werde Euch vermissen. Alle Juden in Venedig werden Euch vermissen, auch wenn sie den Namen ihrer großherzigen Gönnerin gar nicht kennen. Ihr habt ja keine Ahnung, wie viele unverdiente Segenswünsche ich von meinen Leuten für die Almosen bekomme, die ich dank Eurer Güte an sie verteilen kann.«

Sein Lob ungeduldig abwehrend, hob sie die Hand.

»Ich habe hier gut gelebt, im Laufe der Jahre jedoch auch etwas über mich selbst gelernt. Ich habe entdeckt, dass ich nicht mein ganzes Leben als Lüge leben kann.«

»Ihr wollt also die Gefahr eingehen, dass Eure Konversion als Heuchelei erkannt wird? Ihr wisst, das ist riskant, so schwach die Inquisition auch sein mag, ist es doch...«

»Sorgt Euch nicht, Rabbi. Ich werde gefahrlos ausreisen können.«

»Aber wohin wollt Ihr? Wo ist dieser Ort der Glückseligkeit, an dem Juden leben und zu Wohlstand gelangen können?«

»Nicht sehr weit von hier. Gleich jenseits des Meers, das zwischen uns und den Gebieten unter der Herrschaft der Hohen Pforte liegt. Die osmanischen Sultane heißen uns seit langem gern willkommen – wegen unserer Begabungen und unseres Reichtums. Als ich jünger war, wollte ich nicht dorthin, aber seither hat sich vieles verändert. Die Gemeinde ist gewachsen. In mehreren Städten haben wir unsere eigenen Ärzte, unsere hebräischen Dichter. Der Sultan hat mich eingeladen und schickt jetzt sogar ein Gesuch von seinem Hof an den Dogen, damit ich sicher reisen kann. Es ist nicht ganz ungefährlich. Viele werden mit Freuden erfahren, was sie schon lange argwöhnen: dass ich vorgetäuscht habe, Christin zu sein, um hier

Freiheit genießen zu können. Doch wenn ich bleibe, muss ich weiterhin allein leben. Ich kann keinen christlichen Mann heiraten und das Geheimnis meiner jüdischen Seele vor ihm verbergen. Dort ist es womöglich noch nicht zu spät, um eine Verbindung einzugehen, ein Kind zur Welt zu bringen. Vielleicht werdet Ihr ja kommen und bei seiner Beschneidung den Segen sprechen? Es heißt, die Stadt Ragusa sei sehr schön – gewiss nicht so schön wie Venedig, aber wenigstens kann ich dort ein ehrliches Leben führen. Ich werde wieder meinen eigenen Namen tragen. Genug jetzt. Betet mit mir, denn ich sehne mich danach, meine Ohren mit dem Klang des Hebräischen zu füllen.«

Kurz darauf stieg Arjeh in einem kleineren Kanal aus der Gondel, in einiger Entfernung von den forschenden Blicken der Menschenmenge am Rialto. Die Taschen schwer von Donna de Serenas Geld, das kleine Buch eng an die Taille gepresst, beabsichtigte er eigentlich, nach Hause zu gehen. Er lief mit gesenktem Kopf, die Augen aufs Pflaster gerichtet. Er war bereits an der Werkstatt des *mascherero* vorbei, ohne aufgeschaut zu haben, um nicht die Masken zu sehen, die der Künstler feilbot. Doch an der Ecke blieb er stehen. Das Gold in seinen Taschen hielt ihn dort fest.

Für gewöhnlich wusste Judah, dass seine Besessenheit nichts als eine Versuchung Satans war. Aber bisweilen erlaubten ihm seine Vernunft und Gelehrsamkeit auch, sich etwas anderes einzureden. Wurden den Stämmen Israels ihre Ländereien nicht schon durch das Los zugewiesen? Hatten die Hebräer nicht so ihren ersten König gewählt? Wie konnte etwas von Satan kommen, wenn die Tora es billigte? Vielleicht war es nicht Satan gewesen, der ihm befohlen hatte, Donna de Serena zu betrügen. Vielleicht war ihm dieses Gold ja durch die Hand des Herrn zuteilgeworden. Vielleicht war es die göttliche Vorsehung, die ihn aufforderte, alles zu riskieren, damit er noch größere Reichtümer für sein Volk gewönne. Diesen Reichtum würde er an die Bedürftigen verteilen und damit die Zustände überall im Ghetto verbessern. Obwohl das Herz in seiner Brust tobte und raste, verspürte Judah freudige Erregung bei dem Gedanken. Er drehte sich um, ging die wenigen Schritte bis zur Werkstatt des Maskenmachers zurück und trat ein.

Vistorini erhob sich von seinem Pult und hielt Ausschau nach einem Tuch, um sich die Stirn abzuwischen. Er hatte den ganzen Morgen an dem Befehl zur Beschlagnahme des häretischen Buches gearbeitet. Es war zu spät im Jahr und zu früh am Tag, um so zu schwitzen. Sein Schweiß roch sauer und erinnerte ihn daran, dass er seit einiger Zeit nicht gebadet hatte. Die Auseinandersetzung mit dem Juden hatte ein Pochen in seinem Kopf ausgelöst, einen Schmerz, der jetzt durchdringend wurde. In seinem unruhigen Magen bildete sich ein kleiner Knoten der Wut. Er redete sich ein, er sei beleidigt, weil der Rabbi ihre Freundschaft überstrapeziert hatte. Die Wahrheit konnte er sich nicht eingestehen: dass es ihm nicht gefiel, in einem Streit zu unterliegen. Seine Eingeweide verkrampften sich. Er musste die Latrine aufsuchen. Mit dem unsicheren Gang eines alten Mannes trat er in den Flur des Sanctum Officium.

Hier war es wenigstens kühler. Normalerweise lösten die verschimmelten Mauern Beklemmungen in ihm aus, aber heute war er froh über ein wenig Erlösung aus der Enge seines Gemachs. Als er um die Ecke bog, stieß er fast mit dem Dienstjungen zusammen, der das Tablett mit seinem kargen Mittagessen trug. Er griff nach der Serviette, die darauf lag, und wischte sich das Gesicht ab, dann reichte er das schweißgetränkte Tuch dem Jungen, der es zögernd und mit einem Ausdruck des Abscheus entgegennahm. Verdammt soll er sein, dachte der Priester, während er seinen Gang zur Latrine fortsetzte. Er und all diese jungen Menschen und ihre kritischen Mienen. Es war schlimm genug, dass er diesen unverschämten Ministranten Paolo ertragen musste, ein gebildetes Kind aus guter Familie. Aber wie konnte ein Dienstjunge es wagen, ihm mit solcher Verachtung zu begegnen?

Vistorinis Darm entleerte sich in die stinkende Abflussrinne, doch die Schmerzen in seinen Eingeweiden nahmen kaum ab. Vielleicht bekam er ein Magengeschwür. Widerwillig trat er an den Refektoriumstisch und hielt Ausschau nach dem Wein. Er hatte keinen Appetit auf die wässrige Brühe des Kochs und das Brot zum Eintunken. Ein einziger Becher, nur halb gefüllt, stand an seinem Platz. Als er mehr verlangte, sagte der Junge, der Verwalter habe den Weinschrank bereits abgeschlossen. Der Priester meinte, den Schatten eines Grinsens, rasch unterdrückt, über das Gesicht des Jungen huschen zu sehen, als er das berichtete.

Zurück in seinem Gemach, in noch schlechterer Stimmung als zuvor, machte sich Vistorini an die Routinearbeit des Redigierens. Die Feder voll dicker, dunkler Tinte, blätterte er die Seiten um und schwärzte alle hebräischen Verweise auf Christen, auf Unbeschnittene, auf Judenhasser, auf »Anhänger seltsamer Rituale«, wenn die Passage sich nicht eindeutig auf die Götzenanbeter des Altertums bezog, sondern in verschlüsselter Form auf die Kirche. Er strich Begriffe wie *Reich des Bösen* und *Edom* und *römisch*, die womöglich auf Christen zielten, überdies alle Stellen, wo der Judaismus als einzig wahrer Glaube bezeichnet wurde oder vom *Messias, der da kommen wird,* die Rede war, sowie die Wörter *fromm* und *heilig*, wenn sie Juden betrafen.

Wenn es Vistorini gut ging, behandelte er die Texte mit mehr Milde, korrigierte einen fragwürdigen Satz, statt ihn durchzustreichen. Wenn er einem Verweis auf *Götzendiener* das Wort *Sternenverehrer* hinzufügte, konnte er die Folgerung ausschließen, dass es sich bei der Anbetung von Bildern christlicher Heiliger um Idolatrie handelte.

Jetzt aber pochte es in seinem Kopf, und er hatte einen fauligen Geschmack im Mund. Seine Feder zerhackte die Sätze mit dicken Durchstreichungen. Bisweilen übte er so viel Druck aus, dass ihre Spitze das Pergament durchbohrte. Er hatte das Gefühl, ihm würde gleich übel. Er blätterte das Buch durch und kam zu dem Schluss, dass es zu viele Fehler enthielt. Rachsüchtig warf er es auf den Stapel, der zum Verbrennen bestimmt war. Er würde es Judah Arjeh, dem arroganten Esel, schon zeigen. Warum nicht gleich alle diese Schriften den Flammen übereignen? Dann hatte er es hinter sich und konnte nach Hause gehen, wo ihm sein Diener wenigstens etwas zu trinken bringen würde. Er fegte mit dem Arm über sein Pult, sodass ein halbes Dutzend Bände ungelesen auf den für das Feuer vorgesehenen Haufen flog.

Judah Arjeh setzte sich langsam im Dunkeln auf, damit er seine Frau nicht weckte. Der Mond beleuchtete den Schwung ihrer Wange und ihr offenes Haar; tagsüber sittsam versteckt, ergoss es sich in einem ungebändigten Strom aus Schwarz und Silber über das Kissen. Er musste an sich halten, um es nicht zu streicheln. Zu Beginn ihrer Ehe hatte er seine Hände in dieses Haar geflochten, sich daran geklammert und das herrliche Gefühl genossen, wenn es bei dem wilden, noch ungeübten Liebesspiel seine nackte Haut streifte.

Sarai war nach wie vor eine schöne Frau, und auch nach zwanzig Jahren erregte es ihn noch, wenn sie ihn auf eine bestimmte Weise anschaute. Manchmal fragte er sich, wie Vistorini ein Leben ohne die Wärme einer Frau in seinem Bett führen konnte. Und ohne Kinder. Wie wäre es, wenn er selbst sich nicht am Anblick der süßen Kleinen erfreuen könnte, die heranwuchsen, sich Jahr um Jahr veränderten auf ihrem Weg zu einer rechtschaffenen Reife? Ob sein Freund wohl so übermäßig viel Wein trank, um sich gegen diese so natürlichen, gottgegebenen Bedürfnisse abzustumpfen?

Es war nicht so, dass Arjeh ein vom Glauben diszipliniertes Leben verachtete. Im Gegenteil, er kannte die Schönheit der Selbstzucht. Die 613 Gebote der Tora begleiteten ihn jeden Moment. Es war selbstverständlich für ihn, Milch von Fleisch zu trennen, am Sabbat nicht zu arbeiten, in der Beziehung zu seiner Frau den Gesetzen der Reinheit zu gehorchen. Die Regeln der allmonatlichen Abstinenz verstärkten sein Verlangen nur und versüßten ihre darauf folgende Wiedervereinigung. Aber ganz ohne Frau zu sein... für ihn war das kein angemessenes Leben für einen Mann.

* * *

Die Tür quietschte, als Arjeh sie hinter sich schloss. Er wartete einen Augenblick, um zu sehen, ob das Geräusch jemanden geweckt hatte. Doch in dem überfüllten Gebäude war es nie still, selbst nicht zu dieser späten Stunde. Der trockene Husten eines alten Mannes drang durch die dünne Holzwand zwischen ihrer Wohnung und der nebenan. Wenn man so in die Höhe baute, durften nur die leichtesten Materialien verwendet werden. Im Stockwerk darunter durchschnitt der Schrei eines Neugeborenen die Ruhe der Nacht. Und von oben ertönte das unaufhörliche Krähen des Hahns, der überhaupt kein Gefühl für Hell oder Dunkel zu haben schien. Irgendjemand hätte das verfluchte Vieh vom *schochet* in den Kochtopf befördern lassen sollen, dachte Arjeh, während er in der Finsternis vorsichtig die knarrende Holztreppe hinuntertappte. Draußen drückte er sich in den engen Durchgang zwischen seinem und dem Nachbarhaus. Er ließ sich auf die Knie sinken, tastete mit der Hand über die glitschigen Steine und zog den Leinwandsack hervor, den er dort versteckt hatte. Dann schlich er weiter die Gasse entlang, bis er sich im tiefsten Schatten befand, öffnete den Sack und schüttelte ihn aus. Nach wenigen Minuten war er unterwegs zu den Toren des Ghettos.

Jetzt kam der schwierigste Teil seines nächtlichen Abenteuers. Die Tore waren längst geschlossen. Nichtjuden, deren Geschäfte sie bis über die Sperrstunde hinaus im Ghetto festgehalten hatten, gelangten mühelos in die anderen Stadtteile, indem sie die Wachen bestachen. Bei Juden hingegen erforderte dieses Unternehmen Mut und Tücke. Arjeh wartete eine Weile im Dunkeln ab. Die auffallenden kastanienbraunen Haare des Rabbis lockten sich unter seinem Dreispitz, dem Hut eines Patriziers. Die feuchte Luft drang sogar durch den feinen Wollumhang eines Adligen, der seine Verkleidung zusammen mit der Maske vervollständigte. Fast eine Stunde verstrich. Arjeh ließ seine steifen Schultern kreisen und schüttelte nacheinander beide Beine aus, um Krämpfen vorzubeugen. Bald würde er aufgeben und es morgen Nacht erneut versuchen müssen. Aber als dieser Gedanke eben in ihm aufstieg, hörte er die Geräusche, auf die er gehofft hatte: abgehackte Stimmen, heiseres Lachen. Kurz darauf kam eine Gruppe christlicher Jünglinge auf den *campiello* stolziert. Unter dem Deckmantel des Karnevals hatten sie sich verbotenen, exotischen Vergnügungen unter Juden hingegeben, die so tief gesunken waren, dass sie ihre Söhne und Töchter verkuppelten.

Es waren sechs oder sieben, die auf das Torhaus zuschwankten und dem Wächter zuriefen, er solle sie hinauslassen. Alle trugen den dunklen Umhang, wie er im Karneval üblich war, und Masken von Figuren aus der Commedia dell'arte. Arjeh flatterte das Herz in der Brust. Ihm blieb nur ein kurzer Moment, um sich der Gruppe anzuschließen in der Hoffnung, dass sie sich im Finstern und in ihrem berauschten Zustand nicht um ihn scherte. Nervös berührte er seine Maske, um sich zum zehnten Mal in zehn Minuten zu vergewissern, dass sie fest saß. Er hatte eine weit verbreitete und beliebte Form gewählt: den langen Schnabel des Pestarztes. Zweifellos war heute Nacht in der Stadt eine ganze Horde von Männern genauso vermummt. Doch im letzten Moment, ehe er aus dem halbrunden Schatten auf den Platz trat, kamen ihm Bedenken. Das Risiko war zu groß. Bestimmt würden die Jungen ihm Fragen stellen. Er sollte zurückgehen, wie er gekommen war, unerkannt im Dunkeln, und unterwegs die verfluchte Maske in die Gosse werfen.

Aber dann dachte er an das Kerzenlicht, das auf übereinandergetürmten Goldstücken tanzte, an die Schwindel erregende Ekstase, die er in dem Augenblick spürte, in dem die Karte umgedreht wurde und ihr Geheimnis enthüllte. Arjeh schluckte angestrengt. Das Vergnügen bei dieser Vorstellung war so groß, dass er es ganz hinten in seiner Kehle schmecken konnte. Er trat vor und in den Schatten der lärmenden Jünglinge. Sei kühn, ermutigte er sich. Er legte dem Erstbesten einen Arm um die Schulter und versuchte, ein Lachen vorzutäuschen, das er sich in einem seltsamen, nervösen Falsett abrang.

»Helft mir, junger Herr. Meine Beine sind schwach vom zu vielen Trinken, und ich möchte die Aufmerksamkeit der Wachen nicht auf mich ziehen.« Die Augen des Jungen wirkten durch die halbmondförmigen Schlitze einer Harlekinmaske blöd wie die einer Kuh. »Gut, Onkel, gehen wir«, nuschelte er. Mit seinem Atem, dachte Arjeh, hätte man eine Lampe anzünden können.

Es dauerte nur einen Moment, das erleuchtete Tor zu durchqueren, doch Arjeh war sicher, dass sein wild klopfendes Herz – sie mussten es doch hören! – ihn verraten würde. Doch dann stand er schon auf der schmalen Brücke. Drei Stufen hinauf, drei Stufen hinab in das Venedig der Nichtjuden. Er nahm seinen Arm von der Schulter des Jünglings und verschwand im Schatten eines Mauerüberhangs. Dort lehnte er seinen Kopf an den rauen Stein und versuchte, ruhig zu atmen. Es dauerte einige Minuten, ehe er weitergehen konnte.

Als er zum *canaletto* hin abbog, sog die Menge ihn auf. Während des Karnevals in Venedig brachte auch die Nacht keine Dunkelheit. Ab Sonnenuntergang beleuchteten Fackeln und Kerzen das fortwährende Fest. Es wimmelte von Menschen in der Stadt; zu dieser Zeit waren ihre Straßen bevölkerter als die des Ghettos. Die kostümierten Adligen lockten Taschendiebe an und Marktschreier, die sich Geschäfte mit ihnen erhofften, Jongleure, Akrobaten und Bärenführer, die sie zu unterhalten suchten. Die Standesschranken waren vorübergehend aufgehoben. Der hoch gewachsene Mann mit der langnasigen Zanni-Maske, der sich zu Arjeh hinunterbeugte, konnte ebenso gut ein Diener sein wie einer aus dem Rat der Zehn. »Guten Abend, Maskierter« genügte als Gruß.

Arjeh zog kurz seinen Hut, als er sich an dem Zanni vorbei wieder in die Menge drängte und sich von dem Menschenstrom zu einer *ridotto* tragen ließ, die sich nicht weit entfernt von der Brücke befand. Er ging hinein, ein Vermummter unter vielen, die in dieser Nacht unterwegs waren. Er stieg ins zweite Geschoss hinauf und betrat den Raum der Seufzer. Der Salon war protzig eingerichtet, das Licht der vielen Lüster zu hell, um den faltigen Hälsen der maskierten Frauen zu schmeicheln, die sich lustlos auf Sofas räkelten und ihre Partner über deren Verluste hinwegtrösteten. Verheiratete Männer mit ihren Mätressen waren da, Ehefrauen mit Kavalieren, die angeblich ihre Anstandsbegleiter, in Wirklichkeit jedoch oft ihre Liebhaber waren, außerdem Prostituierte, Kuppler und Polizeispitzel. Alle trugen Masken, um als ebenbürtig zu erscheinen. Alle, bis auf die Bankiers. Diese Männer, ohne Ausnahme Mitglieder der Aristokratenfamilie Barnabot, waren die einzigen Venezianer, die diese Rolle übernehmen durften. Jeder von ihnen, gekleidet in eine lange schwarze Robe und mit wallender weißer Perücke, stand im Salon nebenan hinter seinem eigenen Spieltisch. Ihre unverhüllten Gesichter offenbarten allen ihre Identität.

Arjeh hatte über ein Dutzend Tische zur Auswahl. Er schaute zu, wie die Bankhalter Bassette- und Pharo-Karten mischten und austeilten. Dann bestellte er Wein und beobachtete ein Treize-Spiel mit hohen Einsätzen. Es war nur ein einziger Spieler, der sich mit der Bank maß. Das Glück wechselte mehrmals die Seiten, ehe der Spieler seine Zechinen in einen kleinen Beutel steckte und sich lachend zu seinen Freunden gesellte. Arjeh nahm seinen Platz ein, und zwei weitere Männer schlossen sich ihm an. Der Bankier stand zwischen hohen Kerzen und mischte die Karten, während die Spieler, jeder gegen die Bank antretend, ihre Goldstücke vor sich aufstapelten. Es war ein simples Spiel. Der Bankhalter musste beim Abheben den Wert der Karten – As bis König – nennen. Sobald seine Angabe mit der aufgedeckten Karte übereinstimmte, sammelte er die Einsätze ein und behielt das Blatt. Wenn er den König zog und bis dahin noch keine Übereinstimmung hatte, musste er die Spieler auszahlen und das Blatt an den Spieler zu seiner Rechten weitergeben.

Als der Bankier mit dem Abheben begann, war seine Stimme

leise und gelassen. »*Uno*«, sagte er, während die Pik-Fünf auf den Tisch traf, »*due*«, als die Herz-Neun erschien, und bei »*tre*« war das Glück mit der Pik-Acht nach wie vor gegen ihn. Bis zu »*nove*« waren sie gekommen, und immer noch hatte der Bankhalter keine Karte aufgedeckt, deren Wert mit dem genannten übereinstimmte. Noch viermal Glück, dann würde sich Aryehs Einsatz verdoppeln.

»*Fante*«, rief der Bankier. Doch die Karte, die er abgehoben hatte, war eine Karo-Sieben und kein Bube. Nur noch zwei waren übrig. Arjeh beäugte seine Goldmünze.

»*Re*.« Die letzte Karte: König. Doch der Bankier hatte ein As abgehoben. Seine langen weißen Finger griffen nach dem Stapel Münzen neben ihm. Eine legte er vor Arjeh hin, vier vor einen Mann mit Löwenmaske und sieben mit einer leichten Verbeugung vor einen, der hoch gewettet hatte und die Maske des Brighella, eines intriganten Dieners, trug. Da der Bankhalter das Spiel verloren hatte, reichte er das Blatt an den Brighella weiter. Arjeh lockerte seine Maske, um sich die Stirn abzuwischen. Er langte in Dona Reynas Beutel und legte neben seinen ursprünglichen Einsatz und den Gewinn der ersten Runde zwei weitere Zechinen auf den Tisch. Er wettete jetzt um vier Goldstücke und meinte zu sehen, wie die Männer zu beiden Seiten ihm beifällig zunickten.

»*Uno*.« Die Stimme hinter der Brighella-Maske war tief und volltönend. Die Karte, die er abhob, war eine Kreuz-Neun. »*Due*.« Ein Bube, viel zu früh im Spiel, um ihm zu nützen. »*Tre, quattro, cinque, sei... fante, cavallo...*« Seine Stimme schien mit jeder Karte, von denen keine dem von ihm aufgerufenen Wert entsprach, tiefer zu werden. Arjeh spürte, wie sein Herz schneller schlug. Gleich würde er vier weitere Zechinen gewinnen. Bei diesem Tempo konnte er Donna Reynas Gold in null Komma nichts verdoppeln. »*Re!*«, rief der Brighella. Doch die Karte, die er umdrehte, war eine Pik-Sieben. Der Brighella griff in seinen Geldbeutel und legte Zechinen auf die Stapel der Spieler. Seine Augen funkelten hinter den halbmondförmigen Schlitzen der Maske mit den knubbeligen Wangen.

Das Blatt ging an Arjeh. Er sah zu, wie der Löwe, der Brighella und der teilnahmslos dreinschauende Adlige aus dem Geschlecht der Barnabot ihre Goldstücke vor sich auftürmten. Der Brighella, der seinen Verlust wettmachen wollte, legte zwanzig Zechinen auf den Tisch. Der Barnabot bot zwei Zechinen, der Löwe vier, wie auch bei den vorigen Spielen.

Aryehs Hände bewegten sich flink und ruhig, als er das Blatt mischte. Er verspürte eher Hochstimmung als Angst, obwohl sein Einsatz bereits sechsundzwanzig Goldstücke betrug. »Uno!«, rief er frohlockend, und als ob er die Macht hätte, die Karte herbeizuzaubern, erglänzte das schlichte rote Viereck des Karo-As im Schein der Kerzen.

Arjeh schaufelte die Einsätze der anderen in seine Richtung. Als Gewinner behielt er das Blatt. Erneut legten die Spieler ihre Zechinen auf den Tisch, der Brighella wieder zwanzig, der Adlige zwei und der Löwe vier.

»Uno!« Aryehs Stimme klang schwungvoll, obwohl die Karte, die er abhob, eine Neun war. »Due! Tre! Quattro!« Erst als er zu *fante* kam, dem Buben, wurde ihm die Kehle bei der Aussicht auf Verlust allmählich eng. Aber das Geheimnis von Aryehs Spielsucht lag genau in diesem Moment begründet, in dem die Furcht sich in ihm ausbreitete wie Tinte in einem Glas mit klarem Wasser. Er begrüßte diese Empfindung, die dunkle, Schrecken erregende Vorahnung von Gefahr. Alles zu verlieren oder das Blatt zu gewinnen, immer ging es um die Intensität des Augenblicks. Nie fühlte er sich so lebendig wie in diesen Momenten, in denen alles in der Schwebe war.

»Cavallo!«, rief er, und die Karte zeigte ein Karo-As – dasselbe Ass, das ihm beim letzten Mal Glück gebracht hatte, betrog ihn jetzt. Eine Chance hatte er noch. Seine Haut kribbelte.

»Re!«, verkündete er, und der König, den er angesagt hatte, starrte ihn vom Tisch aus an. Die anderen wurden nervös. Dieser Mann mit der Maske des Pestarztes hatte das unheimliche Glück, ein Blatt mit der ersten und das nächste mit der letzten Karte zu gewinnen. Wirklich seltsam.

Arjeh sah das Kerzenlicht auf dem Rubinring des Aristokraten tanzen, als der Barnabot langsam noch zwei Zechinen hervorholte und ebenso langsam zwei weitere hinzufügte. Er wettete darauf, dass sich das Glück des Pestarztes wendete.

Der Brighella musterte ihn aus mittlerweile glasigen Augen, als er vierzig Goldstücke auf den Tisch legte. Nur der Löwe blieb standhaft und riskierte wieder nur vier Zechinen.

Eine knappe Stunde lang hielt sich Aryehs Glückssträhne, und er sonnte sich im Schein seines wachsenden Goldstapels. Den Inhalt von Donna Reynas erstem Geldbeutel hatte er mehr als verdoppelt. Der Mann mit der Löwenmaske verließ den Tisch und bahnte sich unsicher seinen Weg in den Raum der Seufzer. Seinen Platz nahm ein Pulcinella ein, der betrunken wirkte, sehr leichtsinnig spielte und jedes Mal demonstrativ aufschrie, wenn ihn das Pech ereilte. Der Barnabot behielt sein distanziertes, würdevolles Betragen bei, doch in seinem unverhüllten Gesicht begann sich Anstrengung abzuzeichnen. Der Brighella, der am meisten verloren hatte, klammerte sich am Tisch fest. Die Knöchel seiner Finger waren ganz weiß. Eine kleine Schar Neugieriger hatte sich um sie herum versammelt.

Irgendwann war es unvermeidlich, dass Arjeh bis zum König kam, ohne eine einzige Karte korrekt benannt zu haben. Der Pulcinella stieß einen heiseren Freudenschrei aus. Arjeh verneigte sich und zahlte die Spieler aus – achtzig Zechinen an den Brighella, zehn an den Pulcinella, vier an den Barnabot. Er reichte das Blatt an den Brighella weiter und erwog seinen nächsten Einsatz.

Es war eine magische Stunde gewesen. Er fühlte sich leicht wie einer der bunten Ballons ,die zum Karneval über der Stadt schwebten. Wahrlich, mit dem großen Gewinn konnte er für die Armen in seiner Gemeinde viel ausrichten. Er stand da, die Hand zögernd über dem Gold. Vielleicht hatte Satan ihn hierhergelockt, aber es war Gott, der ihm diesen Augenblick der Entscheidung schenkte. Er würde auf die Stimme der Vernunft in seinem Kopf hören, würde seinen Gewinn nehmen und die Spielstätte verlassen. Er hatte der Bestie in ihm Futter gegeben, hatte gespürt, wie sein Blut in Ekstase und Schrecken aufwallte. Genug. Er schob den Stapel Zechinen auf seinen Geldbeutel zu.

Eine harte Hand, die des Brighella, landete auf der seinen. Überrascht schaute Arjeh auf. Die Augen hinter der Maske des anderen waren schwarz, ihre Pupillen geweitet. »Kein *Ehrenmann* hört auf zu spielen, nachdem er den Vorteil des Gebens genossen hat.«

»Ganz recht«, nuschelte der Pulcinella. »Gehört sich nicht, sich mit solchen Gewinnen aus dem Staub zu machen. Ihr denkt wohl mehr ans Geld als an Euer Vergnügen, oder? Seid nicht vom Geist des Karnevals beseelt. Kein Ehrenmann. Nicht einmal Venezianer, wette ich.«

Arjeh wurde tiefrot unter seiner Maske. Wussten sie Bescheid? Hatten sie erraten, wer er war? Mit der Anspielung auf seine »Andersartigkeit« war der betrunkene Pulcinella der Wahrheit sehr nahe gekommen. Er zog seine Hand unter der des Brighella hervor und legte sie auf sein Herz. Dann trat er einen Schritt zurück und verbeugte sich tief. »Meine Herren«, sagte er mit seinem weichen, melodischen, unverkennbar venezianischen Akzent. »Vergebt mir. Nur ein schwacher Moment. Ich weiß wahrhaftig nicht, was ich mir dabei dachte. Lasst uns auf jeden Fall weiterspielen.«

Die nächste Stunde verging damit, dass jeder abwechselnd gewann und verlor. Arjeh fand, nun sei genug Zeit verstrichen, und machte erneut Anstalten zu gehen. Wieder hielt der Brighella seine Hand fest, als er nach seinen immer noch beträchtlichen Gewinnen langte. »Warum solche Eile?«, fragte die tiefe Stimme. »Habt Ihr ein Stelldichein?« Und dann wurde seine Stimme noch tiefer, und die knubbelige Maske rückte näher heran. »Oder müsst Ihr eine Sperrstunde einhalten?«

Er weiß Bescheid, dachte Arjeh und begann unter seinem Umhang zu schwitzen.

»Noch ein Blatt, zu anständigen Einsätzen, werter Herr Pestarzt! In aller Freundschaft, eh?« Der Brighella griff unter seinen Umhang und legte einen vollen Geldbeutel auf den Tisch. Arjeh schob mit zitternder Hand seinen gesamten Gewinn nach vorn. Die Furcht vor dem Verlust – intensiv, köstlich – überwältigte ihn.

Der Barnabot hielt wieder die Bank. »*Uno. Due. Tre...*«

Aryehs Kopf fühlte sich ganz leicht an.

»*... Otto. Nove. ...*«

Es fiel ihm immer schwerer, durch die Maske hindurch zu atmen. Sein Herz raste und hämmerte in seiner Brust. Er würde noch einmal gewinnen.

»*... Fante. Cavallo...*«

Hochstimmung und Entsetzen hielten ihn zu gleichen Teilen im Griff. Und dann obsiegte das Entsetzen, zog ihn nieder, zermalmte ihn, als der Barnabot einen König abhob. Das Dröhnen in Aryehs Ohren dämpfte den Klang der Silbe, die sich langsam auf den Lippen des Adligen formte. »*Re!*«

Der Barnabot griff nach dem Stapel Gold, raffte ihn an sich und verneigte sich leicht in Richtung des Brighella.

»Nun, lieber Doktor, dürft Ihr uns verlassen, wenn Ihr unserer Gesellschaft so überdrüssig seid.«

Arjeh schüttelte den Kopf. Er konnte nicht gehen. Nicht jetzt. Er hatte nicht nur seine Gewinne eingebüßt, sondern auch die Hälfte seines Einsatzes. Einer von Donna Reynas Geldbeuteln lag schlaff und leer vor ihm. Er war fest entschlossen gewesen, nur einen Beutel zum Spielen zu verwenden, den anderen für die Bedürftigen seiner Herde. Das hatte er sich eingebläut. Doch jetzt tastete er an seiner linken Hüfte nach dem zweiten Beutel. Als sich seine Finger um das beruhigend pralle Behältnis schlossen, fühlte sich Arjeh, als würde er in strahlenden Glanz getaucht. Er glaubte zu wissen, dass sich die Glückssträhne von vorhin wiederholen würde. Nicht seine eigene Hand, sondern die Hand des göttlichen Willens lenkte ihn, als er den vollen Beutel auf den Tisch schob.

Zum ersten Mal ließ selbst das bislang so ungerührte Gesicht des Barnabot Emotionen erkennen. Seine Augenbrauen zogen sich bis zum Rand der gepuderten Perücke hoch, und er verneigte sich kaum wahrnehmbar vor Arjeh. Dann fing er an abzuheben.

Arjeh hatte nur wenige Sekunden, um sich an der köstlichen Qual zu erfreuen, deren Sklave er war. Die Karte, die ihn seinen Einsatz kostete, war eine Acht. Die runden Vokale des Wortes *otto* schienen dem Barnabot von den Lippen zu tropfen, mit dem geschwungenen Unendlichkeitssymbol der Ziffer zu verschmelzen und sich dann zu einem Tunnel zu verlängern, der dem Rabbi regelrecht die Seele aus dem Leib saugte.

Ungläubig starrte er auf all das Gold, das sich vor dem Bankier zu glänzenden Türmen stapelte. Er hob die Hand und verlangte nach einer Feder. Zitternd unterschrieb er einen Schuldschein über hundert Zechinen. Der Adlige ergriff ihn mit zwei Fingern, las und schüttelte dann schweigend den Kopf. Arjeh fühlte, wie ihm das Blut glühend heiß in die Stirn stieg.

»Aber ich habe gesehen, wie Ihr einem Verlierer nur auf sein Wort hin zehntausend Dukaten vorgestreckt habt!«

»Es war das Wort eines *Venezianers*. Warum geht Ihr nicht zu einem jüdischen Wucherer, wenn Ihr Kredit wünscht?« Der Barnabot ließ den Schein zu Boden fallen.

An den Tischen um sie herum herrschte plötzlich Stille. Maskierte Gesichter drehten sich um, alle gleichzeitig, wie ein Schwarm von Geiern, die Aas wittern.

»Ein Jude!«, nuschelte der Pulcinella. »Das erklärt alles. Ich wusste gleich, dass er kein Venezianer ist!«

Arjeh wandte sich hastig ab, stieß dabei seinen Weinbecher um und stolperte aus dem Salon. Im Raum der Seufzer streckte eine Hure ihren fleischigen Arm aus und wollte ihn neben sich auf das Sofa ziehen. »Was soll die Eile?«, hauchte sie mit leiser, verführerischer Stimme. »Jeder verliert ab und zu. Setzt Euch zu mir, dann sorge ich dafür, dass es Euch besser geht.« Dann wurde sie lauter. »Ich wollte schon immer mal einen Beschnittenen kosten!« Er riss sich los und taumelte die Treppe hinab auf die Straße, gedemütigt von Gelächter, das über ihm zusammenschlug wie Wellen.

Im grauen Licht der heiligen Stätte legte Judah Arjeh seinen Gebetsmantel um und verneigte sich tief vor Gott. »Ich habe gesündigt, ich habe betrogen, ich habe gestohlen…« Tränen netzten seine Wangen, während er, sich vor und zurück wiegend, die vertrauten Worte des Bußgebets rezitierte. »Ich habe widernatürlich und voller Ruchlosigkeit gehandelt, ich war anmaßend, ich habe gelogen und falsches Zeugnis abgelegt… Ich habe gefrevelt und die Gesetze übertreten… Ich habe mich von deinen Geboten und Urteilen, die gut sind, abgewandt und bin gefallen. Was soll ich dir sagen, der du hoch droben wohnst, und was soll ich dir erklären, der du im Himmel weilst? Kennst du nicht alle Dinge, verborgen oder offen? Möge es daher dein Wille sein, o Herr, unser Gott und Gott unserer Väter, mir zu vergeben, mir meine Lasterhaftigkeit zu verzeihen und mir für meine Sünden Buße zu gewähren…«

Erschöpft und verzweifelt ließ er sich auf eine Bank sinken. Gott mochte ihm die Verletzung seiner Gebote verzeihen, doch Arjeh wusste – er hatte es oft genug gepredigt –, dass er auch bei denen Vergebung suchen und Abbitte leisten musste, die durch sein sündhaftes Handeln geschädigt worden waren. Er dachte mit Schrecken an eine Rückkehr zu Reyna de Serena, um ihr seinen Betrug zu beichten. Und an die Demütigung, wenn er sich seiner Gemeinde offenbarte. Er würde eingestehen müssen, dass er den Hungrigsten das Brot aus dem Munde genommen, den Sterbenden ihre Arznei entwendet hatte. Und dann würde er, arm, wie er war, den Betrag ersetzen müssen, den er gestohlen hatte. Das würde strengste Sparsamkeit erfordern. Er musste seine Bücher verpfänden, vielleicht sogar mit seiner Familie in eine preiswertere Unterkunft umziehen. Mit zwei kleinen Zimmern für sechs Personen war ihr Domizil ohnehin nicht eben luxuriös, doch einer der Räume hatte ein Fenster und beide hohe Decken. Arjeh dachte an die billigeren Alternativen: Der *schochet* hatte ihm eine fensterlose Einzimmerwohnung nahe seiner Schlachterei gezeigt, die er zu sehr günstigen Bedingungen anbot. Insgeheim hatte Judah sie die Höhle von Machpela genannt, aber versprochen, sie weiterzuempfehlen, wenn jemand in seiner Gemeinde Unterkunft benötigte. Behausungen waren im Ghetto so knapp, dass selbst so ein düsteres Quartier bei einer geringen Miete viele Abnehmer finden würde. Doch wie konnte er Sarai darum bitten, in ein so finsteres Loch zu ziehen? Und seine Tochter Esther, die daheim arbeitete, wo würde sie ihre Stoffballen und ihren Nähtisch unterbringen können? Wie sollte sie nähen ohne Tageslicht? Er hatte gesündigt, nicht seine Familie. Wie konnte er sie so leiden lassen?

Arjeh rieb sich mit den Händen über die Wangen. Seine Haut sah in der Morgendämmerung grau und abgezehrt aus. Bald würde sich der *minjan* zu versammeln beginnen. Er musste sich darauf vorbereiten, ihn willkommen zu heißen.

Er verließ das Heiligtum und stieg in seine Wohnung hinunter. Der Duft nach Gebratenem verriet ihm, dass Sarai bereits wach war. Sonst liebte Arjeh die knusprigen Frittatas, heiß und goldbraun, die es gab, wenn er sich mit seinen drei Söhnen und der geliebten Tochter an den Tisch setzte und sich von ihrem Geplapper und Geplänkel umschwirren ließ. Heute Morgen jedoch ekelte ihn der Geruch nach heißem Schmalz. Ihm war übel.

Er stützte sich auf einen Stuhl. Sarai kehrte ihm bei der Arbeit den Rücken zu; ihr Haar war sittsam von einem feinen Schal bedeckt, den sie im Nacken hübsch gebunden hatte. »Guten Morgen«, sagte sie. »Du warst ja schon vor den Vögeln auf…« Sie sah ihn über die Schulter hinweg an, und ihr Lächeln verwandelte sich in ein besorgtes Stirnrunzeln. »Bist du krank? Du siehst so blass aus…«

»Sarai«, sagte er. Weiter kam er nicht. Seine ältesten Söhne standen zusammen in der Ecke und sprachen ihr Morgengebet. Der jüngste, der damit schon fertig war, saß mit seiner Schwester am Tisch, sie ließen sich ihre Frittatas schmecken. Vor den Kindern konnte er nicht über seine Schande sprechen, obwohl bald das ganze Ghetto davon erfahren würde.

»Es ist nichts. Ich konnte nicht schlafen.« Das war immerhin die Wahrheit.

»Dann musst du dich später ausruhen. Du musst erfrischt sein, um die Braut Sabbat zu empfangen.« Sie lächelte. Für Ehepaare galt es als Gebot, am Sabbat miteinander zu schlafen, und es war ein Erfordernis ihres Glaubens, dem sie beide mit Freuden gehorchten. Er erwiderte ihr Lächeln schwach, dann wandte sich ab, um Wasser in eine Schüssel zu gießen. Er spritzte es sich ins Gesicht und netzte seine Haare, dann setzte er seine *kippa* wieder auf und stieg die Treppe hinauf in die Synagoge.

Der *minjan* hatte sich im fahlen Licht bereits zusammengefunden. In diesen Zeiten, dachte Arjeh, war es nur allzu leicht, die nötigen Zehn zu versammeln. Ein Ausbruch der Pest vor knapp einem Jahr hatte so viele Opfer gefordert, dass immer noch jeden Tag über zwanzig älteste Söhne kamen, um das Gebet für ihre Toten zu rezitieren und ihrem Kummer dadurch Ausdruck zu verleihen.

Arjeh trat an die *bima*. Ein mitternachtsblaues Samttuch lag auf dem Lesepult. Seine Tochter hatte es als kleines Mädchen genäht. Schon damals waren ihre Stiche fein und ebenmäßig gewesen. Doch das Tuch war inzwischen abgenutzt wie fast alles hier in dem kleinen Raum. Der Stoff war durchgewetzt, wo seine Hände die *bima* umfassten. Das störte ihn nicht mehr als die wackligen Bänke oder der unebene Fußboden. Es waren Gebrauchsspuren, Zeichen von Leben, Beweise dafür, dass Menschen hierherkamen, viele von ihnen regelmäßig, um zu versuchen, mit ihrem Gott zu sprechen.

»Erhoben und geheiligt werde sein großer Name ...« Die Stimmen der Trauernden hoben sich im Gleichklang. Das Kaddisch war stets eins von Aryehs Lieblingsgebeten gewesen – ein Gebet für die Verstorbenen, in dem weder Tod noch Schmerz oder Verlust erwähnt wurden, sondern nur Leben und Herrlichkeit und Frieden. Ein Gebet, das sich abwandte von Grabstätten und modernden Gebeinen und seinen Blick aufs Firmament richtete: »Fülle des Friedens und Lebens möge vom Himmel herab uns und ganz Israel zuteilwerden, sprecht

Amen. Der Frieden stiftet in seinen Himmelshöhen, er stifte Frieden unter uns und ganz Israel, sprecht Amen!«

Arjeh verweilte nicht nach dem Morgengebet. Auf dem Weg nach draußen wechselte er nur ein paar kurze Worte mit seinen Gemeindemitgliedern. Auch zu Hause, wo er den liebevollen, aber intuitiv forschenden Blick Sarais fürchtete, blieb er nicht lange. Sie war dabei, in aller Ruhe die Gerichte zuzubereiten, die sie heute Abend und morgen essen würden, denn am Sabbat selbst durfte nicht gearbeitet werden. Als er ging, nahm sie gerade Zwiebeln auseinander, bei denen sie geduldig und mit größter Aufmerksamkeit jede Schicht darauf überprüfte, ob sich auch nicht das winzigste Insekt in sie eingenistet hatte. Ein solches Insekt mitzuessen, und sei es auch unabsichtlich, hätte eine Übertretung des Gebots bedeutet, keine Lebewesen zu verzehren, die schwärmen.

Arjeh machte sich auf zu einem *strazzaria*-Händler, der so wohlhabend war, dass er einen Teil seines Hauses als Bibliothek hatte einrichten können. Da Arjeh die Söhne des Mannes unterrichtet hatte, war es ihm erlaubt, den Raum für seine privaten Studien zu nutzen. Dort angekommen, wickelte er vorsichtig Donna de Serenas Haggadah aus, die er in ein Leinentuch eingeschlagen hatte. Wenn er ihr schon seine Lügen und Unterschlagungen beichten musste, wollte er ihr wenigstens nicht mit leeren Händen gegenübertreten. Er wollte das Buch gründlich durchlesen, um zu entscheiden, ob es ungefährlich war, es dem Sanctum Officium vorzulegen, und es, wenn dies der Fall war, noch am selben Tag zu Vistorini bringen. Mit ein bisschen Glück würde er es mit der notwendigen Inschrift zurückbekommen und konnte Reyna de Serena dann nach dem Sabbat aufsuchen.

Er öffnete die Silberschließen. Was musste Sepharad für ein Land gewesen sein, dass die Juden dort so ein Buch fertigen konnten! Hatten sie wie die Fürsten gelebt, diese Juden? Bestimmt, wenn sie sich so viel Blattgold und Silber, solche Handwerker wie den Silberschmied und Künstler vom Range dieses Illustrators leisten konnten. Und ihre Nachkommen wanderten jetzt Not leidend über das Antlitz der Erde und suchten nach einem sicheren Ort, wo sie ihr Haupt in Frieden betten konnten. Vielleicht hatte es einst viele Bücher wie dieses gegeben, genauso schön, die inzwischen alle zu Asche geworden waren. Verschwunden und verloren und vergessen.

Doch er durfte nicht ins Lamentieren verfallen oder sich blenden lassen. Es nützte ihm jetzt nichts, über den Illustrator zu staunen – einen Christen? Denn welcher Jude hätte gelernt haben können, wie die Christen zu malen? – oder über den *sofer*, der den Text so schön und mit solch geübter Hand gestaltet hatte.

Diese Fragen, mochten sie auch interessant sein, durften ihn nicht ablenken. Stattdessen musste er sich in den Geist von Domenico Vistorini hineinversetzen, den Geist eines Jägers, unerbittlich auf der Suche nach dem kleinsten Anhaltspunkt, der auf eine Häresie hinwies. Ein argwöhnischer und vielleicht feindseliger Geist. Arjeh hoffte, dass Vistorini, der Gelehrte, die Haggadah wegen ihrer Schönheit und ihres Alters zu schätzen wissen würde. Aber Vistorini, der Zensor, hatte schon zahlreiche schöne Bücher verbrennen lassen.

So überblätterte Arjeh die bebilderten Seiten, bis er zu den ersten hebräischen Textpassagen gelangte. »Dies ist das Brot der Armut ...« Dann las er die vertraute Pessach-Geschichte, als begegnete er ihr zum ersten Mal.

Vistorini hob sein Glas an die Lippen. Nicht schlecht, der Wein, den der Jude ihm mitgebracht hatte. Er konnte sich nicht entsinnen, jemals koscheren Wein getrunken zu haben, und nahm noch einen Schluck. Wirklich nicht übel.

Sobald er sein Glas abgesetzt hatte, griff der Jude nach dem Weinschlauch und füllte es auf. Mit Freuden bemerkte der Priester, dass es ein sehr großer Weinschlauch war und das Glas des Juden, rot glühend im sanften Licht des Nachmittags, kaum angerührt dastand. Er würde die Sache in die Länge ziehen müssen, das wäre das Klügste. Wenn er nämlich erst einmal gesagt hatte, was er zu sagen beabsichtigte, würde der

Jude gehen und seinen Weinschlauch wahrscheinlich mitnehmen.

»Dieses Buch da, gibt es viele ähnliche, die in Eurem Ghetto unter alten Lumpen versteckt sind?«

»Nicht, dass ich wüsste. Wirklich, ich glaube, dass nur sehr wenige solche Bücher aus der Gemeinschaft der Sephardim überlebt haben.«

»Wem gehört es?«

Arjeh hatte die Frage erwartet und gefürchtet. Er durfte Reyna de Serena nicht verraten. »Mir«, log er. Er hoffte, jedes Fünkchen Freundschaft zwischen ihm und dem Priester, oder was davon übrig war, nützen zu können.

»Euch?« Vistorini zog skeptisch eine Augenbraue hoch.

»Ich habe es von einem Kaufmann, der es aus Apulien mitgebracht hat.«

Der Priester lachte kurz auf. »Ach ja? Euch, der angeblich so arm ist? Ihr konntet Euch eine so schöne Handschrift leisten?«

Aryehs Gedanken rasten. Er konnte behaupten, er habe es für einen Dienst erhalten, doch das klang unwahrscheinlich. Welchen Dienst hätte er verrichten können, der so wertvoll war? Da ihm seine Sünde noch überdeutlich vor Augen stand, platzte er mit dem Erstbesten heraus, das ihm in den Sinn kam. »Ich habe es beim Glücksspiel von ihm gewonnen.«

»Seltsamer Einsatz! Judah, Ihr versetzt mich in Erstaunen. Was für ein Spiel?«

Der Rabbi errötete. Das Gespräch steuerte zu sehr auf die Wahrheit zu. »Schach.«

»Schach? Das ist doch kein Glücksspiel.«

»Nun ja, der Mann hatte eine recht übertriebene Meinung von seinen Fähigkeiten und ist das Risiko eingegangen, sein Buch darauf zu verwetten. Also könnte man in diesem Fall sagen, dass Schach tatsächlich ein Glücksspiel ist.«

Der Priester lachte noch einmal, diesmal ehrlich belustigt. »Worte. Für Euch sind das nur Leckereien in Eurem Munde. Das vergesse ich immer, wenn ich Euch länger nicht sehe.« Er trank noch einen großen Schluck Wein. Er empfand wieder wärmer für den Rabbi. Was hatte ihn bei ihrer letzten Begegnung eigentlich so verärgert? Er konnte sich nicht mehr genau erinnern. Schade, dass er den Mann enttäuschen musste.

»Nun, es freut mich, dass Ihr auf diese Weise dazu gekommen seid, denn was man durch einen Glücksfall erringt, davon kann man sich leichter trennen.«

Arjeh richtete sich kerzengerade in seinem Stuhl auf. »Ihr meint doch nicht...? Ihr wollt damit doch nicht sagen, dass Ihr das Buch verbieten werdet?«

Der Priester beugte sich über sein Pult und legte Arjeh eine Hand auf die Schulter. Es sah ihm nicht ähnlich, einen Juden willentlich zu berühren. »Ich bedaure, aber genau so ist es.«

Arjeh schüttelte Vistorinis Hand ab und stand auf, von Wut und Ungläubigkeit getrieben.

»Aus welchen Gründen denn nur? Ich habe jede Seite gelesen, jeden Psalm, jedes Gebet, jedes Lied. Es gibt nichts darin, kein Wort, das irgendwie gegen den Index verstößt.«

»Da habt Ihr Recht. Der Text enthält nichts in dieser Art.« Vistorinis Stimme war ruhig und gelassen.

»Und?«

»Ich spreche nicht vom Text. Im *Text* ist, wie Ihr sagt, nichts zu finden, das sich gegen die Kirche richtet.« Er hielt inne. Aryehs klopfendes Herz erschien ihm laut in der Stille. »Leider enthalten die Abbildungen gravierende Ketzereien.«

Arjeh bedeckte seine Augen mit der Hand. Es war ihm gar nicht eingefallen, die Illustrationen genau zu studieren. Sie hatten ihn verblüfft, aber er hatte sich nicht die Zeit genommen, sie im Detail zu analysieren. Schwerfällig ließ er sich wieder auf dem geschnitzten Stuhl nieder.

»Welche?«, fragte er flüsternd.

»Oh, mehr als eine, fürchte ich.« Der Priester langte über den Tisch hinweg nach dem Manuskript und stieß dabei an sein Weinglas. Arjeh streckte instinktiv eine Hand aus, um es aufzufangen. Dann griff er in der vagen Hoffnung, Vistorini umzustimmen, nach dem Weinschlauch und füllte es bis zum Rand.

»Man muss nicht lange suchen«, sagte der Priester und schlug das Buch bei den ersten Abbildungen auf. »Seht hier. Der Künstler erzählt die Schöpfungsgeschichte. Er zeigt uns, wie das Licht von der Finsternis geschieden wird. Sehr hübsch ausgeführt, der harte Kontrast zwischen Schwarz und Weiß. Streng und ausdrucksvoll. Nichts daran ist häretisch. Nun die nächste: ›Und der Geist Gottes schwebte auf dem Wasser.‹ Sehr schön, die Verwendung von Blattgold, um auf die unaussprechliche Gegenwart Gottes zu verweisen. Wieder nichts Ketzerisches. Aber das nächste Bild und das übernächste und die drei danach. Schaut sie Euch an und sagt mir: Was seht Ihr?«

Arjeh schaute hin, und ihm wurde schwindelig. Wie hatte er das übersehen können? Die Erde, wo der Allmächtige die Pflanzen und die Tiere schuf – auf jeder einzelnen Illustration war sie als Kugel dargestellt. Dass die Erde eine Kugel und keine Scheibe war, glaubte mittlerweile die Mehrheit der Theologen. Interessant nur, dass ein Künstler diese These vor über hundert Jahren aufgegriffen hatte, als Christen dafür der Scheiterhaufen erwartete. Doch das allein machte das Buch nicht zur Ketzerei. Der Illustrator hatte sich noch weiter auf gefährliches Gelände vorgewagt. In der oberen rechten Ecke dreier Bilder befand sich über der Erde eine zweite Blattgoldkugel, die eindeutig die Sonne darstellen sollte. Ihre Position dagegen ließ mehrere Deutungen zu.

Arjeh sah zu Vistorini auf. »Ihr meint, das ist ein Hinweis auf heliozentrische Häresie?«

»›Hinweis!‹ Seid ehrlich, Rabbi. Das hier redet zweifelsfrei den Ketzern unter den sarazenischen Astronomen das Wort, Kopernikus, dessen Buch auf dem Index steht, und Galileo, diesem Mann in Padua, der sich schon bald vor der Inquisition für seine Irrtümer wird verantworten müssen.«

»Aber die Illustrationen – man *muss* sie nicht so auslegen. Die Kugeln, die konzentrischen Ringe, das könnten bloße

Dekorationen sein. Wenn man nicht danach suchte, könnte die Andeutung, die Sonne stünde im Zentrum, ganz unbemerkt bleiben...«

»Aber ich suche danach.« Vistorini leerte sein Glas, und der Rabbi füllte es zerstreut. »Wegen dieses Galileo ist die Kirche neuerdings besonders besorgt über die Verbreitung dieser Häresie.«

»Dom Vistorini, ich flehe Euch an. Um jeder Freundlichkeit willen, die ich Euch in der Vergangenheit entgegengebracht haben mag, um der vielen Jahre willen, die wir einander kennen, bitte, verschont dieses Buch. Ich weiß, Ihr seid ein gebildeter Mann, ein Mann, der Schönheit respektiert. Ihr seht doch, wie schön dieses Manuskript ist...«

»Umso wichtiger, es zu verbrennen. Seine Pracht könnte eines Tages einen unwissenden Christen dazu verleiten, gut von Eurem verwerflichen Glauben zu denken.« Der Priester war in Hochstimmung. Er genoss die Situation. Der Rabbi war vollkommen in seiner Gewalt. Die Stimme des Mannes, jene sonst so einschmeichelnde Stimme, überschlug sich bereits. Vistorini hatte noch nie erlebt, dass er sich so leidenschaftlich für ein Buch einsetzte. Plötzlich kam ihm ein Gedanke, wie er dieses nachmittägliche Vergnügen in die Länge ziehen konnte. Er hielt sein leeres Glas vors Fenster, als wollte er den feinen Schwung des Kelchs studieren.

»Vielleicht... Aber nein. Das sollte ich nicht vorschlagen...«

»Pater?« Arjeh beugte sich mit gespanntem Blick vor. Er tastete nach dem Weinschlauch und füllte das Glas des Priesters erneut.

»Nun, ich könnte die anstößigen Stellen entfernen.« Vistorini strich mit dem Finger über das Pergament, blätterte vor und zurück. »Vier Seiten – das ist nicht viel –, und die wichtigsten Illustrationen würden erhalten bleiben, die von der Flucht aus Ägypten, dem Hauptthema des Werks...«

»Vier Seiten.« Arjeh stellte sich vor, wie das Messer die Pergamentfolios herausschnitt, und verspürte solchen Schmerz in seiner Brust, als ob man auf ihn selbst einstäche.

»Ich habe eine Idee«, sagte der Priester. »Da Ihr das Buch ja bei einem Glücksspiel gewonnen habt, was haltet Ihr davon, wenn wir auch spielen, um sein Schicksal zu besiegeln? Falls Ihr gewinnt, redigiere ich die Haggadah und verschone sie. Gewinne ich, wandert sie ins Feuer.«

»Was für ein Spiel?«, flüsterte Arjeh.

»Was für ein Spiel?« Vistorini lehnte sich in seinen Stuhl zurück, trank von dem Wein und überlegte. »Nicht Schach, glaube ich. Ich habe das Gefühl, dass Ihr mich darin schlagen würdet, ebenso wie den Kaufmann aus – woher kam er gleich?«

Arjeh, der angespannt und erregt war, konnte sich nicht mehr an seine eigene Lüge erinnern. Er täuschte einen Hustenanfall vor, um seine Verwirrung zu vertuschen.

»Aus Apulien«, stieß er schließlich hervor.

»Ja, Apulien. Das waren Eure Worte. Nun, ich möchte nicht riskieren, dass mir dasselbe widerfährt wie dem unglücklichen Mann. Karten habe ich nicht, auch keine Würfel.« Er fuhr fort, gemächlich die Seiten umzublättern. »Jetzt weiß ich, was wir tun. Machen wir eine Art Lotterie. Ich schreibe jedes der Wörter, mit denen der Zensor ein Buch genehmigt, *Revisto per mi*, auf ein Stück Pergament, und Ihr zieht blind. Jedes Wort, das Ihr in der richtigen Reihenfolge zieht, trage ich in Euer Buch ein. Ist die Reihenfolge nicht korrekt, vervollständige ich die Inschrift nicht, und Ihr habt verloren.«

»Aber das bedeutet, dass die Chance jedes Mal drei zu eins für Euch steht. Das ist zu hoch, Pater.«

»Zu hoch? Ja, vielleicht. Dann sagen wir Folgendes: Wenn Ihr beim ersten Mal richtig zieht, dürft Ihr diesen Zettel bei der zweiten Ziehung ausschließen. Dann verbessern sich Eure Chancen. Ich finde, das klingt reell.«

Arjeh sah zu, wie der Priester die ersehnten Worte auf Pergamentfetzen schrieb und diese nacheinander in ein leeres Kästchen auf seinem Schreibtisch fallen ließ. Sein Herz machte einen Satz, als er etwas bemerkte, das dem Priester, der schon ein wenig betrunken war, nicht auffiel. Einer der Zettel, die er gewählt hatte, war von minderer Qualität als die anderen beiden, ein kleines bisschen dicker. Es war derjenige, auf den Vistorini das mittlere Wort, per, gekritzelt hatte. Arjeh dankte Gott. Plötzlich standen seine Chancen weitaus besser. Er betete zu Gott, er möge seine Hand lenken, als er in das Kästchen griff. Rasch identifizierte er mit seinen Fingern den dickeren Pergamentfetzen und schob ihn beiseite. Jetzt gab es nur noch zwei Möglichkeiten. Richtig oder falsch. Hell oder dunkel. Segen oder Fluch. Wähle also das Leben. Er schloss seine Hand um einen Zettel, zog ihn heraus und reichte ihn dem Priester.

Vistorini verzog keine Miene. Er legte den Fetzen auf sein Pult. Dann langte er nach der Haggadah, schlug die letzte Seite des hebräischen Textes auf, tauchte seine Feder in die Tinte und setzte in sauberer Handschrift das Wort *Revisto* darauf.

Arjeh versuchte, sich seine Freude nicht anmerken zu lassen. Das Buch war gerettet. Jetzt musste er nur noch den dickeren Zettel auswählen, und das schreckliche Spiel wäre vorüber. Wieder griff er in das Kästchen, diesmal mit einem lautlosen Dank an Gott.

Er gab Vistorini das Pergament. Diesmal blieb der Gesichtsausdruck des Priesters nicht gleichmütig. Seine Mundwinkel zogen sich herab. Wütend nahm er die Haggadah und kritzelte die nächsten beiden Wörter: *per mi.*

Dann funkelte er den strahlenden Arjeh an. »Das hier ist natürlich nichts wert, wenn ich es nicht unterschreibe und datiere.«

»Aber Ihr... aber wir... Pater, Ihr habt mir Euer Wort gegeben.«

»Wie könnt Ihr es wagen!« Vistorini sprang so unvermittelt auf, dass er gegen sein schweres Eichenpult stieß. Der Wein in seinem Glas schwappte hin und her. Der Alkohol hatte seine Wut so verstärkt, dass sie fast an Raserei grenzte.

»Wie könnt Ihr es wagen, von ›meinem Wort‹ zu reden? Ihr kommt zu mir mit diesem unglaubwürdigen Märchen –

dieser, seien wir ehrlich, offenkundigen Lüge auf Euren Lippen, Ihr hättet dieses Buch gewonnen, und sagt *mir,* ich hätte Euch mein Wort gegeben! Ihr setzt mein Wohlwollen voraus, wagt es anzudeuten, dass wir Freunde sind. Hätte doch das Schiff, das Eure verwünschten Vorfahren aus Spanien hierher brachte, nie trockenes Land erreicht! Venedig bietet Euch eine sichere Zuflucht, und Ihr haltet Euch nicht einmal an die wenigen Vorschriften, die es Euch auferlegt. Ihr richtet gegen die Gesetze der Republik Druckereien ein und verbreitet Euren Schmutz über unseren Heiland. Euch, Judah, hat Gott Verstand geschenkt, sodass Ihr Euch bilden konntet, und dennoch verhärtet Ihr Euer Herz vor seiner Wahrheit und wendet Euch von seiner Gnade ab. Hinaus mit Euch! Und sagt dem wahren Besitzer dieses Buches, dass der Rabbi es bei einem Glücksspiel verloren hat. So erspart Ihr ihm die Vorstellung, wie all das schöne Blattgold in Flammen aufgeht. Ihr Juden liebt euer Gold, das weiß ich.«

»Domenico, bitte… ich werde alles tun, was Ihr wollt… bitte…« Die Stimme des Rabbis klang abgehackt. Er bekam keine Luft mehr.

»Hinaus! Sofort. Ehe ich Euch wegen Verbreitung häretischer Schriften verklage. Wollt Ihr zehn Jahre mit gefesselten Füßen in einer Galeere verbringen? Steht Euch der Sinn nach einer dunklen Zelle in den Bleiminen? Raus mit Euch!«

Judah fiel auf die Knie und küsste die Soutane des Priesters. »Macht mit mir, was Ihr wollt«, rief er. »Aber verschont das Buch!« Die einzige Antwort des Priesters war ein Schubs, der den Rabbi umwarf. Er erhob sich mit Mühe und taumelte aus dem Raum, den Flur entlang und nach draußen auf den *canaletto.* Er weinte und keuchte, riss an seinem Bart wie ein Trauernder. Um ihn herum wandten sich Passanten um und starrten den verrückten Juden an. Er spürte ihre Blicke, ihren Hass und begann zu rennen. Das Blut pumpte hart und schnell in den rissigen Kammern seines brechenden Herzens. Als seine Füße den harten Stein berührten, schienen die Fäuste eines Riesen auf seine Brust einzuhämmern.

Als der Junge mit dem Wachsstock eintrat, hatte sich Vistorini eben das letzte Glas aus dem mittlerweile leeren Weinschlauch eingegossen. Zunächst hielt er den Jungen in dem trüben Licht und seinem berauschten Zustand für Arjeh, der zurückgekommen war, um ihn anzuflehen, und knurrte. Doch dann rückte der Junge verschwommen in sein Blickfeld, und Vistorini bedeutete ihm, er möge die Kerzen auf seinem Pult anzünden.

Als der Junge gegangen war, zog er die Haggadah unter das Licht. Wieder einmal hörte er die Stimme in seinem Kopf, die Stimme, die er sich meistens nicht zu hören erlaubte. Aber manchmal, nachts, in seinen Träumen, und wenn er zu viel getrunken hatte…

Die Stimme, der dunkle Raum, das Gefühl von Scham, das Prickeln der Angst. Die geschnitzte Madonna in der Nische rechts von der Türschwelle. Die Hand des Kindes, umschlossen von einer größeren, schwieligen, die die winzigen Finger an das polierte Holz ihrer Zehen führte. »Das musst du immer tun.« Der windgepeitschte Sand in der verlassenen Stadt. Die Stimmen: arabisch, Ladino, Berber? Er wusste nicht mehr, welche Sprache es gewesen war. Und dann die andere, die Sprache, die er nicht sprechen durfte.

»*Dayenu!*« Er schrie das Wort laut heraus. »Genug!«

Mit einer Hand fuhr er durch sein fettiges Haar, als könnte er sich die Erinnerungen aus dem Kopf reißen. Jetzt erkannte er die Wahrheit über jene Vergangenheit, an die er nicht denken, von der er nicht einmal träumen durfte, hatte sie vielleicht immer gekannt. Er sah den zerschmetterten Fuß der Madonna, die kleine Pergamentrolle, die herausfiel. Geschrien hatte er, voller Entsetzen, und sich gegen eine grob zupackende Hand gewehrt, aber durch seine Tränen hindurch hatte er sie gesehen. Die hebräische Schrift. Die versteckte *mesusa*. Durch seine Tränen hindurch hatte er die Worte »*Und du sollst deinen Gott lieben von ganzem Herzen…*« gelesen. Er hatte die hebräischen Schriftzeichen gesehen, in den Schmutz getreten vom Stiefel des Mannes, der gekommen war, um seine Eltern zu verhaften, die dann als Krypto-Juden den Tod fanden.

Es hatte auch eine Haggadah gegeben, da war er sich sicher. Verborgen in dem geheimen Wandschrank, in den sie gingen, um die verbotene Sprache zu sprechen. Ihr Gesicht, wenn sie die Kerzen anzündete. So faltig, so wettergegerbt in dem grellen Licht. Doch ihre Augen, so freundlich, wenn sie ihn anlächelte. Ihre Stimme, wenn sie im Kerzenschein die Segnungen sang. So leise, nur ein Flüstern.

Nein. Das stimmte nicht. So war es nie gewesen. Zu viele hebräische Bücher, die hatten ihn verwirrt. Das waren bloß Träume. Albträume. Keine Erinnerungen. Er begann, auf Latein zu beten, um die Fragmente der anderen Stimmen zu ersticken. Er hob das Glas. Seine Hand zitterte. Wein schwappte auf das Pergament, aber das bemerkte er nicht einmal. »Ich glaube an einen einzigen Gott, den allmächtigen Vater ...« Er verstärkte seinen Griff um das Glas, führte es an die Lippen und trank es aus. »Und an Jesus Christus, seinen eingeborenen Sohn, unsern Herrn ... geboren von der Jungfrau Maria ... die heilige katholische und apostolische Kirche ... Vergebung der Sünden ...« Seine Wangen waren nass.

»Giovanni Domenico Vistorini. Das bin ich! Giovanni. Domenico. Vistorini.« Immer wieder murmelte er den Namen vor sich hin. Er langte nach dem Kelch. Leer! Er packte fester zu. Das dünne venezianische Glas zerbrach, und eine Scherbe bohrte sich in seinen Handballen. Er spürte es kaum, obwohl Blut auf das Manuskript tropfte und sich mit dem Weinfleck vermischte, der bereits auf dem Pergament prangte.

Er klappte die Haggadah zu und verschmierte dabei die rostrote Flüssigkeit. Verbrenn es, Giovanni Domenico Vistorini. Verbrenn es, jetzt gleich. Warte nicht die öffentliche Verbrennung ab. Ich werde an den Altar Gottes treten. Ich, Giovanni Domenico Vistorini. Das werde ich, denn ich bin Giovanni Domenico Vistor- ... Ich bin ... ich bin ... Bin ich das ... bin ich das?

Bin ich Elijahu ha Kohen?

Nein! Niemals!

Plötzlich lag die Feder in seiner verletzten Hand. Er blätterte die Seiten um und fand die Stelle. Er schrieb: »*Gio. Domenico Vistorini.*« Der bin ich, in diesem Jahr des Herrn 1609.

Er schleuderte die Feder quer durch den Raum, legte seinen Kopf auf den Schreibtisch, auf die aufgeschlagene Haggadah, und weinte, während seine Welt sich wirbelnd um ihn drehte.

Hanna

Boston 1996

Ist doch zu schade«, sagte Raz und griff nach dem Korb mit den warmen Pappadam, »dass wir nie wissen werden, was wirklich passiert ist.«

»Das stimmt.« Ich hatte den ganzen Abend kaum an etwas anderes gedacht. Ich schaute aus dem Fenster des Restaurants auf den Harvard Square ein Stockwerk unter mir. Studenten mit Schals um den Hals gingen an den Obdachlosen vorbei, die in ihren angestammten Hauseingängen saßen und bettelten. Mitte April, und erneut war die Temperatur gesunken, sodass sich die letzten Häufchen von aschgrauem, ungeschmolzenem Schnee immer noch hartnäckig in den Straßenecken hielten. Der Harvard Square konnte wie eine Party in einer Sommernacht wirken, voller Energie und Schwung und Verheißung. Und dann wieder wie einer der ödesten Plätze auf Erden – ein eisiger, windgepeitschter Irrgarten, wo junge Menschen ihre Zeit damit verschwendeten, sich in einem albernen Wettkampf um gute Noten gegenseitig niederzutrampeln.

Die anfängliche Begeisterung über die Entdeckung des Blutflecks war verflogen. Es war ein vertrautes Gefühl für mich, eine Berufskrankheit, als hätte ich es mit einem Geist zu tun, der zwischen den Seiten alter Bücher lebte. Manchmal, wenn man Glück hatte, befreite man ihn für ein Weilchen, und er belohnte einen mit einem verschwommenen Blick in die Vergangenheit. Andere Male machte es einfach *puff* – und die Vision hatte sich verflüchtigt, ehe man sich einen Reim darauf machen konnte, und der Geist stand mit verschränkten Armen da: *Bis hierher und nicht weiter.*

Raz, der meine schlechte Laune nicht bemerkte, ritt weiter auf der Sache herum. »Blut hat so viel dramatisches Potenzial«, sagte er und ließ den Pinot in seinem Glas kreisen.

Seine Frau Afsana übernachtete dreimal pro Woche in Providence, weil sie dort als Assistenzprofessorin an der Brown University Lyrik unterrichtete. Also aßen wir allein und konnten fachsimpeln, so viel wir wollten. Aber eigentlich blieb alles Spekulation, und das ärgerte mich.

»Ich verstehe nicht, wie du zu indischem Essen Rotwein trinken kannst«, sagte ich, ein Versuch, das Thema zu wechseln, und nuckelte an meinem Bier.

»War vielleicht das ganz große Drama«, fuhr Raz ungerührt fort. »Leidenschaftliche Spanier, die um das Buch kämpften – Säbel, Dolche ...«

»Wahrscheinlich eher jemand, der den Pessach-Braten aufgeschnitten hat und dem dabei das Messer ausgerutscht ist«, unterbrach ich ihn verdrießlich. »Such nicht nach Zebras.«

»Was?«

»Nur so ein Spruch. ›Wenn es vier Beine und ein langes Maul hat und Heu frisst, dann such nach einem Pferd, ehe du nach einem Zebra Ausschau hältst.‹« Der Spruch stammte eigentlich von meiner Mutter, hatte irgendwas mit ihren Assistenzärzten zu tun. Anscheinend wollen unerfahrene Ärzte immer seltene Krankheiten diagnostizieren, auch wenn sie es mit ganz gewöhnlichen Symptomen zu tun haben.

»Ach, du bist eine Spielverderberin. Zebras sind *viel* interessanter.« Raz griff nach der Weinflasche und füllte sein Glas auf. Die Haggadah war nicht sein Projekt; er verspürte nicht dieselbe Enttäuschung wie ich. »Man könnte vielleicht einen DNS-Test machen ... Die ethnische Herkunft der Person feststellen, von der das Blut stammt.«

»Könnte man. Kann man aber nicht. Man müsste das Pergament beschädigen, um eine Probe zu entnehmen, die groß genug ist. Selbst wenn ich das vorschlagen würde, was ich auf keinen Fall tue, bezweifle ich, dass man es zuließe.« Ich brach ein Stück Pappadam ab – flach und knusprig wie Matze. Wie die Matze, die die schwarze Frau auf dem Bild in der Haggadah in der Hand hielt. Noch ein Rätsel, das ich nicht würde lösen können.

Raz schwadronierte weiter: »Es wäre doch prima, wenn man sich in die Vergangenheit katapultieren und dabei sein könnte, als es passierte ...«

»Ja, ich wette, seine Frau hat ihn angeschrien: ›Du Trampel! Guck dir an, was du mit dem Buch gemacht hast!‹«

Raz grinste und gab sich endlich von meiner schlechten Laune geschlagen. Er hatte schon immer eine romantische Ader gehabt. Das hatte ihn wohl auch zu Wracks hingezogen. Der Kellner kam mit einer Schüssel brennend scharfem Vindaloo. Ich träufelte die feurige Soße über meinen Reis, aß eine Gabel voll davon und spürte, wie meine Augen tränten. Ich liebte dieses Zeug. Während meines Studiums an der Harvard University, hatte ich mich fast ausschließlich davon ernährt. Es war beinahe so scharf wie mein absolutes Lieblingsgericht: Sambal mit Riesengarnelen in dem malaysischen Restaurant zu Hause in Sydney. Essen kann manchmal sehr wohltuend sein. Nach ein paar Happen ging es mir besser.

»Du hast Recht«, sagte ich. »Es wäre wirklich toll, dabei gewesen zu sein, als die Haggadah das Buch einer Familie war, ein Gebrauchsgegenstand, ehe sie ein Ausstellungsstück wurde, eingesperrt in eine Vitrine ...«

»Ach, ich weiß nicht«, sagte Raz. Er rührte argwöhnisch in dem Vindaloo herum, bediente sich mit einem knappen Löffel und belud den Rest seines Tellers mit Dal. »Sie leistet nach wie vor das, was sie leisten soll, jedenfalls dann, wenn sie erst einmal im Museum liegt. Sie soll uns etwas lehren, und das wird sie auch weiterhin tun. Und vielleicht hat sie uns viel mehr zu erzählen als nur die Geschichte des Exodus.«

»Was meinst du damit?«

»Na ja, nach dem, was du gesagt hast, hat das Buch immer wieder dieselbe menschliche Katastrophe überlebt. Denk mal drüber nach. Denk dir ein Land, in dem die Leute Unterschiede tolerieren, zum Beispiel Spanien während der *convivencia:* Alles läuft bestens, Wohlstand herrscht, und die Kunst blüht. Dann bricht irgendwie diese Angst aus, dieser Hass, dieses Bedürfnis, das ›Andere‹ zu verteufeln – und zerstört das ganze Miteinander. Inquisition, Nazis, serbische Nationalisten... immer dasselbe, immer dasselbe. Mir scheint, das Buch zeugt davon.«

»Ganz schön tiefsinnig für einen Fachmann der organischen Chemie.« Der Gelegenheit, ihn zu veralbern, konnte ich nie widerstehen. Raz warf mir einen finsteren Blick zu, dann lachte er und fragte, worüber ich in der Tate reden wolle. Ich sagte, ich hätte einen Vortrag über die strukturellen Eigenarten türkischer Manuskripte und die damit einhergehenden Konservierungsprobleme vorbereitet. Das spezielle Format der Einbände führt beim Gebrauch oft zu Beschädigungen, und es ist erstaunlich, dass viele Konservatoren immer noch nicht wissen, wie sie damit umgehen sollen. Dann kamen wir auf meinen superreichen Auftraggeber zu sprechen und auf das Für und Wider von Zugangsbeschränkungen. Raz' Labor war hauptverantwortlich für den Gesamtbestand von Harvard, deshalb hatte er eine eindeutige Meinung zu dem Thema.

»Es ist eine Sache, wenn ein Manuskript in einer Universitätsbibliothek steht und für Akademiker verfügbar ist, und eine ganz andere, wenn es an einen privaten Sammler geht und in irgendeinem Safe weggeschlossen wird...«

»Ich weiß. Und du solltest den Safe von diesem Typen sehen...« Mein Klient lebte in einer der riesigen alten Villen in der Brattle Street und hatte sich eigens einen Tresorraum ausheben lassen, der hochmodern und bis oben hin mit Schätzen voll gestopft war. Raz, der tagtäglich Zugang zu fantastischen Dingen hatte, war ziemlich schwer zu beeindrucken. Aber sogar seine Augen wurden groß, als ich ihm streng vertraulich von einigen der Artefakte erzählte, die der Typ in seinen Besitz gebracht hatte.

Das Gespräch führte uns dann von der Museumspolitik im Allgemeinen über allen möglichen Klatsch und Tratsch bis hin zu Sex am Arbeitsplatz und zum Liebesleben von Bibliothekaren im Speziellen. Und das war auch schon alles, worüber wir den ganzen Abend redeten. Irgendwann hatte ich den Salzstreuer in der Hand. In der Aufregung über die Identifizierung des Blutflecks hatten wir uns die Salzkristalle gar nicht angesehen, die ich vom Pergament gekratzt hatte. Ich erklärte Raz, ich würde ihn am nächsten Tag noch mal belästigen müssen, weil ich mir diese Kristalle unter seinem Video-Spektralkomparator anschauen wolle.

»Kein Problem. Jederzeit. Du weißt, wie gern wir dich am Straus haben würden. Dauerhaft. Du brauchst nur die Hand zu heben, dann hast du bei uns einen Job.«

»Danke, Kumpel, das ist sehr schmeichelhaft. Aber ich würde nie aus Sydney wegziehen.«

Ich glaube, das ganze Gerede darüber, wer es in unserer kleinen Welt mit wem trieb, hatte etwas mit dem zu tun, was dann passierte. Als wir das Lokal verließen, legte Raz mir eine Hand auf die Hüfte. Ich drehte mich zu ihm um und sah ihn an.

»Raz?«

»Afsana ist nicht hier«, sagte er. »Ist doch nichts dabei, oder? Der guten alten Zeiten wegen ...«

Ich sah hinunter auf seine Hand, nahm sie zwischen Daumen und Zeigefinger und entfernte sie von meinem Körper. »Ich muss dir wohl einen anderen Namen verpassen.«

»Häh?«

»Ab jetzt nenne ich dich ›Rat‹ statt Raz.«

»Ach komm schon, Hanna. Seit wann bist du so prüde?«

»Hm, mal sehen – seit zwei Jahren vielleicht? Seit deiner Hochzeit?«

»Also, ich erwarte mit Sicherheit nicht, dass Afsana wie eine Nonne lebt, wenn sie in Providence ist, wo ihr all die knackigen jungen Studenten mit feuchten Augen zu Füßen sitzen, daher sehe ich nicht ein ...«

Ich legte mir die Hände auf die Ohren. »Verschone mich. Die Details eurer ehelichen Arrangements muss ich wirklich nicht kennen.«

Ich wandte mich von ihm ab und lief die Treppe hinunter. Vielleicht bin ich tatsächlich ein bisschen prüde, was bestimmte Dinge angeht. Ich schätze Loyalität. Solange man Single ist, kann man tun, was man will, finde ich. Leben und leben lassen. Vögeln und sich vögeln lassen. Aber wieso sich die Umstände machen zu heiraten, wenn man nicht auf Verbindlichkeit aus ist?

Die wenigen Blocks zu meinem Hotel gingen wir in peinlichem Schweigen nebeneinander her, dann trennten wir uns mit einem steifen Gute Nacht. In meinem Zimmer angekommen, merkte ich, dass ich ziemlich sauer und ein bisschen traurig war. Wenn ich jemanden fände, den ich genügend liebte, um ihn zu heiraten, wäre ich nicht so unbesonnen wie Raz.

Seltsamerweise träumte ich in dieser Nacht von Ozren. Wir waren unter seiner Wohnung in der Bäckerei an der Süßen Ecke, nur dass mein eigener Ofen aus dem Apartment in Bondi drin stand. Wir buken Muffins, ausgerechnet. Als ich das Blech aus dem Ofen nahm, trat Ozren hinter mich, sodass sein Unterarm den meinen streifte. Die Muffins waren perfekt aufgegangen und platzten dampfend, duftend fast aus ihren Formen. Er hielt mir eins an die Lippen. Die Kruste gab in meinem Mund nach, und ich schmeckte etwas Weiches, Üppiges, Köstliches.

Manchmal ist ein Muffin nur ein Muffin. Aber nicht in diesem Traum.

Ich wachte von dem beharrlichen Blöken des Telefons auf. Da ich dachte, es handele sich um meinen Weckruf, drehte ich mich einfach um, hob ab und ließ den Hörer wieder auf die Gabel fallen. Zwei Minuten später klingelte es erneut. Diesmal setzte ich mich auf und sah die roten Ziffern der Digitaluhr aufleuchten. Halb drei. Wenn das mein Weckruf war, vier Stunden zu früh, würde mich der Mensch am Empfang kennen lernen. Ich murmelte ein verdrießliches »*Hngh?*«

»Dr. Heath?«

»Mmmm.«

»Hier spricht Dr. Friosole, Max Friosole. Ich rufe vom Mount Auburn Hospital an. Ich habe hier eine Frau Dr. Sarah Heath…«

Jeder andere wäre in diesem Moment vor Schreck hellwach gewesen. Doch die Tatsache, dass meine Mutter sich mitten in der Nacht in einem Krankenhaus befand, erschien mir in meiner schläfrigen Benommenheit als völlig normal. »*Mmmhm?*«, grunzte ich.

»Sie ist schwer verletzt. Sie sind Ihre nächste Verwandte?«

Ich schoss hoch, tastete nach dem Lichtschalter, desorientiert in dem fremden Hotelzimmer. »Was ist passiert?« Meine Stimme klang kratzig, als hätte ich eine Toilettenbürste verschluckt.

»Es war ein VKU. Vor Ort war sie gehfähig, mit Schmerzen beim Abtasten, die auf pulmonare…«

»Warten Sie. Stopp. Können Sie bitte Klartext sprechen?«

»Aber ich dachte… Dr. Heath…«

»Meine Mutter ist Ärztin, ich bin Doktor der Geisteswissenschaften.«

»Ach so. Sie hatte einen Autounfall.«

Ich musste instinktiv an ihre Hände denken. Sie achtet sehr auf ihre Hände.

»Wo ist sie? Kann ich mit ihr sprechen?«

»Also, es wäre gut, wenn Sie herkämen. Sie ist… na ja, sie ist, offen gesagt, ein bisschen schwierig. Sie hat sich selbst entlassen – gegen ärztlichen Rat –, dann aber im Krankenhausflur eine Synkope erlitten – sie ist ohnmächtig geworden, meine ich. Sie hat einen Milzriss – massives Hämoperitoneum – Blut im Abdomen. Wir bereiten sie gerade auf die Operation vor.«

Meine Hände zitterten, als ich mir seine weiteren Angaben notierte. Als ich im Krankenhaus eintraf, hatte man sie schon von der Notaufnahme in den OP verlegt. Dr. Friosole erwies sich als junger Assistenzarzt mit Dreitagebart, eingefallenem Gesicht und Ringen unter den Augen. In der kurzen Zeit, die ich brauchte, um mir ein paar Sachen überzuwerfen, ein Taxi aufzutreiben und dorthin zu gelangen, hatte er eine Schusswunde und einen Herzinfarkt versorgt, sodass er sich kaum noch daran erinnern konnte, wer ich war. Er suchte die Unterlagen der Einlieferung heraus und erklärte mir, Mum sei Beifahrerin in einem von einer Einundachtzigjährigen gesteuerten Wagen gewesen. Die Fahrerin sei noch an der Unfallstelle verstorben. Sie waren auf dem Storrow Drive gegen eine Leitplanke gekracht. Es war kein anderes Fahrzeug beteiligt gewesen. »Die Polizei hat vor Ort die Aussage Ihrer Mutter aufgenommen.«

»Wieso? Ich meine, dürfen die das, wenn jemand ernsthaft verletzt ist?«

»Sie war bei klarem Verstand, als sie eintrafen, und anscheinend gerade dabei, bei dem anderen Opfer Wiederbelebungsversuche durchzuführen.« Er warf einen Blick auf die Notizen. »Hat sich mit den Sanitätern gestritten – wollte die Frau an Ort und Stelle intubieren und machte ziemlichen Ärger, als die Sanitäter darauf bestanden, in die Notaufnahme zu fahren.«

Typisch, dachte ich. Das sah ihr ähnlich. »Aber wenn sie zu dem Zeitpunkt noch in guter Verfassung war, was ist dann passiert?«

»Das ist das Problem mit der Milz. Heimtückisch. Sie tut ein bisschen weh, aber sonst fühlt man sich gut und merkt nicht, dass man innerlich verblutet, bis der Blutdruck in den Keller geht. Sie hat sich selbst diagnostiziert, wissen Sie, ehe sie ohnmächtig wurde ...« Ich musste inzwischen wohl etwas grün um die Nase geworden sein, denn er hörte auf, von blutenden Organen zu reden, und fragte, ob ich mich setzen wolle.

»Die alte Dame ... wissen Sie, wie sie hieß?«

Er wendete das Blatt auf seinem Klemmbrett. »Delilah Sharansky.«

Der Name sagte mir nichts. Ich versuchte, der Wegbeschreibung Dr. Friosoles zu folgen, um in den Teil des Krankenhauses zu gelangen, wo Mum lag, doch ich war so abgelenkt von dem Gedanken an den Unfall, dass ich ungefähr sechsmal falsch abbog. Ich setzte mich auf einen harten Plastikstuhl – der sich butterblumengelb, fast obszön leuchtend, von dem

Schlammgrau der restlichen Einrichtung abhob. Dann blieb mir nichts weiter, als zu warten.

Sie sah grauenhaft aus, als sie sie aus der Wachstation schoben. In ihrem Arm steckten Kanülen, dick wie Gartenschläuche, und eine Wange war blau und angeschwollen, wo sie seitlich gegen das Auto geprallt sein musste. Sie war schwer angeschlagen, erkannte mich aber sofort und rang sich ein schiefes Lächeln ab, vielleicht das aufrichtigste, das sie mir je geschenkt hatte. Ich ergriff die Hand, die nicht durch Kanülen verunstaltet war.

»Sind alle fünf dran«, sagte ich. »Und an der anderen auch. Dr. Heath bleibt also als Chirurgin im Geschäft.«

Sie stöhnte leise. »Ja, aber Ärzte, die im Krankenhaus arbeiten, brauchen ihre Milz«, flüsterte sie. »Keine Abwehr gegen Infektionen…« Ihre Stimme brach, und ihre Augen wurden nass, und große, dicke Tränen rannen ihr die arme, entstellte Wange hinab. In dreißig Jahren hatte ich meine Mutter nie weinen sehen. Ich hob ihre Hand an und küsste sie, und dann fing ich auch an zu weinen.

Sie ließen mich in ihrem Zimmer in einer Art Fernsehsessel übernachten. Die Beruhigungs- und Schmerzmittel setzten sie innerhalb einer Viertelstunde außer Gefecht, was nur gut war, denn sie war reichlich verstört. Ich konnte in dem verdammten Sessel nicht einschlafen, also döste ich vor mich hin, wartete darauf, dass der Himmel hell wurde, und lauschte den immer lauter werdenden Geräuschen draußen auf den Fluren, wo die Morgenschicht sich bereit machte, Medikamente zu verteilen, Blutdruck zu messen und arme Seelen auf alle möglichen Operationen vorzubereiten. Ich dachte an all das, was ich würde erledigen müssen – die Tate anrufen und meinen Vortrag absagen. Mums Sekretärin Janine telefonisch beauftragen, Mums Termine zu Hause in Sydney abzusagen. Die Polizei anrufen und herausfinden, welche juristischen Konsequenzen meine Mutter zu tragen haben würde. In Sydney hätte es bei einem Unfall mit Todesfolge wahrscheinlich eine gerichtliche Untersuchung gegeben. Ich vermutete, Mum wäre wenig begeistert, wenn sie in Boston bleiben und zu so einem Termin erscheinen müsste.

Irgendwann war ich so aufgewühlt von all diesen Überlegungen, dass ich losmarschierte, um ein Telefon zu suchen und die ersten Anrufe zu tätigen. In London wurde um diese Zeit gearbeitet, und auch in Sydney würde im Krankenhaus jemand Dienst haben, obwohl es dort mitten in der Nacht war. Als ich in Mums Zimmer zurückkam, war sie bereits wach. Es musste ihr besser gehen, denn sie sprach wieder mit der Stimme von Dr. Heath, Leiterin der Neurochirurgie, und belehrte gerade die Schwester, die ihre Infusion wechseln wollte, über das richtige Anbringen von Kanülen. Sie sah mich an, als ich eintrat.

»Dachte, du wärst weg«, sagte sie.

»Nö. So leicht wirst du mich nicht los. Ich habe bloß Janine eine Nachricht aufs Band gesprochen, damit sie weiß … Wie geht es dir?«

»Verdammt grauenhaft.« Mum fluchte nie, bis auf ein gelegentliches »Scheiße«, das sie abfeuerte wie eine Kanone. Die üblichen, umgangssprachlichen Aussie-Schimpfworte waren unter ihrer Würde.

»Kann ich dir was bringen?«

»Eine kompetente Krankenschwester.«

Ich warf der Schwester einen Blick zu, der sie für die Unhöflichkeit meiner Mutter um Verzeihung bitten sollte, aber die Schwester blieb völlig ungerührt. Sie verdrehte bloß die Augen, zuckte die Achseln und fuhr fort, Mums Werte zu messen. Eigentlich sah es Mum gar nicht ähnlich, grob zu einer Schwester zu sein. Ich erkannte daran, dass sie sicher starke Schmerzen hatte. Eins musste man ihr nämlich lassen: Die Schwestern in ihrem Krankenhaus beteten sie an. Eine von ihnen, die begonnen hatte, Medizin zu studieren, nahm mich einmal beiseite, nachdem sie mitgehört hatte, wie wir in Mums Büro aufeinander losgegangen waren. Ich muss an dem Tag besonders aggressiv gewesen sein, jedenfalls meinte sie, es gebe eine Seite an Mum, die ich wohl nicht kenne, sonst würde ich nicht so schreckliche Dinge zu ihr sagen. Mum sei die einzige aus dem Chirurgenteam, die Krankenschwestern dazu ermutigte, Fragen zu stellen, anspruchsvollere Aufgaben zu übernehmen. »Die meisten Chirurgen bringt es auf die Palme, wenn man sie was fragt, und sie behandeln einen, als wäre man eine Besserwisserin oder so. Aber Ihre Mutter – sie war diejenige, die mir den Antrag für das Medizinstudium besorgt und mir eine Empfehlung geschrieben hat.«

Ich entsann mich, dass ich damals ziemlich bärbeißig zu ihr gewesen war, ihr mehr oder weniger zu verstehen gegeben hatte, sie solle abdampfen und sich um ihren eigenen Kram kümmern. Doch irgendwo tief drinnen machte mich das, was sie mir erzählt hatte, auch sehr stolz. Das Problem bestand darin, dass das, was Mum so vergötterte, für mich Gift war. Wenn es um Medizin ging, war sie der Prediger und ich seine Tochter, die vom Glauben abgefallen ist.

Als die Schwester den Raum verlassen hatte, gab Mum mir ein schwaches Zeichen. »Ja, du kannst mir wirklich was bringen. Stift und Papier. Und dann schreibst du dir diese Adresse auf.«

Ich notierte den Namen der Straße, die sie mir nannte, irgendwo in Brookline.

»Ich möchte, dass du da hinfährst.«

»Wieso?«

»Es ist die Adresse von Delilah Sharansky. Ihre Familie wird dort ab heute Abend *schiwa* sitzen. Das ist das jüdische Trauerritual.«

»Ich weiß, was das ist, Mum«, sagte ich etwas schroff. »Ich habe immerhin einen verdammten Abschluss in biblischem Hebräisch.« Am liebsten hätte ich hinzugefügt, wie sehr es mich wunderte, dass *sie* es wusste. Ich hatte stets geargwöhnt, dass sie ein wenig zum Antisemitismus neigte. Mum war, was ihre Vorurteile betraf, sehr inkonsequent. Wenn es um Patienten ging, nahm sie keine Hautfarbe wahr. Sah sie dagegen die Nachrichten im Fernsehen, ließ sie oft Bemerkungen über die »faulen Aborigines« oder die »blutrünstigen Araber« fallen. Ebenso weiß ich, dass sie vielen intelligenten Juden einen der begehrten Plätze als Assistenzarzt verschafft hat, aber ich entsinne mich nicht, dass sie jemals einen von ihnen zu uns nach Hause eingeladen hätte.

»Diese Sharanskys, die kennen mich ja gar nicht. Sie wollen bestimmt keine Fremde dabeihaben.«

»Doch.« Sie verlagerte ihr Gewicht im Bett, was sie offenkundig anstrengte. »Sie wollen sicher, dass du dabei bist.«

»Aber wieso? Wer war diese Delilah Sharansky überhaupt?«

Sie holte tief Luft und schloss die Augen.

»Jetzt nützt es nichts mehr. Bei der gerichtlichen Untersuchung, oder was die hier sonst anstellen, kommt es sowieso raus.«

»Was? Wovon redest du?«

Sie öffnete die Augen und schaute mich an. »Delilah Sharansky war deine Großmutter.«

Ich stand lange auf den Stufen vor dem hohen Backsteinhaus und versuchte, genug Mut aufzubringen, um an die Tür zu klopfen. Es lag in meinem Lieblingsviertel von Brookline, das an Alston grenzt, wo die Burrito-Läden allmählich Geschäften mit koscheren Lebensmitteln Platz machen und das Straßenbild ebenso von Kunststudenten im Grufti-Look wie von orthodoxen Juden geprägt ist.

Es ist gut möglich, dass ich gar nicht angeklopft hätte, wenn hinter mir nicht eine Gruppe von weiteren Trauergästen eingetroffen wäre, die mich irgendwie einfach mit ins Haus zogen. Drinnen ertönte mindestens ein Dutzend lauter Stimmen, die alle gleichzeitig redeten. Jemand reichte mir ein Schnapsglas mit Wodka. Irgendwie hatte ich mir eine *schiwa* anders vorgestellt. Aber das hier war wohl der russische Teil der russisch-jüdischen Variante.

Das Haus war auch nicht das, was man aufgrund der konventionellen Fassade oder der Tatsache, dass hier eine Einundachtzigjährige gewohnt hatte, erwartet hätte. Mit den weißen Wänden und der Helligkeit, die durch geschickt platzierte Oberlichter einströmte, den hohen, schlanken Keramikvasen mit knorrigen Zweigen darin, mit Mies-Stühlen und anderen klassischen Bauhaus-Möbeln wirkte alles sehr offen und modern.

An der Wand mir gegenüber hing ein sehr großes Gemälde. Die Art von Gemälde, die einem den Atem raubt. Es zeigte einen hell lodernden australischen Himmel mit einem Streifen roter Wüste, die nur durch wenige Pinselstriche im unteren Viertel der Leinwand angedeutet wurde. So simpel, so eindrucksvoll. Es war eins der Werke, mit denen sich der Künstler Anfang der 1960er einen Namen gemacht hatte. Eins aus dieser Serie konnte man in fast jedem großen Museum sehen, das sich überhaupt mit australischer Kunst abgab. Aber das hier war ein besonderes Prachtstück. Das beste, das mir je unter die Augen gekommen war. Wir – das heißt natürlich Mum – hatten selbst eins, das in dem Haus in Bellevue Hill hing. Ich hatte nie weiter darüber nachgedacht. Sie besaß etliche hochwertige Gemälde, von Brett Whiteley, Sidney Nolan, Arthur Boyd, alles große Namen. Warum also keinen Aaron Sharansky?

Am Vormittag hatten Mum und ich lange miteinander geredet. Als ich merkte, dass sie erschöpft war, bat ich die Schwester, ihr etwas zu geben, und nachdem sie eingeschlafen war, ging ich in die Widener Library, um Aaron Sharanskys Biografie nachzuschlagen. Es war alles da und offen zugänglich: 1937 geboren, Vater Überlebender eines ukrainischen Konzentrationslagers und Professor für russische Sprache und Literatur an der Boston University. Als man ihn 1955 einlud, an der University of New South Wales den ersten Fachbereich für Russisch einzurichten, ging er mit seiner Familie nach Australien. Aaron studierte Kunst an der East Sydney Tech, trieb sich im Northern Territory herum und fing an, die Bilder zu malen, die ihn berühmt machten. Wurde ein enfant terrible der australischen Kunstszene. Einer, der kein Blatt vor den Mund nahm. Offen politisch, wenn es um die Ökologie der Wüste und deren Zerstörung durch die Bergbauindustrie ging. Ich erinnerte mich, in den Nachrichten gesehen zu haben, wie er bei einem Protest-Sit-In, gegen eine Bauxit-Mine, glaube ich, verhaftet wurde. Er hatte lange schwarze Haare, und die Bullen – die damals reichlich grob waren – schleiften ihn daran durch den Sand. Es gab einen Riesenskandal deswegen, daran entsann ich mich. Er lehnte die Kautionsbedingungen, dass er nicht wieder an die Abbaustelle zurückkehren dürfe, ab und saß einen Monat mit einem Dutzend Aboriginals im Gefängnis. Anschließend konnte er eine Menge über die furchtbare Behandlung berichten, die Aboriginal-Häftlinge erdulden mussten. In manchen Kreisen wurde er dadurch regelrecht zum Helden. Sogar Konservative mussten ihm höflich zuhören, wenn sie überhaupt eine Chance haben wollten, ein Gemälde von ihm zu kaufen. Bei seinen Ausstellungen waren alle ganz wild darauf, eins zu ergattern, so hoch die Preise auch sein mochten.

Dann, als er achtundzwanzig war, nahm die Geschichte plötzlich eine Wendung. Sein Sehvermögen begann nachzulassen. Es stellte sich heraus, dass er einen Tumor hatte, der auf den Sehnerv drückte. Er riskierte einen schwierigen Eingriff, um ihn entfernen zu lassen. Ein paar Tage später starb er an »postoperativen Komplikationen«.

Was in keinem der Porträts oder zahlreichen Nachrufe stand, war der Name des Neurochirurgen, der die Operation durchgeführt hatte. Es war damals in Australien nicht erlaubt, Ärzte in der Presse zu nennen – aus Gründen der medizinischen Ethik. Obwohl ich es nicht genau wusste, vermutete ich, dass meiner Mutter auch schon mit Anfang dreißig jede Art von Selbstzweifel fremd war, der sie daran hätte hindern können, einen so schwierigen Eingriff zu wagen. Aber hatte sie ihn tatsächlich durchgeführt? Wenn ja, hatte sie gegen die Tradition verstoßen, dass Chirurgen niemanden operieren dürfen, dem sie emotional verbunden sind.

Sarah Heath und Aaron Sharansky waren ein Liebespaar gewesen. Zur Zeit seiner Operation war sie im fünften Monat schwanger von ihm.

»Du dachtest, ich hätte deinen Vater nicht geliebt?«

Ihr Gesicht drückte absolutes Erstaunen aus, als hätte ich gesagt, im Waschbecken liege ein Nilpferd. Ich war am Nachmittag aus der Bibliothek ins Krankenhaus zurückgekehrt. Sie schlief noch, als ich ankam, und ich hätte sie am liebsten wachgerüttelt. Als sie endlich die Augen öffnete, beugte ich mich über sie, verrückt vor Neugier. Dann redeten wir, Fragen, Antworten, dazwischen Schweigen. Es war das längste Gespräch, das wir je geführt hatten, das kein Streit war.

»Na ja, was sollte ich sonst denken? Du hast ihn nie erwähnt. Nicht ein einziges Mal. Und als ich irgendwann den Mut aufbrachte, dich nach ihm zu fragen, hast du dich mit angewiderter Miene umgedreht.« Die Erinnerung daran tat noch immer weh. »Weißt du, danach war ich lange Zeit überzeugt davon, ich sei das Ergebnis einer Vergewaltigung oder so...«

»O Hanna...«

»Und mir war außerdem klar, dass du mich nicht ausstehen konntest.«

»Das stimmte natürlich nicht.«

»Ich... ich dachte, ich erinnere dich an ihn oder...«

»Du *hast* mich an ihn erinnert. Du sahst ihm so ähnlich, von der Minute deiner Geburt an. Das Grübchen, das du immer schon hattest, die Form deines Kopfes, deine Augen. Später dann deine Haare – dieselbe Farbe und Textur. Dein Gesichtsausdruck, wenn du dich konzentrierst – genau so sah er aus, wenn er malte. Und ich dachte: Na gut, sie sieht aus wie er, aber sie wird sein wie ich, weil sie bei mir lebt. Ich bin es, die sie aufzieht. Aber du wurdest nicht wie ich. Du hast dich für die Dinge interessiert, die *er* liebte. Schon immer. Sogar dein Lachen ist wie seins, dein Gesichtsausdruck, wenn du wütend bist... Jedes Mal, wenn ich dich anschaue, musste ich an ihn denken... Und dann, als du in die Pubertät kamst und mich regelrecht zu hassen schienst... ich glaubte, das sei meine Strafe.«

»Strafe? Was meinst du damit? Strafe wofür?«

»Dafür, dass ich ihn umgebracht habe.« Ihre Stimme klang plötzlich sehr dünn.

»Ach, um Himmels willen, Mum. Du bist doch diejenige, die *mir* immer sagt, ich soll nicht so melodramatisch sein. Einen Patienten zu verlieren ist ja wohl kaum dasselbe wie ihn umzubringen.«

»Er war nicht mein Patient. Bist du wahnsinnig? Hast du in all unseren gemeinsamen Jahren denn gar nichts über Medizin gelernt? Was für eine Ärztin wäre ich, wenn ich jemanden operieren würde, den ich leidenschaftlich liebe? Natürlich habe ich ihn nicht operiert. Ich führte die Untersuchungen durch, stellte die Diagnose – er klagte darüber, nur noch verschwommen sehen zu können. Er hatte einen Tumor. Gutartig, langsam wachsend, ganz und gar nicht lebensbedrohlich. Ich empfahl Bestrahlung, und er probierte es damit, aber seine Sehbehinderung blieb. Er *wollte* die Operation, bei allen Risiken. Also überwies ich ihn an Andersen.«

Der legendäre Andersen. Den Namen hatte ich mein Leben lang gehört. Mum vergötterte ihn geradezu.

»Du hast ihn also zum Besten der Besten geschickt. Wieso machst du dir dafür Vorwürfe?«

Sie seufzte. »Das verstehst du nicht.«

»Du könntest mir wenigstens die Chance geben...«

»Hanna, du hattest deine Chance. Vor langer Zeit.« Dann schloss sie die Augen, und ich saß da und krümmte mich. Ich konnte es nicht fassen, dass wir wieder in dieselbe alte Leier verfielen. Nicht in einem solchen Moment, wo ich so viel wissen wollte.

Draußen war es bestimmt schon dunkel, doch in den Tiefen des Krankenhauses konnte man das nicht einmal erahnen. Geräusche vom Korridor, klappernde Tragen und piepsende Funkrufempfänger, erfüllten die Stille. Ich fragte mich, ob sie, durch die Medikamente benommen, wieder eingeschlafen war. Aber dann bewegte sie sich und fing an zu sprechen. Ihre Augen waren nach wie vor geschlossen.

»Weißt du, als ich mich in der Neurochirurgie bewarb, wollten sie keine Frau nehmen. Zwei der Fachärzte sagten ganz offen, das sei Verschwendung, denn ich würde sowieso heiraten und Kinder kriegen und nie praktizieren.«

Ihre Stimme wurde lauter und härter. Ich sah ihr an, dass sie im Geiste wieder dort war, jenen Männern gegenübersaß, die ihr die Zukunft verweigern wollten, an die sie ihr Herz gehängt hatte. »Aber der dritte Arzt war der Leiter der Abteilung. Er wusste, dass ich die besten Noten meines Jahrgangs hatte, dass ich bei all meinen Einsätzen im Praktikum geglänzt hatte. Er sagte zu mir: ›Dr. Heath, ich werde Ihnen nur eine Frage stellen: Gibt es etwas, irgendetwas auf der Welt, das Sie lieber wollen, als Neurochirurgin zu sein? Wenn die Antwort nämlich ja lautet, bitte ich Sie dringend, Ihre Bewerbung zurückzuziehen.‹«

Jetzt schlug sie die Augen auf und sah mich an. »Ich habe keine Sekunde gezögert, Hanna. Es gab nichts anderes, nicht für mich. Gar nichts. Ich wollte nicht heiraten, ich wollte kein Kind. Diese gewöhnlichen, normalen Wünsche hatte ich hinter mir gelassen. Ich habe versucht, dir begreiflich zu machen, Hanna, wie erstaunlich und wunderbar es ist, wenn man die Fähigkeit hat, die schwierigsten Operationen durchzuführen, Operationen, die entscheidend sind. Zu wissen, dass du die Gedanken, die Persönlichkeit eines Menschen unter deinen Fingerspitzen hast und dass dein Können – ich rette nicht nur Leben, Hanna. Ich rette genau das, was uns menschlich macht. Ich rette Seelen. Aber du hast nie …« Wieder seufzte sie, und ich rutschte auf meinem Stuhl herum. Die Predigerin war zurück auf ihrer Kanzel. Das hatte ich alles schon gehört, und ich wusste, wie es weiterging und dass ich da nicht hinwollte. Doch plötzlich schaltete sie um.

»Als ich schwanger wurde, war das ein Versehen, und ich war sehr wütend auf mich selbst. Ich hatte nie vorgehabt, ein Baby zu kriegen. Aber Aaron war begeistert, und er steckte mich damit an.« Sie hielt ihre blauen Augen, die jetzt anfingen zu glitzern, fest auf mich gerichtet.

»In so mancher Hinsicht, Hanna, waren wir ein sehr ungleiches Liebespaar. Er war so ein Tomaten werfender linker Rebell, und ich…« Sie schwieg. Ihre Hände wanderten nervös über das Laken und glätteten nicht existierende Falten. »Bis ich ihm begegnete, Hanna, hatte ich nie nach rechts und links gesehen. Ich hatte noch nie freiwillig auch nur eine Minute meiner Zeit mit etwas verbracht, das nichts mit meinem Ziel, Ärztin zu werden, zu tun hatte, und dann, als ich eine war, höchstens mit Weiterbildung. Politik, Natur, Kunst – all das lernte ich erst durch ihn kennen. Ich glaube nicht an Klischees wie Liebe auf den ersten Blick, aber genau das ist uns passiert. Ich hatte noch nie so empfunden. Und habe es seither auch nie wieder erlebt. Er kam anspaziert, und ich wusste einfach…«

Eine Schwesternhelferin rollte einen Teewagen ins Zimmer. Mums Hände zitterten, sodass ich die Tasse für sie hielt. Sie trank ein paar Schlucke daraus, dann bedeutete sie mir, sie wegzustellen. »Amerikaner können keinen anständigen Tee machen.« Ich schüttelte die Kissen auf, und sie rückte sich unter offensichtlichen Schmerzen im Bett zurecht.

»Möchtest du, dass ich dir was kommen lasse?«

Sie schüttelte den Kopf. »Bin schon zugedröhnt genug«, sagte sie. Sie holte tief Luft, sammelte all ihre Kraft und fuhr dann fort: »Als ich nach unserem ersten Treffen nach Hause kam, wartete da ein Gemälde auf mich – das, das heute über dem Sideboard im Esszimmer hängt.«

Ich pfiff anerkennend. Schon damals musste das Bild hunderttausend wert gewesen sein. »Das Schönste, was mir ein Möchtegern-Verehrer jemals geschenkt hat, war ein Strauß Blumen, verwelkte dazu.«

Mum grinste schief. »Ja«, sagte sie. »Damit gab er seine Absichten wirklich klar zu erkennen. Ein Briefchen von ihm war auch dabei. Ich habe es noch. Es ist immer in meinem Portemonnaie. Du kannst es lesen, wenn du magst.«

Ich ging zu ihrem Spind und holte ihre Handtasche heraus.

»Das Portemonnaie ist in dem Reißverschlussfach. Ja, genau da.«

Ich zog es hervor. »Es steckt hinter meinem Führerschein.«

Das Briefchen war kurz, nur zwei Zeilen lang, in großen, geschwungenen Buchstaben geschrieben mit dem Kohlestift eines Künstlers.

»Was ich tu, bin ich: Dafür kam ich.«

Ich erkannte den Satz wieder. Er war aus einem Gedicht von Gerard Manley Hopkins. Darunter hatte Aaron geschrieben:

»Sarah, du bist es. Hilf mir zu tun, wofür ich kam.«

Ich starrte die Worte an und versuchte, mir die Hand vorzustellen, die sie geschrieben hatte. Die Hand meines Vaters, die ich nie gehalten hatte.

»Ich rief ihn an, um mich für das Bild zu bedanken, und er lud mich ein, ihn in seinem Atelier zu besuchen. Und danach... danach haben wir jede freie Minute miteinander verbracht. Bis zum Schluss. Es hat nicht sehr lange gedauert. Nur ein paar Monate, genau genommen. Ich habe mich oft gefragt, ob sie gehalten hätte, unsere Beziehung, wenn er am Leben geblieben wäre... Vielleicht hätte er mich irgendwann gehasst, so wie du.«

»Mum, ich habe dich nicht...«

»Lass, Hanna. Das bringt nichts. Ich weiß, du bist nie darüber hinweggekommen, dass ich nicht immer für dich da war, als du klein warst. Als du dann in die Pubertät kamst, warst du mir gegenüber ein regelrechter Kaktus. Du hast mich nicht mehr an dich rangelassen. Oft kam ich nach Hause und hörte dich und Greta miteinander lachen. Aber wenn ich dann nach oben ging und dich fragte, was es denn so Lustiges gab, hast du komplett dichtgemacht. Du hast mich nur mit regloser Miene angesehen und gesagt: ›Das kapierst du sowieso nicht.‹«

Es stimmte. Genau so hatte ich mich verhalten. Kleine Gemeinheiten, um sie zu bestrafen. Ich ließ meine Hände in einer Geste der Kapitulation offen in meinen Schoß fallen. »Das ist alles so lange her«, sagte ich.

Sie nickte. »Ja, sehr lange. Alles.«

»Was ist bei der Operation passiert?«

»Ich habe Andersen nichts von unserer Beziehung erzählt,

als ich Aaron an ihn überwies. Ich war schon schwanger, aber das wusste keiner. Erstaunlich, was man unter einem weißen Kittel verstecken kann. Jedenfalls bot Andersen mir an, ihm zu assistieren, aber ich lehnte ab – unter irgendeinem lahmen Vorwand. Ich weiß noch, wie er mich ansah. Normalerweise hätte ich sonstwas gegeben für die Chance, ihm zu assistieren. Bei diesem Tumortyp geht man durch die Schädelbasis ins Gehirn. Man schält die Kopfhaut ab und ...«

Sie hielt inne. Ich merkte, dass ich unwillkürlich die Hände an die Ohren geführt hatte, um ihre grausige Beschreibung nicht zu hören. Sie warf mir einen durchdringenden Blick zu, und ich ließ meine Hände sinken wie ein schuldbewusstes Kind.

»Jedenfalls wollte ich nicht assistieren, fand aber irgendeinen Grund, vor dem OP rumzulungern, als Andersen rauskam. Er zog gerade seine Handschuhe aus, und ich werde nie seinen Gesichtsausdruck vergessen, als er aufschaute. Ich dachte, Aaron wäre auf dem OP-Tisch gestorben. Es kostete mich große Mühe, aufrecht stehen zu bleiben. Dann sagte er: ›Es war ein Meningeom, wie Sie ganz richtig diagnostiziert haben. Allerdings war die Myelinhülle des Sehnervs sehr stark angegriffen.‹ Er hatte versucht, den Tumor von ihr abzulösen, damit die Nerven wieder mit Sauerstoff versorgt würden, aber es war zu viel Tumorgewebe da. Jedenfalls wusste ich nach dem, was er sagte, dass Aaron nicht mehr würde sehen können. Und mir war völlig klar, dass das für ihn kein Leben wäre. Wie es sich ergab, wachte er gar nicht mehr auf, um festzustellen, dass er blind war. In der Nacht kam es zu einer Blutung, und Andersen war nicht anwesend. Bis sie deinen Vater zurück in den OP gebracht hatten, um das Blutgerinnsel zu entfernen ...«

In diesem Moment kam die Krankenschwester herein. Sie warf Mum einen prüfenden Blick zu, sah, wie erregt sie war, und wandte sich an mich. »Ich glaube, Sie sollten lieber gehen, damit die Patientin sich ein bisschen ausruhen kann«, sagte sie.

»Ja. Geh.« Mums Stimme klang angestrengt, als hätten ihr diese beiden kleinen Wörter sehr viel Kraft abverlangt. »Es wird Zeit. Es wird Zeit, dass du die Sharanskys besuchst.«

»Hanna Heath?« Ich drehte mich weg von dem Gemälde in Delilah Sharanskys Wohnzimmer und sah in ein vertrautes Gesicht. Meins, nur mit den Zügen eines wesentlich älteren Mannes.

»Ich bin Delilahs Sohn. Ihr anderer Sohn. Jonah.«

Ich streckte die Hand aus, doch er packte meine Schultern und zog mich an sich. Ich fühlte mich furchtbar unbeholfen. Als ich klein war, hatte ich mich nach einer Familie gesehnt. Mum war ebenfalls Einzelkind und stand ihren Eltern nicht nahe. Ihr Dad hatte einen Haufen Geld mit Versicherungen verdient und war mit seiner Frau noch vor meiner Geburt in eine Seniorensiedlung für Tennis- und Golfspieler in Noosa gezogen. Ich glaube, ich bin meiner Großmutter nur einmal begegnet, ehe sie unerwartet an einem Herzinfarkt starb. Mein Großvater heiratete ziemlich bald darauf eine Tennislehrerin, was meine Mutter missbilligte, deshalb besuchten wir die beiden nie.

Und plötzlich war ich hier, umringt von Fremden, die meine Blutsverwandten waren. Es waren einige: drei Cousins, eine Tante. Anscheinend gab es eine weitere Tante, die als Handelsvertreterin in Jalta arbeitete. Und dann war da Onkel Jonah, der Architekt, der dieses Haus für Delilah renoviert hatte.

»Wir waren sehr erleichtert, als wir hörten, dass deine Mutter auf dem Wege der Besserung ist«, sagte er und schnippte sich eine lästige Strähne seiner glatten schwarzen Haare aus der Stirn, eine nervöse Geste, in der ich mich selbst wiederfand. »Wir waren alle dagegen, dass Mom mit über achtzig noch Auto fuhr, aber sie war störrisch wie ein Esel.« Sie sei seit über fünfzehn Jahren verwitwet gewesen, erzählte er, und hätte sich an ihre Unabhängigkeit gewöhnt. »Vor zehn Jahren ist sie noch mal zur Uni gegangen und hat ihren Doktor gemacht – daher ist es sicher verständlich, dass sie sich von uns nichts sagen lassen wollte. Aber das mit deiner Mutter tut uns allen schrecklich leid. Wenn wir irgendwas tun können ...«

Ich versicherte ihm, dass Mum gut versorgt würde. Nachdem sich ihr Unfall auf der Neurochirurgenkonferenz herumgesprochen hatte, war der gesamte ärztliche Apparat in Aktion getreten, um sie als eine der Ihren zu unterstützen. Ich bezweifelte, dass es in Boston einen Patienten gab, der mehr Fürsorge erfuhr.

»Meine Mutter hätte sich bestimmt gefreut, dass diese Tragödie dich wenigstens endlich zu uns geführt hat.«

»Ja, es ist zu schade, dass ihr, du und deine Mum, nicht in Australien geblieben seid – es wäre schön gewesen, eine Oma zu haben, als ich ein Kind war.«

»Oh, aber wir *sind* dageblieben, noch ein paar Jahre lang. Mom wollte mir Gelegenheit geben, dort mein Architekturstudium abzuschließen. Abends habe ich am Institute of Technology studiert und tagsüber für die Regierung von New South Wales gearbeitet. Ich habe die Klos im Taronga Park Zoo entworfen. Wenn du da also mal pinkeln gehst ...« Er grinste. »Na ja, für Klos sind sie wirklich hübsch ...« Er stellte sein Glas ab und sah mich an, als müsste er sich entscheiden, ob er noch etwas sagen sollte oder nicht. »Du musst wissen, dass Mom Sarah angefleht hat, sie möge uns dich sehen und in unserer Familie willkommen heißen lassen. Aber Sarah lehnte ab. Sie bestand darauf, dass es keinen Kontakt geben dürfe.«

»Aber du hast eben gesagt, deine Mutter hätte sich von niemandem was befehlen lassen. Warum hörte sie auf Sarah?«

»Ich glaube, es fiel ihr schwer. Aber sie wusste, dass wir hierher zurückkommen würden, und fand es wohl unfair, dein Leben durcheinanderzubringen und dann zu verschwinden. Allerdings hat sie rausgekriegt, wo dein Kindergarten war, und da ist sie dann nachmittags, wenn eure Haushälterin dich abholen kam, oft hingefahren und hat Ausschau nach dir gehalten. Sie hat sich Sorgen um dich gemacht. Sie meinte, du hättest sehr traurig gewirkt ...«

»Sehr scharfsichtig«, sagte ich. Zu meiner Verlegenheit

brach mir die Stimme, und ich konnte nicht verhindern, dass meine Lippen zitterten. Wie verdammt grausam. Grausam gegenüber Delilah, die sich nach ihrer Enkelin, allem, was ihr von ihrem Sohn geblieben war, verzehrt haben musste. Und grausam gegen mich. Ich wäre ein anderer Mensch geworden, wenn ich diese Familie gehabt hätte.

»Aber warum ist Mum dann überhaupt mit euch in Verbindung geblieben? Ich meine, wieso haben sie sich gestern Abend getroffen?«

»Erbschaftsangelegenheiten. Aarons Stiftung – er hat in seinem Testament den Grundstein für die Sharansky Foundation gelegt.«

»Natürlich«, sagte ich. Einer von Mums Ausschüssen. Sie war sehr gefragt bei Ausschüssen – für Firmenvorstände, Wohltätigkeitsgalas. Honorar und Prestige nahm sie gern mit, aber ich hatte nie den Eindruck gehabt, dass ihr viel an den jeweiligen Projekten lag. Die Sharansky Foundation war mir immer ein bisschen abwegig für sie erschienen; deren Interessen deckten sich nicht unbedingt mit denen des Establishments.

»Aaron hat Delilah und Sarah zu Treuhändern bestimmt. Er dachte wohl, dadurch könnte er sie aneinander binden.«

Eine Frau trat zu uns, und Jonah drehte sich um, um mit ihr zu sprechen. Ich starrte die Fotos auf dem Regal an. Es waren nur wenige, alle in schlichten Silberrahmen. Eins zeigte Delilah als junge Frau in einem weißen Organzakleid mit Pailletten auf dem Kragen. Sie hatte riesige dunkle Augen, die strahlten vor Freude über das Ereignis, für das sie so wunderschön herausgeputzt war. Und es gab ein Bild von Aaron in seinem Atelier, wo er, mit Farbe verschmiert, die Leinwand vor ihm betrachtete, als wäre gar kein Fotograf anwesend. Außerdem standen da Schnappschüsse von Familienfeiern, Bar Mitzvas, vermutete ich, eine Beschneidung vielleicht … Gut aussehende Menschen mit lächelnden Augen, die Arme umeinandergelegt, deren Körpersprache verriet, wie glücklich sie waren, beisammen zu sein.

Alle begegneten mir mit viel Wärme, nötigten mich zum Essen, umarmten mich sogar. Ich bin es nicht gewöhnt, umarmt zu werden. Ich versuchte, mich in jemanden hineinzuversetzen, der in diese Umgebung gehörte, jemanden, der zur Hälfte russisch-jüdisch war. Jemanden, der mit dem Namen Hanna Sharansky durchs Leben hätte gehen können.

Auf dem Glastisch stand eine Wodkaflasche, nach der ich immer wieder griff. Ich kippte die Schnäpse in mich hinein, froh über die Benommenheit, die sie bewirkten. Irgendwann wusste ich nicht mehr, wie viele ich getrunken hatte. Alle gaben Delilah-Geschichten zum Besten. Jonahs Frau erzählte, dass Jonah zu Beginn ihrer Ehe immer gesagt hatte, ihre Matzeknödel seien nicht wie die seiner Mom. »Ich habe versucht, Eiweiß und Eigelb getrennt zu schlagen, alles per Hand ganz vorsichtig zu verrühren und richtig wunderbare, lockere Matzeknödel zu machen, aber nein, sie waren nie so wie die von Delilah. Und dann hatte ich es eines Tages satt und tat einfach alles in den Mixer. Es wurden Golfbälle, so hart waren sie. Und was sagt Jonah? Genau wie Delilahs!«

Andere Geschichten hatten denselben Tenor. Delilah war nicht das Stereotyp einer jüdischen Mutter oder Großmutter gewesen. Jonahs Sohn, ein bisschen jünger als ich, erzählte vom ersten Mal, als seine Eltern ihn übers Wochenende allein gelassen hatten, vermeintlich bei seiner Oma. »Sie kam mir an der Tür entgegen, zwei Brathähnchen in Alu-Tüten in der Hand. Die warf sie mir zu und sagte: ›Jetzt geh nach Hause und verbring ein schönes Wochenende mit deinen Freunden. Bring dich – und mich – bloß nicht in Schwierigkeiten.‹ Sie war der Traum eines überbehüteten Vierzehnjährigen, das kann ich euch sagen.«

Jonah und seine Frau vergruben in gespieltem Entsetzen ihre Gesichter in den Händen. »Wenn wir das gewusst hätten…«

Nicht lange danach sagte ich, ich müsse gehen. Ich sagte, ich wolle noch mal nach Mum schauen, was ich gar nicht beabsichtigte. Aber ich musste raus da. Ich war total aufgedreht, zum Teil von den Wodkas, aber auch nur zum Teil. Ich würde länger brauchen als eine Nacht, um dreißig Jahre Familiengeschichte aufzuarbeiten. Dreißig Jahre fehlende Liebe.

Bis ich im Hotel war, hatten die verwirrenden neuen Gefühle, die ich seit dem Unfall meiner Mutter für sie entwickelt hatte, sich wieder zu dem vertrauten kleinen Knoten der Wut verdichtet, den ich fast schon mein Leben lang mit mir herumtrug. Es reichte nicht zu wissen, dass sie früher einmal zu großer Liebe fähig gewesen war. Ja, klar, sie hatte gelitten. Die Liebe ihres Lebens verloren und sich mit Selbstvorwürfen gequält. Und sicher, auch ich war keineswegs perfekt gewesen. Miesepetrig und unversöhnlich, ein Albtraum von Teenager. Aber es reichte trotzdem nicht. Weil sie letztendlich alle Entscheidungen getroffen und ich dafür bezahlt hatte.

Ich ging ins Bad und übergab mich, etwas, das ich seit meinen Studententagen nicht mehr getan hatte – zumindest nicht wegen zu viel Alkohol. Ich legte mich mit einem nassen Waschlappen auf dem Gesicht aufs Bett und versuchte zu ignorieren, dass der Raum sich drehte. Als die Kopfschmerzen einsetzten, beschloss ich, meinen Tate-Vortrag doch nicht abzusagen. Sollten sich Mums Kollegen doch um sie kümmern. Ich wusste, das würden sie tun. Für sie hatte die Arbeit immer an erster Stelle gestanden.

Für ihn auch. Die Stimme in meinem Kopf war ihre Stimme. *Er war derjenige, dem seine Arbeit wichtiger war als die Liebe.* Er hätte sein Leben nicht mit einer gefährlichen Operation aufs Spiel setzen müssen. Er hatte so viel. Eine ihn liebende Frau, eine Familie. Ein Kind, das unterwegs war. Aber nichts davon bedeutete ihm so viel wie seine Arbeit.

Okay, sie konnten mich beide gern haben. Ich würde einfach weitermachen, so wie sie es auch getan hätten.

Ich hatte einen bösen Kater, genau das, was man sich für einen Siebenstundenflug wünscht. Wenigstens saß ich, dem Trillionär sei Dank, wieder im vorderen Teil der Maschine. Ich nahm das Stück gebratenen Lachs entgegen, das der Flugbegleiter mir anbot, und dachte an all die armen Schweine hinter mir, die sich durch ihr Papphähnchen mit Gummipasta kämpften. Doch sogar in der ersten Klasse ist das Essen Mist. Der Fisch war gebraten, das schon, auf den Punkt gegart, dann aber weitere anderthalb Stunden in der Pfanne liegen gelassen worden. Eigentlich wollte ich sowieso nur Wasser. Während ich darauf wartete, dass mir jemand das Tablett abnahm, ließ ich aus dem kleinen Plastiksalzstreuer ein paar Körnchen auf meine Hand rieseln. Nach Mums Unfall hatte ich ganz vergessen, noch einmal in Raz' Labor zu gehen. Als ich nicht aufgetaucht war, hatte er angenommen, ich sei nach wie vor sauer auf ihn. Als Geste der Versöhnung hatte er die Analyse allein durchgeführt und mir am Empfangsschalter meines Hotels eine handgekritzelte Nachricht hinterlassen Ich strich sie auf dem mit Leinen überzogenen Klapptisch vor mir glatt.

Du hattest Recht: NaCl. Allerdings Meer, nicht Stein. Wie hat man im 15.? 16.? Jh. koscheres Salz hergest.? Vielleicht kein Tafelsalz? Maritime Abenteuer? Passt zu den dir bek. Orten Spanien und Venedig? Tut mir Leid wg. gestern, war ein Blödmann. Gib Bescheid, wie's in Lon. läuft. Dein Kumpel Rattus Raz.

Ich lächelte. Typisch Raz, schon wieder nach Zebras zu suchen. Und es war klar, dass seine Faszination für Wracks ihn an Unfälle auf See denken ließ. Aber ich würde seinem Rat folgen und der Sache nachgehen. Wodurch wurde Salz überhaupt koscher? Ich hatte keine Ahnung. Eine weitere Frage, eine weitere mögliche Fährte. Vielleicht würde mir der zwischen den Seiten des Buchs hausende Geist einen Blick auf die Antwort erlauben.

Ich ließ die weißen Körner aus meiner Hand auf ein schlaffes, rostbraun gerändertes Salatblatt fallen. Tausende von Metern unter mir wogten die salzigen Wellen eines unsichtbaren Ozeans.

Salzwasser

Tarragona 1492

Das Wort  ist rein
wie Silber und Gold rein sind.
Und als die Buchstaben erschienen,
so waren sie auch rein,
klar in ihrer Gestalt, funkelnd und leuchtend.
Ganz Israel sah auf die Buchstaben,
sie stoben durch den Raum
und gruben sich in die Tafeln aus Stein.

Der Sohar

David ben Schuschan war kein unhöflicher Mann, nur in Gedanken stets mit Höherem beschäftigt. Seine Frau Miriam tadelte ihn oft dafür, dass er auf dem Markt ganz nah an ihrer Schwester vorbeiging, ohne sie mit einem Nicken zu grüßen, oder dass er es nicht hörte, wenn die Makrelenverkäufer ihre Fische zur Hälfte des üblichen Preises feilboten.

Deshalb konnte er nie so recht erklären, warum ihm der Knabe aufgefallen war. Im Gegensatz zu den anderen Bettlern und Händlern tat er sich nicht durch Ausrufe hervor, sondern saß still da und betrachtete forschend die Gesichter der Passanten. Vielleicht war es genau diese Reglosigkeit, die ben Schouschans Aufmerksamkeit weckte. In all dem Lärm und Trubel war er wie ein ruhender Pol. Aber vielleicht lag es gar nicht daran. Vielleicht lag es an dem dünnen winterlichen Sonnenstrahl, der auf Gold glitzerte.

Der Jüngling hatte sich ein Fleckchen Erde am Rande des von der Stadtmauer gesäumten Marktes ausgesucht. Es war ein feuchter, windiger Platz um diese Jahreszeit, schlecht geeignet dafür, Kunden anzulocken. Deshalb überließen die ortsansässigen Kaufleute diese Plätze den herumziehenden Händlern und dem andalusischen Gesindel, das auf der Flucht vor dem Krieg durch die Stadt kam. Die Kämpfe im Süden hatten viele Menschen vertrieben. Bis sie Tarragona erreichten, war das, was sie an Wertvollem besaßen, längst verkauft. Die meisten Flüchtlinge, die sich hier einfanden, konnten nur noch wertlose Dinge anbieten: fadenscheinige Umhänge und Überröcke oder abgenutzte Haushaltsgegenstände. Dieser Junge hingegen hatte ein Stück entrolltes Leder vor sich, auf dem eine Sammlung kleiner bunt und fesselnd bemalter Pergamente lag.

Ben Schuschan blieb stehen und bahnte sich seinen Weg durchs Gedränge, um besser sehen zu können. Er kauerte sich hin und stützte sich mit den Fingern im kalten Schlamm ab. Die Bilder waren wirklich verblüffend. Ben Schuschan hatte in den Gebetbüchern der Christen Illuminationen gesehen, aber keine wie diese. Er beugte sich tief über sie und traute seinen Augen nicht. Jemand, dem der Midrasch wohlbekannt war, hatte sie gemalt oder zumindest den Künstler angeleitet. Ben Schuschan kam eine Idee, eine Idee, die ihm ungemein gefiel.

»Wer hat die hier gemacht?«, fragte er. Der Knabe starrte ihn an, Unverständnis in den glänzenden braunen Augen. In der Annahme, er verstünde den lokalen Dialekt nicht, wechselte Ben Schuschan ins Arabische, dann ins Hebräische. Doch der ausdruckslose, starre Blick wich nicht.

»Er ist taubstumm«, sagte ein einarmiger Kleinbauer, der mit einem oft ausgebesserten Backtrog und einem Paar Holzlöffel hausierte. »Ich bin ihm und seinem schwarzen Sklaven auf der Reise hierher begegnet.« Ben Schuschan betrachtete den Jüngling genauer. Seine Kleidung war zwar von der Reise beschmutzt, aber sehr vornehm.

»Wer ist er?«

Der Mann zuckte die Achseln. »Der Sklave hat eine verrückte Geschichte erzählt – behauptete, das hier sei der Sohn eines Arztes, der im Dienste des letzten Emirs stand. Aber Ihr wisst ja, wie Sklaven sind, sie erfinden gern Märchen.«

»Ist der Junge Jude?«

»Er ist beschnitten, also kein Christ, und er sieht nicht aus wie ein Mohr.«

»Wo ist sein Sklave? Ich würde gern mehr über diese Bilder erfahren.«

»Der ist eines Nachts entschlüpft, nicht lange nachdem wir die Küste bei Alicante erreicht hatten, zweifellos ein Versuch, heim nach Ifriqia zu gelangen. Meine Frau hat eine Neigung zu dem Jungen hier gefasst; er ist eine gutwillige Seele und gibt ihr nie Widerworte. Aber als wir hier ankamen, habe ich ihm klargemacht, dass er etwas würde verkaufen müssen, um weiterzukommen. Die Bilder sind alles, was er bei sich hatte. Sie sind mit echtem Gold gemalt. Wollt Ihr eins?«

»Ich will sie alle«, sagte ben Schuschan.

Miriam klatschte das Fleisch so heftig auf Davids Brotscheibe, dass sie riss und ein Rinnsal Saft auf den Tisch tröpfelte.

»Nun sieh nur, was du angerichtet hast, du scheußlicher Mann!«

»Miriam…« Er wusste, dass die Ursache für ihren Ärger nicht das kaputte Stück Brot war. Seine Tochter Ruti war bereits aufgesprungen und wischte die Flüssigkeit auf. David sah, wie das Mädchen die Schultern hängen ließ, während seine Frau fortfuhr, ihn zu beschimpfen. Ruti hasste laute Stimmen. David nannte sie »Spatz«, denn sie erinnerte ihn an einen ängstlichen kleinen Vogel. Wie ein Spatz sah sie auch aus, ein langweiliges braunes Etwas mit graubraunen Augen und blassem Teint. Oft roch sie schlecht, wenn sie sich um die Kessel gekümmert hatte, in denen er die Gallnüsse, die Harze und das Kupfervitriol zur Herstellung seiner Tinten kochte. Armer Spatz, dachte er. Sanft und arbeitswillig, wie Ruti war, hätte sie mit fünfzehn schon mit einem netten jungen Mann verheiratet und außer Reichweite der spitzen Zunge ihrer Mutter sein können. Doch Ruti hatte weder Vermögen noch ein hübsches Gesicht. Und von den toratreuen Familien, die auf Derartiges nicht so viel Wert legten, wurde sie wegen des schändlichen Betragens ihres Bruders gemieden.

Miriam, zäh wie ein alter Sattel, hatte keine Geduld mit der Zaghaftigkeit des Mädchens. Sie schubste ihre Tochter grob beiseite, schnappte sich den Lappen und rieb mit übertriebenem Nachdruck auf dem Tisch herum. »Du weißt besser als ich, wie wenige Aufträge du hast, und dennoch gehst du hin und gibst die Einkünfte von zwei Monaten für Bilder aus!

Und Rachela sagt, du hast noch nicht mal mit dem Jungen gefeilscht.«

David versuchte, seine unfreundlichen Gefühle gegenüber Rachela zu unterdrücken, die über die Angelegenheiten aller Mitglieder des Kahal immer genauestens unterrichtet zu sein schien.

»Miriam ...«

»Als hätten wir nicht genügend Kosten, die durch die Hochzeit deines Neffen auf uns zukommen!«

»Miriam«, sagte David und erhob nun auch seine Stimme, was recht ungewöhnlich für ihn war. »Die Bilder *sind* für die Hochzeit. Du weißt doch, dass ich eine *Haggadah schel Pessach* für Josephs Sohn und seine Braut mache. Verstehst du nicht? Ich kann die Bogen mit diesen Bildern in das Buch heften lassen, dann haben wir ein wertvolles Geschenk für sie.«

Miriam schürzte die Lippen und klemmte sich eine Locke unter ihre Leinenhaube. »Na gut, in dem Fall ...« Miriam hätte eher Galle geschluckt, als in einem Streit zurückzustecken, aber diese Mitteilung verursachte ihr ein Wohlgefühl wie das Ausziehen eines schlecht sitzenden Stiefels. Über die Hochzeitsgabe hatte sie sich schon lange Sorgen gemacht. Bei der Vermählung von Don Josephs ältestem Sohn mit der Tochter der Familie Sanz konnte man nicht gut mit einer Kleinigkeit auftauchen. Sie hatte gefürchtet, dass eine schlichte Haggadah, gefertigt von David selbst, den vornehmen Leuten als ein schäbiges Geschenk erscheinen würde. Aber diese Illustrationen, geschmückt mit Gold und Lapislazuli und Malachit, besaßen, das musste sie einräumen, Qualität.

David ben Schuschan scherten weder Geld noch seine gesellschaftliche Stellung; dass er in der ganzen Familie ben Schuschan der Ärmste war, kümmerte ihn nicht im geringsten. Wichtig war ihm jedoch der Friede in seinem Haus. Zu sehen, dass er seine widerspenstige Frau zufrieden gestellt hatte, erleichterte ihn. Und auch ihm gefiel der Gedanke an dieses Geschenk. Noch vor einem Jahrzehnt hätte er vielleicht an der Schicklichkeit von Bildern gezweifelt, auch wenn sie religiöser Natur waren wie diese. Aber sein Bruder, der Höfling, gab Bankette und erfreute sich an Musik und war – obwohl David ihm das nie ins Gesicht gesagt hätte – kaum von einem Nichtjuden zu unterscheiden. Warum sollte sein Sohn kein Buch erhalten, das sich mit dem prächtigsten christlichen Psalter vergleichen lassen konnte? Schließlich hatte schon der große Rabbi Duran darauf bestanden, seine Schüler nur aus schönen Büchern zu unterrichten. Diese, so meinte der Rabbi, stärkten die Seele. »Es ist eine der Tugenden unseres Volkes, dass die Reichen und Bedeutenden jeder Generation versucht haben, schöne Manuskripte zu schaffen«, hatte der Rabbi gesagt.

Nun, David war weder reich noch bedeutend, aber mit Hilfe des Allmächtigen waren diese vortrefflichen Malereien in seine Hände gelangt – Hände, die bereits mit der Fähigkeit gesegnet waren, eine harmonische Schrift hervorzubringen. Er beabsichtigte, das Buch, das er im Sinn hatte, zu einem Prachtexemplar zu machen. Meistens fiel es ihm schwer, seiner Frau zu erklären, dass seine Tätigkeit als *sofer* – Schreiber biblischer Texte – ihn bereicherte, trotz der wenigen Maradevis, die sie ihnen einbrachte. Doch als er jetzt sah, wie sie leicht lächelnd den Tisch abräumte, freute er sich darüber, dass sie ihn diesmal zu verstehen schien.

Schon im ersten grauen Licht des Morgens war er an der Arbeit und verscheuchte Miriam, als sie ihm das Frühstück bringen wollte. Ihr Haus war wie die meisten im Kahal ein winziges, schiefes Gebäude, bestehend aus zwei Zimmern übereinander, sodass ben Schuschan draußen arbeiten musste, selbst in der Kälte des Winters. Es waren kaum zehn Schritte vom Straßentor zum Haus, und auf diesem engen Raum drängten sich Bottiche voller Tierhäute, in Kalk getränkt, und andere, die auf Rahmen gespannt darauf warteten, von den wenigen fahlen Sonnenstrahlen langsam getrocknet zu werden. Es waren auch Felle da, an denen noch Fett und Blut klebte, das er später mit seiner geschwungenen Klinge vorsichtig ablösen würde. Aber er hatte bereits einen kleinen Stapel abgeschabter Häute, die er jetzt aufmerksam sortierte und dabei nach denen von Bergschafen Ausschau hielt, die zu den Pergamenten mit den Illuminationen passten. Als er die makellosesten Exemplare ausgewählt hatte, bat er Ruti, sie mit Bimsstein und Kreide zu glätten. Er wusch sich mit dem kühlen Wasser des Brunnens im Hof die Hände, setzte sich schwerfällig an sein *scriptionale* und linierte die vorbereiteten Seiten sorgfältig mit seinem knöchernen Federkiel. An diesen schwachen Linien würde er seine Buchstaben aufhängen. Als er mit dem Linieren fertig war, strich er sich mit seinen kalten Händen übers Gesicht.

»*Leschem ketivah haggadah schel Pessach*«, flüsterte er. Dann nahm er die Feder und tauchte sie in die Tinte.

הא לחמא עניא

Ha Lachma aja … Dies ist das Brot der Armut,

Die feuerroten Schriftzeichen schienen sich in das Pergament zu brennen.

… das unsere Väter in Ägypten gegessen haben. Wer hungrig ist, komme und esse …

Ben Schouschans Magen knurrte aus Protest über sein versäumtes Frühstück.

Wer in Not ist, komme und feiere …

In diesem Jahr gab es viele Notleidende aufgrund der hohen Steuern, die König und Königin ihnen auferlegten, um ihre nicht enden wollenden Kriege im Süden bezahlen zu können. Ben Schuschan versuchte, seine dahinrasenden Gedanken zu zügeln. Ein *sofer* durfte nur die heiligen Schriften im Kopf haben und sich nicht von Alltäglichkeiten ablenken lassen. »*Leschem ketivah haggadah schel Pessach*«, flüsterte er wieder vor sich hin, um ruhig zu werden. Seine Hand formte den Buchstaben *schin* – das Symbol für den Pfeil. Welchen Grund konnte es für die andauernden Kämpfe mit den Mauren geben? Hatten sich nicht Muslime, Juden und Christen dieses Land Jahrhunderte lang zu aller Zufriedenheit – in *convivencia* – geteilt? Wie hieß es? Die Christen stellen Armeen auf, die Muslime stellen Gebäude auf, die Juden stellen das Geld.

Dieses Jahr sind wir hier – im nächsten Jahr im Land Israel.

Dieses Jahr sind wir hier, dank Don Seneor und Don Abravanel, mögen ihre Namen gesegnet sein, die Ferdinands Augen mit Gold geblendet und dafür gesorgt haben, dass das Königspaar seine Ohren vor dem hasserfüllten Gemurmel neidischer Bürger verschließt…

Dieses Jahr sind wir Sklaven…

Ben Schuschan dachte an den Sklaven, der dem stummen Jüngling gedient hatte. Wie sehr er sich wünschte, mit ihm sprechen zu können, um etwas über die Herkunft dieser herrlichen Malereien zu erfahren! Die Hand des *sofer* bewegte sich von der Tintenflasche zum Pergament, während seine Fantasie eine schlanke schwarze Gestalt heraufbeschwor, die mit einem Stock einen gelben, sandigen Weg entlangwanderte, auf eine Siedlung aus Lehmziegelhütten zu, wo eine Familie wartete, die ihn tot gewähnt hatte. Nun ja, wahrscheinlich *war* er inzwischen auch tot oder mit blutigem Rücken an ein Galeerenruder gekettet.

So machte er den ganzen Tag weiter, bis das Licht schwand, immer wieder gegen die Abschweifungen seines geschäftigen Geistes kämpfend, um sorgfältig ein Schriftzeichen neben das andere zu setzen. Als es dämmerte, bat er seinen Spatz, ihm ein sauberes Gewand zu bringen, und ging zur *mikwe* in der Hoffnung, sich durch das rituelle Tauchbad vom Tumult des Tages reinigen und seinen Geist vollständig seiner heiligen Tätigkeit öffnen zu können. Nach seiner Rückkehr fühlte er sich erfrischt und bat Spatz, eine Lampe zu füllen, damit er bis in die Nacht hinein arbeiten konnte. Als Miriam der starke Geruch des entzündeten Dochts in die Nase stieg, kam sie aus dem Haus geschossen wie eine Wespe und schalt über die Verschwendung von Öl. Doch David antwortete ihr mit ungewohnter Schärfe, und sie zog sich murrend zurück.

Es war in der Stille der frühen Morgenstunden, und die Sterne glitzerten am schwarzen Himmel, als es geschah. Sein Fasten, die Kälte, das helle Licht der Lampe: Plötzlich wirbelten die Buchstaben in die Höhe und formten ein prachtvolles Rad. Seine Hand flog über das Pergament. Alle Schriftzeichen loderten auf und tanzten und kreisten in der Leere. Und dann mischten sie sich zu einem einzigen großen Feuer, aus dem nur vier hervortraten, die in flammender Herrlichkeit den heiligen Namen des Allmächtigen formten. Die Kraft, die er spürte, überwältigte ihn, und er wurde ohnmächtig.

Als Ruti ihn am Morgen fand, war er bewusstlos unter dem *scriptionale* zusammengesackt. Ein leichter Frost überzog seinen Bart. Aber das, was er geschrieben hatte, jeder Buchstabe, jedes Wort perfekt ausgeführt, füllte mehr Seiten, als ein *sofer* in einer Woche ununterbrochener Arbeit schaffen konnte.

Ruti brachte ihn zu Bett, doch schon nachmittags wollte er unbedingt aufstehen und weiterarbeiten. Wieder war seine Hand die eines gewöhnlichen Schreibers, sein Geist das übliche unbändige Gewirr aus weltlichen Gedanken, sein Herz dagegen immer noch berührt von der mystischen Glückseligkeit der Nacht zuvor. Dieses Gefühl verließ ihn auch am folgenden Tag nicht, und der Text machte stetige, gute Fortschritte.

Am vierten Tag, als das, was Wochen hätte in Anspruch nehmen müssen, sich seiner Vollendung näherte, hörte er ein leises Klopfen am Tor. Ben Schuschan zischte vor Wut. Ruti flatterte in ihrer geräuschlosen, vogelähnlichen Art durch das Durcheinander im Hof, schob den Riegel zurück und öffnete die Tür. Als sie die Frau erkannte, die dort stand, richtete sie sich auf und rückte mit zitternden Händen ihre Haube zurecht.

Sie wandte sich zu ihrem Vater um und sah ihn aus weit aufgerissenen Augen ängstlich an.

Als die Frau Anstalten machte, über die Schwelle zu treten, warf ben Schuschan empört seinen Federkiel beiseite. Wie konnte sie es wagen, sie, deren Namen er nicht nennen würde, an seine Tür zu klopfen? Zorn brodelte in seinem leeren Magen wie Säure, sodass ihm sengender Schmerz durch die Eingeweide schoss. Erschrocken über seinen Gesichtsausdruck, flatterte Ruti wieder zurück zum Haus.

Die Frau sprach mit der sanften, verführerischen Stimme, die ihr eigen war.

Fest entschlossen, ihr nicht zuzuhören, murmelte ben Schuschan auf Hebräisch: »Von den Lippen der Fremden tropft Honig, doch sein Nachgeschmack ist bitter wie Wermut.« Das waren die letzten Worte gewesen, die er zu seinem Sohn gesagt hatte – seinem Sohn! seinem Augapfel und Herzensschatz! –, ehe er zu genau diesem Tor hinausgegangen war, um ans Taufbecken und dann vor den Altar zu treten. David ben Schuschan hatte an diesem Tag seinen Mantel zerrissen. Zwei Jahre war das her, und immer noch suchte ihn überall die Erinnerung an seinen Jungen heim, lebhaft und brennend. Und jetzt war *sie* hier, die Quelle seines Herzeleids, und nannte einen Namen, der in seinem Haus nicht mehr genannt wurde.

»Ich habe keinen Sohn!«, rief er, drehte sich um und wollte Ruti folgen.

Zwei Schritte, dann blieb er stehen. Was hatte sie gesagt?

»Letzte Nacht ist der *alguazil* mit einem Gerichtsbeamten gekommen. Er hat sich gewehrt, deshalb schlugen sie ihn, und als er schrie, steckten sie ihm einen Metallknebel in den Mund – einer hielt ihn fest, und der andere drehte an den Schrauben, damit er weiter aufging, bis ich dachte, sein Kiefer würde brechen.« Sie weinte inzwischen; das hörte er daran, dass ihre Stimme nun nicht mehr sanft, sondern abgehackt klang. Er konnte sich nach wie vor nicht dazu überwinden, sie anzuschauen. »Sie haben ihn in die Casa Santa gebracht – ich bin ihnen gefolgt und habe sie angefleht, mir zu sagen, wessen er angeklagt ist, wer ihn beschuldigt hat – doch dann meinten sie, ich selbst hätte mich schuldig gemacht, christliches Blut verunreinigt zu haben, indem ich das Kind eines *marrano*, eines Ketzers, austrage. Ich war feige, rannte fort. Ich ertrage den Gedanken nicht, dass mein Kind in den Verliesen der Inquisition geboren wird. Ich komme zu Euch, weil ich nicht weiß, wohin ich mich sonst wenden soll. Mein Vater hat kein Geld für eine Auslösung.« Ihre Honigstimme klang, als sie diese Lüge äußerte, dünn und schwach wie die eines Kindes.

Endlich sah ben Schuschan sie an, ihren geblähten Leib. Bald würde es soweit sein. Die Mischung aus Liebe und Verlust, die er in diesem Moment spürte, schien ihm das Mark in den Knochen zu schmelzen. Sein Enkel, der kein Jude sein würde. Schwankend, als hätte er zu viel Wein getrunken, durchquerte er den kleinen Hof und schlug ihr die schwere Holztür vor dem tränenüberströmten Gesicht zu.

Der junge Mann hatte Schwierigkeiten beim Sprechen. Als sie die Sperrvorrichtung aufgeschraubt und den Metallknebel aus seinem Mund gezogen hatten, waren vier abgebrochene Zähne mit herausgeflogen. Seine Lippen waren in den Winkeln eingerissen, und als er sie öffnete, um zu sprechen, rann ihm ein neuer Blutschwall das Kinn hinab auf sein bereits fleckiges Hemd. Er wollte eine Hand heben, um sich den Mund abzuwischen, aber die Handschellen hinderten ihn daran.

»Wie kann ich gestehen, Pater, wenn Ihr mir nicht sagt, wessen ich beschuldigt werde?«

Sie hatten ihn in seinem Nachtgewand hergebracht, und er zitterte. Der Raum in der Casa Santa war fensterlos, seine Wände mit schwarzem Tuch verhängt. Das einzige Licht kam von sechs Kerzen, die zu beiden Seiten eines Bildes des gekreuzigten Christus standen. Auch der Tisch war schwarz verhüllt.

Das Gesicht des Inquisitors war im Innern seiner Kapuze nicht zu sehen. Nur seine blassen Hände, deren Fingerspitzen unter einem unsichtbaren Kinn zusammengepresst waren, ließ das Kerzenlicht erkennen.

»Reuben ben Schuschan …«

»Renato, Vater. Ich wurde Renato getauft. Mein Name ist Renato del Salvador.«

»Reuben ben Schuschan«, wiederholte der Priester, als hätte er nichts gehört. »Du tätest gut daran zu gestehen, um deiner unsterblichen Seele und …« Er hielt lange inne und klopfte seine Fingerspitzen aneinander. »Und um deines sterblichen Körpers willen. Denn wenn du mir deine Sünden hier nicht offen beichtest, wirst du es sicher in den Kammern der Erlösung tun.«

Renato spürte, wie sich der Inhalt seiner Gedärme verflüssigte, und umklammerte seinen Bauch mit seinen gefesselten Händen. Er schluckte, doch es war kein Speichel in seinem Mund. Seine Stimme war ein Krächzen.

»Ich weiß nicht, was ich Eurer Meinung nach getan haben soll!«

In der Ecke kratzte ein Schreiber jedes Wort, das Renato äußerte, mit seiner Feder aufs Papier. Das Geräusch beförderte Renato nach Hause, in den Hof des Kahal und zu dem Geräusch der Feder seines eigenen Vaters auf Pergament. Aber sein Vater schrieb nur Worte des Ruhms. Nicht wie dieser Mann, dessen Aufgabe es war, jede verzweifelte Bitte des Angeklagten zu notieren, jedes Jammern, jeden Schrei.

Aus dem Innern der Kapuze ertönte ein übertriebenes Seufzen. »Warum tust du dir das an? Gestehe, dann findest du deinen Frieden. Viele haben das getan und sind diesem Raum hier entkommen. Es ist doch wohl besser, eine Zeitlang das Armesünderhemd zu tragen, als das Leben im Feuer einzubüßen.«

Renato entwich ein Stöhnen. Er hatte den beißenden Qualm von der letzten Ketzerverbrennung noch in der Nase. Es war ein feuchter Tag gewesen, und der Gestank hatte tief über der ganzen Stadt gehangen. Sechs waren auf dem Scheiterhaufen gelandet. Drei, die ihre Häresie im letzten Moment bekannt hatten, waren erdrosselt worden, ehe die Flammen loderten. Die anderen, bei lebendigem Leibe verbrannt, hatten Schreie ausgestoßen, die ihn jetzt noch im Traum verfolgten.

Wieder seufzte der Inquisitor übermäßig laut. Er wedelte mit seinen weißen Händen. Ein dritter Mann, hoch gewachsen, den Kopf mit einer Ledermaske bedeckt, trat aus dem Schatten.

»Wasser«, sagte der Priester, und der Maskierte nickte. Der Priester erhob sich und verließ den Raum. Der große Mann griff nach Renato und riss ihm das Hemd herunter. Reuben ben Schuschan hatte seine Kindheit und Jugend über das *scriptionale* gebeugt verbracht und den Beruf seines Vaters erlernt. Seit er aber vor zwei Jahren Renato geworden war, hatte er jeden Tag schwere körperliche Arbeit im Freien verrichtet, entweder in den Olivenhainen von Rosas Vater oder an der Olivenpresse. Er würde nie sehr massig sein, doch seine Arme waren stark geworden, muskulös und sonnengebräunt. Doch in seiner jetzigen Nacktheit, den Maskierten drohend über sich, wirkte er verletzlich. Auf seinen Schultern blühten blaue Flecken von den Schlägen des *alguazil,* des Vollstreckers.

Der Wärter stieß ihn grob vorwärts, und sie verließen das schwarze Gemach und stiegen eine Treppe hinunter, die zu den Kammern der Erlösung führte. Als Renato die Leiter sah, die an der großen Steinwanne lehnte, die Gurte, noch blutig von den Verrenkungen des letzten Gefangenen, die Holzpflöcke, die man ihm in die Nasenlöcher stecken würde, konnte er seinen Schließmuskel nicht mehr kontrollieren. Ein furchtbarer Gestank erfüllte den Raum.

* * *

David ben Schuschan kleidete sich sorgfältig an. Er warf sich seine am wenigsten ausgefranste Tunika über und arrangierte den *gardecorps* so, dass die lange Kapuze gefällig über beide Schultern fiel. Ruti wischte ihre Tränen ab, während sie sich mühte, ein kleines Loch in dem einzigen Strumpfpaar ihres Vaters zu stopfen.

»Gib mir das, du dummes Ding«, sagte Miriam und riss ihr den Strumpf weg. Rutis Hände, rau vom Umgang mit den Tierhäuten, waren bei feineren Arbeiten nicht so geschickt wie die ihrer Mutter. Flink raffte Miriam den Stoff mit so winzigen Stichen, dass sie kaum sichtbar waren. »Wir müssen uns sputen!«, sagte sie und warf ihrem Mann den Strumpf zu. »Wer weiß, was sie meinem Sohn antun!«

»Du hast keinen Sohn«, sagte David barsch. »Vergiss das nicht. Wir haben *schiwa* für unseren Sohn gesessen. Ich gehe nur, um für einen Fremden, der in ernste Schwierigkeiten geraten ist, zu tun, was ich kann.«

»Rede dir ein, was immer dir Frieden bringt«, sagte Miriam. »Aber hör auf, dich herauszuputzen, und mach dich auf den Weg, bitte!«

Als David die engen Gassen bis zum Haus seines Bruders durchquerte, stieg ihm Galle in die Kehle. Nie zuvor hatte er seine Armut als eine solche Last empfunden. Jeder Jude und auch jeder *converso* wusste, dass die Maßnahmen der Inquisition ebenso dem Auffüllen der königlichen Kasse diente wie der angeblichen Reinhaltung der spanischen Kirche. Gegen Zahlung einer horrenden Summe konnten die meisten Gefangenen gehen – oder humpeln oder auf einer Trage befördert werden, je nachdem, wie lange sie inhaftiert gewesen waren –, jedenfalls durften sie die Casa Santa verlassen. Aber würde Joseph einen solchen Betrag für einen abtrünnigen Neffen ausgeben wollen, dessen eigener Vater ihn für tot erklärt hatte?

David war so beschäftigt mit seinen Sorgen und Kümmernissen, dass er schon vor den Toren des schönen Anwesens seines Bruders stand, ehe er den Tumult dahinter bemerkte. Im Haus Josephs, der stolz war auf seine Kultiviertheit, ging es gewöhnlich ruhig zu; seine Dienstboten waren diskret und unaufdringlich. Heute jedoch hallte es auf dem Hof von lauten Stimmen wider. David überprüfte im Geiste das Datum – die Hochzeit war erst im nächsten Monat. Das hektische Treiben konnte also nicht Teil der Festvorbereitungen sein. Der Pförtner erkannte ihn und winkte ihn herein. David sah, dass Josephs bester Wallach aus dem Stall geholt wurde und dass man die Pferde von Wachleuten und Dienern mit Gepäck für eine Reise belud.

In diesem Moment kam Joseph selbst aus dem Haus, gekleidet für die Straße und im Gespräch mit einem erschöpft wirkenden, staubbedeckten Mann. David brauchte ein Weilchen, dann erkannte er den Sekretär von Don Isaac Abravanel. Zunächst war Joseph so vertieft in seine Unterhaltung, dass sein Blick geradewegs über seinen Bruder hinwegging, der mitten im Gewimmel der geschäftigen Dienstboten stand. Doch dann entdeckte er die reglose, gebückte Gestalt in der Menge, und sein Gesichtsausdruck wurde weich. Joseph ben Schuschan liebte und verehrte seinen frommen jüngeren Bruder, obwohl ihre unterschiedliche Stellung in der Welt eine Schranke zwischen ihnen errichtet hatte. Er streckte David die Hand entgegen und zog ihn in eine innige Umarmung.

»Bruder! Was führt dich her, und warum die Trauermiene?«

David ben Schuschan, der sein Anliegen auf dem Weg zur Villa auswendig gelernt hatte, merkte plötzlich, dass er sprachlos war. Sein Bruder war eindeutig mit eigenen wichtigen Angelegenheiten befasst, und auch seine Stirn runzelte sich besorgt.

»Es ist mein ... es geht um eine Person, die sehr leiden muss – der ein Unglück widerfahren ist«, stammelte er.

Ein Ausdruck der Ungeduld, rasch unterdrückt, huschte über Josephs Gesicht.

»Das Unglück sucht uns von allen Seiten heim!«, sagte er. »Aber komm, ich wollte vor meiner Abreise noch etwas essen. Nimm doch ein schnelles Mahl mit mir ein und sag mir, was ich tun kann.«

David sah, dass das »schnelle Mahl« seines Bruders an seinem eigenen dürftig gedeckten Tisch als Festmahl gegolten hätte. Das Fleisch war frisch, nicht gepökelt, und wurde mit Früchten serviert, die im Winter schwer erhältlich waren, und mit besonders leichtem Gebäck. David brachte es nicht über sich, einen Bissen davon zu kosten.

Als er sein Herz ausgeschüttet hatte, schüttelte Joseph den Kopf und seufzte. »Zu jeder anderen Zeit würde ich den jungen Mann auslösen. Doch das Schicksal ereilt ihn an einem bösen Tag. Heute, so fürchte ich, müssen wir zuerst an die Juden denken und – vergib mir, Bruder – diejenigen, die von unserem Glauben abgefallen sind, die Konsequenzen selber tragen lassen, zu denen ihre Entscheidung geführt hat. Ich begebe mich jetzt in größter Hast mit jeder *crusada*, die ich zusammenkratzen konnte, nach Sevilla. Don Abravanels Sekretär hier« – er nickte dem Herrn zu, der erschöpft in den Kissen lehnte – »hat mich mit sehr bedenklichen Nachrichten aufgesucht. Der König und die Königin planen einen Ausweisungsbefehl ...«

David sog scharf die Luft ein.

»Ja, wie wir befürchtet haben. Sie nehmen die Kapitulation von Granada als Zeichen des göttlichen Willens, Spanien möge ein christliches Land sein. Daher ist es ihre Absicht, Gott für ihren Sieg zu danken, indem sie Spanien zu einem Gebiet erklären, wo kein Jude leben darf. Uns bleibt nur, zu konvertieren oder zu gehen. Sie haben diesen Plan im Geheimen ausgeheckt, aber schließlich hat sich die Königin ihrem alten Freund Don Seneor anvertraut.«

»Aber wie können der König und die Königin so etwas tun? Es ist jüdisches – oder zumindest von Juden beschafftes – Geld, das ihnen den Sieg über die Mauren gesichert hat!«

»Wir sind gemolken worden, lieber Bruder. Und jetzt wandern wir wie eine ausgetrocknete Kuh ins Schlachthaus. Don Seneor und Don Abravanel bereiten ein letztes Angebot vor – eine Bestechung, genau genommen –, um das Schlimmste zu verhindern. Aber sie haben nicht viel Hoffnung.« Joseph deutete mit seiner Lammkeule auf den müden Mann in der Ecke. »Erzählt meinem Bruder, was die Königin zu Don Isaac gesagt hat.«

Der Sekretär fuhr sich mit der Hand übers Gesicht. »Mein Herr hat der Königin erklärt, die Geschichte unseres Volkes zeige, dass Gott die vernichtet, welche die Juden vernichten. Sie erwiderte, diese Entscheidung, die unser Schicksal besiegeln soll, komme nicht von ihr oder ihrem Ehegatten. ›Der

Herrgott hat sie dem König ins Herz gepflanzt‹, sagte sie. ›Das Herz des Königs ist in den Händen des Herrn wie die Ströme des Wassers. Er bewegt es, wohin es ihm gefällt.‹«

»Der König wiederum«, unterbrach Joseph ihn, »lädt der Königin die Verantwortung auf. Und alle, die dem Königspaar nahestehen, wissen, dass in jedem Wort der Königin die Stimme ihres Beichtvaters, möge sein Name ausgelöscht werden, nachhallt.«

»Was kannst du ihnen denn noch anbieten, nachdem wir ihnen in der Vergangenheit schon so viel gegeben haben?«

»Dreihunderttausend Dukaten.«

David vergrub sein Gesicht in den Händen.

»Ja, ich weiß, eine Schwindel erregende Summe. Das Lösegeld für einen König würde weniger betragen; es ist das Lösegeld für ein ganzes Volk. Aber was für eine Wahl haben wir?« Joseph ben Schuschan stand auf und reichte seinem Bruder die Hand. »Verstehst du, warum ich derzeit nichts für dich erübrigen kann?«

David nickte. Zusammen traten sie wieder hinaus in den von Menschen wimmelnden Hof. Die bewaffneten Vorreiter und die Diener waren bereits aufgesessen. David begleitete den Bruder zu seinem Pferd. Joseph stieg auf, dann beugte er sich vom Sattel hinunter und flüsterte David ins Ohr: »Ich muss dir wohl nicht sagen, dass du unser Gespräch nicht erwähnen darfst. Es würde Panik ausbrechen, wenn diese Nachricht sich verbreitet. Tränen und Gejammer sind unnötig, wenn wir uns die Majestäten wieder gewogen machen können.« Das Pferd trat nervös auf der Stelle. Joseph zog scharf an den Zügeln und griff nach der Hand seines Bruders. »Es tut mir Leid um deinen Sohn.«

»Ich habe keinen Sohn«, erwiderte David, doch seine Worte, mit zitternder Stimme gesprochen, verloren sich im Klappern von Eisen auf Stein, als die Männer rasch durch das Tor entschwanden.

Vier Tage lang war Renato abwechselnd ohnmächtig und bei Bewusstsein. Beim Aufwachen lag er mit der Wange auf einen mit uringetränktem Stroh und Rattenkot übersäten steinernen Fußboden gepresst. Wenn er hustete, hatte er danach Blutklumpen, aber auch lange Fäden klaren Gewebes zwischen seinen Fingern. Es war, als lösten sich seine Eingeweide auf, als zerfiele sein Körper von innen. Er hatte Durst, doch es gelang ihm nicht, den Wasserkrug zu erreichen. Dann, als er es schließlich schaffte, ihn mit bebenden Händen zu packen und sich ein Rinnsal in den Mund zu gießen, ließ ihn der Schmerz beim Schlucken erneut ohnmächtig werden. In seinen Träumen war er wieder an die Leiter gebunden, Wasser wurde ihm in den Rachen geschüttet, und durch sein unfreiwilliges Schlucken schob sich der schmale Leinenstreifen immer tiefer in seinen Schlund.

Renato hatte nicht gewusst, dass es solche Schmerzen gab. Lautlos, denn Sprechen war unmöglich, betete er darum zu sterben. Aber seine Gebete wurden nicht erhört, denn als er wieder aufwachte, lag er da wie zuvor, und die roten Augen der Ratten glitzerten ihn im Dunkeln an. Am fünften Tag war er länger wach als ohnmächtig, und am sechsten gelang es ihm, sich in eine sitzende Position hochzuziehen und an die Mauer zu lehnen.

Nach dem fünften Eimer Wasser, als der Leinenknebel schon tief in seiner Kehle steckte, hatte der Inquisitor die Kammer der Erlösung betreten. Man hatte die Leiter senkrecht gestellt, während er würgte, kurz vorm Ersticken, und sich in Panik wand. Und dann sah Renato ihn endlich, den Beweis, den sie gegen ihn hatten, und wusste, was er zu gestehen hatte. Der Priester hielt eine kleine viereckige Kapsel an einem langen braunen Lederriemen zwischen zwei Fingern, als wäre sie Unrat. Darin befand sich das Wort Gottes, geschrieben in der makellosen Handschrift seines Vaters.

»Ihr falschen *conversos* seid ein Krebsgeschwür, das am Herzen der Kirche frisst«, sagte der Priester. »Ihr sprecht insgeheim eure schmutzigen Gebete und verpestet unsere Kirche mit eurer verlogenen Anwesenheit.« Renato konnte nicht antworten, weder um zu gestehen, noch um die Anschuldigungen zurückzuweisen. Das Sprechen war ihm unmöglich mit dem in seinen Rachen gepressten Tuch. Der Priester stand da, während man die Leiter wieder kippte, und zog dann mit einem plötzlichen, entsetzlichen Ruck den Knebel heraus, der bereits tief in ihm steckte. Renato hatte das Gefühl gehabt, seine Eingeweide würden ihm durch den Hals herausgerissen. Er hatte das Bewusstsein verloren, und als er wieder zu sich kam, war er allein in der Zelle.

Schin. Fe. Kaf.
Gieß deinen Zorn aus über die Heiden, die dich nicht kennen...

Weil David ben Schuschan nicht wusste, was er sonst tun sollte, war er an seinen *scriptionale* und die Arbeit am *Schefoch Hamatecha*, fast schon der Abschluss der Haggadah, zurückgekehrt. Doch in seinem Kopf siedete wie in seinen Tintenkesseln ein giftiges Gebräu. Seine Hand zitterte, und die Buchstaben waren unschön. Aus dem Haus hörte er Miriam, die den Namen seines Bruders in einer Mischung aus Kummer und Wut mit einem Schwall von Schimpfwörtern bedachte und ihren Ärger lautstark an der armen Ruti ausließ, die, so vermutete er, vergeblich versuchte, sie zu trösten. Er hatte nichts von der wichtigen Mission, auf die Joseph sich begeben hatte, erzählt oder von dem Schicksal, das sie jetzt womöglich alle erwartete. Seine Gedanken wirbelten von Reuben *im Haus der Unterdrückung* zu ihrer eigenen misslichen Lage, *bedrängt von Feinden*, und zu seinem armen kleinen Spatz. *Schwing dich auf, mein Liebling, und flieg fort.* Er musste einen Ehemann für sie finden, und zwar schnell. Wenn sie den unsicheren Weg ins Exil anzutreten hatten, würde sie mehr Schutz benötigen, als er ihr bieten konnte. Im Geiste ging er die Liste möglicher Kandidaten durch. Avram, der *mohel*, hatte einen Sohn im richtigen Alter. Der Junge stotterte und schielte, doch sein Charakter war nicht schlecht. Allerdings würde Avram vielleicht nicht über den Schandfleck hinwegsehen, den Ruti als Schwester eines *converso* trug. Mosche, der Schächter, war ein starker Mann mit starken Söhnen, die bessere Beschützer wären, aber die Jungen waren halsstarrig und übellaunig, und außerdem liebte Mosche Geld, und das würde David ihm nicht bieten können.

Es kam David nie in den Sinn, Ruti in dieser Angelegenheit oder einer anderen selbst zu befragen. Hätte er es getan, wäre er sehr überrascht gewesen. Ihm war nicht klar, dass seine Liebe zu seiner Tochter mit einer gewissen Verachtung für sie einherging. Er sah in ihr eine gutherzige, pflichtbewusste, aber irgendwie bemitleidenswerte Seele. Wie viele Menschen machte David den Fehler, »bescheiden« mit »schwach« zu verwechseln.

Ruti hatte nämlich ein zweites Leben, von dem ihr Vater nichts ahnte. Seit über drei Jahren vertiefte sie sich in das Studium des Sohar, des Buchs des Glanzes, und war insgeheim zu einer Anhängerin der Kabbala geworden. Diese Studien waren ihr sowohl wegen ihres Alters als auch ihres Geschlechts verboten. Auch jüdische Männer durften sich erst mit vierzig Jahren dem gefährlichen Reich des Mystizismus nähern, Frauen wurden dessen gar nicht für wert befunden. Die Familie ben Schuschan hatte jedoch berühmte Kabbalisten hervorgebracht, und Ruti war sich von frühester Kindheit an der Macht des Sohar und seiner Bedeutung für das spirituelle Leben ihres Vaters bewusst gewesen. Wann immer sich die kleine Gruppe vertrauenswürdiger Gelehrter in ihrem Haus zum Studium des Buches getroffen hatte, hatte sich Ruti heimlich wachgehalten und gelauscht, wenn sie den schwierigen Text erörterten.

Wenn Rutis Seele ein geheimes Leben führte, so galt dasselbe für ihren rundlichen Körper. Sie konnte nicht in den Werken ihres Vaters lesen; das hätte er nie gestattet, aber sie hatte die Bücher, nach denen es sie verlangte, in der Binderei gesehen, als sie Davids Arbeiten dort hingebracht hatte. Micha, der Buchbinder, war ein junger, zu rasch gealterter Mann mit blassen Wangen und spärlichem Haar, an dem er nervös zupfte,

wenn seine Frau die Werkstatt betrat. Sie war eine schwäch-
liche, schlampig wirkende Person, oft krank, ausgelaugt vom
Austragen ihrer Kinder, die sich die meiste Zeit schreiend um
sie scharten.

Ruti erinnerte sich an den neugierigen Blick, den der Buchbinder ihr zugeworfen hatte, als sie ihm sagte, was sie wollte.
Zuerst erklärte sie ihm, ihr Vater erbäte sich die Bücher leih-
weise, aber Micha durchschaute die Täuschung sofort; jeder
im Kahal wusste, dass David ben Schuschan bei all seiner Armut eine Bibliothek von beachtlichem Umfang besaß. Er erriet,
was sie vorhatte, und kannte die Schwere des Tabus, das sie
verletzte. Wenn sie bereit war, solch wichtige Vorschriften wie
diese zu übertreten, gäbe es vielleicht, so mutmaßte er, auch
andere verbotene Bereiche, in die sie sich locken ließe. Als Ge-
genleistung für den Gebrauch der Bücher hieß er Ruti deshalb
sich auf die weichen Fellfetzen legen, die von seinem Arbeitstisch gefallen waren. Sie atmete den satten Geruch feinen Leders ein, während die Hände des Buchbinders, die geübt waren im Umgang mit Fleisch, ihre verborgensten Körperstellen
berührten. Als sie dem Handel zum ersten Mal zugestimmt
hatte, war sie starr vor Angst gewesen. Sie hatte gezittert, als
er die grobe braune Wolle ihres Kleides angehoben und ihre
plumpen Schenkel gespreizt hatte. Aber seine Berührung war
sanft gewesen und bald schon köstlich und hatte ihr ein Vergnügen verschafft, das sie bis dahin nicht gekannt hatte. Als er
ihr die Zunge zwischen die Beine steckte und an ihr schleckte
wie eine Katze, geriet sie in eine körperliche Ekstase ähnlich
der spirituellen, die sie in den seltenen Nächten in ihrer Höhle
verspürte, wenn sich die Buchstaben vor ihr emporschwangen
und tanzten.

Mit der Zeit erschien es ihr irgendwie richtig, dass diese
zwei verbotenen Genüsse miteinander verbunden waren, dass
ihre Weiblichkeit, die sie von den Studien hätte ausschließen
sollen, sie ihr in Wirklichkeit erst ermöglichte, dass die Hingabe ihres mittlerweile willigen Fleisches ihr das Mittel lieferte, ihre Seele zu entzücken. Jetzt, da sie die Macht der Lust

und die Freuden des Körpers kannte, fiel es ihr leichter, den Verrat ihres Bruders an ihrer Familie und an seinem Glauben zu verstehen, wenn nicht gar zu verzeihen. Sie glaubte, wenn ihr Vater weniger streng und rigide gewesen wäre und Reuben früher an die Mysterien und Schönheiten des Sohar herangeführt hätte, wäre ihr Bruder nicht in den Bann einer anderen Religion geraten.

Doch Reuben war streng nach dem Buchstaben des Gesetzes erzogen worden. Jeden Tag hatte er über dem *scriptionale* gesessen und mechanisch seine Arbeit verrichtet. Ruti hatte die Stimme ihres Vaters noch im Ohr, stets ruhig, nie erhoben, immer kritisch: »Der Zwischenraum in der Mitte des *beit* muss genauso breit sein wie die obersten und untersten Linien. Hier auf dieser Zeile, siehst du? Da hast du ihn zu eng gemacht. Kratz alles weg und schreib die Seite noch einmal. Reuben, du solltest inzwischen wissen, dass das *tet* links unten eckig und rechts gerundet ist. Hier ist es umgekehrt, siehst du? Schreib die Seite noch einmal.« Schreib sie wieder und wieder und wieder.

Nicht ein einziges Mal hatte der Vater Reuben die Tür zu dem strahlenden Glanz geöffnet, der jener dunklen Tinte innewohnte. Ihr eigener Geist war davon hell erleuchtet. Jeder winzige Buchstabe war ein Gedicht, ein Gebet, ein Tor zur Herrlichkeit Gottes, und jeder Buchstabe ein eigener Weg, ein eigenes, ganz besonderes Geheimnis. Warum hatte ihr Vater nichts davon mit ihrem Bruder geteilt?

Wenn sie an den Buchstaben *beit* dachte, dann nicht an die Dicke der Linien oder die Genauigkeit der Zwischenräume, sondern an Mysterien: an die Zahl zwei für die Zweisamkeit; an das Haus für das Haus Gottes auf Erden. »Sie werden mir einen Tempel bauen, und ich werde in ihnen wohnen.« *In ihnen*, nicht *in ihm*. Er würde in ihr wohnen. Sie würde das Haus Gottes sein. Das Haus der Transzendenz. Nur ein einziger winziger Buchstabe und in ihm ein solcher Pfad zum Glück.

Mit der Zeit hatte Ruti dem Buchbinder ihr Herz geöffnet, und es war echte Zuneigung zwischen ihnen entstanden. Als

Micha vorgeschlagen hatte, ein geheimes Zeichen zu verwenden, wenn sie nach der Berührung des anderen verlangten, war ihr der Buchstabe der Zweisamkeit eingefallen, das *beit*. Wenn sie es jetzt auf eine der Rechnungen an ihren Vater gekritzelt sah, wusste sie, es bedeutete, dass Michas Frau nicht zu Hause war. Und sie notierte es ihrerseits auf die Anweisungen, die David an die Buchbinderei schickte, um, falls andere Kunden anwesend waren, Micha mitzuteilen, dass sie Zeit hatte und daheim nicht vermisst werden würde. Sie fragte sich, ob Reuben und seine Geliebte auch ein geheimes Zeichen vereinbart hatten, eine Kerbe in einem Baum oder ein Tuch, das so und nicht anders geknotet war. Es musste etwas in der Art gewesen sein, denn Rosa konnte wie die meisten Christen nicht lesen.

Reuben hatte immer für den Moment am Ende des Tages gelebt, wenn er vom *scriptionale* erlöst war und Botengänge machen durfte. Ruti hatte gesehen, wie er, zu plötzlichem Leben erwacht, aufgesprungen war. Und ihr war aufgefallen, dass ein bestimmter Botengang immer öfter ein Lächeln in sein Gesicht gezaubert und seinen Schritten besonderen Schwung verliehen hatte.

Wenn er losgeschickt worden war, um Oliven oder Öl von Rosas Vater zu kaufen, wie hätte er da die Tochter nicht bemerken sollen, die ebenfalls reifte? Ruti erriet, was geschehen war, obwohl es ihrem Bruder nie in den Sinn gekommen wäre, ihre vermeintlich unschuldigen Ohren mit Vertraulichkeiten über seine körperlichen Leidenschaften zu besudeln.

Nach seiner Konversion, der Heirat und der darauffolgenden Entfremdung war Ruti ihrem Bruder nur zufällig auf dem Markt begegnet. Sie wusste, dass sie ihn, als wäre er ein beliebiger nichtjüdischer Fremder, hätte ignorieren und mit gesenktem Blick an ihm vorbeigehen müssen. Doch ihr Herz hielt sich nicht an dieses Gebot. Sie ließ sich von der Menge auf ihn zutreiben und ergriff, gedeckt vom Gewimmel der Menschen, seine Hand. Wie verändert sie sich anfühlte, wie rau sie geworden war, seit sie nicht mehr Schreibarbeit verrichtete, sondern

Bäume beschnitt! Ruti drückte sie und legte all ihre Zuneigung in die Geste, ehe sie davoneilte.

Beim nächsten Mal, ein paar Wochen danach, wartete er schon auf sie. Er steckte ihr einen Zettel zu, auf dem er sie bat, sich mit ihm zu treffen. Als Treffpunkt nannte er ihr einen Ort südlich der Stadt, der unter dem Namen Esplugues bekannt war. *Esplugues* bedeutet »Höhlen«, und der ausgetrocknete weiße Berghang war durchsiebt mit ihnen. Eine ganz besondere, tief und gut versteckt, war in ihrer Kindheit ihre Lieblingszuflucht gewesen. Später hatte sich Reuben dort heimlich mit Rosa getroffen. Er wusste nicht, dass Ruti in derselben Höhle ihre verbotenen Studien betrieb. Die erste Begegnung der beiden war angespannt; so sehr Ruti ihn auch liebte, konnte sie doch nicht umhin, ihn für den Schmerz und die Schande zu tadeln, die er über ihre Familie gebracht hatte. Aber in ihrem Herzen wusste sie, dass er ein guter Mensch war; die Freundlichkeit, die sie als Kind empfangen hatte, war zum größten Teil von ihm gekommen, nicht von ihrer zänkischen Mutter oder ihrem zerstreuten Vater. Bald trafen sie sich jede Woche. Als er ihr von dem Baby erzählte, das im Frühling geboren werden sollte, weinte er.

»Erst wenn man selbst Vater wird, versteht man, was der eigene Vater für einen empfindet«, flüsterte er. Ruti legte seinen Kopf in ihren Schoß und streichelte sein Haar, sodass die Stimme ihres Bruders gedämpft klang, als er fragte: »Spricht er nie von mir?«

»Nie«, erwiderte sie so sanft wie möglich. »Aber ich glaube, es vergeht keine Stunde, in der er nicht an dich denkt.« Sie strich über den ausgeblichenen, porösen Stein. Der Ort erinnerte sie an Knochen, an ein Haus aus den Gebeinen ungeliebter Toter. Wie vergänglich dagegen das rosige, lebendige Fleisch ihrer Hand war! Nicht lange, dann würden sie alle tot sein, ihre Knochen ausgetrocknet und löchrig wie Spitze. Und wen würde es dann scheren, dass ein Priester ihrem Bruder Wasser auf die Stirn geträufelt und er ein paar Gebete auf Latein gesprochen hatte? Genau hier in dieser Höhle hatte Ruti die Gegenwart Gottes gespürt. Sie war vor einer Immanenz erschauert, die das Wasser verbrennen und dem Priester den Atem aus dem Mund saugen würde.

In diesem Moment kam ihr ein Gedanke. Wie harmlos es schien, ihrem Bruder diese Erinnerung an die Stunden zu verschaffen, in denen Vater und Sohn gemeinsam vor Gott gestanden hatten.

»Ich könnte dir etwas mitbringen«, sagte sie. Und das tat sie in der nächsten Woche dann auch.

David ben Schuschan schaute sich ungeduldig nach seiner Tochter um. »Spatz!«, rief er. »Ich brauche dich, Mädchen. Beeil dich doch, und hör auf, so herumzutrödeln.«

Ruti warf die Scheuerbürste in den Eimer, erhob sich von Händen und Knien und rieb sich die Stelle, wo die Fliesen sie ins Fleisch geschnitten hatten. »Aber ich bin noch nicht fertig mit dem Fußboden, Vater«, sagte sie leise.

»Egal, ich habe etwas, das nicht warten kann.«

»Aber Mutter wird …«

»Das regle ich schon mit deiner Mutter.« Am Verhalten ihres Vaters war etwas Heimlichtuerisches, das Ruti noch nie erlebt hatte. Sein Blick lag auf der Tür zur Straße. »Du musst dieses Päckchen zum Buchbinder bringen. Meine detaillierten Anweisungen dazu hat er bereits. Er weiß also, was zu tun ist. Das Buch muss bei Don Josephs Rückkehr fertig sein. Man erwartet ihn rechtzeitig zum Sabbat. Nun geh, Tochter, und spute dich. Ich will dem Schelm keinen Vorwand für Unpünktlichkeit liefern.«

Ruti trat an den Brunnen. Schnell, aber gründlich wusch und trocknete sie ihre Hände, ehe sie das in ein Tuch gewickelte Päckchen entgegennahm. Die sonst so ruhige Hand ihres Vaters zitterte. Als sie durch den Stoff den metallenen Gegenstand ertastete, erkannte sie ihn sofort. Sie hatte ihn oft genug poliert und nervös darauf geachtet, dass sie das filigrane Silber nicht fallen ließ oder sonstwie beschädigte. Er war das einzig Kostbare in ihrem Haushalt. Ihre Augen weiteten sich.

»Was glotzt du so? Die Sache geht dich nichts an.«

»Aber das ist der Silberrahmen von Mutters *ketuba*!«, rief Ruti aus. Die *ketuba*, der Ehevertrag, war die schönste, die sie je gesehen hatte. David hatte sie als junger *sofer*, entzückt vom Gedanken an seine Braut, die er kaum kannte, selbst geschrieben, jeden Buchstaben jedes Worts als feierliche Hymne an die Frau, die er sich damals als Seelenverwandte erhofft hatte. Als sein Vater die Arbeit erblickt hatte, war er so stolz auf seinen Sohn gewesen, dass er mehr als beabsichtigt für einen schönen Rahmen ausgegeben hatte.

»Vater«, quietschte Ruti, »du willst doch nicht den Buchbinder damit bezahlen?«

»Unsinn!« Davids Schuldgefühl und seine Unsicherheit machten ihn barsch. »Die Haggadah muss einen angemessenen Einband haben. Und woher sollten wir das Silber nehmen, um ihn zu verzieren? Der Buchbinder hat einen Schmied von außerhalb gefunden, der die Arbeit umsonst verrichten wird, weil er sich damit der Familie Sanz empfehlen will. Er wartet jetzt in der Binderei, also geh, sofort!«

Zuerst hatte er daran gedacht, den Rahmen zu verkaufen, um das Lösegeld für seinen Sohn aufzubringen. Aber das Wort Gottes war darin eingraviert, und ihn einem Christen zu überlassen, der ihn schmelzen und Silbermünzen daraus machen würde, war eine Schmach, wahrscheinlich sogar eine Sünde. Doch im Zentrum seines Glaubens stand der Grundsatz, dass die Rettung eines Menschenlebens Vorrang vor allen anderen *mitzvot* oder Geboten haben musste, und so fand er eine Lösung. Er konnte das Silber benutzen, um die Haggadah zu schmücken, dann würde das Heilige heilig bleiben. Sicherlich würde ein so kostbares Geschenk die Hand seines Bruders öffnen. Wie konnte es anders sein? Das redete David sich ein. An diese dürftige Hoffnung klammerte er sich. Mit großem Ärger bemerkte er nun, dass Ruti immer noch vor ihm stand und ihm das Päckchen hinhielt, als wollte sie es zurückgeben.

»Aber Mutter hat doch bestimmt nicht eingewilligt. … Ich … ich … habe Angst, dass sie mir böse sein wird.«

»Ganz gewiss, mein Spatz, wird sie böse sein. Aber nicht mit dir. Es gibt einen Grund hierfür, der dich nichts angeht, wie ich schon sagte. Nun beeile dich, ehe der Schelm deine Verspätung als Vorwand benutzt, die Fertigstellung zu verzögern.«

Wie es sich traf, hätte ihr Vater sich über diesen Punkt nicht sorgen müssen. Was Micha auch sonst sein mochte, er war ein stolzer Handwerker, und er wusste, dass die Illuminationen und Texte, die ben Schuschan ihm präsentiert hatte, ein Buch von außerordentlicher Schönheit verhießen. Es konnte ihm bei den reichsten Juden der Gemeinde einen gute Reputation verschaffen. Solche Gelegenheiten ergaben sich nicht jeden Tag, und er hatte alle unwichtigeren Arbeiten beiseitegelegt, um sich ganz diesem Auftrag zu widmen.

Die Haggadah lag auf dem Arbeitstisch, gebunden in weichstes Ziegenleder, versehen mit kunstvollen Prägungen. In der Mitte des vorderen Deckels klaffte eine Lücke.

Der Silberschmied war ein junger Mann, Geselle erst, aber begabt im Entwerfen. Er nahm Ruti das Päckchen ungeduldig ab, wickelte es aus und begutachtete den *ketuba*-Rahmen. »Sehr schön. Schade um eine solch filigrane Arbeit. Aber ich verspreche deiner Mutter, dass ich etwas daraus machen werde, das ihr Opfer wert ist.« Er hatte ein kleines Pergament bei sich, das er jetzt auf dem Tisch entrollte. Für das Medaillon auf dem Einband hatte er ein Muster gezeichnet, das den Flügel aus dem Emblem der Familie Sanz zeigte, umflochten von Rosen, dem Symbol der Familie ben Schuschan. Desgleichen hatte er ein Paar wunderschöner Schließen entworfen, ebenfalls raffiniert aus Flügeln und Rosen gestaltet.

»Ich werde die ganze Nacht arbeiten, falls nötig, damit das Buch nach den Wünschen deines Vaters zu *Erev Schabbat* fertig ist«, sagte er. Dann verpackte er die Haggadah und den Rahmen wieder sorgfältig und machte sich auf den Weg, um noch bei Tageslicht zu seinem Heimatort zu gelangen, ehe Straßenräuber sich an ihr nächtliches Werk machten.

Ruti strich mit dem Finger über einen gehefteten Bogen und

tat so, als begutachtete sie die Nähte, um Zeit zu schinden, bis der Schmied die Werkstatt verlassen hatte. Sie hatte auf einem Pergamentfetzen auf dem Arbeitstisch den Buchstaben der Vereinigung, ihr geheimes *beit,* gesehen.

Der Buchbinder wandte sich von der Tür zu ihr und leckte sich die Lippen. Sie spürte seine Hand in ihrem Kreuz, als er sie auf den Alkoven zuschob. Der vertraute, satte Geruch des Leders darin erregte sie, und sie drehte sich zu ihm um, schlang ihre drallen Arme um seine dünnen Hüften, zog seine Schürze weg und öffnete das Gewand darunter. Er schmeckte scharf und salzig in ihrem Mund.

Sie schmeckte ihn immer noch, als sie vor ihrer eigenen Hoftür stand. Obwohl sie spät dran war zum Abendessen, hatte sie Angst einzutreten. Sie erwartete, dass ihre Eltern sich wegen des fehlenden Rahmens stritten. Doch als sie schließlich all ihren Mut zusammennahm und ins Haus ging, was sie ja irgendwann tun musste, stellte sie fest, dass ihre Mutter wie sonst lediglich an den alltäglichen Unzulänglichkeiten ihres Vaters herumnörgelte. Es herrschte kein Sturm, nur die übliche schlechte Stimmung. Ruti hielt den Blick auf ihr Brot gerichtet und schaute ihren Vater nicht an, obwohl sie es gern getan hätte. Zu welcher Lüge er wohl gegriffen hatte? Am liebsten hätte sie danach gefragt. Aber einige Dinge auf Erden waren möglich und andere nicht, und Ruti kannte den Unterschied.

Als Renato zum dritten Mal verhört werden sollte, war er zu schwach, um aufzustehen. Die *alguaziles* mussten ihn in den schwarz verhängten Raum schleppen, wo ihm der Duft von Kerzenwachs und der ranzige Gestank seiner eigenen Furcht in die Nase stiegen.

»Reuben ben Schuschan, gestehst du, dass sich diese Gegenstände in deinem Besitz befinden, die für einen Juden zum Beten erforderlich sind?«

Er versuchte zu sprechen, doch was aus seiner wunden Kehle drang, war nur ein Flüstern. Er wollte sagen, dass er nicht als Jude gebetet hatte, wie es die Gebetsriemen vermuten ließen. Mit dem väterlichen Haus hatte er auch die hebräischen Gebete hinter sich gelassen. Es stimmte, dass er Rosa geliebt hatte, ehe er ihre Kirche liebte. Aber der Priester, der ihn getauft hatte, hatte erklärt, dass der Wille Jesu oft so wirke und dass die Liebe, die er für Rosa empfinde, lediglich ein kleiner Teil der Liebe des Herrn sei, den er ihm als Vorgeschmack auf die Süße der Erlösung zukommen lasse. Er hatte mit sich gerungen, bis er daran glaubte, dass Jesus tatsächlich der Messias war, auf den die Juden noch warteten. Die verheißungsvolle Schilderung des Himmels hatte ihm zugesagt. Am besten vielleicht hatte ihm der Gedanke an eine Frau gefallen, deren Körper ihm fast jederzeit zugänglich war, statt der harten Disziplin der Abstinenz, die ihm bei einer jüdischen Braut die Hälfte des Monats abverlangt wurde.

Die Gebetsriemen hatte er nicht behalten, weil er das jüdische Gebet, sondern weil er seinen Vater vermisste, den er von ganzem Herzen liebte. Wenn er aufstand und ehe er schlafen ging, drückte er die ledernen Bänder an sich, nicht um zu beten, sondern um einen Augenblick an seinen Vater zu denken und an die Hingabe, mit denen er das Pergament beschriftet hatte. Aber einen Juden und seine Werke zu lieben war für die Priester der Inquisition selbst schon eine Sünde.

Und so nickte er.

»Vermerken wir, dass der Jude Reuben ben Schuschan sich der Judaisierung schuldig gemacht hat. Jetzt gesteh auch, dass du deine Ehefrau dazu verleitet hast. Ein Gewährsmann sagt, man hat euch zusammen beten gesehen.«

Renato verspürte erneut ein Aufwallen von Furcht. Seine Frau. Seine unschuldige, unwissende Frau. Auf keinen Fall wollte er Grund dafür sein, dass sie litt. Er schüttelte den Kopf so heftig, wie es sein Erschöpfungszustand erlaubte.

»Gib es zu. Du hast sie deine abscheulichen Gebete gelehrt und sie gezwungen, mit dir zu beten. Es gibt einen Zeugen dafür.«

»Nein!«, krächzte Renato, der endlich seine Stimme wiedergefunden hatte. »Das ist eine Lüge!« Er quälte sich die

Worte aus seiner geschundenen Kehle. »Wir haben das Pater Noster und das Ave Maria gebetet. Sonst nichts. Meine Frau hatte keine Ahnung, dass ich jüdische Gegenstände ins Haus gebracht habe.«

»Hattest du diese Gegenstände bei dir, als du den heiligen Bund der Ehe geschlossen hast?«

Renato schüttelte den Kopf.

»Wie lange judaisierst du schon?«

Er öffnete seine gesprungenen Lippen und flüsterte: »Seit einem Monat.«

»Du behauptest, erst seit einem Monat zu judaisieren?«

Er nickte.

»Und wer hat dir diese Gegenstände verschafft?«

Renato zuckte zusammen. Das hatte er nicht vorhergesehen.

»Wer war es? Nenne seinen Namen!«

Renato spürte, wie der Raum anfing, sich zu drehen, und klammerte sich an seinen Stuhl.

»Nenne seinen Namen! Ich gebe dir eine letzte Gelegenheit.«

Der Priester machte ein Zeichen, und der massige Maskierte trat auf ihn zu. Die *alguaziles* packten Renato und zerrten ihn hoch. Er schwieg, während sie ihn aus dem Raum und die schwach beleuchtete Treppe hinunterschleppten. Er schwieg, als sie ihn auf die Leiter banden und sie schräg über die Wanne legten. Ein trockenes Schluchzen schüttelte seinen Körper, als er hörte, wie Wasser in die Krüge gegossen wurde. Immer noch schwieg er. Erst als sie das Knebeltuch nahmen und seine Kiefer auseinanderzwängten, schrie er auf. Der Schmerz, den ein einziges Wort verursachte, versengte ihm die Kehle.

»Spatz!«

Wenn ein *alguazil* in den christlichen Stadtvierteln eine Verhaftung vornahm, dann tat er das mitten in der Nacht. Um diese Zeit war sein Opfer in der schwächsten Position, verwirrt und kaum in der Lage, Widerstand zu leisten oder bei den Nachbarn Alarm zu schlagen, die ihm hätten zu Hilfe eilen können. In den Kahal dagegen entsandte das Sanctum Officium nicht seine eigenen Häscher. Der Inquisition ging es um das Ausmerzen der Ketzerei unter den vermeintlichen Anhängern Jesu, und nicht um die, welche ohnehin an ihrem alten, falschen Glauben festhielten. Die Verbrechen von Juden, die sich Christen aufdrängten, um sie der wahren Religion zu entfremden, waren eine Angelegenheit der Krone, die ihre Soldaten zu jeder beliebigen Tages- und Nachtzeit dorthin entsandte.

Es war also Nachmittag und noch hell, als bedrohliches Klopfen den Frieden im Hause der ben Schouschans erschütterte. Nur David war anwesend; Miriam war zur *mikwe* gegangen und Ruti in die Binderei, um sich zu erkundigen, ob ihr Vater das fertige Buch heute noch abholen könne, um es an seinen Bruder auszuliefern, dessen Rückkehr am Abend erwartet wurde. David hatte gerade verärgert festgestellt, dass sie sich bei diesem Gang wie üblich verspätete.

Er schlurfte zur Tür und fluchte dabei über den ungehobelten Besucher, der die Frechheit besaß, derartig lautstark ans Tor zu trommeln. Als er den Riegel beiseite gerissen hatte und sah, wer dort stand, blieben ihm seine Verwünschungen im Mund stecken. Mit zittrigen Händen trat er einen Schritt zurück.

Die Männer betraten den Hof. Einer spuckte in den Brunnen. Ein anderer drehte sich langsam und absichtlich so um, dass sich die Spitze seiner Schwertscheide unter der Kante des Arbeitstisches verfing, auf dem Davids empfindliche Schreibutensilien standen. Tintenfläschchen fielen zu Boden.

»Gib uns Ruth ben Schuschan!«, befahl der größte der bewaffneten Männer.

»Ruti?«, fragte David leise, und seine Augen weiteten sich überrascht. Er war sicher gewesen, dass man hinter ihm her war. »Das muss ein Irrtum sein. Ihr könnt doch nicht wegen Ruti hier sein.«

»Ruth ben Schuschan. Sofort!« Der Mann hob mit einer fast trägen Bewegung einen gestiefelten Fuß und trat gegen Davids *scriptionale*, sodass er umkippte.

»Sie… sie ist nicht da«, sagte David, dessen Kopfhaut vor Angst prickelte. »Sie erledigt etwas für mich. Was wollt Ihr denn nur von der kleinen Ruti?«

Als Antwort holte der Soldat aus und schlug den *sofer* mit der Faust ins Gesicht. David taumelte, verlor das Gleichgewicht und landete hart auf seinem Hinterteil. Er wollte aufheulen vor Schmerz, aber es hatte ihm den Atem verschlagen, sodass kein Laut herauskam, als er den Mund öffnete.

Der Soldat riss ihm seine Kopfbedeckung herunter, packte den silbernen Haarknoten und zog ihn daran hoch.

»Wohin ist sie gegangen?«

David zuckte zusammen und rief, er wisse es nicht. »Meine Frau hat sie geschickt, und ich…«

Noch ehe er den Satz beenden konnte, zerrte der Bewaffnete noch einmal an seinen Haaren und schleuderte ihn wieder zu Boden. Ein Stiefel landete hart auf seiner Wange.

In seinem Ohr dröhnte und klingelte es. Er spürte ein Brennen auf seinem Gesicht, dann Feuchtigkeit.

Ein weiterer Tritt traf seinen Kiefer. Er fühlte, wie seine Knochen aneinander rieben.

»Wo ist deine Tochter?«

Selbst wenn er hätte antworten wollen, hätte ihm seine gebrochene Kinnlade nicht erlaubt, Worte zu formen. Er versuchte, einen Arm zu heben, um seinen Schädel zu schützen, doch es war, als hinge ein Bleigewicht daran. Seine linke Seite war taub. So lag er da, ohnmächtig unter den Tritten, während das in sein Gehirn eindringende Blut sich weiter ausbreitete und alles Licht völlig auslöschte.

Rosa del Salvador schlief seit Tagen schlecht. Mit ihrem riesigen Bauch fand sie einfach keine bequeme Position. Ihr Gesicht pochte von den Schlägen, die ihr Vater ihr in seiner Wut am Abend versetzt hatte. Und wenn sie vor lauter Erschöpfung doch einnickte, plagten sie schreckliche Träume. Heute Nacht hatte sie von einem alten Pferd aus ihrer Kindheit geträumt, einem schwarzen Wallach mit einem weißen Stern auf der

Stirn. Er war früher mit Scheuklappen vor den Augen geduldig im Kreis getrabt, um die Ölmühle zu betätigen, eines Tages jedoch lahm geworden. Ihr Vater hatte den Pferdeschlächter bestellt, und Rosa erinnerte sich, wie der Mann ihrem alten Freund den Bolzen an den Kopf gehalten und mit dem großen Hammer zugeschlagen hatte, direkt auf den Stern. Als kleines Mädchen hatte sie den Tod des Wallachs beweint. In ihrem Traum hingegen starb das Pferd nicht, sondern bäumte sich laut wiehernd auf, den Metallstift im Gehirn, sodass Blut aus der zurückgeworfenen Mähne spritzte.

Rosa wachte schwitzend auf. Sie richtete sich im Bett auf und lauschte den nächtlichen Geräuschen in der *masia* ihrer Familie. In dem alten Bauernhaus war es nie ganz still. Immer hörte man das Knarren der Balken, das abgehackte Schnarchen ihres Vaters in seinem weindurchtränkten Schlummer, das Kratzen der Mäuse zwischen den Amphoren, wo das Korn gelagert wurde. Meistens beruhigten diese Laute sie, aber heute Nacht nicht. Sie rieb sich den Bauch. Bestimmt ließen ihre Träume das Blut gerinnen, das ihr Kind ernähren sollte. Sie fürchtete, es könnte ein Ungeheuer werden.

Warum nur hatte sie sich in einen Juden verliebt? Ihr Vater hatte sie gewarnt. »Trau ihm nicht. Er sagt, er gibt seinen Glauben für dich auf, aber das tun die nie. Irgendwann macht er dir Vorwürfe, und deine späteren Jahre werden von Bitterkeit vergiftet sein.«

Nun, wenn das alles gewesen wäre! Ein ganz normales Elend, eine Ehe, die im Alter lieblos wird. Aber inzwischen sah es ganz so aus, als würde keiner von ihnen beiden ein hohes Alter erreichen. Ohne Auslösung, die ihr Vater nicht bezahlen wollte, stand Renato der Scheiterhaufen bevor. Sie hatte ihren Vater angefleht, ihren Mann freizukaufen, und Schläge dafür erhalten. Ihr Beharren auf dieser Heirat habe sie alle in Gefahr gebracht, sagte er. Die ganze Familie werde jetzt verdächtigt, insgeheim jüdisch zu sein. Jeder missgünstige Nachbar, der sich im Ölgeschäft einen Konkurrenten weniger wünschte, jeder Gierige, dem ihre schönen Olivenhaine ins Auge fielen, konnte nun eine Anschuldigung gegen sie vorbringen, und sei der Anlass noch so unbedeutend: dass ihrer Mutter ein Stück Schinken nicht schmeckte, dass ihr Vater an einem Freitag sein Hemd wechselte, dass sie, Rosa, zu früh am Abend Kerzen anzündete. Es war offensichtlich, dass ihr Vater das befürchtete. Jeden Tag quälte er sich damit, die Listen seiner Konkurrenten durchzugehen, der Kunden, die womöglich einen Groll gegen ihn hegten, der Verwandten, die er in Zeiten der Bedürftigkeit nicht großzügig genug bedacht hatte. Er schalt ihre Mutter dafür, dass sie vor Ewigkeiten einmal koscheres Fleisch gekauft hatte, weil es billiger gewesen war als das des christlichen Metzgers. Rosa versuchte dann immer, sich irgendwo aufzuhalten, wo sie nicht ins Blickfeld ihres Vaters geriet. Einmal, als er sie verprügelt hatte, hatte er dabei ausgerufen, er wünsche sich, dass sie eine Fehlgeburt haben möge, dass ihr Kind mit seinem jüdisch verunreinigten Blut tot zur Welt käme. Rosa hatte große Schuldgefühle, weil sie in diesem Moment angefangen hatte, sich dasselbe zu wünschen.

Erregt stand sie von ihrem Strohlager auf und griff nach ihrer Mantilla. Sie brauchte frische Luft. Die schwere Haustür knarrte, als sie dagegendrückte. Die Nacht war mild; der Geruch nach lehmiger Erde brachte den ersten Frühlingshauch mit sich. Sie warf sich eine Wolldecke um die Schultern, nahm aber keine Lampe; ihr Fuß kannte den Pfad zu dem Olivenhain, den sie schon ihr Leben lang ging. Sie liebte die Bäume, ihre knorrige Kraft. Sie konnten vom Blitz getroffen werden oder von einem Brand so verkohlt sein, dass sie wie tot aussahen, ließen dann aber einen neuen grünen Trieb aus dem alten Holz sprießen und lebten weiter. Sie würde selbst wie ein Olivenbaum werden müssen, dachte sie und strich mit der Hand über die raue Rinde.

Dort stand sie, im Hain, als der *alguazil* und der Gerichtsbeamte auf dem Weg, der von der Stadt herführte, angeritten kamen. Versteckt im Schatten der Bäume beobachtete sie, wie im Haus die Lampen aufflammten. Sie hörte die Angstschreie ihrer Mutter, die Protestrufe ihres Vaters, während der

Gerichtsbeamte alle Gegenstände notierte, die das Bauernhaus enthielt. Ihr gesamter Besitz würde an die Krone fallen, falls die Anschuldigungen gegen sie bewiesen würden. Sie sank zu Boden, zog die graubraune Decke fest um sich, um ihr weißes Nachtgewand zu verhüllen, und häufte Erde und trockenes Laub über sich, weil sie Angst hatte, die Fackeln könnten sich dem Olivenhain zuwenden. Doch ihr Vater musste irgendeine Lüge über ihren Verbleib erfunden haben, denn der *alguazil* nahm nicht einmal eine flüchtige Durchsuchung vor. Hilflos sah sie zu, wie ihre Eltern abgeführt wurden. Und dann lief sie mit den langsamen, unbeholfenen Schritten einer Schwangeren durch die Olivenhaine, über die Felder der Nachbarn, die sie nicht um Hilfe bitten konnte, denn sie wusste nicht, ob sie Spitzel der Inquisition waren. Jenseits der Felder stieg das Land steil bis nach Esplugues auf. Dort konnte sie sich verstecken, in der Höhle, wo Renato und sie sich in den Zeiten ihrer jungen Liebe heimlich getroffen hatten. Warum hatte sie das getan und damit solches Unglück über ihre Familie gebracht? Das Ungeborene drückte auf ihre Lunge, sodass sie beim Klettern kaum atmen konnte. Der scharfkantige Felsen kratzte ihr die nackten Füße auf. Ihr war kalt. Aber die Angst trieb sie weiter.

Am Eingang zur Höhle brach sie keuchend zusammen. Als sie den ersten Schmerz verspürte, dachte sie, es seien Seitenstiche. Doch dann überfiel er sie erneut, nicht stark, aber unverkennbar, ein Druck wie von einem zu eng geschnürten Gürtel. Sie schrie auf, nicht weil ihr die Kontraktion so wehtat, sondern weil die Geburt ihres Kindes, das sie nicht wollte, dieses Babys, das sich womöglich in ein Ungeheuer verwandelt hatte, jetzt kurz bevorstand und sie ganz allein war und sich fürchtete.

Ruti und Micha waren im Lagerraum, als sie hörten, wie die Tür zur Buchbinderei aufging. Micha fluchte. »Bleib hier und sei still um Himmels willen.« Er trat hinaus, schloss die schwere Tür hinter sich und rückte seine Lederschürze zurecht, ein vergeblicher Versuch, die Schwellung darunter zu verbergen. Mühsam seinen Ärger unterdrückend, setzte er eine freundliche Miene für den Kunden auf.

Sein Gesichtsausdruck veränderte sich, als er sah, dass der Besucher ein Soldat war und kein Kunde. Die fertige Haggadah lag in ihrer ganzen Pracht mit glänzenden Schließen und blank poliertem Medaillon auf dem Tisch, wo er und Ruti sie bewundert hatten, ehe ihr Verlangen sie überwältigte. Micha grüßte höflich, trat zwischen den Soldaten und den Tisch und schob das Buch geschickt unter einen Stapel Pergamente.

Doch der Soldat interessierte sich nicht für Bücher und nahm seine Umgebung kaum wahr. Er hatte sich vom Arbeitstisch eine dicke Nadel genommen, mit der er seine Nägel säuberte, sodass, wie Micha mit Schrecken bemerkte, Schmutzflöckchen auf einen bereits präparierten Pergamentbogen rieselten.

»Ruth ben Schuschan«, sagte er ohne Einleitung.

Micha schluckte angestrengt und antwortete nicht. Seine innere Panik zeigte sich in einer ausdruckslose Miene, die der Soldat als Einfalt deutete.

»Sprich, Dummkopf! Dein Nachbar, der Weinhändler, sagt, sie sei hier hereingekommen.«

Es war sinnlos, dies abzustreiten. »Die Tochter des *sofer* meint Ihr? Natürlich, jetzt, da Ihr es erwähnt: Sie ist in der Tat gekommen, um für ihren Vater etwas abzuholen. Aber dann ist sie mit ... äh ... diesem Silberschmied ... aus Perello, glaube ich, fortgegangen. Ihre Familie hat anscheinend geschäftlich mit ihm zu tun.«

»Perello? Dann ist sie jetzt dort?«

Der Buchbinder schwankte. Er wollte Ruti nicht verraten, doch er war kein tapferer Mann. Wenn er die Behörden falsch informierte und entdeckt wurde ... Aber wenn man Ruti in seinem Lagerraum fand, reichte das schon aus, um ihn anzuklagen.

»Sie ... sie hat mir ihre Pläne nicht anvertraut. Ihr müsst wissen, mein Herr, dass unverheiratete Jüdinnen nicht mit Männern sprechen, mit denen sie nicht verwandt sind, außer über dringende geschäftliche Angelegenheiten.«

»Woher soll ich wissen, was jüdische Huren tun?«, sagte der Soldat, drehte sich jedoch zur Tür um.

»Darf ich fragen… das heißt, würdet Ihr, verehrter Herr, mir erklären, warum sich ein so bedeutender Offizier für die bescheidene Tochter des *sofer* interessiert?«

Der junge Mann konnte wie die meisten Maulhelden keiner Gelegenheit widerstehen, Angst und Schrecken zu verbreiten. Mit einem unangenehmen Lachen wandte er sich wieder dem Innern der Werkstatt zu. »Bescheiden vielleicht, aber nicht mehr Tochter des *sofer*. Er ist mit dem Rest eurer verdammten Rasse schon unterwegs in die Hölle, und sie wird sich bald dazugesellen. Ihren Bruder erwartet der Scheiterhaufen und sie auch. Er hat gestanden, dass sie ihn zum Judaisieren verführt hat.«

Als Miriam von der *mikwe* zurückkehrte, war sie bereit, ihren Mann als Braut willkommen zu heißen. Seit einem Jahr gab es Anzeichen dafür, dass sie das erforderliche Reinigungsritual nicht mehr lange würde vollziehen müssen. Sie wusste, dass sie sie vermissen würde: die Einschränkungen der Abstinenz, die Vorfreude auf erneute Vereinigung.

In den letzten zehn Tagen, seit Beginn ihrer Periode, hatten sie und David sich, die uralten Reinheitsgebote für Eheleute befolgend, nicht einmal die Hände gereicht. Heute Nacht würden sie sich lieben. Sosehr sich ihre Persönlichkeiten auch aneinander rieben, ihr körperliches Zusammensein war immer ein beiderseitiges Vergnügen gewesen, das mit dem Alter nicht geringer geworden war.

Es blieb Miriam erspart, ihren Mann in seinem Blut tot auf den Steinen des Hofs vorzufinden. Sämtliche Nachbarn hatten die lauten, barschen Stimmen gehört und nur zu gut gewusst, was sie bedeuteten. Sobald die Bewaffneten aus dem Kahal abgezogen waren, waren sie gekommen, um das Notwendige und Richtige für den Toten zu tun.

Als Miriam sah, dass in ihrem Haus alles für die *schiwa* vorbereitet war, dachte sie sofort an Reuben. Sie hatten nach seiner Taufe zum Christen sieben Tage lang *schiwa* für ihn gesessen, um deutlich zu machen, dass er für sie gestorben war. Doch jetzt überfiel sie die Gewissheit, dass er wirklich tot war. Sein Vater hatte eingelenkt und beschlossen, ihm die jüdischen Rituale angedeihen zu lassen. Sie packte den Torpfosten.

Die Nachbarn stützten sie, brachten sie ins Haus und machten ihr behutsam begreiflich, was geschehen war. Sie hatten Davids Leichnam bereits gewaschen und weiß angekleidet. Jetzt wickelten sie ihn in ein Leinentuch und trugen ihn zum Friedhof. Der Sabbat rückte näher, und das jüdische Gesetz verlangte eine unverzügliche Beisetzung.

Sobald ihr Mann begraben war, entzündete Miriam die Seelengedächtniskerze. Sie wollte sich ihrem Kummer hingeben. Ihr Ehemann tot, ihr Sohn verhaftet und in der Casa Santa dem Tode geweiht, ihre Tochter ... wo war sie? Die Soldaten waren in ihrer Gefühllosigkeit bis ans Grab vorgedrungen und hatten die Trauergäste grob nach dem Aufenthaltsort der Tochter des Verstorbenen befragt. Miriam mühte sich, klar zu denken. In der ersten Tragödie, Davids Tod, blieb ihr nichts, als zu trauern. In der zweiten, der Einkerkerung ihres Sohns, konnte sie wenig tun außer beten. Mit der dritten dagegen, Ruti, verhielt es sich anders. In ihrem Fall war es vielleicht noch nicht zu spät. Wenn das Mädchen gefunden, gewarnt, versteckt oder aus der Stadt geschafft werden konnte ...

Als sie ebendiese Überlegungen anstellte, drängten sich die Nachbarn beiseite, um Joseph ben Schuschan Platz zu machen, der, noch in Reisekleidung, zu seiner Schwägerin trat, um ihr sein Beileid auszusprechen. Seine Augen waren rot vor Erschöpfung und Gram.

»Die Dienstboten haben mir die Neuigkeit mitgeteilt, als ich zu Hause eintraf. Ich bin gleich hergekommen. Kummer häuft sich auf Kummer. David! Mein Bruder ... wenn ich euren Sohn ausgelöst hätte, wie er mich gebeten hat, wäre dies vielleicht nicht ...« Seine Stimme brach.

Miriam sprach mit einer schroffen Dringlichkeit, die den Trauernden überraschte. »Du hast es nicht getan, und was geschehen ist, ist geschehen, und Gott wird dich richten. Doch jetzt musst du unsere Ruti retten…«

»Schwester«, fiel Joseph ihr ins Wort. »Komm mit mir. Von nun an stehst du unter meinem Schutz.«

Miriam schaute ihn verständnislos an. Was sagte er da? Er musste doch wissen, dass sie ihr Haus während der *schiwa* nicht verlassen durfte. Und wenn sie auch arm war, hatte sie die Mildtätigkeit ihres Schwagers doch keineswegs nötig. Wie konnte er annehmen, dass sie ihr eigenes kleines Heim aufgeben und all ihre Erinnerungen preisgeben würde? Miriams Stimme klang fast wieder so zänkisch wie sonst, als sie begann, ihre Einwände aufzuzählen.

»Schwester«, sagte Joseph leise, »sehr bald schon werden wir alle gezwungen sein, unser Heim und unsere Erinnerungen zurückzulassen und uns der Mildtätigkeit anderer anheimzustellen. Ich wünschte, ich könnte dir einen Platz in meinem Haus anbieten, aber es ist nur ein Platz an meiner Seite auf dem gefahrvollen Weg, der vor uns liegt.«

Mit schmerzlicher Langsamkeit erklärte er der kleinen Versammlung die Ereignisse der letzten Wochen. Ehepaare, die einander sonst in der Öffentlichkeit nicht berührten, fielen sich weinend in die Arme. Jeder, der an dem Häuschen vorbeikam und das Klagen vernahm, musste denken: In der Tat, David ben Schuschan war ein guter und frommer Mann, aber wer hätte gedacht, dass sein Tod solche Tränenströme hervorruft?

Joseph weihte Miriams Nachbarn, einfache Menschen wie den Fischhändler und den Wollkämmer, nicht in alle Überredungsversuche und Listen ein, mit denen in den vergangenen Monaten um Herz und Seele der Monarchen gekämpft worden war. Er sagte ihnen nur, ihre Führer hätten ihr Bestes getan. Fürsprecher der Juden war der achtzigjährige Rabbi Abraham Seneor gewesen, Freund der Königin, der ihre geheime Vermählung mit Ferdinand auszuhandeln geholfen, als Schatzmeister ihrer eigenen Polizeibehörde, der *Santa Hermandad*, und als Steuereintreiber für Kastilien gedient hatte. Seneor war ein so reicher und bedeutender Mann, dass er auf Reisen dreißig Maultiere für sein Gefolge brauchte. Mit ihm war Isaac Abravanel gereist, bekannter Tora-Gelehrter und Finanzberater des Hofes. Er hatte seinen Posten 1483 angetreten, genau in dem Jahr, in dem der Beichtvater der Königin, Tomás de Torquemada, zum Großinquisitor der Heiligen Inquisition zur Ausmerzung der Häresie ernannt worden war.

Torquemada war es jetzt auch, der auf Vertreibung der Juden drängte. Während der Reconquista hatte er seinen Hass auf sie nicht ausleben dürfen, weil das Königspaar auf jüdisches Geld angewiesen gewesen war, um den Krieg gegen die Mauren zu finanzieren, auf jüdische Kaufleute, um die Truppen auf endlos langen schwierigen Gebirgsstrecken zu versorgen, auf jüdische, fließend Arabisch sprechende Dolmetscher, um die Verhandlungen zwischen christlichen und muslimischen Reichen zu erleichtern. Doch mit der Eroberung Granadas war der Krieg vorbei; es gab keine arabischen Herrscher mehr, mit denen man sich auseinandersetzen musste, und jüdische Fähigkeiten, etwa Kenntnisse im Übersetzen und in den Wissenschaften, der Handwerkskunst und der Medizin, konnte man nun auch bei den Konvertiten finden.

Vier Wochen verstrichen zwischen dem Tag, an dem die Monarchen den Vertreibungserlass unterzeichnet hatten, und dem Tag, an dem sie schließlich seine Bekanntmachung anordneten. Für diesen Zeitraum hatten sie strenges Stillschweigen über die Angelegenheit gefordert, was Seneor und Abravanel zu der Hoffnung ermutigte, sie hätten sich vielleicht noch nicht ganz entschieden und ließen sich noch umstimmen. Jeden Tag waren die beiden Männer damit beschäftigt gewesen, mehr Geld zu beschaffen, mehr Unterstützer zu rekrutieren. Endlich knieten Abravanel und Seneor dann im Thronsaal der Alhambra vor dem Königspaar nieder und brachten abwechselnd ihre Argumente vor. Ein sanftes Licht fiel durch das Alabastergitter des Fensters auf ihre müden, besorgten Gesichter. »Schont uns, mein König«, sagte Abravanel. »Behandelt Eure Untertanen nicht so grausam. Warum Euren Dienern das antun? Nehmt lieber unser Gold und Silber, ja alles, was das Haus Israel besitzt, aber lasst uns in diesem Land bleiben.« Dann machte er sein Angebot: dreihunderttausend Dukaten. Ferdinand und Isabella schauten sich an und schienen zu schwanken.

Die Geheimtür zu einem Vorraum flog auf. Torquemada, der angewidert jedem Wort gelauscht hatte, mit dem die Loyalität der Juden gepriesen und und ihr Beitrag zum Wohl des Königreichs gelobt worden war, kam in den Thronsaal gerauscht. Das Licht von den hohen Fenstern glitzerte auf dem goldenen Kruzifix, das er in der Hand hielt.

»Sehet den gekreuzigten Christus, den Judas Ischariot für dreißig Silberlinge verkaufte!«, wetterte er. »Werden Eure Majestäten ihn erneut verkaufen? Hier ist er, nehmt ihn.« Er legte das Kruzifix auf einen Tisch vor den zwei Thronen. »Nehmt ihn und verschachert ihn.« Ohne die Erlaubnis, sich abwenden zu dürfen, abzuwarten, drehte er sich mit wirbelnder schwarzer Soutane um und stolzierte aus dem Saal.

Abravanel warf einen Blick auf seinen alten Freund Rabbi Seneor und sah dessen niedergeschlagene Miene. Später, außer Hörweite des Königspaars, machte er seinem Zorn Luft. »Wie die Natter ihr Ohr mit Staub gegen die Stimme des Schlangenbeschwörers verschließt, haben die schmutzigen Reden des Inquisitors das Herz des Königs gegen uns verhärtet.«

Der Buchbinder war der allerletzte von David ben Schouschans guten Bekannten, der sich bei der *schiwa* zeigte. Er hatte gewartet, bis die nahende Stunde des Sabbats die anderen Trauergäste nach Hause getrieben hatte, weil er Miriam so ungestört wie möglich sprechen wollte.

Seine Rechnung ging auf. Miriam, die sich trotz Don Josephs inständiger und aufrichtiger Bitten geweigert hatte, mit ihm zu gehen, war allein bis auf einen seiner Diener, der, darauf hatte ihr Schwager beharrt, bei ihr geblieben war. Sie war verärgert, als dieser Diener nun Micha ankündigte, denn sie brauchte Zeit zum Nachdenken. Wie konnte sie den Kahal verlassen, die einzige Welt, die sie je gekannt hatte? Sie war hier geboren. Ihre Eltern hatten bis zu ihrem Tode hier gelebt. Ihre Gebeine und jetzt auch der Leichnam ihres Ehemanns waren hier auf dem jüdischen Friedhof begraben. Wie konnte ein Volk seine Toten unbeaufsichtigt zurücklassen? Unter lauter Christen! Wenn die Juden weg waren, würden sie das Gelände umpflügen und verkaufen und damit die Ruhe all der geliebten Vorfahren stören. Und was war mit den Alten, den Kranken, denen, die nicht reisen konnten, den Frauen, die kurz vor der Niederkunft standen? Ihre Gedanken schweiften ab zu der Ehefrau ihres verurteilten Sohns. Sie wenigstens würde in Sicherheit sein, in ihrem eigenen Heim gebären können, mit einer Familie, die für sie sorgte. Das Enkelkind zur Welt bringen, das Miriam niemals sehen würde. Wieder begannen ihre Tränen zu fließen, aber jetzt war der Dummkopf von einem Buchbinder hier, und sie musste versuchen, sich zusammenzureißen.

Micha äußerte die üblichen Beileidsbezeigungen und trat dann näher an Miriam heran, als es sich schickte. Er legte seine Lippen an ihr Ohr und flüsterte: »Eure Tochter.« Sie erstarrte, gefasst auf weitere schlechte Nachrichten. Rasch erzählte Micha ihr von dem Besuch des Soldaten. Zu jeder anderen Zeit hätte Miriams wacher Geist sie zu der Frage veranlasst, warum Ruti so lange in der Binderei verweilt hatte, obwohl der einzige Zweck ihres Gangs dorthin doch gewesen war, sich zu erkundigen, wann ihr Vater die Haggadah abholen könne. Sie hätte unbedingt wissen wollen, was Ruti in Michas Lagerraum zu suchen gehabt habe. Aber Kummer und Angst hatten ihren Scharfsinn abgestumpft, und so konzentrierte sie sich ganz auf das, was der Buchbinder als nächstes sagte.

»Was meint Ihr mit ›gegangen‹? Wie kann ein junges Mädchen abends allein auf einer Straße nach Süden gehen, und das vor Beginn des Sabbats? Was ist das für ein Unsinn?«

»Eure Tochter hat mir erzählt, dass sie ein sicheres Versteck kennt, das sie noch vor dem Sabbat erreichen kann. Sie beabsichtigt, sich dort zu verbergen und Euch Bescheid zu geben, wenn sie da ist. Ich habe ihr Brot mitgegeben und einen Schlauch Wasser. Sie hat gesagt, es ist etwas zu essen in dem Versteck.«

Dann machte Micha sich durch die engen Gassen des Kahal eilig auf den Heimweg. Miriam war so gefangen von ihrer Sorge – was für einen geheimen Ort konnte Ruti bloß kennen? –, dass sie vergessen hatte, Micha nach der Haggadah zu fragen.

Doch Ruti hatte darauf bestanden, die Haggadah mitzunehmen. Während der Buchbinder auf sein Haus zuging, fragte er sich, ob er das Richtige getan hatte. Er hatte eben seine Tür erreicht, als die Klänge ertönten, die den Beginn des Sabbats ankündigten. Beim Eintreten mischte sich der schwache Ruf des Widderhorns mit dem Jammern seiner Kinder im Innern, und er schob die Gedanken an Ruti und ihre Schwierigkeiten beiseite. Schließlich hatte er genug eigene Probleme.

Während Ruti den vertrauten Pfad zur Höhle hinaufstieg, vernahm auch sie ein leises Jammern. Ihre Schritte im Dunkeln waren sicher, denn sie hatte diesen verbotenen nächtlichen Ausflug schon oft gemacht, nachdem sie sich aus dem Zimmer geschlichen hatte, in dem sie und ihre Eltern schliefen, um sich ein paar Stunden für ihre geheime Lektüre zu genehmigen. Doch das unerwartete Geräusch veranlasste sie jetzt, stehen zu bleiben, und einige glatte Steine lockerten sich und fielen klappernd vom Weg auf den trockenen Fels darunter.

Das Jammern hörte abrupt auf. »Wer ist da?«, fragte eine schwache Stimme. »Bei der Liebe Jesu, helft mir!«

Ruti erkannte die Stimme ihrer Schwägerin kaum wieder. Wassermangel hatte ihre Zunge anschwellen lassen; Angst und Schmerzen hatten sie erschöpft. Seit zwanzig Stunden wand sie sich in immer stärkeren Krämpfen. Ruti kletterte, Ermutigendes rufend, in die Höhle und tastete nach der Lampe und den Zündsteinen, die sie am Eingang versteckt hatte.

Das Licht fiel flackernd auf eine einsame, übel zugerichtete Gestalt. Rosa saß mit dem Rücken zur Felswand, die Knie eng an die Brust gezogen. Ihr Nachtgewand war mit Blut und anderen Flüssigkeiten beschmiert. Mit gesprungenen Lippen formte sie das Wort *Wasser,* und Ruti hielt ihr sofort den Schlauch an den Mund. Rosa schluckte zu viel und erbrach sich schon eine Sekunde später, während die nächste Wehe sie packte.

Ruti versuchte, ihre eigene Furcht zu kontrollieren. Sie hatte nur eine sehr vage Vorstellung davon, wie Kinder auf die Welt kommen. Ihre Mutter war zurückhaltend gewesen, was körperliche Vorgänge betraf, weil sie gedacht hatte, Ruti müsse nichts darüber wissen, ehe sie verlobt war. Der Kahal war so dicht bevölkert, ein Haus so eng ans andere gepresst, dass sie zwar die Schreie von Frauen in den Wehen gehört hatte und wusste, dass die Geburt eine schmerzhafte und bisweilen gefährliche Angelegenheit war, aber nicht mit so viel Blut und sonstigen Ausscheidungen gerechnet hatte.

Sie sah sich nach etwas um, mit dem sie Rosa das Erbrochene vom Gesicht wischen konnte. Alles, was sie fand, waren die stinkenden Lappen, in die sie als Nahrung für ihre langen Nächte des Studierens ein paar trockene Käsestücke gewickelt hatte. Als sie sich Rosa damit näherte, würgte die junge Frau erneut. Aber diesmal gab es nichts mehr zu erbrechen.

Die Nacht zog sich hin. Die Schmerzen kamen irgendwann ohne Unterlass. Rosa schrie, bis ihre Kehle zu wund war, um mehr als ein Krächzen von sich zu geben. Ruti konnte ihr nur die Stirn abwischen und während der Kontraktionen ihre Schultern umfassen. Würde dieses Kind denn nie geboren werden? Sie hatte Angst nachzuschauen, was zwischen Rosas Beinen vor sich ging, aber als das Mädchen in neuer Agonie zu kreischen und um sich zu schlagen begann, verlagerte Ruti ihre Position und kniete sich widerstrebend vor diese Frau, die ihr Bruder so liebte. Der Gedanke an ihn und die Qualen, die er vielleicht in genau diesem Augenblick durchmachte, verlieh Ruti frischen Mut. Sacht drückte sie Rosas Knie auseinander und rang vor ehrfürchtiger Scheu und Panik nach Luft. Der dunkle Scheitel des Kindes drängte gegen straff angespannte Haut. Bei der nächsten Kontraktion überwand Ruti ihre Angst und versuchte, den kleinen Schädel so zu packen, dass sein Austritt erleichtert wurde, doch Rosa war zu schwach, um zu pressen. Minuten, eine Stunde lang ging es nicht voran. Sie waren alle drei gefangen, das Baby in dem unnachgiebigen Geburtskanal, Rosa in ihrer Agonie, Ruti in ihrer Furcht.

Auf Händen und Knien schob sie sich näher an Rosas verwüstetes Gesicht heran. »Ich weiß, dass du müde bist. Ich weiß, dass du leidest«, wisperte sie. Rosa ächzte. »Aber diese Nacht kann nur das eine oder das andere Ende haben. Entweder du bringst die Kraft auf, dieses Kind herauszupressen, oder du wirst hier sterben.«

Rosa heulte auf und hob eine Hand, ein schwacher Versuch, Ruti zu schlagen. Doch die Worte hatten etwas bewirkt. Als der nächste Krampf sie schüttelte, nahm sie alle Kraft zusammen, die ihrem Körper noch geblieben war. Ruti sah, wie der Kopf ins Freie drängte, wie das Fleisch riss. Sie legte ihre Hand um den Schädel und zog ihn heraus. Dann die Schultern. Das Baby flutschte ihr entgegen.

Es war ein Junge. Aber die Strapazen der Geburt waren zu viel für ihn gewesen. Seine winzigen Arme und Beine lagen schlaff in Rutis Händen, und kein Schrei entwich seinem reglosen Gesicht. Angewidert schnitt Ruti die Nabelschnur mit ihrem kleinen Messer durch und wickelte den Säugling in ein Stück Tuch, das sie von ihrem eigenen Umhang abgerissen hatte.

»Ist er … ist er tot?«, flüsterte Rosa.

»Ich glaube, ja«, sagte Ruti traurig.

»Gut«, hauchte Rosa.

Ruti erhob sich und trug das Baby in den rückwärtigen Teil der Höhle. Ihre Knie brannten vom Druck des Steins, doch deshalb füllten sich ihre Augen nicht mit Tränen. Wie konnte eine Mutter es wagen, sich über den Tod ihres eigenen Kindes zu freuen?

»Hilf mir!«, weinte Rosa. »Da ist etwas …« Sie schrie auf. »Jetzt kommt das Ungeheuer heraus!«

Ruti drehte sich um. Rosa wand sich angestrengt und versuchte, vor ihrer Nachgeburt die Felswand hinauf zu fliehen. Ruti schaute auf die glänzende Masse und erschauerte. Dann fiel ihr die Katze ein, die ihre Jungen in einer Ecke des Hofs zur Welt gebracht hatte, und an die eklige Masse, die darauf gefolgt war. Dumme, abergläubische Christenhure, dachte sie und machte damit all der Wut und Eifersucht Luft, die sie für diese Frau verspürte. Sie legte das schlaffe Bündel auf die Erde, trat auf Rosa zu und hätte sie geohrfeigt, wenn die Prellungen in ihrem Gesicht, die sogar im trüben Schein der Lampe zu sehen waren, nicht ihr Mitleid geweckt hätten.

»Du bist auf dem Land aufgewachsen... hast du noch nie eine Nachgeburt gesehen?«

Rutis Zorn und Kummer machten ihr ein Gespräch mit Rosa unmöglich. Ohne etwas zu sagen, teilte sie den knappen Proviant in der Höhle – den Käse sowie das Brot und das Wasser, das sie von Micha hatte – in zwei Hälften und gab Rosa eine davon.

»Da du dich so wenig für deinen Sohn interessierst, ist es dir wohl egal, wenn ich ihn nach jüdischem Ritus begrabe. Ich werde seinen Leichnam in die Erde versenken, sobald bei Sonnenuntergang der Sabbat endet.«

Rosa stieß einen lauten Seufzer aus. »Da er nicht getauft ist, macht es nichts aus.«

Ruti band ihre Vorräte in die Reste ihres Umhangs und schlang sich das Bündel um die Schulter. Über die andere legte sie einen Sack, der ein Päckchen enthielt, sorgfältig in mehrere Felle gewickelt und mit Garn verschnürt. Dann griff sie nach dem Leichnam des Kindes. Das Baby bewegte sich in ihren Händen. Ruti schaute hinunter und sah die Augen ihres Bruders, warme, freundliche, vertrauensvolle Augen, die ihren Blick blinzelnd erwiderten. Sie sagte nichts zu Rosa, die sich zusammengerollt hatte und vor Erschöpfung fast schon eingeschlafen war, sondern trat rasch aus der Höhle. Sobald sie auf dem Pfad war, stieg sie so schnell, wie es ihr mit ihren Lasten möglich war, den Hügel hinunter, voller Angst, das

Kind würde schreien und damit das Geheimnis verraten, dass es lebte.

Am Sonntag, kurz nach dem Läuten der Mittagsglocke, bliesen in ganz Spanien königliche Herolde in ihre Fanfaren, und in jeder Stadt sammelten sich Bürger auf den Plätzen, um einer Bekanntmachung des Königs von Aragonien und der Königin von Kastilien zu lauschen.

Ruti, gekleidet wie eine Christin in die schlecht sitzenden Gewänder, die sie aus der Truhe in Rosas Schlafzimmer stibitzt hatte, bahnte sich ihren Weg durch die Menge auf dem zentralen Platz des Fischerdorfs, bis sie den Herold hören konnte. Er hielt eine ziemlich lange Rede über die Tücke der Juden und die Unzulänglichkeit der bisherigen Maßnahmen, die ihrer Korrumpierung des christlichen Glaubens Einhalt gebieten sollten. »Deshalb befehlen wir ... alle Juden und Jüdinnen, gleich welchen Alters, die in den von uns genannten Königreichen und Ländereien leben, residieren und wohnen ... bis zum Ende des nächsten Monats Juli im gegenwärtigen Jahr 1492 aus den besagten Gebieten ausreisen ... und sich nicht erlauben zurückzukehren oder sie wieder zu besiedeln, sonst droht ihnen die Todesstrafe.« Juden durften das Land nicht mit Gold oder Silber oder Juwelen verlassen; sie mussten sämtliche Schulden begleichen, konnten jedoch ihrerseits keine Schulden eintreiben. Ruti stand da, während die heiße Frühlingssonne ihr auf die ungewohnte Kopfbedeckung prallte, und hatte das Gefühl, die Welt wäre auseinander gebrochen. Um sie herum jubelten Menschen, priesen die Namen von Ferdinand und Isabella. Nie hatte sie sich einsamer gefühlt.

Im Dorf gab es keine Juden; deshalb auch hatte Ruti sich entschieden, hierher zu wandern, nachdem sie so viel wie möglich aus der *masia* der Salvadores mitgenommen hatte. Sie hatte es nicht als Diebstahl erachtet, da all diese Dinge dem Unterhalt ihres Neffen dienen sollten. Im Dorf hatte sie eine Amme gesucht und ihr eine unwahrscheinliche Geschichte über ihre auf

See verschollene Schwester erzählt. Zum Glück war die Frau unwissend und begriffsstutzig und hinterfragte nicht, was eine Frau so kurz nach der Entbindung überhaupt auf dem Meer zu suchen gehabt hatte.

Als sich die Menge zerstreute, skandierend und Verleumdungen gegen die Juden ausrufend, stolperte Ruti über den Platz zu einem Brunnen und ließ sich schwerfällig auf seinen Steinen nieder. Jeder Weg lag wie eine Straße ins Dunkle vor ihr. Nach Hause zu ihrer Mutter zu gehen hieße, sich in die Hände der Inquisitoren zu begeben. Vorzutäuschen, sie sei Christin, war armselig und unmöglich. Zwar hatte sie eine einfältige Bäuerin überlisten können, aber wenn sie eine Unterkunft suchen oder etwas zu essen kaufen musste, würde die Fadenscheinigkeit ihrer Geschichte höchstwahrscheinlich offenkundig werden. Und Christin zu werden – zu konvertieren, was die Monarchen allen Juden nahelegten –, war für sie undenkbar.

Ruti saß da, und der Nachmittag verstrich. Jeder, der sich das rundliche Mädchen genau angesehen hätte, hätte bemerkt, dass sie sanft hin und her schaukelte, während sie Gott um Hilfe bat. Doch Ruti hatte nie zu den Mädchen gehört, die jemandem auffielen.

Schließlich, als die letzten Sonnenstrahlen den weißen Stein orangerot färbten, erhob sie sich. Sie nahm die Kopfbedeckung einer Christin ab und ließ sie am Brunnen liegen. Aus dem Sack neben sich zog sie ihren eigenen Schal und ihren Mantel, gekennzeichnet mit dem unverwechselbaren gelben Knopf der Jüdin. Diesmal schlug sie die Augen nicht nieder, als sie über den Platz ging, vorbei an den glotzenden Christen, sondern begegnete ihrem Blick und erwiderte ihn voller Zorn und Entschlossenheit. Und so erreichte sie die Hütte am Hafen, wo die Amme mit dem Baby wartete.

Als die Sonne untergegangen war und das Dunkel sie vor den Blicken der Neugierigen schützte, ging Ruth ben Schuschan ins Meer, den namenlosen Säugling an die Brust gedrückt, bis sie taillenhoch im Wasser stand. Sie wickelte ihn aus und warf sich die Windel über den Kopf. Seine braunen Augen blinzelten sie an, und seine kleinen Fäuste, jetzt nicht mehr eingeschnürt, boxten in die Luft. »Entschuldige, mein Kleiner«, sagte sie sanft und tauchte ihn unter die dunkle Oberfläche.

Das Wasser schloss sich um ihn, um jeden Zentimeter seines Fleisches. Sie hielt ihn fest am Oberarm gepackt, dann ließ sie los. Das Meer musste ihn aufnehmen.

Sie sah hinunter auf die winzige, zappelnde Gestalt, mit entschlossener Miene, obwohl sie schluchzte. Wellen schwappten gegen ihren Körper. Gleich würde der Sog der zurückweichenden Woge den Säugling mit sich reißen. Ruti griff nach ihm und hielt ihn mit beiden Händen fest. Als sie ihn aus dem Wasser hob, rann es ihm in einem glitzernden Regen von der nackten, glänzenden Haut. Sie streckte ihn den Sternen entgegen. Das Dröhnen in ihrem Kopf war jetzt lauter als die Brandung. Für das Baby in ihren Händen schrie sie: »*Schema Israel, Adonaj elohejnu, Adonaj echad*« in den Wind.

Dann nahm sie sich die Windel vom Kopf und wickelte das Kind wieder darin ein. Heute Nacht wurden in ganz Aragonien Juden ans Taufbecken gezwungen, von der Angst vorm Exil zur Konversion getrieben. Ruti dagegen hatte frohlockend und trotzig aus einem Nichtjuden einen Juden gemacht. Da seine Mutter keine Jüdin war, war ein rituelles Tauchbad nötig gewesen. Jetzt war es vollbracht, und obwohl sie noch überwältigt war von den Gefühlen dieses Moments, begann Ruti schon die Tage zu zählen. Sie hatte nicht lange Zeit. Bis zum achten Tag würde sie jemanden finden müssen, der seine Beschneidung durchführte. Wenn alles gut ging, wären sie dann schon in ihrer neuen Heimat. Und an dem Tag würde sie dem Kind seinen Namen geben.

Sie wandte sich wieder zum Strand, das Baby fest umschlungen. Sie erinnerte sich, dass in ihrem Schultersack die in Felle gewickelte Haggadah lag. Sie zog an den Riemen, damit die Wellen das Buch nicht erreichten. Aber ein paar Tropfen Salzwasser fanden doch ihren Weg durch die sorgsam geschnürte

Verpackung. Auf einer der Seiten würde ein Fleck entstehen und ein Rest von Kristallen bleiben, der fünfhundert Jahre überdauern sollte.

Morgen früh wollte Ruti anfangen, nach einem Schiff Ausschau zu halten. Die Passage für sich und das Baby würde sie mit dem Silbermedaillon bezahlen, das sie aus dem Ledereinband gerissen hatte, und wo sie landeten – falls sie landeten –, würde in Gottes Hand liegen.

Heute Nacht aber würde sie zum Grab ihres Vaters gehen und ihm seinen jüdischen Enkel vorstellen, der seinen Namen über die Meere und in die Zukunft, die Gott ihnen gewähren mochte, tragen würde.

Hanna

London 1996

Ich liebe die Tate, ehrlich, obwohl ihre Sammlung australischer Kunst recht dürftig ist. Kein einziger Arthur Boyd zum Beispiel, was mich immer ziemlich geärgert hat. Natürlich hielt ich sofort nach dem Sharansky Ausschau, denn es drängte mich, mir all seine Arbeiten anzusehen. Ich wusste, dass die Tate ein Werk von ihm besaß, und ich wusste, dass ich das Gemälde schon gesehen hatte, konnte mich aber nicht daran erinnern. Als ich es schließlich fand, war mir klar, warum. Es war nicht sehr einprägsam. Klein, ein Frühwerk, das die Eindringlichkeit der späteren Bilder kaum ahnen ließ. Typisch Tate, dachte ich. Ein paar billige Aussies einkaufen. Dennoch, es war von ihm. Ich stand da und dachte: Das hier hat mein Vater gemalt.

Wieso hatte sie mir nichts erzählt? Zumindest wäre ich dann hiermit, also mit mehr als nichts, aufgewachsen: mit der Möglichkeit, mir das Schöne anzuschauen, das er hinterlassen hat. Stolz zu verspüren statt der unterschwelligen Scham, die die Gedanken an meinen Vater stets beeinflusst hatte. Als ich das Gemälde ansah, wischte ich mir mit dem Ärmel meines Pullovers die Augen, doch es nützte nichts. Immer wieder quollen dicke Tränen hervor. Und dann, mitten in einer Klasse englischer Schulkinder, die mich in Schottenröcken und Blazern umschwärmten, drehte ich völlig durch. Ich fing an zu schluchzen, das erste Mal, dass mir so etwas passierte. Ich geriet in Panik und machte es damit noch schlimmer. Laute, peinliche, überwältigende Schluchzer. Ich lehnte mich an die Wand und versuchte, mich zusammenzureißen, rang um Selbstbeherrschung. Es klappte nicht. Ich merkte, wie ich langsam zu Boden glitt, bis ich nur noch ein aufgelöstes Häufchen Elend war. Mit zitternden Schultern hockte ich da. Die Briten machten einen großen Bogen um mich, als wäre ich radioaktiv.

Nach ein paar Minuten kam ein Wärter und fragte, ob ich krank sei, ob ich Hilfe benötige. Ich schaute zu ihm auf, schüttelte den Kopf, rang nach Luft und versuchte, dem Schluchzen Einhalt zu gebieten, schaffte es aber nicht. Er kauerte sich neben mich und tätschelte mir den Rücken. »Ist jemand gestorben?«, flüsterte er. Seine Stimme war sehr freundlich. Stark ausgeprägter Dialekt. Yorkshire vielleicht. Ja, nickte ich. »Mein Vater.«

»Ach so, na dann. Das ist hart, Schätzchen«, sagte er.

Nach einer Weile streckte er einen Arm aus, und ich ergriff ihn, und gemeinsam richteten wir uns unbeholfen auf. Ich stammelte ein Danke, ließ seinen Arm los und stolperte auf der Suche nach dem Ausgang durch die Galerie.

Stattdessen fand ich mich in dem Saal mit den Francis-Bacon-Gemälden wieder. Ich blieb vor dem stehen, das mir immer am besten gefallen hat. Es ist kein sehr bekanntes, deshalb hängt es nicht ständig da. Es zeigt einen Mann, der weggeht, sich dabei anscheinend gegen den Wind stemmt, während ein schwarzer Hund im Vordergrund wie ein Derwisch seinem eigenen Schwanz nachjagt, und wirkt irgendwie bedrohlich und unschuldig zugleich. Die Sache mit dem Hund hat Bacon einfach genial hingekriegt. Doch als ich mir das Bild diesmal durch meine Tränen hindurch anschaute, war es nicht der Hund, der mir ins Auge fiel. Es war der Typ, der sich entfernte. Ich starrte es lange an.

Als ich am nächsten Tag in meinem Hotelzimmer in Bloomsbury aufwachte, fühlte ich mich unbeschwert, wenn auch erschöpft. Ich war immer misstrauisch gewesen, wenn jemand meinte, es helfe, sich einmal ordentlich auszuheulen. Aber es ging mir wirklich viel besser. Ich beschloss, mich auf die Konferenz zu konzentrieren. Tatsächlich hörte ich einige brauchbare Vorträge, wenn man von dem albernen Akzent der Leute absah, die sie hielten. Die englische Kunstszene ist ein absoluter Magnet für die zweitgeborenen Söhne irgendwelcher Lords oder Frauen namens Annabelle Soundso-Bindestrich-Soundso, die sich in schwarze Leggings und rostbraune Kaschmirwolle kleiden und latent nach nassem Labrador riechen. Ich merke, dass ich in ihrer Gegenwart immer in Steinzeitaustralisch verfalle und Wörter wie *Spezi* und *affengeil* benutze, die ich sonst nie im Leben verwenden würde. In den Vereinigten Staaten ist es das genaue Gegenteil. Dort muss ich mich sehr bemühen, nicht in linguistische Überanpassung, wie es so schön heißt, abzugleiten, indem ich das *t* in *water* durch ein *d* ersetze oder *sidewalk* und *flashlight* sage, wenn ich *footpath* und *torch* meine. Ich vermute, dass ich in England solchen Widerstand leiste, weil Mum immer so einen gekünstelt vornehmen Akzent zur Schau trägt, den ich mit ihrem Snobismus assoziiere. Als ich klein war, zuckte sie oft regelrecht zusammen, wenn ich mit ihr redete. »Wirklich, Hanna, deine Vokale! Sie klingen, als wären sie von einem Lastwagen überfahren worden. Die Leute müssen ja denken, ich schicke dich jeden Morgen in die *Slums* und nicht in den teuersten Hort von Double Bay.«

Um mich von der Niedergeschlagenheit zu befreien, in die ich mich hatte fallen lassen, beschloss ich, mich ganz meinem Aufsatz über die Haggadah zu widmen, der dem Ausstellungskatalog beigefügt werden sollte. Bei all den dramatischen Ereignissen in Boston hinkte ich mit dem Schreiben hinterher, und der Abgabetermin rückte näher. Maryanne, eine befreundete Journalistin, die gerade ihre Familie in Australien besuchte, hatte mir ihr Cottage in Hampstead angeboten, also igelte ich mich, sobald die Konferenz vorbei war, dort für ein paar Tage ein. Es war ein fantastisches kleines Holzhaus, neben einem halb verfallenen Friedhof gelegen, mit tiefblau blühenden Ceanothussträuchern und Kletterrosen, die sich über moosbewachsene Gartenmauern rankten, ein altes Haus mit knarrenden Dielen und anscheinend für Wichtel gebaut – mit niedrigen Türrahmen und Deckenbalken, die sich nach unten wölbten und dem Unvorsichtigen den Schädel zertrümmern konnten. Maryanne war im Unterschied zu mir klein. Wehe jedem über ein Meter fünfundsechzig – so hoch war die Küche. Ich hatte schon Partys miterlebt, auf denen die größeren Gäste hier den ganzen Abend wie heimlichtuerische Zwerge in geduckter Haltung verbrachten.

Ich beschloss, mich bei Ozren zu melden, um ihm zu sagen, wie weit ich mit dem Artikel war, aber als ich im Museum anrief und nach ihm fragte, antwortete die Bibliotheksassistentin mit einem knappen »Nicht da«.

»Wann erwarten Sie ihn zurück?«

»Genau weiß ich nicht. Vielleicht übermorgen. Vielleicht nein.« Ich versuchte es in seiner Wohnung, doch das Telefon klingelte ins Leere. Also schrieb ich einfach weiter. Ich schrieb gern in Maryannes Arbeitszimmer, einem kleinen Raum unter dem Dach. Er war hell und bot einen Blick über ganz London. An den seltenen Tagen, an denen Regen oder Nebel oder Luftverschmutzung es nicht verhinderten, konnte man die Silhouette der South Downs erkennen.

Ich war recht zuversichtlich, was den Beitrag anging. Zwar hatte ich bisher nicht die weltbewegende Entdeckung gemacht, auf die ich immer hoffe, aber ich glaubte, dass die Erkenntnisse über den *parnassius* und die fehlenden Schließen neue Aspekte beleuchteten. Den letzten Schliff würde der Artikel erst bekommen, wenn ich die Herkunft des aus dem Einband entnommenen weißen Haars überprüft hatte. Ich hatte Amalie Sutter deswegen um Rat gefragt, und sie hatte gesagt, ich könne es von sämtlichen Zoologen des Museums untersuchen lassen. »Aber wer sich richtig gut mit Haaren auskennt – tierischen, menschlichen –, das ist die Polizei.« Sie meinte, ein forensisches Labor wäre am besten geeignet. Als begeisterte Leserin der Romane von P. D. James hatte ich beschlossen, mir diesen Teil für London aufzuheben. Ich wollte zu gern sehen, ob und wie Realität und Fiktion voneinander abwichen.

Zu meinem Glück hatte Maryanne sehr gute Kontakte zur Metropolitan Police. Sie war freie Redakteurin der *London Review of Books* und hatte viel über Salman Rushdie geschrieben, nachdem die Iraner zu seiner Ermordung aufgerufen hatten. Sie gehörte zu den wenigen Menschen, denen Rushdie genügend vertraute, um sie auch in den schlimmsten Jahren regelmäßig zu treffen, und sie hatte irgendwann eine ernsthafte Beziehung mit einem Mitarbeiter des für ihn abgestellten Scotland-Yard-Sonderkommandos angefangen. Ich hatte ihn auf einer von Maryannes Partys kennen gelernt – er musste definitiv den Kopf einziehen in ihrer Küche, denn er war ungefähr einen Meter fünfundachtzig groß und ein Prachtexemplar von Mann, auch in gebückter Haltung. Er hatte mir bei der Metropolitan Police einen Termin im Labor für Haare und Fasern organisiert. »Das ist gegen die Vorschriften«, hatte Maryanne mich gewarnt, »deshalb musst du deinen Mund halten. Aber die Laborantin war dermaßen fasziniert von der Geschichte mit dem Buch, dass sie einen Teil ihrer Freizeit für dich opfert.«

Außerdem war ich neugierig, ob Ozren die Sache mit dem *parnassius* hatte zurückverfolgen und überprüfen können, in welchem Bergdorf die Haggadah während des Zweiten Weltkriegs versteckt worden war. Falls er Informationen darüber hatte, wollte ich sie für den Artikel verwenden. Meistens sind solche Artikel trocken wie die Wüste Gobi. Sehr technisch, wie das Gutachten dieses Martell, des Franzosen in Wien. Voll weltbewegender Details, etwa, wie viele Bogen das Buch enthält und wie viele Blätter pro Bogen, Zustand der Heftfäden, Anzahl der Heftlöcher und so weiter, bla bla. Meinen Beitrag wollte ich anders gestalten. Ich wollte einen Eindruck von den Menschen vermitteln, die die Haggadah in den Händen gehalten, die sie hergestellt, benutzt, beschützt hatten. Ich wollte eine packende, ja fesselnde Geschichte erzählen. Also formulierte ich bestimmte Teile, die den historischen Hintergrund behandelten, so anschaulich, dass sie sich als Würze zwischen die Erörterungen der nüchternen technischen Details streuten. Ich versuchte, die Zeit der *convivencia* lebendig werden zu lassen, die Lesungen von Gedichten an Sommerabenden, bei denen sich Arabisch sprechende Juden ungehindert unter ihre muslimischen und christlichen Nachbarn mischten. Obwohl ich die Geschichte des Schreibers oder des Illustrators nicht kannte, wollte ich sie erahnbar werden lassen, indem ich die Einzelheiten ihres Handwerks schilderte, beschrieb, wie mittelalterliche Buchwerkstätten ausgesehen hatten, und wie es um die soziale Stellung der Künstler bestellt gewesen war. Dann wollte ich von dem dramatischen, schrecklichen, durch die Inquisition bewirkten Umschwung und der Vertreibung erzählen, wollte Feuer, Schiffbruch und Angst sichtbar machen.

Als ich irgendwann nicht weiterkam, rief ich den Rabbi von Hampstead an und fragte ihn nach Salz – wodurch es koscher werde. »Sie würden staunen, wenn Sie wüssten, wie viele Menschen sich danach erkundigen«, erwiderte er ein bisschen gelangweilt. »Allgemein gesprochen geht es nicht darum, dass das Salz koscher ist, sondern darum, ob es das richtige Salz ist, um Fleisch koscher zu machen – das heißt, es zu pökeln, um alle Spuren von Blut daraus zu entfernen, weil Juden, die koscher leben, nichts Blutiges verzehren.«

»Sie meinen also, jedes großkristallige Salz kann koscher sein? Es spielt keine Rolle, ob es Steinsalz oder Meersalz ist?«

»Genau«, sagte er. »Außerdem darf es keine Zusätze haben. Wenn es zum Beispiel Dextrose enthält, die manchmal zusammen mit Jod beigefügt wird, wäre das bei Pessach ein Problem, weil Dextrose ein Getreideprodukt ist.«

Ich machte mir nicht die Mühe, mir von ihm erklären zu lassen, warum Getreide zu Pessach nicht koscher ist, denn ich war ziemlich sicher, dass keiner dem Salz, das zur Zeit der Entstehung der Haggadah verwendet wurde, Dextrose hinzugefügt hatte. Die Tatsache, dass die Flecken von Meersalz herrührten, diente mir jedoch als Ausgangspunkt, die Seereise der Haggadah zu schildern, die vermutlich zur Zeit der Vertreibung stattgefunden hatte, indem ich auf Zitate aus einigen zeitgenössischen Schilderungen dieser furchtbaren, unfreiwillig angetretenen Abenteuer zurückgriff.

Ich war gerade in Venedig angelangt, bei der dortigen jüdischen Gemeinde im ersten Ghetto, beim Druck der Zensur im Allgemeinen und auf jüdische Publikationen im Besonderen, bei den Verbindungen durch Handel und Kultur, die zwischen den jüdischen Gemeinden Italiens und denen jenseits der Adria bestanden hatten, und bei der Vermutung, dass das Buch vielleicht mit einem in Italien ausgebildeten Kantor namens Kohen nach Bosnien gekommen war. Ich war so vertieft ins Schreiben – an guten Tagen ist es manchmal so, dass man praktisch in ein Loch fällt und der Rest der Welt verschwindet –, dass ich beinahe explodierte, als es an der Tür läutete.

Draußen sah ich den Lieferwagen eines Kuriers und ging hinunter, um ihm aufzumachen, unsinnigerweise stinksauer darüber, dass irgendein Paket für Maryanne meine Konzentration gestört hatte. Was der Kurier aber bei sich trug, war ein Umschlag für mich von der Tate. Ich unterschrieb und öffnete ihn. Was mochte es wohl sein? Es war ein Expressbrief, der bereits einmal nachgesandt worden war, aus Boston. Das verdammte Ding hatte mich um die halbe Welt verfolgt.

Neugierig schlitzte ich das Kuvert auf. Es enthielt die Kopie einer Ambrotypie und einen Kommentar von Frau Zweig in extravaganter Handschrift. Das Foto zeigte einen Mann und eine Frau in formeller Pose – sie saß, er stand hinter ihr, die Hand auf ihrer Schulter. Irgendjemand, Frau Zweig, nahm ich an, hatte den Kopf der Frau, der ins Halbprofil gedreht war, mit einem Kringel ummalt. Ein Pfeil zeigte auf ihren Ohrring.

Frau Zweigs Brief hatte weder Einleitung noch Anrede. Es war ein schriftlicher Aufschrei.

»Gucken Sie sich das an!!!

Trägt die Frau einen Teil unserer fehlenden Schließe??? Erinnern Sie sich an Martells Beschreibung des Flügels??? Mittl ist kurz nach seiner Arbeit an der Haggadah an Arsenvergiftung gestorben. Er hatte Tripper (wie mindestens die Hälfte der Wiener Bevölkerung), und der Ehemann der Frau hier, Dr. Franz Hirschfeldt, war sein Arzt. Das alles habe ich nur herausgefunden, weil Hirschfeldt tatsächlich wegen Mordes an Mittl ANGEKLAGT wurde. Er kam frei – hatte nur versucht, dem Mann zu helfen –, aber über den Fall ist in letzter Zeit im Zusammenhang mit der lange vernachlässigten Erforschung des österreichischen Antisemitismus viel geschrieben worden.

Melden Sie sich, wenn Sie mein Brief erreicht hat!«

* * *

Natürlich griff ich sofort zum Telefon.

»Ich dachte schon, Sie würden nie anrufen! Klar wusste ich, dass ihr Australier alles ein wenig locker nehmt, aber so locker?«

Ich erklärte ihr, dass ich den Brief eben erst erhalten hatte.

»Also, jetzt müssen wir nur noch den anderen Teil finden – die Rosen. Ich bin immer noch auf der Jagd, glauben Sie mir. Es macht VIEL mehr Spaß als alles, was ich hier sonst zu tun habe ...«

Ich sah auf meine Uhr und stellte fest, dass ich meinen Termin bei Scotland Yard verpassen würde, wenn ich nicht gleich losdüste, deshalb dankte ich Frau Zweig überschwänglich, schlüpfte in eine Jacke und suchte gleichzeitig nach der Telefonnummer für ein Taxi. Für die U-Bahn war es viel zu spät. Während ich auf das Taxi wartete, probierte ich es noch einmal bei Ozren. Ich hätte ihm gern die Neuigkeit über die Schließen erzählt und ein bisschen damit angegeben, wie gut ich mit dem Schreiben vorankam. Die Assistentin im Museum war ebenso brüsk wie am Tag zuvor. »Nicht da. Versuchen Sie es ein andermal.«

Ich hatte ein Billigtaxi bestellt, weil die offiziellen Londoner Taxis inzwischen lachhaft teuer sind. Auf dem Weg von Heathrow hatte mich fast der Schlag getroffen, weil der Zähler schon den Gegenwert von hundert australischen Dollars anzeigte, als wir noch nicht einmal Hammersmith hinter uns hatten. Das Taxi, das jetzt auftauchte, war ein schäbiger grauer Lieferwagen, sein Fahrer dagegen ein fantastisch aussehender Westinder mit wunderschönen langen Dreadlocks. Drinnen roch es schwach nach Ganja. Der Fahrer machte den sprichwörtlichen Salto, als ich ihm sagte, wo ich hinwollte.

»Babylon, Mon?«

»Was?«

»Gehörst du zu den Polypen?«

»Ach so. Die Bullen meinst du. Bestimmt nicht, Kumpel. Ich will sie bloß besuchen.«

Er hielt trotzdem zwei Blocks vor der eigentlichen Adresse an. »Die haben da Schnüffelhunde, Mon«, erklärte er. Da er nur zehn Pfund von mir verlangte statt der ungefähr sechzig, die mich eine Fahrt im regulären Taxi gekostet hätte, beklagte ich mich nicht, obwohl es regnete. Der Regen in London ist ganz anders als der in Sydney. Bei uns regnet es nicht oft, aber wenn, entgeht es einem nicht: mächtige, prasselnde Schauer, die alle Straßen in Sturzbäche verwandeln. In London nieselt es mehr oder weniger ständig, doch es lohnt sich kaum, den Schirm aufzuspannen, so fein ist der Regen. Bei Wetten mit Londonern habe ich sogar schon Drinks gewonnen, wenn es darum ging, welche der beiden Städte die höchste Niederschlagsmenge hat.

Gleich vor dem Haupteingang stand eine Frau. Sie kam auf mich zu, als ich eben die Treppe hinaufsteigen wollte.

»Dr. Heath?«

Ich nickte. Sie war eine in Tweed gekleidete Matrone von etwa sechzig, gebaut wie ein Schrank, und ähnelte eher dem Stereotyp einer Gefängniswärterin als einer Wissenschaftlerin. Sie schüttelte mir fest die Hand, drehte mich, ohne sie loszulassen, daran auf der Stufe um und scheuchte mich zurück auf die Straße.

»Ich bin Clarissa Montague-Morgan.« Wieder eine Soundso-Bindestrich-Soundso, obwohl dieser jeder modische Schick fehlte und der schwache Geruch, den sie verströmte, der eines

Labors und nicht der eines Labradors war. »Es tut mir schrecklich Leid, dass ich Sie nicht hereinbitten kann«, sagte sie. »Aber es gibt hier ziemlich strenge Vorschriften zum Schutz von Beweismitteln und so weiter. Es ist wirklich äußerst schwierig, für einen Besucher von außerhalb eine Zutrittserlaubnis zu bekommen, besonders für jemanden, der nicht im Polizeidienst ist.«

Ich war enttäuscht; ich hätte gern gesehen, wie sie vorging bei der Untersuchung des Haars, und das sagte ich ihr auch.

»Das kann ich Ihnen erzählen«, meinte sie. »Aber warum springen wir nicht schnell hier rein, wo es nicht regnet? Ich habe eine Viertelstunde Teepause.«

Wir standen vor einem trostlosen kleinen Sandwich-Shop mit Plastiktischen. Wir waren die einzigen Kunden und bestellten beide Tee. Selbst in den schäbigsten Londoner Lokalen kriegt man normalerweise anständigen Tee, in einer Kanne aufgegossen, ganz im Gegensatz zu dem Teebeutel neben einer Tasse mit lauwarmem Wasser, den man in Amerika oft sogar in teuren Restaurants bekommt.

Als der Tee kam, siedend heiß und sehr stark, fing Clarissa an, über das Thema Haaranalyse zu sprechen. Sie sprach in kurzen, klaren, sehr präzisen Sätzen. Vor Gericht hätte ich sie nicht als Zeugin gegen mich haben mögen.

»Bei einem Verbrechen wäre die erste Frage: Mensch oder Tier? Das ist sehr einfach festzustellen. Zunächst schaut man sich die Kutikula an, die äußerste, aus Schuppen bestehende Schicht. Sie ist beim Menschen leicht zu identifizieren und ziemlich glatt, beim Tier dagegen je nach Spezies sehr unterschiedlich – blütenförmig, stachelig. Man macht einen Abdruck davon, um das Muster deutlicher zu erkennen. In den seltenen Fällen, in denen die Schuppen nicht zuzuordnen sind, hat man immer noch die Medulla – das Haarmark. Dort sind die Zellen beim Tier sehr ebenmäßig und beim Menschen amorph. Und dann gibt es noch das Pigment. In tierischem Haar verteilt es sich in Richtung Medulla, in menschlichem in Richtung Kutikula. Haben Sie das Haar dabei?«

Ich reichte es ihr. Sie setzte ihre Brille auf, hielt das Tütchen gegen die Neonlampe und beäugte es.

»Schade«, sagte sie.

»Wieso?«

»Keine Wurzel. In der Vergrößerung kann sie sehr viele Informationen liefern. Und die DNS befindet sich natürlich auch dort, also haben Sie in der Hinsicht ebenfalls Pech. Haare, die auf natürliche Weise abgeworfen wurden – Säugetiere werfen ständig ein Drittel ihrer Haare ab, wissen Sie –, enthalten immer Wurzelgewebe. Aber ich würde sagen, dieses Haar wurde abgeschnitten, nicht abgeworfen, nicht herausgezogen. Das werde ich später im Labor verifizieren.«

»Haben Sie je einen Mordfall mit Hilfe eines Haars gelöst?«

»Oh, einige. Die uninteressantesten sind die, bei denen Sie auf der Leiche des Opfers menschliches Haar finden, dessen DNS der des Verdächtigen entspricht. Das bedeutet, der Verdächtige war am Tatort. Meine Lieblingsfälle sind ein bisschen komplizierter, wie zum Beispiel der mit dem Mann, der seine Exfrau erwürgte. Er war nach der Scheidung nach Schottland gezogen; sie hatte nach wie vor in London gewohnt, und er verwendete große Mühe darauf, sich ein gutes Alibi zu basteln. Behauptete, er sei den ganzen Tag bei seinen Eltern in Kent gewesen. Und das *stimmte* auch, jedenfalls für einen Teil des Tages. Dem ermittelnden Beamten fiel auf, dass die Eltern einen kleinen Kläffer hatten, einen Pekinesen. Die Haare dieses Hundes glichen denen, die auf der Kleidung des Opfers gefunden wurden. Das war noch nicht entscheidend, weckte aber die Aufmerksamkeit des Beamten. Als man das Haus des Mannes in Glasgow durchsuchte, stieß man im Garten auf ein kürzlich umgegrabenes Blumenbeet. Wir hoben es aus und stellten fest, dass dort die Sachen vergraben waren, die er bei dem Mord getragen hatte, und sie waren mit Pekinesenhaaren übersät.«

Jetzt schaute Clarissa auf ihre Uhr und meinte, sie müsse wieder an die Arbeit. »Ich gucke mir das hier heute Abend an. Rufen Sie mich gegen neun zu Hause an – hier ist die Nummer –, dann sage ich Ihnen, was ich rausgekriegt habe.«

Da ich es nicht eilig hatte, fuhr ich mit der U-Bahn zurück nach Hampstead und machte einen schönen feuchten Spaziergang auf der Heath. Bei Maryanne wärmte ich mir dann einen Becher Suppe auf und ging damit nach oben, um an meinem Artikel zu feilen. Ich beschloss zu versuchen, Ozren in seiner Wohnung zu erreichen.

Schon nach dem ersten Läuten nahm jemand ab. Eine männliche Stimme, nicht die Ozrens, fragte gedämpft: »*Molim?*«

»Entschuldigen Sie, ich spreche kein Bosnisch. Ist – ist Ozren da?«

Der Mann wechselte mühelos ins Englische, sprach jedoch weiterhin so leise, dass ich ihn kaum verstand. »Ozren, der ist da, aber er nimmt zurzeit keine Anrufe entgegen. Wer spricht da, bitte?«

»Mein Name ist Hanna Heath. Ich bin eine Kollegin von Ozren – ich meine, wir haben letzten Monat ein paar Tage zusammengearbeitet, und ich...«

»Miss Heath«, unterbrach er mich. »Darf ich vorschlagen, dass Sie sich an jemand anderen in der Bibliothek wenden? Im Moment passt es nicht. Mein Freund denkt momentan nicht an seine Arbeit.«

Mich überkam das Gefühl, das man hat, wenn man eine Frage stellen will und die Antwort, die man bereits kennt, nicht hören mag.

»Was ist passiert? Geht es um Alija?«

Der Mann am anderen Ende stieß einen tiefen Seufzer aus. »Ja, leider. Mein Freund bekam vorletzte Nacht einen Anruf aus dem Krankenhaus, bei dem es hieß, der Junge habe hohes Fieber. Es war eine schwere Infektion. Er ist heute Morgen gestorben. Wir begraben ihn bald.«

Ich schluckte, weil ich nicht wusste, was ich sagen sollte. Auf Arabisch ist der traditionelle Beileidswunsch: »Möge all dein Kummer jetzt hinter dir liegen.« Aber ich hatte keine Ahnung, wie sich bosnische Muslime kondolierten.

»Geht es Ozren denn gut? Ich meine ...«

Wieder unterbrach er mich. Anscheinend haben Sarajevoer nicht viel übrig für das beiläufige Mitgefühl von Außenstehenden. »Er ist ein Vater, der seinen einzigen Sohn verloren hat. Nein, es geht ihm nicht ›gut‹. Aber wenn Sie wissen wollen, ob er in die Miljacka springt, nein, das glaube ich nicht.«

Mir war trübsinnig zumute und übel, doch dieser ungerechtfertigte Sarkasmus verwandelte meine Empfindungen in Ärger. »Es ist nicht nötig, in diesem Ton mit mir zu reden. Ich wollte bloß ...«

»Miss Heath, Dr. Heath, meine ich. Der andere Buchexperte hat gesagt, Sie sind Dr. Heath; ich hätte daran denken sollen. Es tut mir Leid, wenn ich unhöflich war. Aber wir sind hier alle sehr erschöpft und mit den Beisetzungsvorbereitungen beschäftigt, und Ihr Kollege ist so lange geblieben ...«

»Welcher Kollege?« Jetzt war es an mir, schroff zu sein.

»Der Israeli, Dr. Yomtov.«

»Der war da?«

»Ich nahm an, das wüssten Sie. Er sagte, Sie beschäftigen sich beide mit der Haggadah.«

»Ähm, ja, schon.« Es konnte gut sein, dass Amitai in meinem Labor in Sydney die Nachricht hinterlassen hatte, er führe nach Sarajevo, und jemand vergessen hatte, es mir auszurichten. Aber ich bezweifelte es. Dass er dort war, verwunderte mich. Und ich konnte mir nicht vorstellen, wieso um alles in der Welt er Ozrens Wohnung aufgesucht hatte, vor allem, wenn dieser um seinen toten Sohn trauerte. Das war mehr als merkwürdig. Aber aus dem Kerl am Telefon würde ich nichts weiter herauskriegen, das war klar. Sein Hörer lag praktisch schon auf der Gabel, als ich ihn noch bat, Ozren zu sagen, wie leid es mir tue.

Ich war unentschlossen gewesen, ob ich von London aus noch einmal nach Sarajevo fliegen sollte. Doch jetzt rief ich sofort die Fluggesellschaft an, um ein Ticket zu bestellen. Ich redete mir ein, ich wollte herausfinden, was Amitai vorhatte. Wie ich schon sagte, ich bin nicht der Typ für durchweinte

Taschentücher. Ein trauernder Vater ist eigentlich nichts für mich, und die Vorstellung, Ozren unter diesen Umständen wiederzusehen, konnte bei meinem Entschluss also kaum eine Rolle gespielt haben.

Ich hing ziemlich lange am Telefon mit der Airline, um die beste Verbindung auszuknobeln, und sobald ich aufgelegt hatte, klingelte es.

»Dr. Heath? Hier ist Clarissa Montague-Morgan von der forensischen Abteilung der Metropolitan Police.«

»Oh, hi, ich wollte Sie um neun anrufen. Ich…« Ich fragte mich, wie sie Maryannes Nummer herausgekriegt hatte, denn ich hatte sie ihr nicht gegeben. Aber wenn man für Scotland Yard arbeitet, ist das wohl kein großes Problem.

»Das ist doch egal, Dr. Heath. Ich dachte nur, meine Ergebnisse seien ziemlich interessant, deshalb wollte ich sie Ihnen gleich mitteilen. Es ist ein Katzenhaar, so viel steht fest. Die Schuppen sind prototypisch scharf und spitz. Aber es gibt etwas Seltsames bei diesem Haar.«

»Nämlich?«

»In der Kutikula sind Spuren sehr starker Färbemittel aus dem Gelbspektrum vorhanden. Solche Partikel könnte man in menschlichen Haaren finden – bei einer Frau zum Beispiel, die sich ihr Haar getönt oder aufgehellt hat. Aber bei einem Tier habe ich Derartiges noch nie gesehen. Sie sind ja wohl einer Meinung mit mir, dass sich Katzen im Allgemeinen nicht die Haare färben.«

Ein weißes Haar

Sevilla 1480

Aus meinen Augen tropft Kummer;
Wasserblasen mit Löchern.

Abid bin al-Abras

Die Sonne fühlen wir hier nicht. Auch nach mehreren Jahren ist das immer noch das Schwerste für mich. Daheim habe ich in Helligkeit gelebt. Hitze versengte die gelbe Erde und dörrte das Strohdach aus, bis es knisterte.

Hier sind Stein und Fliesen immer kühl, sogar mittags. Das Licht stiehlt sich zu uns herein wie ein Feind, bahnt sich seinen schmalen Weg durch das Gitterwerk oder fällt in smaragdgrünen und rubinroten Splittern gedämpft durch die wenigen hoch gelegenen Fenster.

Es ist mühsam, in diesem Licht meine Arbeit zu verrichten. Ständig muss ich das Pergament auf einen ausreichend hellen kleinen Fleck schieben, und dieses dauernde Herumrücken stört meine Konzentration. Ich lege meinen Pinsel beiseite und strecke meine Hände. Der Junge neben mir steht ungebeten auf, um das Sorbettmädchen zu holen. Sie ist neu hier im Haus von Netanel ha-Levi, und ich frage mich, wie er zu ihr gekommen ist. Vielleicht war sie wie ich das Geschenk eines dankbaren Patienten, in dem Falle ein großzügiges. Sie ist eine geschickte Dienerin, die lautlos wie Seide über die Fliesen gleitet. Ich nicke, und sie kniet nieder und gießt mir eine rostrote Flüssigkeit ein, die ich nicht kenne. »Das ist Granatapfel«, sagt sie mit dem Zungenschlag eines mir unbekannten Stammes. Sie hat Augen, grün wie Achat, doch ihre Haut schimmert in den Farben eines südlichen Landes. Als sie sich über den Becher beugt, bauscht sich das Tuch an ihrer Kehle, und ich bemerke, dass ihr Hals goldbraun ist wie ein gequetschter Pfirsich. Ich überlege, wie ich die Schattierungen dieses Tons wiedergeben

331

würde. Das Sorbett ist gut; sie hat es so gemischt, dass die Säure der Frucht nicht ganz vom Sirup überdeckt wird.

»Gott segne deine Hände«, sage ich, als sie sich erhebt.

»Möge sein Segen sich reichlich auf die deinen ergießen«, murmelt sie. Dann sehe ich, wie sich ihre Augen weiten, als ihr Blick auf meine Arbeit fällt. Als sie sich umdreht, bewegen sich ihre Lippen, und obwohl ich bei ihrem Akzent nicht sicher bin, glaube ich, dass das Gebet, das sie flüstert, eine ganz andere Bedeutung hat. Ich schaue hinunter auf das Pergament und versuche, mein Werk so zu sehen, wie es ihr erscheinen muss. Der Doktor erwidert meinen Blick, den Kopf schräg gelegt, die Hand erhoben, und befingert seinen lockigen Bart, wie er es tut, wenn er eine Sache erwägt, die ihn interessiert. Kein Zweifel, ich habe ihn getroffen. Die Ähnlichkeit ist groß. Man könnte fast sagen, er lebt.

Kein Wunder, dass das Mädchen so verblüfft war. Es erinnert mich an mein eigenes Erstaunen, als Hooman mir zum ersten Mal die Gestalten auf den Malereien zeigte, welche die Bilderstürmer so empörten. Und jetzt würde Hooman staunen, wenn er mich sehen könnte: mich, muslimischen Glaubens, tätig für einen Juden. Er konnte nicht ahnen, dass er mich für ein solches Schicksal ausbildete. Ich selbst habe mich daran gewöhnt. Zuerst, als ich hier ankam, schämte ich mich, unfrei im Dienst eines Juden zu stehen. Nun schäme ich mich nur noch dafür, unfrei zu sein. Und es ist der Jude, der mich das gelehrt hat.

Ich war vierzehn, als sich meine Welt veränderte. Als geliebtes Kind eines bedeutenden Mannes hatte ich nie damit gerechnet, in die Sklaverei verkauft zu werden. An dem Tag, an dem mich die Händler zu Hooman brachten, schien es, als gingen wir an den Werkstätten aller bekannten Gewerbe der Erde vorbei. Sie hatten mir einen Sack über den Kopf gestülpt, damit ich nicht zu fliehen versuchte, aber auch durch die Jute hindurch verrieten mir Gerüche und Geräusche, bei welcher Zunft wir uns befanden. Ich erinnere mich an den Gestank, der aus den

Gerbereien aufstieg, den plötzlichen süßen Duft des Esparto-
grases in der Straße der Espadrillenmacher, das Scheppern in
den Waffenschmieden, das dumpfe Klappern der Webstühle
und die einzelnen misstönenden Laute der Instrumentenbauer,
die ihre Erzeugnisse ausprobierten.

Schließlich gelangten wir zum Haus der Buchkunst. Dort
zog mir der Wärter den Sack vom Kopf, und ich sah, dass die
Werkstatt der Kalligrafen das oberste Stockwerk einnahm und,
nach Süden gelegen, das beste Licht hatte. Das Maleratelier
befand sich darunter. Als der Händler mich zwischen den Reihen der Sitzenden hindurchführte, hob keiner den Kopf, um
auch nur einen verstohlenen Blick auf mich zu werfen. Hoomans Gehilfen wussten, dass er vollkommene Konzentration
verlangte und wie hart er sie für Fehler bestrafte.

Zwei Katzen schliefen zusammengerollt auf einer Ecke seines seidenen Teppichs. Mit einem Handwedeln verscheuchte
er sie und bedeutete mir, mich dort hinzuknien. Mit kalter
Stimme sagte er etwas zu meinem Wärter, und der Mann
bückte sich, um das schmutzige Seil zu zerschneiden, mit dem
meine Handgelenke gebunden waren. Hooman griff nach meinen Händen, drehte sie um und inspizierte die Stellen, wo die
Fessel tief eingeschnitten hatte. Barsch bellte er den Wärter an,
ehe er ihn entließ. Dann wandte er sich zu mir.

»Du behauptest also, du seist ein *mussawir*.« Er sprach so
leise, dass seine Stimme einem Pinsel glich, der über glattes
Papier streicht.

»Ich male seit meiner Kindheit«, antwortete ich.

»So lange schon?« Die Falten um seine Augen zogen sich
belustigt zusammen.

»Ich werde fünfzehn, noch vor dem Ende des Ramadan.«

»Tatsächlich?« Er streckte seine langgliedrige Hand aus und
fuhr damit über mein bartloses Kinn. Ich zuckte vor ihm zurück, und er hob rasch den Arm, als wollte er mich dafür schlagen. Doch dann ließ er ihn sinken und langte in die Tasche seines Gewandes. Er sagte nichts, schaute mich nur an, bis ich
die Hitze in meinem Gesicht spürte und den Kopf senkte. Um

das Schweigen zu brechen, platzte ich mit »Pflanzen!« heraus. »Die male ich besonders gut.«

Jetzt sah ich, dass er seine Hand aus der Tasche gezogen hatte und zwischen Daumen und Zeigefinger einen kleinen Beutel aus bestickter Seide hielt. Daraus holte er ein Reiskorn von der länglichen Sorte, wie sie die Perser schätzen, und reichte es mir. »Sag mir, *ya mussawir,* was siehst du?«

Ich starrte das Korn an, und mein Mund muss wohl offen gestanden haben wie der eines Einfaltspinsels. Ein Polospiel war darauf abgebildet – ein Spieler galoppierte, und der Schwanz seines Pferdes flog hoch, während er auf fein geschmiedete Torpfosten zusteuerte, ein anderer saß eben auf, und ein Diener reichte ihm seinen Schläger. Man konnte die Zöpfe in der Mähne des Tiers zählen und den Flor der Brokatjacke des Reiters spüren. Und als wäre das nicht erstaunlich genug, gab es auch noch eine Inschrift:

In ein Korn passen hundert Ernten,
Ein Herz enthält eine ganze Welt.

Er nahm das Korn wieder an sich und legte mir ein zweites in die Handfläche. Es war schmucklos – ein Reiskorn wie jedes andere. »Da du ›besonders gut‹ Pflanzen malst, wirst du mir hier einen Garten schaffen. Darin werden die Bäume und Blumen zu sehen sein, die deiner Meinung nach deine Fähigkeiten am besten zeigen. Du hast zwei Tage. Nimm deinen Platz dort drüben ein zwischen den anderen.«

Dann wandte er sich von mir ab und griff nach seinem Pinsel. Er brauchte nur einen Blick quer durch den Raum zu werfen, und ein Junge sprang mit dem von ihm angemischten Scharlachrot auf, das glühend wie Feuer über den Rand der Schüssel züngelte, die er behutsam umfasste.

Es wird wohl nicht sonderlich überraschen, wenn ich zugebe, dass ich die Prüfung nicht bestand. Vor meiner Verschleppung hatte ich meine Tage damit verbracht, Zeichnungen von

Pflanzen anzufertigen, die meinem Vater für ihre medizinische Wirksamkeit bekannt waren. Auf diese Weise wussten Heiler, die viele Meilen von ihm entfernt lebten, genau, welche Pflanze er meinte, unabhängig davon, wie sie selbst sie nennen mochten. Ich hatte das für eine anspruchsvolle Tätigkeit gehalten und war stolz darauf gewesen, dass mein Vater sie mir anvertraut hatte.

Ibrahim al-Tareq war bei meinem Eintritt in die Welt bereits ein alter Mann gewesen. Ich wurde in ein Haus hineingeboren, in dem es schon so von seinen Sprösslingen wimmelte, dass ich nie damit rechnete, seine Aufmerksamkeit zu erregen. Muhammad, der älteste meiner sechs Brüder, war eher in dem Alter, in dem er mein Vater hätte sein können; in der Tat hatte er einen Sohn, der zwei Jahre vor mir geboren wurde und sich eine Zeitlang als der Hauptpeiniger meiner Kindheit erwies.

Mein Vater ging zwar leicht gebeugt, war aber ein hoch gewachsener Mann, gut aussehend, obwohl sein Gesicht eingefallen und von Falten gefurcht war. Nach den Abendgebeten kam er immer hinaus in den Hof, setzte sich auf die geflochtenen Matten unter der Tamariske, lauschte den Berichten der Frauen über ihr Tagewerk, bewunderte das von ihnen Gewebte und stellte sanft Fragen über uns – die Jüngsten – und unser Wohlergehen. Als meine Mutter noch lebte, saß er am längsten bei ihr, und ich freute mich insgeheim über ihre Sonderstellung, soweit sie mir bewusst war. Wir senkten unsere Stimmen, wenn er kam, und tollten zwar weiter herum, aber etwas weniger ausgelassen. Irgendwie schafften wir es, das bedeutungsvolle Stirnrunzeln und die vielsagenden Gebärden unserer Mütter zu ignorieren und uns beim Spielen immer näher auf ihn zuzubewegen. Irgendwann streckte er seinen langen Arm aus und packte eines von uns, und der oder die Glückliche durfte dann auf ein freundliches Wort neben ihm auf der Matte sitzen. Manchmal, wenn wir Verstecken spielten, ließ er zu, dass wir uns in den langen Falten seines Gewandes verbargen, und lachte über unser Quieken, wenn wir entdeckt wurden.

Seine Gemächer – die schmucklose Zelle, in der er schlief, die Bibliothek, reich bestückt mit Büchern und Schriftrollen, und das Arbeitszimmer voll zerbrechlicher Tiegel und Gläser – durften wir nicht betreten. Und ich hätte das auch nie gewagt, wäre die Eidechse, die mein heimlicher Gefährte geworden war, nicht eines Nachmittags aus meiner Tasche geflohen und so schnell über den Fußboden aus gestampftem Lehm gehuscht, dass ich sie nicht mehr erwischte. Ich war damals sieben, meine Mutter seit fast einem Jahr tot. Die anderen Frauen waren freundlich zu mir, besonders die Muhammads, die vom Alter her meiner Mutter näher stand als die übrigen Frauen meines Vaters. Aber trotz ihrer Fürsorge nagte Sehnsucht an meinem Herzen, und die kleine Eidechse war wohl nur einer meiner vielen Versuche, die Leere zu füllen.

Vor der Bibliothek hatte ich sie endlich eingeholt. Meine Hand lag auf ihrer wie mit Lack überzogenen Haut. Ihr winziges Herz klopfte heftig. Ich hob die Hand, und sofort drückte sie sich ganz flach auf den Boden und entschlüpfte mit einer fließenden Bewegung unter der Tür hindurch. Mein Vater war ausgegangen, das dachte ich jedenfalls, daher zögerte ich nur einen Moment, ehe ich die Tür aufstieß und eintrat.

Im Allgemeinen war er ein ordentlicher Mann, doch diese Ordnung erstreckte sich nicht auf seine Bücher. Später, als ich Seite an Seite mit ihm arbeitete, erfuhr ich den Grund für das Chaos, das mich an jenem Nachmittag in seiner Bibliothek erwartete. Seine Schriftrollen lagen an einer Wand des Raums, vom Boden bis zur Decke aufeinandergetürmt, sodass sie ein wenig platt gedrückt waren und die Enden aussahen wie Honigwaben. Sie lagen in einer bestimmten Reihenfolge, und die hatte mein Vater im Kopf, denn er pflegte ohne zu zögern eine Rolle herauszuziehen, sie auf seinem Arbeitstisch zu glätten und sich dann mit den Unterarmen daraufzustützen. So verharrte er, viele oder wenige Minuten lang, dann richtete er sich so abrupt auf, dass die Rolle wieder zusammenschnurrte. Er schob sie beiseite und ging zur anderen Wand, wo zahlreiche Bücher standen, wählte eins aus, blätterte darin herum, grunzte, ging erneut auf und ab, fegte es ebenfalls zur Seite, griff nach seinen Schreibutensilien, kritzelte einige Zeilen auf ein Blatt, warf seinen Pinsel hin und wiederholte das Ganze. Zum Schluss lagen ebenso viele Gegenstände auf dem Fußboden wie auf dem Tisch.

Meine Eidechse hat sich einen guten Zufluchtsort ausgesucht, dachte ich, als ich unter den Tisch kroch und heruntergefallene Pergamente und Bücher beiseiteschob. Dort unten kauerte ich, als plötzlich die in Sandalen steckenden Füße meines Vaters auftauchten. Ich gab die Verfolgung meiner Eidechse fürs Erste auf und verhielt mich so still wie möglich in der Hoffnung, er sei nur gekommen, um eine Schriftrolle zu suchen, und würde dann wieder gehen, sodass ich unbemerkt hinausschlüpfen konnte.

Doch er ging nicht. Er hatte einen Zweig mit glänzend grünen Blättern in der Hand, den er hinlegte, um sich anschließend an das rastlose Ritual zu machen, das ich eben beschrieben habe. So verstrich eine halbe Stunde, eine Stunde. Ich wurde ganz steif. Mein Fuß, auf dem mein Gewicht lastete, kribbelte und prickelte unter mir. Aber ich wagte nicht, mich zu bewegen. Während mein Vater arbeitete, fielen Seiten, die er zu beschriften angefangen und dann beiseite geschoben hatte, zusammen mit dem Zweig vom Tisch. Als einer seiner Pinsel neben mir landete, war mir so langweilig geworden, dass ich es riskierte, danach zu greifen. Ich betrachtete ein Blatt an dem Zweig. Es gefiel mir, wie es durch die Rippen in ein Muster gegliedert wurde, das mir so regelmäßig und bewusst gestaltet erschien wie die Mosaiken, die den Raum säumten, wo mein Vater und meine älteren Brüder ihre Gäste empfingen. Auf einer Ecke des von meinem Vater weggeworfenen Pergaments begann ich, dieses Blatt zu zeichnen. Der Pinsel war ein Wunderwerk für mich – einige feine Haare, in den Schaft einer Feder gesteckt. Damit konnte ich, wenn ich meine Hand abstützte und meine Gedanken sammelte, die Zartheit des Gegenstandes, den ich zeichnete, genau einfangen. Als die Tinte getrocknet war, frischte ich sie aus den Klecksen auf, die bei dem ungeduldigen Gekritzel meines Vaters in großer Menge zu Boden tropften.

Vielleicht erregte diese Bewegung seine Aufmerksamkeit. Mit seinem starken Arm langte er nach unten und packte mein Handgelenk. Mein Herz flatterte. Er zog mich hoch, bis ich vor ihm stand. Ich wandte den Blick nicht vom Fußboden, solche Angst hatte ich, Zorn in seinem geliebten Gesicht zu sehen. Dann nannte er meinen Namen, leise und ohne Groll.

»Du weißt, dass du hier nicht sein darfst.«

Mit zitternder Stimme erzählte ich ihm von meiner Eidechse und bat ihn um Verzeihung, »aber ich dachte, eine der Katzen würde sie womöglich fressen«.

Sein Griff lockerte sich, während ich sprach. Er umschloss meine Hand mit seiner, dann tätschelte er sie sanft. »Nun, die Eidechse hat ihr Schicksal, so wie wir alle«, sagte er. »Aber was ist das hier?« Er hob meine andere Hand hoch, mit der ich immer noch meine Zeichnung umklammerte, studierte sie eine Weile und sagte nichts. Dann scheuchte er mich aus dem Zimmer.

Abends im Hof hielt ich mich im Hintergrund und suchte seine Aufmerksamkeit nicht, weil ich hoffte, er würde meine Verfehlung dann nicht erwähnen. Später, als ich, ohne bestraft worden zu sein, mit den anderen auf meiner Matte Platz nahm, beglückwünschte ich mich insgeheim zum Erfolg meines Plans.

Am nächsten Tag rief mein Vater mich zu sich, nachdem das Morgengebet gesprochen war. Mein Magen drehte sich um. Ich dachte, nun würde ich doch noch bestraft. Stattdessen aber reichte er mir einen feinen Pinsel, Tinte und eine alte Schriftrolle, die nur teilweise von ihm selbst bekritzelt war. »Ich möchte, dass du übst«, sagte er. »Wenn du deine Fähigkeiten weiterentwickelst, könntest du mir eine große Hilfe sein.«

Ich gab mir sehr viel Mühe beim Zeichnen. Jeden Vormittag schob ich, sobald ich fertig war, die Holztafel beiseite, auf der ich die Verse des Heiligen Korans zu schreiben lernte – mein Vater bestand darauf, dass alle seine Kinder an diesem Unterricht teilnahmen –, und schloss mich nicht den Spielen oder sonstigen Beschäftigungen der anderen an, sondern holte mein Pergament hervor und malte, bis meine Hand steif wurde. Ich genoss die Aufmerksamkeit meines Vaters und wünschte mir mehr als alles andere, ihm von Nutzen zu sein. Mit zwölf hatte ich es zu einiger Fertigkeit gebracht. Nun verbrachte ich fast jeden Tag teilweise in seiner Gesellschaft und half ihm, die Bücher zu gestalten, mit denen in vielen fremden Ländern Menschen geheilt wurden.

Am späten Nachmittag jenes ersten Tages in Hoomans Werkstatt hatte ich das Gefühl, diese angenehmen Jahre und alles Lernen seien völlig umsonst gewesen. Als das Tageslicht schwand und meine Hand von der Anstrengung zitterte, so winzige Pinselstriche zu machen, dass ein Beobachter ihre Ausführung gar nicht wahrgenommen hätte, legte ich mich verängstigt in einer Ecke auf meine Matte und fühlte mich völlig unnütz. Tränen brannten in meinen müden Augen, und mir musste ein Schluchzer entwichen sein, denn der Mann, der sich neben mir niederließ, flüsterte mit barscher Stimme, dass es zum Jammern keine Veranlassung gebe. »Sei froh, dass du nicht in die Buchbinderei geschickt worden bist«, sagte er. »Dort müssen die Lehrlinge lernen, einen so feinen Goldfaden herzustellen, dass er durch das Loch in einem Mohnsamen passt.«

»Aber Hooman wird mich nicht behalten, wenn ich diese Aufgabe nicht erfülle, und es ist doch die einzige Fähigkeit, die ich habe.« Auf der Reise hierher, nach meiner Gefangennahme, hatte ich Jünglinge meines Alters gesehen, die sich auf wilder See verängstigt an die Takelage des Schiffs klammerten, im grellen weißen Schein von Steinbrüchen schufteten oder geduckt und schmutzig aus den düsteren Schächten von Minen kamen.

»Du bist nicht der erste, der es nicht schafft, glaub mir. Er wird eine andere Tätigkeit für dich finden.«

Und so geschah es auch. Hooman schaute mein Reiskorn kaum an, ehe er es wegwarf. Er schickte mich zu den »Präparatoren« – Malern und Kalligrafen, die nicht mehr so gut sahen oder keine ruhige Hand mehr hatten. Den ganzen Tag lang saß ich mit diesen verbitterten Männern da und schliff jedes Pergament mit Bimsstein, vielleicht tausendmal, bis die Seite glatt und blank war. Nach ein paar Tagen runzelte sich die Haut meiner Finger und schälte sich in Fetzen. Bald konnte ich keinen Pinsel mehr halten und gab der Verzweiflung nach, die ich seit meiner Verschleppung im Zaum gehalten hatte.

Ich hatte mir nicht erlaubt, an zu Hause zu denken oder daran, wie fröhlich wir mit der Hadsch-Karawane aufgebrochen waren, begleitet vom Klang der Trommeln und Zimbeln und dem jubelnden Trällern der Frauen meines Vaters. Ich hatte mir nicht erlaubt, daran zu denken, wie ich meinen Vater zum letzten Mal sah. Aber jetzt konnte ich die Bilder von ihm nicht mehr beiseitedrängen, auf denen sein silbriges Haar befleckt war mit Blut und hellgrauem Gewebe und sich eine Blase aus rotem Speichel auf seinen Lippen bildete, als er versuchte, die Worte seines letzten Gebets damit zu formen. Seine Augen, deren verzweifelte Blicke mich trafen, während mir der Berber seinen Arm, hart und dick wie ein Ast, um meine Kehle schlang. Irgendwie schaffte ich es, mich aus diesem Griff zu befreien, gerade lange genug, um die Worte für meinen Vater auszurufen, für die sein Atem nicht mehr ausreichte: »Gott ist der Erhabene! Es gibt keinen Gott außer Gott!« Ein Schlag streckte mich zu Boden, und ich fiel auf die Knie, schrie aber trotzdem weiter: »Ich vertraue auf Gott!«

Ein zweiter, härterer Schlag folgte. Als ich wieder zu mir kam, schmeckte mein Mund nach Eisen. Ich lag mit dem Gesicht nach unten zwischen unserer geraubten Habe auf einem Karren, der sich nach Norden bewegte. Ich hob meinen pochenden Kopf, um zwischen den Latten hindurchzuspähen. Da, in der Ferne, lag mein Vater, ein Lumpenbündel, das im heißen Wüstenwind flatterte, indigoblaue Lumpen und auf ihnen das glänzend schwarze Gefieder des ersten Geiers.

Drei Monate verbrachte ich bei den Präparatoren. Und heute, da ich auf diese Zeit zurückblicken kann ohne die Furcht, die sie begleitete – dass ich mein ganzes Leben mit langweiligem Hämmern und Schleifen und bitteren Erinnerungen würde zubringen müssen –, kann ich eingestehen, dass ich dort eine Menge lernte, insbesondere von Faris. Faris war wie ich auf der anderen Seite des Meers, in Ifriqiya, geboren. Im Unterschied zu mir war er jedoch freiwillig gereist, um seine Kunst in dem Land auszuüben, das als kümmerlicher Rest der einst mächtigen Nation al-Andalus übrig geblieben war. Im Gegensatz zu den anderen prahlte er nicht dauernd mit den großartigen Fähigkeiten, die er früher besessen hatte. Und er beteiligte sich nicht an den ständigen Nörgeleien und Sticheleien, die so endlos waren wie das Summen der Schmeißfliegen.

Faris' Augen waren wolkig wie der Himmel im Winter. Eine Krankheit hatte ihm in ziemlich jungen Jahren das Augenlicht geraubt. Als ich ihn besser kannte, fragte ich ihn, warum er nicht zu einem der großen Ärzte in der Stadt gegangen sei. Ich wusste, dass es eine Operation gab, die das Sehvermögen getrübter Augen bisweilen wiederherstellte. Ich selbst hatte nie eine miterlebt. Mein Vater heilte mit Pflanzen, nicht mit Eingriffen, doch er hatte mir einmal eine Reihe schöner Zeichnungen gezeigt, auf denen man sehen konnte, wie so etwas zu bewerkstelligen war von jemandem, der das nötige Geschick hatte: ein präziser Stich in den Augapfel, mit dem das bewölkte Fenster geöffnet und die Linse nach hinten geschoben wird.

»Ich habe diesen Stich machen lassen«, sagte Faris. »Der Chirurg des Emirs hat ihn höchstpersönlich zweimal an mir ausprobiert. Aber wie du siehst, waren seine Mühen nicht erfolgreich.«

»Gott hat ihn mit Nebel umgeben und lässt ihn dort verweilen zur Strafe für das, was er gemalt hat.« Die zitternde Stimme gehörte dem alten Hakim, der früher Kalligraf gewesen war. Er brüstete sich damit, in seiner Laufbahn zwanzigmal den Koran kopiert zu haben, und behauptete, die heiligen Worte seien in sein Herz eingraviert. Falls das zutraf, so hatten sie es nicht erweicht. Die einzigen milden Worte, die aus seinem Mund kamen, waren seine Gebete. Sonst war seine Rede ein erbarmungsloser Gallefluss. Jetzt stand er von seiner Matte auf, wo er gedöst und sich vor seinem Anteil an unserer Schufterei gedrückt hatte. Er stützte sich auf seinen Stock und kam zu uns gehumpelt, hob den Stock und deutete damit auf Faris. »Du wolltest erschaffen, wie Gott erschafft, und dafür hat Gott dich bestraft.«

Ich berührte Faris sanft und fragend am Arm, doch er schüttelte den Kopf. »Unwissenheit und Aberglaube«, murmelte er. »Die Schöpfung Gottes zu feiern heißt nicht, mit dem Schöpfer in Wettstreit zu treten.«

Der Alte erhob die Stimme. »Diejenigen, die Gestalten abbilden, sind die schlechtesten aller Menschen«, intonierte er, in das verschnörkelte Arabisch des Gebets verfallend. »Bist du so hochnäsig, dass du das Wort des Propheten anzweifelst?«

»Friede sei mit ihm; nie könnte ich sein Wort anzweifeln.« Faris seufzte. Dieses Streitgespräch hatte er offenkundig schon allzu oft geführt. »Ich zweifle an denen, die so etwas behaupten. Der Koran, der über jeden Zweifel erhaben ist, schweigt zu diesem Thema.«

»Er schweigt nicht!« Jetzt kreischte der Alte und beugte sich so weit vor, dass sein vergilbter Bart beinahe Faris' gesenkten Kopf streifte. »Benutzt der Koran nicht das Wort *sawwara*, um zu beschreiben, wie Gott den Menschen aus einem Klumpen Lehm formt? Also ist Gott ein *mussawir*. Sich selbst auch so zu nennen heißt, sich die Eigenschaft dessen anzumaßen, der uns alle erschaffen hat!«

»Genug!« Faris hatte ebenfalls seine Stimme erhoben. »Wieso erzählst du dem Jungen nicht, warum du eigentlich hier bist? In deiner Hand ist kein Zittern, und du siehst so gut wie ein Falke. Du wurdest entlassen, weil du die Bilder der Maler verunstaltet hast.«

»Weil ich Gottes Werk vollbracht habe!«, schrie der Alte. »Ich habe ihnen die Kehle durchgeschnitten! Sie alle geköpft! Sie ermordet, um die Seele des Emirs zu retten!« Er lachte gackernd wie über einen nur ihm verständlichen Witz.

Ich war verwirrt und schaute Faris an, der am ganzen Körper zitterte. Auf seiner Stirn hatten sich Schweißperlen gesammelt. Eine davon tropfte auf das geglättete Pergament vor ihm und ruinierte die harte Arbeit eines ganzen Vormittags. Als ich ihm meine Hand auf den Arm legte, schüttelte er sie ab. Er warf sein Stück Bimsstein weg, stand auf und schob den Greis unsanft beiseite.

Zwei Tage darauf ließ Hooman mich zu sich kommen. Als ich durch die Werkstatt ging, merkte ich zum ersten Mal, wie meine Furcht in den Hintergrund trat. Leuchtende Lapislazulisplitter warteten darauf, zu blauem Pigment zermahlen zu werden, das Licht schien auf hauchdünne Silberoblaten, und ein alter Mann saß in einem abgeschirmten, vor der kleinsten Brise geschützten Alkoven und pflückte schimmernde Farbtupfer von einem Häuflein Schmetterlingsflügel. Hooman bedeutete mir, mich auf eine Ecke seines Teppichs zu knien. Eine der Katzen ruhte auf seiner Schulter. Er hob sie an sein Kinn und grub sein Gesicht für einen Moment in ihr dichtes Fell, dann streckte er sie mir überraschenderweise entgegen.

»Nimm sie!«, sagte er. »Du hast doch keine Angst vor Katzen, oder?« Ich schüttelte den Kopf und griff nach ihr. Meine Hände – von der Arbeit verunstaltet und mit harten Schwielen bedeckt – versanken in ihrer Weichheit. Die Katze wirkte dick, war jedoch in Wahrheit ein winziges Ding, das in eine Wolke aus Fell eingehüllt war. Sie miaute einmal, wimmernd wie ein Säugling, dann rollte sie sich auf meinem Schoß ein. Hooman hielt mir ein scharfes Messer hin, den Griff mir zugewandt. Ich zuckte zusammen. Wollte er etwa, dass ich seine Katze tötete? Mein Gesicht muss mein Entsetzen widergespiegelt haben. Seine Augen wurden schmal.

»Was glaubst du denn, woher wir die feinen Haare für unsere Pinsel haben?«, fragte er. »Die Katzen sind so freundlich, sie uns zu Verfügung zu stellen.« Er nahm die zweite Katze selbst auf den Schoß und streichelte sie unter dem Kinn, bis sie sich auf den Rücken rollte und den Hals reckte. Er griff sich nicht mehr als fünf oder sechs ihrer langen Kehlhaare und ließ das Messer unter sie gleiten.

Als er mich wieder ansah, streckte sich die Katze in meinem Schoß und verschob meinen Ärmel, sodass ihre weiße Pfote auf meinem Unterarm lag.

»Deine Haut«, sagte Hooman leise und starrte mich an. Ich wollte den Ärmel meines Gewandes über mein Handgelenk ziehen, doch er gebot mir Einhalt. Er fuhr fort, mich anzustarren, ohne mich zu sehen. Ich kannte diesen Blick. So hatte mein Vater einen Tumor studiert und dabei den Menschen vergessen, zu dem dieser Tumor gehörte. Jetzt sprach Hooman wieder, aber zu sich selbst und nicht zu mir. »Es ist die Farbe von blauem Rauch... nein... von einer reifenden Pflaume, weiß überhaucht.« Ich zappelte, weil mir die genaue Begutachtung nicht behagte. »Sitz still!«, befahl er. »Ich muss diese Farbe malen.«

Und so saß ich da, bis das Licht schwand und er mich abrupt entließ. Ich ging zu einem freien Platz in einer Ecke der Werkstatt und wusste nicht, warum er mich zu sich bestellt hatte.

Am nächsten Tag reichte Hooman mir die neuen Pinsel, die er hatte anfertigen lassen, Katzenhaare in einem Federschaft. Sie waren von unterschiedlicher Größe und Dicke. Einige enthielten nur ein einziges Haar zum Zeichnen der allerfeinsten Linien. Außerdem gab er mir ein sauber geglättetes Stück Pergament. »Mal mir ein Porträt«, sagte er. »Such dir irgendjemanden hier in der Werkstatt aus.«

Ich wählte den Jungen, der den Goldschlägern half, denn ich fand, dass sein glattes Gesicht mit den Mandelaugen am meisten denen der Jünglingsideale glich, die in so vielen der schönsten Bücher abgebildet waren. Hooman warf die Seite weg, nachdem er sie kaum angeschaut hatte. Dann stand er unvermittelt auf und bedeutete mir, ihm zu folgen.

Hoomans Wohnung lag ein Stück entfernt von der Werkstatt hinter einem hoch überwölbten Durchgang. Der Raum

war groß, der Diwan mit Brokat bezogen und mit Kissen überhäuft. In einer Ecke stand eine Reihe kleiner Kästen zur Auf-
bewahrung von Büchern. Hooman kniete sich vor den schönsten und öffnete den geschnitzten Deckel. Mit großer Ehrfurcht
nahm er ein Büchlein heraus und legte es auf das Lesepult.
»Dies ist das Werk von Maulana, Perle der Welt, dem Meister
des feinen Pinselstrichs«, sagte er und schlug das Manuskript
auf.

Das Bild schimmerte. So ein Gemälde hatte ich noch nie
gesehen. Innerhalb der engen Grenzen der Seite hatte der
Künstler eine ganze Welt voller Leben und Bewegung erschaffen. Die persische Schrift konnte ich nicht lesen, aber die Illu-
mination war beredt genug. Sie zeigte eine fürstliche Hochzeit.
Von den Hunderten Figuren glichen sich nicht zwei: Jeder Turban war aus einem anderen Stoff, unterschiedlich gebunden.
Jedes Gewand war anders gemustert, bestickt oder appliziert
mit den mannigfaltigsten Arabesken. Wenn man sich das Bild
anschaute, konnte man das Knistern von Seide hören, das Ra-
scheln von Damast, während die Menge sich um den königlichen Bräutigam scharte. Ich war es gewöhnt, dass Menschen
auf Gemälden von vorn oder im Profil dargestellt waren, doch
dieser Künstler hatte sich nicht darauf beschränkt. Bei ihm waren sie in jeder erdenklichen Haltung zu sehen – manche standen im Dreiviertelprofil oder hatten den Kopf gesenkt, andere
das Kinn erhoben. Ein Mann war ganz vom Maler abgewandt,
sodass man nur die Rückseite eines Ohrs sah. Noch mehr ver-
blüffte aber, dass jedes Gesicht einzigartig war, wie im wirk-
lichen Leben. Es lag ein solcher Ausdruck in ihren Augen, dass
ich das Gefühl hatte, die Gedanken dieser Männer lesen zu
können. Der eine strahlte, stolz darüber, eingeladen worden zu
sein. Ein anderer grinste spöttisch, vielleicht aus Verachtung
für den zur Schau gestellten Prunk. Ein dritter schaute voller
Ehrfurcht auf seinen Prinzen. Ein vierter zog eine leichte Grimasse, als ob ihn seine neue Schärpe zwickte.

»Siehst du jetzt, was einen Meister ausmacht?«, fragte Hooman schließlich.

Ich nickte, unfähig, meinen Blick von dem Bild zu wenden. »Ich habe das Gefühl ... es ist ... es scheint ...« Ich rang nervös nach Luft und versuchte, meine Gedanken zu ordnen. »Das, was er malt, ist plastisch wie im richtigen Leben. Es ist, als könnten diese Männer aus dem Bild herausspazieren.«

Hooman atmete scharf ein. »Genau«, sagte er. »Und jetzt zeige ich dir, warum ich dieses Buch habe und es nicht mehr der geschätzte Besitz des Prinzen ist, für den es gemacht wurde.«

Er blätterte um. Die nächste Illustration war ebenso prachtvoll, ebenso lebensecht. Sie stellte die Prozession dar, mit der der Bräutigam zum Haus der Braut gebracht wurde. Doch diesmal verwandelte sich mein Ausruf der Anerkennung in einen des Entsetzens. Im Unterschied zum vorigen Bild war hier jedem einzelnen Feiernden mit einem groben roten Strich der Hals durchtrennt worden.

»Die das hier taten, nennen sich Ikonoklasten – Zerstörer von Idolen –, und sie glauben, das Werk Gottes zu verrichten.« Er klappte das Buch zu, weil er es nicht ertrug, diese Entweihung anzuschauen. »Der rote Strich soll das Durchschneiden der Kehle symbolisieren, weißt du. So können die Figuren, des Lebens beraubt, nicht mehr mit Gottes lebendigen Schöpfungen wetteifern. Vor fünf Jahren plünderte eine Bande von Fanatikern das Haus der Buchkunst und zerstörte viele berühmte Werke. Aus diesem Grund werden hier auch keine Porträts mehr angefertigt. Aber jetzt ist eine Bitte an mich herangetragen worden, die ich nicht abschlagen darf. Ich möchte, dass du es noch einmal versuchst.« Er senkte die Stimme. »Ich wünsche ein *Abbild*. Verstehst du?«

Fest entschlossen, bei der zweiten Prüfung nicht zu versagen, musterte ich die in der Werkstatt Arbeitenden und entschied mich für den alten Mann mit den Schmetterlingsflügeln. Sein Gesichtsausdruck zeigte eine Intensität, die ich glaubte einfangen zu können. Außerdem würden seine Haltung und die Sparsamkeit seiner Bewegungen hilfreich für mich sein.

Ich brauchte drei Tage. Ich betrachtete den Alten, versuchte,

ihn zu sehen, wie ich eine unbekannte Pflanze zu sehen gelernt hatte, indem ich meinen Geist nicht nur von allen Pflanzen befreite, die ich je gemalt hatte, sondern auch von all meinen Annahmen darüber, was eine Pflanze ist – dass sie einen
Stamm oder Stängel hat, aus dem in diesem oder jenem Winkel Blätter wachsen, dass Blätter grün sind. Ebenso studierte
ich das Gesicht des Schmetterlingsmanns. Ich versuchte, es als
Muster aus Licht und Schatten, aus Leere und Fülle zu sehen.
Im Geiste legte ich ein Raster darüber und betrachtete jedes
Quadrat dieses Rasters wie etwas Gesondertes, das eine jeweils einzigartige Information enthielt.

Ich musste um etliche Pergamente bitten, ehe mir etwas gelang, das lebendig wirkte. Meine Hand zitterte, als ich Hooman
das Ergebnis reichte. Er sagte nichts und verzog keine Miene,
warf die Arbeit jedoch diesmal nicht weg. Dann schaute er mir
forschend ins Gesicht und strich mir mit der Hand übers Kinn,
wie er es bei unserer ersten Begegnung getan hatte.

»Es hat sich eine unerwartete Gelegenheit ergeben, und ich
glaube, du könntest der Richtige dafür sein. Der Emir wünscht
einen *mussawir* für seinen Harem. Da dieser Mensch natürlich
entmannt werden muss, ist es besser, wenn er noch nicht erwachsen ist, so wie du.«

Ich spürte, wie mir das Blut aus dem Gesicht wich. Ich war
seit meiner Rückkehr in die Schreibwerkstatt zu nervös gewesen, um mehr als ein, zwei Happen zu essen. Jetzt brandete in
meinem Kopf ein lautes Geräusch. Wie aus weiter Ferne hörte
ich Hoomans Stimme: »...ein Leben in äußerster Behaglich-
keit und irgendwann, wer weiß, mit großem Einfluss... lang-
fristig ein geringer Preis... ansonsten unsichere Zukunft...
viele andere, die mindestens so gut malen wie du, werden sich
finden...«

Ich muss versucht haben aufzustehen; vielleicht kam ich
sogar auf die Füße. Auf jeden Fall sah ich noch, kurz bevor
ich stürzte, meinen Arm über Hoomans Tisch fegen, Schalen
umkippen und eine Flut von Lapis-Blau, die sich auf den Boden ergoss.

Als ich aufwachte, hatte man mich auf den brokatbezogenen Diwan in Hoomans Wohnung gelegt. Hooman stand über mir, die Falten um seine Augen wie zerknittertes Pergament. »Es scheint, als würden wir den Eunuchenmacher doch nicht benötigen«, sagte er. »Was für ein Glück, was für ein großes Glück für uns, dass wir uns so von dir haben täuschen lassen.«

Mein Mund war trocken. Als ich versuchte zu sprechen, kamen keine Worte heraus. Hooman reichte mir einen Becher. Es war Wein darin. Ich leerte ihn.

»Langsam, Kind. Die muslimischen Töchter Afrikas stürzen ihren Wein bestimmt nicht so durstig hinunter. Oder hast du uns auch getäuscht, was deinen Glauben anbelangt?«

»›Es gibt keinen Gott außer Gott, und Mohammed ist sein Prophet‹«, flüsterte ich. »Ich habe bis zu diesem Tag noch nie Wein gekostet. Ich trinke ihn jetzt, weil ich gelesen habe, dass er Mut verleiht.«

»Ich glaube nicht, dass es dir daran fehlt. Es erfordert doch Mut, mit dieser Lüge unter uns zu leben, wie du es getan hast. Wie bist du in der *jellaba* eines Jünglings hierhergekommen?«

Hooman wusste sehr gut, dass ich von den Banu Marin, die mich von der Hadsch-Karawane verschleppt hatten, an ihn verkauft worden war. »Es war der Wunsch meines Vaters, dass ich mich verkleide, als wir unsere Stadt verließen«, sagte ich. »Er glaubte, die Durchquerung der Wüste wäre bequemer, wenn ich neben ihm reiten könnte, statt den ganzen Tag in einer Sänfte ohne Luft eingesperrt zu sein. Er meinte außerdem, in der Verkleidung eines Jünglings wäre ich sicherer, und die Ereignisse haben ihm Recht gegeben ...« Bei diesen Worten überfielen mich die Erinnerungen, und nach dem Wein auf leeren Magen drehte sich mir der Kopf. Hooman legte mir eine Hand auf die Schulter und drückte mich sanft in die Kissen seines Diwans. Er starrte mich an und schüttelte den Kopf. »Ich habe mich stets für einen sehr guten Beobachter gehalten. Jetzt, da ich die Wahrheit kenne, scheint es unmöglich, dass ich sie nicht erraten habe. Ich werde wirklich langsam alt.«

Er streckte die Hand aus und strich damit erneut über mein Gesicht, aber diesmal war seine Berührung leicht wie ein Hauch. Er ließ sich neben mich auf den Diwan sinken. Meine Kleidung war bereits gelockert, sodass seine Hand mühelos meine Brust fand.

Viel später, als ich wieder klar denken konnte, tröstete ich mich damit, dass ich auf viel schlimmere Weise hätte vergewaltigt werden können. Eigentlich hatte ich schon seit dem Moment damit gerechnet, in dem die angreifenden Berber auf den Dünen auftauchten. Hoomans berühmte Hände hinterließen keine Spur auf mir. Als ich mich zappelnd und um mich schlagend von ihm befreien wollte, überwältigte er mich mit einem geschickten Griff, der mich hilflos machte, ohne wehzutun. Selbst als er in mich eindrang, war er nicht grob. Der Schock darüber war größer als der Schmerz. Ehrlich gesagt, glaube ich, dass ich weniger litt als viele Bräute in ihrer Hochzeitsnacht. Und trotzdem, als er mich schließlich aufstehen ließ und ich die Nässe meine Schenkel herunterrinnen fühlte, gaben meine Beine unter mir nach, und ich kniete mich neben seinen Diwan und erbrach sauren Wein auf seinen schönen Teppich, bis nichts mehr in mir war. Er stieß einen tiefen Seufzer aus, richtete seine Gewänder und ging hinaus.

Allein in seiner Wohnung, weinte ich lange, während ich mir die Verluste meines Lebens aufzählte, vom Tod meiner Mutter über die Ermordung meines Vaters bis zu meiner Versklavung. Und nun dieser neue, noch dunklere Ort, an dem ich mich wiederfand, auf fundamentale Weise meines Körpers beraubt. Einen Moment lang kam mir der tröstliche Gedanke, dass mein toter Vater von dieser Entehrung nichts erfahren würde. Doch dann wurde mir klar, dass er, als er starb, genau das befürchtet haben musste. Ich würgte erneut, aber es war nichts mehr in mir.

Der Eunuch, den Hooman mir schickte, war sehr jung. Sein Anblick erinnerte mich daran, dass es andere gab, die viel schlimmere Verluste erlitten hatten als ich. Die Flut meines Selbstmitleids begann abzuebben. Er war Perser und sprach kein Arabisch. Ich vermute, das hatte Hooman zu seiner Wahl veranlasst. Der Junge entfernte den beschmutzten Teppich mit effizienter Diskretion und kam dann mit einer silbernen Kanne und einem Becken mit angewärmtem Rosenwasser zurück. Er bedeutete mir, dass er mir beim Waschen helfen würde, doch ich entließ ihn. Der Gedanke an die Berührung eines anderen ekelte mich. Er hatte mir etwas zum Anziehen mitgebracht, und als er meine alten Kleider mit hinausnahm, hielt er sie vor sich, als stänken sie, was vermutlich auch der Fall war.

In dieser Nacht schlief ich nur wenig. Doch als es dämmerte, wurde mir mit Erleichterung klar, dass Hooman nicht zurückkehren würde, und ich fiel erschöpft in einen Schlaf voller Träume, in denen ich wieder auf den Strohmatten saß und meiner Mutter lauschte, die am Webstuhl vor sich hinsummte. Als ich aber an ihrem Gewand zupfte, um ihre Aufmerksamkeit zu erregen, wandte sie mir nicht ihr geduldig lächelndes Gesicht zu, sondern die Fratze eines Leichnams, dessen unbarmherziger Blick mich durchdrang.

Als der Junge mich weckte, hatte er frische Kleidungsstücke für mich dabei. Ich wusste nicht, was mich erwartete. Sollte ich, für den Harem bestimmt, zur Odaliske herausgeputzt werden? Doch die Sachen waren für eine Frau von edlem Geblüt: ein schlichtes Gewand aus rosa Seide, die sich sehr schön von meiner Haut abhob, außerdem einige Bahnen tunesischen Chiffons in dunklerem Rosenrot, die so dünn waren, dass ich sie doppelt legen musste, um daraus einen Schleier zu schlingen, der mein Haar verdeckte. Als Letztes war da noch ein blauschwarzer Haik aus besonders leichter Merinowolle, der mir vom Scheitel bis auf die Zehenspitzen fiel.

Als ich mich angekleidet hatte, setzte ich mich auf den Diwan und spürte, wie erneut Verzweiflung in mir aufwallte. Hoomans Stimme unterbrach meinen Tränenfluss. Er stand draußen und bat mich um Erlaubnis, eintreten zu dürfen. Erstaunt darüber, antwortete ich nicht. Er fragte wieder, diesmal lauter. Ich schaffte es nicht, meine Stimme zu beherrschen, daher sagte ich nichts.

»Bereite dich vor«, kündigte er sich an und schob den Vorhang beiseite. Ich fühlte Panik in mir aufsteigen und wich vor ihm zurück.

»Bleib ruhig. Es ist unwahrscheinlich, dass wir uns nach dieser Begegnung jemals wiedersehen. Wenn du Fragen hast, die deine Arbeit betreffen, zu Material oder Technik, dann stellst du sie mir schriftlich – ich glaube doch, mich erinnern zu können, dass du schreiben kannst? Ungewöhnlich für ein Mädchen – ein weiterer Grund dafür, dass wir uns täuschen ließen. Du wirst mir von Zeit zu Zeit Proben deiner Arbeit zur Ansicht schicken. Ich werde antworten und dich anweisen, so gut ich kann, und wenn ich etwas sehe, das verbessert werden muss, werde ich es dir mitteilen. Obwohl du weit vom Range eines Meisters entfernt bist, wirst du eine Position einnehmen, die normalerweise einem solchen zukommt. Was du auch für mich empfinden magst, diskreditiere meine Fähigkeiten nicht oder die deinen. Das, was wir hier schaffen, wird länger leben als wir beide. Vergiss das nicht. Es ist von viel größerer Bedeutung als irgendwelche ... persönlichen Gefühle.«

Ein Schluchzer entfuhr mir. Er zuckte zusammen und sagte kalt:

»Glaubst du, du seist die einzige, die gefesselt und gedemütigt hierher gebracht wurde? Die Emira selbst ist in Ketten durch die Tore dieser Stadt gekommen, im Rücken ein Streitross und die Lanze des Mannes, der später ihr Gemahl wurde.«

Das hätte er mir nicht erzählen müssen; der Skandal um die schöne Gefangene des Emirs war bei den Präparatoren oft Gegenstand obszöner Reden gewesen. So teilnahmslos ich auch in jenen Monaten gewesen war, hatte diese Geschichte doch mein Interesse geweckt, denn sie ähnelte in gewissen Aspekten meiner eigenen. Jeder, so schien es, hatte zu dieser Angelegenheit etwas zu sagen.

Der Emir hatte sich unter großem Aufsehen gleich zu Beginn seiner Herrschaft geweigert, die üblichen Abgaben der Stadt an die Kastilier zu zahlen. Von nun an, hatte er verkündet, »gießt die königliche Münze nur noch Schwertklingen«. Ständige Gefechte waren das Resultat gewesen. Bei einem dieser Scharmützel war der Emir in einen christlichen Weiler eingefallen und hatte die Tochter des dortigen Steuereintreibers verschleppt. Niemand fand etwas dabei, wenn der Emir Kriegsbeute machte; der Prophet Mohammed höchstpersönlich hatte sich die Gemahlinnen unterlegener Juden und Christen angeeignet. Es war selbstverständlich, dass einige dieser Gefangenen in den Harem aufgenommen wurden, und Vergewaltigung galt als Eheschließung auf Zeit. Entsetzt hatte die Stadt jedoch, dass der Emir dieser geraubten Frau den Vorzug vor seiner Emira gab, einer Adligen aus Sevilla, die seine Kusine und Mutter seines Erben war. Sie war kurz darauf aus dem Palast in ein eigenes Haus außerhalb der Stadtmauern verbannt worden, wo sie, wie es hieß, ihre Zeit damit verbrachte, Komplotte zu schmieden, unterstützt vom Abu Siraj, dessen Fanatismus in Glaubensfragen berüchtigt war. Der Zwist ging weit über die Mauern des Harems und sogar der Stadt hinaus, und es kursierte das Gerücht, dass die kastilische Krone nach einer Möglichkeit suchte, ihn sich zunutze zu machen.

Jetzt trat der persische Eunuch mit Kelchen voller Sorbett ein. Hooman bedeutete mir, einen zu nehmen. »Der Emir hat mir in dieser Sache seine Befehle erteilt, und ich gebe sie direkt an dich weiter, damit es nicht zu Missverständnissen kommt. Er ist, wie du weißt, oft auf Feldzügen unterwegs und hat mir anvertraut, dass er bei diesen Gelegenheiten den Anblick der neuen Emira vermisst und sich Bildnisse wünscht, die er sich dann anschauen kann.

Du wirst also für einen einzigen Betrachter malen. Die Bilder werden nur vom Emir gesehen und nur, wenn er allein ist. Deine Werke sind demnach sicher vor den Ikonoklasten, und du hast keine Anklage wegen Häresie zu befürchten.«

Ich hatte, da ich den Anblick seines Gesichts nicht ertrug, die meiste Zeit auf meine um den Kelch geschlungenen Hände geschaut. Jetzt aber sah ich ihn eindringlich an. Er erwiderte meinen Blick, als wollte er mich zum Sprechen herausfordern. Als ich nichts sagte, nahm er den Haik und reichte ihn mir.

»Leg ihn an. Es ist Zeit, dass ich dich in den Palast bringe.«

Meine Mutter hatte mich gelehrt, in meinem Schleier zu gehen, als hätte ich keine Füße, so anmutig über den Boden zu gleiten wie ein Wasservogel auf einem Teich. Doch nach so vielen Monaten als Jüngling war mir diese Kunstfertigkeit abhanden gekommen. Ich stolperte mehrmals, als wir uns unseren Weg durch die belebten Gassen der Medina bahnten. Der Hof der Karawanserei, auf dem sich die Kaufleute in ihren Sommergewändern drängten, sah bunt aus wie eine Wiese voller Blumen; da waren Männer in gestreiftem persischem Leinen, Ifriqianer in safrangelben und indigoblauen *jellabas* und hier und da verstohlen zwischen ihnen Juden mit gelben Abzeichen und ohne Turban, wie das Gesetz es verlangte, selbst in der mörderischen Mittagshitze.

Die Sonne schien blendend hell, als wir den Eingang zum Palast erreichten. Vor hundert Jahren waren die Mauern weiß gewesen, doch die eisenreiche Erde war durch den Putz gesickert und hatte ihn rötlich verfärbt. Mit meinem einen unbedeckten Auge schaute ich auf und sah die in das prachtvolle überwölbte Tor gemeißelten Inschriften, unzählige, als wären die Stimmen von tausend Gläubigen, die zum Himmel emporwirbelten, unterwegs vom Mauerwerk eingefangen worden: *Es gibt keinen Sieger außer Gott.*

Ich trat durch die riesige Holztür in das Gebäude, das ich vielleicht nie wieder verlassen würde. Eine alte Frau, deren Gesicht sich furchte wie ein ausgetrocknetes Flussbett, nahm mich vor den Gemächern der Frauen in Empfang.

»Das ist *al-Mora*?«, fragte sie. *Die Mohrin.* In meinem neuen Leben würde ich nicht einmal einen Namen haben.

»Ja«, entgegnete Hooman. »Möge sie gute Dienste leisten.« Und so wurde ich übergeben wie ein Gebrauchsgegenstand. Ich trennte mich von Hooman, ohne seinen Abschiedsgruß zu erwidern. Und doch verspürte ich, als die Alte die Tür hinter mir zuzog, den unvermittelten Drang, mich umzudrehen und hinter ihm herzurennen, sogar seinen verhassten Arm zu packen und ihn anzuflehen, er möge mich aus dem Palast mitnehmen, dessen Wände plötzlich drohend aufragten wie die eines Gefängnisses.

Seit meiner Verschleppung hatte ich alle möglichen Ängste gehegt. Ich hatte befürchtet, an den übelsten Orten die strapaziösesten Arbeiten verrichten zu müssen, geschlagen, angetrieben, misshandelt zu werden. Und jetzt streckte die Alte die Hand nach meinem Haik aus, den sie einem wunderschönen Jungen reichte – nicht älter als sieben oder acht Jahre. Sie bedeutete mir, meine Sandalen auszuziehen. Ein Paar bestickte Pantoffeln lag an der Tür für mich bereit. Ich folgte ihr, und wir traten durch einen Säulengang in Räume, deren Pracht selbst Dichtern die Worte verschlagen hätte.

Zunächst schien es, als wären die Wände in Bewegung, als stürzte die Decke auf mich herab. Ich hob eine Hand, wie um mich abzustützen, und schloss meine Augen vor dem Glanz. Als ich sie wieder aufmachte, zwang ich mich, nur auf eine kleine Fläche zu schauen, auf glasierte Kacheln in Blaugrün und Braun, Schwarz und Violett, so raffiniert angeordnet, dass sie sich wie Feuerräder um das untere Drittel der Mauer zu drehen schienen. Als ich imstande war aufzuschauen, erkannte ich, dass die herabstürzende Decke in Wirklichkeit eine hoch aufragende Kuppel war, von der ein Wald aus Stuck herunterhing, in dem jeder Baum ein harmonisches Echo seines Nachbarn war.

Wir gingen, wie es schien, durch eine endlose Reihe von Gemächern, die ebenso schön wie vielfältig waren. Ein-, zweimal glitt eine Dienstmagd vorbei, die der alten Frau respektvoll zunickte und mir einen raschen, neugierigen Blick zuwarf. In den weichen Pantoffeln durchquerten wir Labyrinthe aus schlanken Pfeilern an länglichen Teichen, deren reglose Oberfläche die unzähligen Inschriften über uns widerspiegelte.

Irgendwann stiegen wir eine steinerne Treppe hinauf in einen Teil des Palastes, der sich immer mehr verengte. Als wir ganz oben angelangt waren, lehnte sich die alte Frau schwer atmend an die Wand und tastete in den Falten ihrer Gewänder nach einem großen Messingschlüssel. Sie steckte ihn ins Schloss und öffnete die Tür. Der Raum war rund, seine weißen Wände schmucklos bis auf bemerkenswert gemeißelte und bemalte Zierbögen, die sich über zwei hoch liegende Fenster in der Wand gegenüber spannten. Die Einrichtung war spärlich: ein kleiner seidener Gebetsteppich, persisch und sehr schön, ein schmaler Diwan, überhäuft mit bunten Kissen, ein niedriger Tisch mit Einlegearbeiten aus Perlmutt, ein Lesepult und eine geschnitzte Sandelholztruhe. Ich trat an eins der Fenster, stellte mich auf die Zehenspitzen und zog mich am Sims hoch, damit ich hinausschauen konnte. Ich erblickte Gärten voller Obstbäume, darunter Feige, Pfirsich, Mandel, Quitte und Sauerkirsche, deren Äste so mit Früchten beladen waren, dass man die Erde darunter nicht sehen konnte.

»Wird es Euch genügen?« Die alte Frau sprach zum ersten Mal, und zwar mit brüchiger, aber kultivierter Stimme. Ich ließ mich vom Fenstersims zu Boden nieder und drehte mich verlegen um. »Man hat mir von Eurer Aufgabe erzählt, und ich dachte, Ihr könntet ein Zimmer gebrauchen, wo Ihr in Ruhe und ungestört Eurer Arbeit nachgehen könnt. Dieses hier wurde nicht mehr benutzt, seit die letzte Emira den Palast verlassen hat.«

»Es gefällt mir sehr gut«, sagte ich.

»Ein Mädchen wird Erfrischungen bringen. Wenn Ihr etwas Besonderes wünscht, bittet sie darum. Ihr werdet feststellen, dass sich die meisten Bedürfnisse hier befriedigen lassen.«

Die alte Frau wandte sich zum Gehen und bedeutete dem Pagen, ihr zu folgen. »Bitte«, sagte ich rasch, den Kopf voller Fragen. »Bitte, warum sind so wenige Menschen im Quartier der Frauen?«

Die Alte seufzte und drückte sich den Handballen an ihre Schläfe. »Darf ich mich setzen?«, sagte sie, während ihr gebrechlicher Körper bereits auf den Diwan niedersank. »Ich glaube, Ihr seid noch nicht lange in der Stadt.«

Es war eher eine Feststellung als eine Frage.

»Eure Ankunft fällt in eine schwierige Zeit. Den Emir

beschäftigen gegenwärtig nur zwei Dinge: der Krieg mit Kastilien und sein Appetit auf das Mädchen, das er jetzt Nura nennt.« Ihre Augen, in dem runzligen Gesicht vergraben wie zwei glänzende Kiesel, betrachteten mich prüfend. »In seiner Torheit hat er seine Kusine Sahar und ihren ganzen Hofstaat fortgeschickt. Der Emir traut niemandem mehr. Er kennt seine Kusine und ihren Hang zu Intrigen. Der Konkubinen hat er sich ebenfalls entledigt – sie an seine Lieblingsoffiziere weitergegeben, damit keine von ihnen ein Werkzeug der Rache für Sahar oder ihren Sohn Abu Abd Allah werden kann, der die Beleidigung seiner Mutter sehr übelnimmt.

Nura hatte bei ihrer Ankunft natürlich nichts außer dem zerfetzten Gewand, das sie auf dem Leibe trug. Ein kleines Gefolge dient ihr, ich selbst und eine Handvoll Stammesmädchen, die in dieser Stadt ohnehin niemanden kennen.«

Ich war zu erstaunt von ihrer Offenheit, um etwas zu erwidern. Besorgt schaute ich auf den an der Wand stehenden Jungen mit dem Turban. »Macht Euch keine Sorgen«, sagte die Alte. »Er ist Nuras Bruder. Er sollte als Lustknabe dienen, aber aus Gefälligkeit gegen seine Schwester hat der Emir fürs Erste verboten, dass er als solcher verwendet wird. Ich soll ihn zum Pagen ausbilden.« Sie seufzte erneut, doch der Anflug eines Lächelns erhellte ihre Augen.

»Findet Ihr mich respektlos? Es ist ganz natürlich, dass man die Ehrfurcht vor Fürsten verliert, wenn man sie mit schlaffem Glied und hechelnd wie ein Hund gesehen hat. Ich habe als Konkubine beim Großvater des jetzigen Emirs gelebt. Das Fleisch des alten Bocks stank schon nach Tod, als er mich in sein Bett holte. Den jetzigen«, sagte sie und deutete mit dem Kopf in Richtung Thronsaal, »habe ich gesäugt und seither beobachtet. Ein verwöhntes Balg als Kind und ein blutdürstiger Tyrann als Erwachsener. Hat jedem Jüngling von Adel in der Stadt, der ihm den Thron hätte streitig machen können, den Kopf abschlagen lassen. Jetzt hat er ihn und wirft alles weg und bringt die ganze Stadt in Gefahr, nur um einen Kitzel zwischen seinen Beinen zu befriedigen.«

Sie warf den Kopf in den Nacken und lachte gackernd. »Ich habe Euch schockiert! Stört Euch nicht an meiner scharfen Zunge. Ich bin zu gebückt vom Alter, um mich noch tiefer zu verneigen.« Sie stand mit einer Lebhaftigkeit auf, die ihr Gerede über ihre Gebrechlichkeit Lügen strafte. »Ihr werdet bald sehen, wie es hier zugeht. Morgen lernt Ihr die Emira kennen. Ich werde ein Mädchen nach Euch schicken.«

Ich hätte ihr gern für ihre Offenheit gedankt, doch als ich sie ansprechen wollte, merkte ich, dass ich nicht wusste, wie. »Wie, bitte, ist Euer Name?«

Wieder gackerte sie. »Mein Name? Ich habe schon so viele Namen gehabt, dass ich kaum weiß, welchen ich Euch angeben soll. Muna wurde ich genannt, als der Alte sich wünschte, sein verdorrter Schwanz wäre hart genug, um mich jede Nacht nehmen zu können. ›Wenn Wünsche Pferde wären, würden Bettler reiten‹, stimmt's nicht?« Das Lachen verklang, und ihr Gesicht fiel in sich zusammen. »Dann war ich Umm Harb für den starken Sohn, den ich gebar – nur einer der tapferen Jünglinge, die durch das Schwert ihres Halbbruders starben. Anscheinend ist dieser Name jetzt allen zuwider. Deshalb nennen sie mich einfach Kebira.«

Die Alte. Also war sie die Alte, und ich war die Mohrin und keine von uns über das Welken ihres Fleisches oder die Schwärze ihrer Haut hinaus ein menschliches Wesen. Ich sah plötzlich meine Zukunft in diesem prunkvollen Gefängnis hier vor mir, verbittert und namenlos und verschlissen vom Dienst an dem Nichtswürdigen. Wie schmerzlich diese Vorstellung war, muss sich auf meinem Gesicht gezeigt haben, denn sie trat unvermittelt einen Schritt auf mich zu und umschlang mich rasch mit ihren knochigen Armen. »Seid vorsichtig, meine Tochter«, wisperte sie, dann schlüpfte sie hinaus, und der Junge folgte ihr wie ein Schatten.

Am nächsten Morgen wachte ich von einem Duft nach Rosen auf, der umso intensiver wurde, je stärker die Sonne, deren Hitze ich nicht spürte, auf die massiven Mauern knallte. Ein

Duft, der heute noch Erinnerungen an Verzweiflung mit sich bringt. Ich erhob mich langsam von meinem Diwan, wusch mich, nachdem ein Mädchen mit warmem Wasser für meine Toilette gekommen war, kleidete mich an, verrichtete meine Gebete und wartete. Ein zweites Mädchen brachte ein Tablett mit Aprikosensaft, dampfend heißen Brotfladen, sahnigem Joghurt und einem halben Dutzend reifer Feigen. Ich aß, so viel ich konnte, dann wartete ich wieder. Ich wagte nicht, den Raum zu verlassen aus Angst, die Emira würde in meiner Abwesenheit nach mir schicken.

Aber das Mittagsgebet kam, dann das Abendgebet und schließlich die Nacht, und ich verließ meinen Posten und ging zu Bett. Auch am nächsten und übernächsten Tag wurde ich nicht abgeholt. Am Nachmittag des dritten Tages endlich kamen Kebira und der Page, und Kebiras altes Gesicht war verhärmt und ernst. Sie schloss die Tür und lehnte sich gegen sie. »Der Emir hat den Verstand verloren«, sagte sie in hastigem Flüsterton, obwohl es in dem leeren Palast schwer vorstellbar war, dass jemand mithörte. »Er ist spätnachts gekommen und bis zu den Morgengebeten bei der Emira gewesen. Danach hatte er eine Zusammenkunft mit den Adligen. Nun, er besprach sich mit ihnen und verlangte dann, dass sie blieben und sich gemeinsam mit ihm im Hof unterhalten ließen. Wie sich erwies, sagte sie, und ihre Lippen wurden schmal, während sie die Worte zischte, »bestand die Unterhaltung darin, seine Gemahlin im Bade zu beobachten.«

»Gott möge ihm verzeihen!« Ich konnte es nicht fassen. Die Frau eines anderen unverschleiert zu betrachten war strafbar, den Körper der eigenen Gemahlin anderen Männern absichtlich zur Schau zu stellen aber eine unglaubliche Ehrlosigkeit. »Welcher Muslim kann so etwas tun?«

»Welcher *Mann* kann so etwas tun? Ein Mann, der verroht und überheblich ist«, sagte Kebira. »Die Adligen sind entsetzt – die meisten von ihnen argwöhnen, dass es ein Vorwand für den Emir war, sie exekutieren zu lassen; als sie gingen, rieben sie ihre Hälse. Und was die Emira betrifft, nun ja... Ihr werdet selbst sehen, wie es ihr geht. Der Emir hat gehört, dass Ihr hier seid, und verlangt ein Bild, das er mitnehmen kann, wenn er morgen nach dem Frühgebet wieder fortreitet.«

»Aber das ist unmöglich!«, rief ich.

»Unmöglich oder nicht, so ist es Euch befohlen. Er war sehr zornig, weil noch keins gemalt worden ist. Also kommt jetzt rasch mit mir.« Vor der Tür wartete der schöne Page mit dem Kasten mit den Farben, den Hooman mir geschickt hatte.

Als wir das Gemach der Emira erreicht hatten, klopfte Kebira an die Tür und sagte: »Hier ist sie.«

Eine Dienstmagd öffnete und kam so flink herausgeschlüpft, dass sie mich fast umstieß. Eine Seite ihres Gesichts war rot wie von einer kürzlich erfolgten Ohrfeige. Kebira legte ihre Hand in mein Kreuz und versetzte mir einen sanften Stoß. Der Junge glitt hinter mir hinein, stellte den Kasten ab und schlüpfte wieder hinaus. Ich merkte, dass Kebira nicht mit eingetreten war, und verspürte einen Anflug von Panik, als mir klar wurde, dass sie nicht plante, mich vorzustellen oder mir diese erste Begegnung auf irgendeine Weise zu erleichtern. Ich hörte, wie die Tür hinter mir sacht zugezogen wurde.

Mit dem Rücken zu mir gewandt, stand die Emira da, eine hoch gewachsene Frau in einem bestickten Gewand, das ihr schwer von den Schultern fiel und sich auf die Fliesen zu ihren Füßen ergoss. Ihr Haar, noch ein wenig feucht, hing offen herab. Seine Farbe war außerordentlich, denn es zeigte nicht nur einen Farbton, sondern viele: ein mattes Gold, durchsetzt mit warm schimmerndem Bernstein, von unten her beleuchtet von Strähnen so rot wie plötzlich aufzüngelnde Flammen. Trotz meiner Nervosität begann ich schon zu überlegen, wie ich es am besten malen sollte. Dann drehte sie sich um, und der Anblick ihres Gesichts vertrieb alle anderen Gedanken aus meinem Kopf.

Ihre Augen hatten ebenfalls eine ungewöhnliche Farbe: ein dunkles Gold wie Honig. Sie hatte geweint; ihre geröteten Augen und die fleckige Haut zeugten davon. Doch jetzt weinte sie nicht mehr. Sie schaute nicht traurig drein, sondern wütend und hielt sich eisern aufrecht. Trotz oder vielleicht auch wegen der Mühe, die diese königliche Haltung sie kostete, zitterte sie kaum wahrnehmbar am ganzen Leib.

Ich entbot ihr den üblichen Gruß und fragte mich, ob sie wohl irgendeine Unterwerfungsgeste erwartete. Sie sagte nichts, sondern starrte mich nur an, dann hob sie mit einer verächtlichen Gebärde ihre lange Hand. »Du hast deine Befehle. Geh an die Arbeit.«

»Aber vielleicht würdet Ihr gern sitzen, *ya emira*? Es wird nämlich einige Zeit dauern...«

»Ich stehe!«, sagte sie, und plötzlich schwammen ihre Augen in Tränen. Und sie stand wirklich, den ganzen endlosen Nachmittag lang. Meine Hände zitterten unter ihrem grimmigen, verletzten Blick, als ich den Kasten öffnete und meine Malutensilien arrangierte. Ich musste mich zwingen, meinen Kopf von störenden Gedanken zu befreien, und mehr noch dazu, sie offen anzuschauen und so genau zu studieren, wie es nötig war.

Über ihre Schönheit muss ich nichts sagen, denn die ist in vielen berühmten Gedichten und Liedern gepriesen worden. Ich arbeitete ohne Pause, und sie bewegte sich weder, noch wandte sie den Blick von mir. Als durch die dicken Mauern hindurch schwach und klagend der Ruf des Muezzins zum *salat* ertönte, fragte ich sie, ob sie innehalten und beten wolle, aber sie schüttelte bloß ihre schwere Mähne und funkelte mich an. Schließlich, als es fast an der Zeit war, Lampen kommen zu lassen, sah ich, dass das Bild nahezu fertig war. Die Ausschmückungen konnte ich in meinem eigenen Gemach vollenden. Sie würden notgedrungen knapp ausfallen, doch wenn das, was der Emir wollte, eine Darstellung seiner Gemahlin war – ihres schönen Gesichts und ihrer königlichen Haltung –, dann hatte er sie hier.

Ich erhob mich, um ihr mein Werk zu zeigen, und sie betrachtete es mit demselben unnachgiebigen, zornigen Blick. Wenn sich darin noch etwas anderes zeigte, war es ein Aufflackern flüchtigen Triumphs. Sie stand reglos da, auch noch, als ich meine Gerätschaften einpackte. Erst als der junge Page eintrat, bewegte sie sich. »Pedro!«, rief sie, beugte sich zu ihm und liebkoste seine Stirn mit einem raschen, zärtlichen Kuss. Dann wandte sie uns den Rücken zu und ließ uns ohne Verabschiedung gehen.

Nachdem ich verspätet meine Gebete gesprochen und etwas gegessen und getrunken hatte, schaute ich mir das Pergament noch einmal genauer und aufmerksamer an und erkannte, was ihr gelungen war. Ihre Pose drückte aus, dass sie von allem Schrecklichen, das der Emir ihr angetan haben mochte, ungebeugt war. Das Bild, das er von ihr mitnehmen würde, war das einer unbesiegten Königin, eines Felsens, dem er nichts anhaben konnte. Und mir wurde noch etwas klar, als ich das Porträt studierte. Es enthielt weder einen Hinweis auf die Tränen oder das Zittern, noch die Mühe, die sie diese Demonstration der Stärke gekostet hatte. Ich wusste, dass sie ihm keine Schwäche hatte offenbaren wollen, und war mit deren Vertuschung zu ihrer Komplizin geworden.

Ich arbeitete die Nacht durch, um das erste Werk für meinen neuen Herrn fertigzustellen. Kurz vor dem Frühgebet kratzte Kebira an meiner Tür, und ich reichte es ihr, zu erschöpft, um mich darum zu scheren, wie sie darauf reagierte. Doch ich hätte wissen müssen, dass sie mir ihre Meinung auch ungefragt mitteilen würde.

»›Die Engel betreten kein Haus, wo ein Hund ist oder ein Menschenbildnis‹ – sind das nicht die Worte unseres Propheten? Wenn der Emir Gott missfallen will, hat er in Euch das richtige Werkzeug gefunden. Aber ich frage mich, ob selbst der Emir sich eine so getreue Abbildung gewünscht hat.« Sie lächelte, ein bitteres kleines Lächeln der Befriedigung, und verließ mich. Zu müde, um zu ergründen, ob das eine Beleidigung oder ein Kompliment gewesen war, verrichtete ich meine Gebete, ohne den Gebetsruf abzuwarten, dann fiel ich auf meinen Diwan und in einen langen, tiefen Schlaf.

In den nächsten Wochen schien es mir bisweilen, als wäre ich nie ganz wach. Ich hatte angenommen, weiterhin in das Gemach der Emira bestellt zu werden, Gelegenheit zu erhalten, noch sorgfältiger gestaltete Porträts zu malen als bei meinem ersten fieberhaften Versuch. Aber Tag für Tag verging, ohne dass eine solche Aufforderung kam.

Der Emir war nicht zu einem Gefecht ausgeritten, sondern zur Belagerung eines christlichen Gebirgsortes, von dem aus einige der wichtigsten Straßen zur Versorgung der Stadt kontrolliert wurden. Die ersten Wochen seiner Abwesenheit verbrachte ich damit, meine neue Welt zu erkunden, nämlich die verschiedenen Bereiche des Frauenpalastes, und Zeichnungen von seinen Fliesen, Brunnen und gemeißelten Inschriften anzufertigen. Doch trotz dieser angenehmen Zerstreuung blieben viele Stunden, die ich ohne Gesellschaft verbringen musste.

Wenn ich ziellos von einem der wunderschönen, stillen Gemächer zum anderen wanderte, sehnte ich mich nach sinnvollen Aufgaben, wie ich sie für meinen Vater erledigt hatte, und nach dem Menschengewimmel in unserem Lehmziegelhaus. Manchmal trauerte ich sogar dem garstigen Gezänk der Präparatoren nach. In jenen Monaten hatte ich wenigstens zu hart arbeiten müssen, um vom Gift des Müßiggangs zu kosten. An manchen Tagen blieb ich ganz in meinem Zimmer und atmete den betäubenden Duft der Rosen, bis ich in einer Erschöpfung, die ich mir gar nicht verdient hatte, auf meinen Diwan sank.

Nach etlichen Wochen schickte ich ein Mädchen zu Kebira und flehte die alte Frau an, die Emira zu bitten, sie möge sich wieder von mir malen lassen, doch diese Anfrage stieß auf schroffe Ablehnung.

»Kann ich dann nicht Euch malen oder den Jungen?«, wollte ich wissen. Pedro, der Page, war mir eines Tages gefolgt und hatte sich hinter mich gestellt, als ich die Inschriften auf einem Bogenzwickel abzeichnete, und mit seiner seltsamen unkindlichen Reglosigkeit stundenlang meine Hand beobachtet. Aber Kebira wollte weder für mich sitzen noch es dem Knaben erlauben.

»Der Emir mag die Sünde des Bildermachens verzeihen,

aber ich werde derartiges Tun nicht fördern«, sagte sie, nicht grob, lediglich streng. Ich fragte mich, wie stark ihr Glaube sein mochte, dass er so viele Jahre der Schmähung überstanden hatte. Ich fragte sie, wie sie sich jetzt fühlte, in den Diensten einer *rajah*.

Sie lachte leise. »Soweit es die Welt angeht, ist sie keine *rajah* mehr. Der Emir hat verlauten lassen, dass sie jetzt, Lob sei dem Allmächtigen, dem Islam anhängt. Doch ich weiß, dass das nicht wahr ist. Ich höre, wie sie ihre Ungläubigen-Gebete spricht, ihren Jesus anruft und ihren Santiago ... allerdings scheint sie keiner von beiden zu erhören.« Und sie lachte wieder und verließ mich.

In dieser Nacht auf meinem Lager dachte ich darüber nach, wie wenig ich über die Religionen der Ungläubigen wusste, und fragte mich, warum Christen und Juden zu halsstarrig waren, um das Siegel der Propheten anzuerkennen. Ich fragte mich, aus was für einem Zuhause die Emira entführt worden sein mochte und ob sie die vertrauten Rituale ihrer Kindheit vermisste.

Der Duft der Rosen hatte sich abgeschwächt, und ihre Blütenblätter waren abgefallen, als der Emir in den Palast zurückgeritten kam, nachts, damit ihn niemand sah, denn er war blutüberströmt von einer Verletzung. Als Kebira mich am nächsten Morgen holte, erzählte sie mir, dass er von einer Pfeilspitze getroffen worden war, die in Schmutz getaucht worden sein musste, ehe sie sein Augenlid und seine Braue aufgerissen hatte, denn die Wunde stank und eiterte. Trotzdem ging er schnurstracks zu Nura, ohne den Schnitt versorgen zu lassen oder auch nur seine übel riechende Rüstung abzulegen. Kebiras runzliges Gesicht verzog sich, als sie mir davon berichtete, als hätte sie seinen Gestank noch in der Nase.

Wie eine Närrin hieß ich die Aufforderung willkommen, die Räume der Emira aufzusuchen, so sehr hungerte ich nach Beschäftigung. Ich eilte durch die Gemächer die steinerne Treppe hinauf, begierig auf die Arbeit, die mich erwartete. Sobald ich die Frau sah, erkannte ich meine Torheit. Sie schien wie von innen erleuchtet von einem Zorn, der sie verbrannte wie eine Fackel. Ihr Haar war kunstvoll frisiert mit Perlenschnüren und glitzernden Edelsteinen, die das Glühen der roten Strähnen einfingen, doch um ihren Körper hatte sie nur locker einen schlichten Haik drapiert. Die Dienerin, die meinen Kasten getragen hatte, schlüpfte geräuschlos hinaus, und ich schaute zu Boden, ein Versuch, der fürchterlichen Wut im Blick der Emira zu entrinnen. Sie ließ sich den Haik von den Schultern gleiten. Er fiel zu Boden, und als ich aufschaute, stand sie nackt vor mir.

Tief beschämt sah ich beiseite.

»Das« – es klang wie das Zischen einer Schlange – »sollst du heute für meinen Herrn und Gebieter malen. Mach dich an die Arbeit!«

Ich sank auf die Knie und fasste nach meinem Pinsel. Aber es gelang mir nicht, ihn zu greifen, weil das Zittern meiner Hand und der Kummer in meinem Herzen es nicht zuließen. Die Worte des Korans waren in mich eingebrannt: *Sag den gläubigen Frauen, sie sollen den Blick senken und sittsam sein und von ihrer Schönheit nur zeigen, was offensichtlich ist, und sich ihren Schleier über den Busen werfen.* Wie konnte ich das Bild einer nackten Frau malen? Das hätte geheißen, sie zu beschmutzen.

»Mach dich an die Arbeit, habe ich gesagt!« Ihre Stimme war lauter geworden.

»Nein«, flüsterte ich.

»Nein?«, fauchte sie.

»Nein.«

»Was meinst du damit, du unverschämte schwarze Dirne?« Es klang wie das hohe, dünne Winseln eines in die Ecke getriebenen Fuchses.

»Nein«, sagte ich erneut mit brechender Stimme. »Das kann ich nicht. Ich weiß, wie es ist, vergewaltigt zu werden. Ihr dürft mich nicht bitten, Euren Peiniger zu unterstützen.«

Sie trat auf mich zu und nahm den schweren Deckel von meinem Malkasten. Ich spürte einen Windhauch an meinem

Ohr, als sie ihn hob, und machte nicht einmal eine abwehrende Handbewegung, sondern wartete darauf, dass er gegen meinen Schädel krachte. Sie warf ihn, und er zerschmetterte auf dem Steinfußboden. Dann griff sie nach einem Farbtiegel und schleuderte ihn. Das Wurmrot spritzte auf die Kacheln und rann die Wand hinunter. Wie toll hielt sie Ausschau nach dem nächsten Wurfgeschoss. Ich stand auf und packte sie an den Handgelenken. Sie war weitaus größer als ich und stärker, doch als ich sie berührte, sackte sie zusammen. Ich bückte mich nach ihrem Haik und deckte sie zu. Dann schlang ich meine Arme um sie, und wir ließen uns beide auf den Diwan fallen und durchtränkten die Kissen mit unserem Schmerz.

* * *

Nach jenem Morgen verbrachten wir unsere Tage und Nächte zusammen, und ich malte viele schöne Bilder von ihr. Sie waren für sie und für mich, und ich fertigte sie zu unser beider Freude an. Oh, ich malte auch eins für den Emir, das er mitnehmen konnte zu seiner Belagerung, die zusehends bröckelte, aber es war keine Darstellung seiner Gemahlin. Ich malte eine Gestalt, die auf dem Rücken lag, sodass man ihr Gesicht nicht erkannte, ein obszönes Arrangement von Schenkeln und Brüsten, das Nura nicht im Mindesten ähnelte. Es hieß, der Narr sei zufrieden gewesen.

Ihre Stimme im Dunkeln: »Du hast im Schlaf aufgeschrien.« Sanft legte sie eine lange Hand auf meine Brust. »Dein Herz klopft ja so.«
»Ich habe von meinem Vater geträumt – von dem Geier, der – nein, ich kann nicht darüber sprechen...«
Sie drückte mich an sich und sang mir summend etwas vor, das mich an die leise Stimme meiner Mutter erinnerte.
Eine andere Nacht. Ich wachte auf und drehte mich zu ihr um. Das Mondlicht glitzerte auf ihren Augen, die offen standen und in die Dunkelheit starrten. Sanft berührte ich ihre

Hand, und sie wandte sich mir zu. In ihren Augen glänzten ungeweinte Tränen. Langsam begann sie zu sprechen.

Sie hatten ihren Vater auf dem eisernen Torpfosten seines Hauses aufgespießt und ihn, während er sich in Todesqualen wand, zuschauen lassen, wie sie ihre Mutter töteten. Sie hatte seine Schmerzensschreie mitanhören müssen, als sie sich mit Bruder und Schwester unter den Dielen des Hauses versteckte. Dann hatten sie das Haus in Brand gesteckt. Sie war, die Hand ihres Bruders umklammernd, ins Freie gerannt und im Blut ihrer Mutter ausgerutscht. Ihre Schwester lief weiter; ihr Bruder blieb da, um ihr zu helfen. Sie sah, wie ein Ritter sich ihre Schwester schnappte und sie auf sein Pferd zerrte. Was aus ihr geworden war, hatte sie bis heute nicht herausgefunden.

Sie versuchte, mit ihrem Bruder zu fliehen, aber in ihrer Verwirrung kreuzten sie den Weg eines riesigen Streitrosses. »Ich dachte, seine Hufe würden uns zermalmen«, sagte sie. Doch der Reiter wendete sein Pferd. »Ich schaute auf und sah seine Augen durch sein Visier auf mich herabspähen. Er nahm seinen Umhang ab und warf ihn mir zu, damit ich mich bedecken konnte.«

Den anderen Rittern war klar, dass ihr Anführer sein Recht auf sie geltend machte. Als einer von ihnen ihr ihren Bruder entreißen wollte, klammerte sie sich an ihn und flehte den Emir an, ihn zu verschonen.

»Er gewährte mir diesen Gefallen, und dafür täuschte ich ihm, Gott verzeih mir, Verlangen vor. Bis zum heutigen Tag hat er keine Ahnung, wie mir die Kehle eng wird und meine Eingeweide sich zusammenziehen, wenn er sich mir nähert. Wenn er in mir ist, spüre ich nichts als die Agonie meines Vaters, aufgespießt wie ein Tier...«

Ich legte ihr meine Hand auf die Lippen. »Genug«, wisperte ich. So sacht, wie ich konnte, streichelte ich ihre Haut. Im Dunkeln konnte ich meine eigene dunkle Hand nicht erkennen, nur ihren Schatten, der ihr blasses Fleisch streifte, sanft wie ein Hauch. Nach geraumer Zeit griff sie nach meiner Hand und küsste sie. »Nachdem er... nachdem ich bei ihm gelegen hatte, habe ich gedacht, ich würde nie Vergnügen an der Berührung eines anderen Menschen finden«, sagte sie. Sie drehte sich um, stützte sich auf ihren Ellbogen und schaute mich an. Ich glaube, in diesem Moment erlaubte ich mir zu vergessen, dass ich eine Sklavin war. Das war ein Fehler, wie ich heute weiß.

Im Laufe des Monats erreichten uns aus anderen Teilen des Palastes immer mehr Gerüchte über eilig anberaumte Versammlungen und erbitterte Debatten. Der Feind hatte die Belagerung des Emirs durchbrochen und die Herrschaft über den Hügel zurückgewonnen. Unsere Truppen waren in die Ebene abgedrängt worden, wo sie versuchten, wieder die Kontrolle über den Versorgungsweg zu erlangen. Es war lebenswichtig, dass sie nicht weiter zurückfielen, besonders um diese Jahreszeit, denn wenn sie keinen Zugang zur Straße mehr hatten, ehe die Ernte eingebracht war, würde es für die Stadt ein hungriger Winter werden.

Reifende Hagebutten rahmten das hohe Fenster, und die Emira lag auf einem Diwan darunter, während ich sie malte und versuchte, das Glänzen der sich rötenden Früchte mit den Lichtern in ihrem Haar abzustimmen. Ihr Gesichtsausdruck war gelassen, zeigte aber immer noch tiefe Traurigkeit. Sie griff nach der Perle an ihrem Hals.

»Dein Können ist ein großes Glück für dich. Wenigstens hast du einem Eroberer etwas zu bieten, wenn die Stadt fallen sollte.«

Mein Pinsel entglitt mir und fiel zu Boden, wo er die hell glasierten Fliesen safrangelb verschmierte.

»Schau nicht so erstaunt drein«, schalt sie mich. »Diese Mauern sind dick, aber auch die dicksten Mauern lassen sich durch Verrat überwinden.«

»Hast du Grund, das zu befürchten?« Ich konnte kaum sprechen.

Sie warf den Kopf in den Nacken und lachte kurz auf. »Oh ja, den habe ich. Abu Abd Allah, der Sohn des Emirs, geht hier im Palast ein und aus, und seine Anhängerschaft wächst, je mehr sich das Glück seines Vaters wendet.«

Sie war groß, wie ich schon erwähnt habe, und konnte das hoch gelegene Fenstersims mühelos erreichen. Jetzt stand sie auf und streckte sich, um nach einem Zweig mit Hagebutten zu greifen. Dabei wurde die Schwellung ihres Bauchs sichtbar – auch in ihr reifte etwas. Darüber hatte sie jedoch bisher nicht gesprochen und ich deshalb auch nicht. War ihr das Kind ebenso zuwider wie der Akt, durch den sie es empfangen hatte? Bis ich ihre Gefühle in dieser Angelegenheit kannte, hielt ich es für das Beste zu schweigen.

Sie drehte die Hagebutten in ihrer Hand. »Ich rechne nicht damit, dass ich diese Rosen im Frühling noch einmal knospen sehe«, sagte sie. Ihre Stimme klang weder betrübt noch verängstigt, nur sachlich. Mein Gesichtsausdruck dagegen muss entsetzt gewesen sein, denn sie trat auf mich zu und umarmte mich. »Weder kennen wir die Zukunft, noch können wir sie verändern«, flüsterte sie sanft. »Es ist am besten, in dieser Hinsicht realistisch zu sein. Aber wir haben die Zeit, die uns geschenkt wurde. Also nutzen wir sie, solange wir können.«

Und das versuchte ich denn auch. Bisweilen gab es Stunden, sogar Tage, an denen ich meine Angst verdrängen konnte. Ich glaube, selbst wenn ich ein hohes Alter erreiche, werde ich keine besseren Tage erleben als jene, an denen ich bei ihr saß und sie in jeder erdenklichen Haltung malte. Ich hatte gefürchtet, in diesem Palast alt zu werden. Und jetzt war das alles, was ich mir erhoffte.

Die Nächte wurden kalt. Im Morgengrauen wachte ich zitternd auf. Ich lag allein im Bett. Sie kniete am Fenster und betete in einer Sprache, die nicht Arabisch war. In der Hand hielt sie ein kleines Buch.

»Nura?«

Überrascht drehte sie sich um und machte eine Bewegung, als wollte sie das Büchlein verstecken. Ihr Gesichtsausdruck war ernst.

»Nenn mich nicht so!« Ihr Ton war streng, und ich zuckte zusammen. »Das erinnert mich an den Gestank des Emirs«, sagte sie milder.

»Welchen Namen soll ich benutzen?«

»Früher war ich Isabella. Das ist mein christlicher Name.«

»Isabella …« Ich kostete den unbekannten Klang auf meiner Zunge und streckte die Arme aus. Sie kam zu mir, und ich fragte, ob ich das Buch betrachten dürfe, weil ich ein Aufblitzen von Farben gesehen hatte, als sie es zuklappte. Gemeinsam schauten wir es uns an, ein wunderschönes kleines Bändchen voller bunter Illuminationen. Die Bilder kopierten weder die Natur, noch waren es idealisierte, formale Darstellungen, sondern eine interessante Mischung aus beidem. Zwar mochte der Heilige oder Engel auf dem einen Bild nicht von einem anderen zu unterscheiden sein, aber es gab Details, etwa einen kleinen Hund oder einen Holztisch oder eine Getreidegarbe, die der Künstler lebensgetreu gestaltet hatte.

»Es heißt Stundenbuch«, sagte sie. »Ebenso wie ihr verschiedene Gebete habt wie das *fajr* am frühen Morgen und das *maghrib* bei Sonnenuntergang, haben auch Christen Gebete für den Morgen und für den Abend und andere für den Tag, um Gott Ehrerbietung zu erweisen.«

»Der Maler ist sehr talentiert«, sagte ich. »Kannst du die Worte lesen?«

»Nein«, erwiderte sie. »Ich kann kein Latein. Aber ich kenne die meisten Gebete auswendig, und die Illustrationen helfen mir beim Beten. Der Doktor hat mir dieses Buch gebracht. Das war sehr freundlich von ihm.«

»Aber der Doktor … er ist doch sicher Jude?«

»Ja, natürlich. Netanel ha-Levi ist ein frommer Jude. Aber er respektiert alle Religionen, und Menschen aller Glaubensrichtungen suchen ihn auf. Wie könnte er sonst für den Emir arbeiten? Das Buch hier hat ihm die Familie eines christlichen Patienten geschenkt, der gestorben war.«

»Aber ist es nicht gefährlich, dass er weiß, du betest zum Gott der Christen?«

»Ich vertraue ihm. Er ist der einzige, dem ich wirklich trauen kann. Außer dir.«

Die goldenen Augen schauten mich an. Ihre Hand streifte leicht meine Wange. Dann schenkte sie mir, was selten geschah, ein strahlendes Lächeln. Ich legte meinen Kopf an ihre Schulter in der Hoffnung, etwas von ihrer Wärme einzufangen, solange sie dauerte.

Wir hörten die Reiter in der Ferne. Sie hatten die äußeren Mauern durchbrochen, und ihre Pferde trampelten durch den mit Myrten bepflanzten Hof. Ihre Hufe klapperten auf den Steinen. Wir hörten das Klirren von Metall und laute Rufe.

Ihre Hand war kühl auf meiner heißen Schulter. »Du hast im Schlaf geschrien«, wisperte sie. »Hast du wieder von deinem Vater geträumt?«

»Nein«, sagte ich. »Diesmal nicht.«

Eine Weile lagen wir still im Dunkeln.

»Ich glaube, ich weiß, wovon dein Traum gehandelt hat«, sagte sie schließlich. »Auch ich denke ständig daran. Die Zeit des Schweigens ist vorbei. Wir müssen Pläne machen. Ich habe überlegt, was wohl das Beste wäre.«

»*Allahu akbar*«, murmelte ich. »Was ist, das ist. Was sein wird, wird sein.«

Sie wandte sich zu mir und ergriff meine Hand.

»Nein!«, sagte sie entschlossen und drängend. »Ich kann mein Leben nicht Gottes Willen anvertrauen wie du. Ich muss Vorkehrungen treffen für mein Überleben und das meines Bruders und des Geschöpfs in mir.« Sie legte eine Hand auf ihren gerundeten Bauch. Endlich hatte sie es sich und mir eingestanden. »Ich benötige Schutz. Wenn es scheint, dass wir die Stadt verlieren, wird Abu Abd Allah mich töten lassen, da bin ich ganz sicher. Er wird sich das Chaos der Schlacht zunutze machen, um seine Tat zu vertuschen. Er will nicht, dass dieses Kind geboren wird.«

Rastlos erhob sie sich und ging im Zimmer auf und ab. »Wenn Pedro nicht wäre ... In der Nähe unseres Hauses gab es ein Kloster. Die Nonnen dort waren sehr gut zu mir. Ich dachte immer, welches Glück sie doch hatten, zusammen eingeschlossen zu sein. In Sicherheit. Nicht schon als Mädchen verheiratet mit der Aussicht auf ein Kindbett nach dem anderen, bis Fieber oder Blutungen sie hinwegrafften. Ich wollte immer zu ihnen gehören.« Ihr liebreizender Kopf senkte sich tief. »Ich wollte eine Braut Christi werden, und stattdessen ...« Fürsorglich umschlang sie ihren Leib. »Ich glaube, trotz allem würden die Nonnen uns auch heute noch aufnehmen. Wir wären dort sicher; die Schwestern stehen in Verbindung mit den kastilischen Monarchen.«

Ich setzte mich auf und schaute sie fassungslos an. Ich hätte es nicht ertragen, mein Leben eingesperrt in einem Kloster von Ungläubigen zu verbringen. Wie konnte sie das vorschlagen?

»Sie würden uns nicht zusammen sein lassen. Nicht wie hier«, sagte ich.

»Nein, das weiß ich«, sagte sie. »Aber wir könnten uns sehen. Und wir wären am Leben.«

Doch was für ein Leben wäre das? Einen Glauben heucheln, für den ich nicht eintrat? Gezwungen sein, Götzen anzubeten? Ohne echtes Gebet leben, ohne meine Kunst, ohne die Berührung eines Menschen? Aber alles, was ich sagte, war: »Dein Bruder könnte nicht mitkommen.«

»Nein«, erwiderte sie. »Pedro könnte nicht mitkommen.«

Als der Emir von der Schwangerschaft seiner Gemahlin erfuhr, schickte er sofort den Doktor zu ihr. Schon in Ifriquia hatte ich von diesem Mann, Netanel ha-Levi, gehört. Seine Geschicklichkeit im Heilen war ebenso berühmt wie seine Poesie, die er im allerschönsten Arabisch verfasste. Ich hatte nicht gedacht, dass ein Jude unsere Dichtkunst und die Sprache des Heiligen Korans beherrschen könnte. Doch es schien, als wäre so etwas in al-Andalus, wo Juden und Araber Seite an Seite arbeiteten, nichts Ungewöhnliches. Ich hatte mir einige seiner Verse mit skeptischem Blick vorgenommen, und am Ende meiner Lektüre weinte ich vor Rührung über die Schönheit seiner Worte und die Gefühle, die er durch sie vermittelte. Ha-Levis Beraterdienste bei Hofe gingen weit über medizinische Angelegenheiten hinaus, und Kebira meinte, ohne die Weisheit des Arztes und seine Fähigkeit, das bisweilen grausame Temperament des Emirs zu zügeln, hätte unser Herrscher seinen Thron vielleicht schon längst verloren.

Ich legte gerade letzte Hand an ein Bildnis von Pedro, als der Doktor kam. Die Emira hatte sich in letzter Zeit nicht malen lassen wollen. Ich dachte, ihr verändertes Äußeres durch das in ihr wachsende Kind sei ihr unangenehm. Für mich waren ihr runderes Gesicht, ihre schweren Brüste wunderschön. Doch sie bestand auf einer Pause. Eines Tages fegte sie die Datteln von der großen, blank polierten Silberplatte und lehnte diese an die Wand. Sie forderte mich auf, mich davorzustellen und mein Spiegelbild zu betrachten. »Mach ein Porträt von dir selbst. Ich will, dass du siehst, wie es ist, wenn man ständig angestarrt wird.« Sie lachte, meinte es aber ernst und beharrte darauf, trotz meines Zögerns. Mein erster Versuch gefiel ihr nicht. »Du musst dich wohlwollender anschauen, mit mehr Zärtlichkeit«, sagte sie. »Ich will das Porträt, das ich malen würde, wenn ich deine Fähigkeiten hätte.« Also starrte ich mein Gesicht an und versuchte, die Falten zu übersehen, die Verlust und Angst gezeichnet hatten. Ich malte das Mädchen, das ich in Ifriqiya gewesen war, die behütete, geliebte Tochter, die weder Furcht noch Exil gekannt hatte, die nie Sklavin gewesen war. Dieses Porträt billigte sie. »Das Mädchen gefällt mir. Ich werde sie Muna al-Emira nennen, das Verlangen der Emira. Was meinst du?«

Ich lächelte angestrengt und versuchte, geschmeichelt dreinzuschauen. In diesem Moment jagte ein Schwalbenschwarm am Fenster vorbei und verdunkelte die Sonne. Ich verspürte eine plötzliche Kälte. Zunächst wusste ich nicht, warum, aber später fiel mir ein, wie Kebira mir an jenem ersten Tag, der so weit entfernt schien, es in Wahrheit jedoch gar nicht war, erzählt hatte, dass Muna einst auch ihr Name gewesen war. Die Wünsche und Begierden der Mächtigen können sehr unbeständig sein, das wusste ich. Aber dieses Wissen war tief in mir verborgen, dort, wo man es versteckt, wenn es unbequem oder zu schmerzlich einzugestehen ist, sogar sich selbst gegenüber.

Gewöhnlich zog ich mich zurück, wenn der Arzt kam, doch diesmal bedeutete er mir zu bleiben, als ich eben meine Arbeit wegräumen wollte. Er sah sich das Porträt von Pedro an, machte mir ein Kompliment dazu und fragte mich nach meiner Ausbildung. Ich erzählte ihm, dass ich in den Diensten von Hooman gestanden hatte, und er wirkte erstaunt, wegen meines Geschlechts. Ohne ins Detail zu gehen, erklärte ich ihm, dass ich mich eine Zeitlang als Jüngling ausgegeben hatte, weil mir das sicherer erschienen war. Er hakte nicht nach, ließ es aber auch nicht dabei bewenden. »Nein«, sagte er, »das ist keine höfische Kunst. Ich sehe mehr darin. Etwas … weniger Eingeübtes. Weniger Raffiniertes vielleicht. Oder sollte ich sagen, etwas Ehrlicheres?« Also erzählte ich ihm von meinem Vater und davon, dass ich mit großem Stolz gelernt hatte, seine medizinischen Texte zu illustrieren.

»Dann kenne ich seine Arbeiten«, sagte er, die Stimme voller Überraschung. »Ich bewundere sie. Die Pflanzenbücher von Ibrahim al-Tareq suchen ihresgleichen.« Ich errötete vor Stolz. »Aber was ist deinem Vater widerfahren? Wie kommt es, dass du hier bist?«

Ich gab ihm die Geschichte in Kurzfassung wieder. Er senkte den Kopf, als ich ihm von dem schändlichen Ende meines Vaters berichtete, verlassen, ohne Bestattung. Er legte sich eine Hand auf die Augen und murmelte ein Gebet. »Er war ein großartiger Mann. Sein Werk hat viele Leben gerettet. Ich betrauere seinen frühen Tod.« Dann schaute er mich mit dem taxierenden Blick eines Arztes an. Es lag viel Mitgefühl darin, und ich verstand, warum seine Patienten ihn so verehrten. »Er hatte Glück, eine Tochter wie dich großzuziehen, die ihn so gut unterstützen konnte. Ich habe nur einen Sohn, und der …« Er beendete den Satz nicht. »Ich wünschte, ich hätte jemanden, der so geschickt ist wie du und für mich arbeiten würde.«

Da sprach die Emira, und ihre Worte ließen mir fast das Blut in den Adern gerinnen.

»Dann nehmt sie, *ya doctur.* Al-Mora soll mein Geschenk an Euch sein für die große Fürsorge, die Ihr mir habt angedeihen lassen. Kebira wird sich darum kümmern. Ihr könnt sie gleich heute mitnehmen, wenn Ihr wollt.«

Ich schaute Nura flehend an, doch ihr Gesicht war ganz ruhig. Nur ein leichtes Pulsieren in der Ader an ihrer Schläfe zeigte, dass sie überhaupt etwas empfand, obwohl sie mich wegwarf wie ein gebrauchtes Gewand.

»Geh jetzt und such deine Sachen zusammen«, sagte sie. »Deinen Kasten mit den Farben darfst du mitnehmen, auch die Bücher mit Blattgold und Silber. Ich will, dass der Doktor das Allerbeste bekommt.« Und dann, als wäre es ein nachträglicher Gedanke: »*Ya doctur,* ich gebe Euch auch meinen Bruder Pedro mit. Er kann al-Moras Lehrling werden, da sie ja, wie Ihr sagt, sehr geschickt ist.« Dann wandte sie sich mir zu und sagte mit einem ganz schwachen Zittern in der Stimme: »Sei ihm um meinetwillen eine gute Lehrerin.«

Das war es also. Wieder einmal war ich nur ein Gegenstand, den man benutzte und dann in andere Hände weiterreichte. Diesmal sollte ich anscheinend als Schutzschild für ihren Bruder dienen. Sie hatte sich abgewandt, um dem Arzt zu lauschen, der sich überschwänglich bei ihr bedankte. Ich war in seinen Worten »ein sehr großzügiges Geschenk«. Der gute Doktor, so bekannt für sein Mitgefühl! Wo war dieses Mitgefühl, wenn es um die Empfindungen einer Sklavin ging?

Ich stand zitternd da, während sie über mich sprachen. Die Emira schaute sich nicht einmal nach mir um. Sie machte eine Handbewegung in meine Richtung, als wollte sie eine Schmeißfliege verscheuchen.

»Geh«, sagte sie. »Geh jetzt. Ich entlasse dich.«

Ich blieb stehen.

»Geh *sofort,* wenn dir dein Leben lieb ist.«

Sie glaubte, sie rette mir das Leben. Mir und ihrem geliebten Bruder. Sie hatte sich das alles ausgedacht, als sie da so im

Dunkeln gelegen hatte. Es beschlossen – wann genau? –, ohne mich zu fragen. Sie wusste, bei dem Juden würden wir überleben, was immer auch der Stadt widerfahren mochte, denn Abd Allah und seine Anhänger waren ebenfalls auf ha-Levis Fähigkeiten angewiesen und würden seinen Rat suchen. Meine Hände zitterten, als ich meine Sachen zusammenpackte. Ich hielt eben das Bild, an dem ich gearbeitet hatte, in der Hand, als sie durch den Raum stolziert kam und es mir wegschnappte. »Das hier behalte ich. Und lass auch das andere hier – das Porträt von Muna.« Ihre Augen glitzerten, als sie das sagte.

Nicht auf diese Weise, hätte ich gern gesagt. *Gib mir noch ein paar Tage mit dir, ein paar Nächte.* Doch sie hatte sich bereits abgewandt, und ich kannte ihre Willensstärke. Sie würde sich nicht noch einmal umdrehen.

Und so bin ich hier gelandet, und hier lebe und arbeite ich seit beinahe zwei Jahren. Vielleicht war es richtig von ihr, mich so einfach wegzuschicken, aber mein Herz fühlt etwas anderes. Was sie befürchtet hatte, geschah. Als das Gift in der Wunde des Emirs wirkte, ergriff Abd Allah die Gelegenheit, ihn zu stürzen. Nura hatte derweilen ihre Vorkehrungen getroffen und begab sich unverzüglich in die Obhut der Nonnen. Als es an der Zeit war, entband der Arzt sie von einem gesunden Mädchen, dessen Existenz Abd Allah nicht fürchten muss. Wahrscheinlich wird er sowieso nicht lange genug herrschen, um einen Nachfolger zu benötigen: Der Atem der Kastilier ist heißer denn je. Und was dann aus uns allen werden soll, weiß keiner. Der Doktor spricht nicht darüber, und es gibt keine Anzeichen dafür, dass er unseren etwaigen Aufbruch vorbereitet. Ich glaube, er hält sich inzwischen für unverzichtbar, ganz gleich, wer an der Macht sein mag. Allerdings bin ich mir nicht sicher, ob die Kastilier weise genug sind, seine Fähigkeiten zu schätzen.

Ich selbst habe fürs Erste wenig Grund zur Klage. Al-Mora werde ich hier nicht mehr genannt. Bei meiner Ankunft im Palast des Doktors fragte er mich nach meinem Namen, damit

er mich seiner Gemahlin vorstellen konnte. Als ich »al-Mora«
sagte, schüttelte er den Kopf. »Nein. Der Name, den dir dein
Vater gegeben hat.«

»Zahra«, sagte ich, und mir wurde klar, dass ich diesen Namen zum letzten Mal aus dem Munde meines Vaters gehört
hatte, als er mich vor den Räubern warnte. »Zahra bint Ibrahim al-Tareq.«

Der Doktor hat mir vieles zurückgegeben, nicht nur meinen Namen. Die Arbeit, die ich für ihn verrichte, ist wichtig, und ich fühle mich durch sie mit meinem Vater verbunden. Jede Pflanze, jedes Diagramm, das ich zeichne, fertige ich
zu Ehren Allahs an, im Gedenken an meinen Vater. Der Doktor ist zwar ein frommer Jude, achtet jedoch meinen Glauben
und gewährt mir Zeit zum Beten und Fasten. Als er sah, dass
ich mich auf dem nackten Boden seiner Bibliothek niederwarf,
schickte er mir einen Gebetsteppich, noch schöner als der, den
ich im Palast zurücklassen musste. Auch seine Gemahlin ist
sehr freundlich und befehligt ihre große Dienerschaft mit einer sanften Strenge, die allen ein ruhiges und friedliches häus-
liches Leben beschert.

Im Frühjahr, bei Vollmond, lud sie mich ein, am Festmahl
der Familie zu einem ihrer Feiertage teilzunehmen. Obwohl
mich die Einladung überraschte, folgte ich ihr aus Respekt,
wenn ich auch nichts von dem Wein trank, der bei ihrem Ritual
eine wesentliche Rolle spielt. Das Zeremoniell wurde auf Hebräisch durchgeführt, was ich natürlich nicht verstand. Doch
der Doktor gab sich große Mühe, mir zu erklären, was die verschiedenen Dinge bedeuteten, die gesagt und getan wurden. Es
ist ein sehr bewegendes Fest, mit dem die Befreiung der Hebräer aus der Gefangenschaft in einem Land namens Mizraim
gefeiert wird.

Irgendwann vertraute er mir an, dass er sehr traurig sei, weil
die Tradition gebiete, dass ein Vater seinen Sohn dieses Ritual in all seinen Einzelheiten lehren muss, und Benjamin, sein
einziger Sohn, taubstumm sei und also nicht hören könne. Er
ist ein lieber Junge, kein bisschen einfältig. Er verbringt seine

Zeit gern mit Pedro, der tatsächlich Benjamins Leibdiener geworden ist und der Form halber auch mein Lehrling. Die Fürsorge für den hilfsbedürftigen Kleinen tut Pedro gut. Sie verleiht seinem Leben mehr Sinn als die Arbeit mit mir, für die er, um die Wahrheit zu sagen, wenig Talent hat. Ich glaube, er ist dem Jungen mittlerweile sehr zugetan, und das hilft ihm, wenn er seine Schwester vermisst. Ich versuche, so gut ich kann, ihren Platz auszufüllen, aber wir wissen beide, dass nichts für einen solchen Verlust wie den von uns erlittenen entschädigen kann.

Ich habe insgeheim angefangen, eine Reihe von Zeichnungen anzufertigen, die die Entstehungsgeschichte der Welt, wie die Juden sie sehen, erzählen soll. Der Doktor hat zahlreiche Bücher über seinen Glauben, doch die enthalten nur Worte, keine Illustrationen, wie die Christen sie verwenden, um sich das Verständnis ihrer Gebete zu erleichtern. Den Juden widerstrebt es anscheinend ebenso wie uns Muslimen, Bilder zu malen. Aber als ich Benjamin so betrachtete, durch seine Taubheit ausgeschlossen von den schönen und bewegenden Zeremonien seiner Religion, fielen mir Isabellas Gebetbuch und die Figuren darin wieder ein, und dass sie sagte, wie sehr sie ihr beim Beten halfen, und mir kam die Idee, solche Zeichnungen könnten Benjamin eine ähnliche Hilfe sein. Ich kann mir nicht vorstellen, dass der Doktor oder sein Gott durch meine Bilder beleidigt werden.

Gelegentlich frage ich den Doktor oder seine Gemahlin, was Juden über dies und jenes denken, und sie geben mir stets gern Auskunft. Ich sinne dann darüber nach und versuche, diese Gedanken so zu illustrieren, dass ein kleiner Junge sie versteht. Mir ist aufgefallen, wie viel ich bereits darüber wusste, denn die Vorstellung der Juden von Gottes Schöpfung unterscheidet sich nur wenig von der korrekten Version, wie sie unser Heiliger Koran wiedergibt.

Ich habe Zeichnungen angefertigt, die zeigen, wie Gott Licht und Dunkel, Land und Wasser voneinander trennt. Ich habe die Erde, die er schuf, als Kugel dargestellt. Mein Vater hielt dies für zutreffend, und ich hatte kürzlich ein Gespräch mit dem Doktor über dieses Thema. Es sei zwar ein heikler Punkt, sagte er, aber Tatsache, dass die Berechnungen unserer muslimischen Astronomen weitaus präziser seien als alle anderen. Wenn er sich zwischen der Meinung eines muslimischen Astronomen und dem Dogma eines katholischen Priesters zu entscheiden hätte, würde er nicht den Priester wählen. Und ich ziehe sowieso Kompositionen aus Kreisen und Kurven vor. Sie sind harmonisch und interessant zu zeichnen. Ich möchte, dass sie gefällig wirken, damit der Junge sie sich gern anschaut. Zu diesem Zweck habe ich den Garten des Paradieses auch mit den Tieren meiner Kindheit bevölkert, gefleckten Leoparden und großmäuligen Löwen. Ich hoffe, Benjamin hat Freude daran.

Ich benutze die letzten von Hoomans feinen Pigmenten für das Geschenk für den Juden und frage mich, was er wohl davon halten wird. Bald werde ich auf den Markt schicken lassen müssen nach neuen Farben, aber die Illustrationen, die der Doktor für seine Texte braucht, erfordern nur einfache Tinten, kein Lapislazuli oder Safran und sicherlich kein Gold. Deshalb widme ich mich mit Vergnügen ihrer vielleicht letztmaligen Verwendung in meinem Leben. Ich habe noch ein, zwei Pinsel aus den feinen weißen Haaren von Hoomans Katze, doch auch die verschleißen allmählich und werden dünn.

Manchmal, wenn ich den Doktor zu seinem Glauben befrage, merke ich, wie sehr mich die Geschichte seines halsstarrigen Volkes packt, das so oft von seinem enttäuschten Gott gestraft wurde. Ich habe Nuhs Flut gemalt und die brennende Stadt Luts und sein in eine Salzsäule verwandeltes Weib. Ich habe mich bemüht, Bilder zu gestalten, die alle Elemente der Geschichte des Frühlingsfestes verdeutlichen, die teilweise furchtbar ist. Wie soll man zum Beispiel zeigen, warum der König von Mizraim sich Musa schließlich ergab? Wie das Grauen veranschaulichen, die Schrecken der Seuchen, den Tod der Erstgeborenen? Ich möchte Benjamin verständlich machen, dass die Kinder auf meinem Bild alle gestorben sind, aber bei meinem ersten Versuch hätten sie ebenso gut nur schlafen können.

Gestern kam mir dann eine Idee. Ich dachte daran, wie die Ikonoklasten die menschlichen Abbildungen in den Büchern mit roten Querstrichen über die Kehle verunstaltet hatten, und malte dunkle Schatten über die Münder der Kinder, um die finstere Macht des Todesengels darzustellen, der ihnen den Atem des Lebens raubt. Die dadurch entstandene Illustration ist äußerst verstörend. Ob Benjamin sie wohl verstehen wird?

Ich habe vor, dem Doktor diese Bilder bei der nächsten Wiederkehr dieses Festes, das bald stattfindet, zu schenken. Zurzeit arbeite ich an einem Bild des Festmahls. Den Doktor habe ich an das Kopfende des Tisches gesetzt, Benjamin sowie die vornehm gekleidete Gemahlin des Doktors und ihre Schwestern, die auch in diesem Haus wohnen, neben ihn. Dann kam mir der Gedanke, mich selbst ebenfalls einzufügen. Ich habe mir ein Gewand in Safrangelb gemalt, von jeher meine Lieblingsfarbe, und dafür das allerletzte Safranpigment verwendet. Mit diesem Bild bin ich zufriedener als mit allen anderen. Es schien mir passend, meinen Namen darunterzusetzen, den der Doktor mir zurückgegeben hat. Dazu habe ich den letzten meiner feinen Pinsel benutzt, der nur noch aus einem einzigen Haar bestand.

Mein Kopf ist auf diesem Bild aufmerksam schräggelegt, denn ich stelle mir vor, dass ich dem Doktor lausche, wie er von Musa erzählt, der dem König von Mizraim trotzte und sein Volk mit Hilfe seines Stabs von der Knechtschaft befreite.

Wenn mich doch auch ein solcher Stab von meiner Knechtschaft befreien könnte! Die Freiheit ist wirklich das, was mir am meisten fehlt an diesem Ort, wo ich ehrbare Arbeit habe und genügend Annehmlichkeiten. Aber er ist nicht meine Heimat. Freiheit und ein eigenes Land, danach sehnten sich die Juden, und beides bescherte ihr Gott ihnen mit dem Stab von Musa.

Ich lege den Katzenhaarpinsel beiseite und denke mir, wie es wäre, einen solchen Stab zu besitzen. Ich sehe mich damit an die Küste wandern. Das große Meer würde sich teilen, und ich würde es durchqueren und mir ganz langsam meinen Weg entlang all der staubigen Straßen bahnen, die nach Hause führen.

Hanna

Sarajevo 1996

Am Flughafen von Sarajevo erwartete mich diesmal keine Eskorte der Vereinten Nationen, und das aus einem einfachen Grund – ich hatte niemandem von meinem Kommen erzählt.

Ich war spät dran, weil ich in Wien zweieinhalb Stunden länger als geplant auf meinen Anschluss hatte warten müssen. Es war erschütternd, den Wiener Flughafen, der im Wesentlichen ein großes, glitzerndes Einkaufszentrum ist, zu verlassen und keine halbe Stunde später in dem kahlen, leeren, nach wie vor von Militär beherrschten Terminal in Sarajevo anzukommen. Das Taxi fuhr durch Straßen, die immer noch unnatürlich dunkel waren – man hatte nur wenige Straßenlaternen repariert, zum Glück, nahm ich an, als ich die zerstörten und entvölkerten Viertel in der Umgegend des Flughafens sah. Obwohl ich nicht ganz so viel Angst hatte wie bei meinem ersten Besuch, war ich erleichtert, als ich in meinem Hotelzimmer die Tür hinter mir schloss.

Am nächsten Morgen rief ich Hamish Sajjan im Büro der UNO an und fragte ihn, ob ich einen ersten Blick in den neuen Ausstellungsraum des Museums werfen dürfe. Die offizielle Eröffnung fand erst in vierundzwanzig Stunden statt, aber er meinte, er sei sicher, dass der Direktor nichts dagegen hätte, wenn ich hineinschaute, ehe sich die Massen der eingeladenen Honoratioren darauf stürzten.

Der breite Boulevard, früher als Heckenschützenallee bekannt, an dem das Museum lag, war in den zwei Wochen meiner Abwesenheit herausgeputzt worden wie ein potemkinsches Dorf. Die Schutthaufen waren weggeräumt und einige der schlimmsten Schlaglöcher in der Fahrbahn aufgefüllt worden. Es fuhr wieder eine Tram, die der Straße irgendwie einen Anschein von Normalität verlieh. Ich stieg die vertraute Museumstreppe hinauf und wurde in das Büro des Direktors gebracht, um den obligatorischen türkischen Kaffee zu trinken. Auch Hamish Sajjan war da und strahlte. Endlich bekam die UNO einmal Anerkennung für etwas, das sie in Bosnien richtig gemacht hatte. Nach längerem Austausch von Nettigkeiten geleiteten er und der Direktor mich den Flur entlang zu dem neuen Raum, der von zwei Sicherheitsleuten bewacht wurde. Der Direktor gab den Code ein, und man hörte, wie sich die neuen Riegel geschmeidig zurückzogen.

Der Raum war wunderschön, das Licht perfekt: gleichmäßig und nicht zu hell. Modernste Sensoren kritzelten Linien, die Temperatur und Luftfeuchtigkeit wiedergaben. Ich überprüfte die Diagramme: 18 Grad Celsius, ideal, plus oder minus ein Grad. Luftfeuchtigkeit 53 Prozent. Genauso hoch, wie sie sein sollte. Die Wände verströmten den sauberen, scharfen Geruch von frischem Putz. Ich dachte, nur an diesem Ort zu sein und den Kontrast zu ihrer zerstörten Stadt zu erleben, würde schon die Moral der meisten Sarajevoer stärken.

In der Mitte stand eine speziell angefertigte Vitrine. Darin lag die Haggadah unter einer Glaspyramide, die sie vor Staub und Schmutz und vor den Menschen schützen würde. An den Wänden wurden verwandte Ausstellungsstücke präsentiert – serbisch-orthodoxe Ikonen, islamische Kalligrafie, Seiten aus katholischen Psaltern. Langsam ging ich an ihnen vorbei. Die Auswahl war hervorragend, wohl überlegt. Ich spürte Ozrens Intelligenz dahinter. Jedes Stück hatte etwas mit der Haggadah gemeinsam – ähnliche Materialien oder ein verwandter künstlerischer Stil. Das Wesentliche – wie unterschiedliche Kulturen einander beeinflussen und bereichern – wurde mit wortloser Eloquenz verdeutlicht.

Schließlich wandte ich mich der Haggadah zu. Die Vitrine war von einem Schreiner aus schön gemasertem Walnussholz meisterlich gefertigt worden. Das Buch war bei den Illustrationen zur Schöpfungsgeschichte aufgeklappt – die Seiten sollten nach einem festen Zeitplan umgeblättert werden, damit keine von ihnen zu viel Licht ausgesetzt würde.

Ich schaute durch das Glas und dachte an den Künstler, dann daran, wie der Pinsel in safrangelbes Pigment eingetaucht wurde. Das Katzenhaar, das Clarissa Montague-Morgan identifiziert hatte – an beiden Enden sauber abgeschnitten, mit Spuren gelber Farbe befleckt – stammte aus dem Pinsel des Malers. Spanische Pinsel wurden normalerweise eher aus Eichhörnchenhaaren oder Grauwerk gefertigt. Fell von der Kehle zwei Monate alter persischer Langhaarkatzen, speziell zu diesem Zweck gezüchtet, war das exquisite Material für die Pinsel iranischer Miniaturenmaler. *Irani qalam.* Iranischer Stift. Dieser Begriff bezeichnete weniger das Werkzeug als den besonderen Malstil. Und doch waren diese Miniaturen weder vom Stil noch von der Technik her iranisch. Warum hatte dann ein Illustrator, der in der Manier eines europäischen Christen in Spanien für einen jüdischen Auftraggeber malte, einen iranischen Pinsel benutzt? Clarissas Entdeckung dieser Ungereimtheit war für meinen Artikel großartig gewesen. Sie hatte mir einen Vorwand geliefert, mich darüber auszulassen, wie weite Entfernungen das Wissen während der *convivencia* auf den viel befahrenen Wegen, welche die Künstler und Intellektuellen Spaniens mit ihren Kollegen in Bagdad, Kairo und Isfahan verbanden, zurückgelegt hatte.

Da stand ich und fragte mich, wer in diesem Fall die Reise angetreten hatte – der Pinsel oder der Handwerker, der ihn gefertigt hatte? Ich malte mir die Aufregung in dem spanischen Atelier aus, als dort jemand zum ersten Mal einen dieser hochwertigen Pinsel verwendete, das sanfte Gleiten der feinen weißen Haare über das sorgfältig präparierte Pergament verspürt hatte.

Das Pergament.

Ich blinzelte, beugte mich tiefer über die Vitrine und traute meinen Augen nicht. Der Fußboden schien unter mir nachzugeben.

Ich richtete mich auf und drehte mich zu Sajjan um. Sein breites Lächeln schwand, als er mein Gesicht sah, das so weiß gewesen sein muss wie der frische Putz. Ich versuchte, meine Stimme zu kontrollieren.

»Wo ist Dr. Karaman? Ich muss ihn sprechen.«

»Stimmt was nicht – mit der Vitrine, der Temperatur?«

»Nein, nein. Alles in Ordnung... alles in Ordnung mit dem Raum.« Ich wollte in der Öffentlichkeit keinen Wirbel machen. Die Chancen, dieser Sache hier auf den Grund zu gehen, standen besser, wenn wir kein großes Aufsehen erregten. »Ich muss Dr. Karaman sprechen – wegen meines Artikels. Mir ist eben eingefallen, dass ich vergessen habe, eine notwendige Korrektur vorzunehmen.«

»Meine liebe Dr. Heath, die Kataloge sind schon gedruckt. Jegliche Korrekturen...«

»Egal. Ich möchte ihm bloß sagen...«

»Ich glaube, er ist in der Bibliothek; soll ich ihn holen lassen?«

»Nein, ich kenne den Weg.«

Wir gingen hinaus, und die neue Tür schloss sich mit leisem Klicken hinter uns. Sajjan fing an, die sehr formelle Verabschiedung des Direktors zu übersetzen, die ich rüde abkürzte, indem ich mich von ihnen fort rückwärts den Korridor entlang entfernte. Ich konnte gerade noch an mich halten, um nicht loszurennen. Hastig stieß ich die schwere Eichentür der Bibliothek auf und eilte den schmalen Gang zwischen den Regalen hinunter, wobei ich fast eine Hilfsbibliothekarin umwarf, die Bücher einordnete. Ozren saß in seinem Büro am Schreibtisch und redete mit jemandem, der mit dem Rücken zu mir saß.

Ich stürmte in den Raum, ohne anzuklopfen. Erstaunt über die Störung stand Ozren auf. Sein Gesicht war grau und verhärmt. Um seine Augen lagen dunkle Ringe. Ich hatte einen Moment vergessen, dass sein Sohn erst wenig mehr als achtundvierzig Stunden unter der Erde war, und meine Aufregung wich kurz einer Welle des Mitgefühls für ihn. Ich trat vor und nahm ihn in die Arme.

Sein Körper blieb absolut steif. Er löste sich aus meiner Umarmung.

»Ozren, das mit Alija tut mir sehr leid, und es tut mir leid, dass ich hier einfach so hereinplatze, aber ich ...«

»Hallo, Dr. Heath.« Die Stimme, mit der er mich unterbrach, war ausdruckslos und förmlich.

»Hallo, Hanna!« Der Mann in dem Sessel erhob sich langsam, während ich mich umdrehte.

»Werner! Ich wusste nicht – Gott sei Dank, dass Sie hier sind.« Werner Heinrich, mein Lehrer, der beste Fälschungsdetektiv in der Branche, würde es sofort erkennen; er würde mir den Rücken stärken.

»Natürlich bin ich hier, Hanna, Liebchen. Ich wollte mir die morgige Eröffnung nicht entgehen lassen. Aber Sie haben mir nicht gesagt, dass Sie kommen. Ich dachte, Sie wären inzwischen wieder zu Hause. Es ist wunderbar, dass Sie an der Feierlichkeit teilnehmen.«

»Na ja, wenn wir uns nicht beeilen, gibt es morgen keine Feier. Jemand hat die Haggadah gestohlen. Es muss Amitai gewesen sein, er ist der einzige, der ...«

»Langsam, Hanna, meine Liebe ...« Werner griff nach meinen Händen, mit denen ich wild gestikuliert hatte. »Erzählen Sie uns in aller Ruhe ...«

»Das ist Unsinn«, unterbrach Ozren ihn. »Die Haggadah ist in der Vitrine eingeschlossen. Ich selbst habe dafür gesorgt.«

»Ozren, das Ding in der Vitrine ist eine Fälschung. Sie ist fantastisch – das oxydierte Silber, die Flecken, die Pigmente. Wir haben ja alle schon Fälschungen gesehen, aber die hier ist herausragend. Sie ist eine perfekte Reproduktion. Perfekt bis auf eins, das einzige, was sich nicht reproduzieren lässt, weil es seit dreihundert Jahren nicht mehr existiert.« Ich musste innehalten, weil ich kaum noch atmen konnte. Werner tätschelte mir die Hand, als wäre ich ein hysterisches Kind. Seine Hände, seine harten Künstlerhände, hatten wie üblich perfekt manikürte Fingernägel. Ich entzog ihm meine hässliche, ungepflegte Pfote und fuhr mir damit durchs Haar.

Ozren war noch blasser geworden. Er stand auf.

»Wovon redest du?«

»Von dem Pergament. Die spanische Schafsrasse, aus deren Leder es hergestellt wurde, ist seit dem fünfzehnten Jahrhundert ausgestorben. Was hier verwendet wurde, unterscheidet sich völlig... die Porenlöcher, ihre Verteilung, das stimmt alles nicht... das Pergament stammt von einer anderen Rasse.«

»Das kannst du mit einem Blick auf eine einzige Seite doch wohl kaum beurteilen.« Ozren klang äußerst angespannt.

»Doch, das kann ich.« Ich holte tief Luft, um nicht zu hyperventilieren. »Für jemanden, der nicht Stunden mit dem Vergleich alter Pergamente zugebracht hat, ist es nicht so leicht zu erkennen, für mich aber verdammt offensichtlich. Werner, Sie werden es sofort sehen, das weiß ich.« Werners Gesicht war jetzt gefurcht vor Sorge. »Wo ist Amitai?«, fragte ich. »Hat er schon das Land verlassen? Wenn ja, sitzen wir tief in der Scheiße...«

»Hör auf, Hanna.« Werners sanfte Stimme hatte einen strengen Unterton. Mir wurde klar, dass das, was ich für Besorgnis gehalten hatte, in Wahrheit Verärgerung war. Er nahm mich nicht ernst. Für ihn war ich nach wie vor die junge Schülerin von den Antipoden, das Mädchen, das noch viel zu lernen hatte. Ich wandte mich an Ozren. Er würde doch bestimmt auf mich hören.

»Dr. Yomtov ist hier in Sarajevo«, sagte Ozren. »Er ist bei der morgigen Eröffnung Gast der jüdischen Gemeinde. Er ist nie in der Nähe der Haggadah gewesen. Das Buch war, seit du letzten Monat abgereist bist, im Tresorraum der Zentralbank eingeschlossen, bis wir es gestern unter strenger Bewachung hergebracht haben. Es war in dem Kasten, der nach deinen Anweisungen angefertigt wurde, und du hast selbst gesehen, wie ich ihn versiegelt habe. Ich habe das Siegel persönlich erbrochen und die Haggadah in die Vitrine gelegt und sie kein einziges Mal aus der Hand gegeben. Die Vitrine ist mit der allermodernsten Ausrüstung gesichert und der Raum mit Sensoren gespickt. Die Überwachung wird rund um die Uhr durch eine

Kamera und einen Wachmann gewährleistet. Du machst dich zum Narren mit deinen Anschuldigungen.«

»Ich? Ozren, verstehst du denn nicht? Die Israelis – die müssen seit Ewigkeiten scharf sein auf dieses Buch... du hast doch während des Krieges bestimmt die Gerüchte gehört... Und Amitai war Angehöriger eines Sonderkommandos, wusstet ihr das?«

Werner schüttelte seine silberne Mähne. »Ich hatte keine Ahnung.« Ozren sah mich nur ausdruckslos an. Ich begriff nicht, warum er so passiv war. Am liebsten hätte ich ihn geschüttelt. Vielleicht stand er noch unter Schock wegen Alija. Und dann fiel mir der seltsame Anruf bei ihm ein.

»Was hat Amitai übrigens neulich Abend in deiner Wohnung gemacht?«

»Hanna.« Seine Stimme war kalt gewesen. Jetzt war sie eisig. »Ich habe mein Leben riskiert, um die Haggadah zu retten. Falls du andeuten willst...«

Werner hob eine Hand. »Ich bin sicher, Dr. Heath will gar nichts andeuten. Aber ich finde, wir sollten der Sache gemeinsam nachgehen.« Seine Stirn war gerunzelt. Seine Hände zitterten. Was ich über Amitai gesagt hatte, machte ihm eindeutig Sorge. »Kommen Sie, meine Liebe, zeigen Sie uns, was Sie so beunruhigt.«

Unsicher griff er nach meinem Arm. Ich hatte plötzlich Angst um ihn. Er würde schockiert sein, wenn er die Fälschung sah.

Ozren erhob sich von seinem Schreibtisch und führte uns den endlosen Korridor entlang und durch die Ausstellungsräume, wo Glaser damit beschäftigt waren, die Plastikplanen zu ersetzen, die immer noch viele der kaputten Fenster des Museums abdeckten. Ozren nickte den Wärtern zu und gab seinen Code in den Ziffernblock ein.

»Können wir es rausnehmen?«

»Nicht ohne die gesamte Alarmanlage zu entschärfen«, sagte Ozren. »Zeig uns, was du zu sehen meinst.«

Ich deutet darauf.

Werner beugte sich vor und blickte in die Vitrine. Er musterte die Stelle mehrere Minuten lang. Dann richtete er sich auf.

»Ich bin erleichtert, sagen zu können, dass ich nicht mit Ihnen übereinstimme, meine Liebe. So eine Streuung der Porenlöcher findet sich bei diesem Pergamenttyp häufig. Wir können diese Seite aber für alle Fälle mit den Fotos vergleichen, die Sie bei der Konservierung als Dokumentation angefertigt haben, um Sie zu beruhigen.«

»Aber die Negative habe ich ja an Amitai geschickt! Und er hat sie benutzt, um diese Fälschung herzustellen, verstehen Sie nicht? Und dann ersetzt er meine Fotos durch Aufnahmen von diesem… Ding. Sie müssen die Polizei anrufen, sofort, und die Grenzbehörden alarmieren und die UNO…«

»Hanna, meine Liebe, ich bin sicher, Sie irren sich. Und ich finde, Sie sollten ein wenig vorsichtiger sein mit solch heftigen Anschuldigungen gegen einen geschätzten Kollegen.«

Werners Stimme war leise und beschwichtigend; immer noch behandelte er mich wie ein überreiztes Kind. Er legte mir eine Hand auf den Arm. »Ich arbeite seit über dreißig Jahren mit Amitai Yomtov zusammen. Sein Ruf ist untadelig. Das wissen Sie.« Er wandte sich an Ozren. »Aber vielleicht, Dr. Karaman, sollten wir die Alarmanlage entschärfen und die Handschrift gründlich inspizieren, um Dr. Heath zu beruhigen?«

Ozren nickte. »Ja, natürlich. Das können wir tun. Das müssen wir tun. Aber ich muss den Direktor informieren. Die Anlage ist so eingestellt, dass nur wir beide zusammen die Codes eingeben können, um die Sicherung auszuschalten.«

Die nächste Stunde war die merkwürdigste und unangenehmste in meinem bisherigen Berufsleben. Werner, Ozren und ich gingen die Handschrift Seite für Seite durch. Jedes Mal, wenn ich auf eine Anomalie hinwies, behaupteten beide, keine Unregelmäßigkeiten entdecken zu können. Natürlich ließen sie auch die Faksimilefotos holen, die vollkommen mit dem Buch übereinstimmten, was mir bereits vorher klar gewesen war. Aber Werners Überzeugung war unerschütterlich, und im Vergleich mit seiner Meinung galt meine nicht viel. Ozren, der, wie er sagte, für das Buch sein Leben riskiert hatte, beharrte darauf, dass eine Lücke im Sicherheitssystem unmöglich sei. Schließlich begann der Selbstzweifel an mir zu nagen. Kleine heiße Schweißperlen rannen mir über die Haut. Vielleicht lag es am Stress der letzten Tage: Mums Unfall, der Schock zu erfahren, wer mein Vater gewesen war, der Tod Alias. Und dann noch etwas. Als ich Ozren in seinem Büro hatte sitzen sehen, seinen verlorenen Blick, sein erschöpftes Gesicht, hatte ich etwas empfunden. Etwas, das mir nicht vertraut war, das ich aber erkannte. Ich wusste auf einmal, dass ich seinetwegen nach Sarajevo zurückgekommen war, nicht nur des Buches wegen. Ich hatte ihn ungeheuer vermisst. Es heißt, Liebe mache blind. Ich dagegen glaubte allmählich, Dinge zu sehen, die es nicht gab.

Als unsere Inspektion abgeschlossen war, wandten sich Ozren und Werner mir zu.

»Also, was willst du unternehmen?«, fragte Ozren.

»Unternehmen? Ich? Ich möchte, dass du einen Durchsuchungsbefehl besorgst und jede Unterhose und jedes Taschentuch in Amitais Koffer überprüfen lässt. Ich möchte, dass die Grenzübergänge geschlossen werden, falls er den Kodex schon an einen Komplizen übergeben hat.«

»Hanna.« Ozrens Stimme war leise. »Wenn wir das tun, erregen wir internationales Aufsehen wegen einer Behauptung, die sowohl Dr. Heinrich, dessen Fachkenntnis außer Frage steht, als auch ich für falsch und unbegründet halten. Wegen der besonderen Spannungen, die hier herrschen, werden gewisse Leute eine solche Behauptung glauben, wenn sie erst einmal publik gemacht ist, auch wenn nichts dafür spricht. Du wirst also mit einem Artefakt, das eigentlich das Überleben unserer multiethnischen Werte symbolisieren sollte, in dieser Stadt Zwietracht säen. Und du wirst dich zum Narren machen, deine berufliche Reputation ruinieren. Wenn du voll und ganz davon überzeugt bist, dass du es besser weißt als Dr. Heinrich, dann tu es, informier die UNO. Aber das Museum wird dich dabei nicht unterstützen.« Er hielt inne, ehe er mir den letzten Schlag versetzte. »Und ich unterstütze dich auch nicht.«

Ich konnte nicht mehr sprechen, sondern schaute nur vom einen zum anderen und dann auf das Buch. Ich legte meine Hand auf den Einband.

Dann drehte ich mich um und verließ den Raum.

Lola

Jerusalem 2002

Ich will ihnen in meinem Hause und
in meinen Mauern
einen Ort geben und einen Namen…

Jesaja

Ich bin jetzt eine alte Frau, und der Morgen ist schwer für mich. Neuerdings wache ich früh auf. Ich glaube, es ist die Kälte, die mich weckt, die den Schmerz in meinen Knochen entfacht. Den Leuten ist nicht klar, wie kalt es hier im Winter wird. Nicht so kalt wie in den Bergen von Sarajevo, aber es reicht. Diese Wohnung gehörte vor 1948 zum Haus eines Arabers, und das alte Gemäuer saugt die Kälte förmlich auf. Ich kann mir nicht viel Heizmaterial leisten. Aber vielleicht wache ich nur deshalb so früh auf, weil ich Angst habe, zu lange zu schlafen. Ich weiß, dass die Kälte eines Tages – sehr lange kann es nicht mehr dauern – aus den Steinen in meinen Körper hier auf diesem schmalen Bett kriechen wird. Und dann komme ich nicht wieder hoch.

Und wenn schon. Ich habe lange genug gelebt. Länger, als mir zusteht. Keiner, der zur selben Zeit, am selben Ort, als derselbe Mensch geboren wurde wie ich, kann sich über einen Tod beklagen, der, wie meiner, zur gegebenen Zeit eintreten wird.

Ich bekomme eine Rente, doch die ist klein, deshalb gehe ich jede Woche noch ein paar Stunden arbeiten, meistens am Sabbat. Dann findet man am leichtesten Arbeit, wenn man nicht religiös ist. Die Orthodoxen arbeiten an diesem Tag nicht, und Menschen mit Familien möchten ihre Freizeit genießen. Vor Jahren musste ich am Sabbat mit Arabern um Arbeit konkurrieren, aber seit der Intifada gibt es so viele Ausgangssperren, so viele Kontrollpunkte, dass sie oft zu spät oder gar nicht kommen, daher werden sie nicht gern eingestellt. Sie tun mir

Leid, wirklich. Es tut mir leid, dass sie so viel erdulden müssen.

Wie dem auch sei, die Arbeit, die ich momentan mache, würden sie sowieso nicht wollen, wie die meisten Leute. Ich selbst habe meinen Frieden mit den Toten geschlossen. Die Fotos von den Frauen, die am Rand der Grube stehen, die ihr Grab sein wird, der Lampenschirm aus Menschenhaut, all diese Dinge machen mir nicht mehr zu schaffen.

Ich putze die Schaukästen und staube die Rahmen ab, und ich denke an die Frauen. Es tut gut, an sie zu denken. Sich an sie zu erinnern. Nicht nackt und verängstigt, wie sie auf den Fotos zu sehen sind, sondern so, wie sie waren: mit einem Zuhause, geliebt, in einem normalen Leben mit normalen Dingen beschäftigt.

Ich denke auch an die Person, deren Haut sich über den Lampenschirm spannt. Er ist der erste Gegenstand, den man sieht, wenn man das Museum betritt. Ich habe Besucher beobachtet, die sich, sobald sie erkennen, was sie vor sich haben, umdrehen und den Raum verlassen. Sie sind zu verstört, um weiterzugehen. Ich dagegen empfinde, wenn ich ihn anschaue, fast eine Art Zärtlichkeit. Schließlich könnte es die Haut meiner Mutter sein. Wenn alles nur ein wenig anders verlaufen wäre, könnte es auch meine sein.

Das Reinigen dieser Räume ist für mich ein Privileg. So alt und langsam ich bin, kann ich doch behaupten, dass ich sie tadellos sauber halte. Wenn ich fertig bin, ist kein Stäubchen mehr zu sehen, keine Schramme auf dem Boden, kein verschmierter Fingerabdruck. Das immerhin kann ich für sie tun.

Schon bevor ich diesen Job hatte, kam ich öfter her. Nicht ins Museum, aber in den Garten, denn Serif und Stela Kamal haben dort in der Allee der Gerechten Gedenktafeln bekommen mit ihren Namen darauf, zwischen den Tafeln der anderen Nichtjuden, die wie sie viel riskierten, um Menschen wie mich zu retten.

Ich habe sie nie wiedergesehen nach jenem Spätsommerabend in den Bergen außerhalb Sarajevos. Ich hatte solche Angst, dass ich mich nicht einmal richtig verabschiedet, ihnen nicht einmal gedankt habe.

Der Mann, zu dem sie mich damals brachten, war ein Ustascha-Offizier, ausgerechnet. Er war heimlich mit einer Jüdin verheiratet, deshalb half er Leuten wie mir, wenn er konnte. Es war einfach für ihn, alles zu arrangieren. So konnte ich mit richtigen Papieren in den Süden gehen und verbrachte den Rest des Krieges sicher in der italienischen Zone. Dann, als Tito an die Macht kam, war ich zum ersten und letzten Mal in meinem Leben eine bedeutende Person. Denn ein paar Monate lang waren wir große Helden des Sozialismus, wir Jungen, die wir als Partisanen mit ihm in den Bergen gewesen waren. Dass er uns verraten und im Stich gelassen, unseren Tod in Kauf genommen hatte, all das war vergessen und wurde nie erwähnt, nicht einmal von uns selbst. Ich bekam eine Anstellung in der neuen Armee und arbeitete als Adjutantin in einem Heim für verwundete Partisanen in Split, das in einem alten Gebäude am Meer untergebracht war. Dort begegnete ich Branko wieder, der unser Anführer gewesen war und uns dann dem Schicksal überlassen hatte. Er hatte Schussverletzungen in Hüfte und Unterleib und sah grauenhaft aus. Er konnte kaum laufen und litt ständig an Infektionen.

Ich habe ihn geheiratet. Fragt mich nicht, warum. Ich war ein dummes kleines Mädchen. Aber wenn man niemanden mehr hat, der sich an einen erinnert, wird jeder, der ein Stück Vergangenheit mit einem teilt, etwas ganz Besonderes. Sogar jemand wie Branko.

Schon lange vor unserem ersten Hochzeitstag wusste ich, dass ich einen Fehler gemacht hatte. Seine Verwundung hatte seine Männlichkeit beeinträchtigt, und irgendwie schien er mir daran die Schuld zu geben. Er wollte alles Mögliche von mir, um sich befriedigt zu fühlen. Ich bin nicht prüde und versuchte es wirklich, doch ich war so jung und unschuldig, jedenfalls in dieser Hinsicht... Nun, einiges von dem, was er von mir verlangte, fiel mir schwer. Wenn er ein bisschen zärtlicher gewesen wäre, hätte ich vielleicht anders empfunden. Aber er war ein Grobian, selbst auf dem Krankenbett, und meistens fühlte ich mich bloß benutzt.

Als ich in der Zeitung las, dass Serif Kamal als Nazi-Kollaborateur vor Gericht gestellt wurde, erklärte ich Branko, dass ich nach Sarajevo fahren würde, um zu seinen Gunsten auszusagen. Ich erinnere mich noch, wie er mich anschaute. Er saß in einem Lehnsessel am Fenster. Wegen meines Jobs und seines Status als kriegsversehrter Held hatten wir unser eigenes Zimmer in der Kaserne. Er beugte sich vor und klopfte mit seinem Stock auf die Holzdielen. Es war Sommer, sehr heiß. Das Licht ergoss sich durch das schmale Fenster mit Blick auf den Hafen.

»Nein«, sagte er. Der Sonnenschein auf dem dunkelblauen Wasser blendete mich, sodass ich eine Hand hob, um meine Augen zu beschirmen.

»Was meinst du mit ›nein‹?«

»Du fährst nicht nach Sarajevo. Du bist Soldat der jugoslawischen Armee, ebenso wie ich. Du wirst unsere Position nicht dadurch gefährden, dass du dich dem Willen der Partei widersetzt. Wenn sie es für angbracht halten, diesen Mann anzuklagen, haben sie einen Grund dafür. Es steht deinesgleichen nicht zu, das anzuzweifeln.«

»Aber Effendi Kamal war kein Nazi-Kollaborateur! Er hasste die Nazis! Er hat mich gerettet, Branko, nachdem du mir den Rücken gekehrt hattest. Ich wäre heute nicht mehr am Leben, wenn er nicht so viel riskiert hätte …«

Er unterbrach mich mit lauter Stimme wie jedes Mal, wenn ich uneins mit ihm war, und sei es wegen etwas so Geringfügigem wie der Frage, ob seine Stiefel geputzt werden mussten. Die Wände in der Kaserne waren dünn, und er wusste, wie sehr ich es verabscheute, wenn unsere Nachbarn seine Ausfälligkeiten hörten.

Deshalb war er es gewöhnt, dass ich nachgab, sobald er die Stimme hob. Aber diesmal hielt ich stand. Ich sagte, er könne mich anbrüllen, so lange er wolle, ich würde tun, was richtig sei. Er fluchte und schimpfte, und als ich immer noch nicht nachgeben wollte, warf er seinen Stock nach mir. Bei all seiner Schwäche konnte er gut zielen, und die metallene Spitze erwischte mich schmerzhaft am Kinn.

Irgendwie gelang es ihm, mich unter Aufsicht stellen zu lassen, solange der Prozess lief. Ich konnte zur Arbeit gehen und zurück nach Hause, doch stets unter Bewachung. Es war erniedrigend. Ich hatte keine Ahnung, was er ihnen gesagt, welchen Vorwand er ihnen geliefert hatte. Aber er schaffte es, mich in Split festzuhalten. Es gab keine Möglichkeit für mich, nach Sarajevo zu kommen.

Ich hätte damals nicht gedacht, dass in mir noch Tränen waren, weil ich im Krieg schon so viele vergossen hatte. Und kurz darauf viele weitere, als ich vom Schicksal meiner Eltern, meiner kleinen Schwester, meiner Tante erfuhr. Tantchens schwaches Herz hatte bereits in dem Lastwagen aufgehört zu schlagen, der sie in das Übergangslager Kruscia brachte, wo Dora zwei Monate später ausgezehrt und entkräftet starb. Meiner Mutter gelang es, trotz all ihren Kummers fast bis zum Kriegsende am Leben zu bleiben. Aber dann schickten sie sie nach Auschwitz. Ich glaubte, alle Tränen vergossen zu haben, die in mir waren. Doch in jener Woche weinte ich um Serif, der ganz sicher erhängt oder von einem Erschießungskommando getötet werden würde. Um Stela, die mit ihrem wunderschönen kleinen Sohn allein zurückblieb. Und um mich, weil ich so gedemütigt wurde von dem brutalen Kerl, den ich geheiratet und der mich zur Verräterin gemacht hatte.

Branko starb 1951 an den Komplikationen einer Gastritis. Ich trauerte nicht um ihn. Ich hatte gehört, dass Tito Juden erlaubte, nach Israel zu gehen, und so beschloss ich, mein Heimatland zu verlassen – dort hielt mich nichts mehr – und hier neu anzufangen. Im Hinterkopf hatte ich wohl auch die Hoffnung, Mordechai wiederzufinden, meinen früheren Lehrer bei den Jungen Wächtern. Ich war ja noch jung. Immer noch ein dummes kleines Mädchen.

In der Tat fand ich Mordechai irgendwann, und zwar auf

dem Soldatenfriedhof am Herzl-Berg. Er war im Krieg von 1948 als Anführer einer Nahal-Einheit mit anderen Jungen und Mädchen aus den Kibbuzim gefallen, auf der Straße nach Jerusalem gestorben.

Also musste ich mir hier ein eigenes Leben aufbauen, und es ist kein schlechtes Leben gewesen. Schwer, das ja; viel Arbeit, wenig Geld. Aber nicht schlecht. Geheiratet habe ich nie wieder, doch eine Zeitlang hatte ich einen Liebhaber. Einen großen, fröhlichen Lastwagenfahrer, der aus Polen stammte und einem Kibbuz in der Negev angehörte. Es fing damit an, dass er mit mir scherzte, wenn ich an seinem Stand auf dem Markt etwas kaufte. Ich schämte mich für mein schlechtes Hebräisch, und er zog mich damit auf, bis er mich zum Lachen brachte. Bald kam er jedes Mal zu mir, wenn er die Kibbuz-Ernte in die Stadt fahren musste. Dann fütterte er mich mit den Datteln und Orangen, die er mit angebaut hatte, und nachmittags lagen wir in der Sonne, die durchs Fenster strömte, beisammen. Unsere Haut duftete nach Zitrusöl, und unsere Küsse wurden durch die dicken, klebrigen Datteln noch süßer.

Ihn hätte ich geheiratet, wenn er mich gefragt hätte. Aber er hatte eine Ehefrau gehabt, die aus dem Warschauer Ghetto verschleppt worden war. Er sagte, er habe nie herausgefunden, was aus ihr geworden sei. Er wusste nicht, ob sie am Leben oder tot war. Vielleicht war das nur eine Masche, mit der er mich auf Abstand halten wollte. Aber ich glaube, er fühlte sich schuldig, weil er überlebt hatte. Es gefiel mir, dass er ihr Andenken mit seiner Hoffnung ehrte. Jedenfalls übernahm irgendwann ein anderer aus dem Kibbuz seinen Fahrerjob, und er kam immer seltener in die Stadt und schließlich gar nicht mehr. Ich vermisste ihn. Ich denke heute noch an jene Nachmittage.

Viele Freunde habe ich nicht. Mein Hebräisch ist auch jetzt noch nicht so besonders. Oh, ich komme zurecht; die Menschen hier sind an fremdartige Akzente und falsche Grammatik gewöhnt, weil fast jeder von woanders hierhergekommen ist. Aber um jemandem zu erzählen, was mich wirklich in meinem Herzen bewegt, dazu fehlen mir auf Hebräisch die Worte.

Im Laufe der Zeit habe ich mich an die heißen, trockenen Sommer gewöhnt, an die Felder mit reifer Baumwolle, ihr grelles Weiß, an die kahlen, von Felsen durchzogenen Erhebungen, wo kein Baum wächst. Und die Hügel von Jerusalem sind zwar nicht die Berge meiner Heimat, doch manchmal schneit es im Winter, und wenn ich dann fest die Augen schließe, kann ich mir vorstellen, in Sarajevo zu sein. Mögen mich viele meiner Bekannten auch für eine verrückte Alte halten, aber gelegentlich gehe ich immer noch in das arabische Viertel der Altstadt und setze mich in ein Café, wo es nach zu Hause riecht.

Während des Krieges in Jugoslawien waren einige Bosnier hier. Israel nahm etliche Flüchtlinge auf. Manche Juden, aber überwiegend Muslime. So konnte ich eine Zeitlang wieder meine Muttersprache sprechen, und das war wundervoll, eine große Erleichterung. Ich meldete mich als Freiwillige im Umsiedlungszentrum und half ihnen, einfache Formulare auszufüllen – dieses Land liebt Formulare – oder den Busfahrplan zu lesen oder für ihre Kinder Termine beim Zahnarzt zu vereinbaren. Ganz zufällig las ich in einer alten Zeitschrift, die jemand dort hatte liegen lassen, den Nachruf auf Effendi Kamal und erfuhr so, dass er erst kürzlich gestorben war.

Mir fiel ein dicker Stein vom Herzen. Jahrelang hatte ich in dem Glauben gelebt, er sei hingerichtet worden, denn eigentlich hatte man alle Nazi-Kollaborateure zum Tode verurteilt. Doch in dem Nachruf stand, dass er nach langer Krankheit verstorben und vorher Kustos der Bibliothek des Nationalmuseums gewesen war, genau wie damals, als ich ihn gekannt hatte.

Ich fühlte mich, als wäre ich ebenso wie er begnadigt worden. Jetzt hatte ich eine zweite Chance, das Richtige zu tun, Zeugnis für ihn abzulegen. Ich brauchte zwei Abende, um sorgfältig niederzuschreiben, was er für mich getan hatte, und schickte es dann an die Holocaust-Gedenkstätte Yad Vashem.

Nach einiger Zeit erhielt ich einen Brief von Stela, die mit ihrem Sohn nach Paris gezogen war, nachdem eine serbische
Granate ihre Wohnung in Sarajevo zerstört hatte. Sie schrieb,
dass in der israelischen Botschaft in Paris eine sehr schöne Ze-
remonie zu ihrer beider Ehren stattgefunden habe, dass sie
verstehe, warum ich ihnen nach dem Krieg nicht hatte helfen
können, und wie sehr sie sich darüber freue, dass ich am Leben und gesund sei. Sie bedankte sich dafür, dass ich die Welt
hatte wissen lassen, dass ihr Mann zu einer Zeit, in der sie wenige wahre Freunde gehabt hatten, ein großer Freund der Juden gewesen sei.

Nachdem sie die Platte für die Kamals in den Museumsgar-
ten gelegt hatten, fing ich an, öfter hinzugehen. Es gab mir ein
gutes Gefühl. Ich jätete das Unkraut unter den Zypressen und
entfernte verwelkte Blüten von den Blumen. Eines Tages sah
mich ein Museumswärter dabei und fragte, ob ich in der Gedenkstätte als Reinigungshilfe arbeiten wolle.

Am Sabbat ist es dort sehr ruhig. Manche Leute würden es
gespenstisch nennen. Mich stört das nicht. Ich hasse sogar den
Lärm, den meine Bohnermaschine macht. Am liebsten sind
mir die Stunden, in denen ich mit meinen Staubtüchern von
Raum zu Raum gehe und in aller Stille arbeite. Für die Bibliothek brauche ich am längsten. Als ich einmal nachfragte, erklärte mir die Bibliothekarin, es gebe hier über hunderttausend
Bücher und über sechzig Millionen Seiten Dokumente. Das ist
eine gute Zahl, finde ich: zehn Seiten für jede Person, die umgekommen ist. Eine Art Denkmal aus Papier für Menschen,
die keine Grabsteine haben.

Wenn man darüber nachdenkt – ein kleines Bändchen unter
so vielen –, erscheint es wie ein Wunder, was geschah. Vielleicht *war* es ein Wunder. Ich glaube, es war eins. Ich staubte
diese Regale natürlich schon über ein Jahr ab. Jede Woche
nahm ich sämtliche Bücher aus einem anderen Regal heraus,
um unter und hinter ihnen zu wischen und sie dann selbst ab-
zustauben. Stela hatte mir das beigebracht, als ich die zahlreichen Bücherregale in der Wohnung der Kamals putzte. Da-

her war wohl die Erinnerung an sie und jene Zeit zu einem kleinen Teil in mir lebendig, wenn ich diese Arbeit verrichtete, und vielleicht hat sie es mir ermöglicht zu erkennen, was ich vor mir hatte.

Ich betrat also eines Tages die Bibliothek, ging zu dem Regal, mit dem ich letzte Woche aufgehört hatte, und begann, das angrenzende Regal auszuräumen. Es beinhaltete überwiegend ältere Bücher, deshalb ging ich besonders vorsichtig mit ihnen um. Und plötzlich hielt ich es in der Hand. Ich schaute es an. Ich schlug es auf. Und ich war wieder in Sarajevo, in Effendi Kamals Arbeitszimmer, Stela zitternd neben mir, sodass ich erkannte, was ich damals selbst nur halb verstand, Effendi Kamal musste etwas getan haben, das seine Frau sehr ängstigte. Und dann war es, als könnte ich Effendi Kamals Stimme hören: »Das beste Versteck für ein Buch wäre vielleicht eine Bibliothek.«

Ich war mir nicht sicher, was ich tun sollte. Auf jeden Fall war dies hier der richtige Ort für die Haggadah. Aber es kam mir merkwürdig vor, dass ein so bedeutendes altes Manuskript einfach so im Regal stand.

Das sagte ich ihnen dann auch, als sie mich befragten, der Bibliotheksleiter und der Museumsdirektor und ein anderer Mann, den ich nicht kannte, der aber wie ein Soldat aussah und anscheinend alles über das Buch und über Serif Kamal wusste. Ich war nervös, weil ich den Eindruck hatte, sie glaubten mir nicht, glaubten nicht an einen solchen Zufall, und wenn ich aufgeregt bin, vergesse ich mein Hebräisch. So fiel mir das Wort *peleh* für »Wunder« nicht ein, und ich sagte stattdessen *siman,* was eher so etwas wie »Zeichen« bedeutet.

Irgendwann jedoch verstand mich derjenige, der wie ein Soldat aussah. Er lächelte mich sehr freundlich an und sagte dann zu den anderen: Warum eigentlich nicht, *kinderlach*? Die ganze Geschichte dieses Buches, sein Überleben bis heute, ist eine Abfolge von Wundern. Warum dann nicht noch eins?

Hanna

Arnhemland 2002

Ich befand mich in einer Höhle – sechshundert Meter hoch in einer Felswand und hundert Kilometer entfernt von der nächsten Überlandleitung –, als sie mich endlich erreichten.

Die Nachricht, die mir einer von den Aborigine-Jungs überbrachte, war seltsam, und ich wurde nicht so recht schlau daraus. Er war ein intelligentes Kerlchen und riss oft Witze, deshalb dachte ich zunächst, es handele sich um eine Art Scherz.

»Nein, Missus. Diesmal leg ich Sie nicht rein. Der Typ aus Canberra hat ständig angerufen. Wir haben ihm gesagt, dass Sie die ganze Woche im Busch sind, aber er rief immer wieder an, auch nachdem Butcher ihn angeknurrt hat.«

Butcher war der Onkel des Jungen und Verwalter der Jabiru Station, einer Viehstation, wo wir übernachteten, wenn wir keine Feldforschung betrieben.

»Hat er gesagt, was er wollte?«

Der Junge legte den Kopf schief, eine mehrdeutige Geste, die »nein« oder »ich weiß nicht« oder vielleicht auch »ich habe nicht das Recht, Ihnen das zu verraten« heißen konnte.

»Kommen Sie lieber, Missus, sonst knurrt Butcher mich auch an.«

Ich trat aus der Höhle und blinzelte in das helle Tageslicht. Die Sonne war eine riesige Scheibe aus strahlendem Rot, die die Erzstreifen in der schwarz-ockergelben Gesteinsoberfläche rötlich einfärbte. Unter uns tauchten die ersten neuen Schösslinge des Straußgrases die Ebene in ein leuchtendes Grün. Licht versilberte die Pfützen, die von den Regengüssen der letzten Nacht übrig waren. Gunumeleng hatte angefangen – eine der sechs Jahreszeiten der Aboriginals in einem Jahr, das die Weißen lediglich in Regen- und Trockenzeit einteilen. Gunumeleng brachte die ersten Gewitter. Nach einem weiteren Monat würde die ganze Ebene überflutet und die so genannte Straße, die in Wirklichkeit ein schmaler Feldweg war, unpassierbar sein. Ich hoffte, diesen Teil der Höhlen noch dokumentieren und wenigstens mit der Konservierung beginnen zu können, ehe die nächste große Nässe einsetzte. Das Letzte, was ich gebrauchen konnte, war eine zweieinhalbstündige, alle Knochen durchrüttelnde Fahrt zurück zur Station, um mit irgendeinem Witzbold in Canberra zu reden. Doch in der Ferne, wo der Weg endete, konnte ich das Glitzern der Windschutzscheibe von Butchers geliebtem Toyota ausmachen. Butcher würde den Jungen nicht damit fahren lassen, wenn die Nachricht nicht sehr wichtig wäre.

»Okay, Lofty. Fahr du vor, und sag Onkel, dass Jim und ich zum Tee da sind. Ich bringe hier nur noch ein paar Silikonstreifen an, dann kommen wir nach.«

Der Junge drehte sich um und kletterte geschickt die Böschung hinunter. Er war mager und klein für einen Sechzehnjährigen (deshalb nannten ihn auch alle Lofty, Großer). Aber einen Felsenhang kam er ungefähr zwanzigmal schneller rauf und runter als ich. Ich kehrte zur Höhle zurück, wo Jim Bardayal, der Archäologe, mit dem ich arbeitete, auf mich wartete.

»Zumindest schlafen wir heute Nacht mal wieder in einem Bett«, sagte er und reichte mir die Silikonkartusche.

»Ach nee. Was bist du bloß für ein Weichei! In Sydney hast du doch immer so von der Natur geschwärmt und gesagt, wie sehr du sie vermisst. Und wenn es jetzt mal eine Nacht nieselt und dich jemand mit einem trockenen und warmen Plätzchen lockt, kannst du nicht schnell genug hinkommen.«

Jim grinste. »Ich elender Balanda«, sagte er. Das Gewitter der letzten Nacht war wirklich furchtbar gewesen. Die grellen Blitze hatten die weißen Gummibäume beleuchtet und heftige Böen fast die Planen von unserem Unterstand geweht.

»Es ist nicht der Regen«, sagte Jim. »Es sind die verdammten Moskitos.«

Das konnte ich nicht abstreiten. Hier draußen gab es kein friedliches Schwelgen in fantastischen Sonnenuntergängen. Die Dämmerung läutete für Millionen Moskitos ein Festmahl ein, bei dem wir der Hauptgang waren. Wenn ich nur an sie dachte, juckte es schon. Ich spritzte einen Strahl Silikon wie einen Wulst aus klebrigem Kaugummi an die Stelle des Felsens, wo das Regenwasser unserer Einschätzung nach herunterfließen würde. Unser Plan war, das Wasser von den löslichen Ockerfarben der Malereien wegzulenken. Dieser Teil des Hanges war reich mit Kunstwerken geschmückt: Zeichnungen mit geschmeidigen Mimi-Figuren, wunderbare, ausdrucksstarke Bilder vom Jagen. Jims Volk, die Mirarr, glaubten, Geister hätten sie gemalt. Sein anderer Clan, die archäologische Gemeinde, hatte festgestellt, dass die frühesten dieser Malereien vor dreißigtausend Jahren entstanden waren. Seit damals waren mit dem nötigen Wissen ausgestattete Stammesälteste mit der zeremoniellen Restaurierung beauftragt worden, wenn es sich als nötig erwies. Nach der Ankunft der Europäer hatten die Mirarr jedoch allmählich aufgehört, die Höhlen des Felsenlandes zu bewohnen. Sie waren fortgezogen, um auf Viehstationen oder in den Städten für die Balanda – die weißen Siedler – zu arbeiten. Unsere Aufgabe war es nun zu schützen, was sie hinterlassen hatten.

Es war nicht die Art von Arbeit, die ich mir vorgestellt hatte. Aber Sarajevo hatte mein Selbstvertrauen erschüttert. Ein Teil von mir glaubte zwar nach wie vor, dass Ozren und Heinrich sich irrten, doch der größere Teil – der Feigling in mir – hatte diese Überzeugung in einem giftigen Meer des Selbstzweifels ertränkt. Nach meiner Heimkehr fühlte ich mich gedemütigt und wertlos und war mir plötzlich nicht mehr sicher, ob ich mich auf mein Wissen verlassen konnte. Einen Monat lang blies ich in meinem Labor in Sydney Trübsal und lehnte jeden Auftrag ab, der auch nur im Geringsten anspruchsvoll schien. Wenn mir in Sarajevo ein so peinlicher Fehler unterlaufen war, wie konnte ich dann überhaupt noch etwas beurteilen?

Dann erhielt ich einen Anruf von Jonah Sharansky. Er hatte

mir zwei Neuigkeiten mitzuteilen. Die eine war, dass Delilah mir ein beträchtliches Erbe hinterlassen hatte. Und zweitens war es der Wunsch der Familie, dass ich in Aarons Stiftung den Posten meiner Mutter übernahm. Die anderen Vorstandsmitglieder hatten offensichtlich schon dafür gestimmt. Ich hatte das Gefühl, dem Labor eine Weile den Rücken kehren zu müssen, deshalb beschloss ich, mir mit dem geerbten Geld eine Zeitlang freizunehmen und zu sehen, worum es bei der Arbeit der Stiftung ging, und ob ich etwas dazu beitragen konnte.

Meine Mutter drehte durch, als sie erfuhr, dass sie abserviert worden war. Zuerst tat sie mir leid. Ich nahm an, dass sie in der Stiftung die letzte Verbindung zu Aaron sah, und konnte mir vorstellen, wie schmerzhaft es sein musste, von seiner Familie derartig ausgeschlossen zu werden.

Sie war ein paar Wochen nach mir nach Sydney zurückgekehrt. Nach ihrem Krankenhausaufenthalt hatte sie sich in einem schicken Kurort in Kalifornien Erholung gegönnt. »Ich muss in guter Verfassung sein, wenn ich wieder in Sydney bin«, hatte sie mir am Telefon erklärt. »Die Geier dort kreisen sicher schon.« Als ich sie vom Flughafen abholte, sah sie erstaunlich fit aus. Aber als wir bei ihr zu Hause waren, merkte ich an der Anspannung um ihren Mund und den Schatten unter ihren Augen, dass sie sich in Wahrheit nur zusammenriss.

»Du könntest ein bisschen länger Urlaub machen, Mum. Bis du wirklich so weit bist, dass du wieder arbeiten kannst.«

Sie saß auf dem Bett und ließ mich für sich auspacken. Sie kickte ihre Manolos oder Jimmy Choos, oder was sie sonst tragen mochte – ich habe keine Ahnung, warum sie ihre Füße so schund –, weg und lehnte sich in die Kissen. »Ich habe übermorgen eine Tumoroperation am achten Nerv. Weißt du, wie das ist? Nein, wie könntest du auch. Es ist, als ob man kleine Fetzen von nassem Kleenex aus einer Schüssel Tofu pflückt ...«

»Mum, bitte ...« Mir war übel. »Ich werde nie wieder Tofu essen können.«

»Ach du liebe Güte, Hanna. Kannst du nicht mal fünf Minuten an was anderes denken als an dich selbst? Ich versuche doch nur, es dir so zu erklären, dass du es begreifst.« (Gute alte Mum, nie lässt sie eine Gelegenheit aus, mir zu zeigen, wie unterbelichtet ich bin.) »Es ist ein schwieriger Eingriff, dauert Stunden. Und ich habe ihn absichtlich eingeplant, um den Geiern da zu beweisen, dass ich noch keine Leiche bin.« Sie schloss die Augen. »Ich mache jetzt ein kleines Nickerchen; gibst du mir bitte die Decke? Der Rest kann später ausgepackt werden. Du brauchst nicht zu bleiben. ... Mit Hilfe der Haushälterin schaffe ich das schon.«

Ein paar Tage darauf erfuhr sie von den Sharanskys, dass ich ihren Platz im Vorstand einnehmen sollte, und bestellte mich nach Bellevue Hill. Als ich ankam, saß sie mit einer offenen Flasche Hill of Grace auf der Veranda. Bei Mum ist die Qualität des Weins ein Indikator für die Ernsthaftigkeit des Gesprächs. Dieses, das sah ich gleich, würde der große Knaller werden.

Schon vom Bostoner Krankenhausbett aus hatte sie mir erklärt, sie wünsche, dass die Identität meines Vaters weiterhin geheim bleibe. Ich hielt sie für übergeschnappt. Wen sollte es schon kümmern, mit wem sie vor so vielen Jahren geschlafen hatte? Aber sie bat mich, ihre Position zu bedenken, und ich bedachte sie. Ich bedachte ihr Position, wirklich. Ich bedachte sie immer noch, als die Sache mit der Stiftung zur Sprache kam.

»Wenn du dem Vorstand beitrittst, Hanna, wird das alle möglichen Fragen aufwerfen.« Die Sonne schien durch blühende Prinzessinnensträucher und verlieh dem Licht einen violetten Schimmer. Heruntergefallene Tempelbaumblüten, die sich über den kurz geschorenen Rasen streuten, verströmten einen würzigen Duft. Ich nippte an dem herrlichen Wein und sagte nichts. »Peinliche Fragen. Unangenehm für mich. Der Unfall hat mich schon in eine heikle Lage gebracht. Davis und Harrington konnten es gar nicht *abwarten,* wegen meiner Milzoperation das Thema Infektion aufs Tapet zu bringen, und auch andere sind nie über meine Ernennung zur Abteilungsleiterin hinweggekommen. Ich musste doppelt so hart arbeiten wie sonst, um ihnen klarzumachen, dass ich hierbleibe. Es wäre schlechtes Timing, wenn diese andere Angelegenheit …« Sie ließ den Satz in der Schwebe.

»Na ja, aber vielleicht habe ich wirklich ein paar Fähigkeiten, die der Sharansky-Stiftung nützen könnten.«

»Fähigkeiten? Was für Fähigkeiten sollten das denn sein, Liebling? Ich meine, du weißt doch nichts über das Management von gemeinnützigen Institutionen, und mir ist noch nicht aufgefallen, dass du eine große Leuchte bist, was Kapitalanlagen betrifft.«

Ich packte den Stiel meines Glases und starrte in den Shiraz. Dann trank ich von dem köstlichen Rotwein und ließ seinen Geschmack in meinem Mund aufblühen. Ich war fest entschlossen, mich von ihr nicht ärgern zu lassen.

»Künstlerische Fähigkeiten, Mum. Ich dachte, ich könnte ihnen vielleicht bei den Konservierungen vor Ort behilflich sein.«

Sie setzte ihr Weinglas so hart auf dem Marmortisch ab, dass es eigentlich hätte zerbrechen müssen.

»Es ist schlimm genug, Hanna, dass du all die Jahre mit Leim und Papierschnipseln vergeudet hast. Aber wenigstens haben Bücher etwas mit Kultur zu tun. Und jetzt willst du in die Wildnis ziehen, um bedeutungslose Schlammschmierereien von Primitiven zu retten?«

Ich glaube, als ich sie anschaute, fiel mir tatsächlich die Kinnlade herunter.

»Wie kann es sein«, stieß ich hervor, »dass ein Mann wie Aaron Sharansky jemanden wie dich geliebt hat?«

Und nun ging es richtig rund. Ein letzter grauenhafter, schonungsloser Streit, einer von jener Sorte, bei dem man alle giftigen Gedanken, die man je gehabt hat, jedes Tröpfchen Groll in einen Becher gießt, ihn dem anderen hinstellt und ihn zwingt auszutrinken. Noch einmal musste ich mir anhören, was für eine Enttäuschung ich immer gewesen war, eine sich selbst bemitleidende Zwergenpersönlichkeit, die geglaubt hatte, ihre aufgekratzten Knie seien wichtiger als Mums sterbenskranke Patienten. Als Kind sei ich eine unleidliche Göre gewesen, als Heranwachsende eine pflichtvergessene Schlampe. An die Sharanskys krallte ich mich mit aller Macht, weil ich so voll kindischer Ressentiments sei, dass ich keine eigenständigen erwachsenen Beziehungen eingehen könne. Und dann der altvertraute letzte Fußtritt: Ich hatte die Gelegenheit versäumt, einen echten Beruf zu ergreifen, und verschwendete mein Leben als »Geschäftsfrau«.

Wenn man sein Leben lang mit jemandem gestritten hat, kennt man die Schwächen des anderen. Ich suchte jetzt nach einer Waffe, mit der ich mich rächen konnte, und schlug bewusst dort zu, wo es ihr, wie ich wusste, wehtun würde. »Und was hat es dir genützt, dein kostbares medizinisches Fachwissen, wenn du nicht mal den Typen retten konntest, den du geliebt hast?«

Plötzlich sah sie betroffen aus. Ich frohlockte innerlich und hakte weiter nach. »Darum geht es doch in Wahrheit, oder? Ich muss dafür büßen, lebenslänglich. Kein Vater, nicht mal seinen Namen, nur weil du weißt, dass du deinen wichtigsten Fall vermurkst hast.«

»Hanna, du hast keine Ahnung, wovon du redest.«

»Das ist es doch, stimmt's? Du hast ihn an den großen allmächtigen Andersen überwiesen, und der hat gepatzt. Du hättest es besser gemacht. Das glaubst du doch, oder? Du bist so arrogant, und das eine Mal, wo du dir selbst hättest vertrauen müssen …«

»Halt den Mund, Hanna. Du hast keinen Schimmer …«

»Du hättest ihn retten können, das denkst du, stimmt's? Du hättest die Blutung bemerkt, wenn er dein Patient gewesen wäre.«

»Ich *habe* die Blutung bemerkt.«

Da ich immer noch versuchte, sie an Lautstärke zu überbieten, brauchte ich eine Sekunde, um zu begreifen, was sie gesagt hatte.

»Du hast … was?«

»Natürlich habe ich sie bemerkt. Ich war die ganze Nacht bei ihm. Ich wusste, dass er verblutete, und ließ es geschehen. Ich wusste, dass er nicht als Blinder würde aufwachen wollen.«

Minutenlang war ich wie gelähmt, zu verblüfft, um etwas zu sagen. Dann fegte ein Schwarm Regenbogenloris auf seinem Weg zum Schlafplatz kreischend durch den Garten. Ich folgte ihnen mit den Augen, bis ihre Farben – das Königsblau, das Smaragdgrün, das Scharlachrot – plötzlich durch meine Tränen hindurch verschwammen. Ich werde mich nicht darüber auslassen, was ich noch zu ihr sagte. Ich weiß gar nicht, ob ich mich so genau daran erinnere. Aber es endete damit, dass ich ihr mitteilte, ich würde meinen Namen in Sharansky ändern.

Ich sehe sie nicht mehr. Wir tun nicht einmal mehr, als ob. Mit einem hat Ozren Recht gehabt: Manche Geschichten haben kein Happyend.

Ich hatte erwartet, mich ganz allein noch wurzelloser zu fühlen als zuvor. Doch wenn es eine Leere in meinem Leben gab, war sie nicht viel größer als die immer schon vorhandene. Meine Mutter hatte mich nie verstanden, nie begriffen, was mir meine Arbeit bedeutete, warum ich sie liebte. Aber das waren die für mich wichtigen Themen. Ohne sie hatten unsere Gespräche sowieso nur aus Geplänkel bestanden.

Sydney zu verlassen war hilfreich. Sauberer Schnitt und so weiter. Die Projekte der Sharansky-Stiftung liefen an Orten, von denen ich kaum je gehört hatte, etwa Oenepelli und Burrup, wo Bergbaugesellschaften unglaubliche Naturschönheiten und uralte Kultstätten in riesige Erdlöcher verwandeln wollten. Die Stiftung finanzierte Recherchen und half, wenn genug Material vorlag, einen Prozess gegen die Gesellschaften anzustrengen, um den Aborigines als ursprünglichen Eigentümern des Grunds und Bodens ihr Recht zu verschaffen.

Es dauerte nicht lange, bis ich dort draußen in den Landschaften, die mein Vater gemalt hatte, feststellte, dass ich meine Heimat, sosehr ich sie auch liebte, kaum kannte. Ich hatte so viele Jahre damit verbracht, die Kunst unserer Einwanderervölker zu studieren, und so wenig Zeit auf die verwendet, die schon immer hier gewesen war. Ich hatte bis zum Abwinken klassisches Arabisch und biblisches Hebräisch gepaukt, konnte aber nicht einmal fünf von den fünfhundert Aborigine-Sprachen benennen, die hier gesprochen wurden. Also absolvierte ich einen Crashkurs und wurde Pionierin auf einem neuen Gebiet: der Konservierung von Kunst in letzter Minute. Meine Aufgabe wurde die Dokumentation und Bewahrung uralter Aborigine-Felsenmalereien, ehe die Uran- oder Bauxitgesellschaften die Chance hatten, sie in Schutt und Asche zu legen.

Es war schwere körperliche Arbeit, zu entlegenen Orten zu gelangen, oft zu Fuß, meistens in enormer Hitze, kiloweise Ausrüstung auf dem Rücken. Manchmal konnte man zur Erhaltung einer Felsenmalerei nichts weiter tun, als vorwitzige Baumwurzeln abzuhacken. Nicht gerade etwas, das eine gute Feinmotorik erfordert. Zu meiner Überraschung stellte ich fest, dass ich diese Arbeit liebte. Zum ersten Mal in meinem Leben war ich gebräunt und kräftig. Ich tauschte Kaschmir und Seide gegen strapazierfähiges Khaki, und eines Tages, als ich besonders verschwitzt war und mein Haarknoten sich immer wieder löste, schnitt ich einfach meine langen Haare ab. Neuer Name, neuer Look, neues Leben. Und sehr weit entfernt von allem, was mich an ausgestorbene spanische Schafsrassen und Porenverteilungen auf Pergament erinnerte.

Auf dem Weg zur Jabiru Station schlief ich im Wagen ein, so erschöpft war ich. Eine erholsame Fahrt konnte man es dennoch nicht nennen. Die Piste ist ein hundert Kilometer langes Waschbrett oder eine einzige große Sandgrube. Außerdem tauchen in der Dämmerung aus dem Nichts riesige Känguruherden auf, und wenn man ihnen ausweicht, kann man leicht stecken bleiben.

Aber Jim fuhr auf Pisten wie diesen, seit er über ein Lenkrad hinwegsehen konnte, also kamen wir an. Butcher hatte einen ganzen Barramundi gegrillt, den er am selben Tag gefangen hatte, und ihn mit getrockneten Jupie gewürzt, kleinen, süßsauren Beeren, die eine Spezialität der Mirarr sind. Das Stationstelefon klingelte, als ich eben das letzte saftige Stückchen Fisch von meiner Gabel leckte.

»Ja, sie ist hier«, sagte Butcher und reichte mir den Apparat.

»Dr. Sharansky? Hier spricht Keith Lowery vom DFAT.«

»Entschuldigung, wovon?«

»DFAT. Department of Foreign Affairs and Trade. Außen- und Wirtschaftsministerium. Sie sind wirklich schwer zu erreichen.«

»Ja, ich weiß.«

»Dr. Sharansky, es wäre nett, wenn Sie herkommen könnten, nach Canberra, oder nach Sydney, falls das einfacher ist. Wir haben hier eine Situation, in der Sie uns genannt wurden als jemand, der vielleicht helfen kann.«

»Na ja, ich bin in zwei, drei Wochen, wenn Gudjewg – die Regenzeit, meine ich – richtig anfängt, sowieso wieder in Sydney...«

»Aha. Es ist nur so, dass wir hofften, Sie könnten schon morgen fliegen.«

»Mr. Lowery, ich stecke mitten in einem Projekt. Die Bergbaugesellschaft setzt den Leuten hier schwer zu, und der Steilabbruch, an dem ich arbeite, ist in etwa zwei Wochen nicht mehr zugänglich. Ich bin also wirklich nicht wild darauf, im Moment irgendwohin zu fliegen. Möchten Sie mir nicht sagen, worum es geht?«

»Das kann ich am Telefon nicht erörtern, tut mir leid.«

»Hat sich das die verdammte Bergbaugesellschaft ausgedacht? Das wäre nun echt das Letzte. Ich weiß, dass manche von den Figuren da ziemlich niederträchtig sind, aber Sie mit reinzuziehen, damit Sie deren Drecksarbeit machen...«

»Es ist nichts dergleichen. Sosehr meine Kollegen von der

Wirtschaft auch den gelegentlich negativen Einfluss der Sharansky-Stiftung auf die Exporterträge des Bergbaus beklagen mögen, uns hier in der Abteilung Naher Osten interessiert das nicht. Ich rufe nicht wegen Ihrer gegenwärtigen Tätigkeit an. Es geht um einen recht, äh, hochkarätigen Job, für den Sie vor sechs Jahren angeheuert wurden. In Europa.«

Plötzlich lag mir der Barramundi schwer im Magen.

»Meinen Sie die Hagga...«

»Darüber sprechen wir besser persönlich.«

Abteilung Naher Osten. Ich verspürte einen Anflug von Sodbrennen. »Sie haben mit Israel zu tun, stimmt's?«

»Wie ich schon sagte, Dr. Sharansky, lieber persönlich. Also, soll ich Ihren Flug morgen von Darwin nach Canberra oder nach Sydney buchen?«

Allein wegen der Aussicht von der DFAT-Außenstelle in Sydney würde fast jeder Diplomat einen Posten im Ausland ablehnen. Während ich in der Lobby des neunten Stocks auf Keith Lowery wartete, beobachtete ich, wie die Jachten über den in der Sonne glitzernden Hafen glitten und wie als Hommage an die sich aufschwingenden weißen Segel des Opernhauses den Wind einfingen.

Auch die Inneneinrichtung war ansehnlich. Das Außenministerium konnte sich aus der nationalen Kunstsammlung bedienen, daher hing im Empfangsbereich ein *Ned Kelly* von Sidney Nolan an der einen Wand und ein fantastischer Rover Thomas, *Roads Crossing*, ihm gegenüber.

Ich bewunderte gerade die satten Ockertöne auf Thomas' Gemälde, als Lowery hinter mich trat.

»Tut mir leid, dass wir hier nichts von Ihrem Dad haben – hervorragender Maler. Unten in Canberra hängt eins seiner absoluten Meisterwerke.«

Lowery war ein großer, breiter Typ mit sandfarbenen Haaren und der Großspurigkeit und Figur eines professionellen Rugbyspielers. Nicht verwunderlich. Rugby ist ein Lieblingssport an den elitären Privatschulen, die trotz all unserer Egalitarismus-Mythen nach wie vor die Bildungsstätten der meisten australischen Diplomaten sind.

»Danke, dass Sie gekommen sind, Dr. Sharansky. Ich weiß, es war viel verlangt.«

»Na ja. Ist doch komisch, dass man von London oder New York aus Sydney in vierundzwanzig Stunden erreicht, aber von einigen Teilen des Nordens hierher fast doppelt so lange braucht.«

»Wirklich? Bin selbst nie da gewesen.«

Typisch, dachte ich. Hat wahrscheinlich jedes Museum in Florenz besucht, aber noch nie den Blitzmann vom Nourlangie Rock gesehen.

»Normalerweise arbeite ich in Canberra, deshalb habe ich mir hier ein Büro für unser Treffen ausgeliehen. Margaret... war doch Margaret, oder?« Er hatte sich der Rezeptionistin zugewandt. »Wir sind in Mr. Kensingtons Büro. Sorgen Sie bitte dafür, dass wir nicht gestört werden?«

Wir gingen durch einen Metalldetektor und einen Korridor entlang. Dann gab Lowery einen Code ein, der uns die Tür zu einem großen über Eck liegenden Raum öffnete. Mein Blick wanderte sofort zum Fenster, das die Sicht auf ein noch spektakuläreres Panorama als das in der Lobby freigab, denn es umfasste das gesamte Gebiet zwischen Botanischem Garten und Hafenbrücke.

»Ihr Kumpel Mr. Harrington muss ja ein ganz großer Zampano sein«, sagte ich und wandte mich Lowery zu. Von der Aussicht abgelenkt, hatte ich nicht bemerkt, dass sich noch jemand in dem Büro befand. Er hatte auf der Couch gesessen, stand jetzt auf und kam mit ausgestreckter Hand auf mich zu.

»Schalom, Channa.«

Sein Haar war ein bisschen schütter geworden, aber er hatte nach wie vor das gebräunte, muskulöse Aussehen, das ihn von allen anderen in unserem Gewerbe abhob.

Ich trat einen Schritt zurück und verschränkte meine Arme hinter dem Rücken.

»Kein ›Hallo, Kumpel‹? Bist du immer noch böse auf mich? Nach sechs Jahren?«

Ich schaute Lowery an und fragte mich, wie viel er über die Geschichte wusste.

»Sechs Jahre?« Meine Stimme sollte so kalt wie möglich klingen. »Sechs Jahre sind nichts, verglichen mit fünfhundert Jahren. Was hast du mit ihr angestellt?«

»Nichts. Ich habe nichts mit ihr angestellt.« Er hielt kurz inne, dann ging er quer durch den Raum zu einem schönen Schreibtisch aus Huon-Kiefer. Darauf stand ein Archivkasten. Er drückte auf die Schnappverschlüsse.

»Guck es dir selbst an.«

Angestrengt zwinkernd durchquerte ich den Raum. Meine Hände verweilten über dem Kasten, dann klappte ich den Deckel auf, und da war sie. Ich zögerte einen Moment, denn ich hatte keine Handschuhe, keine Styroporstützen dabei. Es stand mir nicht zu, sie anzufassen. Doch ich musste sicher sein. So vorsichtig, wie ich konnte, holte ich sie aus dem Kasten, legte sie auf den Schreibtisch und blätterte zu den Illustrationen der Schöpfungsgeschichte. Und da sah ich, dass ich Recht gehabt, mich nicht geirrt hatte. Dass ich mein Handwerk doch beherrschte.

Ich hatte Tränen in den Augen, die teilweise von Erleichterung herrührten und teilweise von Selbstmitleid, wenn ich an das Elend dachte, mit dem ich sechs lange Jahre gelebt hatte. Als ich zu Amitai aufschaute, schmolz alle Unsicherheit, jeder Selbstzweifel dahin und verwandelte sich in die reinste Wut, die ich je verspürt hatte. »Wie konntest du?«

Zu meinem großen Ärger lächelte er mich an. »Ich habe nichts getan.«

»Hör auf!«, schrie ich. »Du bist ein Dieb und ein Gauner und ein verdammter Lügner.« Er lächelte einfach weiter, grinste so gelassen und selbstzufrieden, dass ich immer zorniger wurde. Am liebsten hätte ich ihn geohrfeigt. »Du bist eine Schande für unseren Berufsstand.«

»Dr. Sharansky.« Das war Lowery, der wohl vermittelnd eingreifen wollte. Er kam auf mich zu und legte mir eine Hand auf die Schulter. Ich schüttelte sie ab und trat einen Schritt zurück.

»Warum ist dieser Mann hier? Er hat schweren Diebstahl begangen. Er gehört in den Knast. Erzählen Sie mir nicht, dass die verdammte Regierung verwickelt ist in diesen... Raub... in diese Verschwörung.«

»Sie sollten sich setzen, Dr. Sharansky.«

»Sagen Sie mir nicht, dass ich mich setzen soll! Ich will mit der Sache nichts zu tun haben. Und was macht die Haggadah hier? Womit können Sie es rechtfertigen, eine fünfhundert Jahre alte Handschrift um die halbe Welt zu transportieren? Das ist mehr als unethisch, es ist kriminell. Ich gehe jetzt raus hier und rufe Interpol an. Sie denken wohl, Sie können sich hinter Ihrer diplomatischen Immunität verstecken oder irgendso einem Scheiß.«

Schon war ich an der Tür. Sie hatte keinen Knauf, keine Klinke, nur eine Tastatur mit Ziffern, deren Kombination ich nicht kannte.

»Lassen Sie mich lieber raus, sonst...«

»Dr. Sharansky!« Lowery hatte die Stimme erhoben. Plötzlich glich er eher einem Sportler als einem aalglatten Diplomaten. »Halten Sie einen Moment den Mund, bitte, damit Dr. Yomtov auch mal zu Wort kommen kann.«

Amitai hatte aufgehört zu grinsen. Er breitete die Arme aus wie zum Gebet. »Ich war es nicht. Wenn du dich an mich gewandt hättest, als du die Fälschung bemerktest, hätten wir sie gemeinsam aufhalten können.«

»Aufhalten? Wen?«

Seine Stimme war sehr leise, fast ein Flüstern. »Dr. Heinrich.«

»Werner?« Ich spürte, wie alle Luft aus meinem Körper wich, und sank auf die Couch. »Werner Heinrich?«, wiederholte ich benommen. »Und wer noch? Du hast ›sie‹ aufhalten‹ gesagt.«

»Ozren Karaman, tut mir sehr leid. Anders wäre es nicht möglich gewesen.« Mein Lehrer und mein Liebhaber. Beide hatten sie dagestanden und mir erklärt, ich wisse nicht, worüber ich rede. Ich fühlte mich total verraten.

»Aber warum? Und wie kommt das Buch jetzt hierher?«

»Das ist eine lange Geschichte.« Amitai setzte sich neben mich auf die Couch und goss aus einer Karaffe Wasser in ein Glas. Er reichte es mir und schenkte auch eins für Lowery ein, der dankend ablehnte. Amitai nahm einen Schluck, dann begann er zu sprechen.

»Eine lange Geschichte, die im Winter 1944 anfängt, als Werner gerade vierzehn war. Er wurde eingezogen, wie alle Jungen und alten Männer damals. Die meisten von ihnen mussten Flakgeschütze bedienen oder Ähnliches. Er aber bekam eine andere Aufgabe. Er musste für den Einsatzstab Reichsleiter Rosenberg arbeiten – weißt du, was das war?«

Natürlich hatte ich von dem berüchtigten Organ des Dritten Reichs gehört, das sich die effizientesten und systematischsten Plündererungen in der Geschichte der Kunst auf die Fahnen schreiben konnte. Leiter war Hitlers Vertrauter Alfred Rosenberg, der vor dem Krieg ein Buch geschrieben hatte, in dem er den deutschen Expressionismus als »syphilitisch« bezeichnete. Er hatte den »Kampfbund für deutsche Kultur« gegründet, der darauf zielte, »Entartetes« auszumerzen, was natürlich alles von Juden Geschriebene oder Gemalte einschloss.

»Während das Reich die ›Endlösung‹ vorantrieb, war auch Rosenbergs Einheit damit beschäftigt, sämtliche jüdischen Artefakte zu zerstören, die sie in Synagogen und in den großen Museen Europas beschlagnahmt hatte. Werners Aufgabe war es, die Tora-Rollen und Inkunabeln zu den Verbrennungsöfen zu transportieren und zu vernichten. Eine der Sammlungen, die er dort verbrannte, war der *pincus* von Sarajevo...« Er sah zu Lowery auf. »Das sind die kompletten Aufzeichnungen einer jüdischen Gemeinde. Unersetzlich. Der *pincus* von Sarajevo war sehr alt. Er enthielt Dokumente, die bis 1565 zurückreichten.«

»Ach so«, sagte ich. »Deshalb hat er sich auf hebräische Manuskripte spezialisiert.«

Amitai nickte. »Genau. Er wollte dafür sorgen, dass kein

Buch mehr verloren ging. In den ersten Monaten des Bosnienkrieges trat er an mich heran, weil ihn die Bombardierung des Instituts für Orientalistik und der National- und Universitätsbibliothek durch die Serben daran erinnerte, was in seiner Jugend geschehen war. Er wollte, dass die israelische Regierung einen Rettungseinsatz für die Haggadah organisierte. Ich erklärte ihm, wir hätten keine Erkenntnisse darüber, wo sie sei, oder ob sie überhaupt noch existierte. Er dachte, ich enthielte ihm die Wahrheit vor. Und dann, nach dem Krieg, als die Vereinten Nationen beschlossen, die wieder aufgetauchte Haggadah konservieren und ausstellen zu lassen, glaubte er, sie sei nach wie vor gefährdet. Er hatte kein Vertrauen in den Frieden. Er sagte mir, er halte es für gut möglich, dass Bosnien, sobald die NATO und die UNO das Interesse verloren hätten und ihre dortigen Stellungen aufgaben, von fanatischen Islamisten überfallen würde. Er fürchtete den Einfluss der Saudis, die natürlich für ihre Zerstörung antiker jüdischer Stätten auf der arabischen Halbinsel berüchtigt sind. Ihn quälte der Gedanke, die Haggadah könne wieder in Gefahr sein.«

Amitai trank noch einen Schluck Wasser. »Ich hätte ihm aufmerksamer zuhören müssen. Mir war nicht klar, dass seine Vergangenheit ihn zu einem solchen Fanatiker gemacht hatte. Man sollte doch meinen, dass ein Israeli meines Alters einen Extremisten erkennt. Trotzdem nahm ich ihn nicht ernst.«

»Aber was war mit Ozren? Der hat doch bestimmt nicht ebenso über Bosnien gedacht.«

»Warum nicht? Bosnien hatte seine Frau nicht geschützt, seinen kleinen Sohn nicht gerettet. Ozren hatte zu viel erlebt. Er hatte Heckenschützen auf Menschen schießen sehen, die versuchten, Bücher aus der brennenden Bibliothek herauszuholen. Er hatte sein Leben riskiert, um die Haggadah zu retten, was ihm beinahe nicht gelungen wäre. Ich vermute, zu einer bestimmten Zeit war Ozren sehr empfänglich für Werners Ansichten.«

Ich konnte und wollte nicht glauben, dass Ozren so dachte.

Er liebte seine Heimatstadt, liebte das, wofür sie stand. Ich konnte es nicht fassen, dass er derartig resigniert hatte.

Das verschwenderische Licht Sydneys ergoss sich durch die großen Fenster und fiel auf die offenen Seiten der Haggadah. Ich ging zum Schreibtisch, nahm das Buch und legte es vorsichtig in den Schutz des Archivkastens zurück. Ich wollte gerade den Deckel schließen, doch dann hielt ich inne. Ich betastete die Ränder des Einbands und fand den Wulst, wo die von mir eingefügten neuen Lederfasern in die des alten, von Florian Mittl gefertigten übergingen. Ich drehte mich zu Amitai um.

»Du warst derjenige, der die Negative hatte.«

»Werner erklärte mir, er könne die deutsche Regierung dazu bewegen, eine bessere Faksimileausgabe zu finanzieren als die von uns geplante. Er war sehr überzeugend. Die Deutschen seien bereit, das Sechsfache unseres Budgets zu spendieren; sie wollten auf echtem Pergament drucken ... es sollte eine Geste des guten Willens von Seiten des neuen Deutschlands sein. Was soll ich sagen? Ich glaubte ihm und habe ihm deine Dokumentation überlassen. Natürlich hat er sie benutzt, um alle erdenklichen Details genau kopieren zu können – sogar deine Konservierungsarbeiten. Und da er dein Lehrer war, wusste er sehr gut, wie er vorgehen musste.«

»Aber warst du an dem Abend da, in Ozrens Wohnung?«

Amitai seufzte. »Ich war da, Channa, weil auch ich ein Kind verloren hatte. Meine Tochter. Sie war drei.«

»Amitai.« Ich hatte keine Ahnung gehabt. Ich wusste, dass er geschieden war, nicht aber, dass er ein Kind gehabt hatte. »Das tut mir sehr leid. War es ein Selbstmordattentat?«

Er schüttelte den Kopf und lächelte. »Alle denken, dass Israelis immer in Kriegen oder durch Bomben umkommen. Dabei schaffen es manche von uns auch, einfach im Bett zu sterben. Sie hatte einen Herzfehler. Ein Kind zu verlieren – man empfindet diese schreckliche Leere, egal, wie es passiert. Ich war in Sarajevo, um die israelischen Spenden zur Restaurierung der Bibliothek zu übergeben, und hörte die Nachricht über Ozrens Sohn. Als Vater fühlte ich mit ihm.«

Eine Weile herrschte verlegenes Schweigen. »Ich mache dir keinen Vorwurf, dass du mich im Verdacht hattest, Channa. Wirklich nicht.«

Dann erzählte er mir, wie das Buch gefunden worden war und dass er wegen der Qualität der Fälschung, die in Sarajevo ausgestellt wurde, sofort Werner verdächtigt hatte.

»Aber warum hat Werner sich Yad Vashem ausgesucht?«

»Er kannte sich gut aus in der Gedenkstätte. Er hat da im Laufe der Jahre oft als Gastgelehrter gearbeitet. Deshalb war es einfach für ihn, die Haggadah dort in der Bibliothek zu verstecken. Es war ihm egal, dass keiner von ihrer Existenz erfahren würde, dass keiner sie je würde studieren, ihre Schönheit feiern können. Seine einzige Sorge galt ihrem Schutz, und er erklärte mir, er sei zu dem Schluss gekommen, dass Yad Vashem der sicherste Ort auf der Welt sei. Dass wir diese Gedenkstätte, auch wenn das Schlimmste geschähe und Israel in einen existenziellen Konflikt geriete, vor allen anderen verteidigen würden.« Amitai schaute zu Boden. »Und zumindest in diesem Punkt hat er Recht.«

»Hast du ihn gesehen? Ist er verhaftet worden?«

»Ja, ich habe ihn gesehen. Und nein, er wurde nicht verhaftet.«

»Aber warum nicht?«

»Er lebt in einem Hospiz in Wien. Er ist ein alter Mann, Channa, sehr gebrechlich und nicht mehr ganz bei sich. Ich habe viele Stunden gebraucht, um zu erfahren, was ich dir eben erzählt habe.«

»Und was ist mit Ozren? Haben sie *den* verhaftet?«

»Nein. Er ist sogar befördert worden, zum Direktor des Nationalmuseums.«

»Aber wieso lasst ihr ihn ungestraft davonkommen? Warum wurde keine Anklage gegen ihn erhoben?«

Amitai sah Lowery an.

»Die Israelis sind der Ansicht, dass es besser ist, wenn die Sache nicht öffentlich bekannt wird«, sagte Lowery. »Die Tatsache, dass das Buch in Israel entdeckt wurde, würde genügen, um…

na ja... und da Heinrich kein glaubwürdiger Zeuge mehr ist, sieht niemand einen Sinn darin, die Sache unnötig aufzublasen. Bei Diplomaten heißt das, ›einen Scheißwirbel zu machen‹.«

»Ich kapiere das immer noch nicht. Sie sagen, die israelische Regierung unterstützt die Rückgabe an Sarajevo, stimmt's? Dann könnten Sie das Buch doch einfach in aller Stille in einem Diplomatenkoffer hinbringen...«

Amitai schaute auf seine Hände. »Du kennst doch den alten Spruch, Channa: Zwei Juden, drei Meinungen. Es gibt gewisse Gruppierungen in meiner Regierung, die darauf bestehen würden, dass dieses Buch in Israel bleibt. Das wäre für sie wie zehn Lichterfeste auf einmal.« Er hustete und griff nach seinem Wasserglas. »Als Mr. Lowery ›die Israelis‹ sagte, meinte er nicht unbedingt die Regierung.«

Ich wandte mich Lowery zu. »Und wieso um alles in der Welt lässt sich das Außenministerium in dieses Durcheinander verwickeln? Welches Interesse hat Australien an der Sache?«

Lowery räusperte sich. »Der Premierminister ist ein guter persönlicher Freund des israelischen Präsidenten, und der Präsident wiederum ist ein alter Armeekumpel von unserem Amitai. Also dachten wir, dass Sie den beiden vielleicht einen Gefallen tun.« Er grinste verlegen. »Obwohl ich vermute, dass Sie kein großer Fan des jetzigen Premiers sind, hoffen wir, dass Sie ein Einsehen haben und uns behilflich sind.«

Amitai mischte sich ein. »Natürlich könnte ich das Buch nach Sarajevo schmuggeln. Klar, keine Frage. Aber dann? Glaub mir, es war keine leichtfertige Entscheidung, die Haggadah hierherzuholen. Wir sind das Risiko deinetwegen eingegangen, Channa, weil wir denken, dass du die größten Chancen hast, Ozren zu überreden, sie an ihren rechtmäßigen Platz zurückzubringen.« Amitai hielt inne. Ich war verblüfft und versuchte, das Gesagte zu verarbeiten, deshalb schaute ich wohl recht verständnislos drein.

»Wegen Ihrer früheren Beziehung zu ihm«, fügte Lowery hinzu.

Das war zu viel. »Was *zum Teufel* wissen Sie über meine

›frühere Beziehung‹? Wie können Sie es wagen, so in meinem Privatleben rumzuschnüffeln? Gelten hier keine Bürgerrechte mehr?«

Amitai hob die Hand. »Das betraf nicht nur dich, Channa. Du warst zu einer heiklen Zeit in Sarajevo. Die CIA, der Mossad, der französische Nachrichtendienst …«

»Sogar der australische«, fiel Lowery ein. »Zu der Zeit war fast jeder Ausländer im ehemaligen Jugoslawien ein Spitzel oder wurde bespitzelt. Nehmen Sie es nicht persönlich.«

Erregt stand ich auf. Er hatte gut reden. Wie es ihm wohl gefallen würde, wenn ich ihm mitteilte, ich wüsste, mit wem er vor sechs Jahren geschlafen hat? Na ja, vielleicht rechnet man in seinem Gewerbe mit so etwas. Aber mich gruselte es. Ich bin ein Bücherwurm, keine Diplomatin oder Spionin. Und ganz bestimmt keine Mata Hari für Israel. Oder für irgendein anderes Land.

Ich ging zum Schreibtisch und schaute auf die Haggadah hinunter. Sie hatte so viele gefährliche Reisen überlebt. Jetzt war sie hier, auf einem Kontinent, der nicht einmal Teil der ihren Schöpfern bekannten Welt gewesen war. Und sie war meinetwegen hier.

Vor Jahren, nach meiner Rückkehr aus Sarajevo, war ich in die australische Nationalgalerie gegangen und hatte mir stundenlang Tonbänder mit Interviews meines Vaters angehört. Mittlerweile kannte ich seine Stimme. Es war eine Stimme, die aus mehreren Schichten bestand. Die oberste, dominante Schicht war der karge, lakonische Tonfall des Outback. Die Stimme, zu der er als junger Mann gefunden hatte, als er entdeckte, was er liebte und wozu er bestimmt war. Aber darunter befanden sich andere Schichten. Hinweise auf eine Kindheit in Boston. Die winzige Spur eines russischen Akzents. Gelegentlich ein jiddisch moduliertes Wort.

Was ich tu, bin ich: Dafür kam ich.

Ich wusste jetzt, wie es klingen würde, wenn er diese Zeile aus dem Hopkins-Gedicht aufsagte. Ich konnte ihn in meinem Kopf hören.

Was ich tu, bin ich.

Er hatte Kunst geschaffen. Ich erhielt sie. Das war mein Lebenswerk. *Was ich tu.* Aber ein Risiko eingehen, ein sehr großes, das ist entschieden *nicht,* was ich tue. Ganz und gar nicht.

Ich drehte mich um und lehnte mich an den Schreibtisch, denn ich fühlte mich ein bisschen zittrig. Die beiden starrten mich an.

»Und wenn ich erwischt werde? Mit einem Gegenstand in der Tasche, der gestohlen und – ich schätze mal grob – fünfzig, sechzig Millionen wert ist? Was dann?«

Amitai schien plötzlich wieder sehr interessiert an seinen Händen zu sein. Lowery dagegen fesselten die Büroangestellten, die sich in ihrer Mittagspause auf dem Rasen des Botanischen Gartens sonnten. Keiner sagte etwas.

»Ich habe euch eine Frage gestellt. Was ist, wenn ich geschnappt und beschuldigt werde, einen Teil des Weltkulturerbes verscherbeln zu wollen?«

Amitai schaute auf Lowery, der sich anscheinend nicht von der Aussicht losreißen konnte.

»Und?«

Amitai und Lowery fingen gleichzeitig an zu reden.

»Die australische Regierung ...«

»Die israelische Regierung ...«

Dann hielten sie beide inne, schauten einander an und machten höfliche »Nach Ihnen«-Gesten. Es war fast schon komisch. Lowery legte als Erster los.

»Sehen Sie die Stelle da drüben unter den Feigenbäumen?« Er zeigte auf einen grasbewachsenen Hang am Hafenufer. »Ein echter Zufall, aber genau da wurde die letzte Szene von *Mission: Impossible II* gedreht.«

* * *

In Sarajevo hatten sie einen neuen Flughafen gebaut. Er war todschick und mit seinen hübschen Bars und Geschenkläden total zivilistisch. Normal.

Ich dagegen fühlte mich alles andere als das. Während ich am Einreiseschalter in der Schlange stand, war ich sehr froh über die Betablocker, die Amitai mir vor einer Stunde in Wien gegeben hatte. »Wenn du die nimmst, wirkst du nicht so nervös«, hatte er gesagt. »Verschwitzte Hände, Atemlosigkeit. Zollbeamte achten zu neunundneunzig Prozent auf nervöses Verhalten. Natürlich *bist* du nach wie vor nervös. *Das* können die Tabletten *nicht* verhindern.«

Er hatte Recht gehabt. Es ging mir grauenhaft. Ich hatte eine zweite Runde Betablocker einwerfen müssen. Die erste hatte ich erbrochen.

Außerdem hatte er mir den Koffer gegeben, mit dem er die Haggadah bereits von Israel nach Australien transportiert hatte. Es war ein schwarzer Nylontrolley, der ganz gewöhnlich aussah – die Sorte, die gerade noch ins Gepäckfach passt –, besaß aber einen doppelten Boden, der mit irgendeinem supergeheimen, für Röntgenstrahlen undurchlässigen Gewebe ausgekleidet war. »Nicht nachweisbar durch irgendeine auf dem Markt befindliche Technologie«, hatte er mir versichert.

»Brauche ich den wirklich?«, hatte ich gefragt. »Ich meine, was soll's, wenn das Röntgengerät ein Buch in meinem Gepäck zeigt? Nur ein Spezialist würde erkennen, was für eins es ist. Aber wenn ich mit so einer Schmugglerausrüstung geschnappt werde ...«

»Warum sollen wir ein Risiko eingehen? Du fliegst nach Sarajevo. In der Stadt gibt es Menschen, und nicht nur Juden, die sich eine Faksimileausgabe der Haggadah gekauft haben, obwohl sie nichts zu essen hatten. Es ist dort ein sehr populäres Buch. Jeder – ein Zollbeamter, jemand in der Schlange hinter dir – könnte es erkennen. Der Koffer ist wirklich bestens geeignet. Keiner wird dich erwischen.«

Mit mir waren mehrere Iraner geflogen, und das erwies sich als großes Glück für mich. Die armen Teufel zogen alle Aufmerksamkeit in der Ankunftshalle auf sich. Sarajevo war zu einem beliebten Einreiseflughafen für Menschen geworden, die versuchten, illegal nach Europa zu gelangen, da Bosniens Grenzen immer noch ziemlich durchlässig waren, deshalb hatte die EU Bosnien zugesetzt, etwas dagegen zu unternehmen. Bei dem Iraner vor mir wurden die Koffer geöffnet, die Dokumente genauestens geprüft. Ich sah, dass ihm kein Betablocker vergönnt gewesen war. Er schwitzte wie verrückt.

Als ich an der Reihe war, wurde ich nur mit einem Lächeln und einem »Willkommen in Bosnien« begrüßt und saß gleich darauf auch schon im Taxi, das an einer neuen, von den Golfstaaten finanzierten Riesenmoschee vorbeifuhr, dann an einem Sexshop und an einem Irish Pub, der mit »20 weltberühmten Markenbieren« warb. Das viel beschossene Holiday Inn war renoviert worden und ragte jetzt wie ein leuchtend gelber Turm aus Lego-Klötzen in die Höhe. Feigenbäumchen, gepflanzt als Ersatz für die während der Belagerung als Heizmaterial gefällten Bäume, säumten die Hauptstraßen. Als wir die Altstadt erreichten, waren die Gassen voller bunt gekleideter Frauen und Männer in ihren besten Anzügen, die den Kältegraden zum Trotz zwischen Ballonverkäufern und Blumenhändlern flanierten.

Ich wollte den Taxifahrer fragen, was los war, und deutete auf eine Gruppe kleiner Mädchen in samtenen Sonntagskleidern.

»*Biram!*«, erwiderte er breit lächelnd. Das also war die Erklärung; ich hatte nicht gewusst, dass der Ramadan gerade zu Ende war und die Stadt eins der größten Feste des muslimischen Kalenders feierte.

In der Bäckerei an der Süßen Ecke drängten sich die Leute. Mit meinem Trolley im Schlepptau konnte ich mich kaum bis zur Ladentheke durchschlagen. Der Bäckermeister erkannte mich nicht; wie sollte er auch, nach sechs Jahren? Ich zeigte auf die Treppe, die hinter der Theke auf den Dachboden führte.

»Ozren Karaman?«, sagte ich.

Er nickte, deutete auf seine Armbanduhr und dann auf die Tür, was ich als Hinweis begriff, dass Ozren bald zurück sein würde. Ich wartete, bis in dem überfüllten, lauten Laden ein

Hocker frei wurde. Dann setzte ich mich in eine warme Ecke, knabberte am knusprigen Rand eines zu zuckrigen Törtchens und behielt die Tür im Auge.

Ich wartete eine Stunde, zwei. Der Bäcker fing an, mich misstrauisch zu beäugen, deshalb bestellte ich eine weitere, diesmal in Honig getränkte Süßigkeit, obwohl ich die erste noch nicht aufgegessen hatte.

Schließlich, gegen elf Uhr, stieß Ozren die mit Dampf beschlagene Tür auf. Wenn ich nicht so aufmerksam in jedes Gesicht gestarrt hätte oder auf der Straße einfach an ihm vorbeigegangen wäre, hätte ich ihn womöglich nicht erkannt. Sein Haar war nach wie vor lang und zerzaust, aber komplett silbergrau geworden. Hängebacken hatte er nicht bekommen – er war immer noch mager, ohne ein Gramm überflüssigen Fetts –, dafür hatten sich tiefe Falten in seine Wangen und seine Stirn gegraben. Als er aus seinem Mantel schlüpfte – dasselbe fadenscheinige Modell wie vor sechs Jahren –, sah ich, dass er tatsächlich einen Anzug trug. Den erforderte wohl sein Posten als Museumsdirektor – freiwillig hätte er ihn auf keinen Fall angezogen. Es war ein schöner Anzug, guter Stoff, gut geschnitten, doch er sah aus, als hätte er darin geschlafen.

Bis ich mich um die Stühle und Hocker herumgedrängelt hatte, war er schon halb die Treppe hinauf.

»Ozren.« Er drehte sich um und schaute mich blinzelnd an. Er erkannte mich nicht. So angespannt ich auch war, ein Anflug von Eitelkeit sagte mir, dass es an der schlechten Beleuchtung oder meinen kurzen Haaren liegen musste. Ich wollte nicht glauben, dass ich so sehr gealtert war.

»Ich bin's. Hanna Shar… Hanna Heath.«

»Grundgütiger.« Sonst sagte er nichts, stand nur da und blinzelte.

»Kann ich, du weißt schon, mit raufkommen?«, fragte ich. »Ich muss mit dir sprechen.«

»Meine Wohnung, äh, die ist nicht… Es ist spät. Wie wär's mit morgen im Museum? Es ist ein Feiertag, aber vormittags bin ich da.« Er hatte sich von seiner Überraschung erholt und seine Stimme unter Kontrolle. Sein Tonfall war sehr korrekt, kühl und professionell.

»Ich muss jetzt mit dir reden, Ozren. Ich glaube, du weißt, worum es geht.«

»Ich denke eigentlich nicht …«

»Ozren, ich habe hier was. In diesem Koffer.« Ich deutete mit meinem Kopf auf den Trolley. »Etwas, das in dein Museum gehört.«

»Grundgütiger«, sagte er noch einmal. Er schwitzte, und das lag nicht an der Hitze in der Bäckerei. Er streckte einen Arm aus. »Bitte sehr, nach dir.« Ich drängte mich auf der schmalen Treppe an ihm vorbei und kämpfte mit meinem Koffer. Er wollte ihn mir abnehmen, doch ich packte ihn so fest, dass die Knöchel meiner Finger weiß wurden. Einige Leute im Laden, darunter auch der Besitzer, hatten sich zu uns umgedreht, da sie irgendeine Streiterei witterten. Der Trolley polterte hinter mir lautstark die Stufen hinauf. Ozren folgte. Ich hörte, wie der Geräuschpegel sank, als die Anwesenden merkten, dass es doch kein Spektakel geben würde, und sich wieder ihrem Kaffee und ihren fröhlichen Festtagsgesprächen zuwandten.

Ozren führte mich in den Dachraum. Er schloss die Tür mit dem alten schmiedeeisernen Riegel und lehnte sich dagegen. Sein silbriges Haar, das die Balken streifte, weckte Erinnerungen. Verwirrende Erinnerungen.

In dem kleinen Kamin lagen Zündspäne bereit. Bei meinem letzten Aufenthalt war Holz hier in Sarajevo noch knapp gewesen, deshalb hatten wir uns nie den Luxus eines Feuers erlaubt. Ozren beugte sich über den Rost. Als das Feuer aufflammte, legte er ein einzelnes Scheit auf die Späne. Er nahm eine Flasche *rakija* von einem Regal und goss ihn in zwei Gläser. Ohne zu lächeln reichte er mir eins.

»Auf ein glückliches Wiedersehen«, sagte er mürrisch und kippte das Getränk in einem Zug hinunter. Ich nippte an meinem.

»Vermutlich bist du gekommen, um mich hinter Gitter zu bringen«, sagte er dann.

»Mach dich nicht lächerlich.«

»Wieso denn nicht? Ich hätte es verdient. Ich habe darauf gewartet, jeden Tag, sechs Jahre lang. Gut, dass du es bist. Du hast mehr Recht dazu als sonst jemand.«

»Ich weiß nicht, was du meinst.«

»Es war schrecklich, was wir dir angetan haben. Dich so an deinem eigenen Wissen zweifeln zu lassen, dich anzulügen.« Er goss sich noch einen Schnaps ein. »Als du die Fälschung erkannt hast, hätten wir Schluss machen müssen. Aber ich war außer mir, und Werner – du weißt doch, dass es Werner war, oder?«

Ich nickte.

»Werner war besessen.« Sein Gesicht verlor plötzlich seine Anspannung, und die harten Linien wurden weich. »Hanna, seit das Buch dieses Land verlassen hat, hat es keinen Tag gegeben, an dem ich es nicht bedauert habe. Ich habe versucht, Werner zu überreden, es mir zurückzugeben. Ich drohte ihm, alles zu gestehen. Er sagte, dann würde er es leugnen. Er würde die Haggadah an einen Ort bringen, wo sie keiner jemals finden würde. Ich sah inzwischen wieder klarer. Ich erkannte, dass er wahnsinnig genug war, das zu tun. Hanna ...«

Er trat auf mich zu, nahm mir das Glas ab, stellte es beiseite und ergriff meine Hände. »Ich habe dich so vermisst. Ich wollte dich so gern finden, dir sagen ... dich um Verzeihung bitten ...«

Ich spürte, wie mir die Kehle eng wurde, als alle Gefühle, die ich für ihn hegte – für ihn und für niemanden seither –, mich zu überwältigen drohten in diesem Raum mit seinen Erinnerungen. Doch dann gewann die Wut über das, was er mich hatte durchmachen lassen, die Oberhand, und ich löste mich von ihm.

Er hob seine Hände, die Flächen zu mir gewandt, wie um mir zu zeigen, er hatte begriffen, dass er eine Grenze überschritten hatte.

»Weißt du, dass ich deinetwegen seit sechs Jahren kaum ein Buch angerührt habe? Wegen *deiner* Lügen. Ich habe meinen Beruf aufgegeben, weil du mir erklärt hast, ich sei im Irrtum.«

Er ging hinüber zum Dachfenster, von dem aus man ein Stück Himmel und die Stadt sah. Draußen glitzerten Lichter. Die Lichter einer lebendigen Stadt. Vor sechs Jahren waren keine da gewesen.

»Es gibt keine Entschuldigung für das, was ich getan habe. Aber als Alija starb, war ich so wütend auf mein Land. Ich war verzweifelt. Und dann war Werner da, der mir einflüsterte, es sei das Richtige, den Juden dieses Buch zurückzugeben, als Entschädigung für alles, was ihnen geraubt worden war. Dass es ihnen gehöre und nur sie es schützen könnten. Es so schützen könnten, wie dieser noch gar nicht flügge Staat – in einer Region, deren Name Synonym ist für mörderische Feindschaft und Inkompetenz – es nie zu schützen vermöchte.«

»Wie konntest du so denken, Ozren? Obwohl du als Sarajevoer und Muslim es doch selbst gerettet hast und dieser andere Bibliothekar, Serif Kamal, sein Leben dafür riskiert hat?« Er sagte nichts. »Denkst du immer noch so?«

»Nein«, sagte er. »Heute nicht mehr. Du weißt, dass ich kein religiöser Mensch bin, Hanna. Aber ich habe viele Nächte hier in diesem Zimmer wach gelegen und gedacht, dass die Haggadah aus einem bestimmten Grund nach Sarajevo gekommen ist. Sie war hier, um uns zu prüfen, um zu sehen, ob es Menschen gäbe, die erkennen, dass uns mehr verbindet, als uns trennt. Dass es nur zählt, Mensch zu sein und nicht Jude oder Muslim, Katholik oder serbisch-orthodox.«

Von unten aus der Bäckerei ertönte heiseres Gelächter. Das Holzscheit rutschte und fiel in den Kamin.

»Also«, sagte ich, »wie bringen wir sie zurück?«

* * *

Später, als ich mich mit Amitai traf und ihm erzählte, wie wir es angestellt hatten, lächelte er.

»So läuft es meistens. Zu neunundneunzig Prozent war es auch in meiner Einheit so. Leute, die viele Filme sehen oder Spionagethriller lesen, wollen es nicht glauben. Sie denken, dass sich Agenten in Ninja-Outfits aus Luftschächten fallen lassen, dass Plastiksprengstoff, getarnt als ... *Ananas* oder so was, gezündet wird. Aber viel öfter läuft es genau wie bei euch: mit einer Mischung aus Glück, gutem Timing und einem bisschen gesunden Menschenverstand. Und dass wir den Erfolg einem muslimischen Feiertag zu verdanken haben – umso besser.«

Da Biram war, hatte in dieser Nacht nur ein Wärter Dienst im Museum gehabt. Wir hatten bis kurz nach vier Uhr morgens gewartet, weil wir wussten, dass die Morgenschicht um fünf begann. Ozren erklärte dem Mann einfach, er habe nach dem üppigen Essen nicht schlafen können und beschlossen, ein wenig zu arbeiten. Da Biram sei, solle der Wärter nach Hause gehen und sich ausruhen, damit er später mit seiner Familie feiern könne. Ozren versicherte ihm, er würde die nötigen Sicherheitsprüfungen vornehmen.

Ich wartete zitternd draußen, bis ich den Wärter gehen sah. Ozren ließ mich ein. Zuerst gingen wir in den Keller, wo sich der Schalter befand, der die Sensoren für den Haggadah-Raum kontrollierte. Als Direktor hatte Ozren den Code, der ihn deaktivierte und die Lichtschranken der Bewegungsmelder vorübergehend blockierte. Die Videokamera war eine andere Sache: Sie konnte nicht abgestellt werden, ohne dass Alarm ausgelöst wurde. Aber Ozren meinte, daran hätte er gedacht. Wir gingen die Korridore entlang, vorbei an dem prähistorischen Boot und den Antikensammlungen, bis wir vor der Tür der Haggadah-Galerie standen.

Ozren zitterte ein wenig, als er seinen Code eingab, und er vertat sich bei einer Ziffer.

»Das darf mir nur einmal passieren. Beim zweiten Fehler geht der Alarm los.« Er holte tief Luft und drückte die Zahlen erneut. ZUTRITT blinkte es ihm entgegen, doch die Tür öffnete sich nicht. »Wir sind im Nach-Feierabend-Modus, deshalb muss doppelt entsichert werden. Der Code der Bibliotheksleiterin muss ebenfalls eingegeben werden. Machst du das, bitte? Meine Hand hört nicht auf zu zittern.«

»Aber ich kenne ihn nicht!«

»Fünfundzwanzig, fünf, achtzehn, zweiundneunzig«, sagte er, ohne zu zögern. Ich schaute ihn fragend an, aber er nickte mir nur ermutigend zu. Ich tippte. Die Tür ging auf.

»Woher kanntest du den?«

Er lächelte. »Sie war neun Jahre lang meine Assistentin. Sie ist eine großartige Bibliothekarin, aber sie hat kein Zahlengedächtnis. Die einzige Zahl, die sie sich merken kann, ist Titos Geburtsdatum. Das benutzt sie für alles.«

Wir betraten den Raum, der gerade so hell beleuchtet war, dass die Videokamera aufnehmen konnte. Das Objektiv starrte auf uns herunter und zeichnete jede unserer Bewegungen auf. Ozren hatte eine Taschenlampe mitgebracht, damit wir kein Licht anmachen mussten. Er hatte sie mit einem roten Tuch umwickelt, um die Helligkeit abzuschwächen. Der Strahl tanzte über die Wände, während er den Digitalschlüssel zum Öffnen der Vitrine aus seiner Tasche holte.

Er führte die Karte ein, dann klappte er die Glasscheibe herunter. Werners Fälschung war bei der Illustration der spanischen Sederfeier der wohlhabenden Familie und der mysteriösen Afrikanerin in jüdischer Tracht aufgeschlagen. Es war die Seite, wo ich im Original das weiße Haar gefunden hatte. Ozren schlug Werners Kopie zu, hob sie aus der Vitrine und legte sie auf den Boden.

In einer Umkehrung der Situation, die sich vor sechs Jahren zwischen uns zugetragen hatte, reichte ich ihm jetzt die Haggadah von Sarajevo.

Er nahm sie in beide Hände, dann drückte er sie einen Moment lang an seine Stirn. »Willkommen zu Hause«, sagte er.

Vorsichtig legte er sie auf das Gestell und blätterte das Pergament behutsam um, bis er die Abbildung des Sederfestes erreichte.

Ich hatte die Luft angehalten, ohne es zu merken. Ozren machte Anstalten, die Vitrine zu schließen.

»Warte«, sagte ich. »Ich möchte sie mir eine Sekunde angu-
cken.« Ich wünschte mir noch einen Moment mit dem Buch,
ehe ich mich für immer davon trennen musste.

Erst später wurde mir klar, warum ich dort, in dem trüben
Licht, sehen konnte, was ich zuvor nie gesehen hatte. Die Farb-
temperatur des von der Taschenlampe erzeugten roten Lichts
ermöglichte es. Schwache Markierungen zierten den Saum des
Gewandes der Afrikanerin. Der Künstler hatte sie in einem
nur geringfügig dunkleren Ton als dem Safrangelb der Robe
angebracht. Die Linien waren sehr fein, unwahrscheinlich
fein – aufgetragen mit einem Pinsel aus nur einem einzigen
Haar. Als ich das Bild bei Tag oder im kalten Licht von Leucht-
stoffröhren studiert hatte, hatten die winzigen Striche wie
eine Schraffur ausgesehen, wie die geschickte Andeutung von
Stofffalten.

Im wärmeren Licht von Ozrens abgedunkelter Taschenlampe dagegen erkannte ich, dass es sich um Schrift handelte.
Arabische Schrift.

»Schnell! Schnell, Ozren, gib mir eine Lupe!«

»Was? Bist du verrückt? Dafür haben wir keine Zeit.
Was …«

Ich langte hoch und zog ihm seine Brille von der Nase. Dann
hielt ich das linke Glas über den haarfeinen Schriftzug, blinzelte und las vor:

»*Ich schuf* – das Wort ließe sich auch mit ›gestaltete‹ oder
›malte‹ übersetzen …« Meine Stimme brach. Ich musste mich
mit einer Hand an der Vitrine abstützen. »*Ich schuf diese Bilder für Binyamin ben Netanel ha-Levi.* Und dann steht da ein
Name. Ozren, da steht ein Name! Zana – nein, nicht Zana,
Zahra heißt es – *Zahra bint Ibrahim al-Tareq, in Sevilla bekannt als al-Mora.* Al-Mora – das bedeutet ›die Mohrin‹.
Ozren, das muss sie sein – die Frau in Safrangelb. Sie ist die
Künstlerin.«

Ozren schnappte sich seine Brille und beäugte die Schriftzeichen, während ich die Taschenlampe hielt. »Eine Afrikanerin. Muslimin. Die mysteriöse Illustratorin der Haggadah von

Sarajevo. Und wir haben fünfhundert Jahre lang ihr Selbst-
porträt angestarrt.«

Vor lauter Aufregung über unsere Entdeckung hatte ich
ganz vergessen, dass wir dabei waren, einen Diebstahl heimlich rückgängig zu machen. Das leise Surren der Videokamera, die ihren automatischen Schwenk durch den Raum
vollführte, erinnerte mich wieder daran. Ozren hob die Glasscheibe der Vitrine und schloss sie mit einem endgültigen
Klicken.

»Und was machen wir damit?«, fragte ich und zeigte auf die
Kamera.

Er bedeutete mir, ihm zu folgen. Aus einem Schrank in seinem Büro nahm er von einem Bord mit nach Datum sortierten
Bändern eine Kassette und legte sie auf seinen Schreibtisch.
Er hatte ein mit dem heutigen Datum beschriftetes Etikett
vorbereitet und klebte es einfach über das auf dem vor genau
einer Woche aufgenommenen Band.

»Jetzt schnell raus hier, ehe die Wärter kommen.« Auf dem
Weg nach draußen trug Ozren noch in das Logbuch ein, dass
die Runde um 4:30 Uhr ohne besondere Vorfälle erledigt worden sei. Dann drückte er auf den Eject-Knopf des Videorekor-
ders und tauschte die Kassetten aus.

Mit einem festen Ruck zog er die verräterische Aufzeich-
nung aus der Plastikhülle.

»Wirf es auf dem Weg zur Süßen Ecke irgendwo weg, wo es
nicht auffällt, wo schon eine Menge Müll liegt. Ich muss noch
die Bewegungsmelder aktivieren und auf die Ablösung für die
Morgenschicht warten. Dann treffen wir uns bei mir. Wir müssen auch noch die gefälschte Haggad ...«

Wir realisierten es beiden im selben Moment. Die Fälschung –
die fast perfekte Kopie – war noch da, wo wir sie hatten liegen
lassen, nämlich auf dem Boden der Galerie.

Es war zehn vor fünf. Wenn von den Wärtern einer zu früh
kam, waren wir, wie es so schön heißt, am Arsch. Die nächsten
Minuten waren der Teil meines Lebens, den ich wahrscheinlich am liebsten streichen würde. Zu sagen, dass mein Herz

hämmerte, wäre eine grobe Untertreibung. Ich rechnete fest mit einem Herzinfarkt. Ich sprintete in Ozrens Büro, suchte den Schlüssel, öffnete den Schrank, griff mir ein weiteres Ersatzband und durchwühlte dann den Schreibtisch seiner Assistentin nach einem Etikett. Ich fand keins.

»Scheiße! Scheiße!« Ich konnte nicht glauben, dass wir wegen eines fehlenden Etiketts auf frischer Tat ertappt werden würden.

»Die sind hier drin«, sagte Ozren und klappte einen kleinen Holzkasten auf. Er war in den Raum mit der Haggadah zurückgerast, hatte die Codes eingegeben und sich die Fälschung geschnappt. Gemeinsam rannten wir zum Ausgang. Ich rutschte auf dem Marmorfußboden aus und schlug hart mit dem Knie auf. Das Video schlitterte über den Boden. Ozren drehte sich um, hob es auf und zog mich so grob hoch, dass er mir beinahe die Schulter ausrenkte. Meine Augen tränten. »Für so was bin ich nicht geschaffen«, jammerte ich.

»Das ist jetzt egal, okay? Lauf, schnell. Und nimm das hier mit.« Er warf mir Werners Fälschung zu. »Bis später an der Süßen Ecke.« Er schob mich zur Tür hinaus.

Ich war einen Block vom Museum entfernt, als ich einen Mann in der grauen Museumswärteruniform gähnend auf mich zukommen sah. Ich musste mich zwingen, ganz normal an ihm vorbeizugehen – so normal, wie es mir mit meinem schmerzenden Knie möglich war. Als ich die Süße Ecke erreichte, befeuerte der Bäcker schon seine Öfen. Er warf mir einen sehr befremdeten Blick zu, als ich allein die Treppe zum Dachboden hinaufhumpelte. In Ozrens Wohnung machte ich den Kamin wieder an und dachte über Zahra al-Tareq nach, die Künstlerin, die malen und schreiben gelernt hatte. Keine schlechte Leistung für eine Frau ihrer Zeit. Es gab so viele anonyme Künstlerinnen, die man um den Beifall betrogen hatte, der ihnen zugestanden hätte. Diese jedoch würde bekannt werden. Berühmt. So viel konnte ich für sie tun.

Und das war erst der Anfang. Der andere Name, ha-Levi. Die Erwähnung Sevillas – wenn die Malerin in Sevilla gelebt hatte und die Familie ha-Levi auch, dann bedeutete das, dass die Bilder wahrscheinlich älter waren als der Text... Die Fährten, die sich aus diesen wenigen Worten ergaben, würden zu zahlreichen neuen Erkenntnissen führen, zu noch viel mehr Wissen. Ich stapelte ein paar von Ozrens Kissen an der Wand und lehnte mich dagegen. Die Regenzeit in Nordaustralien würde noch zwei, drei Monate dauern. Ich begann bereits, eine Reise nach Spanien zu planen.

Kurz darauf hörte ich Ozren kommen. Er rief meinen Namen, während er die Stufen, immer zwei auf einmal, heraufsprang. Ich hörte das uralte Holz klagend knarren. Er war ebenso aufgeregt wie ich. Er verstand, worum es ging. Er würde mir helfen. Gemeinsam würden wir die Wahrheit über Zahra al-Tareq herausfinden. Gemeinsam würden wir sie zu neuem Leben erwecken.

Aber zuerst hatten wir noch etwas zu erledigen.

Ozren stand vor dem Feuer, Werners Faksimile in der Hand. Er bewegte sich nicht.

»Woran denkst du?«

»Wenn ich einen Wunsch frei hätte, wäre es der, dass dies das letzte Buch ist, das in dieser Stadt je verbrannt wird.«

Es war die kalte Stunde vor Sonnenaufgang. Ich starrte in die Flammen und dachte an verkohlende Pergamente bei einem mittelalterlichen Autodafé, an jugendliche Nazi-Gesichter, beleuchtet von Haufen brennender Bücher, an die nur wenige Straßen entfernt ausgeweidete Ruine der Sarajevoer Bibliothek. Bücherverbrennungen. Immer die ersten Anzeichen. Vorboten der Scheiterhaufen, der Öfen, der Massengräber.

»*Verbrenne nur seine Bücher*«, sagte ich. Caliban, Ränke schmiedend gegen Prospero. An den Rest erinnerte ich mich nicht. Doch Ozren kannte ihn.

Vergiss nicht, ihm seine Bücher vorher wegzunehmen,
Denn ohne sie ist er nur ein Dummkopf wie ich;

Und hat nicht einen einzigen Geist mehr,
dem er befehlen könnte. ...

Durch die vereisten Scheiben des Dachfensters sah ich, wie die Sterne verblassten und der Himmel sich langsam zu einem satten Ultramarin erhellte. *Ultra,* »jenseits von«, *marin,* »dem Meer«. Die Farbe, benannt nach der Reise des Lapislazuli von jenseits des Meers auf die Palette von Zahra al-Tareq. Der Stein, den Werner zermahlen hatte, um das Tiefblau zu erzielen, das sich bald in Kohlschwarz verwandeln würde.

Ozren starrte auf das Buch in seiner Hand, dann ins Feuer. »Ich glaube, ich schaffe es nicht«, sagte er.

Ich schaute auf die Fälschung. Als Faksimile war sie ein Meisterwerk. Das Werk meines Meisters. Der Inbegriff all dessen, was Werner in seinem langen Leben gelernt, was er mir beigebracht hatte; wie wichtig es nämlich sei, die alten Handwerkskünste so gut zu beherrschen wie die Schöpfer der Bücher selbst.

Vielleicht, überlegte ich, könnte ich die Kopie in den Trolley stecken und zu Amitai bringen. Nach einer angemessenen Frist würde er dann verkünden, sie sei ein Geschenk, von dem großen Werner Heinrich gefertigt als Werk der Liebe für das israelische Volk. Schließlich gehörte sie mittlerweile zur Geschichte der echten Haggadah, auch wenn dieser Teil der Geschichte fürs Erste würde geheim gehalten werden müssen. Doch eines Tages würde jemand das Geheimnis womöglich lüften.

Ebenso, wie ein Konservator im nächsten oder übernächsten Jahrhundert das Samenkorn finden würde, das ich zwischen den ersten und den zweiten Bogen in den Einband der echten Haggadah gesteckt hatte. Einen Feigensamen von der Frucht der großen, knorrigen Bäume, die den Hafen von Sydney säumen. An meinem letzten Tag in Sydney hatte ich ihn aus einer Laune heraus dort platziert. Als einen Hinweis für jemanden wie mich, der ihn in ferner Zukunft finden und sich fragen würde...

»Es kann dich belasten«, sagte ich. »Das ist gefährlich.«

»Ich weiß. Aber in dieser Stadt sind schon zu viele Bücher verbrannt worden.«

»Nicht nur hier. Überall auf der Welt.«

Obwohl wir am Feuer standen, erschauerte ich. Ozren legte das Buch auf den Kaminsims und streckte die Hand nach mir aus. Diesmal wich ich nicht zurück.

Nachwort

Die Hochzeitsgabe« ist ein Roman, inspiriert von der wahren Geschichte der als Haggadah von Sarajevo bekannt gewordenen hebräischen Handschrift. Zwar sind einige der ihr zugeschriebenen Fakten historisch gesichert, der Großteil der Handlung sowie alle Figuren dagegen fiktiv.

Zum ersten Mal hörte ich von der Haggadah, als ich als Reporterin für das *Wall Street Journal* aus Sarajevo über den Bosnienkrieg berichtete. Damals stank die von serbischen Phosphorbomben verwüstete Bibliothek der Stadt nach verbrannten Buchseiten. Das Institut für Orientalistik und seine herrlichen Manuskripte lagen in Schutt und Asche, und das bosnische Nationalmuseum war von den häufigen Beschüssen übersät mit Granatsplittern. Über den Verbleib der Sarajevoer Haggadah – einst unschätzbar wertvolles Juwel der Kunstsammlungen Bosniens – war nichts bekannt, und so wurde ihr Schicksal zum Gegenstand vielfältiger Spekulationen unter uns Journalisten.

Erst nach dem Krieg wurde publik, dass Enver Imamovic, ein muslimischer Bibliothekar, den Kodex unter Einsatz seines Lebens gerettet und im Tresorraum einer Bank sicher verwahrt hatte. Es war nicht das erste Mal, dass ein Muslim dieses jüdische Buch rettete. 1941 schmuggelte Dervis Korkut, ein bekannter islamischer Gelehrter, das Manuskript direkt vor der Nase von Johann Hans Fortner, einem Nazi-General (später wegen Kriegsverbrechen gehängt), aus dem Museum und schaffte es in eine Moschee im Gebirge, wo es bis nach

443

dem Ende des Zweiten Weltkriegs versteckt blieb. Diese spektakulären Rettungsaktionen waren zwar Hauptquell meiner Inspiration, die Personen, die ich diese Abenteuer erleben ließ, sind jedoch ohne Ausnahme Geschöpfe meiner Fantasie.

Zum ersten Mal weckte die Haggadah das Interesse der Wissenschaftler in Sarajevo, als sie 1894 von einer mittellosen jüdischen Familie zum Kauf angeboten wurde. Kunsthistoriker waren fasziniert von der Entdeckung, denn sie war eine der frühesten illustrierten hebräischen Handschriften des Mittelalters und stellte die bisher vertretene Annahme in Frage, das mittelalterliche Judentum habe figürliche Kunst aus religiösen Gründen abgelehnt. Leider konnten die Gelehrten nicht viel mehr über die Entstehung des Buchs in Erfahrung bringen, als dass es in Spanien geschrieben worden war, vermutlich bereits Mitte des 14. Jahrhunderts.

Von der Geschichte der Haggadah in den turbulenten Jahren der spanischen Inquisition und während der Vertreibung der Juden im Jahr 1492 ist nichts bekannt. Die Kapitel »Ein weißes Haar« und »Salzwasser« sind ganz und gar fiktiv. Auf einer der Abbildungen des Buches ist jedoch tatsächlich eine in Safrangelb gewandete schwarzhäutige Frau zu sehen, deren mysteriöse Identität meine Fantasie anregte.

Bis 1609 war die Haggadah nach Venedig gelangt, wo der handschriftliche Vermerk eines katholischen Priesters namens Vistorini sie offensichtlich vor den Bücherverbrennungen der päpstlichen Inquisition bewahrte. Über Vistorini ist bis auf die Werke, die überlebt haben, weil sie seine Unterschrift tragen, nichts bekannt, doch viele katholische Hebraisten waren damals konvertierte Juden, und diese Tatsache machte ich mir in dem Kapitel »Weinflecken« zunutze. Die Figur des Judah Arjeh im selben Kapitel ist inspiriert von der Autobiografie des Leon Modena, »Jüdische Riten, Sitten und Gebräuche«, herausgegeben von Rafael Arnold. Richard Zacks lieferte wertvolles Material über das Glücksspiel im Venedig des 17. Jahrhunderts.

Da Bosnien von Österreich-Ungarn besetzt war, als die Haggadah dort auftauchte, war es selbstverständlich, dass sie, um studiert und restauriert zu werden, nach Wien geschickt wurde, damals Zentrum für Kultur und Geisteswissenschaft. Was die Atmosphäre in der Stadt zu dieser Zeit betrifft, besonders Details wie die übertriebene Höflichkeit der Telefonistinnen, schulde ich den bemerkenswert lebhaften Schilderungen von Frederic Morton in »Schicksalsjahr Wien 1888/89« großen Dank. »The Dreamers« und »The Impossible Country« von Brian Hall boten ebenfalls wertvolle Einsichten. Die Neubindung der Haggadah in Wien kann nach heutigen Maßstäben tatsächlich als Pfusch bezeichnet werden, die fehlenden Schließen dagegen entsprangen der Fantasie der Romanautorin.

Ehe ich »Ein Insektenflügel« schrieb, führte ich viele lange Gespräche mit Angehörigen von Dervis Korkut und danke insbesondere Servet Korkut, die ihrem Ehemann stets behilflich war und seine zahlreichen heroischen Akte des Widerstands während der faschistischen Besetzung Sarajevos unterstützte. Ich hoffe, die Korkuts empfinden die Ansichten der von mir erdachten Familie Kamal als würdiges Pendant ihrer eigenen humanistischen Ideale. Die Schilderung von Erfahrungen junger jüdischer Partisanen habe ich dem erschütternden Bericht von Mira Papo entnommen, der in der Bibliothek von Yad Vashem aufbewahrt wird, deren Mitarbeiter äußerst hilfreich waren.

Die Bibliothekare von Sarajevo sind ein ganz besonderer Menschenschlag. Mindestens eine von ihnen, Aida Buturovic, ließ ihr Leben, als sie versuchte, Bücher aus der brennenden Bibliothek der Stadt zu retten, und dabei von einem Heckenschützen ermordet wurde. Andere, etwa Kemal Bakarsic, gingen hohe Risiken für ihr Leben ein, wenn sie Nacht für Nacht unter höchster Gefahr die wichtigsten Sammlungen herausholten. Enver Imamovic barg die Haggadah, wie schon erwähnt, als die Bibliothek unter heftigem Beschuss stand. Ich danke beiden dafür, dass sie mit mir über ihre Erlebnisse gesprochen haben, ebenso Sanja Baranac, Jacob Finci, Mirsada Muskic, Denana Buturovic, Bernard Septimus, Bezalel Narkiss und B. Nezirovic für ihre verständnisvolle Unterstützung.

Für ihre Hilfe bei Recherchen und mit Übersetzungen danke ich Andrew Crocker, Naida Alic, Halima Korkut und Pamela J. Matz, und Naomi Pierce dafür, dass sie mich im Harvard Museum of Natural History mit dem *parnassius* bekannt machte.

Pamela J. Spitzmueller und Thea Burns von der Harvard College Library berichteten mir viel Wissenswertes über die detektivischen Aspekte der Buchkonservierung.

Andrea Pataki gestattete mir im Dezember 2001 freundlicherweise, in einem bereits überfüllten Raum der Bank der Europäischen Union mit anwesend zu sein, wo sie unter strengster Bewachung an der echten Sarajevoer Haggadah arbeitete. Ohne die Fürsprache von Fred Eckhard und Jacques Klein von den Vereinten Nationen hätte ich sie nicht bei ihrer diffizilen Tätigkeit beobachten können. Dafür, dass ich koscheren Wein auf altes Pergament vergießen durfte, dass er mir die Feinheiten von Video-Spektralkomparatoren erklärte und ein echter Aussie war, als ich nicht genau wusste, ob die Karriere, die ich mir für Hanna ausgedacht hatte, auch wirklich plausibel war, danke ich meinem *paysan* Narayan Khandekar am Straus Center for Conservation. Zwar erfuhr ich unglaublich viel über die technischen Anforderungen ihrer beider Berufe, doch die Figuren Hanna Heath und Razmus Kanaha haben nichts mit den real existierenden Personen Andrea Pataki und Narayan Khandekar gemein.

Zu all den Reichtümern der Bibliotheken und Museen von Harvard hätte ich keinen Zugang gehabt, wäre das Forschungsstipendium am Radcliffe Institute for Advanced Study nicht gewesen, für das ich Drew Gilpin Faust äußerst dankbar bin. Judy Vichniac war die Leiterin eines erstaunlich hilfreichen Mitarbeiterteams an diesem Institut. Meine dortigen Kollegen, besonders die Teilnehmer des dienstäglichen Schriftstellertreffens, halfen mir auf tausendfache Weise bei der Entwicklung meines Denkens und Schreibens.

Wichtige Einsichten verdanke ich auch meinen ersten Lesern, insbesondere Graham Thorburn, dem Horwitz-Team Joshua, Elinor, Norman und Tony, Rabbi Caryn Broitman vom Martha's Vineyard Hebrew Center, *sofer stam* Jay Greenspan, Christine Farmer, Linda Funnel, Clare Reihill und Gail Morgan.

Nicht genug danken kann ich außerdem meiner Lektorin Molly Stern und meiner Agentin Kris Dahl, die wie immer unverzichtbare Stützen für mich waren und zwei der kenntnisreichsten Fachleute im Verlagswesen sind.

Zu guter Letzt und am allermeisten habe ich Tony und Nathaniel zu danken für ihre Inspiration und die willkommene Ablenkung, ohne die nichts möglich ist.

GERALDINE BROOKS

© Jerry Bauer

ZUR AUTORIN

Geraldine Brooks wurde 1955 in Sydney geboren und bereiste elf Jahre lang als Auslandskorrespondentin des *Wall Street Journal* verschiedene islamische Länder, darunter Bosnien, Somalia und den Mittleren Osten. Für ihre Reportagen über die palästinensische Intifada, den Iran-Irak-Konflikt und den Golfkrieg wurde sie mehrfach ausgezeichnet. Mit ihrem ersten Roman »Das Pesttuch« gelang ihr ein fulminantes Debüt, das von Presse und Publikum gleichermaßen gefeiert wurde. 2006 erhielt sie für »Auf freiem Feld« den Pulitzer Preis. Ihr neuer Roman »Die Hochzeitsgabe« stand in Amerika monatelang auf der New-York-Times-Bestsellerliste. Geraldine Brooks lebt in Virginia. Besuchen Sie auch die Website der Autorin: www.geraldinebrooks.com

»Hätte ich die wahre Geschichte dieses Buches erzählt – es hätte mir niemand geglaubt!«

Ein Gespräch mit Geraldine Brooks

Die Handlungen ihre beiden vorherigen Romane »Das Pesttuch« und »Auf freiem Feld« spielen während der Pestepidemie in Europa und des Bürgerkriegs in Amerika. Nun haben Sie einen Roman über ein besonderes Buch geschrieben und über Menschen, die aufgrund ihres Glaubens verfolgt werden. Was macht ein bestimmtes Thema oder eine bestimmte historische Epoche interessant für Sie?

Es macht mir großen Spaß, diejenigen Geschichten aus der Vergangenheit auszugraben, über die wir zwar einiges wissen, aber bei weitem nicht alles; über die wir gerade so viele historische Aufzeichnungen besitzen, dass sie uns ein spannendes Gerüst aus Fakten liefern, aber auch genügend unbekannte Lücken lassen. Und damit der Fantasie ausreichend Raum bieten, um mit ihnen zu arbeiten.

Die sogenannte Sarajevo-Haggadah – einst in Spanien entstanden, später im Nationalmuseum von Sarajevo aufbewahrt – existiert wirklich. Wie sind Sie auf dieses Buch aufmerksam geworden?

Zu der Zeit als ich als Reporterin für das *Wall Street Journal* tätig war, beschäftigte ich mich für einen Artikel intensiv mit der Arbeit der Vereinten Nationen. Ich reiste auch nach Sarajevo, um nach dem Bosnienkrieg die Arbeit der UN-Soldaten zu begleiten. So erfuhr ich Anfang der 1990er von einem befreundeten Journalisten von der Haggadah, die noch bis vor dem Krieg im Bosnischen Nationalmuseum aufbewahrt wurde. Niemand wusste zu der Zeit, wo sich dieses wertvolle, etwa 600 Jahre alte Buch jetzt befand. Es gingen Gerüchte um, die Regierung hätte es veräußert, um Waffen zu kaufen. Andere wiederum behaupteten, der israelische Geheimdienst hätte es rechtzeitig in Sicherheit gebracht. Die Wahrheit übertraf dann schließlich alle Gerüchte: Ein muslimischer Bibliothekar hatte es vor den Angriffen auf Sarajevo sicher verwahrt.

Wie lässt es sich Ihrer Meinung nach erklären, dass die Haggadah so viele Jahrhunderte fast unbeschadet überstanden hat?

Das ist eine wichtige Frage: Warum konnte dieses schmale Buch immer geschützt werden, während so viele andere vernichtet wurden? Für mich ist es besonders interessant, dass das Buch in einer Zeit entstanden ist – die der Convivencia in Spanien –, als Vielfalt toleriert, ja in gewisser Weise sogar zelebriert wurde, und dass es Jahrhunderte später seinen Weg bis an einen ähnlich multikulturellen Ort gefunden hat, nach Sarajevo. Sogar als in diesen Gesellschaften rassistische Tendenzen aufkamen und den Geist der multiethnischen, glaubensübergreifenden Toleranz zerstörten, gab es Jene, die begriffen, was vor sich ging und die das mit all ihrer Macht zu stoppen versuchten.

Haben Sie bereits an der »Hochzeitsgabe« gearbeitet, als Sie für »Auf freiem Feld« den Pulitzer Preis bekommen haben? Inwiefern hat die Auszeichnung mit einem solch renommierten Preis Ihr Schreiben beeinflusst?

Ich habe bereits an »Die Hochzeitsgabe« gearbeitet, bevor ich mit »Auf freiem Feld« begann. Ich habe eine ganze Weile mit dem Handlungsstrang gerungen, der im Zweiten Weltkrieg spielt: Diese Zeit ist so ausgereizt, und ich habe nach einer anderen Perspektive gesucht, um diesen Krieg zu beleuchten, eine, die den Lesern vielleicht nicht ganz so bekannt vorkommt. Diese Suche führte mich in viele Sackgassen, bis mir bei dieser Arbeit plötzlich die Idee für »Auf freiem Feld« kam. Der Plot für dieses Buch ging mir leichter von der Hand, so dass ich einfach damit begann. Die »Pulitzer-Überraschung«, wie mein damals neun Jahre alter Sohn es so treffend ausdrückte, hat mein Schreiben nur insoweit beeinflusst, dass ich es für eine Zeit lang unterbrochen habe. Aber nach einigen Wochen angenehmer Zerstreuung saß ich wieder allein in meinem Zimmer, an meinem Schreibtisch und tat das, was ich immer getan habe: so gut zu schreiben wie ich kann, Tag für Tag.

Buchrestauratorin ist nicht gerade ein glamouröser Beruf, aber Hannas Geschichte, die den Rahmen bildet, ist dagegen sehr fesselnd, genauso wie die Geschichte der Haggadah. Was hat Sie bei der Gestaltung der Figur der Hanna inspiriert?

Da ich gerne mit einem Ich-Erzähler arbeite, ist es sehr wichtig für mich, die besondere Stimme des Romans einzufangen. In einem ersten Entwurf gab es eine bosnische Restauratorin. Denn ich liebe es, wie die Einwohner Sarajevos sich ausdrücken; mit einer Art lebensmüdem, sarkastischem Witz, der die beeindruckende Fähigkeit unterstreicht, große Härten zu erdulden und zu überleben. Aber ich konnte dieser Stimme kein richtiges Leben einhauchen, mit dem Ergebnis, dass mein Buch stagnierte. Dann dachte ich spontan, nun, warum kann sie nicht auch aus Australien kommen? Diese Stimme konnte ich deutlich hören. Hanna nahm in meinem Kopf Gestalt an und nahm daraufhin in dem zunächst als reine Rahmengeschichte konzipierten Handlungsstrang der Gegenwart viel mehr Platz ein, als ich ursprünglich für sie vorgesehen hatte.

Die wissenschaftlichen Methoden, die Hanna nutzt, um mehr über die Artefakte des Buches herauszufinden, sind wirklich faszinierend. Wie viel davon basiert auf aktuellen Forschungsergebnissen, und wie viel entstammt ihrer Vorstellung?

Ich habe Laboratorien besucht, habe Wissenschaftler und Restauratoren aufgesucht und ihnen bei ihrer Arbeit zugesehen. Aber mein Buch ist Fiktion, keine technische Abhandlung. Experten werden also ein oder zwei Stellen entdecken, an denen ich mir ein paar Freiheiten gestattet habe.

Die Juden haben über die Jahrhunderte außergewöhnlich schwere Zeiten durchlitten. Wie viel haben Sie darüber gewusst, als Sie mit dem Schreiben Ihres Buches angefangen haben?

Das Meiste. Den Juden wurde im Laufe ihrer Geschichte immer wieder harte Prüfungen auferlegt, und ihre Geschichte fasziniert mich bereits seit meiner Highschool-Zeit.

Welche ist Ihre Lieblingsfigur und weshalb?

Das ist, als würden Sie Eltern bitten, ihr Lieblingskind zu benennen. Hanna ist mir eine gute Freundin geworden, und ich vermisse es, mit ihr zusammen zu sein. Aber ich empfinde eine gewisse Zuneigung all meinen Charakteren gegenüber, vielleicht besonders denen, die am wenigsten perfekt sind.

»Die Hochzeitsgabe« spielt in ganz verschiedenen Epochen. War es schwieriger, für dieses Buch zu recherchieren, als für Ihre anderen Romane?

Die Recherchearbeit war auf jeden Fall umfangreicher, aber das war nicht schwer: Ich liebte die verschiedenen Reisen, auf die mein Buch mich geschickt hat, die echten und die, die sich in meinem Kopf abgespielt haben. Die Kuppeln und Kirchturmspitzen von Venedig in der verhangenen Morgendämmerung schimmern zu sehen; das große Privileg genießen zu dürfen, mit Servet Korkut zusammenzutreffen, die ihren Mann unterstützt hat, als er sich nicht dem Faschismus unterordnen wollte; und schließlich Andrea Pataki dabei zu beobachten, wie sie gewissenhaft das Original der Sarajevo-Haggadah zerlegte – diese Erfahrung werde ich meinen Lebtag nicht vergessen: Ich hatte mehr oder weniger durch Zufall erfahren, dass die U.N. eine Restauration der alten Handschrift finanzierte. Also hängte ich mich ans Telefon und es gelang mir tatsächlich, eine Bewilligung zu erwirken, bei dieser Arbeit zusehen zu dürfen.

Wie war das?

Einfach wunderbar. Ganz wenige Menschen hatten das Buch bis dato zu Gesicht bekommen. Es war für ein paar Jahrhunderte weggeschlossen gewesen. Es war fast dramatisch – denn was ich beobachten durfte, hatte mit der normalen Arbeit einer Buchkonservierung wenig gemein. Die Haggadah wurde aufgrund der immer noch unstabilen Lage in der Stadt scharf bewacht. Der Raum war also voll von Polizei und Leuten vom Geheimdienst, und dann saß da diese Frau, alleine an einem Tisch und machte ihre Arbeit – es war bizarr. Das war aufregend, und mein Roman nahm in meinem Kopf erste Gestalt an.

Sie lassen eine Geschichten entstehen, indem sie die historischen Fakten erweitern – man könnte auch sagen – Geschichte für uns lebendiger machen. Da gibt es ja zum Beispiel die faszinierende wahre Episode über Dervis Korkut, der die Haggadah im Zweiten Weltkrieg vor den Nazis rettete. Ihre Recherchen dazu haben Sie kürzlich in einem Essay für den New Yorker niedergeschrieben.

Ja, aber hätte ich die wahre Geschichte so in meinem Roman übernommen, hätte mir niemand geglaubt! *(lacht)*

Verraten Sie uns, woran Sie zurzeit arbeiten?

Ich befinde mich noch in den Anfängen, der nächsten faszinierende Geschichte auf die Spur zu kommen: sie ist dicht bei meiner Heimat angesiedelt, auf der Insel Martha's Vineyard. Es geht um Menschen, die 1966 – eines meiner Lieblingsjahre – auf dieser Insel gelebt haben. Und die Geschichte scheint aus genau der richtigen Mischung aus bekannten Fakten und Unbekanntem zu bestehen – ein großartiges, unvollständiges Gerüst, um darauf aufzubauen…

© Geraldine Brooks und btb Verlag

Eine zweifache Rettung
in Sarajevo während
des Zweiten Weltkriegs

Essay von Geraldine Brooks für die Ausgabe des *New Yorker*,
3. Dezember 2007 (gekürzte Fassung)

Als im Frühjahr 1941 die Achsenmächte Jugoslawien eroberten und aufsplitteten, wurde Sarajevo übel mitgespielt. Die zwischen Bergen eingebettete Stadt, von Rebecca West einst beschrieben als »knospende Blüte«, fand sich auf einmal von einem kroatischen Nazi-Marionettenstaat vereinnahmt wieder, ihre weltoffene Kultur durch die einmarschierenden deutschen Truppen und der kroatischen faschistischen Ustascha zerstört. Hitlers Alliierter Ante Pavelic, der die Ustascha in den 1930ern angeführt hatte, verkündete, dass sein neuer Staat von Juden und Serben »gesäubert« werden müsse: »Von dem, was einst ihnen gehörte, wird kein Stein auf dem anderen bleiben.« Der Terror begann am 16. April, als die deutsche Armee Sarajevo besetzte und die acht Synagogen der Stadt plünderte. Deportationen folgten. Juden, Zigeuner und serbische Widerständler wandten sich verzweifelt an hilfsbereite muslimische oder kroatische Nachbarn, um sich in ihren Häusern verstecken zu können. Die Angst vor Denunziation breitete sich in der Stadt aus, drang bis in die Arbeitsstätten und selbst bis in die imposanten, im Stil der Neorenaissance erbauten Hallen des Bosnischen Nationalmuseums vor.

Der Leiter der Museumsbibliothek, ein islamischer Gelehrter namens Dervis Korkut, leistete ungewöhnlichen Widerstand. Zu Beginn des Jahres 1942, als Korkut erfuhr, dass der Nazi-Kommandant, General Hans Joachim Fortner, das Museum aufsuchen würde, um mit dem Direktor zu sprechen, fürchtete er sofort um den wertvollsten Schatz, der in der Museumsbibliothek lagerte: ein Meisterwerk der mittelalterlichen Judaica, bekannt als die Sarajevo-Haggadah. Eine Haggadah, von der hebräischen Wortwurzel *hgd* (erzählen), beinhaltet die Geschichte des Auszugs aus Ägypten, die in jüdischen Familien jeweils an die Kinder weitergeben wird. Sie wird bei Tisch während der Feierlichkeiten des Pessach Seders gelesen. (Weinflecke auf dem Pergament der Sarajevo-Haggadah zeugen davon, dass dieses Buch, wenngleich aufwändig verziert, bei solchen Familienfesten verwendet wurde.) Der Mann, der so entschlossen war, eine jüdische Schrift zu schützen, war Spross einer wohlhabenden, hoch angesehenen Familie muslimischer Intellektueller. Sein leidenschaftliches Interesse für die Vielfalt der bosnischen Kultur manifestierte sich in seinen Studien über die Kunst und Literatur dieser Region. Ihn faszinierte die Vielzahl der Einflüsse, die in die Literatur Sarajevos Eingang gefunden hatten. Und von allen Schätzen, die sich in seiner Obhut befanden, verkörperte keiner besser diese Vielfalt – sowie die zarte Zerbrechlichkeit der interkulturellen Harmonie – wie die Sarajevo-Haggadah.

Der schmale, möglicherweise bereits in der Mitte des Vierzehnten Jahrhunderts in Spanien angefertigte Kodex aus Pergament, reich mit Blattgold und Blattsilber versehen, verschwenderisch bebildert mit kostbaren Pigmenten aus Lapis Lazuli, Azurit und Malachit, war in einer Epoche entstanden, bekannt unter der Bezeichnung Convivencia, als jüdische, christliche und muslimische Gemeinschaften miteinander in *sol y sombra* (in Sonne und Schatten) lebten. Abgesehen von der Üppigkeit und Kunstfertigkeit der Illustrationen ist ihre Existenz an sich schon äußerst bemerkenswert. Bis der Kodex 1894 auftauchte, glaubten die Kunsthistoriker gemeinhin, dass figurative Malerei bei den Juden im Mittelalter gänzlich untersagt war aufgrund des Verbots in den Zehn Geboten, »Du sollst Dir kein Bildnis noch irgendein Gleichnis machen« – ein Verbot, das auch in vielen islamischen und einigen christlichen Verbänden galt.

Der Inhalt der Illustrationen ist oftmals faszinierend. Eine Darstellung, die die Wissenschaftler vor Rätsel gestellt hat, ist die Abbildung eines spanischen Seder-Festmahls. Zu sehen ist darauf auch eine Frau, deren Haut schwarz ist und deren afrikanische Gesichtszüge in starkem Kontrast zu den übrigen am Tisch sitzenden Familienmitgliedern stehen, und die ein Stück Mazza

Gibt Forschern bis heute Rätsel auf: Darstellung einer Frau mit schwarzer Hautfarbe (unten links), die an einem Festmahl einer jüdischen Familie zu den Seder-Feierlichkeiten teilnimmt.

(ungesäuertes Brot) in der Hand hält sowie das Gewand einer wohlhabenden spanischen Jüdin aus jener Zeit trägt.

Die Überlebensgeschichte des Buches ist erstaunlich. 1492 erließen Ferdinand und Isabella das Alhambra Dekret und wiesen alle Juden aus Spanien aus. Wenn das Buch zu jener Zeit, was wahrscheinlich ist, Spanien mit einer jüdischen Familie verlassen hat, war es einer der äußerst wenigen religiösen Texte dieser Art, der die Konfiszierung und Zerstörung entgangen ist. In Portugal, wo viele spanische Juden eine vorübergehende Zuflucht fanden, bevor sie ein zweites Mal vertrieben wurden, galt der Besitz hebräischer Bücher als Kapitalverbrechen.

Irgendwann im Laufe des folgenden Jahrhunderts hat die Haggadah ihren Weg nach Venedig gefunden, wo eine mehrsprachige jüdische Gemeinde auf einer kleinen Insel lebte, auf der sich bis dato die Gießerei oder *geto* der Stadt angesiedelt war. Die ersten Juden, darunter deutsche Geldverleiher, hatten sich 1516 hier niedergelassen. Anschließend kamen levantinische Juden, deren Verbindungen zu Ägypten und Syrien für die vielzähligen Handelsgeschäfte der Stadt nützlich waren. Die Exilanten von der iberischen Halbinsel ließen die Bevölkerung erneut ansteigen, und die dicht an dicht stehenden, mehrstöckigen Behausungen des Ghettos wurden zu den höchsten der Stadt. Venedig bot den Juden Eigentumsrechte sowie Rechtsschutz, was zu jener Zeit in Europa einmalig war. Dennoch mussten sie als Erkennungszeichen eine farbige Kopfbedeckung tragen, wenn sie das Ghetto verließen. Die Juden durften so gut wie kein Handwerk ausüben, mit Ausnahme des Buchdrucks, doch jedes hebräische Buch, das nicht von einem kirchlichen Zensor der päpstlichen Inquisition genehmigt worden war, wurde öffentlich verbrannt. Bücher konnten aufgrund zahlreicher vermeintlich ketzerischer Inhalte zerstört oder verunstaltet werden: wie der Behauptung, die Wiederkunft des Messias stünde kurz bevor, oder Argumenten, die gegen die Verwendung von Heiligen oder anderen Fürsprechern als Vermittler zwischen den Menschen und einem unteilbaren Gott angeführt wurden, sowie jeglicher Verweis auf Juden im Zusammenhang mit den Adjektiven »heilig« oder »fromm«. Die Haggadah ging 1609 offensichtlich durch die Hände eines katholischen Geistlichen, des Zensors Giovanni Domenico Vistorini. Von ihm ist nichts weiter bekannt, außer den Büchern, die

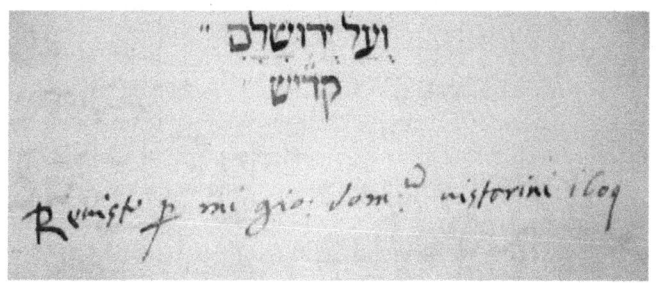

Die Unterschrift des venezianischen Zensors: »Revisto per mi. Gio. Domenico Vistorini, 1609«

seine Handschrift tragen. Vistorini fand offenbar nichts Verwerfliches an der Haggadah. Seine Inschrift, *Revisto per mi* (in etwa: Von mir begutachtet) ist beiläufig und schwungvoll unter die letzten, akribisch kalligraphierten Zeilen des hebräischen Textes gesetzt worden.

Wie oder wann das Buch Venedig verlassen hat und nach Sarajevo gekommen ist, bleibt ein Rätsel. Das Museum erwarb die Haggadah 1894, nachdem eine mittellose jüdische Familie namens Kohen sie zum Verkauf angeboten hatte. Da Bosnien zu der Zeit von Österreich-Ungarn besetzt war, wurde die Haggadah zur Begutachtung in die Hauptstadt des Kaiserreichs Wien geschickt, wo sie sofort als Meisterwerk bejubelt und anschließend durch einen unqualifizierten Restaurator beschädigt wurde, der das Pergament verschnitt und die neue Bindung verpfuschte. Niemand weiß, wie der Originaleinband der Haggadah einst ausgesehen hat, aber die meisten Bücher mit solch großzügiger Verzierung aus Blattgold und kostbaren Pigmenten besaßen auch aufwändige Einbände – aus handgearbeitetem Ziegenleder und geprägtem Silber oder Einlegearbeiten aus Perlmutt. Der Wiener Restaurator entfernte 1894 den Einband des Buches und ersetzte ihn durch einen minderwertigeren Buchdeckel, der mit einem unpassenden, türkisch floralen Dekor versehen war. (…)

Dieses Buch hielt nun Dervis Korkut unter seinem Anzug versteckt, als er 1942 General Fortner gegenübertrat. Fortner war in Sarajevo äußerst gefürchtet: Neben der Führung seiner eigenen Armeedivision, überwachte er auch ein kroatisches Faschistenregiment, bekannt als die Schwarze Legion. Die Schwarze Legion galt als brutalste der Nazi-Verbündeten und war an Massakern an Serben und Juden beteiligt. In wissenschaftlichen Aufsätzen über die Sarajevo-Haggadah finden sich verschiedene Beschreibungen wie sich die Rettung des Buches abgespielt hat. In einigen heißt es, Korkut versteckte den schmalen Band in der Bibliothek, indem er ihn einfach zwischen die übrigen Bücher stellte. In der dramatischsten Version kletterte er aus einem Fenster und rutschte ein Dachrinnenrohr hinunter, um das Buch in Sicherheit zu bringen.

Um der Wahrheit auf die Spur zu kommen, habe ich Halima Korkut aufgesucht, die Ehefrau von Dervis' Neffen. Halima arbeitet in Arlington, Virginia, wo sie Mitarbeitern des Auswärtigen Amtes Bosnischunterricht gibt. Sie ist ausgesprochen stolz auf den Onkel ihres Mannes. Wir setzten uns an einen großen Tisch in einem leer stehenden Klassenraum des Instituts und sie breitete sämtliche Fotografien und Dokumente aus, die sie über Dervis gesammelt hatte. Während sie ein kurzes Porträt über ihren Onkel für mich übersetzte, hielt Halima plötzlich inne und sah auf. Sie sagte: »Wissen Sie, wenn Sie wirklich erfahren wollen, was während des Krieges passiert ist, sollten Sie seine Frau fragen.« Es überraschte mich zu hören, dass die Witwe eines Mannes, der zu

Die Erschaffung der Welt.

Der Bildteil schildert die wichtigen Passagen der Tora und lädt zum Nacherzählen ein: Von der Erschaffung der Welt, über den Mord Kajins an seinem Bruder, dem Bau der Arche, Josefs Aufstieg in Ägypten bis hin zum Auszug Israels aus Ägypten.

Beginn des Zweiten Weltkrieges in seinen Fünfzigern gewesen war, noch lebte. Zudem sie in keiner der Aufsätze über die

Haggadah Erwähnung fand. Ich reiste nach Sarajevo, um Servet Korkut zu treffen.

Servet lebte allein in einem am Hang gelegenen Wohnblock mit niedrigen Decken, in einer der Gegenden, die bis vor kurzem noch unter Beschuss gestanden hatten. Ich traf auf eine elegante und lebhafte Dame von einundachtzig Jahren mit wachen, tief liegenden braunen Augenund silbrigem Haar, das sie sich aus der noch immer faltenfreien Stirn zurückgekämmt hatte. Sie erinnerte sich sehr genau an den Tag, an dem ihr Mann mittags nach Hause kam, die Haggadah noch immer in seinem Hosenbund vesteckt. »Er sagte, ›Nimm es und erzähl niemandem davon. Niemand darf etwas erfahren, sonst bringen sie uns um und vernichten das Buch.‹« An jenem Nachmittag fuhr er aus der Stadt, nach Visoko, wo eine seiner Schwestern wohnte, unter dem Vorwand, sie zu besuchen. Von dort brachte er das Buch in ein einsam gelegenes Bergdorf in der Gegend von Trescavitza, wo ein Freund von ihm als Hodscha in der kleinen Moschee der Gemeinde tätig war. Dort, berichtete Servet, wurde die Haggadah zwischen Koranbüchern und anderen islamischen Texten versteckt. Als die Lage wieder sicher war, »brachte der Hodscha sie zurück zu uns und Dervis übergab sie wieder dem Museum«, erinnerte sie sich. (…) Während Servet und ich unser Gespräch in dem langsam schwindenden Licht jenes Frühlingsnachmittags in Sarajevo fortsetzten, erzählte sie mir schließlich von einer zweiten, besonderen Rettung. Eine Geschichte, die ihr Leben und das ihrer Kinder noch lange nach dem Tod ihres Ehemannes beschäftigen sollte:

Im April des Jahres 1942, bald nachdem die Haggadah in Sicherheit gebracht worden war, kehrte Dervis ein weiteres Mal unerwartet aus der Bibliothek zurück. Dieses Mal brachte er statt eines Buches ein Mädchen mit. »»Das ist ein jüdisches Mädchen‹, sagte er zu mir. ›Wir müssen sie hier in Sicherheit bringen.‹« Servet entsann sich einer jungen, gebildet aussehnenden Frau mit Brille, die im letzten Jahr die Oberschule besucht hatte, bevor die neuen Gesetze sie als Jüdin daran gehindert hatte, eine staatliche Bildungseinrichtungen zu besuchen. Servet gab ihr einen ihrer traditionellen, muslimischen Gesichtsschleier, der den Körper und den Großteil des Gesichts wie ein Tschador bedeckt. Das Mädchen hieß Mira Papo, aber die Korkuts nannten sie Amira, damit sie als muslimische Dienstmagd durchging.

Mira Papo stammte aus einer Familie ladinisch sprechender, sephardischer Juden, Nachfahren spanischer Exilanten, die im Laufe der Jahrhunderte die gleiche Reise zurückgelegt hatten, wie die Sarajevo-Haggadah. Bereits im Jahre 1565 hatten sich die ersten Juden in Sarajevo angesiedelt, das damals als osmanisches Handelszentrum bezeichnet wurde. Als die Stadt ihre elegante, weltoffene Mündigkeit erlangte, lebten sie weitestgehend unbehelligt und kaum beachtet. Nur sehr wenigen von ihnen gelang es, Wohlstand und einflussreiche Positionen zu erlangen. Zu Ende des Neunzehnten Jahrhunderts, als Österreich-Ungarn Bosnien besetzte und auch noch ein geringer Zustrom jiddisch sprechender Aschkenasen nach Sarajevo kam, war die Stadt für ihre Toleranz bekannt. Die Moscheen der Muslime, die Kirchen der Serbisch-Orthodoxen und der kroatischen Katholiken waren in den gleichen Bezirken der Stadt zu finden wie die Synagogen, und die Wohngegenden waren größtenteils multikulturell. Ohne die Wirren des Krieges wäre die Wahrscheinlichkeit jedoch sehr gering gewesen, dass Mira die Korkuts jemals kennen gelernt hätte. Miras Vater Salomon Papo arbeitete als Pförtner im Finanzministerium; ihr Großvater war ein Arbeiter, der Saatgut auf dem Markt in Sarajevo verkaufte.

Schon bald, nachdem die Truppen der kroatischen Ustascha mit der ethnischen »Säuberung« der Serben und Juden in Sarajevo begonnen hatten, wurde Miras Vater mit anderen jüdischen Männern abtransportiert und ermordet. Die Frauen sollten später im selben Jahr abgeholt werden. Mira gelang es, alleine aus Sarajevo zu entkommen, sie schloss sich der kommunistischen Widerstandsbewegung an und versteckte sich zusammen mit anderen Partisanen in den Bergen. (...)

Zu diesem frühen Zeitpunkt des Widerstands gab es zwei antifaschistische Truppen, Titos kommunistische Partisanen und die überwiegend serbische Gruppe, bekannt als die Tschetniks, Antikommunisten, die die Wiedereinsetzung des im Exil lebenden jugoslawischen Königs Peter II. anstrebten. Eine Zeitlang legten die beiden Gruppen ihre ideologischen Differenzen bei, doch schließlich wandten sich die Tschetniks gegen die Partisanen und im März 1942 befanden sich die Partisanen in Auflösung begriffen und hatten große Verluste sowie steigende Zahlen an Deserteuren zu verzeichnen. Tito ordnete eine schonungslose Reorganisation seiner Streitkräfte an. Miras dezimierte Einheit musste sich auf einem offenen Feld versammeln, wo sie zwei oder drei Tage lang von »Ballast« befreit wurde. Dreißig jungen Menschen – darunter Studenten, Arbeiter und Bauern und sogar einige wenige Mitglieder der Kommunistischen Partei, allesamt Juden aus Sarajevo – wurde gesagt, sie seien nicht robust genug, um die bevorstehenden Härten zu überstehen, oder ausreichend geübt, um einen äußerst schnellen Bewegungskrieg zu führen. Sie wurden ihrer Waffen entledigt und aufgefordert nach Sarajevo zurückzukehren. Jeder, der sich dem Befehl widersetzte, wurde erschossen. Tage und Nächte arbeiteten sie sich danach durch den Wald vor, unbewaffnet und in ständiger Angst vor den Deutschen und ihren Hunden. Diejenigen, die aufgespürt wurden, starben einen grausamen Tod. Von diesen dreißig Partisanen kam nur eine Handvoll lebend in Sarajevo an, darunter auch Mira.

»Ich bin in der Morgendämmerung an einem Frühlingstag nach Sarajevo zurückgekommen.«, schrieb sie später. Erschöpft und in Gedanken verloren ließ Mira sich Richtung Zentrum treiben, bis sie vor dem Finanzministerium stand, wo ihr Vater früher Pförtner gewesen war. Sie traf auf den Portier, einen früheren Freund ihres Vaters. »Ich rief seinen Namen.« Er erkannte Mira nach den entbehrungsreichen Jahren nicht wieder. »Dann fragte

Schriftteil der Haggadah.

er: ›Bist du Salomonova?‹ (Salomons Tochter) Ich nickte und begann zu weinen. »Retten Sie mich, wenn Sie können.«, sagte sie. »Wenn nicht, übergeben Sie mich der Ustascha.« Er wies sie an zu warten, dann ging er und kehrte kurze Zeit später mit einem distinguiert aussehenden Mann zurück, der einen Fez trug: Dervis Korkut. Er führte sie durch eine Hintertür aus dem Museum hinaus und fuhr sie zu seinem Haus. Vier Monate lang hielt Mira sich bei den Korkuts versteckt, dann brachten sie sie in einem Haus von Verwandten an der dalmatinischen Küste unter, wo sie bis zum Kriegsende blieb. (…)

Nach dem Krieg erhielt jeder, der bei den Partisanen gedient hatte, einen guten Posten in dem neuen Tito-Regime. Mira kehrte nach Sarajevo zurück und wurde als Offizierin in der Sanitätstruppe der Armee in Dienst gestellt. Eines Tages im Juni 1946, wie Mira später schrieb, war sie in der Stadt unterwegs, als »mir eine fremde Frau in den Weg trat«. Sie bat um Hilfe für ihren Mann, der als Kollaborateur der Nazis vor Ge-

»... Der Ewige hörte unsere Stimme, er sah unsere Not, unsere Mühsal und Bedrängnis.«

richt gestellt worden war. Mira hatte keine Ahnung, wer diese Frau war. »Ich fragte, woher sie mich kannte. Sie hob ihren schwarzen Schleier und ich erkannte sofort die Frau von Dervis Korkut. Sie hatte einen Jungen im Alter von vier Jahren an der Hand, von dem ich mich 1942 verabschiedet hatte, als er noch ein Kleinkind gewesen war.«

Als Tito seine Macht im Jugoslawien der Nachkriegszeit weiter ausbaute, ließ er Strafprozesse für Kriegsverbrechen durchführen, um die Stimmen der Dissidenten zum Schweigen zu bringen. Dervis Korkut hatte sich als genau so wenig bereit gezeigt, sich den Kommunisten unterzuordnen, wie damals den Faschisten. Er hatte unter anderem eine Liste mit Namen von Personen zusammengestellt, die in Ostbosnien von den Tschetniks ermordet worden waren. Titos Regime, das den besiegten Tschetniks (wenngleich nicht der faschistischen Ustascha) Begnadigung zugesichert hatte und die Zerschlagung der glaubensübergreifenden Zerwürfnisse als entscheidend für die

Konsolidierung des vereinten kommunistischen Staates ansah, war das Erstellen solcher Listen ein Dorn im Auge. Und nach kurzer Zeit wurde der Name Dervis Korkut mit jenen zusammen genannt, die den Faschisten geholfen hatten. In Zenica, einem für seine Brutalität berüchtigtes Gefängnis, kam er in Einzelhaft.

Als Servet sich mit mir an jenem Nachmittag über Mira unterhielt, erinnerte sie sich an diesen Tag, als sie ihr im Zentrum Sarajevos begegnete. Servet war erleichtert, eine Zeugin aus erster Hand gefunden zu haben, die von den antifaschistischen Aktivitäten ihres Mannes wusste und überglücklich, als Mira ihr versicherte, dass sie für ihn vor Gericht aussagen wollte. Doch Mira erschien nicht zu der Verhandlung. Ihr Verlobter fürchtete, dass die Partei mit Unmut, vielleicht sogar tödlichem Unmut, reagieren könnte, wenn Mira als Mitglied der Armee als Zeugin in einem Prozess aussagen würde, der eindeutig politisch motiviert war. Er verbot ihr, die Wohnung zu verlassen und für den Mann auszusagen, der ihr Leben gerettet hatte.

In den folgenden Jahren fühlte Mira sich von dem Gedanken an Korkut verfolgt, obwohl auch sie weiteren Entbehrungen und Schwierigkeiten die Stirn bieten musste. Sie ging davon aus, er sei exekutiert worden und stellte sich vor, wie ihre Freundin Servet ihren Sohn alleine aufziehen musste. Miras Mann starb nur zwei Jahre später an einer Gehirnhautentzündung, die er sich zuzog, als er Massengräber für die Kriegsopfer von Sutjeska aushob. Nachdem Mira ihre gesamte Familie im Krieg verloren hatte, blieben ihr nur ihre beiden kleinen Söhne Daniel und Davor.

Davor, nun ein sehniger Mann von sechzig Jahren, erzählte mir, dass seine Mutter sich schließlich mit ihm an der Nordküste in Rijeka niederließ. In der Stadt gab es ein jüdisches Gemeindezentrum und Davor erinnert sich noch an seine Verwunderung, als seine Mutter, eine antireligiöse, überzeugte Kommunistin, ihn zum ersten Mal dorthin mitnahm, um Hanukkah zu feiern. Damals kam er zum ersten Mal mit seinen jüdischen Wurzeln in Berührung. Nachdem Davor 1969 seinen Wehrdienst abgeleistet hatte, lernte er den Kapitän eines israelischen Frachters kennen und entschloss sich spontan, an Bord zu gehen. Er siedelte sich in Israel an, lebte zuerst in einem Kibbuz und zog später in eine landwirtschaftliche Genossenschaft, oder Moschav, in den Bergen von Judäa, wo er mittlerweile als Metallarbeiter und Bildhauer arbeitet. Mira folgte ihm zwei Jahre später, 1972, nach Israel. In Afula lernte sie Hebräisch und arbeitete in einer Fabrik, wo sie Armeeuniformen nähte. Während des Zerfalls Jugoslawiens und der Belagerung Sarajevos zwischen 1992 und 1995 gewährte Israel bosnischen Flüchtlingen vorübergehendes Asyl. Wahrscheinlich war es einer dieser Flüchtlinge, der ein altes Mitteilungsblatt zurückgelassen hatte, das Mira 1994 in die Hände fiel. Das Schreiben war auf Serbokroatisch verfasst und enthielt neben Anzeigen für Gebrauchsgegenstände, einen Artikel, der Dervis Korkut gedachte. Fasziniert las Mira von den guten Taten jenes Mannes, dem sie nicht hatte helfen können. Sie erfuhr, dass Dervis nicht, wie sie stets angenommen hatte, exekutiert worden war. 1969 war er in bereits fortgeschrittenem Alter eines natürlichen Todes gestorben.

Der Teenager, den Korkut 1941 gerettet hatte, war nun zweiundsiebzig Jahre alt. Mira beschloss, jetzt die Zeugenaussage nachzuholen, die sie bei Korkuts Gerichtsprozess nicht hatte leisten können. So schrieb sie eines Tages im Winter 1994 einen dreiseitigen Brief an die Kommission für die Benennung der Gerechten unter den Völkern in Yad Vashem, Israels Holocaust-Gedenkstätte. Auf Serbokroatisch getippt, die Akzente handschriftlich eingefügt, enthält dieses Schreiben in recht förmlichen Ton »die wahre Geschichte, wie Dervis Effendi

Korkut mich vor dem Tod gerettet hat«. In etwas gestelzt formulierten Sätzen hat Mira darin aufrichtig und detailliert ihre Geschichte niedergeschrieben. Ihre Gefühle, als sie erfuhr, dass er dennoch überlebt hatte, beschrieb sie so: »Es war, als wäre mir ein Stein vom Herzen gefallen.«

Indem Mira Papo nun darlegte, was sich tatsächlich zugetragen hatte, hoffte sie, ihr Versäumnis für Dervis Korkut auszusagen, auf diese Weise wieder gut zu machen.

Rabbi Gamliel erinnert an: »Pessach Opfer, Mazza und bitteres Kraut.«

»Vielleicht helfen diese unbedeutenden Informationen, ihn als großen Freund der bosnischen Juden lange vor Beginn des Zweiten Weltkriegs in Erinnerung zu behalten. Ich bin die einzig verbliebene Zeugin dafür, dass Dervis tatsächlich so war, selbst in einer Zeit, in der wir nur wenige wahre Freunde hatten.« Mira starb 1998, ein Jahr zu früh, um noch zu erleben, was ihre verspätete Zeugenaussage tatsächlich im Nachhinein für Dervis Korkuts Familie bedeuten würde.

Zu der Zeit, als Mira ihren Bericht verfasste, befand sich Servet Korkut nicht in Sarajevo; nachdem sie einen schwachen Herzinfarkt erlitten hatte, lebte sie bei ihrem Sohn Munib in Paris. Eines Tages rief zu ihrer großen Überraschung ein israelischer Diplomat an, um ihr mitzuteilen, dass sie und Dervis kürzlich zu »Gerechten unter den Völkern« ernannt worden waren. Ihre Namen würden in den Gärten von Yad Vashem verewigt werden, nur unweit jener Bäume, die im Gedenken an berühmte Retter von Juden, wie Raoul Wallenberg und Oskar Schindler gepflanzt worden waren. Weil es ihr nicht mehr möglich war, nach Israel zu reisen, um dabei zu sein, wenn ihre Namen dort verewigt würden, wurde für sie eine Feier in der Israelischen Botschaft in Paris abgehalten. Servet wurde mit einer Urkunde und einem Orden geehrt, außerdem wurde ihr die israelische Staatsbürgerschaft zugesprochen. Ferner erhielt sie ein monatliches Stipendium der Jüdischen Stiftung der Gerechten, einer Organisation mit Sitz in New York,

Aus den Plagen: Blut und Frösche.

die etwa 1300 der Helfer von damals materielle Unterstützung zukommen lässt.

»Mira rief mich in Paris an«, berichtete mir Servet. Sie erklärte, warum sie nicht zu der Gerichtsverhandlung erschienen war und wie sehr ihr dieses Versäumnis über die Jahre zu schaffen gemacht hatte. Doch Servet beschwichtigte ihre alte Freundin, indem sie ihr versicherte, dass selbst wenn sie ausgesagt hätte, es nichts geändert hätte, denn das Gericht sei lediglich ein Werkzeug des Regimes gewesen, und das Regime hätte seine Entscheidung ohnehin bereits gefällt gehabt. »Mira erklärte mir, dass sie, seit sie Jugoslawien verlassen hatte, vorgehabt hatte, sich mit mir in Verbindung zu setzen, um sich zu entschuldigen, was ihr jedoch nicht möglich gewesen war«, berichtete Servet. »>Das ist in Ordnung<, sagte ich zu ihr. >Ich habe Verständnis dafür.<« Es gab andere, die vorgetreten und in dem Prozess für Dervis ausgesagt hatten. »Doch keiner wollte ihnen zuhören«, erzählte Servet. So wurde Dervis Korkut schließlich verurteilt und verbüßte eine sechsjährige Strafe, größtenteils in Einzelhaft. Nach seiner Entlassung konnte Dervis an seinen alten Arbeitsplatz zurückkehren, doch das Leben war nicht einfach. Seinen Pass bekam er nicht wieder zurück und das Recht auf Staatsangehörigkeit wurde ihm aberkannt. 1955 kam seine Tochter Lamija auf die Welt. Lamija, dreizehn Jahre jünger als ihr Bruder, wurde von der schwierigen Vergangenheit der Familie verschont und ihr Vater war in sie vernarrt. Munib erzählte mir: »Obwohl er ein alter Mann war, als sie geboren wurde, kommt meine Schwester genau nach ihm. Ihn hat so vieles mit ihr verbunden. Dervis und Lamija standen sich sehr nahe, bis er starb, da war Lamija vierzehn Jahre alt.« Sie erfuhr erst während der späteren Belagerung Sarajevos, dass ihre Eltern einst einer Jüdin in ihrem Haus Zuflucht gewährt hatten – nämlich als ihre Mutter in einem von Juden aus Sarajevo organisierten Konvoi einen Platz bekam, um die Stadt zu verlassen. Ausnahmsweise blieben die Juden diesmal von den ethnisch bedingten Diskriminierungen des Krieges verschont.

Lamija wurde Volkswirtin, sie heiratete wie ihre Mutter einen Albaner aus dem Kosovo, einen Elektrotechniker. Das Ehepaar ließ sich in der Provinzhauptstadt Pristina nieder und bekam zwei Kinder. 1999, als das Dayton Abkommen dazu beitrug, einen Anschein von Normalität nach Sarajevo zurückzubringen, steuerte der Kosovo auf einen Krieg zu. Die albanische Mehrheit im Kosovo war von der serbischen Regierung Repressalien ausgesetzt gewesen und 1998 nahm eine schonungslose ethnische Säuberung ihren Anfang. Alarmierende Berichte von brutalen Angriffen auf albanische Dörfer und öffentliche Vergewaltigungen junger Frauen sickerten bis nach Pristina durch.

Im März 1999 begann die NATO, durch Berichte über die Kriegsgräuel endlich zu Taten angespornt, serbische Stellungen zu bombardieren. Lamija und ihr Mann bemühten sich tagelang, Visa für sich und ihre beiden Kinder zu organisieren. Lamija nahm Kontakt zu ihrem Bruder Munib auf, der zusammen mit Bekannten aus dem Außenministerium in Paris alles in Bewegung setzte, jedoch vergebens. Unter größen Anstrengungen konnte Lamija wenigstens ihre Tochter und ihren Sohn im Alter von neunzehn und sechzehn Jahren evakuieren. Die beiden gelangten nach Budapest. Kurz danach wurde in Lamijas Wohnung plötzlich der Strom abgestellt und die Telefonleitung gekappt. Durch die Wand konnte sie das Telefon in der Nachbarwohnung läuten hören, was sie umso mehr irritierte. Die Nachbarn waren Serben und sie begriff, warum nur ihre Leitung abgestellt worden war. Am zweiten April schlossen sich sie und ihr Mann den anderen tausenden Flüchtlingen an, die Richtung Bahnhof liefen. Sie quetschten sich in einen überfüllten Zug – »siebenundzwanzig Personen in einem Abteil für sechs«, erinnerte sich Lamija – und sie wussten nicht, wohin sie fuhren. Im Morgengrauen erreichten sie die makedonische Grenze. Lamija hatte nur ihr Notizbuch noch bei sich – darin: die gefalteten Fotokopie der Urkunde ihrer Eltern aus Yad Vashem.

Sie wurden auf einem offenen Feld zusammen getrieben, wo sich bereits Tausende andere Flüchtlinge drängten. Lamija musterte die merkwürdig stillen, zusammen gekauerten Gestalten, deren Stiefel den weichen Erdboden der Wiese in Morast verwandelt hatten. Die Menschen mussten sich Wasser erkämpfen. Es gab nichts zu essen, keine Decken, kein Dach über dem Kopf. Die Menschen waren krank. Einige lagen bereits im Sterben. Nachts wurde, wurde es eiskalt. Bei der Vergabe einiger weniger Essensrationen entstand Tumult. In einer Nacht beschlossen Lamija und ihr Mann, dass es zu gefährlich war, dort zu bleiben. Um drei Uhr morgens schlichen sich von dem matschigen Feld und liefen im Dunkeln bis an die makedonische Grenze. Als sie auf einen Grenzbeamten trafen, gaben sie vor, aus einer anderen Richtung zu kommen und bestritten, auch nur in der Nähe des Flüchtlingslagers gewesen

Der Auszug aus Ägypten.

zu sein. Entweder glaubte er die abwegige Geschichte, oder hatte Mitleid mit ihnen – der Grenzbeamte ließ sie passieren.

In der Stadt Kumanovo, wo sie im Haus von Verwandten unterkamen, versuchte Lamija zunächst ihre Kinder telefonisch zu erreichen und erfuhr, dass ihnen die Aufnahme in allen Botschaften verwehrt worden war. »Denn in Budapest hielten sich zu der Zeit fast eine Million Flüchtlinge aus dem Kosovo auf«, sagte Lamija, »und die meisten Türen waren ihnen verschlossen.« Ihr Bruder Munib konnte von Paris aus nicht eingreifen. Doch er hatte schließlich den rettenden Gedanken: »Warum wendest du dich nicht an die jüdische Gemeinde in Skopje?«, schlug er Lamija vor. »Warum versuchst du es nicht?«

Lamija und ihr Mann machten das Oberhaupt der örtlichen Jüdischen Gemeinde ausfindig und zeigten die zerknitterte Fotokopie, die sie dank Mira Papos nachträglicher Zeugenaussage erhalten hatten. In der Urkunde steht ein Sinnspruch aus der

Die Arche Noahs.   Josef und seine Brüder vor dem Pharao.

Bibel, auf Englisch und Hebräisch: »Wer auch nur ein einziges
Leben rettet, rettet die ganze Welt.«

Vier Tage später wurden Lamija und ihr Mann nach Tel Aviv
ausgeflogen; ihnen wurde versichert, dass ihre Kinder in zwei
Tagen nachkommen würden. Als sie das Terminal des Ben-
Gurion-Flughafens betraten, blendete sie die strahlende, medi-
terrane Sonne und das Blitzlichtgewitter der Journalisten. Die
Geschichte von Dervis, einem Muslim, der Mira, eine Jüdin,
gerettet hatte, die jetzt wiederum dazu beigetragen hatte Dervis' Familie zu retten, hatte Schlagzeilen gemacht. Premierminister Benjamin Netanjahu hieß sie am Flughafen willkommen. »Heute schließt sich der Kreis im Staat Israel, der aus der
Asche aufgestiegen ist, und der Tochter jener, die Juden gerettet haben, Zuflucht gewährt«, sagte er.

Mitten in dem Chaos wurde Lamija plötzlich auf Serbokroatisch angesprochen. Sie hatte keine Ahnung, wer sie an die-

sem fremden Ort so herzlich begrüßte. Ein schlanker, drahtiger Mann mit einem dunklen Haarschopf und Schnurrbart, den sie nie zuvor gesehen hatte, bahnte sich einen Weg durch die Menge. Er breitete seine Arme aus und stellte sich vor und Lamija ließ sich von Davor Bakovic umarmen, Mira Papos Sohn.

© Geraldine Brooks und btb Verlag. Alle Abbildungen © Chajm Guski. Der btb Verlag dankt Chajm Guski, der uns seine Fotos von der Sarajevo-Haggadah zur Verfügung stellte. Alle Illustrationen und Textseiten aus der Haggadah in Farbe: www.talmud.de/sarajevo/index.html

Die Reise der Haggadah
von Sarajevo

Nordsee

VEREINIGTES
KÖNIGREICH

London •

DEUTSCHL

Paris •

München •

FRANKREICH

Atlantischer Ozean

PORTUGAL

Madrid •

Venedig
(1609)

ITAL

Tarragona
(1492)

SPANIEN

Sevilla
(1480)

Mittel

el

• Casablanca

Algier •

MAROKKO

ALGERIEN

TUNESIEN

Tripolis •

N
W   O
S

Sahara